LA BÊTE NOIRE

Collection dirigée par Glenn Tavennec

L'AUTEUR

Né en 1953 dans une famille franco-britannique, Romain Slocombe est l'auteur de plus de vingt-cinq romans, dont *Monsieur le Commandant* et *L'Affaire Léon Sadorski*, tous deux sélectionnés pour le Goncourt et le Goncourt des lycéens.

LA SÉRIE SADORSKI

LA TRILOGIE DES COLLABOS

L'Affaire Léon Sadorski
L'Étoile jaune de l'inspecteur Sadorski
Sadorski et l'ange du péché

LA TRILOGIE DE LA GUERRE CIVILE

La Gestapo Sadorski
L'inspecteur Sadorski libère Paris
J'étais le collabo Léon Sadorski (2022)

ROMAIN SLOCOMBE

L'INSPECTEUR SADORSKI LIBÈRE PARIS

LA BÊTE NOIRE
Robert Laffont

ISSN 243-6385
ISBN 978-2-221-24837-9
Dépôt légal : août 2021
Éditions Robert Laffont – 92, avenue de France, 75013 Paris

Pour ma fille, Miyako Remondet Slocombe

«Il est temps que les malheurs finissent. On est à bout de nerfs. Je deviens nerveux, moi qui ai toujours été calme.»

Maurice GARÇON,
Journal (1939-1945)
(entrée du 25 juin 1944)

«Il fait des journées magnifiques, bien dignes du retour de la liberté. On attend, on ne fait qu'attendre, dans quelle impatience que l'absence de nouvelles grandit encore. Mais elle revient, elle approche, impossible de seulement sortir de la maison. Tous les métros sont supprimés. J'essaie vainement de travailler, de lire. Presque continuellement le canon ou les bombes grondent à l'horizon. Paris est cette fois l'enjeu de la bataille et chacun le sent.»

Jean GUÉHENNO,
Journal des années noires 1940-1944
(entrée du 13 août 1944)

«Il n'y a plus pour nous que le gouffre là, [...] l'énorme vallée, tout Paris millions millions de vengeances de je ne sais quoi, des toits à l'infini, pointus, aigus, coupants, atroces, remplis d'êtres qui nous haïssent...»

Louis-Ferdinand CÉLINE,
Maudits soupirs pour une autre fois

«Ça va devenir, les jours qui viennent, le temps des reniements, des larmes, des tortures, des enterrés vifs... les bacchanales sanglantes... la furie périodique des hommes!»

Alphonse BOUDARD,
Les Combattants du petit bonheur

Avertissement

Ni l'auteur ni l'éditeur ne cautionnent les propos ou les agissements du personnage central de ce livre. Mais ils sont le reflet de son époque, comme ils peuvent présager celles qui nous attendent. Car « le ventre est encore fécond, d'où a surgi la bête immonde ».

I

LE MAINTIEN DE L'ORDRE

[Extrait du quotidien Le Matin, *29 juin 1944]*

« C'EST L'ANGLETERRE QUI A ARMÉ L'ASSASSIN DE PHILIPPE HENRIOT »

démontre l'agence allemande A.I.D.

BERLIN, 28 juin. — Dans un article consacré à l'assassinat de Philippe Henriot[1]*, l'agence A.I.D. (service d'information à l'étranger) déclare :*

« Ce crime est un acte dont la lâcheté et la bestialité n'ont pas de précédent, même dans cette guerre. Philippe Henriot était l'un de ceux qui combattaient avec le plus de courage pour une Europe nouvelle, fondée sur une compréhension durable entre les peuples de France et d'Allemagne. Il était à la fois Français et Européen, et avait fourni plus de cent fois des témoignages de ses convictions. Philippe Henriot était devenu le symbole même des bonnes relations franco-allemandes. C'est à ce titre qu'il s'est désigné à la haine infernale de ceux qu'une intelligence étroite, l'aveuglement sectaire ou l'intrigue politicienne rendent impénétrables à toute idée de compréhension entre les deux peuples voisins.

« Philippe Henriot était un Français. Mais en lui rien ne correspondait à ce que l'Angleterre désire trouver dans la personnalité française. Pour ces prétendus amis, qui considèrent la France comme un tremplin offensif de l'Angleterre contre l'Allemagne, Philippe Henriot était un obstacle insurmontable. C'est à Londres qu'ont été élaborés les plans qui ont préparé son

1. Éditorialiste de Radio-Paris, membre de la Milice, et à partir du 6 janvier 1944 secrétaire à l'Information et à la Propagande du régime de Vichy, Philippe Henriot, surnommé le « Goebbels français », a été abattu à l'aube du 28 juin 1944 par un commando de la Résistance. *(Toutes les notes sont de l'auteur.)*

assassinat. Plusieurs attentats avaient déjà échoué. Le dernier et le plus abject de tous, celui qui consistait à tuer ce Français abhorré, à son domicile, en présence de sa femme, a fini par aboutir.

« La nationalité du meurtrier n'a, en l'espèce, aucune importance. Il est sans intérêt de savoir de quel passeport est muni l'assassin professionnel qui a exécuté ce crime. Ce qui importe, c'est la nationalité de ses instigateurs. C'est en Grande-Bretagne qu'il faut les chercher.

« Cet acte appartient à la série des meurtres politiques qui sont organisés dans ce pays. C'est de là qu'est parti le coup qui a tué Philippe Henriot, l'homme qui a vécu et combattu pour l'Europe nouvelle. »

1

11e division, cellule 9

LE PIRE, POUR Léon Sadorski, à la Santé, c'est l'odeur.

Fresnes puait, le Dépôt de la Conciergerie également, il les visitait déjà de temps à autre en tant qu'inspecteur de police ; et il a connu voilà deux ans, en 1942, la prison de l'Alexanderplatz à Berlin. Mais la Santé a ses relents bien à elle : un invraisemblable mélange, âcre et pénétrant, de vieille urine, de tabac froid, de pieds crasseux, de colique et de soupe aux choux – le tout parfumé au Crésyl pour la désinfection. Cette odeur inimitable vous colle à la peau, elle s'infiltre par tous les pores, envahit la gorge, les poumons. Les vêtements, bien entendu, et les cheveux, sentent pareil. Depuis que Sadorski est entré à la 11e division, expédié de l'infirmerie de Fresnes, où il a végété pendant des semaines, après cinq premiers mois de préventive dans la grande maison d'arrêt de la banlieue sud de Paris, passée depuis peu entièrement sous administration boche, l'ex-inspecteur principal adjoint de la 3e section des Renseignements généraux de la PP[1] n'a qu'une obsession : sortir. Le fait de se retrouver désormais prisonnier au centre de l'ex-capitale, à deux pas du métro aérien de la ligne 6, des marronniers touffus du boulevard Arago qu'arpentent les citadins qui eux respirent l'air de la liberté (si l'on peut dire, avec les Allemands

1. Préfecture de police de Paris.

chez nous depuis juin 1940)… et puis les femmes, toutes ces femmes qu'il imagine, qu'il devine, aux alentours, invisibles, ou qu'il lui arrive d'apercevoir de loin à travers grillages ou barreaux, joliment coiffées, trottinant sur leurs talons de bois, mollets nus, jupe au vent, en tenue légère sous le soleil estival ; il y a de quoi devenir fou !

Son moral a chuté comme jadis à Berlin, mais plus bas encore. Ici, il n'est plus un homme, un policier, mais un simple numéro d'écrou, associé à un numéro de division et un numéro de cellule. Son identité réduite aux cinq chiffres de son matricule, parmi plus de quatre mille autres matricules du même genre, attribués à des terroristes ou à des criminels. Chaque journée qui passe est semblable à la veille, au lendemain. Sadorski pleure tous les jours. Les larmes surgissent à la moindre sollicitation. S'il en avait le moyen, il se tuerait. Le désespoir le ronge. Il pense à Yvette, son épouse, et à Julie, qui vit toujours cachée dans leur appartement du quai des Célestins où elle élève le môme. Son petit Bernard… Le bébé né ce vendredi 12 novembre 1943, la date même de l'arrestation de l'inspecteur par les SS ! Lesquels, seul point positif dans l'affaire, lors de la visite à son domicile, ont gobé toute crue la fable servie par la sage-femme : Mme Sadorski venait d'accoucher, la petite brune alitée dans le salon était une nièce de province, malade, et non une Juive recherchée depuis la grande rafle du Vél'd'Hiv ! Coup de veine supplémentaire : la concierge, cette salope de Mme Lantin, qui si elle l'avait vue aurait reconnu et dénoncé allègrement Julie Odwak, était absente, partie se ravitailler chez sa cousine de Dreux le jour de la perquisition de la Gestapo…

Sadorski n'a toujours pas fait la connaissance de son fils. Il a demandé pourtant, une seule fois, à Yvette, un jour de parloir, tandis que le double grillage de la cabine étrange et hostile les séparait l'un de l'autre, dans le caveau obscur. Évidemment elle ne pigeait pas :

— Mais pourquoi ? Amener un bébé dans un lieu pareil, sans oxygène, sans lumière ? Ça lui ferait un choc ! Le pauvre chialerait tout le temps, on ne s'entendrait plus ! Déjà que c'est dur… Et puis, voyons, c'est pas comme si c'était ton lardon à toi !

Elle a ri, et haussé les épaules. Sadorski était consterné. Que répondre à sa femme ?

Je veux le voir, biquette, parce que c'est vraiment *le mien ! Parce que, eh oui, Julie et moi on a baisé, derrière la porte de la chambre à coucher – le soir d'avril l'an dernier où ton beau-frère, ce con de Mimile, est venu bouffer chez nous et qu'Édith Piaf chantait « J'ai dansé avec l'amour » sur le gramophone… On a baisé et je l'ai foutue enceinte ce soir-là… Elle était vierge, ça ne peut pas être le lycéen le père, il était déjà clamecé, et mort puceau… Mais, tu comprends, nous on pouvait pas te le dire… TU COMPRENDS ?!*

Le fautif s'est retenu de hurler sa rage, a préféré rester coi. Yvette ne doit pas savoir. *Jamais*. Il a marmonné une explication vague. La curiosité. Le désir de voir à quoi il ressemblait autrement que sur ses photos, le bout d'chou. N'est-ce pas ? Et puis ça lui changerait les idées, à lui, Sadorski. Si tu crois que c'est drôle, la prison ! Moi je n'en peux plus… On m'a oublié ici… L'avocat est un incapable ou un escroc… Sa mijaurée d'assistante est nulle… Je n'ai pas vu le juge d'instruction depuis des semaines… Cet imbécile ne m'a même pas confronté avec la petite menteuse qui m'accuse… On veut me laisser crever !

Sadorski avait honte de son apparence, flottant misérablement dans son pantalon sans ceinture ni bretelles, confisquées au greffe tout comme sa cravate et ses lacets de souliers. La conversation n'a duré que quinze minutes ; il a quitté le parloir avec une boule dans la gorge, torturé par les soucis, l'angoisse, malheureux à en mourir. Il avait dû lui paraître sale et décomposé, la peau sèche, flétrie, le teint cireux sous la chevelure blanche hirsute, les joues creuses dévorées par une barbe de plusieurs jours (les passages au « salon de coiffure » de la Santé ne sont pas fréquents), les ongles si longs qu'il se griffe en permanence, et ces habits malodorants, froissés. La douche est en théorie bimensuelle mais ces temps derniers on la supprime souvent, ainsi que les promenades. Ce que l'administration donne à avaler aux détenus est infect, en général une maigre soupe au céleri où surnagent quelques restes de gras ou de tripes, et, occasionnellement, une immonde colle de pâtes au goût persistant d'eau de vaisselle. En outre, ses douleurs dentaires gênent Sadorski pour mâcher. Au bout de huit mois d'enfermement, il a perdu une quinzaine de kilos. Il maigrit à vue d'œil, s'affaiblit. Le prisonnier ignore pourquoi les Allemands l'ont saqué de Fresnes, où il est tombé malade, pour l'expédier à la Santé, régie par l'administration pénitentiaire française : un établissement sinistre et surpeuplé, avec – pour seulement 1 102 cellules en tout – ses plus de 4 600 détenus d'après les derniers comptes, dont environ 450 politiques, qui, sous la canicule de juillet, bouillonne comme un chaudron infernal ! Si encore il se trouvait dans une cellule de résistants. De vrais. Il pourrait nouer des contacts, se créer des relations utiles pour l'après-guerre. Ou bien – l'un n'empêchant pas l'autre – les dénoncer, jouer les « moutons », négocier en échange un aménagement de peine avec la Justice…

Au lieu de ça, on l'a bouclé chez les droits-communs, ceux que dans l'argot des prisons on surnomme les « casseurs ». Entassés à sept ou huit, en fonction des arrivées et des départs, dans cet espace de moins de 20 mètres carrés, comprenant, à un angle de la cellule, un water doté d'une chasse d'eau actionnée par un bouton qu'il faut coincer avec une allumette, si l'on souhaite se laver, de façon rudimentaire ; une tablette fixée au mur moisi, d'où le plâtre tombe en morceaux, assortie d'un tabouret retenu par une courte chaîne ; et pour dormir, un lit unique également fixé au mur (que se réserve le détenu le plus ancien) et des paillasses, posées sur des bat-flanc étalés côte à côte, serrés au maximum devant la lucarne à barreaux aux vitres peintes en bleu, qui donne sur le chemin de ronde et son immense mur d'enceinte en pierre meulière. Des planches sont scellées aux parois de la cellule, sur lesquelles on place ses divers objets personnels, ustensiles de toilette, savon, serviettes, mains à laver, gamelles, cuillers, fourchettes et quelques livres empruntés à la bibliothèque. Les assauts persistants des punaises empêchent Sadorski de trouver le sommeil, après que les derniers bruits de la maison d'arrêt ont décru comme chaque soir : les toux à n'en plus finir, le chahut des jeunes au rez-de-chaussée, le son des gamelles, les « bonne nuit » échangés d'un cachot à l'autre… L'hiver on grelotte de froid, paraît-il, l'établissement n'étant pas chauffé ; l'été la température est insupportable et elle aggrave la puanteur.

Les échanges dans sa cellule n'ont aucun intérêt. La plupart des compagnons de Sadorski savent à peine lire, encore moins écrire. Même le débarquement des Alliés sur les côtes normandes, qui a eu lieu le 6 juin et dont la rumeur s'est répandue aussitôt derrière les barreaux, eh bien tout le monde ici – au contraire de chez les politiques – s'en fout, à part lui ! Il n'a entendu ce jour-là qu'une lointaine *Marseillaise*, entonnée par les résistants du quartier bas.

Ses voisins de la 11-9 ne pensent qu'à une chose : éviter une forte condamnation pour les délits de droit commun qu'ils ont effectivement commis. Des voleurs, des avorteurs, des proxénètes, des trafiquants, des petits malfrats… le genre d'individus qu'il avait pour tâche d'attraper et de jeter en taule ! Car Léon Sadorski est un homme d'ordre et un policier par vocation. Les salopards, la lie de la société, son rôle était de l'en débarrasser, les mettre à l'ombre pour, espérait-il, le plus longtemps possible ; ou, mieux, les envoyer à la guillotine ou au poteau ! Ce qui lui est arrivé depuis son arrestation du 12 novembre est d'une injustice criante. On lui reproche d'être résistant, or s'il y a un fonctionnaire fidèle au Maréchal, c'est bien lui ! Et, lorsque la Sipo-SD[1] de la rue des Saussaies l'a soumis à l'« interrogatoire renforcé », des semaines durant, il n'a rien pu avouer d'intéressant pour eux – tout bêtement parce que Sadorski ne savait *rien* ! Même en se raclant la cervelle il n'y avait rien de vérifiable, de concret, d'utile ! Le *Doktor* Yodkum, l'ancien charcutier de la place Monge, lui a limé les dents, l'a plongé dans la baignoire glaciale et sauvagement cogné, il lui a fait coiffer l'horrible casque de métal qui réduit les crânes, a serré, en gloussant sadiquement, les vis à lui en faire jaillir les globes oculaires des orbites, *tout cela pour rien* !

Sa convocation la plus récente chez le juge remonte à la mi-mai, peu après qu'on l'a écroué dans la vétuste maison d'arrêt du 42, rue de la Santé. Le maton a braillé par le guichet :

— Sadorski ! Palais !

1. Appellation officielle de la « Gestapo » dans les territoires occupés : la Sipo (*Sicherheitspolizei*, police de sûreté), en coordination avec le SD (*Sicherheitsdienst*, service de sécurité de la SS), englobe la Gestapo (*Geheime Staatspolizei*, police secrète d'État) et la Kripo (*Kriminalpolizei*, police criminelle).

Puis :

— Face au mur, mains en l'air !

Comme il ne réagissait pas assez vite, il a pris une gifle. Le garde l'a fouillé, avant de le conduire, menottes aux poignets, à travers les étroites nefs des divisions, jusqu'au rond-point central du quartier bas, où l'on rassemblait les partants du matin pour le Palais de justice. Il a dû se tasser à gauche parmi la file minable et dépenaillée des délinquants petits ou moyens; tandis que les vedettes des grands faits divers, les étoiles du Milieu, le gibier de haute surveillance et de cour d'assises – ceux du moins qui n'ont pas déjà été recrutés par la police SS ou par la Milice –, patientaient orgueilleusement à droite le long du mur, ricanant et bavardant, sous l'œil admiratif des jeunes voyous. Sadorski, à l'appel de son nom, a descendu des escaliers, parcouru des enfilades de galeries, vers le panier à salade qui l'attendait dans la cour. Coincé seul à l'intérieur du placard métallique, les yeux collés à la mince fente biseautée du volet de fer, il a vu défiler les arbres en fleurs du boulevard, et les jardins de l'Observatoire, fleuris eux aussi, peuplés de bambins à la garde de leur mère ou de leur gouvernante. Puis le fourgon noir de l'administration pénitentiaire a viré à droite pour enfiler la rue Denfert-Rochereau[1]. L'air de l'extérieur embaumait. À partir de Port-Royal et du bal Bullier, la nostalgie a été du voyage : le prévenu, que le hasard avait placé du côté droit, voyait passer, boulevard Saint-Michel, les terrasses des grands cafés d'étudiants, Capoulade, le Dupont-Latin, remplies de consommateurs en habits printaniers, et, place de la Sorbonne, les vitrines de la librairie allemande Rive gauche… Il revivait en ces instants ses rendez-vous de naguère avec Julie, et ensuite avec Jacqueline – cette petite traîtresse de Jacqueline Perret, qui l'a dénoncé aux Boches ! Son regard, de nouveau, s'embuait.

Au Palais, les gardes l'ont enfourné, toujours menotté, dans une des longues cages grillagées de la « souricière ». Sadorski y avait déjà séjourné mais venant de Fresnes. Cette fois, il est resté enfermé depuis

1. Aujourd'hui l'avenue du même nom.

9 heures du matin jusqu'à 3 heures de l'après-midi sans manger. On crevait de chaud, une odeur de vomi montait de l'espèce d'écoulement, puant et engorgé, au fond de la cage. Deux gardes mobiles sont venus le chercher, munis d'un petit bulletin rose avec un nom et un numéro. On l'a fouillé encore une fois, il a fallu gravir un nouvel escalier, de service, aux marches raides. Puis Sadorski a retrouvé le couloir devant le cabinet de son juge, dont le numéro, le 15, affiché au centre du panneau de bois verni, correspondait à celui sur le papier rose. Du côté opposé, une porte vitrée, fermée, séparant le couloir de l'espace réservé aux familles. Des civils se trouvaient là, mais pas Yvette. Sur un banc plus loin dans le couloir, devant le bureau d'un autre juge d'instruction, une femme pleurait. Un des gardes a tapé respectueusement à la porte 15.

— Entrez ! a-t-on crié.

L'avocat de Sadorski, Me Mollet-Viéville, patientait assis en face du juge. Celui-ci n'était pas Gerbinis, le magistrat chargé de l'antiterrorisme en général, et de son cas à lui en particulier, mais un bonhomme replet que le prévenu rencontrait pour la première fois.

Les gardes lui ont retiré les menottes avant d'aller s'asseoir sur des chaises au fond de la pièce. Le greffier bâillait. Le juge s'est présenté comme étant M. Achille Tranchepain, succédant à M. Gerbinis pour s'occuper de l'affaire de l'IPA[1] Sadorski. Il a soupiré, mécontent :

— Je ne comprends *rien* à votre histoire, inspecteur. Mon confrère peinait lui aussi à y démêler le vrai du faux. Vous appartenez à la dissidence gaulliste, oui ou non ?

— Bien sûr que non ! est intervenu Me Mollet-Viéville. Mon client est innocent. Vous avez devant vous le plus loyal des serviteurs de l'État français ! Si vous, monsieur le juge d'instruction, et les Allemands aussi, d'ailleurs, éprouvez quelques difficultés avec ce dossier, c'est que sous son aspect embrouillé, et, je l'avoue, insolite, inhabituel, cocasse même, il est en réalité complètement vide ! Vide !

---

1. Inspecteur principal adjoint (grade correspondant à celui de brigadier-chef dans la PJ de l'époque).

L'inspecteur Sadorski n'a *rien* à se reprocher ! Il est accusé à tort par une gamine hystérique, une fabulatrice, une faussaire, une allumeuse… bref, une petite garce, si vous me permettez l'expression !

Le magistrat avait tiqué.

— Voyons, maître ! Mlle Perret, que j'ai interrogée hier dans ce bureau, m'a fait très bonne impression et est issue d'un excellent milieu. Je connaissais son oncle du côté maternel, Paul Guirlange, jeune avocat au barreau de Paris, à qui nous prédisions tous le plus brillant avenir, mais qui malheureusement a péri sur les routes durant l'exode… Et les parents ont des relations suivies avec les Allemands, au plus haut niveau, M. Perret travaillant comme directeur de production pour la firme cinématographique Continental, après avoir fait partie du conseil d'administration de la société de distribution Tobis… Je m'interdis de prendre le témoignage de cette jeune personne à la légère ! Si la Gestapo l'a fait écrouer elle aussi, c'est la preuve qu'ils ont bien cru à ses aveux ! Je ne serais pas étonné, hélas, qu'ils la déportent… Cette affaire est des plus graves ! Le colonel de Birague et son épouse, les voisins du dessus de M. Sadorski, et ses présumés complices à en croire Mlle Perret, sont déjà, eux, partis pour l'Allemagne ! Ils s'obstinaient à nier l'appartenance de votre client au réseau Éleuthère… (Le juge a ajouté en ricanant, tandis qu'il parcourait les procès-verbaux des interrogatoires :) Quant à leur opérateur radio, Barnier, suicidé par défenestration, il n'est plus là pour nous renseigner, évidemment !… Alors, monsieur Sadorski, je répète ma question : faites-vous partie de la résistance, *oui ou non* ?

La cellule 9 est une étuve. Dehors résonnent les bruits du service : distribution du café, de la soupe, corvées diverses de nettoyage. Bientôt, entre midi et 14 heures, ils s'interrompront. On perçoit les aboiements secs des gaffes[1], des hurlements quelque part dans une division proche, des disputes. Et, par intermittence, le grondement

1. Gaffes, ou matons : les gardiens, dans l'argot des prisons (de « gaffer », regarder, observer, et de « mater », épier).

lointain des rames de métro, vers Glacière. Sadorski accablé rêvasse à des repas plantureux cuisinés par Yvette ou par Julie. La soupe de 11 heures est passée, il a vidé sa gamelle, en a lapé le fond comme une bête. La faim le tourmente en permanence. Les prisonniers n'ont pas pu dormir cette nuit à cause de l'orage, d'une violence inouïe, qui s'est abattu sur la ville, sans pour autant rafraîchir l'air lourd et poisseux. Ce matin il pleuvait encore, on se serait cru sous la mousson des tropiques. Tout à l'heure l'inspecteur fumera une gauloise en cachette. Sa chérie a dissimulé douze cigarettes dans le dernier colis hebdomadaire. La rareté du tabac lui pèse horriblement, le sevrage même partiel de nicotine est un supplice. Les paroles du juge Tranchepain et de l'avocat Mollet-Viéville à l'audience de mai – cela paraît si loin, déjà ! – se mélangent à présent au souvenir brûlant de Jacqueline Perret. La petite garce, oui, le mot n'est pas trop fort ! Et la situation point si rare. Il est fréquent en effet, réfléchit Sadorski, de tomber par la rancœur ou la vilenie d'une femme. Ce séjour à la Santé lui en apporte des exemples supplémentaires : l'un des nombreux graffitis au mur de la cellule, signé par un certain Frédo de la butte Montmartre, relate, en termes naïfs et argotiques, comment ce proxénète a été « fait » par sa propre putain ; et un de ses codétenus de la 9, le nommé Baugeois, personnage doux et d'humeur facile, accusé de marché noir pour avoir alimenté son café-restaurant en divers produits contingentés, a été trahi, lui, par sa conjointe : madame a prétexté de son incarcération pour divorcer, vendre leur fonds de commerce à son profit et filer en compagnie d'un Fritz ! Alors que le couple avait cinq mômes ! Putain de vie de merde – comme dirait Lafont, *alias* Monsieur Henri, le gangster devenu le chef de la « Gestapo française » du 93, rue Lauriston… Un type qui s'y connaît en vies de merde.

Sadorski joue avec les allumettes au fond de sa poche. Elles lui servent entre autres à compter les prières, comme il le faisait dans sa geôle de Berlin. Car il est un bon catholique, depuis toujours ! Deux *Pater* et cinq *Ave* pour chaque allumette. Puis il recommence. Les larmes roulent sur ses joues. Ses compagnons se foutent de sa gueule.

Le guichet s'ouvre avec un claquement, la bouche d'un gardien crache par l'ouverture :

— Sadorski ! Direction !

Les occupants de la cellule ont levé la tête. À la Santé, surtout chez les petits délinquants, une convocation dans les bureaux directoriaux est très inhabituelle. Et pas de bon augure. Quelqu'un l'aura dénoncé, pour il ne sait quelle infraction au règlement ! Les punitions pleuvent, l'ambiance dans la prison est particulièrement électrique à l'approche de la fête nationale, pour laquelle se prépare, murmure-t-on, quelque chose – chahut, manifestation, peut-être même une révolte ? En attendant, l'ex-caïd des RG est bon pour le « mitard » ! À l'isolement dans un de ces réduits ignobles, au rez-de-chaussée, à l'extrémité de la division : d'anciennes cellules normales dont la fenêtre a été murée, avec un faible jour descendant d'un fenestron au niveau du plafond, limité à l'extérieur par un auvent de fer afin de diminuer encore la lumière, et où l'on n'est nourri que d'une maigre soupe tous les quatre jours… un menu à vous faire calancher en peu de temps ! Sadorski ressent d'ailleurs depuis quelques jours des brûlures d'estomac, et craint d'avoir attrapé un ulcère… Pauvre gars, semblent penser ses voisins, déjà qu'il avait l'air de filer un mauvais coton…

Docile, il lève les bras pour faciliter la fouille par le surveillant. Celui-ci est un jeune, l'air obtus, mais pas vraiment mauvais. En outre, le prisonnier dont il a la garde est un ancien flic, un brigadier-chef – cela a fini par se savoir chez le personnel. Il traite donc Sadorski avec un certain respect, en dépit de sa piètre mine ; c'est presque avec douceur qu'il lui passe les menottes aux poignets.

— On y va.

Une ambiance bizarre règne sur leur chemin dans la 5e division : les matons y sont plus nombreux que de coutume, tendus, nerveux. Toutes les portes de cellule fermées, à tous les étages, le long des coursives. Un brigadier court en tenant une feuille de papier. Quelques surveillants ont la main sur la crosse de leur revolver. Ils poussent des gueulantes dès qu'une voix s'élève derrière une porte pour protester. L'un d'eux, un gradé à moustache en guidon de vélo, hurle à l'intention des passants : « Allez, merde, grouillez ! M. le directeur ne veut *plus personne* dans la division après 12 h 30 ! Sinon gare ! »

— Qu'est-ce qui se passe ? chuchote Sadorski.

Il craint que la rumeur qui circule depuis plusieurs jours ne se vérifie : la déportation de tous les prisonniers vers l'Allemagne, en raison des progrès des forces alliées sur le front normand. Le jeune gars secoue les épaules.

— Y a eu des consignes en fin de matinée. On attend un invité de marque.

— Une inspection ?

Pas de réponse. Le maton lui décoche une bourrade pour le faire avancer plus vite.

Un surveillant de table se lève et leur ouvre la grille; les deux hommes tournent au rond-point puis descendent les marches menant au quartier bas. Ils croisent une escouade de gardiens, l'un d'eux équipé d'une mitraillette. Sadorski n'a jamais vu pareille atmosphère dans la prison, ni dans aucune autre. Pourtant le 14 juillet, c'est dans sept jours encore; la fameuse mutinerie que tout le monde souhaite ou redoute ne peut pas démarrer aujourd'hui ! D'ailleurs le gaffe a parlé d'un « invité de marque »... Un ministre vient leur rendre visite ? Le président Laval ? Ou Joseph Darnand, chef de la Milice, et nouvellement nommé à l'Intérieur après avoir été secrétaire général au Maintien de l'ordre ? Mais en principe lui aussi réside à Vichy. Quant à Marcel Bucard, le leader des francistes[1], autre vedette de la collaboration, ce dernier se trouve déjà à la Santé : incarcéré depuis deux jours, tout comme ses gardes du corps, accusés d'avoir abattu deux agents et blessé plusieurs autres d'un car de police secours qui les pourchassait, boulevard des Italiens, lors de leur fuite après avoir tenté de rançonner un joaillier juif...

La même atmosphère règne dans le bâtiment de l'administration, au-dessus de la cour d'honneur qui donne sur l'entrée principale rue

1. Le Parti, ou Mouvement, franciste, créé en 1933 et dirigé par Marcel Bucard, est un des principaux partis fascistes et collaborationnistes français. Bucard sera relaxé quelques semaines plus tard, le 29 juillet 1944, sur intervention de l'ambassade d'Allemagne – puis condamné à mort et fusillé après la Libération.

de la Santé. Gardiens et employés sont sur les dents. Le prévenu menotté est introduit dans un bureau, qui ne semble pas être celui du directeur de la prison. De dimensions très modestes, plus fonctionnel que luxueux, avec, derrière le meuble-bureau en acajou recouvert de vieux maroquin, une affiche des services de l'information de Vichy, comme on en voit dans les commissariats ou les postes : représenté de trois quarts, un ouvrier stylisé manipule une fraiseuse d'établi, tandis que derrière lui, en ombre chinoise, un terroriste braque un pistolet-mitrailleur – la silhouette menaçante répétant celle du prolétaire et de son instrument. Le texte, en lettres capitales noires, bleues et grises : *POUR TE DÉFENDRE DANS LA VIE, QUELLE ARME CHOISIS-TU ? LA MITRAILLETTE DU BANDIT OU L'OUTIL DU TRAVAILLEUR…*

Un homme en complet et cravate noire a rejoint la pièce, par une autre porte. Jeune, le visage avenant, bien dessiné, que dépare seulement une oreille gauche largement décollée sous la chevelure sombre, sculptée à la brillantine. Sadorski l'a déjà vu arpenter les couloirs des divisions, discutant avec les gardiens, entrant parfois dans une cellule. Le personnage l'examine avec curiosité.

— Monsieur Sadorski ? Pardonnez-moi, je ne vous propose pas de vous asseoir, car cela ne se fait pas, comprenez-vous.

Lui-même s'installe, avec un soupir d'aise, dans le fauteuil pivotant en cuir et bois verni, se penche sur un tiroir, d'où il sort une chemise cartonnée.

— Je suis Maurice Couget, sous-directeur de la maison d'arrêt de la Santé. Notre directeur, M. Farge, est très occupé aujourd'hui. Il doit faire face à une situation un peu spéciale. (Le sous-directeur fronce les sourcils en parcourant une feuille dactylographiée.) Vous êtes donc chez nous depuis le mercredi 8 mai de cette année, inspecteur Sadorski. À la 11ᵉ division, dans une cellule de droit commun… pour une affaire qui me semble pourtant politique. Hum. Je vois dans le dossier que vous avez été malade ? À Fresnes ?

— Oui, monsieur le directeur.

— Gravement ? Ce n'est pas précisé…

Sadorski hésite.

— Pas si grave, monsieur le directeur. Une infection urinaire, et aussi de l'eczéma. Et des problèmes aux dents, suite au fait que la Gestapo me les a limées au cours des interrogatoires… Depuis les mauvais traitements subis dans leurs locaux, je souffre de migraines atroces. Et puis, euh, d'un état dépressif chronique…

— Ah.

— Je supporte mal la détention, monsieur le directeur. Mon affaire traîne. Le juge ne m'a toujours pas inculpé… Et, je suis policier de carrière, comprenez-vous. La promiscuité avec ces repris de justice…

— Oui, oui. Je sais. J'imagine bien.

Le prévenu sent les larmes lui monter aux yeux.

— J'ai un enfant, monsieur le directeur. Né au mois de novembre dernier. Pensez, je ne l'ai pas encore vu ! Pas une seule fois !

Le sous-directeur Couget a l'air gêné.

— Votre épouse aurait pu l'amener au parloir…

— Elle ne veut pas… Elle dit que c'est pas un endroit pour un nouveau-né !

— Hum… je ne peux pas lui donner entièrement tort.

— Monsieur le directeur… (Sadorski refoule un sanglot.) Je suis prêt à *tout* pour faire avancer les choses… pour améliorer mes conditions de détention… Je peux… vous renseigner sur mes camarades de cellule… vous raconter ce qui se mijote… Mieux, si vous me mettiez chez les politiques… il y aurait des informations sûrement intéressantes…

Son interlocuteur se renfrogne davantage.

— Nous verrons. Pourquoi pas, en effet. Mais en attendant… J'ai reçu un document qui vous concerne.

Il tire de la chemise une feuille de papier quadrillé, sale et froissée, déchirée sur les bords, où l'on distingue des lignes irrégulières tracées avec un crayon grossier. Le cœur de Sadorski loupe un battement. Il a reconnu le papier, ainsi que l'écriture… *la sienne*.

— Je vous le lis à voix haute, annonce Couget, une lueur de malice dans le regard. Vous m'expliquerez ensuite. Hum : « À Monsieur le directeur général de l'administration pénitentiaire. Le 20 juin 1944. Cher Monsieur le Colonel, j'ai l'honneur de solliciter votre bienveillante attention. Arrêté le 12 novembre 1943 par la Sipo-SD, sur la foi d'une fausse accusation, je suis actuellement détenu à la prison de la Santé. Dans cette affaire je suis parfaitement innocent. Le juge d'instruction M. Tranchepain, chargé de s'en occuper, n'a procédé à aucune inculpation à mon encontre, et il se désintéresse de mon cas, lequel est tout à fait mineur, à preuve que les Allemands eux-mêmes m'ont renvoyé de Fresnes et ne me soupçonnent plus de quoi que ce soit.

« Lorsque vous étiez directeur des Renseignements généraux, vous avez pu apprécier maintes fois mon dévouement ; vous savez que je suis un loyal serviteur de l'État français, et un ami des Allemands, puisque la Gestapo de Berlin, service IV E 3, m'a confié de nombreuses missions ou enquêtes visant les Juifs et les terroristes. Vous m'aviez autorisé à obéir à ces instructions et garanti que je serais couvert. Je ne désire qu'une chose, Monsieur le Colonel, c'est servir ! Or ma situation actuelle m'en ôte la possibilité. Si j'ai commis des erreurs je suis prêt à les expier, mais il n'y a rien dans ce que j'ai fait qui puisse me valoir un tel régime. Je n'ai rien fait de licencieux contre les Allemands. Je n'ai rien à me reprocher par rapport à mon administration. Je suis simplement l'objet d'une vengeance. Si ma situation se prolonge, je suis prêt à commencer la grève de la faim. Je pleure en vous écrivant, mais je n'ai plus de larmes. Une intervention de votre part, cher Monsieur Baillet, représente ma SEULE et UNIQUE espérance.

« En m'excusant de cet état de fait, et en vous remerciant d'avance pour ce que vous croirez devoir ordonner en ma faveur, afin d'améliorer une existence présentement bien misérable, je vous prie d'accepter, Monsieur le Directeur général de l'administration pénitentiaire, l'assurance de mes respectueux sentiments et de ma vive reconnaissance pour votre dérangement à me répondre.

« Signé : Léon, René, Octave Sadorski, IPA à la 3e section de la direction générale des Renseignements généraux, détenu, matricule 10142, 11e division, cellule 9, la Santé. » (Couget agite la feuille quadrillée, se penche en avant sur le bureau.) Vous admettez être l'auteur de cette requête, monsieur Sadorski ?

2

Le passager de juillet

L'INTERROGÉ A ÉTÉ PRIS DE COURT. Mais, de toute façon, nier serait absurde.

— Oui, monsieur le directeur.

Couget sourit.

— Par respect pour le policier que j'ai en face de moi, je ne vous demanderai pas comment vous vous êtes procuré, sans en faire la demande officielle, du papier et un crayon, en violation du règlement…

Sadorski transpire, le moral dans les chaussettes. Il ne mentait pas au directeur Baillet : cet appel représentait bien son dernier espoir !

— Mais alors, monsieur le directeur… *M. Baillet n'a pas lu ma lettre ?*

Le sourire sur le visage impeccablement rasé du fonctionnaire s'efface.

— Je l'ignore, monsieur. La direction de l'administration pénitentiaire me l'a fait parvenir avant-hier seulement, par courrier interne. Assortie d'une simple note datée du 3 juillet, signée par le directeur général adjoint M. Maret : « Pour information. » C'est tout. Et ce matin, on m'a instruit par téléphone de vous appeler dans mon bureau. Sans me donner de détails.

Le prévenu réprime une grimace. À Fresnes il a entendu parler de Jocelyn Maret : le directeur adjoint de la pénitentiaire, nommé au début de l'année par Darnand – qui place ses hommes partout dans les rouages de l'État –, pour assister, ou surveiller, Baillet, a la réputation d'un milicien enragé. Cet ancien représentant en produits pharmaceutiques, délégué administratif de la LVF[1] à Vichy, connaît une ascension spectaculaire : délégué général du gouvernement dans les territoires occupés, sous-préfet de Dinan, à présent il sillonne les prisons françaises pour y présider les cours martiales. Rennes, Loos, Châlons-sur-Marne, Laon, Besançon... Lui et ses hommes ont sévi à la Santé en avril, peu avant que Sadorski y soit écroué ; la cour réunie en hâte a fait fusiller neuf jeunes FTP[2] de l'Aube le 30 avril, sur le chemin de ronde dans l'enceinte même de la prison, pendant que politiques et droits-communs chantaient *La Marseillaise*... Ce Maret serait aussi responsable de la disparition, en juin dernier, de Jean Zay, l'ancien ministre de l'Instruction publique du Front populaire : transféré de la prison de Riom vers celle de Melun par une équipe de miliciens, le détenu aurait été enlevé en route par de mystérieux agresseurs, on ne l'a jamais retrouvé... Personne ne croit à la version de l'enlèvement, on le pense assassiné par la Milice.

— Vous allez me punir, monsieur le directeur ?

Sadorski s'en veut de ce ton pleurard, servile. Voilà ce que la Gestapo et huit mois de détention ont fait de lui ! L'ex-chef du Rayon juif de la préfecture offre un spectacle pitoyable, dont il est conscient. Heureusement qu'Yvette n'est pas là pour voir jusqu'où est tombé son homme ! Le sous-directeur paraît embarrassé. Son prisonnier est encore une fois sur le point de fondre en sanglots.

Couget se laisse aller contre le dossier de cuir, faisant grincer le fauteuil. Ses doigts jouent avec un stylo dont il ôte et remet le capuchon.

— Mais non, monsieur Sadorski. Pas moi, en tout cas. Je n'inflige des peines disciplinaires qu'aux fortes têtes et aux insoumis. Et vous devez savoir que les détenus m'apprécient pour mon indulgence. Si on change vos draps plus souvent, et que vous recevez du savon une fois par mois, c'est parce que je l'ai obtenu de la direction générale !

1. Légion des volontaires français contre le bolchevisme, instituée en juillet 1941 après l'invasion de l'URSS par la Wehrmacht.

2. Francs-tireurs et partisans, c'est-à-dire la résistance armée communiste.

Ce matin j'ai la consigne de vous faire patienter dans le bâtiment administratif, c'est tout. (Il consulte nerveusement sa montre.) On va vous escorter. Quant à votre proposition, nous en reparlerons dans quelques jours… Si vous pouviez me dénoncer quelques fauteurs de troubles, cette aide serait la bienvenue, en effet ! L'agitation est quotidienne, on se plaint de la nourriture, on refuse les promenades, on converse de plus en plus aux fenêtres… Des bouts de papier ont été confisqués qui appelaient à l'émeute, je les ai lus. D'autres prisons de France sont en ébullition. Nous vivons une période particulièrement difficile !… Allez, au plaisir, monsieur.

Il s'est levé pour le raccompagner à la porte et héler un gardien. Sadorski est conduit au dépôt cellulaire des arrivants, situé derrière le greffe et tout près des bureaux de la direction. Seul dans un réduit mal éclairé et mal aéré, par cette journée étouffante, il médite sur son sort. Pour résumer, de même que son juge d'instruction, le détenu ne pige rien ! Certes, la demande à Baillet est bien parvenue à l'administration pénitentiaire (il l'avait confiée à la collaboratrice de son avocat, poupée charmante dans sa robe noire, fraîche émoulue de la fac de droit et peu efficace – sa seule utilité est dans le torrent de désirs qu'elle laisse derrière elle, lorsqu'il se masturbe ensuite sous sa couverture…), mais on se contente de réexpédier la feuille, sans commentaire ni réponse à son appel à l'aide ! *Pour information*, au sous-directeur de la Santé. Et, plus tard, ce coup de téléphone. Avec comme conséquence immédiate une convocation chez Couget, des propos plus ou moins aimables mais vagues de sa part, suivis d'enfermement dans ce local d'attente… À deux pas – c'est le plus exaspérant ! – de la sortie. La grande cour où ne sont autorisés que les voitures officielles et les fourgons pour le transfert des détenus. On y remarque du vacarme, d'ailleurs : ordres brefs, moteurs de véhicules qui manœuvrent, claquements de portières… Des pas résonnent sur les pavés, s'approchant du guichet. L'arrivée du fameux « invité » ? Sadorski s'en fout, c'est inhaler du tabac qu'il lui faut. D'urgence. Or il a laissé ses gauloises dans la cellule, à cause de la fouille… Il prête l'oreille : au greffe, il y a un début de dispute. On entend crier : « Je refuse, vous entendez, je *refuse* que vous preniez mes empreintes, tant que je ne saurai pas les raisons pour lesquelles je suis emprisonné ! Et, non, je ne vous donnerai pas mon état civil ! Je ne déclinerai mon identité que lorsque je saurai qui prend la responsabilité de mon incarcération, et sous quel prétexte je suis ici. L'attitude de Français qui acceptent ainsi qu'on leur livre un otage est profondément méprisable !... » Puis toujours cette même voix qui glapit : « Vous parlez, dois-je vous le rappeler, monsieur, à un ministre de la République ! Je ne fais l'objet d'*aucun* mandat de justice ! Je suis persécuté, traqué pour avoir voulu, en 1939 et 1940, faire respecter la parole de la France vis-à-vis de nos alliés ! Et j'en suis fier, monsieur. J'exige, vous m'entendez, le statut de prisonnier *politique* ! Et un régime spécial, que nécessite mon état de santé ! Je veux voir mon médecin ! Ainsi que mon dentiste !... » Et enfin, vibrant d'indignation : « *Jéroboam* ? Vous avez inscrit *Jéroboam* sur le registre ? Mais je ne me suis jamais appelé Jéroboam ! C'est une ignominie... » Le reste se perd dans un brouhaha, plusieurs individus s'exprimant à la fois. Des paroles autoritaires, d'autres plutôt conciliantes. Sur fond de cliquetis d'armes et de bruits de bottes. Le policier enfermé continue d'écouter. À quelques cloisons de distance, un groupe assez nombreux franchit maintenant le guichet, pénètre dans le secteur de détention. Les voix décroissent. L'incident paraît clos.

Ce nouvel écroué s'est désigné, de sa voix haut perchée, comme « ministre de la République », réfléchit Sadorski. Donc, d'avant l'été de la défaite, puisque l'on dit à présent l'*État* français. Il s'agit forcément d'un politicien de la Gueuse[1]... Et d'un youtre puisque son prénom, ou son surnom, serait « Jéroboam ». Il y a là plutôt matière à se réjouir. Plus on en mettra derrière les barreaux et mieux ça vaudra ! C'était déjà réglé pour Blum, Daladier, Reynaud et consorts, à présent prisonniers quelque part en Bochie, mais la liste ne demande qu'à s'allonger ! Tous ces vendus et incapables de la défunte démocrassouille, dont la Révolution nationale a enfin purgé la France... On peut douter, toutefois, que le mécontent soit placé dans des conditions

1. Expression qu'utilisait l'extrême droite française pour injurier la République.

semblables aux siennes, avec six ou sept compagnons de cellule… et qu'on l'obligera à baisser son pantalon chaque jour pour chier devant eux ! Non, môssieur la grosse légume aura droit certainement à une chambre individuelle. Sadorski fulmine rien que d'y penser. Lui qui s'est abonné jadis à *La France au travail*[1] a une conscience aiguë des rapports de classes. Fils d'un petit fermier de Tunisie d'origine polonaise et d'une paysanne alsacienne, l'inspecteur, n'ayant reçu qu'une instruction primaire, sait qu'à Paris, en dépit de tous ses efforts, de son travail consciencieux de bon flic, on le considère comme un citoyen du bas de l'échelle. À peine mieux que les Ritals, les bicots, les youpins de l'Est… Résultat, en plus de vingt ans de carrière à la PP, l'administration ne l'a jamais, en dépit des belles promesses, et de ses bonnes notes de fin d'année, élevé au grade d'inspecteur principal ! Pourtant 100 pour 100 mérité !

Le désespoir le reprend. Aggravé par une montée d'anxiété, de claustrophobie. Jusqu'à quand devra-t-il suffoquer dans ce local obscur ? Et minuscule ! Tout, dans cette prison, même les bureaux, semble avoir été conçu pour des nains… Quelle heure peut-il être ? Que lui veut-on ? C'est inhumain, de le laisser moisir ainsi, sans l'informer ! *Qui* a téléphoné à Couget ce matin ? Était-ce le directeur adjoint de l'administration pénitentiaire Maret – le milicien, l'ordonnateur des cours martiales, le fusilleur de détenus ? Cette lettre envoyée par Sadorski comme une bouteille à la mer a-t-elle eu l'effet inverse de ce qu'il espérait ? Pourtant, le jeune homme en le raccompagnant à la porte a dit vouloir lui reparler « dans quelques jours »… On ne compte donc pas le déporter outre-Rhin. L'inspecteur sera toujours à la Santé. À Paris, au cœur de la grande ville… pas très loin de l'immeuble du quai des Célestins, d'Yvette, de Julie… du berceau du petit Bernard, son premier fils… À cette idée, l'émotion, les larmes reviennent. Et une sorte d'apaisement… Il ne faut pas qu'il se tracasse.

1. Rédigé au départ par des hommes de gauche, et s'adressant à la petite bourgeoisie comme aux masses ouvrières, ce journal a suivi la voie de la collaboration, sous son nouveau nom *La France socialiste*, contrôlé comme beaucoup d'autres par l'ambassade d'Allemagne *via* le trust Hibbelen créé en mars 1942.

Oui, pourquoi s'en faire, au bout du compte ? Être patient, il suffit d'être patient... Mais (Sadorski se remet à suer d'abondance) que pouvait savoir le fonctionnaire à son sujet ? Pas grand-chose ! Ce type n'est que sous-directeur, il ne fait que transmettre des consignes... La consigne de le faire patienter dans le bâtiment administratif... Attendre, oui, d'accord, mais quoi ? mais qui ? Et combien de temps ?

Il en est à ce degré de panique, d'affolement lié à l'incertitude, quand une clé s'introduit dans la serrure. Un surveillant qu'il n'a jamais vu le libère du placard, et ramène Sadorski du côté des bureaux de l'administration. La pièce où on le fait entrer cette fois, par une porte capitonnée, est des plus luxueuses. Et ornée de l'omniprésent portrait de Pétain. Mais ici pas d'affiche des services de propagande. Deux hommes qui conversaient se retournent vers le nouveau venu. L'un est assez âgé, distingué, maigre et d'aspect fragile, avec de grosses lunettes d'écaille foncée, une courte moustache grisonnante. Le second, Sadorski l'a justement sollicité par écrit quelques semaines plus tôt, mais ne l'avait pas revu depuis la fin de 1942... C'est le directeur général de l'administration pénitentiaire, André Baillet.

Le « colonel » Baillet hausse les sourcils, cherchant à reconnaître les traits de son ex-brigadier des Renseignements généraux, sous la barbe et les cheveux hirsutes. Il s'adresse au garde d'un ton sec.

— Ôtez-lui les menottes !

En même temps, Baillet s'est rapproché du moustachu distingué pour le saisir familièrement par le coude.

— Mon cher Farge, je vous demanderai de me céder votre bureau quelques instants. Je dois m'entretenir avec M. Sadorski.

— Mais je vous en prie, monsieur le directeur général... Vous êtes chez vous. Je vais vérifier avec M. Poirier où en sont les choses avec le ministre... euh, l'ancien ministre. On l'a conduit à la 5e division, en grande surveillance comme vous l'aviez demandé. Une cellule individuelle, bien entendu... Inscrit comme « passager », sous le matricule 10861. Il m'a paru assez énervé. La fatigue, sans doute, après le voyage... Oh, tout cela est très ennuyeux...

— Rappelez-vous ! Pendant son séjour, Jéroboam ne doit recevoir aucune visite, ni être mis en contact avec aucun autre détenu de la prison !

Le patron de la Santé acquiesce et quitte le bureau en marmonnant. À peine est-il parti que le directeur général y va de son commentaire sarcastique.

— Ce pauvre Jean Farge ! Il revient de vacances et cette tuile lui dégringole dessus ! Entre nous, inspecteur, c'est un type souffrant, épuisé… On aurait dû nommer Couget directeur à sa place, quand le poste s'est libéré – Poirier, son prédécesseur, avait raison d'insister pour cette nomination ! Farge ne s'intéresse pas à la Santé, il n'y loge même pas, il préfère rester à la Petite Roquette[1] près de ses chères prisonnières… Il se complaît à effectuer le trajet en profitant des voitures cellulaires du matin et du soir, il prétend que ça va plus vite que le métro… Dans l'établissement qu'il dirigeait auparavant je le soupçonne d'avoir fait preuve d'une regrettable mansuétude à l'égard des chiennes gaullistes et terroristes ! de ces putains ! Moi, je leur collerais douze balles dans la peau !

Sadorski observe son ancien chef avec attention. Lui-même a changé, mais Baillet aussi, depuis l'époque de l'attentat du boulevard du Palais. Les petits yeux froids, dans le visage gras, poupin, brillent d'une lueur inquiète, au lieu de la suffisance agressive de jadis. Pâle et les traits tirés, le directeur général semble aux abois. Ce qui demeure, en revanche, chez ce proche ami de Laval et du policier SS Boemelburg, c'est sa haine viscérale des Rouges et des syndicats.

En maugréant, il s'installe dans le fauteuil directorial, invite d'un geste l'inspecteur à prendre l'un des deux sièges en face du bureau. Il tire de la poche de son veston un étui à cigarettes en argent.

— Vous me permettez de vous en offrir une ?

Sadorski ne se fait pas prier, se penche pour la saisir d'une main tremblante. Une blonde, cela fait plus de huit mois qu'il n'a pas goûté

---

1. Seule prison pour femmes située à l'intérieur de Paris depuis la fermeture de la prison Saint-Lazare en 1935, la Petite Roquette a été démolie en 1974.

au tabac de luxe ! L'autre la lui allume, en attrape une pour lui-même et la plante au bout d'un élégant fume-cigarette d'ambre jaune. Il regarde le prévenu aspirer goulûment la fumée à l'odeur sucrée.

— J'ai une bonne souvenance de vous, inspecteur Sadorski. Le spécialiste des questions juives, et l'enquêteur opiniâtre qui a fini par arrêter la femme Rollin, salope communiste, aujourd'hui déportée… Quand on m'a transmis votre courrier, j'ai été surpris de vous savoir dans cette maison. Je l'ignorais complètement. J'en ai aussitôt parlé au *Sturmbannführer* Boemelburg, lequel a pris contact sur ma demande avec le KdS[1] de Paris pour savoir de quoi il retournait. Là-bas le sous-lieutenant Maag, que j'ai fréquenté en tant qu'adjoint du capitaine Moritz à la police militaire allemande, ne croit pas à votre culpabilité. C'est d'ailleurs pour cela que vous avez quitté Fresnes et été écroué ici. Où l'on vous a un peu oublié, apparemment… (Il glousse, allume sa longue cigarette et se détend dans le fauteuil, les yeux au plafond.) Je comptais dire un mot en votre faveur à M. Dayras, secrétaire général au ministère de la Justice, afin qu'il tire les oreilles à votre juge d'instruction. Que cet abruti arrête de vous emmerder et ordonne un non-lieu. Une autre solution était de signaler votre présence au chef milicien Letourneau, qui, grâce à un permis que mon administration lui a délivré, fait la tournée des centrales et des maisons d'arrêt pour y dénicher les cas intéressants. Il libère ceux qui acceptent de s'engager dans la Milice ou dans la Gestapo… Nous recrutons, voyez-vous. Tout est bon, dans la situation présente, pour faire face aux salopards bolcheviks ! à la racaille gaulliste !… Mais rassurez-moi, vous êtes toujours policier ? On ne vous a pas révoqué, ni suspendu ?

— Euh, en effet, bredouille Sadorski. Je suis encore fonctionnaire à la PP…

— Bien, bien. Car, après réflexion, je me suis rappelé votre rapport…

— Mon rapport, monsieur le directeur ?

1. *Sturmbannführer* : commandant, dans la SS. À l'époque, Boemelburg, muté à Vichy, est devenu le chef de la Gestapo pour la zone Sud (ex-zone libre); KdS (*Kommando der Sipo und des SD*) : commandement de la Sipo et du SD, installé à Paris rue des Saussaies.

— Concernant votre arrestation et votre détention à Berlin au printemps 42. Je l'avais lu. Un témoignage très long, très circonstancié, très détaillé... Remarquablement écrit, absolument dans l'esprit « RG » ! Hélas ce document n'a pas franchi les barrages de la bureaucratie, je doute que le président Laval l'ait eu entre les mains...

Sadorski est pris d'une quinte de toux. Il est trop habitué au gros tabac brun, les américaines lui irritent la gorge. Et il ne comprend pas où Baillet veut en venir. Mais les choses ont l'air de ne pas trop mal se présenter.

Le haut fonctionnaire du gouvernement de Vichy tapote le fume-cigarette, fait tomber un peu de cendre dans le cendrier de M. Farge, ou de son prédécesseur, M. Poirier.

— Il se trouve que nous avons un *gros* problème sur les bras, inspecteur. Les Allemands nous menacent d'une série de cadeaux empoisonnés. Le 3 du mois, le colonel Knochen, à la Gestapo de l'avenue Foch, a reçu un télégramme du RSHA[1] de Berlin annonçant la livraison imminente de trois anciens ministres français, parmi lesquels Léon Blum, actuellement détenus en Allemagne. Le général Oberg était absent. Knochen a averti le délégué du secrétariat au Maintien de l'ordre en zone Nord, qui a prévenu Vichy immédiatement. Le ministre de l'Intérieur et le président du Conseil étaient déjà informés de ce projet par l'ambassadeur Abetz. Ils ont vivement protesté. Vous comprenez pourquoi, naturellement...

— Euh... Je ne m'y connais pas en politique, mon colonel.

— Leur crainte est que toutes ces créatures de l'ancien régime nous soient imposées comme otages. C'est-à-dire que notre gouvernement soit mis en demeure par Hitler de les faire exécuter. En représailles contre le meurtre de Philippe Henriot, par exemple. Ou si d'autres assassinats de personnalités de la collaboration devaient suivre...

Le téléphone sonne. Le directeur étend le bras pour décrocher, répond avec brusquerie.

---

1. *Reichssicherheitshauptamt* (Office central de sûreté du Reich), commandement en chef de toutes les forces de police nazies en Europe.

— Allô ! André Baillet à l'appareil… Ah c'est vous, monsieur le délégué… Oui, nous pouvons parler, Farge est sorti… J'ai eu du mal avec lui, il n'a consenti qu'une fois que le Dr Schmidt lui a fait signer, à titre de décharge, l'ordre rédigé en langue allemande de recevoir le prisonnier. Vous avez avancé depuis tout à l'heure ?… Le colis ? les Allemands nous l'ont livré, à 14 h 25 précises, on l'a écroué et mené à ses appartements, avec matelas et draps propres, etc. Plutôt nerveux, outre les récriminations de principe, son arrogance coutumière – monsieur exige un régime spécial, il veut être examiné par ses médecins particuliers, recevoir des journaux, faire livrer ses repas de l'extérieur, bref il nous emmerde. Il est convaincu que la volonté du Maréchal est de le fusiller, et se sentirait plus tranquille s'il pouvait rester enfermé ici, derrière nos murs et loin de Vichy… Le fameux complexe juif de persécution, n'est-ce pas ! Quoique, je n'échangerais pas ma place contre la sienne. (Baillet ricane.) Mon flic ? Il est devant moi, je commençais à peine à lui expliquer… Oui, oui… mais bien entendu… Il va accepter, il n'a pas trop le choix, vous savez. Sa présence ne vous plaît pas ? Eh bien tant pis, il faudra faire avec ! N'oubliez pas que je vous tire une sacrée épine du pied… Au fait, la ligne téléphonique avec Vichy est toujours coupée ? Oui ? Ce qui veut dire que ni le président Laval ni M. Joseph Darnand ne sont informés de la présence de Jéroboam ? Le Maréchal non plus, alors ? C'est incroyable ! Vous n'avez donc pas reçu la moindre consigne du gouvernement ?… Ah, merde, merde. Nous continuons de marcher sur des œufs. Quelle histoire ! (Il jette un coup d'œil fébrile à Sadorski.) Et les voitures ? Pardon ? Il en manque une ?… Une traction avant commerciale ?… Enfin, démerdez-vous, ce n'est pas mon problème. Et, vous êtes sûr de vos types ?… Pas d'énergumènes parmi eux ?… Parce qu'on ne sait jamais. Moi je ne veux pas de coup fourré, comprenez-vous !… Pas de réédition de l'affaire Zay, ou de l'affaire du couple Basch[1]… pas sous

1. Le 10 janvier 1944 à Lyon, Victor Basch, ancien président de la Ligue des droits de l'homme, 80 ans, et son épouse, 79 ans, tous deux juifs, ont été arrêtés chez eux à Lyon par un officier allemand du SD et des miliciens, dont le chef régional Lécussan, emmenés en voiture et sauvagement assassinés.

ma responsabilité, en tout cas ! Je me refuse à porter le chapeau une fois de plus ! C'est déjà beaucoup d'avoir hébergé l'otage ici, même pour quelques heures… En principe, le président Laval me l'avait interdit. Et Poirier a fait observer, à juste titre, le problème de droit que pose une incarcération sans mandat de dépôt régulier dans une maison d'arrêt. Je vous rappelle que notre Juif n'a été condamné par aucun tribunal français ! Tout ceci est *très* emmerdant, pour moi comme pour vous… Plus vite vos miliciens auront assuré le transfert et mieux ça vaudra ! À quelle heure croyez-vous venir prendre livraison ?… 17 heures ?… Bon, mais ne tardez pas trop. Le chemin est long jusqu'à Vichy… C'est ça, à tout de suite, mon cher.

Il repose le combiné sur sa fourche, tire nerveusement sur le fume-cigarette. De petites gouttes de sueur perlent à son front.

— Je poursuis, nous n'avons pas beaucoup de temps, inspecteur. Le politicard israélite que les Allemands nous ont expédié en premier et que vous verrez tout à l'heure, si vous agréez ma proposition, a débarqué voilà trois jours, le 4 juillet, d'un avion allemand, à l'aérodrome de Reims à cause d'une avarie de moteur, puis rejoint Paris en automobile sous bonne garde. Les Allemands l'ont d'abord logé dans un hôtel particulier réquisitionné, square du Bois-de-Boulogne, avant de nous refiler la patate chaude. Mais la Santé, outre que cela met en cause la responsabilité de l'administration pénitentiaire que je dirige, présente des risques, notamment d'évasion, grâce à des complicités gaullistes que l'on ne peut exclure… Bref, M. Knipping, avec qui je m'entretenais à l'instant, a suggéré de transférer le prisonnier au château des Brosses, près de Vichy, un camp d'internement géré et gardé par la Milice. Une équipe de chez eux viendra à 5 heures chercher le youtre. Le convoi de deux voitures se dirigera ensuite vers Vichy. Vous monterez dans une des autos et accompagnerez les miliciens.

— Moi ?… Mais pourquoi ?

Baillet grimace un sourire.

— Parce que je n'ai aucune confiance. Entre Paris et le château des Brosses *tout* peut arriver. Une attaque par des maquisards afin de libérer l'ancien ministre. Ou par les SS qui voudraient le liquider puis faire endosser le crime au gouvernement français. Ou, pourquoi pas, des gars de la Milice qui auraient décidé de faire justice eux-mêmes. Afin de venger Philippe Henriot ! (Il adopte une expression et un ton pénétrés.) Cette *grande voix française*, qui s'était élevée pour proclamer chaque jour la vérité... Voyez-vous, inspecteur, on l'a tué parce qu'il parlait trop bien, parce qu'il avait raison ! Henriot n'avait cessé de déployer son talent et son énergie au service de la Révolution nationale... Nous avons promis *20 millions de francs* à qui permettra de découvrir ses assassins ! (Baillet sort un mouchoir plié et se tamponne le front.) Mais, bref, quoi qu'il se produise ce soir sur la route de Vichy, et même s'il ne se produit rien de spécial – ce que je souhaite ! –, il nous faut, à moi et éventuellement au chef du gouvernement lui-même lorsqu'il sera enfin mis au courant, un *témoin*. Capable de rédiger un compte rendu complet, clair et fiable, sur les circonstances du transfert... et qui soit un fonctionnaire expérimenté, un bon policier que je connais depuis longtemps... pas quelque mercenaire ou agent double, issu de je ne sais quel service parallèle ! Ainsi, je serai couvert vis-à-vis du président Laval et de mon administration. C'est la condition *sine qua non* que j'ai formulée ce midi devant le délégué général du Maintien de l'ordre, pour qu'il fasse intervenir ses miliciens, au lieu du personnel de la pénitentiaire avec un fourgon et une escorte motocycliste, comme le demanderait la procédure... Voilà. Alors, je puis compter sur vous, Sadorski ?

L'inspecteur, médusé, secoue la tête.

— Mais... si votre prisonnier se fait dessouder juste sous mon nez... Les assassins, surtout dans le cas où ils seraient de la Milice, ne voudront pas d'un témoin gênant ! J'y passerai à mon tour...

Baillet sourit.

— Cette éventualité ne m'a pas échappé. C'est pourquoi j'ai pris quelques précautions. Vous leur serez présenté comme un agent du SD. Nos miliciens respectent, ou craignent, les polices des forces occupantes. Si je me rappelle bien, vous parlez l'allemand ?

— Euh, ma mère était alsacienne... Je comprends la langue... et je cause à peu près...

— Vous n'aurez qu'à en dire le moins possible devant eux. *Ja*, *Nein*, et *Heil Hitler!* Et s'il faut vous exprimer en français, faites-le avec l'accent teuton. Ce n'est pas compliqué... D'ailleurs la Sipo-SD de Paris est au courant : ce sont eux qui m'ont fourni des faux papiers à votre intention... Tenez... Vous vous nommez dorénavant – le temps du voyage – *Herr* Leo Schenk.

Il tend à Sadorski une carte barrée d'une bande vermillon et revêtue de sa photographie portant le tampon de la Sipo-SD, avec l'aigle nazi en son centre. L'inspecteur tire ses lunettes cerclées de fer de la poche intérieure de son veston. Il examine la carte avec ahurissement.

Der Kommandeur der Sicherheitspolizei
und des SD in Paris

Paris, dem 7. Juli 1944

Bescheinigung Nr. 24

Es wird hiermit bescheinigt, das der Kriminaloberassistent
Leo Schenk, geb. 10. 8. 1900
mit obiger Dienstelle in Verbindung steht. Der Inhaber dieser Bescheinigung ist nicht berechtigt, Exekutivhandlungen...

Les petits caractères se brouillent devant ses yeux, pendant que résonne la voix sèche du directeur :

— Vous saisissez ce qui est écrit ?

— « Le... le commandant de la police de sûreté et du SD à Paris... Le 7 juillet 1944... Attestation... Il est certifié par la présente que... l'inspecteur principal adjoint... Leo Schenk, né le... » Ils ont tapé ma vraie date de naissance !

— Les Allemands sont des gens pointilleux, ils attachent de la valeur aux détails.

— Euh, certainement... Leo Schenk, donc, « est lié à ce service. Le détenteur de... cette attestation... n'est pas autorisé à effectuer des actions... euh, exécutives... » Et plus loin il est marqué que les autorités et fonctionnaires français... ne doivent pas entreprendre d'action contre le susnommé sans consulter la police allemande. Où ont-ils eu ma photo ?

— Je la leur ai fournie. Un de mes hommes s'est rendu à votre domicile hier soir. Sur sa demande, votre épouse lui a confié ce portrait Photomaton.

Sadorski est sidéré. Et alarmé : dans le trois pièces exigu du quai des Célestins, l'envoyé de Baillet aura aperçu Julie, avec ses traits typiquement juifs.

— C'est un policier boche... euh, allemand, que vous avez dépêché chez moi, mon colonel ?

— Non, un employé du ministère de l'Intérieur. Tenez, prenez aussi celle-là.

Baillet lui remet une carte des Milices révolutionnaires françaises du chef d'état-major Pierre Costantini, décorée de la francisque et barrée, en lettres capitales, de la mention *BRIGADE SPÉCIALE*. Le document est rempli à ses nom, prénoms et adresse véritables, et porte le numéro 190. Au verso est inscrit *BRIGADE SPÉCIALE ANTITERRORISTE* ainsi que *AUSWEIS*, au-dessus d'un petit texte imprimé en allemand.

— « Les autorités allemandes sont priées d'accorder assistance au détenteur de cet *Ausweis* dans l'intérêt de la sauvegarde de la collaboration franco-allemande », traduit Baillet. Comme vous le savez, la MRF[1] est très liée avec la Sipo-SD. Cela pourra vous servir, en diverses circonstances, inspecteur...

Ce dernier n'a pas encore recouvré tous ses esprits. Et le tabac blond lui donne la nausée.

— Mais... quelle va être ma situation vis-à-vis de l'administration pénitentiaire, et de la Justice, mon colonel ? Techniquement je suis toujours un prisonnier et un prévenu ?

— Prévenu, vous ne le serez plus quand le juge aura prononcé le non-lieu, dès la semaine prochaine. Quant à la maison d'arrêt,

1. La Milice révolutionnaire française réunit les sections de sécurité de la Ligue française, parti collaborationniste de zone occupée fondé notamment par Pierre Costantini (1889-1986), autour du journal *L'Appel*.

je signerai moi-même votre levée d'écrou cet après-midi, avant que vous ne montiez dans une des automobiles de la Milice. On vous aura rendu tout ce qui avait été confisqué au greffe. Vos affaires personnelles seront renvoyées chez Mme Sadorski. Pour la vraisemblance de votre personnage, vous enfilerez un imperméable d'aspect allemand, et le coiffeur de la prison aura reçu l'ordre de vous coiffer à l'allemande. Ce qui signifie la nuque bien rasée.

Le « colonel » s'est esclaffé mais de manière un peu mécanique.

— On me donnera une arme ? s'enquiert Sadorski.

— Une arme ?

Le téléphone se remet à sonner. Baillet sursaute, considère l'appareil d'un œil torve, avant de soulever le combiné.

— André Baillet à l'appareil... Comment ?... Non, il est sorti. Vous dites ?... Est-ce que je sais, moi ?... Vous nous dérangez, rappelez plus tard !

Il a hurlé les derniers mots et raccroche violemment.

— Vous voulez une arme ? Pour quoi faire ?

— La Gestapo de la rue des Saussaies m'a pris mon Herstal 7,65 lors de mon arrestation. Il ne figure pas parmi les objets déposés au greffe. Cela paraîtrait bizarre à vos miliciens qu'un agent du SD n'ait pas une arme de poing sur lui... Sans compter que je me sentirais plus rassuré.

L'autre acquiesce en grommelant.

— Vous avez raison. Cela va dans le sens de la fable que j'ai servie aux Allemands afin de justifier cet octroi de documents, et votre présence dans le convoi.

— Que leur avez-vous dit, monsieur le directeur ?

— Que vous avez déjà accompli avec succès des missions secrètes pour le SD – ils le savaient, du reste – et que je me portais garant de vos compétences en matière de sécurité. Comme de votre discrétion. J'ai ajouté que vous sauriez prêter main-forte aux miliciens le cas échéant. Si le prisonnier tentait de s'évader... J'ai naturellement omis de mentionner le compte rendu que vous devez me livrer. Bon, je tâcherai de vous dégoter un revolver avant le départ du Juif.

Retrouvons-nous à 16 h 50, devant ce bureau. Je vous envoie d'abord au salon de coiffure.

— Oui, mon colonel.

— Nous sommes d'accord, vous acceptez la mission ?

Sadorski répond en claquant des talons.

— Oui, mon colonel ! Je vous remercie…

— À Vichy, vous irez aux Renseignements généraux[1] et demanderez à voir le commissaire divisionnaire Poinsot ; un fonctionnaire d'élite, actuellement sous-directeur des RG et chef de la 3e sous-direction, chargée de la répression. C'est à lui, et personne d'autre, que vous remettrez votre rapport. Il trouvera à vous loger pour la nuit. Ensuite vous serez libre de retourner à Paris et de reprendre votre travail normal à la préfecture. Le commissaire principal Bizoire, un bon cogneur de cocos, qui durant votre absence a pris la suite de votre chef Tissot à la 3e section, sera averti. Les Allemands aussi, bien sûr. Pas d'autre question ?

— Je… Si l'on pouvait me fournir un paquet de gauloises… Cela camouflerait un peu l'odeur de la prison…

Le regard de Baillet se durcit.

— Vous commencez mal, inspecteur. Votre incarcération vous a ramolli la cervelle ? Un Allemand ne fumerait pas des gauloises, ils détestent ça. Les miliciens que vous rencontrerez effectuent souvent des missions de maintien de l'ordre avec des agents du SD, ils les connaissent. Je vous procurerai des Juno, c'est plus vraisemblable ! Et priez le coiffeur de vous asperger d'une bonne dose d'eau de Cologne. Quant à notre conversation d'aujourd'hui dans ce bureau… jusqu'à nouvel ordre *elle n'a jamais eu lieu*. Vous m'avez compris, Sadorski ?

1. Il s'agit des Renseignements généraux de la Sûreté nationale, au service des préfets de Vichy – à ne pas confondre avec les Renseignements généraux de la préfecture de Paris, où travaille l'IPA Sadorski et qui dépendent du préfet de police de l'ex-capitale.

3

La cour d'honneur

LE SALON DE COIFFURE DE LA SANTÉ consiste en trois chaises placées en face de petits miroirs, accrochés au mur par des ficelles. Les « coiffeurs » ne sont pas tous du métier. En quelques semaines de séjour, Sadorski s'est déjà fait couper les cheveux et raser les joues par des détenus pompier, coureur cycliste et banquier véreux. Ce 7 juillet il a droit au pédaleur, et à ses pronostics pour la seconde édition du Grand Prix du Tour de France – ses favoris étant De Simpelaere, Vietto, Bartali, Lapébie et Maes. Un ersatz de Tour, qui ne vaut pas l'ancienne « grande boucle » supprimée depuis l'interdiction par décret d'organiser des courses par étapes, déplore l'homme en faisant cliqueter ses ciseaux ; on se contente d'additionner les temps accomplis lors des neuf grandes compétitions françaises sélectionnées, le Paris-Roubaix, le Paris-Reims, le Grand Prix de Provence, le Grand Prix de l'Industrie du cycle, la Course dans Paris… Tout cela est complètement égal au policier, qui, contrairement à ses collègues, a le sport en horreur. Yvette et Léon ont toujours préféré le cinéma.

Sorti rafraîchi du salon, assis dans un corridor près du cabinet de fouille et accompagné par un gardien, il fume Juno après Juno du paquet que lui a fait porter le directeur. On appelle le détenu Sadorski au vestiaire pour lui restituer les objets confisqués à son arrivée. C'est une vraie joie de récupérer ses bretelles, car il a tant maigri que sans soutien son pantalon tend à chuter. Le futur libéré retrouve sa chevalière et ses compagnons de poche : stylo, porte-mine, mouchoir, peigne, clés, insigne, sifflet, paire de menottes, torche électrique, trousseau de crochets passe-partout, couteau à plusieurs lames et à tire-bouchon, briquet, étui à cigarettes, sauf sa montre et son argent ; on l'informe qu'ils suivront plus tard par les bureaux. Mais rien que d'avoir ses vêtements habités, son froc maintenu, l'inspecteur, tout en remplissant ses poumons de la fumée lourde des tiges boches, se sent à présent un autre homme ! Déjà, dans le miroir fendillé et de traviole de la maison d'arrêt, il ne se reconnaissait plus : ces cheveux blancs taillés en brosse, puis lissés en arrière par l'eau de toilette, ces tempes et cette nuque rases… autour d'une figure émaciée, avec des valises sous des yeux injectés de sang, une bouche aux plis amers… Sur ordre, un employé lui fait enfiler une longue gabardine blanche munie d'épaulettes et d'une martingale. Le vêtement ne va guère à Sadorski, les épaules tombent. On ne lui offre pas de chapeau. Le fonctionnaire français en civil a désormais l'aspect d'un petit nervi de la Sipo-SD un brin ridicule. Il doute de pouvoir impressionner les hommes de Darnand !

À 16 h 50 pile, il stationne devant la porte du bureau du directeur de la Santé. N'osant pas frapper, Sadorski patiente, les mains dans les poches de son imper neuf. Il hésite à allumer une cigarette. On entend une conversation téléphonique, des exclamations mécontentes, puis un combiné raccroché brutalement. André Baillet surgit au bout d'une dizaine de minutes, seul, rogue et troublé, et tend distraitement à son ex-subordonné, en le tenant par le canon, un court pistolet noir. Le faux Allemand jure en sourdine : un semi-automatique 7,65 Browning, comme celui que les Boches lui ont pris, mais du vieux modèle 1910 ! La crosse est de taille dérisoire, et mal adaptée – même pour un individu ayant de petites mains, ce qui est son cas –, les instruments de visée, des plus rudimentaires, se composant d'une fine rainure au-dessus de la culasse et d'un menu cran de mire au bout de celle-ci ; enfin, sa capacité n'est que de sept coups, au lieu des neuf du modèle 1922, lequel bénéficie d'un canon plus long et d'une poignée plus importante. Par contre, il en connaît bien le maniement : c'est l'arme dont on l'a doté au tout début de sa carrière dans la police nationale. Et, somme toute, son calibre tout à fait respectable peut occasionner de gros dégâts du côté adverse. Il la glisse, après avoir vérifié la position du cran d'arrêt, dans une poche de la gabardine, où elle ne prend guère de place et ne se devine pas.

— Le Browning est chargé, l'informe Baillet. Mais pas de munitions supplémentaires à vous donner. Suivez-moi, je vais signer votre levée d'écrou.

Il y a du remue-ménage au-dehors. Des véhicules pénètrent les uns à la suite des autres dans la cour d'honneur de la Santé. Ordres aboyés par les gradés, bruits de bottes et nouveaux claquements de tôles… Sadorski découvre un espace encombré par une quantité impressionnante de voitures, en majorité des tractions avant Citroën. La plus spacieuse est un modèle commercial à trois fenêtres latérales, ses vitres de custode doublées à l'intérieur par des panneaux de contreplaqué, et sa lunette arrière badigeonnée de peinture noire. Le libéré, qui s'attendait à des miliciens en uniforme, voit des civils sortir de cette traction commerciale. Le chauffeur est un gars corpulent avec des cheveux gras sur une petite tête chevaline. Lorsqu'il rit, on voit briller les dents en or de sa mâchoire supérieure.

Baillet explique :

— Ces inspecteurs miliciens appartiennent au 2e service, de la rue Alphonse-de-Neuville, chargé de la sécurité. Je vois le chef Boero (il désigne un individu à la figure bien dessinée – on dirait un jeune premier de cinéma – qui porte avec une élégance désinvolte un veston bleu marine sur une chemise blanche à col ouvert), l'adjoint du chef Fréchou qui dirige le service pour la zone Nord. Fréchou devrait d'ailleurs être là, où est-il ? Je ne le vois pas…

La lumière est aveuglante, Sadorski doit plisser les paupières pour détailler les nouveaux venus. Ses yeux rouges et fatigués le brûlent. Une moitié de la cour ainsi que le portail sont encore baignés de soleil, alors que l'ombre du bâtiment administratif envahit lentement l'autre moitié. La pluie du matin finit de s'évaporer du sol et des toits, libérant des volutes blanchâtres. Un mouvement se fait du côté de la porte principale du deuxième guichet : des gardiens armés encadrent un groupe de sortants, parmi lesquels Sadorski reconnaît M. Farge. Il tient compagnie à un personnage revêtu, de manière insolite, d'une pelisse en ce chaud mois de juillet ! Gros et d'aspect maladif, le visage empâté du bas, les cheveux noirs tirés sur les côtés avec une raie au milieu, le nez long et busqué, le cou serré dans un haut faux col dur à l'ancienne mode et le dos légèrement voûté, l'homme paraît ému, exténué. Il se tourne vers le directeur de la Santé pour lui serrer longuement la main.

— Mourir n'est rien, mon cher Farge, quand on a fait tout son devoir… Je sais que mon sort est réglé. Tant que j'étais dans ces murs on ne pouvait probablement rien contre moi… Mais voilà, les tribulations du Juif mort-vivant se poursuivent. On ne m'aura pas laissé longtemps sous votre protection !… Je vous remercie de vos bons offices. Ce qui me rend triste, voyez-vous, c'est de mourir avant d'avoir vu la libération de mon pays, et la restauration de la République…

— Monsieur Mandel…, bafouille le directeur, plus touché encore que son prisonnier. Voyons, vous n'allez pas mourir…

— Cher monsieur, retenez bien ceci, qui pourrait être mon ultime message. C'est le fruit de mes réflexions en captivité en Allemagne. Il y a *deux* guerres : l'une a commencé le 1er septembre 1939 et va être gagnée dans quelques mois. L'autre, sourde, sournoise, avait débuté bien avant, et ne s'achèvera pas avec la victoire. (Il a élevé la voix et semble s'adresser au public de la Chambre des députés.) Si nous ne la gagnons pas, la fin victorieuse de la première aura été vaine ! L'enjeu : la liberté politique, l'égalité des citoyens, l'amélioration du sort des masses par les moyens pacifiques que doit assurer la démocratie…

Sadorski, tout en s'agaçant de ces phrases creuses, de ces balivernes, écarquille les yeux. Le voyageur de marque qu'il a pour mission de suivre jusqu'à la capitale de l'État français est *Georges Mandel* ! Le chef de cabinet, jadis, de Clemenceau… puis le ministre des PTT, et, pendant la drôle de guerre, des Colonies… Lorsque les Boches nous ont attaqués, le « ouistiti » Paul Reynaud, ce minable valet des Rosbifs, a fait de Mandel – l'ennemi juré d'Hitler et des militaristes du Reich –

son tout-puissant ministre de l'Intérieur. Mais dès que l'armée nationale s'est effondrée, le youpin fauteur de guerre s'est empressé de se carapater au Maroc, escorté de la clique des traîtres soi-disant patriotes !... Les juges de Riom auraient dû le faire fusiller, Mandel, avec toute sa bande !

Dans le groupe autour de l'ex-ministre, on voit un quinquagénaire en complet gris presque noir, le béret de la Milice incliné sur sa tête rase, au visage ridé en forme d'œuf et aux oreilles en éventail, piaffer d'impatience.

— Allons ! J'ai procédé, sur réquisition de Vichy, et en présence de M. le directeur de l'administration pénitentiaire, à la levée d'écrou du Jéroboam ! Les bavardages, c'est terminé ! Tout comme ces rodomontades sur l'issue de la guerre : sachez, messieurs, que de nouvelles armes sont en fabrication en Allemagne, qui doivent transformer les difficultés actuelles en victoire ! Monsieur Mandel, vous aurez tout le loisir de pérorer lorsqu'on vous interrogera au camp des Brosses. Veuillez monter dans la commerciale Citroën. Le chef Boero commande ce transfert qui a été organisé par les chefs Bassompierre et Gaucher[1]. Mettez-vous à l'arrière, entre l'inspecteur Neroni et l'inspecteur Lambert du service de sécurité de la Milice française. Vous n'avez rien à craindre : leur mission est de veiller sur vous, et de vous conduire sain et sauf à votre futur lieu d'internement. Nous partons dans cinq minutes !

Dompté en apparence, le disciple de Clemenceau a renoncé à haranguer plus longtemps pour la postérité : il traverse la cour de la prison la tête basse, le dos voûté sous l'absurde manteau de fourrure, quitte l'ombre pour la lumière. Il s'approche de la longue traction noire aux vitres arrière bouchées, dont les chromes scintillent au soleil. Au dernier moment, il se rebiffe.

— Pas question, monsieur ! Un ministre de la République ne s'assied pas *entre* deux inspecteurs, tel un vulgaire criminel ! Que ces messieurs s'installent, je me positionnerai sur leur droite.

1. Respectivement inspecteur général de la Milice et délégué général de la Milice en zone Nord.

Les individus concernés – un type maigre avec le nez pointu et des pommettes saillantes, et un moustachu au faciès rectangulaire avec un front étroit – le contemplent, stupéfaits. Ils se distinguent par l'expression de bêtise crasse répandue sur leurs traits. Sadorski a pourtant eu des baltringues dans son service, mais n'aurait pas voulu marcher en compagnie de telles andouilles pour un empire ! Le recrutement, dans la Milice de zone Nord, nouvellement formée, ne ramène sans doute que des volontaires de ce niveau… Il plaindrait presque le youdi Mandel, de devoir passer quatre ou cinq heures tassé sur la banquette avec une pareille paire de crétins !

Entre-temps, la tête d'œuf aux oreilles décollées a serré avec vigueur la main du directeur Baillet ; ensuite, à la sauvette et l'air méprisant, celle du directeur Farge. Il fait signe au chef milicien Boero de prendre place à côté du gros à tête chevaline. Ce dernier, qui fumait en considérant la scène, balance son mégot avant de s'installer au volant. L'individu fait mauvaise impression à Sadorski, pas seulement à cause de sa denture aurifiée : il lui trouve une vilaine bobine de souteneur.

— *Herr* Schenk !

Il avait oublié son nouveau patronyme et réagit avec un temps de retard. Baillet le présente aux miliciens du véhicule suivant.

— Ce policier allemand du SD voyagera en votre compagnie et prendra place à l'arrière. Vous êtes messieurs… ?

Se qualifiant eux aussi d'« inspecteurs », ils déclinent leurs identités : Templé André est un jeunot brun au regard aimable mais sournois, tandis que Vermont Léon, dit « Roland », un peu plus âgé, a des cheveux châtains courts, de petits yeux enfoncés et fuyants. Les deux types ne paraissent guère plus futés que leurs collègues de la traction commerciale.

Sadorski grogne un *« Heil Hitler ! »* en les fixant avec l'expression bourrue adéquate. Par respect pour le représentant du Reich, ils se sont mis au garde-à-vous. Boero de son côté adresse un signe à Lambert avant de rejoindre le directeur Baillet. Qu'il salue en claquant des talons, le bras levé dans le plus pur style fasciste. Le jeune chef s'exprime avec un accent niçois :

— Monsieur le directeur ! Moi, Neroni et Mansuy suffirons à nous trois à garder le Juif. J'ai décidé que Lambert, qui est chauffeur de la Milice, reprendra le volant du véhicule d'escorte ! Avec votre policier allemand, cela fait donc quatre également dans cette auto, qui fermera le convoi. (S'adressant à Sadorski :) Vous êtes armé, monsieur, je suppose ?

— *Ja. Natürlich !* affirme l'intéressé, priant pour que son maniement de la langue fasse illusion.

Baillet approuve. Il paraît pressé de se voir enfin débarrassé du « colis » Mandel. Celui-ci a disparu derrière les panneaux de contreplaqué protégeant l'arrière de la cabine de la puissante Citroën.

Le milicien Lambert est venu prendre le volant de la deuxième traction. Sadorski s'assied derrière lui, avec Templé sur sa droite. Vermont occupe le siège du passager. Les portières claquent. De part et d'autre de la cour on entend tourner les moteurs, dans les fumées de gaz d'échappement, sous le ciel très pur de cette fin d'après-midi. Grâce à l'heure allemande on aura de la lumière pour un bon moment encore, il n'est que 4 heures au soleil. Sadorski, anxieux, transpire sur sa banquette dans l'habitacle surchauffé. Le portail de la prison est grand ouvert. Un cordon de la Garde[1] barre le côté nord de la rue de la Santé. Une grosse automobile noire a déjà franchi le seuil, avec à son bord, près du chauffeur, le personnage autoritaire en complet foncé ; elle fait halte, moteur allumé, devant le barrage, comme pour surveiller l'opération. Une « 11 légère » pilotée par un milicien en uniforme bleu et béret, sur lequel brille l'insigne métallique du *gamma* grec, manœuvre afin de se placer en tête du convoi pour Vichy. Un fourgon cellulaire recule afin de céder la place, un officier s'énerve et houspille le conducteur. Par la fenêtre de la Citroën de queue,

1. Ex-Garde républicaine mobile, corps d'élite de la gendarmerie, devenue, sous le gouvernement de Vichy, Garde de Paris, et, en tant que force supplétive de la police parisienne, affectée au maintien de l'ordre, y compris les grandes rafles comme celle du Vél'd'Hiv.

Sadorski, en baissant la vitre, jette un coup d'œil au passage à la grosse voiture noire. Il discerne à l'intérieur une face blême aux traits germaniques, dont les yeux pâles lui renvoient son regard avec une expression glacée. Lui aussi est vêtu d'une gabardine blanche à épaulettes, et coiffé d'une brosse courte lissée en arrière. Un instant, le faux agent du SD éprouve le sentiment curieux de se croiser lui-même – en plus mince et plus allongé, affichant un rictus grotesque, comme dans le miroir déformant d'une fête foraine.

4

Destination Vichy

LE BOULEVARD AUGUSTE-BLANQUI est vide de voitures, on n'aperçoit que des vélos, très nombreux, sur le chemin de la place d'Italie. La plupart des bicyclettes ont leurs roues garnies de lamelles de liège juxtaposées, et avancent péniblement, sur un rythme saccadé. La pénurie de pneumatiques paraît générale. Le chauffeur fait un commentaire sur les lignes de métro fermées, la 10 et la 11, ou réduites à une fraction seulement de leur itinéraire, comme sur la 6 le tronçon Nation-Porte d'Italie ou sur la 14 Vanves-Duroc[1]. Les autobus de banlieue sont supprimés depuis plusieurs jours, et, avec les combats à l'ouest et ailleurs, les trains ne quittent presque plus les gares parisiennes. Les files d'attente devant les boulangeries ont pris des proportions ahurissantes par rapport à l'année dernière. Aux Batignolles paraît-il, dès 4 heures du matin, des troufions allemands vendent du beurre au prix du marché noir, 300 francs le kilo, qu'ils ont rapporté de Normandie… Sadorski écoute à peine le bavardage de ses voisins ; il reluque avec sidération les jambes de toutes les belles cyclistes. Depuis son enfermement, il n'avait pu les entrevoir que grâce aux transferts en panier à salade, par l'étroite fente du placard puant la

1. À l'époque, la ligne 13 part de Porte de Saint-Ouen et n'a pas été prolongée au-delà de Gare Saint-Lazare. Une ligne 14 relie Invalides à Porte de Vanves.

sueur et la pisse. Aujourd'hui il est au spectacle, et ne boude pas le plaisir de la liberté retrouvée. Qu'elles sont appétissantes, ses compatriotes ! Et comme, en se remuant sur leur vélo malcommode, elles n'hésitent pas à exhiber leurs cuisses, les jupons relevés par la brise, sous la jupe légère en forme d'abat-jour ! Une exposition de jambes ! À quoi pensent-elles, ces jeunes femmes, le sourire aux lèvres en dépit des privations, imprimant à leurs coups de pédale un élan victorieux ? Au débarquement anglo-américain réussi, au départ prochain des occupants ? Le milicien Templé observe, avec l'accent parigot, sur un ton mielleux :

— En Allemagne aussi y a des gonzesses charmantes. Vous êtes bien d'accord, *mein Herr* ?

Sadorski, amusé, grogne :

— *Ja, ja*… Mais pas si jolies que fos mademoiselles. *Nicht wahr ?* Pas vrai, messieurs ?

Ces jeunes gens, quoique stupides, l'inquiètent. Ils sont armés et mieux vaut rester aimable, tout en se réservant de manifester son autorité au moment voulu. Pas trop de familiarité, donc. Au volant, Lambert s'esclaffe :

— Pour ça, y en a de girondes, vous avez raison ! J'espère que vous en profitez, *mein Herr*, à la rue des Saussaies[1] ! Quand elles passent à l'interrogatoire… Le mois dernier, au service, on en a désapé, euh, déshabillé, une, Madeleine Levalois qu'elle s'appelait, et soumise à l'électricité… Nous, comment on fait, on branche un fil sur les menottes, l'autre au lobe de l'oreille. On lui bande les yeux. Et que je te fais tourner la dynamo… Fallait l'écouter gueuler ! Et une autre mignonne, Couttet Suzanne, du réseau Périclès, qui a eu droit à ce même traitement deux fois, et qui n'a pas causé, eh ben avec Marius et Frédo on l'a emmenée au boxon, menottée, histoire de la récompenser d'avoir tenté de s'évader ! Le plus drôle c'est qu'on lui a raconté que le

1. L'ancien siège de la Sûreté nationale, près de la place Beauvau, est devenu l'un des principaux sièges de la Sipo-SD à Paris.

mec qui la tringlait, c'était l'inspecteur général de la Milice ! Alors que celui-là, en réalité, c'est un vrai moine !

Les autres se marrent.

— Dans la Franc-Garde[1], on trouve aussi des occasions, signale Vermont avec un accent ch'ti prononcé. Pendant les expéditions de ratissage en province. Et, là où on va, au château des Brosses, et aussi au Petit Casino, les terros et leurs complices ils vivent des sales quarts d'heure ! Le chef de dizaine Develle m'a raconté : voyez-vous, les filles, après, elles passent toutes à la casserole !

Sadorski feint, pour la vraisemblance, de ne pas comprendre :

— Fous dites ? La « casserole » ? Fous ne les mangez pas, j'espère ! (Il ricane.)

L'hilarité devient générale dans l'auto des miliciens.

— Non, non, réplique Vermont, faisant un geste obscène avec les doigts. On se contente de les baiser – ce mot-là, vous pigez ? À tour de rôle, évidemment. De la bonne bourre, que nous partageons en frères d'armes !

— *Ja, ja*. Mais nous, au SD, on ne se comporte pas de cette façon. Les Allemands restent korrects, *nicht wahr ?* Même si quelquefois on aimerait...

Le faux gestapiste se divertit beaucoup dans son rôle, mais il est interrompu par le mugissement des sirènes sur l'ex-capitale.

— Merde, ça recommence, râle Lambert. Mardi on a connu ça toute la matinée. *Quatre* alertes !

— Y en a presque tous les jours, renchérit Templé. Les gens ne font même plus gaffe, voyez. Le 22 juin au soir tout le ciel de Paris était bouché de fumée, à cause des entrepôts d'essence qui cramaient en banlieue nord-ouest ! Z'avez pas assisté à ça ? La fumée a grimpé d'abord en une colonne très mince, puis elle s'est élargie et ça a été le noir total ! Une centaine de bombardiers ont survolé ensuite le centre-ville, j'ai vu la

1. Formation militaire de la Milice, qui participa notamment à l'attaque du maquis des Glières (mars 1944), en coordination avec la gendarmerie française et les forces allemandes, et à une première opération contre les maquis du Vercors (en avril 1944).

Flak en toucher un, il s'est abattu en tournoyant, avec des cercles de plus en plus petits, il est tombé aux alentours de la gare de l'Est... Bien fait pour leur gueule, aux aviateurs ! Salopards ! 225 morts à Versailles le 24 juin et plus de 500 blessés...

— Merde, qu'est-ce qu'ils foutent ?

Les tractions ralentissent pour se garer le long du trottoir au débouché de l'avenue d'Italie, à l'intersection avec le boulevard Kellermann. Le chauffeur Lambert les imite, stoppant son véhicule derrière la commerciale Citroën dont la vitre arrière barbouillée dissimule les passagers. Sadorski s'alarme, et, dans la cabine torride, transpire de plus belle : les chefs de l'expédition auraient-ils choisi de le débarquer avant le début du voyage ? Le considèrent-ils comme un témoin décidément indésirable ? Même armé, il reste en infériorité : seul « Allemand » ici, entouré d'inspecteurs douteux avec leurs bobines de voyous ; cet été, il le sait, les pouvoirs de la Milice, en province comme à Paris, sont devenus démesurés. Rien de plus facile, une balle de 7,65 dans la tête, trois autos qui repartent sur les chapeaux de roues en profitant du bordel causé par l'alerte, et c'est fini. Ce genre d'incident a lieu tous les jours ! Un mort en gabardine blanche largué sur la chaussée du treizième, dans une flaque de sang, cerné de badauds muets, frappés d'épouvante...

Le vacarme de sirènes décroît, finit par s'éteindre. Une foule de voyageurs émerge des bouches du métro, dont le trafic est interrompu par l'alerte ; ils poursuivent leur chemin à pied et encombrent les trottoirs. Un jeune type en civil, grand, mince, a quitté la première auto, il s'entretient avec Boero qui a ouvert sa portière, côté passager. Les deux hommes se serrent la main, la mine grave. La portière se referme. Le civil marche à présent vers le chauffeur de la troisième Citroën.

Lambert baisse précipitamment la glace, penche sa tête vers l'extérieur.

— Oui, chef ?

— Suivez la commerciale, qui prendra la RN 7 par Juvisy, Villejuif, Corbeil, Ponthierry, Fontainebleau... Vous en avez pour quatre heures et demie de route, sauf imprévu, jusqu'au camp des Brosses. Moi, je rejoins la rue Le Peletier[1]. (Il jette un regard méfiant à Sadorski.) Le chef Boero dirige ce transfert. Et M. Schenk de la Sipo-SD est chargé de vous surveiller. Pas de conneries, hein ! Que ça vous plaise ou non, le prisonnier doit absolument arriver intact à Vichy !

— À vos ordres, chef ! Mais l'alerte aérienne ?

— On s'en fout. Allez, assez perdu de temps ! Boero me téléphonera de là-bas, si les lignes fonctionnent, pour confirmer votre arrivée, et me fera son rapport demain au retour.

Il leur tourne le dos, regagne son véhicule. La traction opère un virage au milieu du carrefour et rentre dans Paris. Réduit à deux voitures, le convoi pour Vichy s'ébranle et prend la direction de la banlieue.

— C'est parti, mon kiki ! s'écrie Lambert en passant les vitesses.

— Putain, commente Templé, rêveur : vous vous rendez compte, cette nuit on crèche à la capitale !

— Plus probablement au camp des Brosses. C'est pas dans la ville même, mais à Bellerive, de l'autre côté de l'Allier. On doit livrer le prisonnier au chef Ebner, qui commande le centre. Vu qu'il sera tard, le chef nous autorisera à nous pieuter dans une chambrée…

— Sauf s'ils nous logent au siège de la Milice. L'hôtel Thermal. On l'aura bien mérité, non ? Et puis on est inspecteurs, merde !

— Tu crois qu'on va voir Darnand ? Et Pétain ?

— Si demain on se pointe à l'heure devant l'hôtel du Parc, ouais, pourquoi pas, suppute Vermont. Puis il fredonne :

À genoux nous fîmes le serment,
Miliciens, de mourir en chantant,
S'il le faut pour la Nouvelle France !
Amoureux de gloire et de grandeur,
Tous unis par la même ferveur,
Nous jurons de refaire la France,
À genoux, nous fîmes ce serment…

1. Siège de la Milice à Paris.

Ses camarades l'accompagnent, entonnant à pleine voix *Le Chant des cohortes* :

Le sauveur de la France immortelle
A fait luire un radieux idéal ;
Le vainqueur de Verdun nous appelle,
Répondons : « Présent ! » au Maréchal !

À genoux nous fîmes le serment...

Sadorski lève les yeux au plafond de l'auto, pendant que ses compagnons reprennent le refrain avec enthousiasme. Lui est pétainiste depuis toujours, ancien combattant, médaillé de la Grande Guerre, où il a été blessé deux fois. Mais ces bas du front l'exaspèrent. S'il partage leurs opinions politiques, l'IPA les considère comme des petits truands, des tortionnaires et violeurs de femmes. Lesquels ne tarderont point à récolter les fruits de leurs forfaits, et de leur bêtise : s'engager dans la Milice en 1944, à l'heure où les carottes semblent sacrément cuites pour les Fritz et pour leurs alliés, où les troupes anglo-américaines ne sont plus qu'à 220 kilomètres de Paris, équivaut à un aller simple pour le cimetière, voire la fosse commune ! Pourtant cela recrute ferme, paraît-il. Mais quand tout sera fini les tribunaux des « libérateurs », les bolchos surtout, ne feront pas de quartier. Que disait Mimile, le beau-frère trafiquant de viande, quand il venait dîner à la maison, quai des Célestins ?... *Les collaborateurs se sont mis au service de l'Allemagne, les gaullistes au service de l'Angleterre, les communistes au service de la Russie ; tous ces héros se castagnent tandis que la majorité des Français compte tranquillement les points et attend le round final pour acclamer le vainqueur...* Eh bien voilà, nous approchons du round final. Le vainqueur est quasiment désigné, la curée va démarrer pour les vaincus ! La meute déchaînée et hurlante s'abattra sur les anciens collabos. Ce sera comme la Terreur en 1792, le sang va couler sur les pavés et dans les prisons, les morts s'empiler ! Coupables aussi bien qu'innocents sont concernés, la populace faisant rarement le tri. L'accusation se passera de preuves, la rumeur suffira, et les dénonciations; tant pis pour ceux qui n'ont pas eu de bol. Sadorski lui-même risque le poteau, il va falloir y réfléchir sérieusement. Car il a charge de famille, désormais. Yvette, Julie et le petit Bernard ont besoin de lui !

Dans l'habitacle de la Citroën, les miliciens ne s'en font pas, ils chantent à gorge déployée :

Monica, chère compagne,
De partir il est temps,
Le pays entre en campagne
Pour faire les temps nouveaux.
La victoire nous attend,
La victoire nous attend !

Au revoir, petite Monica,
Nous partons au combat,
Au revoir, petite Monica,
Que tes yeux ne pleurent pas,
Falléri, falléra, falléri, falléra,
Je ne suis toujours qu'à toi,
Au revoir, petite Monica,
Nous partons pour le combat.

Nous mettrons les Rouges en fuite
Partout jusqu'à l'Oural.
Nous irons à leur poursuite,
En amont, en aval,
Sans douceur et sans pitié,
Sans douceur et sans pitié…

Et ça repart ! Après cette version française d'un chant de la Wehrmacht, on a droit à encore un autre… Sadorski a l'impression de voyager dans un autocar de colonies de vacances. L'âge mental de ses compagnons semble également correspondre. Si ça continue ainsi jusqu'à Vichy, ce sera joyeux !

La rue appartient à celui qui y descend,
La rue appartient au drapeau de nos corps francs.
Autour de nous la haine,
Autour de nous les dogmes qu'on abat,
Foulant la boue sombre vont les noirs soldats.

Puisqu'il nous faut vivre et lutter dans la souffrance,
Le jour viendra où nous imposerons en France
La force de nos âmes,
La force de nos cœurs et de nos âmes,
Foulant la boue sombre vont les noirs soldats…

— Vous étiez aux Invalides, dimanche ? questionne Lambert.

— Au serment des cohortes ? Et comment ! fait Vermont, et Templé en écho, débordant d'ardeur guerrière :

— C'était superbe ! 770 membres de la Franc-Garde en tenue, dont 350 qui venaient de la zone Sud, en kaki… Tous avec l'armement réglementaire, MAS 36, mitraillettes Sten, FM 24/29… Le chef Darnand a été accueilli par le chef Gaucher, au pied du mât pour l'envoi des couleurs… Nous, on assurait le service d'ordre.

— Le chef Bassompierre a rendu hommage à Henriot, et Darnand nous a invités à prêter serment… Le genou à terre et le bras tendu. Putain, ça avait de la gueule ! Après le *Chant des cohortes* puis la *Marseillaise*, les francs-gardes ont marché en formation jusqu'à l'Étoile, où Darnand a passé les troupes en revue avant de se recueillir sur la tombe du Soldat inconnu.

— Y avait du monde autour ? s'informe le conducteur.

— Oh, un bon millier… Pas autant que jadis, on a peur aujourd'hui d'afficher son patriotisme. Les citoyens chient dans leur froc. Mais la musique des gardiens de la paix était de sortie, elle a précédé la parade jusqu'au rond-point des Champs-Élysées… Nous, du SO, les gusses dans le public qui se découvraient pas assez vite, on les bousculait et on faisait tomber leur chapeau…

Il y a des rires, de nouveau, et Vermont signale :

— J'ai fait le coup à un Allemand, par erreur. Son copain était pas joisse, même qu'il a grogné : « Si c'était à moi que vous aviez fait ça, vous seriez déjà mort. »

— Quel con !

— *Ach*, susceptibilité boche, ricane Templé. Oh, excusez-moi !

Sadorski sourit, magnanime – ou prudent :

— Ce n'est pas grafe. Mon compatriote aurait dû soulefer son chapeau plus fite. Nous respectons la Milice française. Ils sont nos compagnons de lutte, comme les Français de la Légion des folontaires contre le bolchefisme, et ceux engagés dans la Waffen SS !

— Bien dit, *mein Herr*, approuve Vermont.

— *Kamerad !* braille Lambert. On les aura !

Le franc-garde abonde dans ce sens :

— Moi, je suis gonflé à bloc ! Les Anglo-Saxons piétinent devant Caen, ils sont mis en échec par les divisions de panzers. La *vraie* riposte des Boches – pardon ! – des Allemands se prépare, et elle sera terrible. Les salopards nous ont tué Philippe Henriot, ils vont le payer cher, très cher... Dommage qu'on ait des ordres du chef Fréchou, car faudrait commencer, tiens, par zigouiller leur Mandel !

Templé remarque :

— J'suis d'accord, mais en Normandie ça sera peut-être pas si facile de rejeter l'ennemi à la mer...

— Et les armes nouvelles, tu oublies ? La Wehrmacht et les Waffen n'attendent qu'une chose : que *toute* l'armée anglaise et américaine ait débarqué sur le continent. Alors ils lâcheront ces armes nouvelles qu'ils ont mises au point. Et d'un seul coup, d'un seul, le sort de la guerre sera réglé ! Pareil côté russe !

— Pendant que chez nous, Darnand prendra le pouvoir, pour combattre le bolchevisme ! Notre chef sait ce qu'il fait... Mort aux terros ! Vive la Milice !

— Hé, c'est quoi, ces camions ?

Les autos des miliciens ont traversé Corbeil et longent une boucle de la Seine sur sa rive gauche ; face au convoi, sur la nationale, une file de camions Renault est en vue. Ces véhicules bâchés arborent de larges fanions blancs, et des hommes sont étendus sur les ailes avant, visage vers le ciel.

— Un convoi civil pour le ravitaillement de Paris, explique Lambert. Regardez, les toits sont badigeonnés aux couleurs de la ville, le bleu et le rouge ! J'ai un poteau qui bosse avec eux. Les types sur les garde-boue sont postés là pour éviter de se faire mitrailler par les appareils rosbifs ou amerloques. Parce que le ronflement des moteurs empêche d'entendre le ronronnement des appareils, là-haut… Alors les zigues gardent les yeux en l'air afin de repérer l'ennemi, ils avertissent du danger par un système de ficelle dont chaque observateur tient un bout en main, et l'autre bout est noué aux bras des chauffeurs ! Si y a alerte, le gars tire la ficelle, le bahut freine et tout le monde s'éparpille dans la nature ou au fond des fossés…

— Salauds de pilotes ! gronde Vermont. Y a pas que les bombardements, ils veulent affamer la population parisienne… Moi je serais volontaire pour aller me battre en Normandie, même dans les rangs allemands… Défendre la France !

Les véhicules ravitailleurs croisent bruyamment les deux Citroën, dans un nuage de poussière. Couchés sur leurs ailes, les guetteurs, en maillot de corps, sont couverts de crasse, les cheveux hirsutes. Sadorski distingue les fils qui en effet montent vers les fenêtres aux glaces baissées, où les rétroviseurs vibrent et claquent avec un son de ferraille. Derrière les ridelles on entend meugler des bovidés.

Songeant au mot « ravitaillement », il se rend compte qu'il a sacrément faim. Pas étonnant, avec le temps écoulé depuis la soupe de 11 heures, à la prison ! Ces camions transportaient des bestiaux, du blé, de la farine, du lait, de la viande… Il se demande si un arrêt souper est prévu. Ou faudra-t-il attendre d'être arrivé à Vichy ? Et – nouveau souci – qui s'occupera de lui là-bas ? Le directeur Baillet lui a donné la consigne d'aller voir le commissaire Poinsot, aux RG. L'ancien chef, à Bordeaux, de la section spéciale des affaires politiques ; le patron de la fameuse « brigade Poinsot », grand pourchasseur des résistants du Sud-Ouest, un type extrêmement violent, nommé récemment à Vichy par la Gestapo ou par Darnand. Mais Sadorski ne connaît pas l'adresse du service ! Juste un vague souvenir que les Renseignements généraux sont installés dans un hôtel Lardy, ou du Parc Lardy… et que le siège de la police de sûreté se trouverait à l'hôtel Bellevue. Le commissaire divisionnaire chef du district de Vichy s'appelle Entremont. Mais à 22 ou 23 heures, les bureaux seront naturellement fermés. Et il n'a pas un centime en poche… Devra-t-il s'arranger avec les miliciens, leur demander de l'héberger à leur caserne ? Venant d'un prétendu policier du SD, pareille requête semblerait bizarre… Alors, aller voir les Boches eux-mêmes au siège de la Gestapo, à l'hôtel du Portugal ? Muni de cette carte avec une fausse identité ? Et incapable de parler un allemand correct ? Il pourrait prétendre être alsacien. Schenk, c'est un nom de là-bas aussi…

L'auto ralentit, peu après Le Plessis-Chenet. Un barrage. Des gendarmes lèvent le bras pour stopper le convoi. La commerciale Citroën a obtempéré, son conducteur et le chef Boero parlementent avec un gradé en képi. Puis ils redémarrent. La seconde traction roule vers le barrage à petite allure. Lambert passe la tête par sa fenêtre ouverte.

— Qu'est-ce qui se passe ?

— Un bombardement sur la route de Sens.

— On va pas à Sens, on va vers Fontainebleau.

— Vous aussi, vous êtes de la Milice ?

Le gradé de la gendarmerie ne paraît pas très rassuré.

— Milice française ! grince Lambert en présentant un document. Mission spéciale pour Vichy. Et monsieur derrière, il est du SD. Ça veut dire de la Gestapo. Tiens, faites-lui voir votre carte, *Herr* Schenk !

Sadorski s'exécute, tend la carte de *Bescheinigung*, barrée de rouge et tamponnée de l'aigle germanique. Le gendarme avale sa salive, porte la main à la visière du képi.

— Tout est en ordre, messieurs. Bonne route !

Il fait signe d'y aller. La traction de tête a déjà pris de l'avance, roulant à tombeau ouvert, et Lambert doit écraser l'accélérateur au plancher s'il ne veut pas se laisser distancer. Dans son dos, le faux gestapiste s'interroge. Pourquoi lui a-t-on demandé de montrer sa carte ? Celle de la Milice suffisait à impressionner le pandore, puisque la voiture de Mandel est passée sans encombre. Lambert et les autres se méfient à ce point de lui ?

On traverse à présent un immense décor forestier : chênes, hêtres, bouleaux, châtaigniers, pins sylvestres ombragent de curieux blocs de grès, de formes diverses, sculptés par les intempéries. Les sites sont étranges et sauvages, le sol sablonneux. Des allées fendent parfois la masse feuillue pour se perdre à l'infini, dans l'ombre bleutée, lugubre. Une bande largement étirée de grosses corneilles survole la lisière des bois, criaillant sous le ciel d'azur lumineux. Sadorski, venu deux ou trois fois en excursion à vélo avec Yvette, a toujours trouvé la région funèbre. Le convoi pénètre enfin dans Fontainebleau. La commerciale continue sur sa lancée, manquant renverser des piétons qui traversaient le boulevard de Constance ; au rond-point de l'Obélisque, à la sortie sud de la ville, où l'auto s'engage en faisant hurler les pneus, elle paraît zigzaguer puis vire à droite toute. Le conducteur du second véhicule s'étonne.

— Mais qu'est-ce qu'il fout ? Fallait prendre la suivante ! Ce connard a quitté la RN 7 !

— Ah ouais, confirme Vermont. Je viens d'apercevoir un panneau avec marqué « Pithiviers »... Nemours c'était l'autre ! Merde alors !

Lambert envoie de grands coups d'avertisseur.

— Faut dire que les directions sont mal indiquées, grogne-t-il. Putain, il m'entend pas ou quoi ?

— Ce Mansuy, c'est un sale con, commente Templé.

— Mais le chef Boero ? Il devrait réagir... On perd du temps, là ! On s'ra à Vichy à pas d'heure... Merde, merde. Ah ! ils ont pigé, pas trop tôt !

La puissante Citroën a freiné et manœuvre, non sans mal, pour faire demi-tour. Les deux autos se croisent, échangeant de brefs saluts de klaxon. Par sa fenêtre, Sadorski a entrevu le visage du chauffeur, le nommé Mansuy : grimaçant, halluciné, le type à tronche de cheval et aux larges épaules tombantes tenait les mains crispées sur le haut de son volant. Conscient de sa bourde ? Venant de se faire remonter les bretelles par le jeune chef assis à côté de lui ? Peu importe. L'individu a décidément une sale tête. À tout prendre, Sadorski préfère encore ses compagnons de la voiture numéro deux. Son pilote effectue la manœuvre en virtuose, reprend le chemin du rond-point, enfile la bonne direction, Nemours, et rattrape peu à peu leur retard sur la Citroën. La route tranche la forêt en ligne droite sur plusieurs kilomètres. C'est l'occasion de pousser des pointes de vitesse. Pourtant la traction de tête semble hésiter, ralentit, accélère de nouveau, avec des à-coups ; sa vitre arrière badigeonnée de noir se rapproche, s'éloigne, se rapproche… ce qui permet à Sadorski d'enregistrer le numéro sur la plaque, pour son rapport : 4797 RN 3. « Putain, mais qu'est-ce qu'ils foutent ? s'énerve Lambert. Maintenant y a plus aucun risque de se gourer, merde, c'est tout droit… » Le petit Templé, près de Sadorski, s'esclaffe d'un rire nerveux.

Le feu arrière gauche de la commerciale se met à clignoter, tandis qu'elle réduit considérablement l'allure. Lambert fait de même, règle sa vitesse sur la sienne, se préparant à s'arrêter, voire à prendre un virage à angle droit dans quelque sente forestière. Un panneau annonce une intersection : GC 63, vers Recloses. La nationale entame un virage vers la gauche, au-delà de l'embranchement que l'on commence à distinguer. Une centaine de mètres avant celui-ci, la grosse traction traverse soudain la route en diagonale, pour faire halte sur le bas-côté, à gauche à hauteur du panneau, en bordure d'une épaisse futaie de sapins.

En jurant, Lambert se gare sur l'herbe une dizaine de mètres derrière. Vermont commente :

— Arrêt pipi.

Bonne nouvelle ! se dit Sadorski, dont la vessie est pleine et qui se retenait depuis un moment. Mais pourquoi se garer à gauche ? Et ces ralentissements par à-coups ? Quelqu'un n'était pas d'accord dans l'autre voiture ? Tout de même, pisser de temps en temps, pendant un long voyage, ça mange pas de pain. Rien de plus normal ! Et puis Mandel est assez vieux, il doit avoir besoin de se soulager plus souvent que les autres…

La commerciale reste immobile, ses portières fermées. La route principale est plongée dans l'ombre, le soleil ayant disparu derrière la muraille d'arbres sur la droite. Lambert pose un pied à l'extérieur, appelle.

— Ho ! Qu'est-ce qui se passe ?

Le chef Boero finit par surgir.

— C'est le carburateur qui déconne… Ça doit être le gicleur. Vous en faites pas, y a qu'à le déboucher et c'est réglé en cinq sec !

Le corpulent chauffeur s'extirpe à son tour. Il se dirige lentement vers le capot, qu'il ouvre et replie, puis se penche sur le moteur, côté gauche. Sadorski l'observe en fronçant les sourcils. Ce lourdaud n'a pas l'air pressé. Et quelque chose dans sa façon de se déplacer le chiffonne… Ou bien, tout simplement, le bonhomme est un lymphatique. Un mou, en plus d'un vilain con selon Templé. Ce qu'il faut espérer maintenant, c'est qu'il s'y connaisse en mécanique automobile !

Lambert déclare :

— Bon, ben moi je vais pisser.

Sadorski ouvre sa propre portière, met le pied dehors.

— *Entschuldigen*… Excusez, moi aussi j'ai une enfie pressante…

Il contourne la Citroën par l'arrière, avec un coup d'œil vers l'auto en panne. Là-bas le chef Boero a ouvert le coffre et cherche des outils. L'ancien ministre a lui aussi quitté le véhicule, afin de se dégourdir les jambes, surveillé par le moustachu, Neroni, qui lui a tenu la porte. Mandel s'est débarrassé de sa fourrure. Les deux hommes bavardent et paraissent en excellents termes. Neroni semble bien connaître la forêt : avec son accent méridional il explique au ministre qu'ils sont arrêtés au pied du mont Morillon, où se trouve un curieux rocher dit « des Demoiselles ». Avisant un énorme sapin, Sadorski traverse la nationale pour déboutonner sa braguette à l'abri du tronc. La circulation est quasi nulle, peut-être à cause des barrages de gendarmerie ; on n'a croisé aucune auto, aucun camion depuis la sortie de Fontainebleau. Ni entendu de bombardement, d'ailleurs, ou de passage d'avions. Il prend position derrière l'arbre, jambes écartées. L'urine coule difficilement. Il a trop attendu, à présent un spasme de l'urètre contrarie la miction. Cela lui arrive de plus en plus, surtout depuis cette infection à Fresnes… Appuyé au sapin, un coude replié contre l'écorce rugueuse, le front pesant sur son avant-bras, il attend, suant et inquiet, que la vessie accepte de se vider. L'angoisse de Sadorski augmente : il souffre peut-être d'une maladie grave, d'un cancer ! Le liquide qui fait luire les feuilles entre ses pieds ne semble-t-il pas troublé de sang ? Ne faudrait-il pas, une fois rentré chez lui à Paris, prendre rendez-vous chez un spécialiste ? Pareille perspective le terrifie. Il préfère encore affronter les Boches ou les terros !

Un coup de feu claque. L'inspecteur sursaute. Avec un bruit sec, un fragment d'écorce jaillit juste sous son nez.

5
Dents de cheval

Une deuxième détonation retentit, cette fois sans qu'on perçoive d'impact – la balle a dû se perdre dans la nature. L'écho se répercute à travers les bois, où les oiseaux ont brusquement cessé de pépier. Sadorski se jette à plat ventre. On lui tire dessus ! Et cela avant même qu'il ait émergé de derrière le tronc… Ces flics miliciens ont vraiment la détente facile ! Il redresse la tête, jette un coup d'œil entre les herbes et les fougères, aperçoit le chauffeur dont la tête dépasse derrière le toit de la Citroën. Avec, au bout du bras, appuyé sur la surface arrondie de tôle noire, un gros pistolet dont le canon fume. Placés par malchance entre Sadorski et la traction commerciale, Mandel et Neroni, debout au milieu de la route, demeurent pétrifiés. Puis le Juif, qui avait levé les bras dans un geste de défense, chancelle, et, tout en pivotant vers l'origine des coups de feu, porte la main droite à la base de son cou, sous l'oreille. Les doigts sont rouges. Le policier couché près de l'arbre éructe un juron. Cet imbécile de Mansuy a blessé Mandel par erreur en visant le sapin ! Un troisième coup claque ; par réflexe, Sadorski rentre la tête dans les épaules, sans quitter la scène des yeux. Cette fois le ministre est touché à la tempe droite. Une gerbe de sang jaillit, il est projeté au sol, sa figure heurtant le bitume. Il ne bouge plus.

Mansuy, l'arme à la main, apparaît devant le capot de la Citroën qu'il vient de contourner. Il avance, avec un rictus, et des yeux de dément; son bras droit tendu vers le corps inerte, il continue de faire feu. Le mince canon du pistolet recule à chaque départ, comme une petite pièce d'artillerie, les douilles jaillissent en cliquetant tandis que les balles atteignent Mandel au milieu du dos, quatre fois de suite, lui imprimant une série de soubresauts.

— Ça va pas ? hurle Neroni, blanc comme un linge. T'as failli me flinguer !... J'étais à côté, merde !

La colère ne lui fait pas perdre l'accent niçois, remarque Sadorski, se relevant dès qu'il a compris que lui-même n'était pas visé. N'empêche qu'il l'a échappé belle ! En plein dans la ligne de tir !

— Ta gueule ! réplique le chauffeur avant de loger un cinquième projectile, presque perpendiculairement et à bout portant, sous l'omoplate droite de l'ancien ministre.

Boero, qui lui aussi s'est jeté à terre dès les premières détonations, rejoint le groupe en bégayant :

— Mais tu es fou ? Qu'est-ce qui t'arrive ?

Le gars à figure de cheval introduit froidement un chargeur dans la crosse de l'automatique, puis de la main gauche replie la genouillère sur le dessus de la culasse afin d'engager une nouvelle cartouche dans la chambre. Sadorski s'approche. Il a reconnu, à sa forme et son fonctionnement très particuliers, le Luger P08, qui tire des balles de 9 mm long Parabellum. Une arme de guerre. Et une arme boche.

Mansuy lève le pistolet et vise cette fois l'arrière de la voiture, balayant sa carrosserie d'un mouvement de droite à gauche. De petits trous apparaissent à mesure dans la tôle, sous la vitre de custode puis le long du coffre, près de la gaine de la roue de secours.

— Arrête, tu vas foutre le feu ! s'exclame Neroni.

— Pourquoi ? ricane le tireur.

— J'ai vu trois nourrices d'essence rangées derrière la banquette...

— Les bidons, ils sont vides. Ta gueule.

— Tu es complètement fou ! répète Boero.

Les intonations méridionales de celui-ci comme de Neroni ôtent un peu de solennité à l'affaire. Mais l'homme allongé sur la chaussée est mort et bien mort, c'est incontestable. Et l'expression farouche de

Mansuy ne prête pas à rire. Son faciès chevalin ruisselle de sueur. Il hurle :

— Des *deux côtés* ils sont d'accord ! Et c'est pas toi qui commandes !

Le jeune chef en reste sans voix. Il cherche le regard de Sadorski, comme pour quêter une confirmation, ou un soutien. L'IPA réfléchit à toute allure : quel est supposé être son rôle à lui dans ce drame ? La moindre erreur d'interprétation peut s'avérer fatale. Et que voulait signifier Mansuy par cette phrase insolite ? Les *deux côtés* d'accord pour supprimer Mandel… Les grands chefs de la Milice d'une part, la Gestapo de l'autre ? Alors, le prétendu Schenk, en tant qu'observateur du SD, se doit d'être au courant… Il se force à sourire. Et hoche la tête.

— *Ja, Herr Boero*. Ne fous inquiétez pas…

— Tu vois, grince Mansuy, l'air satisfait.

— Mais pourquoi t'as arrosé la tire ? questionne Lambert.

L'homme au Luger secoue ses larges épaules.

— Ça aussi c'était prévu. On va raconter qu'on a été attaqués par les terros. Et que le malheureux youdi a été atteint par malchance…

— Lui seulement ? Par sept ou huit balles ? riposte Boero incrédule. Et personne d'autre de touché ? Mais qui va avaler cette fable à la con ?

En son for intérieur, Sadorski approuve le scepticisme du milicien. La police effectuera une enquête approfondie, s'agissant d'un personnage aussi important que Georges Mandel. Les experts du service technique du professeur Sannié procéderont à des études balistiques, le docteur Paul sera désigné pour pratiquer l'autopsie. La victime a été touchée principalement dans le dos, alors que les balles tirées contre la carrosserie ont pénétré par le côté ! Ça ne colle pas ; le scénario d'une attaque par des maquisards lui apparaît comme totalement invraisemblable. Et même si l'enquête est truquée, les détails du meurtre camouflés, l'opinion accusera forcément la Milice – comme pour le rapt de Jean Zay où les autorités n'ont su fournir qu'une explication vaseuse du même genre…

Vermont et Templé arrivent à leur tour ; blêmes, ils contemplent le passager étendu au milieu de la route.

— Merde alors, fait le Picard. Ah, putain, merde…

— Vous tombez à pic, les morveux, décrète Mansuy, indiquant du canon de son arme le corps de Mandel. Portez-le dans la commerciale, sous la banquette. C'était une pourriture, bon débarras… y a rien à regretter ! Neroni, Lambert, filez-leur un coup de main ! Avant qu'une auto se pointe. On a eu du bol, c'est peinard jusqu'ici.

Boero, blessé dans son amour-propre, son autorité ayant été remise en cause devant ses hommes, grommelle :

— On n'abat pas quelqu'un comme ça… et en pleine nationale, putain, c'est de l'enfantillage… Un miracle que personne ne nous ait vus…

— Grouillez-vous, merde ! aboie le chauffeur. Tu discuteras plus tard !

Les miliciens obtempèrent, et commencent par retourner le cadavre, dont le nez ainsi que le menton portent des ecchymoses dues à sa chute. Ils le soulèvent par les aisselles et par les chevilles. Le bitume sous lui est taché de rouge. Les porteurs gémissent, rouspètent. Le gros Juif est encore plus lourd crevé que vivant ! Finalement ils le traînent jusqu'à la voiture.

Le chef tient la portière ouverte. Mansuy surveille les opérations, sans rengainer son Luger. Mandel est enfourné brutalement sur le plancher de l'automobile, laissant une trace de sang au passage au bord de la banquette. Templé le recouvre avec la pelisse. Neroni, sur ordre de son supérieur, s'assied vers le fond, les jambes relevées. Boero essaie de reprendre la situation en main :

— Bon, Vichy, c'est annulé, on va pas leur livrer un mort. Faut faire demi-tour. Garez d'abord les bagnoles dans ce sentier…

L'allée s'enfonce dans la forêt sur la gauche, à angle droit, signalée par un écriteau grossier : « Saut du Loup ». Lambert fait reculer sa Citroën pour que Mansuy, retourné au volant, puisse prendre en marche arrière le chemin détrempé, où les pneus patinent dans les ornières, gorgées de feuilles boueuses. La seconde traction effectue une manœuvre identique. Sadorski et les autres suivent à pied, les mains dans les poches, la mine sombre. Les miliciens se demandent de toute évidence si on va les féliciter ou les fusiller, pour avoir participé à cet attentat contre une personnalité célèbre… Les voitures s'engagent sous les frondaisons sur une centaine de mètres, avant de faire halte dans une clairière, à l'embranchement en étoile de plusieurs allées. Mansuy sort une carte Michelin de la boîte à gants et va l'étaler sur le capot de la commerciale.

— Le plus simple, c'est de se rendre au commissariat de Fontainebleau. Leur expliquer ce qui s'est passé. L'attaque par les salopards, je veux dire. Ou bien on remonte direct à Paris.

Boero secoue la tête négativement.

— J'ai une meilleure idée. Je connais Anquetin, le nouvel intendant de police[1] de Versailles, il est milicien. Il est de notre bord et saura arranger l'affaire.

— Versailles, merde, c'est pas à côté…, remarque Templé.

Mansuy ricane.

— Rouscaille pas, c'est plus près que Vichy. Moi je crois que c'est la meilleure chose à faire, Boero a raison. N'est-ce pas, *mein Herr* du SD ?

La tête de cheval lui balance son sourire aurifié, sinistre. Sadorski juge que quoi qu'ils fassent désormais, l'équipe de miliciens se trouve dans de beaux draps. Le crime auquel il vient d'assister respire l'improvisation autant que la maladresse. Mandel est mort, certes, mais son assassinat sera impossible à étouffer ! Et il a eu lieu au sud de Fontainebleau, donc hors de la juridiction de l'intendance de Versailles… Le nommé Anquetin sera plus emmerdé qu'autre chose, s'il souhaite leur sauver la mise. Mais cela, ces baltringues de faux flics l'ignorent. N'ayant rien de mieux à suggérer, il hausse les épaules, souriant froidement :

— Comme fous foudrez, messieurs. Mes supérieurs du *Sicherheitsdienst* ne seront pas désolés d'apprendre la disparition du Juif Mandel, grand ennemi de l'Allemagne… Je suppose que fous êtes couferts. Moi, j'obserfe seulement…

1. Poste nouveau, créé sous le gouvernement de Vichy.

Il s'abstient de signaler qu'à leur place, il aurait fait disparaître le corps et inventé au retour un scénario d'enlèvement par la résistance. Dans la forêt les anfractuosités ne manquent pas, sous les énormes entablements de grès. Il suffisait d'y enfouir Mandel avant de balancer une grenade, ou une cartouche de dynamite… *Boum !* Ses restes n'auraient probablement jamais été découverts… ou trop tard pour être identifiables. N'y ayant pas songé, les imbéciles restent avec une preuve des plus encombrantes sur les bras. La preuve détaillée de leur crime. Le cadavre perforé de balles de l'homme d'État qu'ils avaient – du moins officiellement – pour mission de mener à bon port au château des Brosses.

Boero indique la route à suivre sur le plan.

— À Fontainebleau, on tournera à gauche, pour gagner Arpajon par Milly-la-Forêt… Et de là, Versailles. Y en a pour une heure tout au plus !

Il ordonne à Lambert de monter dans la commerciale : le jeune chauffeur et Neroni garderont Mandel à leurs pieds. Vermont le remplacera au volant de la seconde auto. Templé s'y installe sur le siège du passager, *Herr* Schenk demeurant seul derrière sur sa banquette. Les tractions redémarrent. Elles patinent et cahotent le long du Saut du Loup jusqu'à la nationale, où le convoi vire à droite, rebrousse chemin vers le nord.

Un silence morne, lourd d'incertitudes, règne dans la cabine étouffante de la Citroën. Les deux miliciens sont perdus dans leurs pensées, certainement confuses. Les doigts de Sadorski caressent, au fond de la poche de l'imperméable, la crosse, courte mais rassurante, du petit Browning. On retraverse Fontainebleau dans l'autre sens. À la sortie ouest de la ville, la route de Milly découpe la forêt, sa surface brille sous le soleil couchant. Le conducteur est obligé de rabattre le pare-soleil ; il jure, aveuglé, se penche pour chercher des lunettes noires dans la boîte à gants. Il n'y en a pas.

Templé grommelle :

— Quand même, chiquer à la panne bidon…

— Classique, ricane l'autre. De la crasse dans le carbu ! Fastoche à reproduire : suffit de lever le pied de l'accélérateur plusieurs fois de suite…

— Je peux pas l'encaisser, le Mansuy. Et là, putain, dans quel merdier il nous a foutus, « Dents de cheval » !

— Il mérite bien son sobriquet, cette enflure ! Quoique, « Mansuy » ce serait même pas son vrai blaze, à ce que j'ai entendu…

— Ah ouais ? Plus rien ne m'étonne, venant de ce type. Il a même raconté à un gusse que je connais qu'en réalité il travaille en sous-main pour les résistants !

— Sans blague !

Vermont secoue la tête, prend le temps de digérer l'information, puis suggère :

— C'était peut-être un piège, pour tester le mec… s'assurer de sa loyauté…

— Je sais pas. En tout cas Mansuy on le voit chaque jour fourré au Pershing, porte Maillot, un restau sans tickets où il gueuletonne avec des poulets marrons, des malfrats, des gestapistes… Le mec est toujours dans des coups fourrés au service des Fritz…

— Hé, l'interrompt le chauffeur, avec un mouvement du menton vers le siège arrière.

— Ouais, merde. Excusez-moi, monsieur Schenk…

— *Herr* Mansuy est un de nos meilleurs « hommes de confiance », improvise Sadorski, d'un ton agressif. Attention à ce que fous dites !

— Je suis juste un peu énervé, faut pas m'en vouloir, se défend Templé, piteux.

— On est tous fatigués, abonde son camarade. Vous comprenez, il nous faut assurer des opérations de sécurité tous les jours… Quant à « Dents de cheval », c'était une bonne idée de l'utiliser pour buter le circoncis, c'est un tireur d'élite ! En plus d'être le chef de notre brigade spéciale, celle des coups durs.

Le faux agent du SD répond par un grognement et fume une nouvelle Juno en silence. Il prend des notes mentales afin d'enrichir le rapport que lui a commandé Baillet. Ce dernier voudra en savoir le plus possible, certainement, concernant l'assassin de l'ex-ministre. Et si ce rapport confidentiel atterrit un jour sur le bureau de Pierre Laval, le chef du gouvernement prendra des mesures. Ou pas. Il est coincé entre les Boches et Darnand. Sadorski n'aurait jamais cru assister à de pareils bouleversements dans l'administration du pays… Qu'en pense le Maréchal ? Approuve-t-il l'action des sbires du nouveau secrétaire d'État à l'Intérieur ? Et où va-t-on comme ça, quand les Alliés sont à nos portes ?… On ne sait pas mais on y va ! Le futur que tous se préparent est redoutable ; le dernier acte de l'occupation ne peut que s'achever dans des torrents de sang ! On en est arrivé au point où la guerre étrangère et la guerre civile se confondent. Où les tueurs des maquis, les assassins de l'air qui massacrent nos villes, les naïfs ou les canailles de l'« Armée secrète » et les soldats d'Eisenhower, tous appartiennent au même camp – celui de l'anti-France, de la juiverie, du gangstérisme, de la masse aveugle, contre le courage, contre la loyauté, contre la raison, contre la patrie –, et obéissent aux mêmes directives sinistres…

Il fait encore jour lorsque le convoi, après un parcours d'une soixantaine de kilomètres, atteint Versailles peu avant 20 heures. Sadorski connaît les lieux : il s'y trouvait en mission en juin 1940, aux premiers jours de la débâcle, et a suivi dans leur repli les fonctionnaires de la Sûreté de la police d'État de Seine-et-Oise, jusqu'à Juvisy puis Étampes, où, sous les ordres du commissaire Sicot, ils ont atterri en plein bombardement… Le spectacle qu'il découvre aujourd'hui fait resurgir ces visions d'horreur. Les miliciens, pourtant prévenus, sont choqués de même.

— Ah, la vache ! s'écrie Templé. Qu'est-ce qu'ils ont trinqué !

— Ça va faire quinze jours maintenant, commente Vermont. La DCA n'a même pas fonctionné !… C'était un samedi matin, les habitants ont été pris par surprise. Un convoi allemand a été touché en gare de Versailles-Rive droite, mais les salauds ont bombardé toute la ville, peut-être à cause des casernes… Deux trains d'employés et d'ouvriers qui allaient à Paris et stationnaient gare des Chantiers ont été écrasés… La Franc-Garde était mobilisée pour participer aux secours, avec la Croix-Rouge et les gendarmes…

Le centre-ville, les quartiers de Montreuil et des Chantiers ont été sévèrement atteints, la caserne allemande de la rue de Noailles, la gare de triage des Matelots et la station de tramways, ratiboisées. De nombreuses maisons sont écroulées, Sadorski distingue d'énormes entonnoirs creusés par les bombes. Une main vengeresse a écrit sur un mur en grosses lettres noires : *Signé la R.A.F.* Le spectacle de ces ruines désertes, abandonnées, sous le ciel bleu translucide, lui paraît incompréhensible, il n'en croit pas ses yeux : qu'est-il arrivé au monde durant son absence, pendant que lui croupissait en taule ? La France est-elle destinée à revivre, en pire encore, les heures tragiques de l'été 40 : la mort, la désolation partout, le sang et la charogne, la fumée des brasiers, les bombes, la mitraille, et par ce même climat radieux de grandes vacances ?

La Citroën conduite par Mansuy, après des détours imposés par les rues barrées ou éventrées, remonte l'avenue de Paris jusqu'à la préfecture, dont la façade porte elle aussi des traces du bombardement, et se gare à l'extérieur dans la contre-allée sous les arbres. La « 11 légère » de Vermont s'immobilise à sa suite. On voit Boero se diriger seul vers la grille. Il présente des papiers au planton du poste de police, où les lumières sont déjà allumées. Après une minute ou deux, le temps de vérifier ses documents, le milicien est autorisé à entrer. Sadorski conçoit de nouveaux sujets d'inquiétude : que décidera cet intendant Anquetin, apprenant que le corps d'un ministre abattu repose sur le plancher d'une automobile stationnée devant ses locaux ? Milicien ou pas, ami des Boches ou pas, sa première réaction sera d'avertir par téléphone le commissaire divisionnaire chef de la Sécurité publique, ou le commissaire principal chef de la Sûreté de Versailles ; et ensuite, naturellement, M. Knipping, le délégué en zone Nord du Maintien de l'ordre.

Les policiers municipaux seront les premiers sur place, avant le parquet, les cadors de la Milice et, le cas échéant, les Boches – mais ces derniers choisiront plutôt de rester dans l'ombre. S'ils ont livré Mandel comme otage, c'est dans l'espoir de rendre le gouvernement français responsable de son exécution, pas de s'y trouver mêlés au grand jour ! Alors peu de chances de les voir débarquer. Toute la bande du transfert vers Vichy sera interrogée séance tenante par des poulagas *français* ! Donc lui aussi, Sadorski. Comment justifier sa participation à cette sale histoire ? Détenu extrait de la Santé le jour même, et dans des circonstances des plus floues… On est vendredi, le juge Tranchepain n'a pas encore signé son non-lieu. Et le directeur Baillet, lorsqu'ils ont quitté le bureau de M. Farge, a pris soin de prévenir son ancien flic : *Quant à notre conversation d'aujourd'hui… jusqu'à nouvel ordre elle n'a jamais eu lieu. Vous m'avez compris ?*

Bref, il ne peut compter sur aucun soutien du côté de son commanditaire. La bienveillance du « colonel » a des limites. Sadorski a le pressentiment qu'il vaut mieux ne pas moisir dans le quartier… Après avoir envisagé plusieurs stratagèmes, il s'enquiert :

— Fous n'afez pas faim, messieurs ?

Templé soupire.

— Si. Mais y reste même pas un morceau de sandwich dans la boîte à gants…

— Fous pourriez aller fous restaurer… J'aperçois des cafés encore ouferts. Je garderai la foiture.

Vermont pousse un grognement.

— J'ai pas envie de me faire engueuler par la tête de cheval, ni qu'il me pointe son Luger sous le nez. Il est marteau, ce mec ! Totalement louftingue…

— Mais moi je représente le *Kommando der Sicherheitspolizei und des SD*, rappelez-fous. Et nous stationnons à cinquante mètres des bureaux de la police de Seine-et-Oise.

— Ouais, mais Mansuy il est pas à un cadavre près, présentement. Vous avez vu ses yeux ? Le gars a peut-être une tronche de barbeau, mais surtout de surineur.

— Il tue d'abord et il réfléchit ensuite, confirme Templé. Si j'étais vous je ferais attention, *mein Herr*. Je l'ai vu sécher des gonzes sans leur laisser le temps de dire ouf !

Un silence méditatif retombe dans l'habitacle. Sadorski est arrivé à la dernière Juno offerte par le directeur de l'administration pénitentiaire. Le soleil s'est couché derrière le château de Versailles et ses jardins, mais le ciel reste lumineux; on a droit jusqu'à la fin à une belle soirée d'été. Les miliciens, à l'avant, fument eux aussi. Les glaces de l'auto sont baissées. Des cyclistes, guère nombreux, parcourent dans les deux sens l'avenue la plus large de France. Un couple de femmes, jeunes, bras dessus, bras dessous, remonte la contre-allée obscure sous les platanes, à proximité des deux véhicules garés. L'inspecteur attrape des bribes de dialogue : « Oh, ce n'est pas qu'il soit méchant… mais je n'aime pas le genre de vie qu'il mène… — Plains-toi donc ! Il a toujours de l'argent dans son portefeuille… » La première rit, l'écho de leurs talons de bois diminue avant d'être recouvert par le ronflement d'un camion de la Wehrmacht. Comme d'habitude, son chauffeur roule à tombeau ouvert. Bientôt, se dit Sadorski, ils ne seront plus là. Si le front de Normandie cède… Alors, on aura des camions anglais et américains à leur place. Il secoue les épaules, comme pour repousser cette idée, inimaginable deux ou trois années plus tôt.

— Putain ! s'exclame Vermont, les yeux fixés sur la commerciale. Ils se font pas chier ! Et nous, alors ?

Ses occupants, Mansuy, Neroni et Lambert, viennent de sortir et se dirigent vers un bistrot, de l'autre côté de l'avenue, à l'entrée de la rue des États-Généraux. Le Café de la Poste.

— Ben merde ! renchérit Templé. Sans permission et sans prévenir les copains ! On est donc de corvée pour garder le macab ? Ils manquent pas d'air ! Que dira le chef ?

Sadorski saute sur l'occasion qu'il guettait depuis une dizaine de minutes.

— Fous safez, je ne crois pas que le mort risque de s'enfuir…

— C'est sûr, *mein Herr*, mais si des badauds avisent les trous de balle dans la carrosserie… Y seront tentés de jeter un coup d'œil à l'intérieur de la bagnole !

— Il fait assez sombre sous les arbres, et M. Mandel est infisible, recoufert de son manteau. Moi je peux attendre, je mangerai plus tard ; mais si fous souhaitez aller fous restaurer comme fos camarades… Je surfeillerai les autos. (Il tapote la poche de sa gabardine.) Je suis armé.

Les miliciens échangent des regards.

— Qu'esse t'en penses ? On va casser la croûte ?

— Oui mais dans un autre tapis ! Compte pas sur moi pour bouffer en face de Dents de cheval… Il me donne envie de dégobiller.

Templé se retourne, avec un large sourire :

— Merci, *mein Herr* ! *Danke cheune.* C'est chic de votre part ! À tout à l'heure…

Lui et son collègue traversent l'avenue à leur tour. Sadorski patiente encore quelques minutes, l'œil rivé sur la grille de la préfecture et les lumières du poste de police. Il redoute de voir apparaître Boero, rameutant ses hommes. Ou des flics envoyés par l'intendant Anquetin, avec ordre de fouiller les voitures. Tout en cherchant une explication plausible pour le cas où il serait pris la main dans le sac, il quitte son siège pour rejoindre discrètement la commerciale Citroën, dont il ouvre la porte arrière gauche, hors de vue des bâtiments préfectoraux.

Georges Mandel est là, allongé au pied de la banquette, sous son épais linceul de fourrure. On dirait un gigantesque ragondin mort, culbuté par une auto et ramassé au bord de la route.

L'intrus se penche, écarte la pelisse et entreprend de fouiller le Juif. Il constate que celui-ci avait ceint une écharpe tricolore sous sa veste. Le républicain Mandel se préparait à l'exhiber devant le comité d'accueil de Vichy, ou devant le peloton d'exécution qu'il imaginait… Le destin l'a privé de ce moment de gloire, le pauvre. L'écharpe est poissée de sang. Dans la poche intérieure, Sadorski découvre un large portefeuille en cuir, apparemment bien garni. Et transpercé par une balle. Il effectue un tri rapide, met de côté une lettre et un carnet de notes manuscrites, sans intérêt pour lui, déplie une mince liasse de billets de mille francs, tachés de rouge. Sans perdre de temps à s'interroger sur leur présence – conservés par faveur exceptionnelle ? ou refilés discrètement par Farge, le directeur de la Santé, dans l'idée d'adoucir la future captivité du détenu ? –, il les examine avec soin, empoche le seul à n'être pas souillé. Les autres sont trop compromettants. Ayant remis l'objet en place, il palpe les poches du gilet puis soulève le poignet gauche du cadavre, en quête d'une montre, qui lui serait bien utile étant donné que le greffe a gardé la sienne. Rien dans les poches, ni au poignet. Il la déniche sous le corps, tombée sur le plancher de l'auto : une montre de gousset en argent, avec chaîne. Il la porte à l'oreille, perçoit le tic-tac. La montre suit le billet de banque dans la poche de son veston.

Il se redresse, referme doucement la portière et s'éloigne sous les platanes, en adoptant l'allure d'un citadin peu pressé de rentrer chez lui. Sadorski remonte la contre-allée vers le château, sur une cinquantaine de mètres dans la direction opposée à celle prise par les miliciens, et traverse l'avenue de Paris devant la place d'Armes. La gare des Chantiers, il se le rappelle, peut être rejointe en empruntant l'avenue de Sceaux, parallèle à la rue où les types sont allés bouffer.

La gare semble intacte, ce sont les environs qui ont le plus souffert. Il contourne le parvis dans les lueurs rouges du crépuscule – comme si le meurtre du ministre ensanglantait à présent le ciel – et, par le trottoir de la rampe d'accès entièrement déserte, gagne l'édifice de style Art déco inauguré il y a une douzaine d'années – la « plus moderne gare de France », en béton armé avec sa façade convexe à l'architecture classique, ses cinq hautes baies cintrées, ses pilastres et sa corniche. Une lumière orangée, tombant de la verrière arrondie qui recouvre le vaste hall d'entrée, baigne l'espace quasiment vide de voyageurs. Sadorski se dirige vers les guichets de vente alignés sous l'immense panneau cartographiant le réseau de chemin de fer de l'ouest. Un quidam patiente en lisant le journal, assis sur un banc devant le premier guichet sur la gauche. Sadorski exhibe son insigne à l'intention du moustachu derrière sa vitre :

— Le prochain train pour Paris ?

— Ah, vous êtes un optimiste, vous ! Les trains ne roulent presque plus sur les grandes lignes, mon pauvre monsieur ! On attend pour ce soir un rapide de Bordeaux – le dernier, que ça ne m'étonnerait pas ! –, il est signalé pour 21 h 20. Je dis un « rapide »... mais il a quitté son point de départ *avant-hier matin*, avant d'être détourné sur des voies secondaires. La SNCF doit déployer des trésors d'improvisation pour acheminer les voyageurs... Trois jours pour faire Bordeaux-Paris ! Arrivée prévue à Montparnasse ce soir, 21 h 51. *Théoriquement !* S'il n'a pas de nouveau retard... et s'il n'y a pas de bombardement sur le restant du parcours... Les gares d'Angoulême et de Poitiers sont démolies, vous savez ! Et puis les maquis coupent les rails, les sabotages sont continuels... La ligne d'Orléans est interrompue à Limours dans un sens, et à Étampes dans l'autre. Depuis Paris les convois ne partent que sur les lignes de l'Est et du Bourbonnais...

Sadorski lève la tête vers la colossale horloge murale en bas-relief, au-dessus de l'accès aux quais.

— Ça me fait plus de trois quarts d'heure d'attente !

— Au *minimum*, cher monsieur ! Encore, vous avez de la veine qu'on soit vendredi : les dimanches toutes les liaisons Versailles-Paris sont supprimées depuis le 2 juillet. Et en semaine les trains du milieu du jour supprimés également, le dernier part de Versailles-Rive gauche à 8 h 35, et l'on ne peut se rendre à Paris le soir qu'à partir de 17 h 30... Je vous vends un billet ? Deuxième classe ?

— Police nationale, vous êtes bigleux ou quoi ? s'indigne Sadorski. L'insigne, il est pas fait pour les chiens ! Mission spéciale, direction générale des Renseignements généraux et des Jeux ! Manquerait plus que je doive raquer quand j'enquête sur des ennemis de l'ordre public et de la Révolution nationale ! Vous n'êtes pas d'accord ? Ou sinon, donnez-moi vos nom et prénom, et vous aurez de mes nouvelles...

L'employé déglutit, hoche la tête à plusieurs reprises et bredouille son assentiment. Le policier a déjà tourné les talons, il quitte le hall d'un pas furieux. En arrivant il a repéré un établissement ouvert, au bord de la place : À la Jeune France, « Tabac-vins-traiteur ». Avec le beau temps, on a installé tables et chaises sur le trottoir, entre des haies de buis plantés dans des bacs. Il va s'asseoir et commande d'urgence un bifteck-frites bien saignant. Plus de viande ni de charcuterie : le garçon ne peut proposer qu'une assiette de petits pois, ou du chou bouilli. « Il n'y a plus rien, mon pauvre monsieur ! plus rien ! Plus d'arrivages aux Halles !… À Paname les magasins sont vides… et comme la poste ne marche pas, les colis de la campagne n'arrivent plus… les gens bouffent des plats cuisinés… immangeables… Ce midi, un groupe de soldats chleuhs qui allaient prendre leur train, l'un d'eux s'arrête, il sort son revolver et se tire une balle dans le crâne ! J'ai tout vu, là, comme je vous vois, monsieur ! Il avait dix-sept, dix-huit ans maximum… Il voulait pas partir au front, vous comprenez… Si c'est pas malheureux ! » Le serveur paraît encore tout émotionné. Son client l'écoute à peine, en ronchonnant il réclame les petits pois *et* le chou. Avec un ballon de fine. Le premier alcool depuis huit mois ! Sadorski le paiera, ainsi que le souper, grâce au billet de mille du défunt ministre. La chaleur est toujours aussi étouffante, le soir qui tombe n'apporte pas le moindre souffle de fraîcheur. Bientôt Versailles et ses ruines disparaîtront dans les ténèbres de la défense passive. Pendant qu'à la terrasse le libéré de la Santé déguste son cognac, dans les derniers feux du crépuscule, mastiquant lentement ses légumes – avec ses dents douloureuses rafistolées, tant bien que mal, par le dentiste de Fresnes –, un convoi blindé allemand défile derrière les bâtiments de la gare. On distingue des silhouettes en tenue *feldgrau*, postées aux plates-formes de wagons recouverts de feuillages jaunes et fanés, que percent les canons de la DCA pointés vers le ciel. Sur les wagons plats les militaires ont suspendu leur linge ; ils jouent aux cartes et font leur popote, au son plaintif d'un harmonica.

6

Les pleureuses

À LA DESCENTE DU TRAIN, arrivé avec un retard supplémentaire de trente-cinq minutes, l'inspecteur – qui a effectué le trajet debout dans un couloir bondé – découvre la grande gare du Maine-Montparnasse presque aussi déserte que celle des Chantiers. En chemin les voyageurs contemplaient, effarés, le spectacle épouvantable des voies et gares de banlieue entre Versailles et l'ex-capitale : locomotives en morceaux accrochées à des passerelles, chaos de rails, de poutrelles, de blocs de ciment, sur un océan de cratères... Un décor apocalyptique, qui lui a rappelé le Mort-Homme, du temps où il était jeune engagé de 14-18 ! Les commentaires n'étaient pas tendres pour les Alliés : « Sous prétexte de nous libérer, ils détruisent à cœur joie nos installations portuaires et ferroviaires, pour le plus grand profit de leur expansion économique après la guerre... Ah, les lâches, les assassins ! Ce ne serait pas les Russes qui feraient une telle besogne !... » À Montparnasse les arrivants fourbus et affamés se hâtent vers les sorties, enjoignent aux porteurs de presser le pas. Beaucoup se précipitent vers les boîtes à lettres afin d'y enfourner le courrier dont ils ont été chargés par des amis et connaissances – le trafic postal avec la province accumulant les retards. Des collègues en civil, tous inconnus de Sadorski, observent le mouvement d'un air suspicieux ; deux d'entre eux se précipitent sur un individu, l'accusant de « propos injurieux visant la personne du Maréchal », et l'embarquent en dépit de ses protestations. Le ciel, encore lumineux vers l'ouest, vire au bleu foncé au-dessus de la place où circulent de rares cyclistes. Le policier s'engouffre dans les corridors du métro, présente son insigne au poinçonneur à l'entrée de la ligne 4, direction Porte de Clignancourt. On le laisse passer, mais le regard craintif d'autrefois est remplacé par une expression haineuse. Sur le quai, Sadorski de plus en plus décontenancé contemple les familles regroupées sous les affiches publicitaires ou de propagande, qui se préparent, encombrées de sacs, de valises, de couvertures, d'oreillers, à passer la nuit dans la station, à l'abri d'un bombardement éventuel. Un vrai campement de manouches ! Il n'a jamais vu ça dans le métro parisien, transformé en dortoir de fortune. Ou plutôt en foutoir. Et tous ces gens paraissent des habitués, encore ! On se connaît, on bavarde, on rit… L'odeur des corps mal lavés, s'ajoutant à celle du métro, est insoutenable. La rame, elle, n'accepte de déboucher du tunnel qu'au bout d'une quinzaine de minutes – le trafic semble très ralenti ou désorganisé. Terrible bousculade autour des portes, on monte dans les voitures presque à coups de poing, et pour se retrouver serrés comme des sardines en boîte… À Châtelet, il rate sa correspondance. Définitivement, car un employé lui apprend que depuis le 4 juillet les derniers métros quittent les terminus à 22 h 20 ! Tout se ligue pour freiner son retour à la maison ! Il remonte, épuisé, exaspéré, à l'air libre sur la place du Châtelet plongée dans l'obscurité. Pas le moindre vélo-taxi en vue. Le libéré n'a pas le choix, il devra longer les quais de la Seine à pied pour rentrer chez lui.

À la terrasse du café, puis dans le train de Bordeaux surpeuplé, il a eu le temps de réfléchir et continue de se poser des questions. Le meurtre auquel il a assisté était de toute évidence prémédité. Mais parmi le groupe de miliciens, seul Mansuy était au courant. Il avait reçu des ordres, et sans doute une forte somme, pour liquider le détenu avant l'arrivée au camp des Brosses. Des ordres de qui ? Des « deux côtés », s'est-il justifié devant ses camarades éberlués. Les Allemands, d'abord : Sadorski se rappelle le personnage entrevu ce matin dans la cour de la prison, assis à l'arrière de la grosse voiture officielle. Vêtu d'un imperméable blanc à épaulettes semblable au sien, les cheveux en brosse lissés en arrière, ce type au visage allongé observait le spectacle avec un rictus. S'était-il entretenu avec Mansuy peu avant en tête à tête ? Mansuy qui, à en croire le petit Templé, « est toujours dans des coups fourrés au service des Fritz »... Mais, au-dessus du Boche ricanant, il y a forcément un ordonnateur d'un grade très élevé, pour endosser une telle responsabilité. Un grand ponte nazi... Himmler lui-même, pourquoi pas ? Ou Hitler. L'otage Mandel, que le Führer, qui n'en est pas à un assassinat politique près, a pris la décision de livrer à Pétain, n'était-il pas connu comme un des plus grands adversaires de l'Allemagne ? Et haï là-bas plus encore que Blum ou Reynaud...

Et l'« autre côté » ? Selon toute probabilité la Milice. Ses dirigeants entendent venger la mort de Philippe Henriot. Ils auront désigné Mansuy, tireur d'élite, chef de la brigade spéciale de leur service de sécurité, celle des « coups durs » *dixit* Vermont, pour conduire la Citroën, simuler une panne et régler son compte au prisonnier... Mais qui sont-ils, ces partisans enragés du combat aux côtés de la SS, ces ultras de la collaboration capables d'un coup pareil ? Le quinquagénaire à tête d'œuf et aux oreilles en chou-fleur, qui paraissait en excellents termes avec Baillet et traitait Farge de haut, sans parler de Mandel, doit être un important chef milicien. A-t-il trempé dans le crime ? Ou, du moins, l'a-t-on averti de ce qui se préparait ? Et Joseph Darnand, le chef des chefs, à Vichy, était-il au courant lui aussi ? L'impunité proclamée par le tueur semble le suggérer. Tout au long du trajet vers Paris, dans la chaleur suffocante du couloir de la voiture, Sadorski, près de s'assoupir, adossé à la cloison, bercé par le rythme lancinant des roues frottant sur les rails, croyait entendre, répété à l'infini : *Des-deux-côtés-ils-sont-d'accord... Des-deux-côtés-ils-sont-d'accord... Des-deux-côtés-ils-sont-d'accord...*

La pile de sa torche électrique est morte depuis longtemps, l'objet ne lui est d'aucun secours. Le policier en gabardine blanche se hâte le long du quai de Gesvres. La lune n'est pas encore de sortie. Les étoiles scintillent et, entre les masses sombres, opaques, des deux rives, le large ruban de la Seine miroite faiblement. Il lui indique la direction de son foyer – le décor familier du quai des Célestins, au-delà de l'Hôtel de Ville, face aux peupliers de l'île Saint-Louis. De loin en loin les becs de gaz ponctuent de leurs petits halos bleuâtres la noirceur impénétrable du black-out. Ce n'est pas tout à fait l'heure du couvre-feu, mais la circulation aux alentours de la Seine paraît inexistante. Le silence des quartiers ensommeillés n'est troublé que par un grondement persistant et vague, venu d'on ne sait où, qui évoque le bruit de centaines de moteurs à essence... comme si des colonnes de transports de troupes et d'engins blindés remontaient les boulevards pour gagner le front. Car de grandes opérations ont lieu en Normandie ; un effroyable choc d'armées, une lutte à mort sous le déluge de feu et de bombes... La guerre, qui, depuis l'armistice de l'été 1940, se déroulait si confortablement loin de la grande ville, s'en rapproche désormais à une vitesse alarmante. Et l'air nocturne tiède et caressant apporte une puanteur de brûlé : les services allemands, dans les cours des ministères ou des hôtels de luxe réquisitionnés, commencent à détruire leurs archives en prévision d'un prochain départ vers l'est.

Il n'a pas rencontré de patrouille. Le cœur cognant à coups sourds, Sadorski s'immobilise au pied de l'immeuble du 50, quai des Célestins. La teinturerie Espaillac a son rideau de fer baissé. Au troisième étage, il croit distinguer un filet de lumière, au bord d'une fenêtre mal obturée. *Chez lui*. À l'abri de ces rideaux noirs Yvette et Julie bavardent, joyeusement peut-être, ignorantes de son retour. Le bébé dans son berceau s'est mis à pleurer. La jeune Juive se lève, avec un doux sourire de mère, déboutonne son corsage – plus volumineux assurément que jadis –, afin de lui donner le sein. En sourdine, la TSF passe un air de tango. Yvette retourne à la cuisine s'occuper de la vaisselle. Et, dans cinq minutes à peine, le revenant serrera dans ses bras le corps chaud, frémissant, de son épouse... D'avance, il en pleurerait presque d'émotion.

La porte cochère est fermée, 10 heures sont passées depuis longtemps. Il tire son trousseau de sa poche, ses doigts cherchent à reconnaître dans l'ombre la bonne clé parmi celles qu'on lui a restituées au greffe ;

puis il l'introduit dans la serrure. Sadorski pousse le battant, respire l'odeur habituelle du hall d'entrée : les relents d'épluchures émanant du local des poubelles, la cire de l'escalier, le parfum de savon des larges carreaux noirs et blancs que brique régulièrement la bignole… Passant devant sa loge, où une lumière sourde apparaît derrière le rideau de voile, il s'annonce, tout comme naguère :

— Sadorski !

Le rideau s'écarte, une main presse le bec-de-cane. Mme Lantin passe la tête à l'extérieur. Ses cheveux relevés, cachés par un fichu de soie violette noué sur le haut du front.

— *Monsieur Sadorski !* C'est-y pas Dieu possible ! Vous êtes revenu chez nous !

— Eh oui, madame Lantin.

— Oh mais vous avez maigri ! C'est cette mission en Allemagne ? Ils vous ont pas fait de cadeau… On doit mal bouffer, chez les Fritz…

— Euh, oui, vous avez raison… Il me tardait de retrouver les petits plats de la patronne… Hein !

Il a fait un effort pour plaisanter. Le visage anguleux de la pipelette se charge de soupçons :

— Vous avez pas de bagages ?

— Ils suivront, madame Lantin. Maintenant si vous voulez bien m'excuser…

— Naturellement, monsieur l'inspecteur. Je comprends. Euh… ça ne me regarde pas, mais je suppose que les Boches vous ont permis de rentrer pour les obsèques ?

— Les obsèques ?

Il s'est figé, une main sur la rampe de l'escalier. La femme le considère avec des yeux avides.

— Ah, mais vous êtes pas au courant ? Ça alors !

— Non…

— À vrai dire, Mme Sadorski et l'autre dame, elles m'ont point fait de confidences… mais elles étaient tout en noir, lorsqu'elles sont passées tout à l'heure ! De qui qu'elles porteraient le deuil, je me le demandais, justement. Y a pas eu de visite des pompes funèbres ou du docteur. *Mais ça fait deux jours au moins* que j'ai pas entendu votre petit pleurer… Ça me semblait bizarre…

L'inspecteur ne l'écoute plus : il avale les marches quatre à quatre, malade de peur tout d'un coup. L'enfant, son unique enfant, serait *mort* ? Avant même qu'il ait pu le voir ? Mort de maladie, de sous-alimentation ? Le loufiat, à la terrasse devant la gare, racontait que le ravitaillement n'arrivait plus aux Halles, que les magasins étaient vides… que la population crevait de faim…

À moins que ce ne soit Julie !… Julie, morte… Et son corps encore là-haut, puisqu'on ne peut avertir un médecin ou la police… pour une Juive cachée… ni en parler à la concierge. Mais qui serait « l'autre dame » en noir, rentrée en même temps qu'Yvette ? L'infirmière, Josyane Milton ? On peut toujours faire appel à elle dans les moments difficiles… Ou bien Nadine Bucquoy, cette emmerdeuse, la meilleure copine de sa femme…

Il fait halte, à bout de souffle, sur le palier du troisième, devant la porte. *Sa* porte. Il a repris le trousseau de clés dans sa poche. Mais il n'ose ouvrir. Le choc, de le voir pénétrer sans prévenir, là, tout de go… sa pauvre chérie en tomberait en syncope ! Alors Sadorski appuie sur le bouton de la sonnette, plusieurs fois et longuement. Puis il regrette : les malheureuses derrière doivent en concevoir une sacrée frousse ! Mais on n'entend pas, en réaction, de pleurs de bébé – comme l'a observé Mme Lantin. De l'autre côté de la porte il perçoit des pas. Une présence inquiète. Puis une interrogation étouffée :

— Qui… qui est là ?

Il a reconnu le joli timbre de voix de son épouse. Mais déformé par la terreur. Vite :

— C'est moi, ma biquette… C'est Léon !

Un verrou tourne, puis le battant s'ouvre à la volée.

Yvette en robe noire. Elle le dévisage, ses grands yeux sombres écarquillés, la bouche en O.

— Léon !

Il la serre brutalement. Respire son parfum. Embrasse ses lèvres humides, au goût de sel, la couvre de baisers. Comme elle est plus grande, il doit se hausser sur la pointe des pieds. Il l'entend, sanglotante, tout contre lui…

— Léon, Léon… oh, mon biquet…

— Mon Yvette… ma poupoule d'amour… mon joli lapin, mon cœur chéri… ma biquette aimée…

Jamais il n'a été moins conscient du ridicule de ces petits mots tendres ; et jamais ils n'ont coulé avec autant de naturel, et de force. Le témoignage, les preuves authentiques de sa passion. Sadorski se sent fondre, l'embrassant sauvagement, roulant sa langue dans sa bouche, un filet de salive dégoulinant sur son menton… Les mains du policier restent plaquées sur sa croupe plantureuse de déesse grecque. Oui, Yvette et Léon, ce sont deux cœurs et deux corps unis pour la vie ! pour la vie et jusqu'à la mort… Il n'y a plus là, simplement, dans le clair-obscur du vestibule, près de la porte palière demeurée ouverte, que ces deux silhouettes enlacées : un homme et sa femme.

Le libéré prend conscience d'une présence nouvelle. À l'entrée du séjour. Puis un cri :

— Léon !

Il lève la tête, se dégage de la chevelure brune et odorante.

Julie.

Elle aussi en noir, une petite robe sans prétention. La figure très pâle.

— Vous êtes revenu, Léon… Ils vous ont relâché ?

— Je suis libre, oui… Je t'expliquerai… Mais… et le petit ? Fais-moi voir ton petit, Julie… Je ne l'ai jamais vu, tu sais…

Sa pâleur augmente à ces mots ; la jeune fille pousse un gémissement.

— Il… il n'est plus là… Notre petit Bernard est parti, Léon… Vous arrivez trop tard.

L'inspecteur sent sa poitrine se contracter. Sa vision se brouille. Il lui semble être devenu soudain un personnage de mélodrame ; d'un de ces tire-larmes comme la *Fanny* de Marcel Pagnol, au théâtre des Variétés où le couple Sadorski s'est rendu l'automne dernier, invité par les Perret, avant son arrestation… Sauf que ni lui, ni Yvette, ni Julie ne sont en ce moment des comédiens récitant leur texte ! Les paroles, les informations échangées sont *vraies*, tout comme les mots d'amour quelques secondes plus tôt. Et ces robes sinistres sont vraies. Il aperçoit, debout dans le salon, une inconnue, elle aussi en deuil. Sadorski aura été, brièvement et secrètement, père. Mais cette nuit de juillet, le voilà qui s'invite à une veillée funèbre. Au chevet du fils qu'il n'a jamais eu la joie de tenir vivant… Et, à présent…

Dans la pièce à côté doit se trouver un berceau tendu de voiles noirs.

— Je… je peux aller le voir ? l'embrasser ?

Ses deux femmes le regardent avec stupéfaction.

— Mais Julie vient de te dire… Il est parti, il n'est plus là.

— Alors, tu étais à l'enterrement ? Mme Lantin m'a raconté que…

La petite Juive a saisi la première l'origine du malentendu. Elle place la main devant sa bouche. S'efforçant de contenir un fou rire nerveux, qui monte…

— Oh ! non, non, Léon !… Pas du tout ! Ce n'est pas Bernard qui…

Yvette réalise à son tour.

— Mais non, biquet. Oh là là. C'est que tu ne m'as pas laissé le temps de… (Elle se tourne vers sa visiteuse.) Victoire ! Viens… Je te présente Léon…

L'endeuillée s'avance dans le vestibule pour serrer avec embarras la main du policier. C'est une rousse puissamment bâtie, au nez camus et aux lèvres épaisses. Yvette continue :

— Ma bonne camarade d'école, à Limoges… Victoire Debreux… À l'époque, avant son mariage, je la connaissais sous le nom de Victoire Laffay… J'ai dû te parler d'elle… Nous… nous revenons du cimetière de Levallois, les obsèques de son mari… Enfin, euh, pas exactement…

— Mon époux a été tué le 10 juin. Mais ses parents, qui habitent en banlieue parisienne, ont voulu le rapatrier afin qu'Albert soit inhumé dans le caveau de famille…

Tout cela va trop vite, et manque de clarté. En proie à des émotions diverses, légèrement rassuré toutefois – le mort n'est pas Bernard !…

Mais où est-il, le petit ? –, Sadorski, un bras autour de la taille d'Yvette, bafouille :

— Ah, toutes mes condoléances, madame... Croyez bien que... Enfin, mon épouse et moi... et ma nièce... Nous...

Il se demande si l'on a renseigné la rombière au sujet de la jeune israélite planquée chez eux. Mais peu importe : si c'est une amie et qu'on peut lui faire confiance... Ce qui serait mieux, en revanche, c'est de la voir débarrasser le plancher ! Lui et sa petite famille ont tant de choses à se dire...

— Victoire retourne à Limoges demain en auto. Je lui avais proposé de passer la nuit ici... Elle pouvait dormir avec moi dans la chambre.

Le maître de maison ouvre la bouche de stupeur et pique un fard. Il n'en est plus question, espérons-le ! Sinon il ne lui resterait – la Juive gardant naturellement le canapé – qu'à coucher sur le sol... et ce dans son propre domicile ! Ou alors, ensemble sur le grand lit ! En sandwich entre deux nénettes en deuil ! Le soir même de sa délivrance après huit mois de cellule !... Merde alors ! Ce retour ne ressemble en rien à ce qu'il s'était figuré... Sadorski se sent au bord de péter les plombs.

La rousse, une personne bien élevée, prend heureusement les devants :

— Voyons ma chérie, je ne puis rester... Ton mari a l'air fatigué, je vais vous laisser entre vous... Je te remercie, tu as été trop bonne...

— Mais le couvre-feu démarre dans dix minutes !

— J'ai remarqué un hôtel, rue Saint-Paul. C'est plus que le temps qu'il me faut pour y aller ! Il y avait un écriteau : « chambres libres ». Je n'ai qu'un tout petit bagage...

— Dans ce cas, Léon va t'accompagner.

L'intéressé se rebiffe. Non, mais ! Et puis quoi, encore ?

— S'il te plaît, biquet... Les rues ne sont pas sûres...

Sans répondre, rageur, il s'empare de la valise. Elle est assez lourde.

— Allons-y.

— Je suis confuse, monsieur Sadorski...

La lumière ne brille plus chez Mme Lantin. Le quai est silencieux. Sur le trottoir obscur, le policier, radouci, fait un effort pour être aimable :

— M. Debreux est décédé dans un accident ? Ou un bombardement, peut-être ?

— Non non, il a été assassiné par les Boches. Vous avez entendu parler d'Oradour-sur-Glane ?

— Je ne crois pas…

— C'est un bourg à 25 kilomètres de Limoges. Il est desservi par le tramway, mon mari travaillait pour les CDHV… les Chemins de fer départementaux de Haute-Vienne… Le 10 du mois dernier, dans l'après-midi, un train de maintenance, chargé de vérifier l'état des voies, avec seulement quelques employés, est passé par Oradour sur la ligne de Saint-Junien. Le monteur électricien, M. Chalard, constatant une agitation inhabituelle, est descendu voir ce qui se passait… Albert l'a suivi… Ils ne savaient pas qu'un régiment SS avait envahi le village, et qu'on massacrait tout le monde… Les hommes enfermés dans des granges, et les femmes et les enfants dans l'église… Il y a eu plus de 700 morts !… Albert et l'électricien ont été abattus alors qu'ils traversaient le pont sur la Glane. On a retrouvé leurs corps dans la rivière, où les Boches les avaient balancés. Ils ont pu être identifiés à cause de ça… Les autres, ils étaient trop calcinés pour la plupart… Les blessés sont morts brûlés vifs, recouverts de paille et de bois que les SS ont arrosés d'essence avant de mettre le feu !

Il grimace, en pure perte, car on ne distingue pas les visages, dans le boyau de la ruelle dépourvue de becs de gaz. Ces abominations allemandes ne le surprennent pas particulièrement. Des connaissances à la Gestapo lui ont raconté de semblables opérations en Pologne, en Lituanie, en Ukraine. Et maintenant chez nous… Mais que peut-on y faire ? La guerre est là pour de bon, avec son cortège inéluctable de victimes, innocentes en général. Les salauds, eux, ont la vie dure, et plus d'un tour dans leur sac ! Lui-même se considère comme un fieffé débrouillard. N'a-t-il pas réussi à s'échapper de la Santé, le plus légalement du monde, avec la bénédiction d'un haut fonctionnaire du gouvernement de Vichy ? Au début de la semaine, si tout se passe bien, Sadorski pourra reprendre son poste à la préfecture.

— Pensez, insiste la veuve, ils ont tué tous les gosses des écoles, garçons et filles, et leurs institutrices ! On a retrouvé des centaines de douilles à l'intérieur du lieu saint, au milieu des cendres et de la chair et des ossements ! Ils ont même mitraillé des petits dans leurs poussettes ! Fracassé le crâne d'un bébé contre le mur du presbytère, avant de le jeter dans la fosse des cabinets ! Un policier venu de Limoges a vu dans une fosse à purin tout un tas de voitures d'enfant avec des petits cadavres troués de balles… Savez-vous qu'en Russie, les SS jouent à lancer en l'air les bébés et à leur tirer dessus comme au ball-trap ? La langue française n'a pas de mots assez forts pour qualifier de tels actes… ça n'a de nom dans aucune langue… excepté en allemand ! Oui, ils ont créé le terme *Schadenfreude*… Cela peut se traduire par « joie de faire du mal ». Ah, elle est belle, la race des seigneurs ! Des hordes de pillards qui brûlent nos cités et égorgent les habitants ! Jusqu'à 2 kilomètres d'Oradour, on entendait les clameurs qui s'élevaient de l'église, où les blessées agonisaient dans les flammes ! Rien n'a été épargné, pas une maison, pas une grange ne reste debout… Et, à Tulle en Corrèze, qui avait été occupée par les maquis, les SS ont rassemblé tous les jeunes hommes de la ville dans la manufacture nationale d'armes, en ont sélectionné une centaine en représailles et les ont pendus aux balcons des immeubles ! Et une fois dépendus, ils les ont fait charger sur des camions-bennes pour les enterrer dans un dépôt d'ordures ménagères à la sortie de la préfecture ! Et les autres otages ont été déportés !

— Parlez moins fort, madame Debreux. Nous sommes devant votre hôtel…

Il toque au carreau de la porte, rend ses affaires à l'amie d'Yvette. Par acquit de conscience, il attend une minute ou deux après qu'elle a disparu à l'intérieur, où le bureau de réception est éclairé par une veilleuse. Puis il rebrousse chemin, pestant contre cette femme qui lui fait perdre son temps et dont les opinions politiques ne lui plaisent pas. Sympathisante de la résistance, ou pire, résistante elle-même ?

Le marcheur aperçoit, tout au bout de la rue, une paire d'agents à bicyclette, sous leurs pèlerines ; ils ont fait halte sur le quai, le nez levé vers les étages d'une maison d'angle. Coups de sifflet.

— Hep, là-haut au quatrième ! Lumière !

— On vous a remis le courant, n'en abusez pas, messieurs-dames !

Sadorski les croise en saluant et en exhibant son insigne, sous le faisceau d'une torche électrique braquée vers lui. Les hirondelles le saluent en réponse.

— Bonne soirée, monsieur l'inspecteur !

Si ces ballots savaient qu'ils s'adressent à un ex-prisonnier témoin d'un meurtre, pas plus tard que cet après-midi ! Avec un sourire crispé, il se dépêche vers l'immeuble du n° 50. Hâte de retrouver sa femme, et Julie. Et de savoir ce qui est arrivé à son fils !

Les sirènes d'alerte mugissent pendant qu'il remonte l'escalier. Yvette s'est débarrassée de la robe de deuil, a enfilé une chemise de nuit, assez courte, sous un peignoir. L'odeur du café de pois chiches grillés a envahi l'appartement. Julie dépose un plateau et trois tasses sur la table du séjour. La jeune fille garde les yeux baissés, dans une attitude qui ne lui est pas naturelle – comme si elle avait une bêtise à se faire pardonner.

— Tu as mangé ? demande Yvette.

— Oui, dans un bistrot, à Versailles.

— Versailles ?

— Je t'expliquerai. Ça peut attendre, c'est sans importance.

— Buvez votre café, Léon, tant qu'il est encore chaud, murmure Julie.

Sa femme remarque :

— Un miracle qu'il y ait eu suffisamment de gaz ce soir ! Si tu savais… Le débit est tellement faible, entre les coupures… Et on n'a pas d'électricité de toute la journée, sauf un petit peu vers midi, et ensuite ils ne la remettent qu'après 22 heures… et de plus en plus tard, ça change tout le temps ! Ce soir c'était 22 h 30 !

On distingue, très loin au sud-est, le roulement des bombes, ainsi que le crépitement des tirs de DCA. Cela semble concerner exclusivement la

Seine-et-Marne. Paris est calme, où le couvre-feu est entré en vigueur depuis quelques minutes. Sadorski avale une gorgée d'ersatz de café, repose la tasse, bougonne :

— Il n'est pas sucré.

— On n'a plus de saccharine. Y a plus rien, mon biquet…

— Bon. Maintenant racontez-moi où est le mouflet de Julie.

— Il est à Paris. Mais pas chez nous. Ne t'inquiète pas, il va très bien. On le nourrit mieux qu'ici, certainement…

— Mais *où* est-il ?

— Chez ses grands-parents.

L'inspecteur a un instant d'incompréhension.

— Mais ses grands-parents sont en Pologne ! Dans les camps, à manier la pelle et la pioche…

Julie réprime un sanglot. Puis :

— Non, Léon. Tante Yvette ne parlait pas des grands-parents *maternels*…

— … Mais de l'autre côté, mon chéri. Les parents de Bernard Perret.

Il jure, plusieurs fois de suite.

Ça, il ne l'avait pas prévu ! Une telle ironie du sort ! *Fatalitas !* comme on dit dans les feuilletons de Gaston Leroux… Mais, c'est impossible… Comment les Perret pouvaient-ils…

— Je croyais que… enfin, Julie… ils n'étaient pas avertis que leur fils… euh, avait une fiancée…

Il s'interrompt, de peur de commettre une gaffe irréparable. Quelle situation scabreuse !… Encore une fois, on marche sur des œufs… Attention à ce qu'il peut dire, ou ne pas dire… *Yvette ne sait rien.* Elle a toujours cru – comme Jacqueline, d'ailleurs – que feu le lycéen Perret était le responsable de la grossesse de Julie. À présent son épouse dévisage Sadorski, alarmée.

— Pourquoi tu fais cette tête, Léon ?

— Je fais cette tête parce que je ne m'y attendais pas, c'est tout ! Je me réjouissais de trouver notre Julie avec son môme… Tu aurais pu me prévenir, au parloir !… Merde…

— Mais c'est arrivé il y a seulement trois jours ! M. et Mme Perret ont débarqué dans l'après-midi sans nous avoir téléphoné, ni rien… La mine grave. Des bobines d'enterrement, c'est le cas de le dire !… Le bébé dormait, dans notre chambre, ils ne l'ont pas vu tout de suite… J'ai pensé qu'ils venaient s'excuser pour les mensonges de leur fille… ces salades monstrueuses qu'elle a inventées et qui t'ont conduit derrière les barreaux… Eh bien, pas du tout ! Ce toupet ! Ils m'ont à peine regardée, alors qu'ils étaient tout polis et émus lorsqu'ils se sont adressés à Julie… Ils lui ont donné une lettre… Une lettre de Jacqueline… Quand je pense que la mère officielle, c'est moi ! Et qu'ils étaient dans *ma* maison !

Julie ébauche un mouvement. Sa tasse de café est restée sur la table sans qu'elle y porte les lèvres. Elle fixe Sadorski, les yeux suppliants. Et qui commencent à s'embuer.

Qu'essaie-t-elle de lui dire ?

Attention, Léon. Calmez-vous, réfléchissez… Surtout, qu'Yvette ne sache pas !…

Ou :

Pardonnez-moi, Léon… Je ne pouvais faire autrement… C'est votre fils, je sais, mais…

Les dents serrées, il ordonne :

— Montrez-la-moi. Cette lettre.

La Juive acquiesce. Se lève, va ouvrir un petit tiroir dans le buffet Henri II. Elle tend l'enveloppe décachetée à Sadorski. Une longue enveloppe blanche, portant au recto, à l'encre violette et d'une écriture distinguée : *Mademoiselle Julie Odwak, E. V*[1].

— Tu vas tout comprendre, biquet, fait Yvette.

— Tais-toi.

Il chausse ses lunettes à monture de fer.

L'enveloppe est propre et de qualité supérieure, doublée de cellophane gris perle. La mince feuille qu'elle contient, au format mal adapté, couverte de lignes minuscules à l'encre bleue, est d'un papier quadrillé très ordinaire, chiffonné et souillé. Et qui sent la prison.

1. « En ville ».

La Petite Roquette, 2 juillet 1944.

Ma chère vieille branche,

Voici la première lettre que je t'écris, depuis ma résidence « forcée »... qui s'éternise. Il te faudra une loupe – désolée mais je serre, de crainte d'user trop de papier car je n'en ai pas beaucoup ! Sache que je garde très bon moral, je pense constamment à vous toutes, à toi spécialement bien sûr, et à Marie-Paule, Henriette, Jenny, Gaby et les autres bonnes camarades de la classe... et cela me donne encore du courage pour tenir jusqu'à la délivrance. Et puis, je songe à ton adorable bout de chou, au joli petit zouave qu'il me tarde tant de rencontrer et qui doit avoir les beaux yeux de notre pauvre Bernard ! Alors voilà, c'est à propos de lui, de ton fils, de ce cher monsieur mon neveu, que je t'adresse ce message. Car j'ai pris une grande décision. Pour le salut de tous, je te le jure !... Je me suis permis d'annoncer à papa, samedi lorsqu'il est venu au parloir, qu'il était grand-père ! Je sais, nous avions décidé de garder le secret, mais lors de mon arrestation j'ai pigé beaucoup de choses, dont une très grave...

La feuille tremble entre les mains moites du policier. Ce jour-là, rue des Saussaies à la Sipo-SD, Jacqueline a appris, par le bavardage stupide d'un des flics de la Brigade spéciale qui venaient de la passer à tabac, que son grand frère Bernard, en avril 43, avait été flingué par lui-même, l'IPA Léon Sadorski, des Renseignements généraux... Et, histoire de venger son frangin de manière rapide, la rusée petite salope, devant les officiers SS, a aussitôt lâché cette histoire de résistance, afin de le faire tomber à son tour... et a failli réussir ! Mais, concernant l'exécution de Bernard, elle n'a pas été jusqu'à dénoncer Sadorski auprès de Julie ou d'Yvette... Sinon, il l'aurait déjà su !...

... dont je te parlerai quand nous serons libres, après la guerre. Les gens ne sont pas toujours ce que l'on croit ! Et il y aura des comptes sérieux à régler... Enfin, j'ai gambergé, et suis arrivée à la conclusion que le modeste appartement de M. et Mme Sadorski n'est pas le meilleur endroit pour ton

bout de chou. D'abord, tu es toujours en danger, tu vois ce que je veux dire, et il ne faudrait pas que ça rejaillisse sur ton bébé. Mes parents, eux, sont très aisés et vivent dans 180 mètres carrés, où ils ne manquent de rien question nourriture, puisque dans mon milieu on sait toujours se débrouiller ! même en temps de restrictions. Et ils ont plein d'amis allemands étant donné que mon père travaille pour eux. Bref, à présent que papa et maman sont au courant, et c'était ça mon idée, ils n'ont qu'une hâte c'est de faire la connaissance de leur petit-fils, et la tienne, par la même occasion ! Je n'ai eu aucun mal à les convaincre que le mieux serait qu'ils prennent le jeune Bernard chez nous. Oh, pas pour longtemps, rassure-toi ! Simplement jusqu'à ce que Paris soit libéré. Après, il sera toujours temps de discuter de ce que l'on va faire, au sein de notre famille, dont tu fais désormais partie ! Alors, je t'en supplie ma vieille Julie, quand mes parents iront te voir n'hésite pas à leur confier le p'tit zouave ! C'est pour notre bonheur à tous, <u>et en priorité le sien et le tien.</u>

À bientôt j'espère fermement, ma douce petite belle-sœur ! Zut je n'ai plus de place, sauf pour t'envoyer mille millions de baisers très affectueux, de la part de ta

Jacqui.

— Elle n'a pas eu *un* mot à mon égard ! signale Yvette vexée. Quand je pense que je lui ai appris des points de tricot, et ma recette de tarte aux quetsches... dont elle a bien profité, du reste ! Et qu'à cause d'une pareille chipie mon homme est resté enfermé huit mois ! *Trente-quatre* semaines !... J'ai compté, tu sais !

— *Tais-toi*. On ne s'entend plus penser, dans ce gourbi !

Il a son expression des très mauvais jours. Sa femme, qui l'a déjà vu exploser, obéit prudemment.

Sadorski se tourne vers leur protégée.

— Julie...

C'est cruel, et il joue avec le feu, il le sait. Mais tant pis.

— Écoute-moi... Est-ce que tu penses, vraiment, *en ton âme et conscience*, faire partie de la famille Perret ?

Elle le regarde, les lèvres tremblantes. Et éclate brusquement en sanglots.

— Comp… comprenez-moi… je… Il n'y a plus rien à manger… Je n'ai presque plus de lait… Vous n'étiez plus là… J'ai cru que… pour mon petit… ça serait mieux…

— Léon…, supplie Yvette.

— Tais-toi ! Ou plutôt non, tiens, dis-moi où est le berceau. Tes ordures de rupins de Passy l'ont embarqué également ? Je ne le vois pas…

— Non, il est… Julie et moi nous l'avons démonté. Je l'ai rangé dans la cave… avec la poussette.

— Tu as la mémoire courte.

— Que veux-tu dire ?

— Tu as oublié la déclaration que tu es allée faire à la mairie du quatrième, l'an dernier, sur présentation de l'enfant et en présence de témoins ? *Le 12 novembre 1943 à 7 heures du soir, est né à Paris : Bernard Jacques Yves Léon, du sexe masculin, de Sadorski Léon René Octave, inspecteur de police judiciaire, âgé de quarante-trois ans, et de Réquillard Yvette Marcelle, sa femme, sans profession, âgée de trente-huit ans, domiciliés à Paris, quai des Célestins…* Le nommé Bernard Sadorski, pour l'état civil et en toute légalité, est *notre fils*. Ne l'aimais-tu pas comme un fils ?

Elle sanglote à son tour.

— Si… mais non… Enfin, Léon, tu sais bien…

Il se lève, fait les cent pas dans la pièce. En grondant :

— Tu es sourde ? Je viens de prononcer : *en toute légalité*. C'est ce qui importe. Les Perret, en quittant ces lieux avec notre môme, ont commis un *kidnapping* ! Un enlèvement, quoi ! Ça ressort de la loi du 19 avril 1898 dans le Code pénal. Sur la « répression des violences, voies de fait, actes de cruauté et attentats commis envers les enfants »… Livre III, titre deuxième : Crimes et délits contre les particuliers, chapitre premier : Des crimes et délits contre les personnes, section VI, paragraphe 2 : *Enlèvements de mineurs.* Et, tout particulièrement, l'article 354 : *Quiconque aura, par fraude ou violence, enlevé ou fait enlever des mineurs, ou les aura entraînés, détournés ou déplacés, ou les aura fait entraîner, détourner ou déplacer des lieux où ils étaient mis par ceux à l'autorité ou à la direction desquels ils étaient soumis ou confiés, subira la peine de la RÉCLUSION.* C'est écrit noir sur blanc. La durée de peine n'est pas précisée[1] mais ça va de cinq à dix ans en général. Plus, même, de nos jours ! Les juges ne font pas de quartier, y a les cours spéciales, on fusille à la chaîne ! Les parents de Jacqueline ont déplacé notre enfant mineur *par fraude* en vous embobinant avec leurs beaux discours. Au mépris de la loi ! Tandis qu'avec ses mensonges, leur mijaurée de fille me faisait mettre en taule, moi… un fonctionnaire de l'État français, un garant de l'ordre public, un fidèle du Maréchal ! Eh bien, je vais leur rendre la monnaie de leur pièce ! En taule ! (Il hurle.) Je vais les faire foutre en taule ! Ah, mais ça ne va pas se passer comme ça ! Vous ne faisiez que des conneries en mon absence ! (Toutes deux pleurent à chaudes larmes.) Mais, maintenant que votre petit père est de retour, *on va voir ce qu'on va voir !*

1. Sadorski cite l'ancien Code pénal français d'avant 1958.

7

La salissure

LA PRESSE DE CE LUNDI 10 juillet ne dit pas un mot de l'assassinat de Georges Mandel.

Avant de gagner le bar-tabac Henri-IV, sur la pointe de l'île de la Cité à dix minutes de la caserne, pour y déjeuner seul, l'IPA Sadorski a acheté au kiosque à journaux du boulevard du Palais *Le Matin* et *Paris-Midi*. Ce dernier, en ce qui concerne la guerre, se montre résolument optimiste : « Dans la presqu'île du Cotentin les Américains n'ont pu briser la ligne de front allemande. Un croiseur et un contre-torpilleur ont été coulés par la Kriegsmarine », « En Italie, les troupes anglo-américaines ont subi des pertes très élevées. Près de 100 chars détruits », et « Sous la menace des V-1, le gouvernement anglais va être transféré ». Le principal article à la une du *Matin*, sous le titre « L'ennemi a déclenché une grande offensive au nord de la ville de Caen », est en revanche plus menaçant.

GRAND QUARTIER GÉNÉRAL DU FÜHRER, 9 juillet. — Le haut commandement de l'armée allemande communique :

En Normandie, l'ennemi a déclenché une grande offensive sur un large front contre le saillant situé au nord de Caen en engageant d'importantes forces d'infanterie et de chars. Au cours des durs combats qui n'ont cessé d'augmenter d'intensité pendant la journée, l'adversaire a subi de lourdes pertes.

Après avoir mis en ligne de nouvelles forces, il a finalement réussi à pénétrer dans nos positions au nord-est et au nord-ouest de Caen.

Des deux côtés de la route Caumont-Caen, l'ennemi, après une violente préparation d'artillerie, a également lancé de puissantes attaques qui lui ont permis de réaliser des pénétrations locales qui ont d'ailleurs été verrouillées par la suite.

Entre la Vire et la Taute, la lutte a été menée avec acharnement pendant toute la journée. Au prix de lourdes pertes l'ennemi a réussi à élargir légèrement vers le sud-ouest la tête de pont qu'il avait constituée sur la Vire. Là encore, les combats sont en cours...

Et, page 2 dans la rubrique « Dernière heure » : *Douze divisions anglaises d'infanterie et de chars attaquent sans répit la ville de Caen. Dans la presqu'île du Cotentin la bataille fait rage...*

Pour n'importe quel abruti sachant un peu lire entre les lignes, cela signifie que cette ville va tomber d'ici quelques jours au plus tard. *Caen, à 220 kilomètres d'ici !* À peine deux heures et demie de trajet en automobile ! Hier soir, l'envoyé spécial de Radio-Paris – qu'Yvette, Julie et lui écoutaient effarés, tressaillant à chaque explosion – dressait un tableau apocalyptique de la cité normande en flammes : « Il pleut, la ville de Caen est entourée de nuages, mais le combat continue, combat d'artillerie, vous en entendez les effets... Civils et militaires sont tous mêlés... Au-dessus de nos têtes, les avions tournent, la vision de la ville est épouvantable, pas une maison ne reste debout... Ici, devant nous, le magasin Lelong, à côté l'hôtel Moderne, est complètement détruit... Des convois passent... Voici, place de la Préfecture, partout, en l'air, de la fumée, des papiers qui voltigent, dans l'hôtel de la Préfecture ce n'est qu'un foyer... » L'inspecteur soupire en reposant son bock de bière belge ; et afin de se changer les idées il parcourt la rubrique des faits divers.

LES MENÉES CRIMINELLES DU TERRORISME COMMUNISTE.

Un ecclésiastique est assassiné.

On a trouvé mort dans un fossé bordant la route de Pont-Audemer, l'abbé Gamad, curé de Toutainville (Seine-Inférieure). La victime avait été tuée de deux balles dans la tête.

Dans la forêt du Nouvion-en-Thiérache, des terroristes ont attaqué une garagiste de Guise, Mme Alice Gagemiart, et l'ont abattue à coups de mitraillette.

À Mondrepuis, le charron Jules Michel, 63 ans, a été découvert, le crâne écrasé à coups de gourdin. La victime avait reçu également une balle dans la région du cœur.

À Préseau, près de Valenciennes (Nord), un forain, Charles Vanpappalsberghe, 37 ans, a été tué à coups de revolver par des bandits.

À Roubaix, deux individus se sont présentés chez M. René Lefèvre, membre du PPF, et l'ont abattu à coups de feu.

M. Blais, notaire à Sion (Loire-Inférieure), attaqué chez lui par des inconnus armés, leur a opposé une résistance énergique et a tué un de ses agresseurs. Les autres bandits ont pris la fuite.

À Hérin (Nord), deux inconnus ont tué un ancien gendarme, M. Albert François, 40 ans.

À Creil, un membre du RNP, M. Séraphin Froment, 23 ans, a été tué de trois balles de revolver.

Dans le Cher, à Morogues, M. Moirette, laitier, et son commis M. Girardon, ont été assassinés à la mitraillette.

À Béthune, Mme Jeanne Sibec et M. Plouvier ont été abattus d'une balle dans la nuque.

Le commissaire de police de Rive-de-Gier, M. Paul Forte, a été tué par des bandits à qui il demandait leurs papiers.

Armés de mitraillettes, trois individus ont attaqué l'ambulance municipale de Chelles-sur-Marne, qui transportait des tickets de rationnement. Ils ont été arrêtés.

Il replie le quotidien, allume une gauloise, qui remplace avantageusement les Juno. Pendant sa détention Yvette allait chaque mois à la préfecture toucher la ration de tabac de l'inspecteur. Il a donc du stock ! Sadorski sort du bistrot à 13 h 25 et reprend le chemin de la préfecture. Dans son porte-documents, un dossier d'une dizaine de pages contenant son rapport sur le transfert avorté vers Vichy de Georges Mandel par les miliciens. Il a passé toute la journée de samedi à le rédiger en deux exemplaires (il en conserve un par précaution, caché dans l'appartement, en compagnie de ses fétiches érotiques, notamment la petite culotte de Jacqueline et sa photo). Nul n'est venu encore le lui réclamer. Le temps est toujours moite, avec de la bruine, sous un ciel gris et bas. Il salue le planton à l'entrée de la rue de Lutèce, emprunte l'escalier F et monte, le souffle court, au deuxième étage de l'aile nord. Ce matin, son nouveau chef de section étant absent, il s'est présenté faute de mieux à l'inspecteur principal Cury-Nodon, secrétaire du commissaire; on avait bien reçu un appel du cabinet du directeur de l'administration pénitentiaire, et ancien chef adjoint des Renseignements généraux, annonçant la réintégration de l'IPA Sadorski. Le secrétaire, un faux-jeton notoire, l'a félicité, le regard vague et fuyant derrière les lunettes d'écaille qui lui donnent l'air d'un intellectuel de Saint-Germain-des-Prés. Dans le couloir du service, Sadorski rencontre son équipier le gros inspecteur « Heil Hitler ! » Magne. Lequel, pour une fois, ne l'accueille pas avec un salut nazi assorti de claquement des talons.

— Bienvenue, patron ! Vous avez maigri, dites donc !... À la 3e on est vraiment heureux de vous revoir ! Y a un pékin pour vous, il poireaute depuis une demi-heure...

— Merci, René. Où tu l'as mis ?

— Sur le banc devant la salle des inspecteurs.

Un jeune homme blond est assis, l'air morose. Dans les vingt-cinq ou vingt-six ans. Il porte une cravate noire. Une canne, noire elle aussi, est posée à côté de lui contre le banc. Dotée d'un joli pommeau torsadé en plaqué or. Sadorski s'approche.

— Vous voulez me parler ?

Le blond sursaute, arraché à ses méditations. Il se lève et récupère sa canne.

— Monsieur l'inspecteur principal Sadorski ?

— Adjoint, grogne l'intéressé. Principal adjoint seulement. Vous êtes ?

— Biraud, Armand. Je travaille pour la succursale nantaise de la société d'importation Jamblin, du Havre. Mais ce n'est pas de cela que je souhaite vous entretenir, monsieur l'inspecteur...

— De quoi, alors ? Je reviens de congé, avec du boulot par-dessus la tête…

— Oui, monsieur l'inspecteur. C'est… c'est au sujet de Mlle Hortense Gutkind.

Il y a un moment de silence.

Puis Sadorski indique la porte 516.

— Venez. Nous serons plus tranquilles pour discuter.

Le jeune homme suit, en boitant, le policier à l'intérieur de la pièce.

— Asseyez-vous. Une cigarette ?

— Euh… non, merci.

Sadorski s'est installé derrière son bureau ; il y dépose ses journaux, allume une gauloise tout en étudiant son visiteur, les paupières plissées. Veston de bonne coupe, chemise propre, l'air d'un gentil garçon. Yeux bleus, avec de longs cils de gonzesse. Cette entrevue ne lui dit rien qui vaille. Il sort son carnet et se prépare à prendre des notes. Pourquoi Hortense revient-elle aujourd'hui sur le tapis ? Cela fait plus de quinze mois que…

Armand Biraud toussote.

— Je… Ma société m'envoie ici pour quelques jours, à propos d'un stock important de sardines à l'huile qui a été bloqué chez nous par la Kriegsmarine. Depuis, nous avons reçu un ordre de saisie, et le haut commandement allemand de Saint-Germain-en-Laye, qui exige un relevé des stocks, a délégué une commission d'experts à Nantes. Parmi eux, cela a été une mauvaise surprise pour nous, figurent des représentants de nos concurrents directs de Hambourg, de Berlin et de Leipzig… Je suis arrivé ici par le même train que les experts. Ma mission est d'établir un compte rendu précis des négociations, à l'intention de mon directeur. L'histoire est plutôt mal engagée…

L'inspecteur le coupe.

— Tout ça, c'est la loi de la guerre, monsieur Biraud. Et à mon avis, vu les circonstances, la Kriegsmarine a d'autres chats à fouetter que votre affaire de sardines… Vous êtes descendu à quel hôtel ?

— Pas à l'hôtel, monsieur l'inspecteur. Ma sœur – enfin, ma demi-sœur – vit à Paris.

— Adresse ?

— 59, rue de l'Abbé-Groult… c'est dans le quinzième arrondissement.

Sadorski grogne :

— Merci, je sais où est la rue de l'Abbé-Groult. Vous êtes né le… ? à… ?

— Le 2 novembre 1911. À Thouaré, Loire-Inférieure.

— Et quel rapport, tout ça, avec Mlle Gutkind ?

— J'y arrive, pardonnez-moi. Il n'y a pas de lien direct. J'avais fait la connaissance d'Hort… euh, de Mlle Gutkind en juin 1940 à Biarritz. Nous… Enfin, je souhaitais vivement la revoir, à l'occasion de ce voy…

— Elle est morte.

Le blond déglutit.

— Je… oui, monsieur l'inspecteur. Je l'ai appris avant-hier.

— On vous a dit de quelle façon ?

— Euh… pendant le bombardement du champ de courses de Longchamp[1]. Si j'ai bien compris…

— Exact. Le 4 avril de l'année dernière. Tuée par les Américains.

Après un nouveau, et bref, silence, Biraud reprend :

— Dès mon installation, j'ai consulté l'annuaire téléphonique. Je l'ai trouvée tout de suite : *17, rue des Bluets. Vol. 14-02.* C'est un nouveau locataire qui a répondu. Il m'a annoncé que Mlle Gutkind était… décédée. Ça a été un choc, tous mes espoirs s'écroulaient ! Je me suis rendu à la mairie de son arrondissement. Parmi les documents que l'on m'a présentés, il y en avait un qui portait votre signature. Il semblerait que… euh, que vous étiez sur les lieux, lorsque…

— Je suis arrivé une heure après environ. C'est moi qui ai découvert le cadavre sur la pelouse du champ de courses. Parmi beaucoup d'autres.

— Ah. Et… je… excusez-moi, monsieur l'inspecteur. Elle… elle a beaucoup souffert ? Ou bien… tuée sur le coup ?

1. Voir *Sadorski et l'ange du péché*, ainsi que *La Débâcle*.

Le visage aux traits réguliers du jeune homme est blanc comme un linge.

Sadorski, d'instinct – son interlocuteur lui déplaît –, repose calepin et stylo sur le bureau et expose sadiquement la vérité.

— Si je me rappelle bien… la cuisse droite était tranchée net. On voyait clairement le fémur… au milieu de la chair saignante. La jambe a été projetée assez loin. Je suis allé la ramasser. Le bras gauche était écrabouillé au niveau du coude. On n'a jamais retrouvé l'avant-bras ni la main ! Le reste du corps était intact. Il faisait chaud, les mouches commençaient à débarquer… (Il souffle la fumée vers le plafond.) J'ai fermé les yeux d'Hortense Gutkind. Je n'avais jamais constaté une pareille expression d'horreur sur la figure d'une jolie femme.

Il abaisse son regard. Armand Biraud sanglote sur sa chaise.

Le policier patiente une minute ou deux, puis :

— Normalement je n'ai pas le droit de vous confier tout ça, monsieur Biraud. Vous n'êtes pas de la famille, que je sache.

— Non, je… (Il sort un mouchoir.) Ex… excusez-moi… Merci, je… Peut-être ai-je eu tort de venir… Mais… il fallait que… Oh, mon Dieu. Hortense…

Sadorski hausse les épaules. Et passe au tutoiement.

— Tu tenais à elle, hein, petit ?

L'autre hoche la tête, renifle. Le policier trouve cette douleur répugnante. Mais il lui importe d'en savoir plus. À cause d'Hortense, et de ses bavardages auprès des enquêteurs de la PJ, Sadorski a été à deux doigts d'être arrêté pour meurtre. De monter sur l'échafaud.

— Allez, raconte-moi. Ça va te soulager…

Biraud hoche la tête de nouveau. Les joues fraîches sont mouillées de larmes.

— C'était le… le 17 juin 1940. Le jour où Pétain a parlé à la TSF pour dire qu'il fallait cesser le combat… J'étais à Biarritz, en convalescence à l'hôtel Continental. Moi et un copain du 107e RI[1], Alphonse Pin, on se baladait le long de la Grande Plage, sur la promenade…

---

1. Régiment d'infanterie.

Tous deux on avait été blessés aux jambes, fin mai au canal Crozat. Depuis, lui et moi on était inséparables. Et... je vois arriver cette fille splendide... Grande, blonde... en robe rouge vermillon avec des fleurs blanches. J'ai... ça a été le coup de foudre. Comme dans les romans, ou au cinéma. Je vous parais sans doute ridicule, monsieur l'inspecteur. Mais c'est la vérité vraie.

— Je te crois, petit. Mlle Gutkind était une très belle femme.

— J'en étais sans voix. C'est mon camarade, Alphonse, qui lui a adressé la parole à ma place... lui demandant d'être ma marraine de guerre... On a bavardé. J'ai senti que je lui plaisais. Mais c'était foutu : elle avait un fiancé, blessé sur le front de l'Aisne, elle le cherchait partout à Biarritz... dans les grands hôtels, transformés en hôpitaux comme le nôtre. Nous l'avons regardée entrer au Miramar... On avait promis de l'attendre. Au cas où. (Il sourit faiblement.) Et... elle est ressortie au bout d'une heure. Soutenue par une infirmière. Hortense nous a vus, elle est venue nous retrouver. Blême, on aurait cru une morte-vivante. Là-bas elle était tombée dans les pommes... à l'instant où un toubib lui annonçait brutalement que son fiancé était disparu, sans espoir, dans un train sanitaire qui avait brûlé en gare d'Orléans sous les bombes.

— Ça c'est moche, commente Sadorski.

— Alphonse et moi nous l'avons accompagnée en ville, boire des remontants. Des trucs forts. Hortense en avait besoin. Vous comprenez, nous craignions qu'elle aille se foutre à la flotte. Son fiancé, un photographe, elle l'aimait vraiment. Ça faisait cinq ans qu'ils étaient ensemble. Alors, tous les trois, on a bu pas mal. Fallait lui changer les idées... On a fait la tournée des débits de boissons. Le Café de l'Europe, le Cosmopolitain, le Café Glacier... Alphonse est un rigolo, il réussissait à la faire sourire avec ses blagues. Et j'ai eu l'impression, malgré sa tristesse et son deuil, que ça gazait bien, elle et moi... À un moment, Alphonse, qui l'avait vu aussi, a prétexté qu'il était fatigué, pour nous laisser entre nous. Hortense ne connaissait pas la ville. Nous avons dîné en tête à tête, je l'ai accompagnée ensuite à la consigne de la gare de Biarritz où elle avait laissé sa valise. Je marchais moins vite qu'elle, avec mes béquilles, elle m'a pris le bras pour m'aider. Je lui ai dégoté un petit hôtel de troisième catégorie. La ville était bondée de réfugiés qui comptaient passer en Espagne. On a eu de la chance de trouver une chambre ! Je me préparais à lui dire adieu… On s'est embrassés sur les joues, en bons amis. Et puis elle a chuchoté à mon oreille : « Reste. »

Il se tait. Avec un petit sanglot.

L'inspecteur attend.

— Je suis resté. Pendant la nuit, elle m'a appelé une ou deux fois « Lucien ». Le prénom de son ami. Oui, j'ai peut-être servi de remplaçant. Il lui fallait peut-être imaginer faire l'amour avec son homme, une dernière fois… Ou bien elle m'a aimé. Un peu. Je ne le saurai jamais. Quand je me suis réveillé, la chambre était vide…

Biraud hausse les épaules.

— J'avais compris que c'était fini. Mais j'ai couru quand même à la gare… Le train pour Bordeaux venait de partir.

Sadorski observe les doigts de son interlocuteur. Il n'y distingue aucun anneau. Il soupire, réjoui d'avance par le petit exercice de cruauté pure auquel il va se livrer.

— Monsieur Biraud… Vous n'êtes pas marié ? ou fiancé ?

— Non.

— Vous étiez à Nantes, durant les grands bombardements ? Les 14 et 23 septembre 1943 ?

— Oui. Ça a été terrible… Le 23, ce sont la gare de l'État, les chantiers navals et le quartier Sainte-Anne, où j'habite, qui ont été les plus gravement touchés… Et la deuxième vague d'avions, le soir, a causé un incendie rue de la Paix et place François-II qui ne s'est éteint qu'au bout de trois jours… La rue du Calvaire a entièrement disparu. L'immeuble du *Phare de la Loire* a flambé de haut en bas. La bombe tombée sur l'Hôtel-Dieu n'en a laissé subsister qu'une aile… La place Royale était soufflée à terre, à l'exception du bâtiment du *Soldatenheim*[1] ! Les installations allemandes même pas touchées, ces bombardements ont été

1. Foyer pour soldats allemands.

complètement manqués ! On a ramassé des milliers de cadavres de civils sous les décombres[1]... Mais vous avez dû le lire dans les journaux à l'époque.

— Cependant vous n'avez pas été blessé. Ni pendant les raids suivants (il indique du menton les quotidiens pliés sur le bureau)... j'ai lu que ça avait encore dégringolé hier ! Je déduis de tout cela que vous êtes un homme chanceux, monsieur Biraud. Avec cette Mlle Gutkind aussi, vous l'avez échappé belle. Croyez-moi, cette personne n'allait pas pour vous ! C'était une pas grand-chose... Fiancez-vous plutôt avec une demoiselle bien comme il faut, à Nantes. Mariez-vous, faites des lardons ! Le Maréchal veut de bons petits Français, pour l'avenir de la patrie !

Le blond le dévisage avec ahurissement.

— Que... que voulez-vous dire, monsieur l'inspecteur ? Une « pas grand-chose » ?

— Vous souhaitez vraiment que je précise ? Eh bien, apprenez que la nommée Hortense Gutkind a attiré l'attention de la police des mœurs dès septembre 1940. Suite à un avortement qui lui avait coûté ses économies – et qui n'était peut-être pas étranger à cette nuit à Biarritz, maintenant que j'y pense –, elle travaillait depuis peu sur le trottoir du côté de Pigalle. Son maquereau était un jeune malfrat corse, nommé Sauveur Campana, interdit de séjour dans le département de la Seine. À la fin de 1942, Mlle Gutkind avait persuadé un de ses michetons, un administrateur de biens juifs nommé Robert Leaumier, de lui louer ce petit nid d'amour rue des Bluets, là où vous avez téléphoné. Le barbeau insulaire était en cellule à Fresnes à l'époque, inculpé à juste titre de proxénétisme. Cette Hortense – vous ai-je dit qu'elle était youpine ? –, à qui le micheton avait trouvé un job de figurante de cinéma, où elle couchait aussi avec l'assistant réalisateur, et qui dans son quartier se faisait appeler déjà « Mme Leaumier »,

1. Bien que ces faits soient largement occultés dans les ouvrages d'histoire, les raids aériens alliés sur la France durant le conflit mondial ont causé en tout environ 70 000 morts (dont 35 000 pour la seule année 1944), c'est-à-dire presque autant que les pertes de l'armée française en mai-juin 1940 (92 000 morts) ou chez les étrangers et Français juifs déportés du territoire national (76 000).

tentait de persuader son amant de divorcer de sa légitime pour l'épouser, elle… La vraie Mme Leaumier a été assassinée le 1er avril dans des circonstances mystérieuses, par un cambrioleur italien qu'on n'a jamais retrouvé. Comme par hasard, le Corse avait purgé sa peine et regagné Paris en dépit de l'interdiction de séjour… Le 4 avril, à la réouverture de Longchamp, je me rendais là-bas avec pour mission de les arrêter tous les deux, le voyou et votre petite amie…

Son visiteur contemple Sadorski, les yeux exorbités.

— Ce… ce n'est pas possible. Pas Hortense… Vous vous moquez de moi…

— Ici, on est à la préfecture de police, déclare l'IPA sèchement. Personne ne se moque de personne. Désirez-vous que je fasse monter de la Brigade mondaine le dossier Gutkind ? Je n'ai qu'à soulever ce téléphone…

— Je…

— D'après mes souvenirs, le surnom de votre amie, sur le trottoir, était « Bonnie les cannes ». (Il s'esclaffe.) Pourquoi Bonnie ? Parce que Gutkind, en boche, signifie « bon enfant ». Pourquoi les cannes ? Parce que c'était son truc, à Hortense. Elle aimait les handicapés physiques. Ah ! le nombre de boiteux et de tordus dont la fille soumise Gutkind a dû vider les couilles en chambre de passe !… Mais, j'y songe, monsieur Biraud : de vous voir, à Biarritz, clopinant sur vos béquilles, ça devait lui plaire ! Ceci explique peut-être cela…

Biraud se lève de sa chaise. Le sang a entièrement déserté son visage. Sa main droite tremble sur le pommeau de la canne.

— Vous… ce que vous dites est ignoble.

Sadorski le contemple en souriant. Il savoure la composition subtile du cocktail qu'il vient de servir : 5 pour 100 d'authenticité, 95 pour 100 de fabulation perverse, voire un peu délirante (« Bonnie les cannes » !). Et le tout, c'est ce qui compte, assez vraisemblable. Le jeune homme continue :

— Je n'aurais jamais dû venir. Vous… vous avez tout sali.

— Détrompez-vous. J'ai accompli ma bonne action du jour envers un compatriote et Français de souche, mon cher monsieur Biraud.

Les regrets ça ne sert à rien. Au fond, vous allez repartir à Nantes plus léger…

La porte du bureau 516 claque avec fracas. L'inspecteur reste seul dans la pièce, souriant. Il réfléchit au fait, maintes fois vérifié, que rien n'est plus désagréable à entendre, pour un homme, que les bonnes fortunes des autres. À plus forte raison quand cela concerne une jolie femme. C'est quelque chose de très agaçant, dont il faut se venger à chaque fois que l'occasion se présente. Lui-même a passé une nuit au lit avec Hortense Gutkind – une chic fille au demeurant, à la vie sentimentale complexe, pas au point toutefois de lui valoir un dossier aux mœurs ! – mais Sadorski avait souffert cette fois-là d'une panne des sens. Événement rare chez lui, qui se considère comme puissamment doté sur le plan du sexe. Et, plaisanterie tragique du destin, la mort inattendue de la jeune femme, qui lui avait fixé rendez-vous aux courses, l'a privé de sa seconde chance.

Le téléphone se met à sonner. Il décroche. Une voix sonore, belliqueuse, résonne dans l'écouteur.

— Inspecteur Sado ? Commissaire principal Bizoire. J'apprends que vous êtes de retour à la 3ᵉ ? Eh bien, qu'est-ce que vous foutez ? Venez *immédiatement* poser vos fesses dans mon bureau ! Vous devriez déjà être là !

8

Cogneurs de cocos

En route pour le bureau de son chef de section, l'IPA croise plusieurs collègues qu'il n'avait pas encore vus dans la matinée. La plupart le saluent, avec surprise, mais les regards sont fuyants, certains même hostiles. L'ambiance a radicalement changé à la caserne de la Cité. Certes il n'y comptait pas que des amis – c'est un euphémisme –, tellement ses éclats de voix, ses menaces, et les relations dont il se vantait avec la Gestapo, terrorisaient le personnel, depuis les plantons et les demoiselles du téléphone jusqu'aux inspecteurs principaux ! Mais en général on cachait sa haine ou sa peur. Sadorski, remontant le corridor entre les bureaux entrouverts où résonnent engueulades et jurons des interrogatoires, sonneries du téléphone, éclats de rire accueillant les blagues, les apostrophes grossières, dans le perpétuel crépitement des machines tapant les procès-verbaux, les rapports, et le bruit lourd des semelles à clous sur le plancher poussiéreux, enrage en sourdine : « Bande d'enculés ! de girouettes ! Suffit que le vent tourne, que les Rosbifs ou les Amerloques viennent au secours des youpins et des terros, pour que vous vous prépariez à tourner casaque… »

Il frappe à la porte, bien connue de lui, derrière laquelle ont trôné successivement, en quatre ans, ses supérieurs les commissaires principaux Louisille, Lantelme, Lang et Tissot.

— Entrez !

Un homme très brun, aux épaules larges et qui paraît de haute stature, est assis derrière le bureau où il achève de signer une pile de dossiers. Son visage mafflu va s'épaississant à mesure depuis un front étroit jusqu'à une mâchoire prognathe de fort des Halles, sur un cou massif, serré par un col de chemise amidonné et une cravate en soie marron, à motif de petits losanges couleur crème. Le commissaire Lucien, Eugène, François Bizoire, né en 1909 à Paris, et demeurant rue Cluseret à Suresnes, a obtenu ses galons de principal cette année le 1er mai, un choix cocasse de date pour pareil haïsseur de communistes. Ceux d'entre eux qui lui sont tombés entre les mains – ou plutôt sous les poings –, depuis son arrivée au commissariat de Puteaux, où on l'a nommé peu avant le début de la guerre et la signature du pacte germano-russe, ont joué de malchance : Bizoire, créateur de la Brigade spéciale de Puteaux chargée de la répression des menées antinationales, et ses adjoints les inspecteurs Fauconnet, Legrand, Piget et autres, se faisaient un plaisir de menotter le prévenu au radiateur puis de le cogner jusqu'à ce qu'il ait perdu connaissance. Un militant du nom de Carlier, au printemps 1940, en est même mort, à l'hôpital de Nanterre, après que des gardiens l'y ont transporté dans le coma, en dépit des instructions de leur chef qui braillait que le coco n'avait qu'à crever sur place dans sa cage ! La rumeur de ces affaires est parvenue jusqu'à la PP, où le commissaire de Puteaux se permettait de fréquentes apparitions, participant aux interrogatoires des résistants communistes ou juifs arrêtés par ses services puis livrés aux Brigades spéciales de la 1re section des Renseignements généraux ; et, une fois les cassages de gueule terminés, l'homme tapait le carton dans son bureau en compagnie du commissaire David, de la BS 1. Au printemps 1943, il est arrivé à Sadorski de marcher avec des inspecteurs de la BS de Puteaux, notamment lors de la souricière à Clichy où il a piégé le jeune Perret. Mais c'est la première fois qu'il voit de près le fameux Bizoire. Lequel pose son stylo et retire ses petites lunettes sans monture pour le fixer avec curiosité.

— Prenez place, Sado. Alors, on boude son nouveau taulier ? On se prend pour le caïd de la section ?

— Je… Vous étiez absent ce matin, monsieur le commissaire…

— Eh bien je ne le suis plus.

Les lèvres pincées, l'œil dur, il étudie son subordonné.

— Le grand patron a appris que l'administration pénitentiaire vous foutait à la porte de la Santé. M. Rottée n'y pige rien et m'a dit, textuellement : « Cet inspecteur est un élément douteux, j'eusse préféré que les Allemands nous en débarrassent… mais Baillet s'obstine à le protéger ! » Le juge a signé aujourd'hui votre non-lieu. Rien ne s'oppose donc à ce que vous repreniez le boulot chez nous, Sado. Vous garderez votre bureau 516 et l'inspecteur Beauvois vous servira de nouveau de secrétaire.

L'intéressé se racle la gorge.

— Je vous remercie, monsieur le commissaire.

— On vous connaît bien, ici. La majorité ne peut pas vous sentir.

— Je…

— Vous êtes un fort en gueule. Un grand nerveux, un emmerdeur ! Souvent incorrect et grossier avec vos collègues. Et, me dit-on, un opportuniste doublé d'un intrigant. Ainsi qu'un ami des Boches, qui, depuis Berlin, vous adressaient des demandes de renseignement sur des étrangers : des enquêtes extra-administratives donc, et dont vous vous déchargiez sur vos inspecteurs, sans les informer d'où elles venaient… Non, laissez-moi finir, c'est moi qui parle ! J'ai examiné votre dossier dans les archives du personnel. Entré dans la police comme inspecteur stagiaire le 3 janvier 1921, titularisé un an plus tard. Inspecteur spécial le 1er juillet 1933. Nommé brigadier-chef le 1er octobre 1940. Pas très rapide comme avancement ! Il est vrai que vous avez été suspendu en 1934… Mais, je constate, flic toujours bien noté par vos chefs : 16, 17, bosseur, « bourreau de travail » même… Bon connaisseur de la population juive du département de la Seine. Très bon gradé, rempli de passion pour son métier. Montre un zèle infatigable, déploie un travail intensif et fait preuve d'initiative. Parfois un peu trop. Peut faire un inspecteur principal. Hum ! (Il s'interrompt, plissant les paupières et joignant l'extrémité de ses doigts longs et spatulés.) Maintenant dites-moi, c'est quoi cette accusation de résistance ?

Sadorski avait prévu la question.

— Pure invention, monsieur le commissaire. De la part d'une adolescente avec qui j'ai eu un petit différend…

— Une histoire de fesses, plutôt ?

— Euh… il y a un peu de ça, mais… surtout, elle m'en veut parce que c'est moi qui ai abattu son frère aîné, un lycéen lié à la bande des FTP juifs étrangers que nous avons sautés en mars-avril 43 dans les souricières…

— Donc un bolchevik ?

— On n'avait pas de preuves. Sauf qu'il s'est pointé à cet appartement, sans raison valable. À mon avis c'était une nouvelle recrue. Ses complices, en tout cas, ont nié le connaître. (Il hausse les épaules.) Ce sont des choses qui arrivent…

— Pour moi un bon coco est un coco crevé. Et, dans le doute, je préfère un petit con mort à un petit coco libre ! Des innocents qui crèvent, ça arrive tous les jours maintenant, de tous les côtés, et on n'a plus le loisir de faire dans la dentelle ! Vous avez agi en bon flic et je ne vous jetterai pas la pierre pour l'avoir fumé.

— Merci, monsieur le commissaire.

— J'ai pour principe de couvrir mes hommes. Mes prédécesseurs étaient des mous, voire des suspects de dissidence, comme le commissaire Lantelme… Cette section avait déjà la réputation d'être un panier de crabes, mais le pire, c'est que je n'y ai trouvé qu'un ramassis de crabes feignants ! Rendement en chute libre ! Un nombre désolant de crânes ramassés sur la VP[1] !

Sadorski opine du menton.

— Cela ne me surprend pas, monsieur le commissaire, et d'ailleurs M. Rottée a maintes fois reproché à notre section d'avoir de mauvais bilans… Mais dans mon groupe, ça ne se constatait que durant mes

1. Expressions policières. Crânes : individus interpellés ; VP : voie publique.

périodes de congé : parce que dès que j'ai le dos tourné, les gars préfèrent jouer à la belote au bistrot !

Bizoire sourit brièvement. Avant de taper du poing sur son bureau.

— Eh bien, c'est en train de changer ! Vous pouvez demander à vos collègues. J'ai sérieusement remonté les bretelles au groupe Mercereau et aux autres ! Les statistiques ont grimpé en conséquence. À présent que vous êtes là, Sado, nous allons reconstituer votre brigade ! Vous reprenez donc les inspecteurs spéciaux Piazza, Magne, Kaiser, Cuvelier, Boutreux, Balcon, Quéau et Vilfeu. Et vous repartez sur la voie publique… Si le nombre d'arrestations n'est pas suffisant, vous et vos gars ferez des heures sup'. Je n'accepterai aucune jérémiade de leur part, ni de demande de changement de service ! Vous êtes, comme auparavant, placé sous les ordres directs de l'IPT[1] Martz. Qui, lorsque je l'ai interrogé, vous a présenté comme étant le meilleur élément de la section au point de vue professionnel !

— Je vous suis très reconnaissant, monsieur le commissaire. Tout comme M. Martz, et d'accord avec M. Rottée, j'ai toujours déploré que les résultats obtenus par les équipes ne soient pas assez spectaculaires ! J'ai sans cesse encouragé la répression contre les Juifs et contre les bolchos – ce sont souvent les mêmes, d'ailleurs. Au début, on internait surtout les youpins qui ne portaient pas l'étoile ; par la suite, quand l'été dernier les affaires juives ont été transférées au service Permilleux à la PJ, notre répression s'est exercée sur ceux qui avaient des fausses cartes d'identité… On est donc passés du délit racial au délit de droit commun.

— Exact, et ça ne nous empêche pas de taper, grogne Bizoire. C'est l'essentiel, non ? Au fait, vous êtes armé ? Sinon, on vous fournira un péteux.

— Vendredi M. Baillet m'a donné un Herstal 7,65. Mais du vieux modèle. Et un seul chargeur.

— Et votre ancienne arme de service ?

— Les Allemands me l'ont piquée lors de mon arrestation.

1. Inspecteur principal technique.

— N'oubliez pas qu'il est interdit d'en avoir deux. Bon, vous irez vous fournir en munitions à l'armurerie… (Bizoire allume une cigarette.) Je confirme que vous avez toujours dans vos attributions le service du contrôle politique et des faux papiers. De toute façon, c'est du pareil au même : pour échapper à la répression pour non-port de l'étoile, presque tous les youdis se munissent de faux fafs ! À vous de ramasser tous ceux qui étaient passés entre les mailles du filet ! Les individus mis en état d'arrestation seront amenés à la 3e, et feront l'objet d'un rapport établi sous votre dictée et rédigé par un de vos hommes, et qui donc portera *sa* signature, non la vôtre – c'est dans votre intérêt au cas où les choses tourneraient mal. Pendant l'heure des repas, faites conduire les crânes dans les postes voisins de la Cité par des inspecteurs de permanence ou de jour, avec pour conséquence que sur les livres d'écrou ou les feuilles de journée de ces différents postes de police, le nom du capteur se trouvera être celui de l'inspecteur ayant assuré ce transfert. Là aussi c'est à votre avantage ; nous diluons les responsabilités, voyez-vous ! Les détenus faisant l'objet d'une procédure sont envoyés au Dépôt, avant condamnation par un tribunal correctionnel français. À l'expiration de leur peine, on les remet comme d'habitude aux Allemands, pour internement en camp de concentration, aux Tourelles ou à Drancy…

— Oui, monsieur le commissaire. Euh… vous avez dit : « au cas où les choses tourneraient mal »… C'est votre opinion sur la situation actuelle ?

Son chef lui jette un regard noir.

— Simple précaution. Non, y a pas à se tracasser, l'Allemagne n'a pas dit son dernier mot ! On ne va pas chier dans son froc pour 200 000 Anglo-Américains sur le sol national… Il leur en faudrait *un million* s'ils veulent arriver à quelque chose[1] ! Là, ça vaudra la peine de les rejeter à la mer ! (Il écrase son mégot dans le cendrier.) Le haut commandement de la Wehrmacht a tout prévu. Vous comprenez,

1. Bizoire l'ignore mais à cette date le corps expéditionnaire allié a déjà atteint ce chiffre en Normandie.

plus les Alliés s'aventurent sur notre territoire, plus leur vulnérabilité permettra leur *encerclement* ! Ils seront massacrés par les V1 et les nouvelles armes secrètes ! Voyez-vous, Sado, ça pourrait être pour la France l'occasion *unique* de s'incorporer au grand Reich. Il faudrait que Vichy signe un accord militaire avec les Allemands ! Les bons Français doivent pouvoir lutter, non pas seulement loin de leur patrie, dans les rangs de la LVF et des Waffen SS, mais sur leur propre sol, contre l'ennemi extérieur *et* intérieur ! Déjà la Milice et la Franc-Garde montrent l'exemple contre les terros... En province, seule une réaction vigoureuse des forces allemandes et de celles du maintien de l'ordre, et un nettoyage systématique des maquis, pourront mettre fin aux odieux attentats et éloigner de nous le spectre de la révolution, qui serait sanglante ! (Il prend sur son bureau un exemplaire de *Je suis partout*, le brandit sous le nez de l'inspecteur.) Vous avez lu le reportage de Pierre-Antoine Cousteau ? Non ? Vous devriez ! Tenez : « Dès que l'on pénètre dans un campement milicien, on s'évade de la France "telle qu'elle est" (hélas !) et l'on découvre (enfin !) la France telle qu'elle devrait être... On pourrait en dire autant des Waffen SS, de la LVF ou des groupements politiques... La Milice a – comme on dit – rassuré les honnêtes gens. Elle a inspiré aux trembleurs une frayeur salutaire. Et grâce à elle, grâce à sa force armée et à ses méthodes révolutionnaires, la vieille machine administrative qui risquait de s'enrayer définitivement a continué à tourner... » Vous et moi on va la faire tourner, la machine ! À propos, j'ai reçu une demande de M. Radici, chef de cabinet de M. le délégué Knipping. Ils veulent des noms de flics méritants pour une cérémonie de félicitations, au Maintien de l'ordre. Je peux vous mettre sur la liste si vous voulez !

— Je... Merci beaucoup, monsieur le commissaire.

— Et comme il m'en faut trois, vous m'indiquerez deux noms de gars de votre équipe. Les meilleurs.

Il ouvre un tiroir, en extrait une liasse de papier pelure dactylographié.

— Prenez les copies des rapports de quinzaine des RG pour vous remettre au courant. Y a du mécontentement chez le populo, qui se montre complaisant, paraît-il, aux mots d'ordre extrémistes. Traduisez par : *les mots d'ordre des Rouges*. Les ouvriers de la région parisienne seraient prêts (Bizoire ricane) à se lancer dans n'importe quelle aventure… Ils peuvent crever, oui ! La gueule ouverte ! Alors en plus des nez crochus, je veux que vous et vos hommes tapiez en priorité les distributeurs de tracts. Remontez aux imprimeries clandestines, si possible. Et crevez-moi tous ces cocos ! Il y aurait du baroud qui se prépare pour le 14 Juillet. Mais la maison sera là pour veiller au grain ! Allez ! Je vous ai assez vu, foutez-moi le camp ! Revenez tous les vendredis avec votre rapport hebdomadaire !

À la fin de son service, Sadorski emporte les feuillets dactylographiés pour les lire dans un bistrot – ce qui est strictement défendu, s'agissant de copies de documents confidentiels destinés au préfet de police. Mais le caïd du Rayon juif a toujours « fait preuve d'initiative et parfois un peu trop ». Sorti de la caserne par le quai du Marché-Neuf, il s'interroge un instant sur le lieu de sa consommation et de sa lecture. En temps normal il irait s'installer sur l'île Saint-Louis au Café des Insulaires, à mi-chemin de son foyer. Mais une nostalgie le prend dès qu'il songe aux repaires d'étudiants du Quartier latin. C'est là, dans la foule des sorbonneux tous plus ou moins suspects de dissidence, qu'il rencontrait Julie et Jacqueline, ses fraîches amours lycéennes – à lui, le flic quadragénaire petit et trapu, aux cheveux prématurément blancs et au physique ingrat ! La première il l'a possédée et même engrossée, puisqu'elle lui a donné un fils. La seconde ne lui a accordé que quelques baisers avant que, par fatalité, ses magnifiques projets la concernant ne s'écroulent… Plongé dans ces réflexions douces-amères, il franchit le petit bras du fleuve pour se diriger à pas lents, dans la chaleur humide du début de soirée, sous un ciel gris, vers la fontaine Saint-Michel et, plus haut sur le boulevard, face aux étals de la librairie Gibert, la terrasse du célèbre Dupont-Latin. Sur les murs des immeubles sont collées, comme partout en ville depuis quelques jours, d'immenses affiches tricolores avec un portrait noir et blanc de Philippe Henriot. *Il disait la Vérité… Ils l'ont tué !* Des placards plus petits, signés par la Milice, interrogent : *Où sont les assassins ? Français, comprendrez-vous enfin que la résistance mène à la guerre civile ?* Dans ce quartier estudiantin, le bas des affiches est lacéré.

La bruine a cessé mais le pavé reste gras et luisant. Le temps s'est légèrement rafraîchi par rapport au week-end. Une colonne de blindés allemands approche, elle descend vers la Seine et la Cité. Émergeant des tourelles, leurs écouteurs sur les oreilles, les jeunes tankistes SS coiffés d'un béret et vêtus de cuir sombre jettent un regard glacial sur les Parisiens aux terrasses. Les lourds panzers Mark IV, la *Balkenkreuz* noire et blanche peinte sur leurs flancs que camouflent de maigres branchages, croisent un convoi d'ambulances militaires, interminable, de retour des combats au sud du Cotentin. Debout à l'angle de la rue des Écoles, au bord de la terrasse recouverte de son vélum pour l'abriter de la pluie, Sadorski éberlué contemple les colonnes de véhicules et le spectacle de sa ville devenue l'arrière du front. Le public alentour semble blasé : « C'est tous les jours pareil », commente un libraire, les mains sur les hanches. Une femme annonce, sur un ton égal : « Caen est pris. — Ce n'est pas trop tôt, rouspète son voisin. Ils auront mis un mois ! — Quels idiots, ces Anglais, tout de même… — Les Russes, ils vont plus vite !… »

La librairie Gibert, de l'autre côté du boulevard, affiche le désormais classique panneau : « Nous n'avons plus de cartes de Normandie à vendre. » Un peu plus loin s'est formé un attroupement. Quelques soldats boches flânent parmi les curieux. L'IPA désœuvré traverse pour voir lui aussi ce qui se passe. Ce sont des francs-gardes de la caserne du lycée Saint-Louis, mis à leur disposition par le ministre de l'Éducation nationale Abel Bonnard : armés, casqués de noir avec le signe *gamma* de la Milice, ils houspillent un couple de bourgeois. Un gradé en uniforme bleu sale, équipé d'une mitraillette, rugit à l'intention de l'homme terrifié sous son parapluie :

— Je vous embarque au poste, moi ! Ah, mon gaillard !

— Mais qu'est-ce que vous me voulez ?

— Vous venez de dire : ces sales miliciens ! On vous a bien entendu ! On n'est pas sourds !

— Mais non, je disais à mon épouse : *Regarde, c'est ça, les miliciens.*

— Vous vous foutez de ma gueule ?

— Enfin, vous ne pensez pas qu'armé d'un simple riflard, je viendrais insulter sous leur nez des gens armés de fusils ?

L'argument semble avoir porté : le sous-officier abaisse le canon du pistolet-mitrailleur. C'est bon pour cette fois, on laisse aller monsieur et madame ; les gens se dispersent au milieu des commentaires et des rires. Un milicien, grand, maigre, petite moustache et béret incliné sur l'œil, barre la route à Sadorski.

— Veuillez me suivre, monsieur.

— Hein ?

— Suivez-moi sans faire d'histoires.

Le type a placé la main sur l'étui de son pistolet. L'inspecteur a un instant d'hésitation. Une traction noire est garée le long du trottoir. Avec un civil assis derrière le volant.

— Quelqu'un veut vous causer. Allez, on se dépêche !

On est à deux pas du lycée Saint-Louis – se rebeller serait imprudent, même pour un fonctionnaire armé et dans son bon droit. Il parcourt les quelques mètres qui le séparent de l'auto.

— Mettez-vous à l'arrière.

Il obéit, se penche pour monter dans la Citroën. Un personnage en chemise kaki, cravate noire, ceinturon et bottes de cavalerie est installé dans le fond de l'habitacle, que parfume un tabac américain de qualité supérieure. Sa tenue fait penser à un chef de la Milice mais il a posé sur ses genoux un képi d'officier supérieur de l'armée française. Sadorski prend place sur le siège, et, encombré par sa serviette, scrute la pénombre.

— *Heil Hitler !* Bonsoir, inspecteur Sadorski.

L'homme a salué avec un geste automatique de l'avant-bras. Sa voix est froide et cassante.

— Je suis Jocelyn Maret, directeur général adjoint de l'administration pénitentiaire et des services de l'éducation surveillée. J'ai préféré vous voir ici, plutôt qu'à la préfecture. On sera plus tranquilles. (Il se tourne vers l'avant de la cabine :) Vous deux, allez boire un verre chez

Dupont ! Revenez dans trente minutes exactement. Damien, vous me rapporterez des cigarettes ! S'ils n'ont pas de blondes au café, montez voir au cabaret Nox rue Champollion. Présentez-vous de ma part, pour le cas où ils feraient des chichis...

Le chauffeur obtempère d'un : « Bien, monsieur. » La portière claque. Sadorski et le directeur adjoint restent seuls dans la voiture.

Maret, jeune encore pour sa position – ce milicien issu du PPF est l'actuel président des cours martiales itinérantes, le fusilleur féroce de détenus et de résistants –, a une figure ovale et pleine, rasée de près, au nez épais retroussé à la base, aux lèvres sensuelles ourlées en un pli méprisant. Il considère son invité avec soupçon. Sadorski se rappelle avoir entendu à la Santé, après les fusillades d'avril, que le milicien Maret rédigeait les arrêts de mort avant même la réunion de la juridiction qu'il préside, entouré de deux acolytes miliciens comme lui. Les accusés ne sont pas assistés d'un avocat, les sentences ne sont susceptibles d'aucun recours et sont exécutables immédiatement ; ceux qui ne sont pas condamnés à mort sont renvoyés devant les sections pénales de la cour d'appel. Parfois les gendarmes mobiles du peloton, écœurés, refusent de tirer et on les arrête aussitôt ; les condamnés sont alors transférés dans une autre prison pour y être fusillés sans retard. On inhume les corps dans une fosse commune, les familles n'ayant pas le droit de les récupérer pour organiser les obsèques. Au lieu de leur être remises, les lettres d'adieu sont détruites. La sentence est en exemplaire unique, signée de manière illisible en général. L'identité des membres de la cour martiale est généralement tenue secrète par peur des représailles.

— Voilà quelques mois, j'étais sur le front de l'Est, avec la Légion des volontaires français, au titre de directeur de la propagande. J'en suis revenu avec une glorieuse blessure, reçue sur le champ de bataille. J'ai participé à la tournée d'inspection de M. de Brinon, ambassadeur de France et président du comité central de la LVF, sur l'invitation de l'état-major suprême des forces armées allemandes et en compagnie du colonel Puaud, délégué général militaire, et de MM. Jeantet et Brasillach. Ah il est chouette, le paradis des Soviets ! Les bouseux de paysans ignorent l'électricité, s'éclairent à la graisse animale, ne savent ni lire ni écrire… Les cocos, en France, voudraient nous ramener à l'âge des cavernes… Et les fonctionnaires chargés de les garder sont pourris par la propagande judéo-gaulliste… Il faudrait révoquer 50 pour 100 des gardiens, les remplacer par des hommes de la Milice, sinon les évasions et les mutineries vont se multiplier ! Rendez-vous compte que le nombre de prévenus pour délit communiste ou terroriste ne cesse de croître ! Il ne sera plus possible d'accumuler ces prévenus dans les centrales, si le ministère de la Justice ne fait pas le nécessaire auprès des juges d'instruction pour que les affaires soient instruites rapidement et aussitôt passées aux sections spéciales ! Il faut prendre des mesures urgentes ! J'ai écrit au chef Darnand dans ce sens. Ou bien, faire comme après la mutinerie d'Eysses, livrer les détenus aux Allemands et les déporter ! Tous à Dachau ! (Il ricane.) Mais j'en viens au sujet qui nous occupe, inspecteur. André Baillet vous a commandé un rapport.

— Oui, monsieur le directeur.

— Vous l'avez rédigé ? Où est-il ?

— Dans cette serviette, monsieur le directeur.

— Donnez-le-moi.

— Euh… je devais le remettre au commissaire Poinsot.

— Poinsot est à Vichy, pour autant que je sache. Allons, ne faites pas l'imbécile et passez-moi ce document !

— Oui, monsieur le directeur.

Maret prend la chemise, l'ouvre ; il rapproche les feuilles manuscrites de la fenêtre et se met à lire, l'expression concentrée. Sadorski n'ose pas demander la permission de fumer, il ronge ses ongles jaunis par la nicotine. Il ressent un début de migraine. Dehors s'élèvent des chants martiaux. Un peloton de miliciens descend le trottoir, venant du lycée. Ils roulent des mécaniques, au pas cadencé et reprennent en chœur : « À genoux nous fîmes le serment, / Miliciens, de mourir en chantant… » Des coups de sifflet retentissent, puis des cris. Le peloton se disperse : les types en bleu se mettent à courir, poursuivent des jeunes qui s'enfuient dans les rues adjacentes en laissant échapper des paquets de tracts. Les feuilles jonchent la chaussée du carrefour. Peu de badauds s'enhardissent à les ramasser. Des francs-gardes reviennent de la rue Racine, encadrant un garçon décoiffé, en veste, sur une chemise blanche déchirée. Les coups et les injures pleuvent, l'interpellé saigne du nez et de la bouche. Quelqu'un, parmi les curieux, hurle : « Saligaud ! », sans qu'on sache précisément à qui il s'adresse – à l'étudiant, ou à ses capteurs.

C'est à peine si le passager de la traction a levé le nez du rapport de Sadorski tandis que se déroulait l'incident. Il a sorti un stylo, et marque certains passages d'un double trait vertical dans la marge. Arrivé au dernier feuillet, Maret souffle bruyamment par les narines. Avant de ranger le dossier à côté de lui, pensif, et de regarder distraitement le boulevard et ses processions de vélos.

— Ceci confirme, à quelques détails près, les témoignages des inspecteurs que nous avons pu interroger... Mansuy, le chauffeur, est *seul* à avoir tiré. Et lui seul savait ce qui allait se passer.

— Il va y avoir des arrestations ? Les journaux, ce matin, ne disent rien au sujet de l'affaire...

— On n'arrêtera personne. Officiellement, Mandel se trouve toujours interné à Buchenwald. C'est au président Laval de choisir le moment opportun pour annoncer sa mort. Voici les faits que je puis vous révéler, à ce stade des événements : l'intendant de police Anquetin était très emmerdé, l'autre soir à la préfecture de Versailles, parce que Fontainebleau n'est pas sous son autorité. Il a donc été décidé que l'agression – la *prétendue* agression, nous sommes bien d'accord – par les terroristes aurait eu lieu sur la route de Chartres à Limours. L'intendant a prévenu le commissaire divisionnaire Bonalet, à la Sécurité publique. Celui-ci a jugé l'affaire du ressort du commissaire principal, chef de la Sûreté de Seine-et-Oise, un nommé Prinborgne. Lequel s'est pointé à l'Intendance pour y interroger le chef Boero et ordonner le transport du corps à la morgue de l'hôpital civil Richaud, où a débarqué une équipe de l'Identité judiciaire avec son matériel, afin de fouiller, photographier et dactyloscoper le Jéroboam en salle d'autopsie. Les inspecteurs du 2e service, de retour des bistrots où ces imbéciles étaient allés se soûler, ont insisté pour regagner Paris sans que Prinborgne puisse les interroger tous, ni relever les identités. Le commissaire a seulement pu garder la voiture comme pièce à conviction. Anquetin a ramené le chef Boero à Paris dans sa propre auto, pour faire un rapport à M. Knipping au Maintien de l'ordre. Le juge d'instruction Baurès n'est arrivé sur place qu'après leur départ à tous ; suivi du docteur Paul pour l'autopsie, qui a eu lieu en présence du procureur de la République de Versailles, de son substitut, du juge d'instruction, de M. Pelletier, chef de la 1re brigade mobile de police de sûreté chargé de l'enquête, de Prinborgne et de deux autres commissaires de Versailles…

Sadorski écoute, stupéfait de l'impunité dont paraissent jouir ses compagnons de voyage, tous clairement des truands, de petite ou moyenne envergure, en face des représentants officiels de la Sûreté et du parquet ! Après l'assassinat d'un homme politique aussi connu que Georges Mandel ! Ils sont repartis libres, sans interrogatoire complet et sans même qu'on ait enregistré tous les noms et prénoms ! Pourtant, ces crétins soi-disant « inspecteurs de la Milice » n'appartiennent ni à la Sûreté nationale ni à la préfecture de police de Paris ! Ce ne sont en rien des fonctionnaires d'État ! mais des justiciables comme les autres… En temps normal, le gars aux dents en or n'échappait pas à la guillotine !

Maret poursuit :

— Au MO[1], tard dans la soirée, Boero et Anquetin, avec Fréchou le chef du 2e service, ont reçu un sacré savon de la part de M. Knipping. La Milice est *innocente* de cette initiative, mettez-vous bien ça dans la tête, inspecteur. Même si beaucoup de types, forcément, auraient avec plaisir eu la peau de cette crapule de Mandel, ne serait-ce que pour venger la mort de Philippe Henriot. *Mais les ordres ne venaient pas de nous*. Quand il a su que l'auteur des coups de feu était Mansuy, le délégué Knipping a juré que ce dernier serait sévèrement sanctionné !

— On l'a donc arrêté ?

1. Le secrétariat général au Maintien de l'ordre (qui en 1944 remplace le secrétariat à la Police dans le gouvernement de Vichy), dont la délégation à Paris avait son siège au 61, rue de Monceau.

— Non, pas encore… Ce n'est pas à l'ordre du jour. Mansuy et Boero ont regagné l'hôtel Britanny, où ils disposent de logements réservés aux miliciens. Depuis, ils ont disparu. Baillet quant à lui est fou de rage, il considère, pardonnez l'expression, qu'il s'est fait enculer ! et jusqu'à l'os ! Il a décidé de diligenter une enquête spéciale de l'administration pénitentiaire, en toute discrétion, à propos de ce Mansuy. Un faux nom, d'ailleurs. Nous supposons que c'est un agent des Allemands. (Il tend une enveloppe à Sadorski.) Tout est marqué là. Vous lirez plus tard.

— Mais… Et M. Baillet ? Il aura encore besoin de moi ?

— Je m'occupe de cette enquête interne. Pour ce qui est du directeur général… il est très occupé, vous devrez prendre contact avec moi personnellement. Au numéro de téléphone inscrit sur l'enveloppe. Je n'y suis pas toujours, avec les allers-retours entre la place Vendôme[1] et Vichy, et les visites des établissements pénitentiaires, mais vous pouvez dicter vos informations à la personne qui vous répondra, elle a toute ma confiance.

— Des informations sur…

— Nous soupçonnons Mansuy de bouffer à plusieurs râteliers, pas seulement chez les SS. Enquêtez d'abord sur lui, inspecteur ! Voyez du côté de ses liens avec la résistance, les gaullistes mais en particulier les cocos, ils sont infiltrés partout.

Sadorski dévisage le milicien avec stupeur.

— Le PC clandestin pourrait être lié au meurtre de Mandel ?

Maret sourit, de ses lèvres molles et méprisantes.

— Pourquoi pas ? C'est leur bête noire. Lorsqu'il était ministre des PTT, il saquait tous les syndicalistes… Et à l'Intérieur, il a fait fusiller les ouvriers bolchos qui sabotaient l'effort de guerre… Rappelez-vous, c'est dans votre rapport, inspecteur ! Mansuy, après avoir abattu le Juif, a déclaré : *Des deux côtés ils sont d'accord !* Lorsque Knipping a interrogé Boero, celui-ci a cité cette même phrase. Qui pourrait signifier : d'un côté, les Allemands… de l'autre, les communistes.

1. Siège de la direction de l'administration pénitentiaire.

Le policier réfléchit.

— Mais, si c'est ce que ça voulait dire… pourquoi le dire *tout haut* devant des miliciens ? Que leur copain travaille en douce pour Moscou, ça ne leur aurait pas plu…

L'autre se renfrogne.

— Ah, je n'en sais rien, ces paroles lui auront échappé… Dans le feu de l'action ! Et puis, tous ces types ne sont pas très intelligents… Nous sommes en guerre, figurez-vous ! il est difficile de faire la fine bouche… Quant à votre enquête sur Mansuy, inspecteur, je veux une enquête *sérieuse* ! Ne profitez pas du boxif actuel pour tirer au flanc ! M. Baillet vous a sorti de prison, moi je peux parfaitement vous y remettre !

9

Les blessés du Louvre

SOLNEN, Maurice, Joseph, dit « MANSUY ».
Né le 19 / 5 / 1910 à Anjoutey (Territoire de Belfort).

Engagé volontaire le 31 / 5 / 1927 dans la Marine nationale. Réformé pour énurésie.

Engagé volontaire le 18 / 6 / 1930 au 1er régiment de chasseurs d'Afrique. Nommé brigadier le 9 / 1 / 1932.

Condamné le 28 / 9 / 1932 par le tribunal militaire de Casablanca à dix-huit mois de prison avec sursis pour escroquerie et faux en écritures comptables.

Selon un rapport du commissaire de police, chef de la Sûreté à Nancy, daté de 1932 : « L'intéressé a habité Nancy depuis l'âge de onze ans jusqu'à la date de son engagement en juin 1930, sauf l'hiver 1929-1930 où il a voyagé dans le midi de la France avec un théâtre ambulant. Il n'a fait aucun apprentissage et a travaillé comme manœuvre et plongeur dans de nombreux établissements car il ne tenait aucune place. Les renseignements recueillis sur son compte ne sont pas favorables, il passait pour un paresseux ne travaillant que très irrégulièrement. De moralité douteuse, il fréquentait des individus sans aveu et recherchait notamment la compagnie des filles soumises. On ne lui connaît néanmoins aucun antécédent judiciaire. »

Condamné le 1 / 5 / 1934 par le tribunal de première instance, chambre correctionnelle de l'arrondissement de Nancy, à 6 mois de prison, 50 francs d'amende et cinq ans d'interdiction de séjour pour proxénétisme (jugement confirmé le 30 / 5 / 1934 mais amende réduite à 25 francs).

Condamné le 9 / 3 / 1935 par le même tribunal, et par défaut, à quatre mois de prison et 100 francs d'amende pour abus de confiance (détournement, au préjudice d'une compagnie d'assurance-vie, d'une pendule d'une valeur de 300 francs).

Condamné le 30 / 4 / 1936 par le même tribunal, et par défaut, à un an de prison, 500 francs d'amende et cinq ans d'interdiction de séjour pour proxénétisme.

Mobilisé le 20 / 9 / 1939, affecté à la 1re brigade légère d'infanterie, nommé caporal le 7 / 11 / 1939. En raison de ses antécédents judiciaires, arrêté et écroué à la prison civile de Gap le 20 / 3 / 1940, transféré à la prison militaire de Lyon le 21 / 3 / 1940 et rayé des cadres ce même jour. Transféré dans plusieurs maisons d'arrêt successives (Morlaix, Chartres, la Santé, Nancy), évadé de la prison de Nancy le 14 / 6 / 1940 à la faveur des événements consécutifs à la défaite.

Arrêté en décembre 1940 à Paris où il résidait au 2, rue Saint-Lazare (8e), transféré à Nancy, condamné le 18 / 1 / 1941 à une peine réduite de huit mois de prison, amende maintenue ainsi que la durée de l'interdiction de séjour.

Libéré de la prison de Toul le 21 / 4 / 1941 compte tenu des périodes d'incarcération cumulées. Réside de nouveau à Paris au 2, rue Saint-Lazare, sous la fausse identité de « MANSUY, Jean ». Vit en concubinage avec SERVOISE, Solange, née en 1925, fille de la concierge du 2, rue Saint-Lazare.

Condamné par le tribunal de Versailles le 12 / 3 / 1943, par défaut, à deux ans de prison et 12 000 francs d'amende pour trafic de faux titres d'alimentation à Argenteuil en décembre 1942. (Condamnation non suivie d'effet, v. plus loin.)

Engagé à la fin de 1943 dans les Milices révolutionnaires françaises de P. Costantini et, début 1944, nommé chef de l'« équipe spéciale ».

A attiré l'attention des services de police à diverses reprises, à l'occasion d'agressions ou de vols par des faux policiers, mais sans qu'il ait été apporté de preuves suffisantes. N'a jamais été interpellé car il est porteur de papiers délivrés par les Forces d'occupation, notamment du SD. Ces papiers le désignent comme protégé allemand et il est interdit à la police française de l'appréhender.

À la faveur de cette protection, SOLNEN dit MANSUY aurait commis un nombre important de crimes et délits.

Engagé en avril 1944 à la Milice française, au service de sécurité 44, rue Le Peletier (9e), puis à l'annexe du 13, rue Alphonse-de-Neuville (17e), où, après avoir été le garde du corps de Pierre Boero, adjoint du chef Fréchou, il dirige actuellement l'équipe spéciale du 2e service à Paris.

Outre son domicile habituel du 2, rue Saint-Lazare, a résidé au 5, passage Saint-Michel (17e), au 7, rue Villaret-de-Joyeuse (17e), et est logé actuellement à l'hôtel Brittany, réquisitionné par la Milice, au 3, rue Saint-Lazare. Il louerait également, sous le nom de GRENIER, un appartement meublé au premier étage du 15, rue Jacquemont (17e).

Fréquente les établissements suivants : La Méditerranée, rue Lamartine (9e), Le Pershing, 1, boulevard Pershing (17e), Chez Alexis, 47, rue Notre-Dame-de-Lorette (9e), L'Heure bleue, 54, rue Pigalle (9e), Le Sirocco, 15, rue de l'Arc-de-Triomphe (17e), À la Bonne Galette, Champigny-sur-Marne.

Conduit habituellement une traction avant Citroën noire à roues jaunes.

Surnoms : « CHEVAL » ou « DENTS DE CHEVAL ».

Particularités : dentition de la mâchoire supérieure presque entièrement en or. Brun, physique corpulent. Tireur d'élite, se déplace toujours armé, souvent d'un Parabellum allemand 9 mm. Dangereux, aurait plusieurs assassinats à son actif, en général pour des buts crapuleux, maquillés en opérations contre la résistance.

Sadorski allume une gauloise, relisant pour la énième fois dans son bureau les renseignements confiés par le directeur adjoint de l'administration pénitentiaire. Ces feuilles tapées à la machine sont accompagnées d'une photographie anthropométrique, face et profil, de Solnen *alias* Mansuy.

Sur le document l'individu paraît un peu plus jeune que celui qu'il a vu faire feu sur Georges Mandel puis organiser les suites du crime. Il est vêtu d'une capote de l'armée française, et le portrait de face porte le nom *SOLNEN*, le matricule 783623 ainsi que la date du 3 avril 1940 – quelques jours, donc, après son arrestation et son transfert à la prison militaire de Lyon. L'aspect général est peu ragoûtant : des cheveux bruns, plats et gras, lissés en arrière et taillés à l'horizontale sur la nuque, un cou épais et court qui déborde du col de chemise sous le manteau de laine, un front fuyant et bosselé, de grandes oreilles, des yeux fourbes, un nez long et pointu, une bouche à la lèvre inférieure saillante, un double menton rond mal rasé. Pour résumer : un personnage minable, grossier, doté d'une bobine de déserteur plutôt que de bon soldat. Mais au printemps 1940, réfléchit Sadorski, il y a eu, dans l'armée française, beaucoup des deux. Et, à mesure que s'intensifiait la débâcle, nombreux sont les mobilisés qui ont viré déserteurs *après* avoir été de bons soldats...

L'inspecteur a reporté dans son calepin le numéro de téléphone griffonné sur l'enveloppe. *Wagram 91-46*. Cet indicatif ne correspond pas au quartier de la place Vendôme, où l'adjoint d'André Baillet doit avoir son bureau à Paris. Le numéro de son domicile privé ? En tout cas, Sadorski n'éprouve aucune hâte à le composer. Ni à revoir ce Jocelyn Maret, qui, dans un genre différent, ne lui a guère fait meilleure impression que l'homme aux dents en or. Cette enquête à propos d'un tueur dangereux, il s'en passerait volontiers ! Moins il rencontre de miliciens et mieux il se porte ! Surveiller ou interpeller des Juifs est plus aisé, et plus profitable. Il ne se pressera donc pas de donner suite à cette demande.

Le bureau sent la transpiration, le tabac et la paperasse. Sadorski a ouvert la fenêtre, et tire sur sa cigarette, rêveur. Peu avant l'aube de ce mercredi 12 juillet, il s'est réveillé avec une formidable érection matinale, ce qui ne s'était pas produit depuis longtemps. Yvette en a profité bien entendu. La condition physique de son époux s'améliore, après ces huit longs mois d'incarcération. Ses problèmes urinaires le tourmentent moins. Le midi en semaine, il déjeune de haricots secs à la cantine de la PP, rue Chanoinesse, ou dans les bistrots de l'île de la Cité fréquentés par ses collègues. En revanche les soupers quai des Célestins, contrairement à jadis, sont très frugaux. Le garçon de Versailles n'avait pas menti : la population parisienne manque de tout. Il n'y a plus d'arrivage aux Halles, les conducteurs de camions ont été tellement mitraillés en apportant du ravitaillement par les routes que la plupart refusent d'assurer le service. À Paris on commence à vendre des plats cuisinés, d'ignobles ratatouilles à peu près immangeables. Yvette et Julie peuvent en témoigner qui ont chacune perdu plusieurs kilos. Et les histoires que raconte sa femme sur les files d'attente devant les commerces sont hallucinantes : elle a vu vendre 12 francs des petits pains d'un sou, 30 francs une maigre botte de huit carottes, et des ménagères se battre toutes griffes dehors, roulant dans le caniveau, autour d'une boîte de conserve de petits pois ! Sadorski songe désormais à rançonner de nouveau quelques-uns de ses indicateurs juifs. La menace d'un envoi illico à Drancy – le camp, depuis l'an dernier, est entièrement contrôlé par les Allemands, lesquels traitent les internés encore plus sauvagement que ne le faisaient les gendarmes français, ce qui n'est pas peu dire – devrait faire apparaître, comme par miracle, de petits colis de viande…

On toque à la porte. L'inspecteur Beauvois avec des dossiers.

— Quelques nouvelles affaires, chef ! Cadeau du principal Martz. Celle sur le dessus de la pile a été réexpédiée par la 5e section parce qu'il s'agissait d'une youpine, alors ils ont jugé que c'était pour nous.

— Une youpine interpellée ?

— Non, une youpine blessée. C'est la victime, enfin, une des victimes, mais, bon, dans ces cas-là on vérifie, n'est-ce pas…

— Fais voir.

Il ouvre la chemise cartonnée, qui contient une dizaine de rapports et procès-verbaux.

Police Municipale.
1er Arrondissement — *Paris, le 11 Juillet 1944*
Palais-Royal
B.

RAPPORT

Le Gardien de la Paix RECH René
N° de collet 19.410,
à Monsieur le Commissaire de Police
du Quartier

Coups de feu
Sur V.P.
(2 blessés).

À 9 h 30, me trouvant rue des Prouvaires devant le poste des Halles, mon attention fut attirée par des coups de feu tirés du côté Place du Louvre.

Après avoir alerté le poste, je me suis aussitôt dirigé dans cette direction ; où tout d'abord, j'ai rencontré une dame, me disant avoir été blessée à la jambe, au moment où elle sortait du Lavatory situé sur ladite place.

D'autre part, j'ai remarqué face l'église Saint-Germain l'Auxerrois un homme, 35 ans environ, couché à terre paraissant être blessé.

Avant mon arrivée cet homme a été chargé et transporté dans une voiture automobile, conduite intérieure couleur noire, genre Citroën, immatriculée 3016 RN qui s'est dirigée rue du Louvre vers les quais Tuileries.

Je n'ai pu savoir si les coups de feu venaient de l'intérieur de la voiture.

Je n'ai pu avoir aucun renseignement sur les auteurs des coups de feu.

La blessée a été conduite à l'Hôtel-Dieu à l'aide du Car Police Secours.

Elle a été admise Salle « Notre Dame », lit provisoire pour : blessure par balle jambe droite état réservé.

Elle a donné son identité comme suit :

Mme ZEMBROWSKI Louise, née le 30 avril 1907 à Thouaré (Loire-Inférieure) demeurant 59, rue de l'Abbé Groult, Paris (15ème).

Mme DUMONT, prévenue (parente de la victime).

Commissaire de Police prévenu et Bureau avisé.

Je mets à votre disposition deux douilles de différents calibres, une balle et une cartouche, qui ont été trouvées rue du Louvre, à proximité de la sortie du métro.

Sadorski repose la feuille, en fronçant les sourcils.

— Mais pourquoi tu m'amènes ça ? Qu'est-ce qui donne à croire qu'elle est juive ?

— Eh bien, euh, Zembrowski… Un nom polonais. Presque tous les Polonais sont juifs, non ?

L'IPA considère le secrétaire d'un œil noir.

— Et « Sadorski », c'est un nom polonais également. Ça fait de moi un youdi ? C'est ce que t'as voulu dire ? hein ?

L'autre bégaie :

— N-non, patron… Je… Presque tous les Polonais ne sont pas juifs… Enfin, pas vous, bien sûr !… Ce sont les collègues à la 5e, qui m'ont dit…

— … que ton brigadier était juif parce qu'il avait un nom de Polak ?

— Mais non, chef ! Euh, que cette bonne femme était juive parce que…

— Allez, connard, arrête de patauger, tu me fais de la peine. Laisse-moi les dossiers et fous le camp !

Sans attendre, le blondinet disparaît dans le corridor en oubliant de fermer la porte. Son supérieur est obligé de se lever pour la claquer. Il regagne son siège en bougonnant. Puis il s'arrête.

L'adresse de la blessée est le 59, rue de l'Abbé-Groult. *Qui* lui a parlé de cette rue, récemment ?

— *59, rue de l'Abbé-Groult… c'est dans le quinzième arrondissement.*

— *Merci, je sais où est la rue de l'Abbé-Groult. Vous êtes né le… ? à… ?*

Le jeune qui boitait. L'amoureux transi de feu Hortense Gutkind. Cette conversation s'est déroulée lundi après-midi dans cette pièce. Et Sadorski a pris des notes dans son calepin.

Il le récupère dans la poche de son veston, tourne rapidement les pages. Le lundi 10 juillet 1944.

BIRAUD, Armand.

Éts. Jamblin. Le Havre, Nantes.

Stock de sardines bloqué par Kriegsmarine.

Concurrents boches.

Hôtel (barré). *Loge chez sa sœur* (barré). *Demi-sœur.*

59, rue de l'Abbé-Groult.

Né le 2 / 11 / 1911. Thouaré, Loire-Inf.

Il referme le carnet. Et sifflote.

Mme Louise Zembrowski, juive ou pas – on verra plus tard, mais ça l'étonnerait –, est née elle aussi à Thouaré et réside au 59 de la rue de l'Abbé-Groult…

Bizarre coïncidence. La femme qui hier matin a récolté, semble-t-il, une balle perdue, ne fait qu'une avec la demi-sœur, aînée, du petit con qui baisait cette pauvre Hortense dans un hôtel miteux de Biarritz en juin 40 ; et qui est venu l'emmerder, lui l'inspecteur principal adjoint Sadorski, à la caserne il y a deux jours avec des regrets et un chagrin parfaitement obscènes.

Il écrase son mégot dans le cendrier déjà plein, et parcourt la suite des pages concernant l'affaire du Louvre.

Le commissaire de police du quartier, Anthoine de son patronyme, signale :

… Et le dit jour, constatons que le gardien Rech nous dépose :

1°) Une cartouche pour revolver, calibre 7 m/m 65,

2°) Un étui de cartouche pour revolver, calibre 7 m/m 65,

3°) Un étui de cartouche pour revolver, calibre 6 m/m 35,

4°) Une balle de cartouche pour revolver, présentant une surface aplatie et portant la trace de six rayures, paraissant être du calibre 7 m/m 65 ou 8 m/m.

Nous saisissons ces munitions aux fins qu'il appartiendra.

Le rapport du brigadier Monjanel, du 13e arrondissement, semble bien détaillé et circonstancié :

À 9 heures 20, passant à bicyclette rue du Louvre face le n° 20, mon attention a été attirée par le bruit de plusieurs coups de feu provenant du carrefour Rivoli Louvre.

Tournant la tête j'ai remarqué qu'un individu de forte taille qui était arrêté sur le trottoir angle rue de Rivoli et rue du Louvre (trottoir rue de Rivoli côté droit en montant de la Place de l'Hôtel de Ville à la Place de la Concorde) tirait des coups de feu en direction de l'Église Saint-Germain l'Auxerrois à l'aide d'un pistolet de forte dimension.

Deux autres individus qui se trouvaient à pied sur la chaussée vers le centre du carrefour Rivoli Louvre, se sont alors mis à courir ainsi que l'individu qui tirait des coups de feu, tous en direction de l'Église Saint-Germain l'Auxerrois.

Je me suis alors mis rapidement à leur poursuite dans la même direction lorsque, arrivé devant l'entrée principale de l'Église Saint-Germain l'Auxerrois, j'ai remarqué qu'un jeune homme blond, nu-tête, vêtu d'un pardessus sombre était étendu sur la chaussée face contre le sol, devant l'entrée principale de l'Église Saint-Germain l'Auxerrois à un mètre environ de la bordure du trottoir, auprès de lui se trouvait un homme de grande taille qui a palpé les vêtements du jeune homme vraisemblablement pour se rendre compte qu'il n'était pas armé, le jeune qui était à terre et paraissait blessé a prononcé les paroles suivantes : « Maman, Raymondot ou Rémondeau, 8 rue de l'Ouest (je ne suis pas affirmatif sur les paroles, ces dernières n'ayant pas été prononcées de façon intelligible). »

Avant mon arrivée se trouvaient sur les lieux deux gardiens en civil du 1er arrondissement ainsi que le gardien Bégin Jean n° 13.654 du même arrondissement. J'ai demandé au gardien Bégin de quoi il s'agissait il m'a répondu « C'est une affaire allemande ce sont des inspecteurs de la Gestapo. »

À ce moment à l'endroit précité, côté trottoir opposé stationnait la voiture n° 3016 RN conduite intérieure genre Citroën traction avant, couleur gris métallisé, un individu de forte taille, teint mat type nordique qui stationnait à côté de la voiture a échangé quelques paroles en langue étrangère avec l'individu qui se trouvait à proximité du blessé, ils ont alors pris ce dernier et l'ont chargé dans la voiture.

Sadorski jette un coup d'œil aux feuillets restants. Pas d'autre mention de l'auto ou de sa plaque minéralogique. Il soulève le récepteur du téléphone.

— Mademoiselle ? Eh oui, vous m'avez reconnu. Manque de bol pour vous et vos cossardes de copines : le Légionnaire est de retour ! Votre copain Sado. Alors on va retirer ses doigts d'entre les cuisses, cesser cinq minutes de soupirer pour son prince charmant, lequel à mon avis doit être occupé à l'instant même à en fourrer une autre ; et vous allez m'appeler le commissariat du Palais-Royal, premier arrondissement, leur annoncer que la direction générale des Renseignements généraux et des Jeux souhaite causer au commissaire Anthoine ; ou éventuellement à son secrétaire. Et vous me passez la communication ici au poste 516. Ouste !

Il raccroche tandis que la standardiste terrifiée bafouille encore son assentiment. Le sourire aux lèvres, il allume une gauloise, avant de se pencher sur la pelure suivante.

Audition de Larignon Ernest, trente-huit ans, gardien de la paix du service en civil du premier arrondissement de Paris.

… vers 9 h 30, débouchant avec mon collègue SOUFFLOT de la rue des Prêtres St. Germain l'Auxerrois et arrivant sur la place du Louvre, je remarquai un groupe de personnes, vingt ou trente, entourant un homme couché à terre et deux individus en civil invitant les personnes présentes à s'écarter. Il y avait également sur les lieux un gardien de la paix en tenue et un brigadier cycliste qui arrivaient en même temps que nous.

Nous ne sommes pas intervenus directement, mon collègue et moi, laissant ce soin aux Agents en tenue et restant nous-mêmes à proximité des lieux pour intervenir le cas échéant afin de leur prêter main-forte.

Les deux personnes qui faisaient circuler les passants à notre arrivée ont tout de suite fait approcher une voiture noire ou bleu-noir, conduite intérieure dans laquelle ils ont chargé la personne qui était étendue à terre. Je ne puis dire de quelle marque était la voiture, je crois qu'il s'agit d'une Citroën, peut-être une Peugeot pilotée par un chauffeur que je n'ai pas remarqué.

En notre présence, il n'a été échangé aucun coup de feu, de sorte que mon collègue et moi ne pouvions soupçonner de quelle affaire il s'agissait.

L'un des deux individus près de l'homme étendu annonça au public et à nous-mêmes, en français, qu'il appartenait à la Police allemande, au moment de notre arrivée sur les lieux.

Ce dernier répond au signalement suivant :

Taille : plus de 1 m 70, corpulence assez forte, visage allongé. Il était vêtu d'un grand pardessus en tissu bleu marine foncé, et portait un chapeau mou de même couleur posé en arrière sur la tête mais avec le devant baissé sur les yeux ; il m'a paru âgé d'une trentaine d'années.

Quant au second, de la même taille environ que le précédent, de corpulence plus forte, d'un âge approximativement de 30 ans, figure un peu ronde et teint mat, il portait un pardessus couleur marron, un chapeau de même nuance à bord entièrement relevé.

Son collègue en civil, le nommé Soufflot, précise :

M'étant approché j'ai aperçu un homme qui gisait inanimé, sur la chaussée, couché sur le ventre, parallèlement et à environ un mètre du trottoir.

Deux hommes se trouvaient à ses côtés, ils ont fait circuler les badauds, j'ai excipé de ma qualité en disant « Police », ce à quoi un des deux hommes a répondu en disant « Police allemande », avec, semble-t-il, un accent étranger.

Étant donné que j'étais convaincu qu'il s'agissait réellement de la police allemande, je n'ai pas insisté, d'autant plus…

Le téléphone sonne.

— ALLÔ ? rugit Sadorski.

— Je… je vous passe le commissariat, monsieur l'inspecteur…

— Allô ?

— Allô ? Allô ? Ici Tref, secrétaire du commissaire.

— Inspecteur principal Sadorski, 3e section des RG. Je vous appelle pour l'affaire de la fusillade devant Saint-Germain-l'Auxerrois, avant-hier…

— Oui, monsieur l'inspecteur.

Celui-ci attrape son calepin et un stylo, avant de poursuivre :

— J'ai sous les yeux les rapports adressés aux Renseignements généraux. Avez-vous avancé sur l'identification du véhicule ?

— Le véhicule ?

— Celui où le blessé a été embarqué.

— Ah, oui… Eh bien, après vérification effectuée aux cartes grises de la préfecture de police, il apparaît que le numéro minéralogique… attendez, je ne sais plus où il est…

— 3016 RN.

— Oui, c'est cela. Euh, donc, que ce numéro correspond à une commerciale Citroën appartenant à la compagnie des Forges de Châtillon… 19, rue de la Rochefoucauld, Paris neuvième…

L'inspecteur note en vitesse.

— … mais, renseignements pris auprès du siège de cette compagnie, il résulte que leur voiture portant ce numéro était en service depuis très longtemps déjà à Nevers et qu'à plusieurs reprises déjà, il leur avait été signalé téléphoniquement que ce véhicule 3016 RN se trouvait abandonné dans Paris.

— Pardon, je ne pige pas…

— Eh bien, on est en présence d'une voiture portant faussement depuis un certain temps le numéro d'immatriculation 3016 RN. Un télégramme spécial de surveillance de cette voiture a d'ailleurs été transmis par la police municipale.

— Si la plaque est fausse, réfléchit Sadorski à haute voix, les types qui ont tiré sur le jeune et ensuite l'ont embarqué n'appartiennent pas *officiellement* à la Gestapo de la rue des Saussaies, du boulevard Flandrin ou de l'avenue Foch. Eux ils ont leurs bagnoles sans avoir besoin de les piquer ou de trafiquer les numéros…

— Sans doute, inspecteur.

— Et la déclaration du blessé ? Ces mots entendus par le brigadier Monjanel : « Raymondot ou Rémondeau, 8 rue de l'Ouest… » Vous avez envoyé quelqu'un là-bas ?

M. Tref soupire.

— Le commissaire Anthoine n'a pas donné d'ordre à ce sujet. L'adresse se trouve dans un arrondissement éloigné du nôtre… On a affaire pour le moment à un inconnu blessé par des inconnus qui se sont retirés en emmenant cet individu non identifié… Tout cela est malheureusement assez flou ! Notre enquête n'a pas permis d'établir s'il s'agissait d'une opération de police effectuée par les Autorités allemandes, ou pour leur compte… ou bien d'une agression pure et simple. Mais dans quel but ? Quoi qu'il en soit, mon patron a préféré transmettre le dossier à M. le préfet de police… C'est à la PP de voir s'il faut donner suite…

Sadorski remercie et raccroche, maugréant dans son for intérieur contre la fainéantise de ce commissaire. Il se racle les méninges pendant quelques minutes, en revenant sur certains détails. Les témoignages des collègues divergent en ce qui concerne la couleur de la voiture. Gris métallisé, ou noir, ou bleu-noir ? À moins qu'il y ait eu *deux* véhicules… Drôle d'histoire. S'il trouve le temps, il ira interroger Mme Zembrowski sur son lit de l'Hôtel-Dieu. Au cas où elle y serait encore… Une balle dans le mollet, ce n'est pas grave, les toubibs l'ont peut-être déjà renvoyée chez elle à l'heure qu'il est ! Cette réflexion lui donne le plaisir, comme souvent depuis vendredi dernier, de consulter sa toute nouvelle montre – chapardée sous le cadavre de Georges Mandel, et que Sadorski a astiquée avec soin une fois rentré chez lui. Sous sa vitre bombée, l'objet fonctionne admirablement. Montre ancienne de marque Buren, fabriquée en Suisse. En bas au centre, un joli petit cadran des secondes ; et au dos, de beaux dessins de lignes parallèles plus ou moins longues, qui lui donnent un léger relief, accompagnés d'une inscription, gravée en lettres élégantes : *À G. M. pour la vie, B. B*[1]. Ça le fait rire : on a beau appartenir, obligatoirement, à la haute, on laisse à son seigneur et maître des petits messages de midinette !

Les aiguilles indiquent 5 h 12 de l'après-midi. *Tea time*, comme disent les Angliches. Les bourgeois du seizième, à cette heure, prennent le thé, avenue d'Eylau… Sadorski se penche vers l'appareil, décroche le récepteur.

— Encore le bureau 516, mademoiselle, ce n'est pas fini… Appelez-moi à présent Passy 30-89 ! J'attends, allez, on se remue le pétoulet !

1. Veuf et père d'une petite fille, Georges Mandel vivait maritalement, avant son arrestation, avec l'actrice de théâtre Béatrice Bretty.

10

Le marché

La concierge du 28 a blêmi en reconnaissant Sadorski.

— M-monsieur le commissaire…

— Lui-même, madame, grince-t-il avec son sourire carnassier. Votre nom, c'est bien Devulder ? Je ne me trompe pas ? Vous n'avez pas divorcé, en huit mois ?…

— N-non, je… enfin, oui, monsieur le commissaire, c'est bien Devulder…

— Et votre époux est le gardien de la paix Devulder, Maurice, du commissariat de la rue Mesnil ?

— Ou-oui, monsieur le commissaire… tout à fait.

— … qui, en novembre de l'année dernière, a dénoncé auprès de ses collègues et de son brigadier la jeune Perret Jacqueline, l'accusant d'espionner la résidence du général allemand Michel, au 25 avenue Bugeaud, qu'il était chargé de surveiller[1] ?

La femme aux cheveux gris en suffoque presque d'épouvante.

— Je… je ne suis pas au courant, monsieur le commissaire…

— Vous mentez, mais ça n'a pas d'importance. Ce qui compte, en revanche, *pour vous*, c'est que M. et Mme Perret ne l'apprennent jamais ! Qu'ils ignorent que c'est à cause de cette dénonciation de

1. Voir *La Gestapo Sadorski*.

votre mari que leur fille – l'unique enfant qu'il leur reste – se trouve aujourd'hui en cellule à la Petite Roquette ! Et qu'elle risque la déportation en Allemagne !

— Oh ! mon Dieu, monsieur le commissaire... ce n'est pas possible...

— Et pourtant si, madame Devulder. Et pourtant si. (Il recule de quelques pas, devant la porte ouverte de la loge, pour mieux considérer l'immense hall d'entrée, son dallage brillant, ses marbres roses, ses pilastres, ses appliques et ses lustres – ces derniers éteints, à cause de l'interruption du courant jusqu'à 22 h 30 –, et sa cage d'ascenseur au grillage mordoré, qu'entoure un escalier monumental à balustrade de pierre qui s'élève vers les hauteurs.) Alors, si vous tenez à garder ce boulot pépère dans l'un des plus beaux immeubles du quartier du Trocadéro, madame Devulder, où les proprios comme les locataires ne doivent pas être avares pour vos étrennes, eh bien...

— Je... Oui, monsieur le commissaire...

— Eh bien je vous conseille d'obéir *au doigt et à l'œil* à toutes les consignes que je vous donnerai dorénavant !

— Oui, monsieur le commissaire... C'est promis !

Il allume une gauloise, et souffle un nuage de fumée dans la figure de la pipelette, qui est prise d'une quinte de toux.

— D'abord, madame Devulder, une question : les Perret ont ramené un mioche, l'autre semaine, non ?

— Euh, oui, monsieur le commissaire... Ce serait leur petit-fils, à ce qu'ils m'ont dit...

— Vous l'avez vu ?

— Oui, monsieur le commissaire ! Et même tous les jours ou presque, quand la demoiselle le balade dans son landau, pour lui faire prendre l'air au parc...

Le policier en a un petit coup au cœur. Des nouvelles toutes fraîches de *son fils*. Le petit Bernard Sadorski, qu'une employée trimbale donc dans une poussette de luxe et s'en va promener au Trocadéro, au milieu des autres gosses de riches... C'est tout de même formidable ! L'enfant de leur pensionnaire juive traquée par les Boches mène désormais une existence de nanti… comme si lui aussi était né avec une cuiller en argent dans la bouche ! Ce qui n'est absolument pas le cas de son géniteur – le rejeton d'un petit fermier des oliveraies du golfe de Gabès, descendant d'émigrés en Tunisie d'origine polonaise et alsacienne… Un Français d'Afrique du Nord, ce qui signifie de deuxième catégorie. Quasiment un bougnoule… et affligé d'un nom en *-ski*, le faisant passer de plus pour un youde !

— Vous l'avez vu de près ? Il est beau ?

La concierge se marre.

— Couci-couça. Ben, c'est un bébé, quoi ! Et puis il chouine tout le temps… Mais M. et Mme Perret, ils en sont fiers, vous pouvez pas savoir ! Le portrait craché de leur fils, qu'ils me disent ! Moi je trouve pas, car le jeune monsieur Bernard, lui il était *vraiment* beau !… Sa mort, c'est comme qui dirait une tragédie ! Moi, j'ai pleuré quand je l'ai su, monsieur le commissaire… Il était tellement gentil avec tout le monde… Pas prétentieux pour un sou… pas comme les autres gens de son milieu… Remarquez, Mlle Jacqueline elle est gentille aussi… Vous pensez que les Fritz… euh, les Allemands, ils vont la déporter pour de bon ?

Il secoue les épaules.

— Je sais pas, moi, je ne suis pas dans les confidences de la Gestapo ! Et les heureux grands-parents, on les trouve là-haut, en ce moment ?

— Juste madame. M. Perret n'est pas encore rentré…

— Bon, je monte. Ah oui : pour la prochaine fois, madame Devulder, vous me dégoterez les nom, prénom et adresse de la bonniche qui a mission de promener le môme…

— Euh… ce ne sera peut-être pas facile…

— Vous êtes bignole, non ? Et votre mari, il est flic ? Alors démerdez-vous ! Et en attendant, gardez l'œil sur mon vélo ! S'il disparaît c'est *vous* qui rembourserez la préfecture ! Sans compter l'amende !

Faute d'électricité, l'inspecteur est contraint d'emprunter l'escalier au lieu de la cabine. Au palier du cinquième, le souffle court et les jambes qui flageolent, il retrouve avec un brin d'émotion, songeant à sa lycéenne, l'épais tapis persan rouge à motif de fleurs, la double porte centrale d'acajou clair et luisant, le large paillasson proprement brossé aux initiales *PG*. Il jette sa gauloise et appuie sur le bouton de sonnette. Sans résultat. Puis il se rappelle que le courant est coupé. Alors, il tape à la porte – des coups agressifs, insistants.

Comme il l'espérait, c'est la jolie brune au petit tablier blanc et aux jambes gainées de soie noire qui ouvre la porte.

— Monsieur ?

— Inspecteur principal Sadorski. La bourgeoise est prévenue, elle attend ma p'tite visite !

Un peu suffoquée, la soubrette prend machinalement son feutre, s'efface pour aller l'accrocher au portemanteau. Un chien jappe dans les profondeurs de l'appartement. Sadorski constate que derrière les plantes grasses, remplaçant le Maigret qu'interprétait Albert Préjean, une nouvelle affiche sous verre décore le mur : *Les Aventures fantastiques du baron Münchhausen* – le fameux film allemand en couleurs sorti récemment sur les écrans. Un loustic souriant en perruque, tricorne noir et tenue d'époque Louis XV rouge vif, chevauche un boulet de canon. Une voix féminine résonne depuis le séjour :

— Laissez, Annette, laissez ! Je m'en occupe…

Ce soir Mme Perret porte un tailleur d'été classique gris à rayures, très cintré, avec sa taille ajustée faisant des pinces, et muni de poches à rabat. Les cheveux aussi grisonnent, autour des tempes, marqués par l'inquiétude et le chagrin, tandis que le beau visage racé s'est amaigri, en dépit de la nourriture abondante du marché noir et des restaurants sans tickets.

La main qu'elle lui tend est molle et glacée.

— Cela fait si longtemps, monsieur l'inspecteur principal ! Quelle joie de vous revoir ! Vous avez un peu minci, ça vous sied bien. Venez, je vous en prie, passons au salon…

Les Picasso, eux, sont toujours là, lourds de chairs roses ; et les toiles abstraites incompréhensibles, et l'énorme piano à queue laqué blanc. Avec ses photos de famille dressées sur le couvercle, au milieu desquelles il reconnaît le visage obstinément souriant de Bernard, barré par le ruban de deuil, comme un reproche.

Sadorski, l'homme qui lui a tiré deux bastos dans le crâne – la mère, heureusement, semble encore ignorer l'identité du flic responsable de sa mort –, s'installe sur les coussins du grand sofa jaune qu'on lui désigne d'un geste gracieux.

— Vous prendrez un verre de fine ? Ou du whisky ? Peut-être un Cointreau ? Vous ne voulez pas retirer votre imperméable ? Il fait si chaud…

— Un cognac.

Il la regarde le servir. Les mains de la maîtresse de maison ont maintenant la tremblote, sa voix est mal assurée. Lui, savoure l'instant. *Tu crèves de trouille, madame Perret. Et ça ne va pas s'arranger, fais-moi confiance.*

Le visiteur, avec une lenteur calculée, sort de la poche de sa gabardine une paire de menottes, qu'il dépose, avec un cliquetis de ferraille, sur la surface en verre de la table à cocktails. Puis, toujours sans se presser, il extrait le Browning 7,65, qui va rejoindre lourdement l'objet précédent, à côté du cognac auquel il n'a pas touché.

Mme Perret déglutit, fixant la table, les yeux écarquillés. On entendrait voler une mouche.

— M-monsieur l'inspecteur… Je comprends, naturellement, que vous soyez fâché, mais… Voyez-vous, le jour où Jacqui nous a appris que… Et comme vous étiez en prison…

— Je n'y suis plus.

Après un nouveau silence, elle sourit péniblement.

— Je vois bien… et j'en suis très heureuse. Croyez-le, monsieur l'inspecteur principal !

— J'ai repris mon service à la préfecture. Maintenant c'est *moi* qui fous les gens en prison.

— Ah. Euh… je suis certaine que vous avez fort à faire, dans la période actuelle… On a besoin de vous, pour maintenir l'ordre ! Et, cette affreuse histoire avait sûrement pour origine quelque malentendu…

— Pas du tout.

— …

— Votre petite salope de fille, madame Perret, racontait la stricte vérité, lorsque la Gestapo l'a interrogée. *J'appartiens à la résistance.*

La femme ouvre la bouche, la referme. Elle paraît complètement perdue.

— Ah ? Vraiment ? Eh bien, je…

— Eh bien vous avez de bonnes raisons de vous alarmer. Vous, ainsi que votre mari. Perret Jean-Frédéric, né le 4 mai 1896 à Châteauneuf-sur-Loire, département du Loiret – voyez, nous sommes bien renseignés. Qui travaille à la Continental. C'est-à-dire pour les Boches. Et qui, auparavant, bossait comme administrateur de la Tobis. Autre firme boche. Il se rendait fréquemment en Allemagne. Or, dans deux mois au plus tard, *les Anglo-Américains seront à Paris*. Mais, si ça se trouve, les communistes auront pris le pouvoir avant ! Ça, ce serait encore plus malencontreux pour les gens de votre espèce, ayant eu un tel comportement pendant l'occupation. Les bolchos viendraient tout saccager dans l'immeuble, avant de s'emparer de vos personnes et de vous suspendre aux becs de gaz. Là, sous ce grand balcon, au-dessus de l'avenue d'Eylau. Vous et M. Perret… La populace va débarquer pour saigner les bourgeois, jusque dans votre beau seizième ! Rappelez-vous l'assassinat de la famille Jourdan, à Voiron, au mois d'avril ! Les Rouges ont tué des miliciens mais toute la famille aussi, dont une vieille dame de quatre-vingt-un ans, et une fillette de trois ans : elle a reçu quatre balles en pleine tête ! On m'a montré ce matin les photos prises par l'Identité judiciaire…

— Ce… vous devez plaisanter, monsieur Sadorski…

— J'en ai l'air ?

— Euh, non… mais…

— Savez-vous combien de résistants ont été fusillés, madame Perret ? Et encore maintenant, chaque jour, avec les cours martiales ? et les exécutions de Français par la Milice ou par les SS ? Du point de vue des cocos, ces hommes et ces femmes sont des martyrs. Les francs-tireurs et partisans n'ont maintenant qu'une hâte, c'est de les venger. Pas seulement en flinguant des militaires chleuhs, des miliciens, ou des gens du PPF… mais en faisant « justice » – une justice forcément expéditive – de *tous* les citoyens qui ont collaboré… Et en priorité, ceux qui ont profité grassement du fric des Allemands en se faisant leurs larbins ! Et, tiens donc, par exemple, en produisant des films sous le contrôle direct du Dr Goebbels !

— Oh, mais non, détrompez-vous, monsieur l'inspecteur !… Continental Films a toujours gardé son indépendance… M. Greven y tient beaucoup…

— Greven. Un Boche, lui aussi. Laissez-moi rigoler…

Des vagissements d'enfant se font entendre à cet instant. Étouffés par la distance et les murs. Le cabot en profite pour se remettre à aboyer. Et, dirait-on, à se faire les griffes sur le bas d'une porte.

Sadorski s'est interrompu. Il se fige, l'oreille en éveil. *Là-bas, c'est son fils qui pleure*. Et dont il perçoit la voix pour la première fois.

Mme Perret saute sur l'espoir d'une diversion.

— Oh, vous entendez, monsieur l'inspecteur… Le bébé…

C'est plus fort que lui, il questionne :

— Je pourrais le voir ?

— Mais naturellement ! Si vous voulez prendre la peine de me suivre…

Il reconnaît le couloir emprunté jadis lors de sa visite à la chambre de l'adolescente. Mme Perret fait halte quelques mètres avant celle-ci. « On lui a donné notre chambre d'amis, monsieur l'inspecteur, que nous avons transformée d'urgence en nursery… » Elle pousse le battant, révélant une pièce assez vaste, toute blanc et bleu. Et qui sent encore la peinture fraîche. La grande fenêtre, dont on a tiré les voilages, donne sur l'avenue d'Eylau, on distingue au loin la tour Eiffel. L'endroit serait plus lumineux encore si les ampoules du plafonnier, comme partout dans Paris à cette heure, n'étaient pas éteintes.

Au milieu, trône le berceau. Tendu de voiles qui font comme une moustiquaire. La prétendue grand-mère se penche, les écarte.

— Ooh, mon petit bonhomme !… On nous fait un gros-gros chagrin… Mais qu'est-ce qui se passe ? Allons, ne pleure plus, Mamie est là… C'est bientôt l'heure du bon lolo… Du bon biberon…

Le bébé est minuscule pour ses huit mois. Sadorski se rappelle qu'il est né prématurément. La figure est rouge, chiffonnée. Et dès que la femme le saisit, sa colère augmente : il hurle, apoplectique, se débat, agitant ses petits poings crispés.

— La nurse a dû partir plus tôt, aujourd'hui... C'est sans doute la cause... Et puis sa maman lui manque...

Le père biologique écoute à peine ; il observe, fasciné, ému, bouleversé, son rejeton. Le petit moutard n'est pas très beau, il faut l'avouer... mais sa colère violente lui plaît ! Un vrai Sadorski en miniature ! Une graine de brigadier-chef ! De commissaire, même, pourquoi pas ?... Ou – si on le laissait demeurer dans ce milieu privilégié – un futur préfet de police ? Il n'est pas interdit de rêver. Des ascensions plus spectaculaires encore ont eu lieu, dans l'histoire de France... Jeanne d'Arc ! Napoléon !

Au fond, ce mioche n'a qu'un défaut : celui d'être juif. Enfin, plus précisément demi-juif. Mais, se répète son géniteur, il y en a des bons ! comme il doit exister, statistiquement, une minorité d'excellents biques ou d'excellents nègres ! Quant à Julie, c'est une gosse merveilleuse, qu'il aime. Elle n'est pas fautive de la fange aux cheveux crépus où seul le hasard l'a fait naître ! Et une bonne éducation française chrétienne, bien de chez nous, saurait débarrasser ce pauvre petit innocent des tares de sa race...

— Il a *exactement* les yeux de Bernard, commente Mme Perret. Et son nez ressemble à celui de Jean-Frédéric. Quant au caractère, il me rappelle mon frère cadet, Paul... un brillant avocat... Hélas, il est mort pour la France en juin 40[1]...

— Dommage, grince l'inspecteur, courroucé de nouveau. Vous auriez pu bénéficier de ses services... Retournons au salon, voulez-vous ? Que je vous explique !

Il quitte la chambre à regret. Mais voir son fils dans les bras de la bourgeoise, tout en écoutant celle-ci délirer sur des ressemblances imaginaires, c'est insoutenable !

---

1. Voir *La Débâcle*. Mme Perret ment : son frère Paul Guirlange, qui avait soudoyé un député afin d'échapper à la mobilisation générale, a été blessé dans un convoi de civils.

Le rappel à la légalité française la stupéfie littéralement. Ni elle ni M. Perret n'avaient considéré, ou même entendu parler de cette loi du 19 avril 1898, et de son article 354 sur l'enlèvement ou le déplacement des mineurs. Ils avaient pensé que tout ça « allait s'arranger » sans problème… Dès que la guerre serait terminée. Il suffirait de se rendre tous ensemble, les Perret, les Sadorski et Julie Odwak, à la mairie de l'arrondissement afin de faire modifier l'état civil… Une sorte de déclaration commune rectificative. Du moment que la jeune fille reconnaissait l'identité du vrai père : Bernard Perret.

Comme si c'était aussi facile ! Sadorski, bouillant de rage contenue, avale une bonne rasade de cognac. Il en a besoin, pour supporter pareilles stupidités. Maintenant il s'agit de peser ses mots :

— Madame Perret… Lorsque vous êtes venus chez moi, vous et votre époux… *Mlle Odwak a-t-elle confirmé la paternité de votre fils ?*

— Mais… euh, oui… Enfin, elle n'a pas dit le contraire…

Il ricane.

— Alors vous n'en êtes même pas sûrs !

— Mais si ! Et Jacqui aussi ! Elle savait que son frère était amoureux de cette jeune israélite… Nous l'avons trouvée charmante, du reste… Vous devez bien l'aimer vous aussi, monsieur l'inspecteur, puisque vous et Mme Sadorski avez pris le risque de la cacher dans votre appartement !… Au fait, il serait peut-être préférable que la petite maman s'installe chez nous… Ici, elle serait en sécurité… Soyez certain que nous l'accueillerons comme notre propre fille !

Le policier relève la tête. Il ne manquerait plus que ça ! On lui a déjà volé son môme, à présent ils voudraient lui arracher Julie !

— En *sécurité*, madame Perret ? Après ce que je vous ai dit tout à l'heure ? Dans ce domicile qui risque d'être livré au pillage ? Et dont les habitants, s'ils ne sont pas lynchés par la foule, vont passer des mois en prison ? voire en camp de concentration ?

— En camp de… ?

— Mais où croyez-vous qu'on va vous mettre, vous tous, les collaborateurs, madame Perret, en attendant de vous déférer devant les tribunaux chargés d'épurer la société ? Si l'on compte tous les éléments suspects ou douteux, cela doit totaliser plus de 50 000 personnes[1] ! Les maisons d'arrêt et les centrales ne suffiront pas, il faudra utiliser les camps ! Drancy, Compiègne, Pithiviers… ça ne manque pas, sur le territoire national ! Les lieux d'internement on en a presque deux cents, de toutes les tailles, gros ou petits ; ça a commencé même avant la guerre, sous Daladier… Simplement, les Juifs et les politiques y seront remplacés par les gens comme vous !

Elle le regarde, livide.

— À l'Armée secrète, où j'ai le grade de capitaine, improvise-t-il avec délectation, nous établissons les listes noires des collabos. Je suis chargé des secteurs du Trocadéro, de Passy et de la Muette. Comme on a le plaisir de se connaître, je suis venu vous visiter en priorité. (Il dégaine stylo et calepin.) Combien d'individus résident chez vous ? Employés de maison inclus ?

— Euh… moi, mon mari… Annette, la petite bonne que vous avez vue, est logée au dernier étage… La cuisinière, elle, habite Billancourt… L'étudiante qui vient pour promener Bernard loue une chambre rue du Faubourg-Saint-Honoré… Et puis il y a Jacqueline…

— Votre fille je ne l'inscris pas. Vu qu'elle est *déjà* derrière les barreaux.

Mme Perret n'en peut plus. Elle fond en larmes, le visage caché dans ses mains.

Au fond de l'appartement le chien jappe, couine, gémit et continue de griffer la porte. Dehors, une colonne de camions fait ronfler ses moteurs du côté de la place du Trocadéro. Des véhicules de la Wehrmacht, en route pour le front.

Sadorski allume une cigarette. Il étudie l'épouse du directeur de production de la Continental, ses épaules agitées par les sanglots. Elle se trouve réduite à peu près à l'état psychologique que souhaitait son interrogateur. Le moment est venu pour lui d'abattre ses dernières

1. Sadorski est au-dessous de la réalité : le fichier secret établi en 1945 par les services du contre-espionnage français (5e Bureau de l'état-major du ministère de la Guerre) comptait 96 492 noms d'« individus suspects ou douteux qui doivent faire l'objet d'une enquête approfondie » (voir Dominique Lormier, *Les 100 000 Collabos*, le cherche midi, 2017).

cartes, les plus fortes – et de rafler la mise. Il expulse lentement la fumée en direction du plafond, de ses moulures, des pendeloques du lustre éteint qui domine le piano et sa collection de petites photos de famille. Avant de sourire, affichant un air patelin :

— Mes camarades et moi, madame Perret, *nous avons des familles françaises que nous protégeons*. Parce qu'il s'agit d'amis, de relations, de connaissances, d'israélites en danger… ou, quelquefois, grâce au fait que ces individus ont quelque chose à nous offrir en échange.

Elle a redressé la tête.

— En… échange, monsieur l'inspecteur ?

— Comme vous le savez, Paris est menacé de famine. Les trains ne circulent plus, les voies sont sabotées, à l'ouest les ponts sur la Seine et la Loire sautent, les raids aériens sur la banlieue sont devenus quotidiens. Les convois de vivres se font mitrailler par les chasseurs alliés. Bientôt, la ville sera en état de siège. (Il renifle, regarde autour de lui.) Mais, je suppose que cela ne vous concerne pas trop. Dans votre monde on parvient toujours à se dépatouiller ! D'ailleurs votre fille le disait, dans sa lettre…

— Ce… ce n'est pas entièrement faux, monsieur l'inspecteur… Mais…

Le bébé a repris ses vagissements. Le sourire de Sadorski s'élargit.

— Pour le petit, je dois admettre que c'est bien, d'être chez vous quelque temps encore… Il faut qu'il mange, qu'il se remplume ! Il est né tout maigre, et ça ne s'est pas arrangé avec les privations. Par contre, sa petite mère, et ma chérie Yvette, toutes les deux ont du mal à se sustenter ! Ma femme doit faire la queue des heures durant aux commerces, et souvent c'est pour se faire annoncer au bout du compte qu'il n'y a plus rien ! Toutes ces pauvres ménagères, qui perdent ainsi leur temps devant les magasins et qui usent leurs journées en courses, doivent ensuite veiller tard dans la nuit, une fois remis le courant électrique, pour vaquer aux indispensables besognes du foyer…

— Oui, c'est terrible, monsieur l'inspecteur…

— Yvette et Julie ne manquent pas seulement de calories, madame Perret, mais souffrent aussi de carences en albumines d'origine animale, et en matières grasses…

— Certes… Oui, les pauvres… Il faudrait faire quelque chose !

— Voilà. Je ne suis pas si méchant, avouez que je vous ai tendu la perche. Je me propose de revenir ici une ou deux fois par semaine. Vous m'aurez préparé des colis. Des colis *alimentaires*. Aussi variés que possible.

— Oui… C'est tout à fait envisageable…

— Dans ce cas, je ne vous mettrai pas sur la liste noire. Et, s'il se produit des troubles en ville à la libération, le commissariat central d'arrondissement aura la consigne de veiller sur votre immeuble. En particulier sur les Perret au cinquième étage, de bons patriotes !

— Ah… Je vous remercie, monsieur l'inspecteur… Vous me rassurez.

— Il faudra prévoir également une somme d'argent.

— Euh… Cela doit pouvoir se faire aussi. Mais, de combien ?

— 8 000 francs par semaine.

Elle retient une grimace.

— J'en parlerai à mon mari. D'ailleurs, il ne va plus tarder… il désirait vous voir.

— … auxquels on doit ajouter la location du bébé.

La femme n'en croit pas ses oreilles.

— La… « location » ?

— *Cet enfant se nomme Bernard, Jacques, Yves, Léon Sadorski.* Il devrait être en ce moment à son domicile légal, 50, quai des Célestins, Paris quatrième. Cela vous plaît de jouer à la mamie gâteau en sa compagnie. Sans aucune justification officielle. Et sans même qu'on puisse prouver qu'il s'agit de votre petit-fils ! Vos plaisirs se paient, madame Perret. En frais de location. (Il glousse.) Sinon c'est l'article 354 du Code. Je débarque ici avec des collègues, muni d'un mandat signé par le commissaire principal Bizoire, mon chef de service à la préfecture ; on effectue une *vraie* perquisition – ce qui signifie que mes gars foutent tout en l'air dans cette baraque, cassent la vaisselle de la cuisine, fouillent jusqu'au fond du piano à queue en prenant bien soin d'arracher chaque corde, retournent et piétinent vos tableaux du nommé Picasso et *tutti quanti* –, moi je récupère le gosse, et je porte plainte contre vous et M. Perret pour enlèvement et séquestration de mineur. Mon épouse sera témoin. Ainsi que la concierge du 50, Mme veuve Lantin, Augustine, qui vous a vus tous deux entrer ce jour-là. Et repartir avec une forme emballée sous une couverture ! J'ai déjà recueilli son témoignage, signé et tout…

Il vide son verre, joue négligemment avec les menottes, tarde à les rempocher.

— Pour le bébé, donc, ce sera 2000 francs de plus. Je reviens dimanche 16, c'est-à-dire dans quatre jours, pour la première échéance. Ça vous laisse un peu de temps ! Je téléphonerai la veille au sujet de l'heure exacte. Le marché que nous venons de conclure, madame Perret, et qui est avantageux pour tout le monde, vaut seulement jusqu'à ce que Paris soit libéré, et le calme et l'ordre public rétablis. Deux ou trois mois, donc. Ensuite je vous foutrai la paix ! Et on décidera tous ensemble, à tête reposée, de ce qu'il convient de faire au sujet du petit – les horaires de visite, les frais de pension et d'éducation et tout ça.

Sadorski récupère le pistolet, se lève, glissant l'arme dans la poche de sa gabardine.

— Ah, j'y pense ! Filez-moi les noms et adresses du personnel. La bonne, la cuisinière et la promeneuse.

Mme Perret se dirige docilement vers son secrétaire, tourne la clé d'un petit tiroir, d'où elle extrait un carnet relié de cuir couleur bordeaux.

— Voilà… Annette – ou Anne, en réalité – Bréhain, 28, avenue d'Eylau, donc, dans le même bâtiment mais par l'escalier de service… Eugénie Laîné, 23-25, rue Émile-Duclaux, Billancourt… Monique Mézard, 75, rue du Faubourg-Saint-Honoré, Paris…

Il note avec un sourire satisfait puis referme son calepin. Inutile de revoir Mme Devulder à sa loge, dans les jours qui viennent, pour les coordonnées de l'étudiante… Décidément on n'est jamais aussi bien servi que par soi-même !

— Merci, madame Perret. Ne me raccompagnez pas, je connais le chemin. Votre logis est spacieux, on a dû vous en faire compliment, mais je pense que j'arriverai à trouver la sortie sans me perdre… je possède un bon sens de l'orientation !

L'inspecteur a repris son chapeau et franchi la porte, l'a claquée derrière lui en riant tout seul. Entre les paliers du troisième et du deuxième il croise un quidam un peu ventru, au crâne dégarni, vêtu d'un complet bleu foncé en tissu de qualité supérieure et de très bonne coupe, qui grimpe l'escalier en soufflant, avec une respiration lourde de cardiaque. D'une main il tient une valise porte-documents en crocodile à fermoirs dorés, de l'autre un élégant feutre beige orné d'une bande noire. Au passage, l'homme lui lance un regard soupçonneux, et surtout inquiet. Parce que Sadorski n'a guère le genre de l'immeuble ? Ou plutôt, que ce bourgeois est M. Perret père ? Il aura remarqué le vélo garé dans le hall, se sera renseigné auprès de la pipelette… Quoi qu'il en soit, il continue son ascension comme si de rien n'était. Le policier, instruit par une longue expérience, le range d'emblée dans la catégorie des faibles, des soumis. Et regrette de n'avoir pas exigé davantage que ces 10 000 francs hebdomadaires, pourtant un versement conséquent… Il en est sûr : ces trouillards de faux grands-parents auraient raqué sans moufter !

La bignole a fermé la loge mais sa trombine blafarde guette derrière le carreau. Sadorski reprend sa bicyclette, tourne à gauche en sortant dans l'avenue. Quelques tours de pédalier l'amènent à la place du Trocadéro, avec ses vastes terrasses de cafés donnant sur le palais de Chaillot et l'esplanade en face de la tour Eiffel. Il choisit de s'installer à celle de chez Carette, plus étroite mais qui lui rappelle des souvenirs : il a bu un crème à l'intérieur du salon de thé avec le lycéen Bernard Perret, le premier jour du printemps 1943. Lorsque l'inspecteur complotait sa perte. Un drame de la jalousie, pourrait-on dire ! Il ricane, hèle un garçon et commande un demi. À la table d'à côté papotent deux jeunes dames en tailleurs chics, gants de chevreau et chapeaux fleuris, flanquées d'un landau premier choix qu'occupe un poupon joufflu. Sadorski écoute leurs propos, délivrés par des voix distinguées et mécontentes : « J'étais *furieuse* de l'assassinat de Philippe Henriot !... Pour une fois que nous avions un type bien, vrai Français, propre et qui parlait avec bon sens, chose rare à l'heure actuelle... Et il a fallu que ces salauds-là le suppriment ! — C'était le seul moyen pour des incapables, des merdeux de Juifs et de métèques, de faire, sans risquer une égratignure, table rase... car la table était trop chargée pour eux ! Tu comprends, depuis six mois qu'Henriot leur cassait la tête et les oreilles... — Quand on pense que ces cochons d'Anglais n'ont même pas eu le minimum de discrétion de citer le fait sans commentaire. Je les ai entendus à la radio annoncer : *Les patriotes ont exécuté Philippe Henriot*. Ce qui prouve qu'ils en sont enchantés ! — Ah ! cet homme c'était vraiment la voix de la France... Il est mort au champ d'honneur ! Hélas, maintenant nous allons vers une magnifique pagaille... »

Sur la gauche de Sadorski, ce sont deux homosexuels, œillet à la boutonnière, poudrés et maquillés, le plus âgé coiffé d'une moumoute rousse, qui discutent des dernières nouvelles dans *Paris-Soir*. Au sud-ouest de Caen, les Britanniques ont été repoussés au cours d'une contre-attaque allemande... *La prise de Caen nous a coûté des sacrifices effroyables*, avoue le général Eisenhower... Vives contre-attaques également sur le front d'Italie centrale... Bref, à en croire la grande presse, la fin de la guerre n'est pas pour demain ! Les voisins du policier se montrent sceptiques : « Paris sera dégagé dans les premiers jours d'août ! — Tu crois ? — Les *paris*, eux, sont *engagés*. (Il rit avec une sorte de hennissement.) On joue des déjeuners, ou de l'argent. Ça te dit ? 1er août ? 15 août ? 20 août ?... Sais-tu que l'on tient prêt à Uniprix un stock énorme de drapeaux français, américains et anglais ? Ça partira comme des petits pains ! Inouï, n'est-ce pas ? — J'ai appris que Maxim's est fermé depuis quatre jours... — Voilà, c'est un signe ! Moi je n'y allais jamais ! Depuis le début de l'occupation c'était le rendez-vous des états-majors boches, des collaborateurs grassement appointés, des vilains profiteurs de guerre... — Non, tu n'as rien compris, mon choupinet ! Le 4 juillet, jour de l'indépendance des États-Unis, une dame qui donnait un repas au premier étage, dans un salon réservé, a fait monter l'orchestre et jouer l'hymne des États-Unis. Au bar, des consommateurs éméchés ont levé leur verre en l'honneur de la libération proche… Merveilleux, non ? Eh bien, les Allemands l'ont vu et entendu. — Oh, mon Dieu ! Je me doute qu'ils n'ont pas apprécié… (Nouveau hennissement.) — Du coup, le restaurant est fermé ! sur ordre des Fritz ! »

La ville a changé, surtout dans les arrondissements du centre et de l'ouest, les plus huppés – Sadorski a pu le constater en les traversant tout à l'heure à vélo : Paris est déclaré « ville sanitaire », ses places et squares encombrés de chevaux de frise, ses trottoirs coupés de barrières blanches, plus nombreuses que l'an dernier, afin d'éloigner les piétons des immeubles requisitionnés par les occupants. Et il y a foule dans les rues, à cause des interruptions fréquentes du métro. Le macadam retentit constamment du claquement des semelles de bois des femmes. Le quartier du Trocadéro a pris, lui, un air de vacances, ses grandes terrasses sont clairsemées. À l'approche du danger, tout comme en mai-juin 1940, la grande bourgeoisie a déjà gagné l'abri de ses résidences secondaires, sauf celles situées à l'Ouest, naturellement. Mais pour ce qui est des Perret, avec leur fille enfermée à la Petite Roquette, ils sont bien obligés de rester !

Un troupeau d'infirmières de la Wehrmacht, celles que les Parisiens surnomment les « bonniches » à cause de leur long tablier blanc, de leur petite coiffe risible, de leurs bas sombres et de leurs gros souliers noirs, défile au bord de la terrasse du salon de thé, portant à bout de bras des sacs bien remplis ; l'inspecteur, irrité par les cancans et les rires de crécelle des deux tapettes sur sa gauche – il hait leur corporation –, laisse traîner ses yeux sur les mollets épais d'Outre-Rhin, les fesses massives. Bientôt, on ne les verra plus à Paris ! Les expressions des consommateurs sont ironiques pour la plupart. *Auf wiedersehen*… Bien le bonjour chez Adolf… Les auxiliaires teutonnes s'éloignent, ignorantes des commentaires. Dans leur foulée il aperçoit, sur la chaussée à une cinquantaine de mètres de chez Carette, au débouché de l'avenue Henri-Martin[1], une forme étendue que contourne le flot des vélos. *On dirait*

1. Ce tronçon sera rebaptisé après la guerre avenue Georges-Mandel.

un corps décapité. Sadorski se lève, repose sa bière et fait quelques pas dans cette direction. Il a dû se tromper. Cependant un attroupement se forme, et les cyclistes contemplent, en l'évitant, le spectacle avec des yeux horrifiés – tandis qu'aux terrasses la clientèle aisée préfère regarder ailleurs.

Il interroge un curieux.

— Ces chauffeurs allemands conduisent comme des brutes, répond l'homme, sur le ton d'une vertueuse indignation : un de leurs camions, en passant, a heurté et mutilé cette jeune fille. Comme les occupants sont en cause, la police municipale n'ose remuer ni pied ni patte ! Quelle bande de lâches… Alors, le cadavre de la malheureuse est exposé sur les pavés depuis une heure et demie ! Sans tête !

11

La salle Notre-Dame

À L'ENTRÉE DE CET HÔPITAL non réquisitionné, une pancarte signale, dans les deux langues : *Il est interdit aux membres de l'Armée Allemande de se faire soigner par des Médecins et des Dentistes français. Il est interdit aux Médecins et Dentistes français de donner des soins aux membres de l'Armée Allemande*. Le tout signé par la Kommandantur de Paris. Les infirmières de chez nous sont nettement plus aguichantes que les bonniches fritzes, constate une fois de plus Sadorski, se dirigeant vers la préposée en voile et tenue blanche au bureau d'accueil de l'Hôtel-Dieu. Laquelle a instantanément reconnu ses allures de poulet en civil. Et le reçoit avec une politesse glaciale.

— Monsieur l'inspecteur ?

— Je cherche une nommée Zembrowski Louise, grogne-t-il. Hospitalisée chez vous il y a deux jours. Mardi dans la matinée… Blessée par balle.

Elle feuillette le registre.

— En effet. Admise ici le 11 juillet à 10 h 05. Vous la trouverez salle Notre-Dame. C'est dans l'aile B, au rez-de-chaussée. Lit n° 20.

— Merci. Vous quittez votre poste à quelle heure ? Prendre un verre ensemble, à une terrasse de l'île Saint-Louis, qu'en dites-vous, mademoiselle ? Avec un inspecteur principal ? Il fait beau et j'aime vos jolis yeux, ma poulette !

— Monsieur ! Non, je ne suis pas libre.

Elle a rougi de colère. Son visiteur réfléchit à une réplique salace – le genre dont il gratifie en général les téléphonistes de la préfecture. Il finit par hausser les épaules. Et allume une gauloise en faisant claquer son briquet.

— Dommage, mademoiselle…

Lui tournant le dos, il longe les jardins à la française derrière les arcades, enfile des volées de marches pour gagner l'aile B et ladite salle. À l'entrée, un infirmier, calot blanc penché en arrière sur sa tête à la chevelure gominée, lui signale qu'il est interdit de fumer en présence des patients. Lui-même a un mégot planté au coin du bec. Sadorski exaspéré balance la cigarette sans l'éteindre. Les lieux dégagent une odeur pestilentielle, la chaleur est abominable – le thermomètre est reparti à la hausse, 22 degrés à l'extérieur, et c'est pire ici naturellement. Les lits, sur deux rangées face à face, serrés les uns contre les autres, occupent presque toute la superficie de cette salle réservée aux hospitalisées du sexe féminin. Malades et blessées, en chemise de l'Assistance publique, somnolent, gémissent, toussent, quelques-unes bavardent, calées contre leurs oreillers. Le temps des visites débute à peine, l'inspecteur est parmi les premiers à parcourir l'allée entre les lits. Il transpire dans son imperméable, se sent vaguement excité, comme toujours, par la vision renouvelée – même si la plupart sont âgées ou laides – de toutes ces alitées dolentes, fiévreuses, fragiles ; par son irruption dans leur intimité, et le pouvoir dont il jouit dans cette situation inégale, en tant que flic, qu'homme, que bien-portant. Et puis, il y a ce parfum unique – ces relents d'éther, d'iode, de Crésyl, de pansements, de cataplasmes, de café tiède, de soupe aux choux, de sueur, de sang, de merde, d'urine… L'été c'est encore plus flagrant, dans cette étuve aux murs qui suintent, aux tuyauteries noires de crasse. Il s'essuie le front avec son mouchoir, questionne une fille de salle au passage.

— Mme Zembrowski ? Le lit n° 20 ?

— Au fond sur la droite. Un, deux, trois, quatre, cinq… le sixième si vous comptez depuis le mur d'angle. Une jambe en traction. À côté de la paire de jambes cassées…

— Merci.

Il croise une soignante poussant un chariot dont les roulettes grincent, où les instruments brillants frétillent dans leurs boîtes métalliques. Sadorski doit contourner de grandes tables placées au milieu de l'allée centrale, qu'utilisent les infirmières pour préparer les médicaments. Sur leurs plateaux, des thermomètres marinent dans des bocaux gradués remplis d'alcool, pour les nettoyer et les désinfecter, à côté des piles de linge, des rouleaux de coton hydrophile et de bandes Velpeau. Sur le sixième lit à partir du bout est couchée une femme brune, les cheveux assez courts, ondulés, le visage rond et agréable ; des traits réguliers, sans originalité, mais dans l'ensemble une jolie personne. Elle ne ressemble pas particulièrement à son frère, le blondinet de Nantes, le boiteux avec sa canne. La jambe droite emmaillotée de bandages émerge de sous le drap blanc, légèrement soulevée et tirée par un système de tiges métalliques, de fils et de contrepoids.

Elle tourne la tête vers l'homme en imperméable. Il s'éclaircit la voix. Tout en étudiant sa mine anxieuse, son teint pâle.

— Madame Zembrowski ?

— Oui…

— Inspecteur principal adjoint Sadorski.

Elle a froncé les sourcils.

— Bonjour monsieur. J'ai déjà dit tout ce que je savais à la police…

— Mais moi, c'est pas pareil : j'appartiens à la direction générale des Renseignements généraux et des Jeux. Service des étrangers. Certaines de mes questions seront différentes de celles des collègues…

Au moment de sortir son carnet, il est interrompu par un gémissement. C'est la voisine de gauche, qu'il avait déjà remarquée en arrivant : une jeune fille à la chevelure châtain, bouclée et relevée au-dessus du front. Les deux jambes dans le plâtre, ainsi qu'un bras bandé en écharpe. Un goutte-à-goutte alimente sa perfusion, un drain est placé entre les cuisses gonflées et rouges. Le sang qui filtrait à travers les plâtres y a formé de larges taches rosâtres. Elle paraît inconsciente ; le visage congestionné, trempé de sueur, bouge faiblement, les paupières sont fermées, marquées de lourds cernes bleus. La lèvre inférieure fendue porte des ecchymoses et des croûtes, la pommette gauche des abrasions qui ont viré au violet. Sadorski indique la blessée avec un mouvement de stylo :

— Il lui est arrivé quoi, à la frangine ?

— Un motocycliste a forcé un barrage de gardiens de la paix, au carrefour Tolbiac-Glacière… Les agents ont tiré deux coups de feu, la moto prenait le trottoir pour les éviter… et a fauché des passants, dont cette malheureuse. L'infirmière et sa famille en parlaient…

— Ah, c'est moche. Et le salaud, ils l'ont eu ?

— Non, il s'est enfui.

— Pas relevé le numéro de plaque ?

— La fin seulement…

— Merde. Et vous, ça va mieux ? Les toubibs vous permettent de sortir bientôt ?

— Après-demain. Repos absolu chez moi… J'ai droit à un arrêt de travail de quinze jours.

— Votre profession ?

— Première vendeuse à la Samaritaine. Au rayon parfumerie. Avant, j'étais aux Trois Quartiers.

— Pourquoi avez-vous changé ? Ils vous ont saquée ?

— Non. J'ai préféré partir. Je m'entendais mal avec un chef.

— Ce n'est pas parce que vous êtes juive, alors ?

Elle lui jette un regard affolé.

— Je ne suis pas juive !

— Zembrowski c'est un nom juif.

— Non. Polonais, mais pas juif.

Il fait la moue.

— Admettons. Votre époux n'a pas eu d'emmerdements à ce sujet ? Où est-il, d'ailleurs ? Au boulot ? À moins qu'il soit à Drancy…

Mme Zembrowski a de plus en plus peur. Ses yeux noisette s'écarquillent.

— N-non… Nous ne vivons plus ensemble.

— Ah tiens ! Depuis quand ?

— Depuis qu'il a été démobilisé. À l'été 1940. Il m'a quittée, je n'ai plus de nouvelles…

— Son prénom ?

— Jean.

— Vous avez demandé le divorce ?

— Non.

— Vous devriez. Une belle femme comme vous, ça doit refaire sa vie ! Pendant qu'il est temps !…

Elle a un sourire incertain.

— Merci du conseil, monsieur… J'y songerai.

— Bon, je ne suis pas venu pour vous conter fleurette, encore que. Je suis un homme marié, madame Zembrowski. Racontez-moi ce qui s'est passé mardi matin. J'ai lu les rapports de police mais je veux *votre* version.

— Je venais de sortir du métro… à la station Louvre, comme tous les jours… Je longeais la place…

— Quelle heure était-il ?

— Environ 9 h 30… J'ai regardé ma montre en descendant du train… J'étais en retard, à cause d'une alerte. Donc, place du Louvre, alors que je passais devant le magasin des pompes funèbres Roblot… j'ai entendu claquer plusieurs coups de feu. J'ai vaguement vu un inconnu qui traversait la place en courant, en direction de l'église Saint-Germain-l'Auxerrois… Il était poursuivi par un autre homme.

— Son signalement ?

— De celui qui a tiré ? Je ne sais pas… à ce moment j'ai ressenti une vive douleur au mollet droit, et j'ai compris que j'étais touchée. Je n'ai pas cherché plus avant à savoir ce qui se passait… J'ai aperçu un sergent de ville et lui ai demandé du secours.

— Quelles ont été vos paroles exactes ?

— Euh… « Monsieur l'agent, je suis blessée d'une balle dans la jambe… » Quelque chose comme ça.

— Attendez. L'agent Rech, dans son rapport, précise que vous lui avez dit avoir été atteinte au moment où vous sortiez du lavatory situé sur la place… Vous sortiez du métro ou du lavatory ? Faudrait savoir !

Elle se trouble.

— Oui, ce monsieur a raison, je suis passée là me refaire une beauté… On est tellement serrés dans les rames, actuellement !

— Alors que vous étiez *déjà* en retard pour le turbin ?

Il insiste, parce que sa réaction ne lui a pas paru franche.

— Les chefs sont sévères, en ce qui concerne l'apparence des vendeuses… Il faut être impeccable, même en rejoignant son rayon. Et puis, je suis une femme !…

L'inspecteur répond à son sourire.

— Et une belle femme. Au risque de me répéter. Alors, madame Zembrowski, vous connaissiez la victime ?

Elle secoue la tête négativement. Mais un peu trop vite. Encore une fois, l'attention du policier est attirée. L'instinct. Le flair. Alors qu'il avait formulé sa question sans trop y compter… Il enchaîne :

— Et les agresseurs ?

— Je ne les avais jamais vus.

— Vous pouvez me donner leur signalement ?

— Pas de manière précise, comme je vous expliquais…

— Faites un effort de mémoire… allons !

— Celui qui a traversé en tirant des coups de feu m'a semblé assez corpulent… Il avait un grand pardessus foncé, et un chapeau… Je ne saurais dire la couleur exacte. Tout de suite l'agent qui s'occupait de moi m'a conduite au poste, où il m'a remise à une infirmière en uniforme, qui devait appartenir à l'Assistance publique… Quand le car de police secours est revenu, vide parce que paraît-il le blessé avait été emmené par ces inconnus qui prétendaient appartenir à un service allemand, on m'a transportée à l'hôpital… C'est tout ce que je sais, monsieur l'inspecteur !

— Vous paraissez inquiète.

— J'ai peur de perdre mon travail. Il faut rester debout toute la journée… Si j'ai trop de mal à marcher, avec ma jambe…

Il acquiesce par un grognement. Puis – toujours son instinct de flic – attaque d'un coup brusque :

— Et votre frère, où est-il ?

La blessée a eu un sursaut très net.

— Mon… frère ?

— Le nommé Biraud, Armand. Qui loge chez vous lorsqu'il vient de Nantes à Paris.

Elle est devenue livide.

Après un temps d'hésitation :

— Mon frère était chez moi ces jours derniers. Il est reparti lundi soir.

— En train ?

— Non… Les trains ne circulent plus vers l'Ouest. Il comptait tenter sa chance en autocar…

— Vous l'avez prévenu de votre… euh, accident ?

La vendeuse hésite à nouveau.

— J'ai demandé à Mme Dumont… une cousine… de téléphoner à Nantes… Je ne sais pas si elle l'a fait. Mais… (Elle se concentre, les sourcils froncés.) Comment savez-vous, à propos d'Armand ?… Vous avez enquêté sur nous ?

Il secoue la tête.

— Le hasard, madame Zembrowski. Le pur hasard… qui est souvent le meilleur allié des policiers ! Le jeune M. Biraud est venu me voir à la préfecture. Se renseigner sur le décès d'une personne qui lui tenait à cœur… elle a péri lors du bombardement de Longchamp…

— Ah ! C'est vous… En rentrant, il m'a raconté. Qu'il avait vu un flic qui s'était comporté avec lui comme un vrai salaud !

L'intéressé sourit.

— Je lui ai fait un peu la leçon, comme un père, ou un oncle… Rien de méchant, je vous assure ! À son âge, il faut se débarrasser de ses illusions. C'était ma bonne action du jour ! Plus tard, il me remerciera…

Elle le considère d'un air méfiant. Sadorski réfléchit. Un détail le frappe.

— Vous travailliez, lundi ? Pas de blagues, hein, je peux vérifier facilement.

— Oui… Je travaillais…

— Vous débauchez à quelle heure ?

— 19 h 10, environ… Le temps de ranger le rayon et d'aller se changer aux vestiaires du personnel. Que le courant soit coupé, ça nous retarde encore…

— Enfin, voyons, chère madame !… Vous vous payez ma tête ? Avec les fermetures de tronçons et de lignes entières du métropolitain, et le trafic ralenti, vingt minutes entre deux rames, ça doit vous prendre plus d'une heure pour regagner la rue de l'Abbé-Groult ! À peu près autant qu'en y allant à pied. Et c'est donc le lundi soir, « en rentrant » selon vos dires, que votre frère vous a parlé de moi ?

— Euh, oui…

— Il a donc pris un autocar ensuite en direction de Nantes ? *Un car de nuit ?* Les derniers quittent la gare routière à 20 heures. Et depuis quelques jours ils sont interdits de rouler la nuit, justement, *bicause* la défense passive et les raids alliés ! Je regrette, votre récit ne tient pas debout…

La vendeuse de la Samaritaine se trouble complètement.

— Je… je crois qu'il avait entendu dire…

Son interlocuteur rigole. En réalité, il n'a aucune idée des horaires de départ des cars pour Nantes, ou ailleurs. Ni des consignes au sujet du trafic nocturne. C'était un petit coup de poker – et, comme d'habitude lorsqu'il se fie à son intuition, un poker gagnant.

— Écoutez, madame Zembrowski. Me déballer des mensonges ne vous mènera nulle part. Sauf à des ennuis graves. Répondez-moi sincèrement. *Où est votre frère ?*

Les yeux de la femme se mouillent.

— Je… je ne sais pas.

— Filez-moi son adresse.

— À Nantes ? C'est le 30, rue Dupleix.

— Quand l'avez-vous vu pour la dernière fois ?

— Mardi matin, en sortant de l'appartement.

— Pourquoi m'avez-vous dit qu'il était reparti chez lui la veille ?

— Je… j'ai eu peur. J'ai pensé que vous lui vouliez du mal…

— Il est donc à Paris ?

— Je suppose…

— Cette Mme Dumont l'aura averti, alors ? Il sait que vous êtes blessée, il va venir vous voir ?

— Peut-être. Si son travail lui en laisse le temps.

— Ah oui. Les négociations avec la marine allemande au sujet du stock de sardines…

Il commence à en avoir marre de poireauter debout au pied de ce lit. Sadorski s'assiérait volontiers au bord du matelas – une familiarité qui est bien dans sa nature –, mais il craint de déranger l'appareil du membre blessé. Il s'essuie le front en cherchant un angle d'attaque nouveau. La sœur d'Armand Biraud l'intrigue… Les gémissements de la comateuse, à côté, reprennent de plus belle. Les orteils, qui dépassent de l'extrémité des plâtres, sont aussi rouges et moites que la chair entrevue sous la chemise retroussée. Idem pour les doigts de la main bandée, la face souffreteuse et meurtrie. L'enquêteur observe le liquide drainé par le tuyau de caoutchouc, qui rejoint lentement les décilitres d'urine odorante dans le petit seau émaillé placé au-dessous du lit.

— Faudrait peut-être appeler l'infirmière ?

Mme Zembrowski hausse légèrement les épaules.

— C'est comme ça depuis deux jours… Les journées sont longues, vous savez ! Et les nuits sont pires. « Extinction des feux » à 8 heures ! Alors qu'il fait encore clair ! Comment voulez-vous qu'on dorme ? Et réveillées à 6 heures par les filles de salle, qui vident les urinaux, les bassins, font la toilette des patientes, les piqûres, contrôlent le thermomètre, servent le café au lait… Je n'ai même pas un livre à lire pour passer le temps. De toute façon la nuit c'est interdit.

— Heureusement que je suis venu vous distraire, alors. Je reviendrai peut-être ! Mais là j'ai du boulot qui m'attend à la caserne, tout près. Ah ! juste une chose : votre cousine Mme Dumont. Son prénom ainsi que son adresse…

— Elle s'appelle Félicie. Au 128, rue de Grenelle, septième arrondissement.

Deux infirmières, une jeune et une vieille à galons, s'approchent, obligeant le visiteur à s'écarter. L'une d'elles passe un linge humide sur le visage de l'accidentée, arrange l'écharpe du bras.

— Pardonnez-nous, monsieur, vous êtes prié de sortir de la salle un moment. Vous pourrez revenir dans dix minutes, reprendre votre conversation avec Mme 20… Nous devons replacer la sonde vésicale de Mlle 21.

Sadorski réprime un mouvement d'irritation. Il en a connu des infirmières, dans les hôpitaux militaires de 1917 ; et, plus récemment, à la Maison de santé des gardiens de la paix. Toujours désagréables avec les visiteurs, toujours soupçonneuses, toujours à croire que le malade joue la comédie. À moins que ce ne soit pour se protéger de toute tendance à la sentimentalité. Mais, *grosso modo*, toutes des peaux de vache ! Et celle de la réception, pourtant désirable, qui a refusé son invitation à boire un verre à la terrasse au soleil…

— Je m'en allais, mesdames, je m'en allais.

Il tend la main à Mme Zembrowski. Celle-ci accepte de la serrer, après une brève hésitation. La poignée est franche, avec un peu de température. L'inspecteur soulève son chapeau.

— Remettez-vous bien, madame. Mes salutations à votre frère, si vous le voyez. Je lui souhaite d'oublier sa peine et de faire un beau mariage. Dites-lui de ne pas garder de rancune à l'inspecteur Sadorski ! La police nationale se montre parfois rude, mais on n'est pas des mauvais bougres !

À la sortie de la salle, il se retourne, jouant avec l'étui à cigarettes, en attendant de pouvoir en allumer une. Là-bas, Louise Zembrowski a continué de le suivre des yeux, adossée à ses oreillers. Soucieuse. Il produit souvent cet effet sur les gens, il n'y a guère lieu de s'étonner. Mais la blessée du Louvre lui a paru suspecte, il n'en démord pas. Sadorski gamberge en déambulant à travers les longs corridors de pierre de taille, où végètent sur les bancs, comme dans les jardins de l'établissement, en charentaises avachies et puantes, des patients au teint cireux, aux joues creuses ; les types fument et glaviotent, les plus vieux bavent, vêtus tous d'une chemise douteuse sans col, d'un pantalon gris flottant, de la capote bleue de l'Assistance. Il a l'impression de contempler son propre futur. Si un terro ne le flingue pas définitivement, si la libération ne lui réserve pas le poteau des fusillés, ce sera une fin de vie à l'hosto, cancer du poumon. Le résultat, presque automatique, de ses soixante clopes par jour… Et puis quoi ? Il sera vieux. Il ne servira plus à rien. C'est *maintenant* qu'il faut agir ! Dans moins d'un mois il aura quarante-quatre ans. De retour à la section, Sadorski passe la tête dans la salle des inspecteurs.

— Trois types ! Dans mon bureau ! Cuvelier, Piazza… et tiens, Quéau ! On rapplique fissa, y a du boulot à exécuter !

Une fois ses hommes alignés face à lui pièce 516, il écrase son mégot sur la pile malodorante des précédents.

— D'abord, une bonne nouvelle. Le commissaire Bizoire a décidé que j'étais un flic particulièrement méritant, et il m'a choisi pour être félicité par M. Knipping, au Maintien de l'ordre ! La cérémonie aura lieu à 11 heures du matin le mardi 18, à la rue de Monceau.

Il y a des sourires, et un murmure laudatif chez ses subordonnés. Piazza montre le plus d'enthousiasme :

— C'est formidable, patron ! On vous le doit bien… J'ai toujours dit que vous étiez le meilleur de nos brigadiers !

— Sévère, mais efficace ! ajoute, peut-être ironiquement, l'inspecteur Quéau.

Sadorski ricane.

— Le taulier m'a demandé deux autres noms. Parmi les mieux notés, qui seront félicités par M. le délégué en compagnie de leur chef de brigade. J'ai choisi Vilfeu, ainsi que toi, justement, Quéau !

Le désigné sourit largement, après un quart de seconde de surprise, tandis que ses voisins font un peu la gueule.

— Ne te réjouis pas trop vite ! conseille le caïd du Rayon juif. Et vous deux, considérez ça plutôt comme un sacré fion !… Enfin, remuez un peu le petit pois qui vous tient lieu de cervelle : MM. Knipping et Radici, son chef de cabinet, *sont des miliciens*. Vous prenez le temps de lire les journaux ? Vous vous intéressez à la riflette en Normandie ? D'ici deux ou trois mois, ce ne sera plus un titre de gloire que d'avoir trinqué au champagne avec ces gugusses ! Mais alors plus du tout !

Les sourcils se froncent, et le trio d'inspecteurs spéciaux des RG se balance d'un pied sur l'autre, les mains derrière le dos, l'air désorienté, réfléchissant au destin qui les attend le jour où les Anglo-Américains seront là. Et que les Parisiens, peut-être, se feront une joie de suspendre une quantité de policiers aux lanternes avec leurs tripes. Sadorski allume une gauloise, il aspire une longue goulée de fumée, la recrache.

— Cuvelier, ouvre la fenêtre, on crève de chaud dans cette turne ! Bon, je commence par Quéau. Note ça dans ton carnet : tu vas me surveiller une certaine Mézard Monique, étudiante, en quoi je ne sais pas mais tu me l'apprendras, domiciliée au 75 de la rue du Faubourg-Saint-Honoré. Elle se rend régulièrement au 28, avenue d'Eylau, pour s'occuper d'un bébé, le petit-fils de M. et Mme Perret, à cette adresse, et le balader dans les jardins du Troca. Je veux savoir un maximum sur elle : opinions politiques, antécédents, fiancé ou petit ami, et pareil sur ce dernier au cas où y en aurait un.

— Oui, chef.

— Enquête de routine, pas un boulot trop compliqué en apparence, mais je veux que tu me le soignes aux petits oignons ! Compris ?

— Compris, chef !

— Inspecteur Piazza, c'est ton tour. (Il lui tend le dossier de l'affaire du Louvre.) Tu me liras ça, avant de me le rendre ce soir à la fin du service. Inscris tout ce qui est important. Il est question d'une certaine Mme Zembrowski, Louise, première vendeuse à la Samaritaine. Ce nom te dit quelque chose ?

— Oui, c'est la supérieure de ma femme, au rayon des parfums. Mais Odile m'a dit qu'elle avait eu un accident…

— Tu comprendras quel type d'accident en lisant les rapports. Et, ton épouse va bosser pour nous !

Le visage grêlé du massif Italien prend une expression stupéfaite.

— Odile, patron ?

— Exactement. C'est pour ça que j'ai pensé à toi pour ce tapin. (Il tire son portefeuille, en extrait deux coupures de 50 francs.) Avec ça,

Mme Piazza va acheter un joli bouquet de fleurs, pas besoin de me rendre la monnaie, gardez tout, et demain à sa pause de 13 heures, elle court à l'Hôtel-Dieu les porter à Mme Zembrowski, salle Notre-Dame au rez-de-chaussée de l'aile B, lit n° 20. Avec tous ses souhaits de bon rétablissement, de sa part et de celle des collègues vendeuses. Leur chef quitte l'hosto après-demain, avec une prime de deux semaines d'arrêt maladie. Vu qu'elle a ramassé un pruneau dans le mollet, et que quand je l'ai vue les toubibs lui avaient mis la jambe en extension, ça va lui être un peu difficile de faire son ménage, etc., une fois rentrée chez elle dans le quinzième, rue de l'Abbé-Groult. Toi et ta femme vous créchez rue d'Alésia, ça fait que dix minutes à pinces ! Odile va offrir gentiment de lui rendre des petites visites durant sa convalescence, histoire de filer un coup de main. Lui livrer un peu de ravito, aussi, ce qui n'est pas aisé de nos jours. Bref, je désire que ta moitié et Louise Zembrowski deviennent bien copines.

— Mais pourquoi, chef ?

— Je soupçonne ce micmac du Louvre de cacher une grosse affaire judéo-gaulliste ! La femme Zembrowski est suspecte. À mon avis elle ne se trouvait pas sur les lieux par hasard. Ce matin-là une alerte avait stoppé les métros et l'avait retardée. Le zigue qui s'est fait allumer devant l'église Saint-Germain-l'Auxerrois, il avait rendez-vous avec elle ! Mais les soi-disant Boches qui l'ont flingué ne s'en sont pas rendu compte… Si la vendeuse de la Samar' a été touchée, c'est tout simplement parce qu'elle n'avait guère eu le temps de s'éloigner lorsque le grabuge a démarré. Mais tout le monde, y compris nos collègues de la PM[1], l'a prise pour une passante innocente ! J'ai déjà vu le cas, au printemps 42 : l'attentat à la bombe chez Moreau. Dès qu'une nénette se retrouve attigée après qu'il y a eu du pétard, pas un flic qui songe à la soupçonner d'avoir eu partie liée avec les terroristes !

— Alors la mission d'Odile, c'est…

— D'en apprendre un maximum sur ce que nous fricote la dame. Qui elle voit, qui lui téléphone, etc. Si elle a l'occasion, qu'Odile jette

1. Police municipale.

un œil dans ses papiers, aussi. Au magasin, ils savent que Mme Piazza est mariée à un flic ?

Piazza fait la moue.

— Non, elle raconte simplement que je suis fonctionnaire… Mais je suis pas sûr que ça lui plaise, ce turbin, à ma poulette ! C'est comme qui dirait de l'espionnage… Odile, elle est plutôt bonne camarade, en général. Vous la connaissez, chef…

Ce dernier tape du poing sur le bureau.

— C'est pas le moment d'avoir des états d'âme ! de faire sa chochotte ! Explique-lui que l'avenir professionnel de son époux dépend de la bonne volonté qu'elle mettra à accomplir cette tâche ! Parce que moi, je peux glisser un mot à l'oreille de M. le commissaire Bizoire ! Dans un sens comme dans l'autre… « L'inspecteur spécial Jacques Piazza fait preuve des plus belles qualités pour passer inspecteur principal adjoint à la prochaine promotion, je vous le recommande, patron » ou bien : « L'inspecteur spécial Piazza témoigne de la plus mauvaise volonté, je ne sais pas quoi faire de lui… Selon moi il devrait quitter la section et retourner sur la voie publique ».

La figure du policier concerné se décompose.

— Je… vous pouvez compter sur nous, chef. Odile sera d'accord ! Je vous en fiche mon billet. Sinon, elle devra expliquer le lendemain aux copines que son œil au beurre noir comac, c'est le résultat de ce qu'elle s'est malencontreusement cognée dans une porte…

Sadorski et les autres inspecteurs s'esclaffent.

— Voilà qui est parler en homme, Jacques. Les mousmés elles exagèrent et on doit de temps en temps leur rappeler qui c'est le patron ! Quant à toi, tu vas enquêter sur le mari, le Polonais nommé Zembrowski, Jean. Démobilisé en 1940 après l'armistice, prétendument disparu depuis. Elle n'a pas demandé le divorce. À mon avis, elle sait parfaitement où il est !

— Londres ? suggère Quéau.

— Ou Afrique du Nord ? renchérit Cuvelier.

— C'est très possible. Ou voire même à Paris. En clandestin. Tu regarderas du côté de son dossier militaire… et puis tu feras des recherches dans les Sommiers, ainsi qu'à la 1re section, des fois qu'il serait communiste, on ne sait jamais. Et tape la bignole[1] aux alentours du 59, rue de l'Abbé-Groult. Mais discrètement. Enquête aussi sur une certaine Dumont Félicie, 128, rue de Grenelle, soi-disant cousine de Mme Zembrowski. Et, vu que tout ça représente pas mal de boulot, tu marcheras avec Kaiser. Demande-lui de se renseigner autour de la place du Louvre… Qu'il fasse les bistrots, les boutiques. Les rapports mentionnent un attroupement d'une vingtaine de personnes au moins. Quelqu'un aura peut-être assisté à la fusillade et pourrait livrer une description précise de la bagnole des ravisseurs, ou un bon signalement du blessé, par exemple. Au cas où on l'aurait vu passer avant de se faire abattre… Ce gonze-là, il m'intéresse. Et puis, faites une vérification au 8, rue de l'Ouest ! Je veux la liste complète des locataires et des proprios. On cherche tout particulièrement un ou une nommée « Raymondot », ou quelque chose comme ça… Cuisinez bien la concepige. Si y a pas de Raymondot au 8, allez taper au 18, au 28, etc., de la même rue, au cas où le collègue aurait mal entendu la victime – ça arrive plus souvent qu'on ne croit. Et la rue de l'Ouest est longue…

— Bien, chef.

— Attention : y a une possibilité que des agents boches ou assimilés débarquent de nouveau sur l'affaire ! S'il est pas clamecé, qu'ils ont torturé le gars après l'avoir kidnappé, et que celui-ci leur a balancé des noms et adresses de son réseau… Donc, faites gaffe. Mais je dois voir ça avec Cuvelier. Il reste dans mon bureau, vous deux vous caltez ! Et au rapport dès que vous avez du neuf !

Quéau et Piazza sortent, le troisième inspecteur spécial demeure, perplexe, devant son IPA. Qui le surveille en grimaçant un sourire.

— Referme bien derrière eux. Et on ne va pas causer trop fort. Des oreilles ennemies nous écoutent, comme on dit… Toi et moi on a fait quelques coups un peu tordus, pas vrai, Joseph ? On a « persuadé » gentiment certaines personnes de nous verser de petites mensualités… pour être tranquilles. Tu te souviens ?

---

1. Expression policière : s'informer auprès des concierges.

— Euh, oui, chef.

— Je suis au courant, figure-toi, qu'il t'est arrivé de me doubler.

La figure d'ordinaire grisâtre de Cuvelier pâlit légèrement.

— Moi, chef ?

— Exemple, l'académicien[1], à Andigny en août 1942. Avec nous il s'en sortait bien, normalement : juste une petite redevance mensuelle de 5 000 francs… Que tu devais aller collecter chaque fin de mois chez lui en Normandie. Sauf que tu es retourné là-bas en douce. Accompagné de gars de la rue Lauriston. Oui, des gestapaches… L'ex-inspecteur Simon et le surnommé « la Massue ». C'est le premier des deux qui, beaucoup plus tard, m'a tuyauté… Vous avez exigé 250 000 balles !

Cuvelier fixe le bout de ses chaussures.

— De toute façon, chef, ça n'a rien donné… La youpine que protégeait le vieux a été arrêtée entre-temps sur dénonciation ! Du coup, il s'est considéré comme dispensé de payer et nous a envoyés paître…

— Bien fait pour vos gueules ! Mais là où je veux en venir, c'est que tu as des relations. À la Carlingue[2], donc, n'est-ce pas ?

— Je connais quelques mecs…

— Et dans d'autres organismes philanthropiques du même acabit ?… Plus ou moins liés à la Sipo-SD, mais œuvrant surtout pour eux-mêmes… Tu piges ? Je ne parle ni de la rue des Saussaies ni de l'avenue Foch.

— Ouais. Je pige, patron.

Sadorski copie rapidement un numéro sur une feuille de carnet, l'arrache et la tend à son adjoint.

— Tu vois, c'est une plaque minéralogique. 3016 RN. Une *fausse* plaque. L'authentique concerne un véhicule de la compagnie des Forges de Châtillon, une commerciale Citroën circulant à Nevers. On s'en fout, c'est la fausse qui m'intéresse. À Paris, elle décore une traction avant noire, bleu-noir ou gris métallisé, ou peut-être une Peugeot

---

1. Voir *Monsieur le Commandant*, NiL, 2011.
2. Surnom de la « Gestapo française » dirigée par le truand Henri Chamberlin, dit Lafont, assisté de l'ex-inspecteur Bonny, au 93, rue Lauriston.

mais ça m'étonnerait, je penche pour une Citroën, c'est davantage le style de nos clients. Alors tu vas te rencarder chez tes potes gestapaches : savoir si quelqu'un chez eux connaît ce numéro, et de quel service, ou de quelle bande, sont les costauds qui utilisent la bagnole, munis de cartes de la police allemande, et qui baragouinent plus ou moins en boche. Dès que tu apprends quelque chose, tu me préviens fissa !

12

Allons enfants

DANS LA SALLE DES INSPECTEURS de la 3e section, l'ambiance est celle des préparatifs de bataille. Serrés comme des harengs, on y compte presque autant de policiers en civil qu'à la veille de la grosse rafle des Juifs, deux ans plus tôt, qui eut lieu les 16 et 17 de ce même mois de juillet. Les hommes fument toujours aussi nerveusement. Le commissaire seul a changé. À l'époque c'était Lantelme, déporté depuis. Aujourd'hui c'est le commissaire principal Bizoire. Il est écarlate de fureur. Et brandit une feuille de papier ronéotypé.

— Ce torchon, messieurs ! non, ce torche-cul, s'intitule *L'Avant-Garde*. C'est le soi-disant « journal » des petits bolchos ! Ouvrez bien vos esgourdes, je vais vous faire bénéficier de leur sublime prose ! « Jeunes gens, jeunes filles, faisons du 14 Juillet 1944 une journée de lutte et de victoire de la jeunesse parisienne sur les boches et les traîtres. 14 Juillet 1944 grève générale. Manifestez devant les mairies, les monuments aux morts, faites flotter le drapeau tricolore, arborez fièrement les trois couleurs, chantez la *Marseillaise* à pleins poumons ! »

Autour du commissaire, les inspecteurs principaux Stocanne, Martz et Cury-Nodon affichent des mines maussades. Leur public – une centaine d'inspecteurs principaux adjoints, inspecteurs spéciaux et simples titulaires – échange des regards. Sadorski est conscient du malaise qui règne parmi les collègues. Il y a de la peur, du soupçon.

Qui, parmi eux, appartient à la résistance ? Qui se contente d'être « attentiste » ? Qui s'imagine, en cas de défaite allemande, promis au poteau ?... En face, les communistes, c'est sûr, seront sans pitié. Les tribunaux du peuple feront des heures sup en rédigeant les condamnations à mort ! Et pas besoin d'avocat pour défendre les prévenus. Ensuite, on fusillera à tire-larigot. Ce sera nettement pire que les petites cours martiales de la Milice ! L'appel que continue de lire, avec un dégoût visible, le chef de section semble le confirmer :

— « En dignes héritiers des Bara, Viala, Hoche, Marceau et Kléber, l'héroïque jeunesse parisienne est à la pointe de la lutte sacrée pour la délivrance de la Patrie. Les jeunes Parisiens veulent en finir au plus vite avec ce régime de misère et d'oppression. C'est ce qu'attendent de nous les milliers de prisonniers qui souffrent dans les stalags, les 400 000 patriotes torturés déportés dans les Bastilles modernes et les camps de concentration. C'est la volonté unanime de la jeunesse française sous-alimentée, livrée à la tuberculose, déportée dans les usines bagnes allemandes. Ce sont les 75 000 fusillés de la Région parisienne, les Marqueis, Dupuis, Benu, Danielle Casanova, Compagnon, Lably, Carré, Witchitz et tant d'autres nous crient *vengeance*. » (Bizoire ricane, avant d'observer :) Comme à leur habitude, les Rouges multiplient les chiffres par dix ou plutôt par cent ! 400 000 torturés déportés ? 75 000 fusillés, et cela rien que pour la région parisienne ?

Presque tous les inspecteurs s'esclaffent dans la salle. Sadorski note mentalement les noms des quelques-uns dont les visages sont restés de marbre.

— J'aurais bien voulu, qu'on en tape autant ! braille le commissaire. Ils ne méritent que ça ! Les camps, ou douze balles dans la peau ! Crever tous comme des chiens ! Malheureusement, la police nationale n'a ni le temps ni les effectifs pour assurer de pareilles cadences ! Et la police des forces d'occupation non plus ! Bon, je poursuis la revue des mensonges éhontés ou des exagérations : « En France les FFI[1] parmi

1. Forces françaises de l'intérieur, qui comprennent un nombre important de communistes.

lesquels les FTP amplifient la lutte contre les armées nazies qui chaque jour subissent de nombreuses pertes en hommes et en matériel. Elles ont délivré certaines parties du territoire où elles trouvent de nouveaux combattants. À Bourg, à Nurieux (Ain), les patriotes se sont rendus maîtres de la région, en grand nombre les gendarmes les ont rejoints. La plus grande partie du Puy-de-Dôme et plusieurs autres départements du Centre. D'importantes opérations des FFI ont lieu dans les Alpes, en Vaucluse, Drôme, Cantal, Haute-Loire, Jura, Cher. À Douai 145 000 litres… » d'essence, je suppose, ils disent pas de quoi… « ont brûlé. Dans la région parisienne, 10 déraillements, à Ivry, l'usine des lampes Philips a été incendiée par un groupe de combat de la JC[1], où les ouvriers sont sortis au chant de la *Marseillaise*… » Là il manque un mot, le téléphone, peut-être ? « a été coupé, ainsi que des câbles téléphoniques à Vitry, Orly, Brétigny, Paray, Dourdan, Villeneuve-le-Roi. Un Messerschmitt détruit en gare de Massenor, plusieurs voitures boches capotées à l'aide de planches à clous, 11 miliciens à Darnand abattus et de nombreux traîtres, etc. »

La liste, délivrée avec un mélange de mépris et d'indignation, ne contribue pas à relever le moral des fonctionnaires. Leur chef s'en rend compte, préfère abréger.

— Je viens à ce qui nous intéresse : leurs objectifs *immédiats*, ce qui nous renseignera afin de réagir avec la plus grande vigueur, pour accomplir notre mission, qui est et a toujours été le maintien de l'ordre public ! « GRÈVE GÉNÉRALE TOUTE LA JOURNÉE ET LE LENDEMAIN SI LE 14 EST FÉRIÉ. Que chaque jeune Parisien commence cette journée en s'enrôlant dans les Milices patriotiques, que se forment partout des groupes de FTP. Passez à l'action, détruisez les voies de communication de l'ennemi, les ponts, les locomotives. Sabotez les machines, immobilisez les usines, plus une seule heure de travail pour l'ennemi. Abattez sans pitié les miliciens à Darnand les traîtres, faisons payer cher aux ennemis de la France les souffrances endurées et le sang de nos martyrs. "Tremblez, tyrans…" » Je ne vous lis pas l'extrait de la

1. Jeunesse communiste.

Marseillaise, messieurs, vous connaissez. Et le torche-cul terroriste se conclut ainsi : « En dignes héritiers de ceux qui prirent la Bastille et écrasèrent les rois conjurés, faisons que le 14 Juillet 1944 soit le dernier que nous passons sous la botte nazie. En avant tous au combat ! Mort aux boches, mort aux Waffen SS. Vive la FRANCE ! » Nos salopards signent : « Les Régions Parisiennes des Jeunesses Communistes. » Tout ça avec des majuscules en veux-tu en voilà ! Et merde ! Allez vous faire foutre, espèces de petits saligauds !

Il se retient visiblement de déchirer le tract en morceaux et le piétiner.

— Maintenant, écoutez-moi bien. Comme l'a dit M. le secrétaire d'État à l'Intérieur Joseph Darnand, l'imagination et le bon sens de tous les fonctionnaires de police, en civil comme en uniforme, doivent être constamment en éveil, pour adapter sans cesse les règles en vigueur à la tactique essentiellement mouvante des terroristes, ainsi que pour trouver de nouveaux procédés d'attaque et de défense ! Il est clair, à la lecture du torchon, que nos cocos ont l'intention de frapper un grand coup, voire de déclencher une véritable insurrection dans Paris et dans ses banlieues ! Des mots d'ordre circulent, signés par un soi-disant « Comité parisien de libération », de se rassembler autour des mairies d'arrondissement pour manifester. Ces jours derniers, des prises de parole ont eu lieu dans des quartiers populaires ou de banlieue, sous la protection de « milices patriotiques », des papillons et affichettes ont été collés, et des banderoles ou drapeaux tricolores accrochés aux fils télégraphiques. Il y a eu des tracts jetés à la volée dans le métro, aux sorties des gares ou des usines, sur les marchés, dans les queues aux arrêts de bus. On me signale que pendant la nuit, une banderole a été tendue à Gentilly sur le monument aux morts, et des V et des croix de Lorraine peints sur les murs. Et que ce matin les cheminots de la gare de l'Est sont en grève, aucun train ne circule. Il y aurait des débrayages à la Compagnie du métropolitain, dans les ateliers de la TCRP[1], à l'usine automobile Mathis, à la Compagnie

1. Société des transports en commun de la région parisienne (autobus et, jusqu'à la suppression de la dernière ligne en 1938, tramways).

des compteurs de Montrouge… D'autre part, grâce notamment à la déclaration anonyme d'un individu qui s'est présenté comme libéré récent de la prison de la Santé, M. le directeur général des Renseignements généraux, ainsi que M. le directeur général de la police judiciaire, M. le directeur général de la police municipale, M. le directeur général de l'administration pénitentiaire, le commissariat central du quatorzième arrondissement et la Garde de Paris sont avertis depuis trois jours de la possibilité qu'une révolte éclate dans la prison, fomentée par des détenus dont les noms sont connus. Enfin, hier sur Radio-Moscou, le chef coco Maurice Thorez a lancé un appel « Aux armes, citoyens[1] ! » Bref, vous allez vous trouver en face d'émeutiers prêts à en découdre ! L'audace des ennemis de l'Axe ne connaît actuellement plus de bornes ! Les attentats terroristes contre les personnes, les biens, les récoltes, les voies ferrées, les mairies, se multiplient et se font de plus en plus téméraires ! Il est possible que tout à l'heure des commandos ouvrent le feu contre les gardiens de la paix ou contre les forces d'occupation. Ou contre vous, messieurs, lorsque vous interviendrez. Je rappelle que toute manifestation, toute cérémonie est interdite ce jour, des affiches ont été placardées en ce sens. M. Joseph Darnand a donné des instructions. La préfecture de police de Paris doit se considérer comme *entièrement mobilisée* pour répondre aux agressions et aux tentatives de meurtre !

Bizoire soupire lourdement, essuie son cou rougeaud avec un mouchoir.

— … Les Anglo-Américains ont débarqué, cela a créé un certain flottement dans l'opinion. La guerre, la vraie, se déroule à quelques centaines de kilomètres seulement de Paris ! Mais notre mission de policiers subsiste intégralement. Elle consiste à maintenir l'ordre intérieur, contribuant ainsi à la sécurité de l'armée d'occupation qui n'est pas engagée dans le combat. Ce qui signifie pour vous : arrêter tout individu

1. En dépit de ces appels enflammés, la ligne fixée par Moscou était beaucoup plus ambiguë dans les faits, en raison des accords passés entre Staline, Roosevelt et Churchill à la conférence de Téhéran (1943) sur le partage futur de l'Europe en zones d'influence.

soupçonné d'activité subversive ! *Quelle que soit* la personnalité des agresseurs ou des fauteurs de désordre, comme vous en rencontrerez tout à l'heure sur la voie publique, et quels que soient les buts qu'ils poursuivent ou prétendent poursuivre, ils devront être mis *hors d'état de nuire* ! Les gardiens de l'ordre doivent s'opposer, par tous les moyens à leur disposition, aux groupes illégaux de résistance. Il faut, bien entendu, réserver à la lutte antiterroriste son caractère essentiellement français. Nous n'agissons pas exactement de la même manière que la Sipo-SD ou les Waffen SS, ni même que les miliciens qui ont endossé l'uniforme allemand ou prêté serment à Hitler ! Mais n'écoutez pas les appels de la radio de Londres adressés aux forces du maintien de l'ordre : ce sont des appels à la trahison, pour se dresser les armes à la main contre le *vrai gouvernement de la France*, celui du Maréchal ! Les nations alliées sont des nations *ennemies*, dont l'objectif est de créer la guerre civile dans notre pays ! Que ceux qui, parmi vous, hésitent encore, comprennent leur devoir ! On ne peut jamais rien reprocher aux policiers qui ont exécuté la consigne. Car la consigne, *c'est la même chose que le devoir !* (Le commissaire a hurlé ces derniers mots. Il se redresse, presque au garde-à-vous.) Inspecteurs de la 3e section de la direction générale des Renseignements généraux et des Jeux, en maintenant l'ordre dans les rues de Paris ce 14 Juillet jour de la fête nationale, non seulement vous aurez sauvé votre honneur de policiers et de fonctionnaires, mais vous aurez contribué à éviter à la France les pires malheurs !

Nombre d'auditeurs ont bombé le torse. D'autres, renfrognés, paraissent peser le pour et le contre. Sadorski observe. Dans sa tête, au vu des attitudes ou des physionomies, il fait le calcul : si l'on compte 5 pour 100 de résistants clandestins parmi les RG, auxquels s'ajouteraient 55 pour 100 de trouillards et d'indécis, reste 40 pour 100 de gars déterminés à défendre le Maréchal et la Révolution nationale. De vrais flics. Pour l'instant, lui-même fait encore partie de ce groupe. Dont l'effectif lui paraît insuffisant pour affronter un avenir extrêmement proche de violence et de chaos.

— … J'ajouterai une chose, messieurs : on opère parfois une distinction, absurde, entre « bons terroristes » et « mauvais terroristes ». Les premiers seraient les gaullistes, les militaires français, les officiers de l'Armée secrète, etc., dont certains étaient encore fidèles à Pétain il n'y a pas si longtemps ; et les seconds les bolcheviks, les Juifs, les étrangers… bref, les révolutionnaires à la solde de Moscou. Eh bien, non ! vous n'avez pas à opérer cette distinction subtile et spécieuse… *Un terro est un terro !* Et pour moi un bon terro est un terro qui grille en enfer. Tout individu armé n'obéissant pas aux sommations des forces de police doit être considéré comme ennemi public et *traité comme tel !* Traduisez par : abattu et crevé comme un chien ! Le succès ne peut intervenir dans votre mission qu'à condition d'agir vite, fort, et sans arrière-pensée d'aucune sorte ! Si l'administration vous a dotés d'armes à feu, de cartouches, c'est pour vous en servir quand nécessaire ! Vos chefs, M. le préfet de police Bussière, M. le directeur général Rottée, et moi-même votre taulier, nous vous en donnons l'autorisation ! Rappelez-vous le décret-loi n° 513 du 18 septembre 1943 : on doit ouvrir le feu lorsque les personnes invitées à s'arrêter par des appels répétés de « halte, police ou gendarmerie » prononcés à haute voix, cherchent à s'échapper et ne peuvent être contraintes de s'arrêter que par la force des armes… Personne ici ne vous fera de reproches, je le répète. Vous êtes couverts !

Sur un signe de leur chef, les inspecteurs principaux Martz et Stocanne déplient un grand plan de Paris et de sa banlieue, pour le punaiser au mur. Ils ont un peu de mal, les bords se replient, l'inspecteur principal Cury-Nodon vient donner un coup de main. Les positions tenues par les Allemands sont marquées en rouge sur la carte ; Sadorski constate que les batteries de DCA se sont multipliées depuis l'an dernier. Bizoire dégaine un stylo et pointe les arrondissements populeux de l'ex-capitale.

— La PP va procéder un peu comme, d'après ce qu'on m'a raconté, lors de la rafle de juillet 1942. Sauf que celle-là a démarré avant que le jour se lève, afin de cueillir les youtres au lit. (Le commissaire consulte sa montre.) Il est 9 h 50. Vous rejoindrez les centraux d'arrondissement en cars depuis la préfecture. Des sandwiches sont prévus car la journée sera longue ! On n'a pas oublié le pinard, rassurez-vous. (Cette annonce est saluée par des rires.) Vous pourrez vous restaurer à l'intérieur des véhicules de police. Le moment des pauses déjeuner sera laissé à l'appréciation de vos brigadiers, inspecteurs principaux ou commissaires de VP, au vu de la situation dans le secteur qui vous sera assigné. Comme de coutume, on nous refile les arrondissements peuplés en majorité par les youdes ! Quatrième, troisième, onzième et vingtième. (Il ricane.) Enfin, depuis 42, des Juifs il y en a de moins en moins, le ménage a été fait et on a balayé vers Drancy. (Quelques rires de nouveau.) Tapez tout de même aux fafs[1] dès que vous repérez, suivant la description du professeur Montandon : un nez convexe, des yeux humides à fleur de tête, de larges oreilles décollées, des cheveux frisés, une allure négligée, une démarche en battoirs ! Ou l'un seulement ou plusieurs de ces caractères raciaux. Pour ça nous avons un spécialiste, un grand physionomiste : l'inspecteur Sado ! (Encore des rires – mais sarcastiques.) Ça nous fera des crânes pour remonter la moyenne ! Ou sinon, c'est vos bretelles que je vais remonter ! Y a-t-il des questions ?

Un doigt se lève.

— Oui, inspecteur Sacquet ?

— La PM a-t-elle reçu les mêmes consignes ?

— M. Hennequin, sur ordre de M. le préfet, aura délivré à la police municipale des instructions identiques. Ses hommes, y compris les Brigades spéciales d'intervention, vont quadriller Paris ! Vous agirez en conjonction avec eux. Les commissaires d'arrondissement, sous les ordres de qui vous serez placés, y veilleront. Les commissariats sont sur le pied de guerre, ils ont reçu le renfort de 200 élèves gardiens de l'école pratique, et de 275 gardes de Paris. Et, vous l'avez peut-être constaté, depuis hier une centaine de gardiens demeurent de permanence à la caserne, en réserve, et ce jusqu'à dimanche. Une question, inspecteur Vilfeu ?

1. Expression policière : vérifier les papiers d'identité.

— Monsieur le commissaire... Lors des manifestations communistes récentes, le 1er juillet – celle de la rue du Faubourg-Saint-Denis vers le boulevard Magenta, qui a rassemblé 3 000 personnes pendant environ trois quarts d'heure, et celle du quatorzième arrondissement, depuis la rue Daguerre jusqu'à la mairie, 500 personnes environ –, les cortèges n'ont pu être dispersés, cela en raison d'un certain manque de volonté de la part de la PM. Si aujourd'hui encore nos collègues municipaux refusent de marcher, qu'est-ce qu'on fait ?

Le visage carré du chef de section vire au cramoisi.

— Je vous garantis qu'ils marcheront ! Et s'ils renâclent, à vous de taper à leur place ! Les BS[1] seront là aussi, et eux ils ne joueront pas les tire-au-flanc, vous les connaissez ! On vous distribuera des matraques, en plus de vos armes de service. Si les manifestants osent montrer leurs gueules, les commissaires de voie publique ordonneront des charges afin de les disperser. Il faudra taper, cogner sans hésitation ! Si vous repérez des distributeurs de tracts, sautez-leur dessus, l'arme au poing ! Faites feu s'ils refusent d'obtempérer ! Ce sont des militants du Parti. Je le répète, vous êtes couverts !

Il y a un moment de silence. Un nouveau doigt se lève.

— Oui, inspecteur Cormier ?

— Serons-nous assistés par la Milice ?

— Affirmatif. La caserne du lycée Saint-Louis et l'annexe du lycée Louis-le-Grand ont été mises en état d'alerte, ils enverront des hommes. Il y aura aussi des groupes d'action du PPF et autres forces supplétives.

— Oui, monsieur le commissaire... Mais ces derniers mois, comme vous le savez, les incidents entre miliciens et policiers municipaux se sont multipliés... N'y a-t-il pas à craindre une certaine confusion ? Au cas où la PM traînerait encore des pieds pour intervenir...

Bizoire paraît exaspéré.

---

1. Brigades spéciales 1 et 2 des Renseignements généraux de la préfecture de police (1re section), spécialisées dans la lutte anticommuniste et « antiterroriste » – et, notamment pour la BS 2, dans la torture de résistants dans les locaux de la caserne de la Cité.

— Au lieu de chercher midi à quatorze heures, Cormier, préparez-vous à rejoindre les véhicules dans la cour de la caserne ! J'ai répondu à toutes les questions, maintenant on y va ! Départ du dernier car à 10 h 30 !

Une voix s'élève, dans le fond :

— Et les Allemands ?

— Les Allemands, réplique le commissaire, sont présentement très occupés par les combats en Basse-Normandie ! Et par l'acheminement de renforts sur le front ! Notre rôle est d'éviter qu'une révolte gaullo-communiste à Paris les prenne à revers ! Si des troubles graves éclatent, bien sûr ils interviendront. Avec les feldgendarmes et des SS. Ce sera beaucoup plus violent ! Si vous avez des scrupules à taper, songez que notre action d'aujourd'hui vise à épargner à la population parisienne des souffrances supplémentaires… Allez, ouste !

Sur les injonctions du chef de service et des inspecteurs principaux, la salle s'évacue peu à peu. Sadorski joue des coudes pour gagner au plus vite la pièce 516. Il décroche le téléphone, incendie la standardiste et exige qu'elle compose toutes affaires cessantes son propre numéro, Archives 29-09. Il allume une gauloise, range machinalement des dossiers dans les tiroirs. Au bout de trois ou quatre minutes on lui passe son domicile.

— Ma biquette ? C'est moi. On a une urgence, ça risque de nous prendre toute la journée sur la VP, sinon plus tard, au cas où ça pète avec les cocos, alors ne m'attendez pas pour dîner !

Yvette rit tristement.

— Oh, pour ce qu'y aura à manger ! En ce moment c'est petits pois à midi, petits pois le soir… et un bout de pain. Tu feras mieux d'aller au restaurant avec tes collègues…

— Si je peux ! Bon, tout va bien ?

— Oui…

Ce n'était pas un « oui » très franc. Il s'inquiète :

— Oh. S'il y a un problème vaut mieux me le confier, poupoule ! Et tout de suite.

Un temps d'hésitation.

— Non… Enfin si. On a eu de la visite.

— Hein ? Qui ?

— La concierge.

— Elle n'a pas vu Julie ?

— Non. Mais la gamine était aux cabinets. Et n'a donc pas eu le temps d'aller se planquer sous le sofa du salon…

— Merde.

— Comme tu dis. Mais je ne crois pas que Mme Lantin ait entendu quoi que ce soit. La pauvre Julie était paralysée de trouille, derrière la porte !

— Mais elle voulait quoi, la bignole ?

— Justement, c'est ce qui m'a paru bizarre. Ça avait tout l'air du faux prétexte. Elle voulait vérifier, dans notre cuisine, que l'arrivée de gaz vers la gazinière était bien coupée.

— Pourquoi ?

— Ben, tu sais, les brefs intervalles où y a du gaz, la flamme est tellement faible, n'atteignant même pas un demi-centimètre… Il suffit d'éternuer pour l'éteindre ! Alors Mme Lantin m'a expliqué que beaucoup de ménagères oubliaient de couper le gaz, et que quand il revenait ça risquait de causer des accidents… si le robinet est ouvert et qu'on allume une cigarette sans prendre garde… Elle n'a pas tort, faut le reconnaître ! Bref, vu que c'est de sa responsabilité de prévenir les explosions, désormais elle fait la tournée des appartements pour bien nous rappeler à l'ordre, et contrôler elle-même dans la cuisine de chaque locataire !

— Ouais… Il est pas forcément faux, son prétexte. On n'a pas envie que notre immeuble parte en fumée…

— D'accord, mais avec son air fureteur elle m'a posé tout plein de questions…

— Quel genre ?

— Elle désirait savoir, surtout, ce que tu faisais en Allemagne pendant ces huit mois.

— Et qu'est-ce que t'as répondu ?

— Comme convenu, et comme je lui avais déjà dit… Que c'était pour ton travail. Y a aucun besoin qu'elle sache qu'en réalité tu marinais à Fresnes et à la Santé ! Pour moi ce serait la honte…

— C'est tout ?

— Euh… comme elle insistait, la sale pipelette, alors j'ai raconté qu'on t'avait invité à Berlin, à la préfecture de police, sur l'Alexanderplatz… C'est vrai, d'ailleurs, que tu y étais, en avril-mai 42 ! Du coup, pour cette fois-ci, j'ai brodé un peu…

Un petit signal d'alarme naît dans le cerveau de l'inspecteur.

— Brodé de quelle façon ?

— Pour l'impressionner, j'ai inventé que la Gestapo de Berlin te confiait une mission très importante. Que (elle pouffe) tu avais été reçu par le grand patron, Himmler en personne ! Qu'il tenait à te féliciter du grand nombre de Juifs que tu avais arrêtés à Paris…

— Julie t'a entendue raconter ça ?

— Oui, mais elle a pigé que c'était des vannes ! Elle et moi on s'est payé un de ces fous rires, ensuite, une fois que Mme Lantin était redescendue dans sa loge !

Sadorski a laissé le mégot se consumer sur le coin du cendrier. Il réfléchit.

— N'en rajoute pas trop sur le sujet. Auprès de la bignole, je veux dire. Ou des voisins.

— Mais elle déteste les Juifs ! Elle crie toujours qu'il faut les…

Yvette s'est interrompue brusquement. Il devine que c'est à cause de la jeune fille, qui se trouve peut-être à portée d'oreille de leur conversation. Et qui a ses deux parents déportés, dont on n'a plus de nouvelles. La fin de la phrase était probablement « qu'il faut les passer au four ».

Il reprend :

— Moins tu bavasses avec Mme Lantin et mieux ça vaut. Allez, à ce soir ma biquette ! Je t'aime.

— Moi aussi je t'aime. Sois prudent, biquet ! Ça bouge un peu, en ville, à ce qu'on disait dans la queue tout à l'heure devant la boulangerie. N'attrape pas un mauvais coup…

En chemin pour les quartiers de l'est, franchissant le bras de Seine puis parcourant les artères ensoleillées et calmes, les policiers ont aperçu, depuis les fenêtres du car, les premières cocardes bleu-blanc-rouge, brochées – oh, très discrètement – à la poitrine de quelques femmes. Quelques vitrines de boutiques sont également décorées des trois couleurs. Mais Paris semble tranquille. Et les foules qui arpentent les boulevards, noirs de monde à mesure qu'on avance dans l'après-midi, tout à fait pacifiques. Beaucoup de filles ont accroché un bouquet de fleurs au guidon de leur vélo. Les gens ont sur le visage un petit air guilleret. Ce jour de semaine fait penser à un dimanche de la belle saison ! Le populo se promène et la vie est belle... Dommage que les bals soient interdits.

Sadorski et sa brigade sont postés en bas de la rue de Belleville. La journée s'est écoulée, dans le vingtième arrondissement, sans incident particulier. Même pas encore d'arrestation de Juif ! Les inspecteurs de la 3e section se sont bornés à quelques contrôles d'identité, sans résultat, et à lacérer des affiches communistes, signées par le Front national de lutte pour la libération et l'indépendance de la France :

14 JUILLET 1944, TOUS AU COMBAT ! Pas un homme, pas une femme, pas un jeune, pas un vieux au travail, grève générale ! Les Alliés se battent. L'Armée Rouge est sur la route de Berlin. Les Forces françaises intérieures (F.T.P.F., Corps-Francs, Maquisards) se couvrent de gloire. Tous les Français et Françaises doivent se lever et se battre. Parisiens, Parisiennes, FORMEZ vos Milices patriotiques ! RENFORCEZ les F.T.P.F. ! ARMEZ-VOUS en désarmant l'ennemi !...

Maintenant les policiers en civil observent les badauds, dans ce secteur populaire où la foule est spécialement dense. Quelques strophes de *La Marseillaise* ont retenti dans le lointain, accompagnées de ce qui ressemblait à des cris. Mais rien de plus. Vers 18 heures, la rue de Belleville devient de plus en plus bruyante. Les gens sont occupés à discuter ou à faire des achats, les équipiers de Sadorski, constate ce dernier, lorgnent davantage les jambes et les fesses des femmes qu'ils ne sont occupés à identifier les youpins ou les communistes... Et leur chef finit par faire de même. Émoustillé, il songe de temps en temps à Mme Zembrowski. Lors de sa visite à l'Hôtel-Dieu elle lui a fait une impression ambivalente : d'un côté il la soupçonne d'être une fieffée menteuse, une dissidente probable ; de l'autre il l'a jugée avenante, jolie, même, et d'un tempérament franc dès qu'il ne s'agissait plus de ses activités politiques clandestines. Par exemple elle parlait de la vie sordide de l'hôpital avec naturel, sans fausse pudeur, et ça lui a plu. L'inspecteur aurait presque des remords de la faire espionner par Piazza et son épouse ! Mais c'est le métier, et de toute façon il a envie de savoir ce que cela cache, cette fusillade devant Saint-Germain-l'Auxerrois, ce blessé par balle embarqué par des prétendus flics boches… Il va poursuivre l'affaire, quitte, éventuellement, à la couler si ça met en danger cette pauvre femme. Une solution intéressante, songe-t-il, serait d'entrer en contact grâce à elle avec un véritable réseau ! Devenir non pas résistant lui-même – jouer ce rôle afin de manipuler ou rançonner les bourgeois du seizième lui suffit – mais indicateur au profit de la résistance gaulliste… Un petit certificat de bonne conduite, ça peut se révéler utile, le jour où les « libérateurs » seront là et qu'on cherchera les poulets les plus mouillés pour les trucider…

L'inspecteur Kaiser approche, le souffle court.

— Je viens de voir Cormier, chef. Il y a des incidents aux Halles et, plus près d'ici, à République.

— Fais-moi ton rapport.

— Des miliciens et des bucaristes[1] ont provoqué les passants en leur arrachant les cocardes et insignes tricolores. Il y a eu des échanges de coups de poing. Entre le public et la Milice. Des gardiens de la paix sont intervenus.

— De quelle manière ?

— Euh, ils se sont battus avec les miliciens.

L'IPA pousse un juron.

— C'est tout ?

1. Partisans du leader du francisme, Marcel Bucard.

— Non, chef. L'inspecteur principal Martz a causé au commissaire du vingtième, qui lui a donné des informations sur la situation à Paris. Il y a eu un rassemblement dans le quinzième, du monument aux morts jusqu'à la mairie ; dans le cinquième une manifestation rue Monge, 200 personnes environ, avec des drapeaux français, les terros auraient désarmé un gardien de la paix et tiré des coups de feu, crevant les pneus d'un car de la police municipale… le cortège a été dispersé mais s'est reformé place de la Contrescarpe, où des collègues de la PM sont descendus des cars et auraient chanté la *Marseillaise* avec la foule, avant que les feldgendarmes n'interviennent en renfort, au carrefour Saint-Marcel – Gobelins ; et puis, place de l'Étoile aussi on a chanté l'hymne national, il y a eu des incidents avec des membres de la LVF, avant intervention des municipaux… ainsi qu'à Havre-Caumartin, où 200 personnes se sont rassemblées autour d'un accordéoniste qui jouait les hymnes anglais et américain, en plus de la *Marseillaise*… Le calme est revenu, toutes ces manifestations sont dispersées à l'heure qu'il est.

— Bon, rien de trop méchant, bougonne Sadorski. Pas encore la révolution ! Le taulier exagérait, ce matin à la caserne.

— Sans doute, chef…

Celui-ci tend l'oreille, grommelle un juron. Les inspecteurs se tournent vers le bas de la rue de Belleville. Car on commence à percevoir de ce côté des cris, des mots d'ordre, répétés par des dizaines d'hommes et de femmes : « Du pain ! Du pain ! Paris veut du pain ! » Sadorski cherche à repérer les fauteurs de troubles. Il aperçoit un groupe de jeunes qui remontent la rue, ils fendent la foule en balançant des tracts à la volée. Certains brandissent des feuilles de journaux, qui ressemblent à l'exemplaire ronéotypé qu'exhibait Bizoire ce matin. *L'Avant-Garde*. Les gars crient : « À bas Laval-la-famine ! », « À bas Pétain ! », « Mort aux Boches ! »… Mais ils ne sont pas seuls ! Sadorski, les yeux écarquillés, constate que ce public bon enfant qui encombrait pacifiquement chaussée et trottoirs, les ménagères, les ouvriers, les gamins en congé d'école, les employés, les commerçants, les vieux, tout cela se transforme rapidement en un amas fébrile, bariolé et joyeux de manifestants ! En veux-tu, en voilà ! Ça défile en hurlant des slogans, en vitupérant les flics, les occupants, les autorités, le Maréchal, et, un peu partout, on lève le poing ! La seule catégorie peu nombreuse à l'appel est celle des jeunes hommes – soit prisonniers ou ouvriers en Allemagne, soit ils se planquent du STO[1], ce qui incite beaucoup d'entre eux à rejoindre les maquis. Des cocardes apparaissent sur les poitrines, des bouches vocifèrent, l'excitation grimpe à vue d'œil. Les policiers ont beau scruter tout ce monde, il devient impossible de trier le bon grain de l'ivraie, de distinguer le citoyen ordinaire du militant rouge ! Le vacarme est infernal, cris et slogans résonnent de partout dans le désordre. Il suffit que quelques cocos braillent une phrase pour qu'aussitôt leurs voisins la reprennent spontanément. « Du pain, du pain, on veut du pain ! »… « À bas Laval ! »… « À bas Pétain ! »… « Mort à Hitler ! Mort aux Boches ! »… « Halte à la misère ! Halte à l'oppression ! »… « Vive la France ! »… « Vivent les FTP ! »… Une sorte de stupéfaction hilare a envahi ces figures banales de Parisiens, de se voir, s'entendre, tous ensemble, répéter impunément au grand jour des paroles qui, quelques mois ou quelques semaines plus tôt, pouvaient les mener en taule, voire au poteau des otages, des fusillés ! Les gens rient, battent des mains, il y a même des yeux qui s'embuent, sous le coup de l'émotion. Le doute n'est plus permis, la délivrance est proche, grâce à l'avancée des armées alliées ! La fin, croient-ils, de quatre années de cauchemar. « Criez, criez, mes amis…, maugrée Sadorski, attendez de tâter un peu de nos matraques ! et d'entendre la musique du sifflement des balles ! » Autour de lui, on se bouscule, on s'égosille : « Résistez ! Résistez ! »… « Rejoignez les francs-tireurs ! »… « Vive le Front national ! »… « Mort à Laval ! »… « Résistance ! Résistance ! »… Et l'on distingue les premiers drapeaux tricolores qui flottent au-dessus des têtes.

La Feldgendarmerie est invisible. Personne ne semble s'opposer pour le moment à la progression des émeutiers. Les inspecteurs avisent un car de la police municipale garé un peu plus loin, le long du trottoir.

1. Service du travail obligatoire en Allemagne, décrété en février 1943 et fixé à deux ans.

Immobile. Ses occupants observent par les fenêtres. L'air désemparé ou réjoui selon les cas. Sadorski court vers le chauffeur, cogne sur la tôle de la portière. Il montre son insigne et hurle :

— Démarrez et mettez-vous de travers ! Bloquez la rue !

L'agent de police regarde droit devant lui. Sans un geste. Comme s'il était ailleurs. L'IPA braque son Browning.

— Vous êtes sourd ? Je vous dis de barrer la rue de Belleville ! C'est un ordre !

— Non !

— Quoi ? Barrez la rue !

— Non, je ne bougerai pas.

Autour, les manifestants crient : « La police avec nous ! La police avec nous ! »

Blême, Sadorski rengaine son arme. S'il en faisait usage il se ferait lyncher. La masse est trop nombreuse. Des centaines, peut-être un millier. Même davantage ! Et qui à présent se mettent à chanter, à pleins poumons :

Allons enfants de la Patrie
Le jour de gloire est arrivé
Contre nous de la tyrannie
L'étendard sanglant est levé
L'étenda-ard sanglant est levé…
Entendez-vous dans les campagnes
Mugir ces féroces soldats
Ils viennent jusque dans vos bras
Égorger vos fils et vos compagnes…

Les portes du car s'ouvrent. Les gardiens de la paix descendent un à un, agitant leurs képis et faisant des signaux d'amitié. Pas un seul n'a sorti son revolver, son bâton, ou roulé sa pèlerine pour taper. Eux aussi, ils entonnent l'hymne de la Révolution de 89… La foule en délire répète : « La police avec nous ! La police avec nous ! » Sadorski et Kaiser échangent des regards impuissants. Ils ne peuvent qu'observer et constater. L'interminable rue de Belleville, depuis le boulevard où elle prend naissance, jusqu'à l'intersection avec la rue des Pyrénées et même plus haut, tout là-haut, serpentant jusqu'au niveau de la rue Haxo, s'est changée en un long fleuve humain coloré de bleu-blanc-rouge… et qui reprend, ivre de joie et de fierté retrouvée, son chant vibrant :

AUX ARMES, citoyens
Formez vos bataillons
Marchons ! Marchons !
Qu'un sang impur
Abreuve nos sillons…

13

Les visiteurs du soir

Des premiers coups de feu ont retenti vers 19 heures, place de la République.

Un énergumène avec lunettes rondes et béret arrachait des cocardes à la poitrine des passants, il s'est attiré des protestations. Dégainant un revolver, il a blessé deux personnes. Des agents l'ont appréhendé, le forcené a hurlé qu'il était le dessinateur de presse Ralph Soupault, chef des groupes d'action du PPF dans le dix-huitième. Sous son veston, des baudriers s'entrecroisaient, cartouches, grenades, un arsenal ambulant ; l'homme s'est vanté de collaborer à *Je suis partout* et à *Combats*, l'organe de la Milice. Tandis qu'on l'embarquait, il criait : « Bande d'enculés ! Mort aux Juifs ! » Puis des inspecteurs des Renseignements généraux ont tenté d'arrêter des distributeurs de tracts. Conformément aux ordres reçus le matin de leur commissaire, ils ont fait usage de leurs armes. Un homme est mort, une femme blessée. Il y a eu un mouvement de panique dans la foule.

Rue de Belleville, le commissaire du vingtième et les collègues de Sadorski, malgré leurs efforts, ne sont pas parvenus à disperser le cortège principal. Plusieurs cars s'étaient vidés de leurs gardiens de la paix, qui se sont joints à la manifestation. D'autres agents ont abandonné le service, déclarant qu'ils en avaient assez des ordres qu'on leur donnait. Le défilé tricolore a fini par s'égailler tout seul. Deux inspecteurs des

Brigades spéciales ont suivi une paire de militants, les ont interpellés lorsque ceux-ci sont entrés dans un café de la rue du Faubourg-du-Temple. Ils les ont fait monter dans une traction de la PP. À l'angle de la place de la République et de la rue Meslay, les communistes ont poussé les portières et tenté de se sauver. Les inspecteurs ont ouvert le feu. L'un des types, blessé, a pu s'échapper. L'autre est mort. Un syndicaliste du bâtiment, nommé Yves Toudic. Au moment où on le portait vers le car de police secours, Sadorski a vu le cadavre : un type costaud, aux traits réguliers, dans les quarante ans. À peine plus jeune que lui, donc. C'est le deuxième macchabée de la journée. Pour l'instant.

À 19 h 15, des échauffourées se produisent rue de la Fontaine-au-Roi. Cette fois, officiers et gradés ont su convaincre les policiers municipaux de charger la foule, une trentaine de jeunes gens qui tentaient de reformer un cortège. Sadorski sort avec plaisir sa matraque, se précipite en avant, et sent le choc mou d'un nez qui cède sous le premier impact. Il voit le sang gicler, la douleur dans les yeux révulsés du môme, qui part à la renverse ; il lui fait ensuite craquer les côtes en sautant dessus au passage.

À ses côtés, l'inspecteur Magne s'en donne à cœur joie. Le policier à carrure d'éléphant frappe à coups redoublés, de ses poings énormes gantés de cuir. En riant il fracasse les arcades sourcilières, les pommettes, brise les mâchoires, fait sauter les dents. Le groupe de manifestants se disloque, des gens courent en tous sens, on entend crier : « Salauds ! », « Assassins ! » Les cocos ont déguerpi vers la rue Saint-Maur, abandonnant drapeaux et banderoles sur la chaussée. Sadorski lance son soulier en avant, fait chuter un jeune homme, le ramasse par les épaules pour le balancer la tête la première contre une vitrine. Celle-ci dégringole, des morceaux de verre se plantent dans le cuir chevelu, le crâne pisse le sang. L'IPA hurle à ses équipiers : « Déblayez-moi ça ! » Piazza récupère le gamin, lui tord le bras dans le dos, désarticulant le membre avec un claquement sec. Des spectateurs crient : « Mais arrêtez ! vous allez le tuer ! » Une femme, tenant sa petite fille par la main, s'enfuit, traverse en diagonale le carrefour de l'avenue Parmentier. Un brigadier de PM la frappe avec son bâton.

Elle trébuche, tombe. L'enfant crie. Le bâton s'abat de nouveau. La petite fille tombe. Le brigadier continue de courir. Des agents casqués relèvent la femme, son enfant, les prenant par les poignets ils les traînent comme des sacs vers l'arrière d'un car.

Rue Saint-Maur, Magne a sorti son petit pistolet 6,35 et en menace les badauds. Le bras tendu, il vise un groupe de fuyards. L'index appuie sur la détente. Deux coups claquent, un troisième. Une silhouette s'affale sur le trottoir. Il y a des cris. La blessée est une femme. Depuis les fenêtres jaillissent des protestations, des insultes. « Assassins ! Salauds ! Vous n'êtes pas des Français ! pas des patriotes ! » À son tour, Sadorski dégaine. Fou de rage, il tire quelques coups en l'air au hasard. Les indignés rentrent prudemment à l'intérieur, referment les fenêtres. Des gardiens de la paix soulèvent la victime, la portent vers un autre véhicule de la police municipale. Du sang vermillon trace une guirlande irrégulière sur les pavés.

La rumeur décroît, semble se déplacer vers le nord de l'arrondissement. Les troubles ont repris dans le dix-neuvième, avenue Simon-Bolivar, mais c'est loin et ne concerne pas la brigade de Sadorski. On manifeste aussi encore, paraît-il, dans des arrondissements de la périphérie. Il ne s'est rien passé dans les beaux quartiers de l'ouest, hormis un rassemblement devant le tombeau du Soldat inconnu. Le soir descend avec lenteur sur la grande ville, au son des *pin-pon* des véhicules de police. Le temps a été beau et doux. Un temps de fête nationale, au bout du compte. Les gars des RG se félicitent, commissaires et principaux sont satisfaits de même, l'insurrection redoutée ne s'est pas produite ! Les bolchos en sont pour leurs frais ! M. le préfet Bussière est sûrement content, tout comme les Fritz dont les arrières dans l'ex-capitale sont assurés. En dépit de la mauvaise volonté d'une fraction de la police municipale, la collaboration avec l'occupant a joué une fois de plus, l'ordre public est rétabli : Paris est calme, ou presque. Les inspecteurs regagnent à pied le car de la préfecture, où s'effectue une nouvelle distribution de sandwiches et de rouge, dans la bonne humeur, et les relents de cuir, de transpiration, de vin bon marché. Les gardiens de l'ordre sont affamés, on s'empiffre de jambon et de rillettes. Sadorski mange assis à côté de Cuvelier. Les fenêtres du car sont ouvertes, les arbres de l'avenue de la République embaument. Le ciel a viré au bleu foncé.

— Tu as avancé, Joseph ? La plaque minéralogique de l'affaire du Louvre ?

— Pas vraiment eu le temps, patron. Mais j'ai une ou deux pistes... Parlé un peu à des gens que je connais... Je vois ça demain.

— C'est bon. Cause pas la bouche pleine ! Tu me feras ton rapport lundi...

Une Citroën noire à essence vient se garer le long du car, avec un coup de frein brutal. Un inspecteur en descend. C'est Rambon, de la Brigade spéciale n° 2, à présent secrétaire titulaire du commissaire Hénoque. Il lève les yeux vers les fenêtres :

— L'IPA Sadorski est chez vous ?

L'intéressé penche la tête dehors.

— Ouais...

— Montez dans la bagnole ! Y a une révolte à la Santé. Les gardiens ont besoin de renforts et d'armes automatiques, on doit leur livrer des mitraillettes. La direction réclame un poulet de chez nous qui connaisse les lieux de l'intérieur...

Avec un juron, Sadorski se lève, il traverse la cabine en heurtant des genoux et en écrasant des pieds. On le regarde d'un air goguenard ou avec commisération, selon les collègues, et le principal Martz lui souhaite bonne chance. Une voix ironise, dans le fond : « À la Santé, Sado ils peuvent le garder ! »

La moitié du car a éclaté de rire. Il prend place, furieux, sur la banquette arrière de la traction. Le chauffeur est un inspecteur qu'il ne connaît pas. Rambon s'installe sur le siège du passager. À côté de Sadorski sont posés deux pistolets-mitrailleurs MAS 38 et une dizaine de chargeurs de trente-deux cartouches 7,65 mm chacun.

La « 11 légère » file dans l'obscurité le long des rues vides, donnant de grands coups d'avertisseur aux croisements. Roger Rambon sifflote, sa glace baissée, et allume une cigarette de luxe. C'est un jeune inspecteur aux lèvres minces, à l'expression hautaine, aux yeux globuleux bordés de longs cils. Connu pour ses idées pronazies, il a la réputation de pousser les interrogatoires à fond, de participer volontiers aux tabassages qui sont la spécialité des BS à la préfecture. Rambon frappe avec plaisir les prévenues du sexe féminin et ordonne à ses adjoints de les déshabiller. Les hommes, il les cogne à coups de talon sur les orteils, à coups de règle sur les doigts et à coups de baguette sur la verge. Et de nerf de bœuf sur tout le corps. À la mère d'un nommé Diez André, résistant de l'OS[1] livré aux Allemands en 42 et fusillé, venue lui montrer la lettre d'adieu qu'il avait écrite, il a déclaré : « Votre fils est un criminel, un assassin, il ne mérite pas la nationalité française. Quand on ne sait pas élever les enfants, mieux vaut ne pas en avoir ! » Comme ses camarades de la Brigade, Rambon pille les domiciles des résistants lors des perquisitions. Depuis son arrivée à la 1re section, cet ex-gardien de la paix a été félicité quatre fois par le préfet de police, et trois fois par le directeur général des RG ! et, en récompense, nommé secrétaire stagiaire au choix. Tout cela n'est jamais arrivé à Sadorski, pourtant entré à la maison poulaga dix-sept ans plus tôt que ce blanc-bec... Il ressasse sa rancune en fixant la nuque étroite et soigneusement rasée de Rambon. On se rapproche de la caserne et de la cathédrale. Avant qu'on franchisse la Seine, le secrétaire de la BS 2 livre quelques renseignements à son invité :

— Ils étaient avertis que ça allait péter... le dirlo a déjà fait venir 25 gardes républicains pour prêter main-forte, en fin d'après-midi, au cas où. Et la révolte a éclaté ce soir vers 10 heures. Depuis quarante minutes à peu près.

— Chez les politiques ?

— Non, seulement les droits-communs. Dommage, on aurait pu dessouder quelques Rouges ! Et puis fusiller tout ça pendant qu'il est temps. Mais, non. Les politiques ont juste gueulé la *Marseillaise* et déployé une banderole et des guirlandes aux fenêtres, à 17 heures tout

1. Organisation spéciale : ce premier réseau de résistance armée du Parti communiste français clandestin devient les FTP au printemps 1942. L'étudiant en chimie André Diez (dit « Dédé le boiteux » en raison d'une infirmité de jeunesse), torturé dans les locaux des Brigades spéciales à la caserne de la Cité, est mort sans avoir parlé, fusillé à 21 ans le 28 août 1942 au stand de tir du ministère de l'Air.

était terminé. Pas si cons, les mecs ! Sinon, et avec la bénédiction de la SS, on allait se débarrasser d'un coup de plusieurs centaines de salopards. Ils le savent bien ! Alors ils ne se joignent pas aux émeutiers… Mais ceux-là sont plus de 3 000 ! ou 4 000 !… Un putain de merdier, je vous jure !

La Citroën arrive par la rue du Faubourg-Saint-Jacques, prend le virage du boulevard Arago dans un hurlement de pneus, zigzague afin d'éviter un car de la PM. Quelques centimètres plus à droite et c'était la collision ! Sadorski a cru voir la mort de près. Le conducteur de l'auto, qui n'avait pas ouvert la bouche durant le parcours, balance une bordée de jurons.

Le soir a fini de tomber. Le quatorzième arrondissement est plongé dans les ténèbres, la lune cachée derrière les nuages. Entre les halos bleus des becs de gaz, le bloc de la maison d'arrêt apparaît ceinturé, sur le boulevard et dans la courte rue Messier, par les cars qui achèvent de prendre position. Des projecteurs balaient les hautes façades des quartiers de détention, où, contrairement à ce que s'imaginait Sadorski, les lucarnes des cellules semblent toutes éteintes. Mais le plus extraordinaire, c'est le bruit ! Derrière ces hauts murs, on hurle, on tape, on cogne, on brise des vitres, on envoie des objets contre les grilles, on jette, dirait-on, des poids énormes du haut des coursives ! Les portes en chêne des cellules craquent sous les coups de boutoir d'on ne sait quoi utilisé pour les défoncer. Les cris, les piétinements, les chocs retentissent d'une division à l'autre, l'enfer hurlant augmente de furie à chaque seconde… De sa vie, Sadorski n'a jamais entendu pareil vacarme causé par des hommes. Ce n'est pas une émeute, c'est pire ! On croirait un volcan longtemps comprimé qui soudain aurait décidé d'exploser, de libérer sa lave, sa violence et ses hurlements, et tout saccager, dedans comme bientôt dehors si on ne les arrête pas… À intervalles irréguliers claquent des coups de feu, tirés depuis le chemin de ronde. Et, dans l'ombre sous les marronniers, des pelotons casqués se regroupent derrière les cars, attendant l'ordre d'avancer. La traction des BS roule avec précaution – ce n'est pas le moment de se faire canarder par méprise – jusqu'à la rue de la Santé. Par sa fenêtre côté passager, Rambon braille, brandissant sa carte : « Brigade spéciale de la préfecture ! Laissez passer ! » Le portail est grand ouvert. Les lanternes éclairent la cour d'honneur encombrée de véhicules, automobiles particulières et fourgons de l'administration. Ici toutes les lumières des bâtiments sont allumées.

Le chauffeur se gare comme il peut, à l'extérieur de l'enceinte. Rambon lui ordonne de rester surveiller la voiture, et à Sadorski de ramasser une des mitraillettes ainsi que la moitié des chargeurs. Lui-même attrape le second PM, glisse ses chargeurs dans les poches de sa gabardine, son passager l'imite. Les deux policiers en civil se dirigent vers le corps de garde, dans l'aile gauche. Partout des silhouettes avec casque et baudrier, revolver à la ceinture ou fusil à l'épaule, des ordres aboyés par les gradés, des cliquetis d'armes. Rambon demande à voir le surveillant-chef Dautriat. Ce dernier est occupé ailleurs, un autre gradé réceptionne les MAS 38 avec leurs munitions, et signe un reçu.

— On va les porter au commissaire Gaubiac.

— Gaubiac ?

— Le chef de la 6e division. Le commissaire Turpault, de la 5e, est sur place également, assisté par le commissaire principal Hénin, du treizième arrondissement.

— Où en est-on, là-dedans ? questionne Sadorski.

Le surveillant lui jette un regard intrigué. Peut-être se rappelle-t-il l'avoir vu parmi les détenus ? L'homme hausse les épaules, grogne :

— Le pire des bordels qu'on puisse imaginer ! Ça s'est déclenché à la 9e division, à 10 h 10 précises, y a eu un signal de deux coups de sifflet et brusquement les jeunes se sont mis à défoncer les portes, depuis l'intérieur, en se servant des châlits. Les émeutiers se sont répandus partout dans le quartier haut, puis le bas, ils ont trouvé des clés et ouvert les cellules… Même sans clé, c'est possible, en brisant les gâches des serrures, qui sont en fonte et faciles à atteindre puisqu'elles sont extérieures. Vous entendez, ils cassent tout ! Même les ampoules électriques ! Il a fallu évacuer toute la détention ! Les gardiens l'ont échappé belle, y en a qui ont bien failli rester aux mains des mutins… En temps normal on n'est que 29 surveillants et gradés, et pas suffisamment armés. Mais maintenant que toutes les issues sont bloquées, les prisonniers ne peuvent plus sortir ! Les chemins de ronde sont sous surveillance, rue Messier à la 13e division la porte du quartier haut est barrée, la Garde les attend ici de pied ferme à la grille des Avocats – s'ils veulent forcer le passage, les gars, eh ben ils vont trouver à qui parler ! Sans compter que nous attendons des renforts supplémentaires…

Rambon sourit, jette un coup d'œil à Sadorski :

— Vous avez votre péteux ?

— Évidemment. Et deux chargeurs de rab.

— Alors on va au stand de tir, ça vous dit ? Une petite compétition 3e section – BS… Quand j'étais gosse, aux fêtes foraines, je récoltais déjà tous les prix ! (Il ricane, avant d'ajouter :) Vous connaissez bien la taule, paraît-il. Vous allez me guider jusqu'à cette fameuse grille…

Automatique au poing, ils traversent la cour d'honneur à l'instant où y pénètre la voiture Z, celle de la brigade des gaz, qui apporte les grenades lacrymogènes. Dans le bâtiment administratif central, Sadorski et son compagnon longent un couloir, grimpent des volées de marches, franchissent le deuxième guichet et poursuivent tout droit par le chemin couvert menant au quartier des prévenus. Des deux côtés du passage, des gardes de Paris, encore peu nombreux, progressent sur le chemin de ronde, guidés par les matons ils vont gagner leurs postes de tir. À la putrescence habituelle de la prison se mêlent ce soir des odeurs de bois et de caoutchouc brûlés. Les émeutiers ont dû mettre le feu quelque part ! À mesure que les inspecteurs avancent vers le cœur du quartier bas, la monstreuse clameur augmente, ils ont le sentiment de s'introduire, à leurs risques et périls, dans la cage aux fauves ; une cage énorme, gigantesque et noire, vibrante de mille échos, de mille haines, de mille promesses d'atroce vengeance… N'importe qui tombant aux griffes de ces enragés finira en bouillie !

Une vingtaine de gardes de Paris, pâles et nerveux, se sont regroupés à l'extérieur de la grande grille. Leur armement est disparate, insuffisant en tout cas pour contenir un troupeau déchaîné de centaines de malfrats, ivres de leur succès et n'ayant plus rien à perdre… Sadorski distingue chez les forces de l'ordre des revolvers, des mousquetons et des fusils Lebel, une paire de pistolets-mitrailleurs. De l'autre côté des barreaux, le sol est jonché de débris de toutes sortes, où surnagent des chariots de cuisine renversés, témoins des premiers affrontements et des assauts sur la grille. Une grande barricade a été dressée à l'aide de paillasses. Pas un mutin en vue. La lumière, en raison des ampoules brisées dans le secteur de détention, est insuffisante. Il écoute s'élever au loin, braillée par les insurgés, *L'Internationale*. Près de lui, Rambon gronde : « Je m'en doutais ! C'est les cocos les responsables de tout le boxon ! Les politiques étaient dans le coup ! Ah mais ils vont payer ! » Sadorski tend l'oreille. Il a des doutes : ces couplets sont truffés d'erreurs, et les voix excitées se contentent de revenir sans cesse au refrain connu de tous. *C'est la lutte fina-a-ale… Groupons-nous, et demain…* Lui connaît parfaitement les paroles, il a surveillé jadis nombre de défilés, de meetings, les a apprises par la force des choses. Et à son avis, ceux qui chantent sont les jeunes droits-communs. De simples petits « casseurs »… ce qui ne les rend pas moins dangereux. Mais les politiques, les vrais, qui ne se tromperaient pas d'une virgule lorsqu'ils entonnent l'hymne rouge, se terrent probablement au fond des cellules depuis le début de l'émeute. Ils ne veulent pas donner de prétexte à leurs ennemis – gardiens, SS ou miliciens, si ceux-ci rappliquent – pour les fusiller. 500 tués d'un coup ! Ce serait pour la résistance une grave défaite. Non, ils ne commettront jamais pareille bourde…

Entre deux vagues de clameurs, de chants, de galopades dans les coursives et dans les escaliers, d'avalanches d'objets brisés, on perçoit des ronflements de moteur venant de la cour et de derrière le mur d'enceinte. Les renforts prennent position autour de la Santé. Dans la détention montent de nouveaux cris.

— Amenez-vous, bandes de cons ! À la grille, à la grille ! Et l'boulot, alors ? On va sortir ! Les copains nous attendent dehors de l'aut' côté !

Les piétinements redoublent, se rapprochent. Une masse confuse et grouillante surgit à l'angle de la 3e division. Sadorski entrevoit des bâtons, des armes de fortune brandies par les détenus, et même briller l'éclair des lames. Un gradé s'écrie en essayant de couvrir le tumulte :

— Regagnez vos cellules ! Nous avons ordre de tirer ! Première sommation !

Sa voix est étouffée sous les hurlements, les lazzis, les appels à envoyer les chariots. Ceux-ci arrivent, dans un roulement de ferraille. Les mutins se ruent en avant, ils poussent, lancent les engins de fer comme des béliers. Les barreaux vibrent sous les chocs. Gardes et matons, saisis, ont reculé par réflexe. Les chariots viennent cogner les uns à la suite des autres, se renversent ou rebondissent. La grille ne cède pas. À présent les émeutiers sont en pleine lumière. Une horde de barbares déguisés : beaucoup le torse nu, revêtus d'oripeaux pillés dans les ateliers et les caves, d'écharpes bigarrées, de toiles déchirées, et coiffés de casquettes de jockey tricolores, de casques en métal ou en carton, certains enturbannés d'une serviette-éponge. Les plus musclés, dans cette clarté crue, ont de vraies gueules d'échappés du bagne. Ils agitent des gourdins, des pieds-de-biche, des clés à molette, des couteaux, des cannes ou bâtons avec, ficelée à l'extrémité, une lame de rasoir mécanique.

— Deuxième sommation !

La meute hurlante n'est plus qu'à cinq ou six mètres.

— Feu !

Sadorski vise un grand gaillard barbu, bouche ouverte, ses gencives plantées de chicots jaunes. L'index du policier appuie sur la détente. Le type bascule en arrière. Plusieurs détonations ont éclaté en même temps. Suivies d'une courte rafale de mitraillette.

— Halte au tir !

Sept ou huit mutins sont tombés. Le reste s'est immobilisé, il y a un soudain silence, puis des glapissements et des cris de panique. Les blessés rampent, se relèvent, clopinent derrière leurs camarades, qui battent précipitamment en retraite. Trois corps demeurent inanimés sur le sol, dans des flaques de sang qui s'élargissent. Le barbu n'est pas parmi eux. Une forte odeur de cordite flotte autour de la grille.

— J'ai eu le petit, là, signale Rambon avec un air satisfait.

Le canon de son automatique fume. C'est un pistolet Unique modèle 17, calibre 7,65. Une arme simple, robuste, Sadorski l'échangerait volontiers contre son vieux Herstal. Il riposte, indiquant un détenu immobile, affalé contre un chariot démantibulé :

— Moi j'ai flingué celui-là.

Rambon a une mimique de doute.

— Je crois plutôt qu'il a été touché par la rafale de PM. Mais si vous y tenez, Sado... On va dire un partout, égalité. La nuit n'est pas finie...

Au fond des caves, les pillards ont déniché un lot d'accessoires de fête et de cotillons. Parements en papier, faux tutus de danseuse, tout un grotesque attirail dont ils se sont affublés avant de se répandre dans l'une des cours du quartier haut. Autre trouvaille, un lot de centaines de mirlitons confectionnés par les prisonniers dans les ateliers. Les lieux résonnent à présent, outre le charivari général, du son grêle, enfantin, de toutes ces petites flûtes. Un bon millier de détenus libérés et désœuvrés a envahi l'espace entre les bâtisses sombres des divisions. Les hommes se prennent par les bras, des couples se forment, on danse, on guinche, comme une hallucinante parodie de bal du 14 Juillet ! Et la lune, un temps dégagée des nuages, vient éclairer ce spectacle. Les insurgés les plus violents, eux, continuent de galoper à travers les couloirs, le long des galeries et dans les sous-sols. Il y a des règlements de comptes, des disputes. Des bagarres éclatent entre droits-communs et politiques, une partie des prisonniers refusant de quitter l'abri des cellules. On s'attend à des représailles. À 23 h 20 le directeur de l'administration pénitentiaire André Baillet, constatant la présence de milliers de détenus dans la cour de la Santé, suggère, après avoir signalé ces désordres au commissaire divisionnaire Gaubiac, de faire appel aux autorités allemandes afin de rétablir l'ordre.

Les douze coups de minuit sonnent à l'horloge de la prison. La voiture des gaz est repartie. Sadorski, envoyé réceptionner un car de police municipale au coin de la rue de la Santé et du boulevard Arago, à l'avertisseur 24, a vu arriver à fond de train deux tractions grises munies de plaques de la SS et précédées de motards. Elles ont franchi le portail et disparu à l'intérieur. Maintenant ce sont des camions bâchés de l'armée allemande. Les plaques pectorales des soldats scintillent tandis qu'ils sautent de l'arrière des camions. La Feldgendarmerie. Ces hommes casqués, armés de fusils et de mitraillettes, entrent à leur tour dans la cour d'honneur. Les véhicules continuent de défiler, depuis la rue du Faubourg-Saint-Jacques, la place Denfert, le carrefour des Gobelins… Un cortège incessant de berlines noires amenant des officiels, de cars de police secours, de camions et d'autobus réquisitionnés avec des miliciens des casernes du lycée Saint-Louis et du lycée Louis-le-Grand, de voiturettes et d'ambulances de la PP, de véhicules de pompiers, de fourgons qui transportent les chevaux de frise pour former des barrages en travers des voies. Le bloc de la maison d'arrêt ressemble à une citadelle investie. À ce rythme, les assiégeants seront bientôt aussi nombreux que les assiégés !

Sadorski, baladé de corvée en corvée par les commissaires appelés à la Santé, a perdu de vue Rambon. Tant mieux. Il préfère aller et venir dans les rues alentour en respirant le parfum des marronniers, plutôt que celui de la taule et de la bagarre. La compétition avec son collègue ne l'intéresse pas, faire des cartons sur de pauvres bougres non plus. Quant à la révolte, les révoltés eux-mêmes semblent fatigués. Le vacarme diminue graduellement dans les quartiers de détention. Moins de casse, d'imprécations, de beuglements – on sent venir l'apaisement qui succède aux grandes batailles. Ne reste qu'un tumulte vague, des bribes de chansons et de bavardages, trahissant la présence, par-delà les murs, de milliers de détenus livrés à eux-mêmes. À la fois maîtres de l'établissement et prisonniers puisque toute sortie s'avère impossible. Des tireurs sont placés au long du chemin de ronde. Le dernier coup de feu remonte à plus d'une demi-heure. Une voix frêle s'élève, à la lucarne éteinte d'une cellule de la 2e division, au deuxième étage, au-dessus des cours de promenade. Un jeune homme chante. Un air que le brigadier des RG a entendu maintes fois. Chez lui.

Démons et merveilles
Vents et marées
Au loin déjà la mer s'est retirée…

Et toi
Comme une algue doucement caressée par le vent
Dans les sables du lit tu remues en rêvant…
Démons et merveilles
Vents et marées
Au loin déjà la mer s'est retirée…
Mais dans tes yeux entrouverts
Deux petites vagues sont restées…
Démons et merveilles
Vents et marées
Deux petites vagues pour me noyer…

Alain Cuny chantait ces vers dans *Les Visiteurs du soir*[1]. L'inspecteur et sa femme l'ont vu ensemble au cinéma Madeleine, vers la mi-décembre 1942. Julie habitait déjà chez eux à l'époque. Sur le chemin du retour, dans le dernier métro bondé, Yvette – séduite par le comédien, naturellement – roucoulait, la tête sur l'épaule de Sadorski. *Deux petites vagues sont restées…* Après, elle l'a appris à la gamine, et des jours durant ça a été ce refrain dans l'appartement du quai des Célestins. On ne pouvait pas y échapper ! Même qu'il le sifflotait malgré lui en allant au boulot et en en revenant…

La chanson s'éteint, telle la mer refluant sur les sables mouvants des souvenirs. Le car qu'il attendait se pointe à l'avertisseur de police. Débarquent un brigadier inquiet et son équipe de dix gardiens ramassés sur des points divers de leur arrondissement, le seizième. Quand on l'a appelé, ce gradé venait de prendre son service au poste de Chaillot, tout près de chez les Perret… Afin qu'il la transmette à ses hommes, qui viennent de coiffer le casque, Sadorski lui répète la consigne reçue par lui-même du commissaire Turpault devant le corps de garde : toujours le pistolet à la main ; ne pas rester dans l'alignement des cellules, d'où un surveillant déjà placé pourrait ouvrir le feu ; tirer sur les détenus

1. Paroles de Jacques Prévert. Pour les chansons du film, Alain Cuny était doublé par Jacques Jansen.

sans aucune sommation au cas où ils tenteraient de sortir des locaux disciplinaires ; enfin, être d'une grande vigilance car il y va de la vie de chacun !

La nuit s'étire, interminable, dans l'ambiance désormais d'une veillée d'armes. Un camion vient livrer 300 mètres de fil de fer barbelé, sur ordre du directeur général de la pénitentiaire. Les membres de services variés sont postés un peu partout, police, gardes ex-républicains, surveillants de prison, feldgendarmes, francs-gardes de la Milice… On trébuche sur les lances à incendie que déroulent les sapeurs-pompiers. Les pelotons rassemblés se bousculent, menés par des gradés ou officiers qui en général ignorent tout de la topographie des bâtiments. Des appels au calme sont lancés régulièrement de la voiture haut-parleur envoyée par la préfecture. Dans les couloirs on croise des huiles de la police ou de l'administration : Sadorski a reconnu le préfet Bussière, le directeur Farge, le directeur adjoint Couget – ces deux derniers livides –, Hennequin le directeur de la police municipale, le colonel Knochen de la Sipo-SD, Hagen le chef d'état-major du général Oberg, accompagnés d'un autre officier supérieur SS qu'il apercevait pour la première fois, qui paraissait très énervé, criant : « *Ach !* Ce sont les politiques ! Politiques : *pan ! pan !* », la main crispée sur l'étui du pistolet. Il a vu ensuite, escorté par des miliciens de haut rang, le directeur Baillet qui est passé sans lui accorder un regard. Bien sûr, son ancien chef aux RG a d'autres chats à fouetter, ce soir, que l'assassinat de Georges Mandel… Si des prisonniers s'évadent, Baillet est responsable, une fois de plus. Et si la Milice ou les Allemands massacrent les rebelles, on le lui reprochera aussi – mais après que les Boches auront foutu le camp, à l'heure des règlements de comptes… Sadorski ne voudrait pas être dans sa peau.

En revanche, il n'a pas vu Jocelyn Maret, le directeur adjoint, son commanditaire de l'enquête sur Solnen / Mansuy, le chauffeur de la Citroën, l'homme aux dents en or… Une enquête désagréable dont il n'a pas encore eu le temps de s'occuper. Rompu de fatigue, l'inspecteur va s'asseoir sur les marches d'un escalier. La tête lui tourne. S'il n'était pas assis, il tomberait en syncope. Sadorski n'a rien mangé depuis la fin de l'après-midi, dans le car avec les collègues, avenue de la République… Cela paraît loin. D'autres agents se sont installés de la même manière avec leur revolver ou leur mitraillette, attendant les ordres. Ses voisins bavardent, la rumeur circule qu'une réunion au sommet se tient dans le bureau du directeur de la Santé. Les SS exigeraient un nombre démesuré de fusillés, 400, 500 détenus… En priorité les communistes. Le directeur de la Santé, le préfet de police et les grands chefs miliciens, Knipping, Bassompierre, etc., ne sont pas d'accord, ils tentent de limiter les exécutions autant que faire se peut. Les négociations sont serrées, ça discute ferme derrière les portes du bureau : on perçoit les éclats de voix, surtout ceux des Fritz. « Che feux entrer dans des cellules rouges de sang ! » a-t-on entendu crier le SS le plus énervé. Et du côté de la détention, des tireurs de la Milice sont en embuscade, visant tout ce qui bouge. Un coup de feu claque de temps en temps, une *Internationale* résonne dans une division lointaine… Sadorski s'en fout, il a trop sommeil. Adossé à la pierre dure, les reins et les omoplates douloureux, la bouche sèche, pris de vertiges, de nausées, il essaie de dormir les yeux ouverts pour donner le change. Ses paupières s'alourdissent, sa vision se brouille. Le vacarme s'estompe sans qu'il s'en rende compte. Il a dû perdre conscience, un brusque appel le fait sursauter.

Le commissaire Gaubiac. Devant une quarantaine de gardiens rassemblés au deuxième guichet, le divisionnaire annonce à la cantonade :

— Après entente avec un officier supérieur des SS de l'armée d'occupation, il a été convenu qu'une opération d'ensemble sera pratiquée contre les émeutiers à partir de 6 heures du matin. Donc très bientôt. Elle va être réalisée par la Milice, la Garde, les troupes SS ou de feldgendarmes, et les gardiens de la paix, dont certains effectifs, 80 au total, avec mitraillettes, ont été prélevés sur l'extérieur. Les mutins commencent à donner des signes de lassitude. L'opération se déroulera après sommations d'usage et exhortations au calme, avec les haut-parleurs de la préfecture. La Franc-Garde s'engagera la première, armée de pistolets-mitrailleurs et de grenades, dans le secteur de détention. Les Allemands occupent le chemin de ronde et pourront ouvrir le feu sur les détenus. Une fois la révolte matée, vous entrerez à la suite des miliciens et de la garde de Paris dans les divisions pénitentiaires, où vous serez chargés d'assurer la sécurité. Rejoignez vos postes, sous la direction de vos gradés…

L'aube point, au-dessus des murs et des toits. La moitié des forces de la Milice présentes sur place, une centaine d'hommes en uniforme et béret mais sans casque, équipés de mitraillettes et de fusils, est massée devant le rond-point central du quartier bas – l'autre centaine, restée à l'extérieur, a été répartie sur plusieurs postes aux quatre coins de la Santé. Le puissant jet des lances des pompiers a dégagé les couloirs d'accès au secteur de détention, culbutant les barricades ; l'effervescence continue néanmoins dans la prison, où toutes les lampes sont éteintes. Le chef Bassompierre s'adresse aux mutins depuis la voiture haut-parleur de la PP : « Rendez-vous, rentrez dans vos cellules ! Tous ceux qui seront pris en dehors de leur cellule seront abattus sans sommations… » L'inspecteur général de la Milice répète son appel. Une seule réponse fuse de l'intérieur de la détention : « Enculé ! » Deux officiers supérieurs de la Sipo-SD arrivent armés de carabines américaines, récupérées dans un parachutage allié. L'un d'eux est manifestement ivre, et hurle : « Fous allez fusiller 200 mutins ! En déporter 2 000 ! » Bassompierre réplique : « C'est *moi* le responsable du maintien de l'ordre. C'est une affaire entre Français et vous n'avez rien à foutre ici ! Pour les fusillades, on verra ensuite, mais laissez-moi opérer ! » Les Allemands repartent, furieux mais impressionnés – comme chaque fois, note Sadorski, qu'on hurle plus fort qu'eux. Après annonce au haut-parleur : « J'ouvre la grille, et je rentre avec les forces de l'ordre ! », Bassompierre fait ouvrir par les matons pour livrer l'assaut. Du personnel pénitentiaire, seul le surveillant-chef Delpont accompagne les miliciens. Il y a un grand silence. Et, une détonation. Un hurlement de détresse. Un deuxième coup de feu. Suivi d'une rafale, qui résonne dans les profondeurs d'un couloir désert. Un fusil-mitrailleur, servi par un milicien, a été mis en batterie sur un créneau de la barricade.

Le refrain rouge, de nouveau.

C'est la lutte fina-a-ale…

La chanson s'éteint. Coups de feu. Un râle s'élève. *AAAAAAAH*... Un prisonnier a été touché. Le râle est très haut et très lent. Le gars met du temps à crever, pense Sadorski. Encore un coup de feu. Là-bas on les tire maintenant comme des lapins. *Pan ! pan !* disait l'officier SS. Par mesure de sécurité, la grande grille a été refermée après le passage des miliciens, et de quelques officiers SS qui se sont infiltrés parmi eux. Les troupes de répression montent dans les étages en empruntant les petits escaliers creusés dans les murs. Les fusils-mitrailleurs sont mis en position dans l'axe de chaque division pour la prendre en enfilade, et vident des chargeurs entiers. On entend crier, sur les toits. Un cri d'effroi, frappé de désespoir.

— CAMARADES ! C'est l'armée d'occupation qui entre !...

Piétinements dans les corridors, les galeries. Séries de coups de feu. Rafales brèves de PM. On rouvre le secteur de détention et le commissaire fait avancer ses hommes. Sadorski, pistolet au poing, franchit la grille des Avocats au milieu du groupe de gardiens de la paix qu'il est chargé de piloter. Il y a encore du boucan vers le quartier haut, où les mutins dressent des barricades, lancent des plaques de fonte du haut des passerelles sur les francs-gardes. « Vive de Gaulle !... », « C'est la lutte fina-a-ale... », « Allons enfants... » Les lances des pompiers sont mises en action. Les armes automatiques crépitent. À mesure qu'il progresse, marchant sur les débris et les éclats de verre, Sadorski découvre son ancien lieu de séjour dans un état indescriptible : portes cassées, cellules saccagées, grillages découpés, rampes d'escalier tordues, fils électriques arrachés... Les vitres des parloirs sont brisées, les parquets défoncés, la peinture des plafonds déjà lépreux est tombée par plaques. Tout le matériel téléphonique est détruit. La bibliothèque a été mise en pièces. Des rafales d'armes automatiques ont percé des canalisations : affiches, reliures et pages déchirées nagent dans les flaques d'eau. Les ateliers sont sens dessus dessous. Des registres, brochures et travaux en papier faits par les détenus gisent dans tous les coins, gardes et policiers les piétinent sans souci d'une récupération possible. Le fauteuil du dentiste a été balancé du haut d'une coursive. On a mis le feu à des paillasses, provoquant un début d'incendie. Partout règne une odeur de brûlé. Ça pue aussi le vin, les types ont dû forcer la réserve. Mais les cadavres de mutins sont beaucoup moins nombreux que ce à quoi on pouvait s'attendre. Sadorski n'en a vu que quatre[1]. Les détenus terrifiés se pressent dans les cellules, de préférence celles dont le battant ferme encore. Ayant atteint le poste qui lui a été désigné, à la 7e division dans le quartier haut, l'IPA conduit le brigadier du seizième et ses hommes à une galerie du premier étage.

À l'intérieur des cellules, ils aperçoivent des faces hâves et fatiguées, des hommes livides de terreur à la perspective d'être fusillés. Pour la plupart entre vingt et trente ans, certains rasés et propres, d'autres avec une barbe de plusieurs jours qui leur donne un air suspect. Avec des gueules pareilles, s'ils passent devant une cour martiale leur compte est bon ! On leur interdit de parler entre eux. Sadorski reconnaît, prostré derrière les autres, un compagnon de détention.

— Hé ! Toi ! Viens un peu ici à la lumière !

Il lui braque sa torche électrique sur le visage, puis sur la chemise. Celle-ci dégouline de sang, sous le veston sale et poussiéreux.

— Tu étais à la 11e division ? Cellule 9 ?

— J'suis passé par la 9… Mais on m'a transféré à la cellule 2 à la fin du mois de mai.

— Nom, prénom ? Matricule ?

— Molmy… Pierre Henri Eugène… N° 10038…

— Né le… ? à… ?

— 14 avril 1923… à Cosne, dans la Nièvre.

— Demeurant ?

— 5, rue des Carmes. Paris, cinquième.

— Tu es blessé ? Tu saignes…

— N-non… enfin, juste une égratignure…

— T'es un mutin ?

— Non, je vous jure, monsieur !… La cellule 2 est au rez-de-chaussée, on a entendu, à travers la cour, vers 22 heures, un remue-ménage effroyable venant des 9e et 12e divisions… Un des détenus politiques

1. Il y en a eu six en tout – sans compter les fusillés par la suite.

des étages supérieurs nous a crié : « Détenus de droit commun, ne bougez pas, c'est l'œuvre de perturbateurs, vous vous exposez à des représailles… » Nous avons suivi ses conseils ! Je vous le jure ! Au bout d'une demi-heure, notre porte a été ouverte au moyen d'une clé, de l'extérieur… Malgré cela, nous avons tiré la porte sur nous d'un commun accord, moi et mes camarades, Goulard, Paquier et Watrin… On n'a pas bougé pendant une heure environ…

— Et comment t'as été blessé ?

— Un détenu… que je connais de vue seulement… m'a invité à l'accompagner… pour « constater les dégâts », il a dit… J'ai décidé d'aller vers l'infirmerie, avec l'idée de mettre mes quelques connaissances de médecine au service des blessés…

L'inspecteur ricane.

— Charitable de ta part. T'es médecin ?

— N-non, juste étudiant à l'école de pharmacie…

— C'est là que t'as appris à voler ? T'es ici pour quoi ? Si t'es pas un politique…

— Je suis seulement prévenu…

— Motif ?

— Escroquerie aux cartes d'alimentation… Mais je suis innocent !

— C'est ça. Et donc ?…

— Pour aller de la 11ᵉ division à la 5ᵉ, où se trouve l'infirmerie, je me suis engagé dans le couloir de la 7ᵉ, ici, en dessous… J'avais à peine fait une dizaine de mètres que quelqu'un a crié : « On tire des fenêtres des cellules donnant sur le mur de ronde. » Je me retournais pour m'enfuir, lorsque j'ai senti une douleur à hauteur de l'omoplate gauche…

— Ôte ta veste !

— Mais, euh, non, c'est pas grave…

Sadorski le bouscule, dégage le bras gauche, arrachant le veston. L'étudiant laisse échapper un hurlement de douleur. Le policier examine la blessure.

— T'as pris une bastos dans l'épaule, mon gaillard !

— Juste une éraflure, répète Molmy.

Sadorski se rappelle mieux le détenu, à présent. Le jeune Molmy n'est pas resté longtemps à la 11-9. C'était peu après sa propre arrivée depuis l'infirmerie de Fresnes. Ce petit con avait refusé de lui donner une cigarette.

— C'est pas une éraflure, mon gars. Y a pas d'orifice de sortie. Je te conduis illico à l'infirmerie à coups de pied dans le cul !

— Je... je préfère rester dans cette cellule pour le moment... Euh, y a sûrement là-bas beaucoup de cas plus graves...

— C'est gentil, tu veux pas déranger, hein ? (Il lui assène une tape sur la nuque.) On y va !

— S'il vous plaît, monsieur... Les blessés, ils vont les considérer comme des mutins... Ils seront exécutés !

— T'avais qu'à réfléchir avant d'aller te balader.

L'IPA l'empoigne, quitte avec lui la cellule, se tourne vers le gradé et les agents du seizième arrondissement.

— Au fait, chez vous y en aurait pas du commissariat de la Porte Dauphine ?

— Si, monsieur l'inspecteur, acquiesce le brigadier. Et pas qu'un seul ! Les gardiens de la paix Ladoue, Havard, Lamy, Snazo et Lafaysse, ici présents...

Sadorski, avec un mauvais sourire, s'adresse à ces derniers. Cette nuit sera la nuit des petites vengeances. L'animal humain a les plaisirs qu'il peut !

— Vous connaîtriez un collègue nommé Devulder, Maurice ?

— Oui, monsieur l'inspecteur, répond un moustachu, surpris. Il est bien de notre poste.

— Et sa femme est concierge avenue d'Eylau ?

— Exact, monsieur l'inspecteur.

— Aux Renseignements généraux nous avons des informations défavorables à son sujet. Déjà, en novembre dernier, le nommé Devulder avait dénoncé une lycéenne patriote en l'accusant d'espionner un général allemand, avenue Bugeaud...

Les gardiens de la paix froncent les sourcils, échangent des regards.

— J'me rappelle, fait l'un d'eux. Il en avait causé au brigadier… C'est remonté jusqu'à l'inspecteur Pinson, et à notre commissaire…

— Voilà ! opine Sadorski devant le gradé perplexe. Car à la 3e section des RG, nous connaissons tout, et savons tout ! Eh bien, pour votre gouverne, le gardien Devulder avec son épouse, ils sont mouillés *jusqu'au cou* dans de belles saloperies ! Trafics de boustifaille, d'alcool, marché noir, dénonciations aux Chleuhs – contre récompense, bien entendu… À mon avis, y a eu quantité de Français et de Juifs déportés à cause de la bignole infernale et de son conjoint ! Mais les Devulder c'est des rusés, ils ont su rester discrets. Bref, s'il se trouve parmi vous des fonctionnaires patriotes, comme, je n'en doute pas, l'immense majorité des gardiens de la paix parisiens… Faites passer le mot. Notez le nom de Devulder, Maurice, dans vos listes de collabos et de traîtres. Refilez l'information à vos syndicats de policiers résistants. Pour quand sonnera l'heure du grand nettoyage au sein de la maison ! Car il y va de l'honneur de notre police ! Pigé, messieurs ?

Deux ans plus tôt, il aurait accusé le gardien Devulder de complicité avec les terroristes. Aujourd'hui, le vent ayant tourné, les délits qu'il vient d'inventer auront plus d'effet chez de simples poulets municipaux, lesquels deviennent de plus en plus patriotes à mesure de l'approche des Anglo-Américains ! Ses vis-à-vis hochent la tête en grimaçant des sourires. Devulder étant réellement un sale type, ils doivent le détester. Leur chef s'alarme :

— Mais, monsieur l'inspecteur, et le détenu ? Si vous l'embarquez pour l'infirmerie, il risque en effet d'être fusillé… Les miliciens comme les Boches ça ne rigole pas !

Le collègue a raison. Histoire de maintenir la consistance avec son personnage de flic bourru mais bon bougre, et patriote, Sadorski réplique à mi-voix, avec un clin d'œil :

— Ne vous en faites pas, brigadier : je le ramène à sa cellule, dans la 11e division, je connais le chemin. La blessure du môme peut attendre que la Milice ait quitté les lieux. Gardez vos positions sur la galerie ! Et respectez la consigne, soyez prudents !

Il redescend l'escalier en colimaçon avec l'étudiant Molmy. En bas, il tourne à droite. Son prisonnier bégaie :

— Mais… la 11e, c'est de l'autre côté…

— Faut pas croire tout ce que t'entends, mon p'tit gars. Allez, ouste !

Le policier resserre sa pression sur le haut du bras valide, mène son captif à l'infirmerie, où il le recommande aux francs-gardes dotés de mitraillettes Sten postés à l'entrée.

— Je l'ai déniché au fond d'une cellule qu'était pas la sienne… Un mutin qui se planquait, pas de doute. Vous lui avez déjà tiré une balle dans l'épaule !

Le plus jeune des miliciens rit méchamment.

— Dès qu'on l'aura soigné il passera devant la cour martiale. Comptez sur nous, inspecteur. Y montent déjà les poteaux, sur le chemin de ronde !

Partout les cellules sont grandes ouvertes. « Police ! Haut les mains ! Sortez un par un… » Sous la menace des PM braqués sur eux, les détenus apparaissent, hagards. Cette foule docile est poussée le long des couloirs des divisions, les bras levés. « Ouste ! dans la cour, tous ! » Une centaine de jeunes droits-communs y sont alignés, mains en l'air et face tournée contre le mur. Des miliciens les surveillent, prêts à faire feu. D'autres les fouillent. On opère un premier tri. Il paraît que ces jeunes sont les mutins qu'on va fusiller. Les gars des divisions 9 et 12. En allant prendre l'air dans la cour d'honneur, Sadorski constate que des gardes interdisent l'accès au chemin qui se dirige vers l'angle des rues de la Santé et Jean-Dolent. Là-bas, au pied du mur d'enceinte, des ouvriers s'activent, on entend des coups de marteau. Les poteaux pour les exécutions. Dans la cour, parmi les nombreux véhicules de police et autres, il remarque une voiture des pompes funèbres entourée de ses croque-morts. Le ciel au-dessus du portail est blanc et laiteux, le temps ce samedi s'annonce estival. L'inspecteur allume une gauloise. Il est 10 heures, à la Santé le calme est revenu. Les oiseaux gazouillent dans les feuillages du boulevard. Il aperçoit le secrétaire Rambon, un journal plié sous le bras. Le visage étroit du policier de la section antiterroriste s'éclaire à la vue de son collègue, ses yeux globuleux se plantent dans les siens.

— Ah, Sadorski ! Votre score ? Combien ?

— Deux, réplique l'interrogé, en songeant à l'étudiant en pharmacie.

— Trois. J'ai gagné, sourit Rambon. Et les nouvelles du jour sont excellentes !

Il brandit son exemplaire tout frais du *Matin*.

— Lisez ! Sur le front de l'Ouest, l'ennemi n'a pu opérer nulle part de percée… Deux vedettes rapides anglaises ont été coulées par des tirs de riposte allemands… Doriot est revenu de Normandie, il révèle les massacres de Caen… En Russie les bolcheviks sont stoppés à l'est et au nord de Grodno… Paris a désormais une avenue Philippe-Henriot à la place de l'avenue du Président-Wilson… Et, le meilleur pour la fin : cette pourriture de Georges Mandel s'est fait descendre !

— Hein ? Montrez-moi ça…

L'article est minuscule, quelques lignes en bas de la une. Un entrefilet.

Le Juif Mandel a été abattu

L'ancien ministre juif Georges Mandel avait été transféré par les services allemands à la prison de la Santé et remis au service pénitentiaire français. Durant son transfert dans un camp d'internement, la voiture qui le transportait a été attaquée sur la route et au cours de l'échauffourée, Mandel a été abattu.

Une information judiciaire est ouverte.

Sadorski, pensif, rend le quotidien à son camarade. L'auteur de l'écho, qui paraît huit jours après l'assassinat – sans que celui-ci soit daté, du reste –, s'est contenté d'indiquer : « et remis au service pénitentaire français ». Nulle part il n'est fait mention de la Milice.

14
Le bar du Pershing

L'INSPECTEUR SPÉCIAL Cuvelier n'a pas pris son service ce lundi matin 17 juillet. Sadorski a été obligé de le remplacer par un autre collègue peu fiable, l'inspecteur spécial Balcon – tout en se jurant de passer un fameux savon au retardataire, qui ne s'est même pas donné la peine d'un coup de fil pour prévenir le secrétariat de la section ! Ils sont donc quatre au total comme initialement prévu – Boutreux, Vilfeu, Balcon et le brigadier-chef Sado lui-même – à transpirer, sur des vélos empruntés à la préfecture ou sur les leurs propres, en route pour les beaux quartiers de l'ex-capitale. Dressés en danseuse au-dessus de leur selle, soufflant lourdement à cause de la pente, et de la température qui grimpe elle aussi, sous le ciel bleu limpide, ils remontent à allure réduite la tout nouvellement baptisée avenue Philippe-Henriot. Ils ne sont pas seuls : les petites reines pullulent, enfourchées en majorité par des femmes jeunes, et décidément la mode est aux jupettes abat-jour qui découvrent avec générosité leurs cuisses roses, parfois davantage. Les pédaleurs des RG se retournent fréquemment. Rouges et suants, ils ne savent plus où donner de la tête, et des regards.

Sadorski, comme la veille lorsqu'il a effectué un premier repérage boulevard Pershing avant de rendre visite à la famille Perret – pour toucher ses premiers 10 000 francs hebdomadaires ainsi que les colis de nourriture –, porte l'imperméable blanc à épaulettes de coupe germanique dont l'avait gratifié Baillet le 7 juillet, pour le transfert de Mandel. Dans son portefeuille il n'a pas oublié de glisser sa carte de la Sipo-SD au nom de « Leo Schenk ». En roulant il sifflote la chanson du troubadour des *Visiteurs du soir*. À Iéna, le quatuor de policiers oblique vers la droite afin de rejoindre l'avenue de Malakoff vers la Porte Maillot. Le détour leur est imposé par les travaux sur les chaussées des quartiers du centre, effectués depuis quelques semaines par des équipes françaises de terrassiers obéissant à de mystérieux ordres allemands. Les ouvriers creusent des fossés transversaux, d'un mètre environ de largeur et de profondeur, d'une façade à l'autre en découpant également les trottoirs. Les tranchées sont garnies de coffres en bois qui ménagent un trou de quelques centimètres de diamètre, puis du béton est coulé autour de ces coffrages jusqu'au niveau de la chaussée. Une fois le ciment sec, les coffrages sont démolis et les trous masqués par une dalle. Les Parisiens voient avec inquiétude des groupes de spécialistes habillés de curieux vêtements en toile, peints en style « camouflage », descendre dans les égouts. On raconte que les Fritz ont décidé de miner les sous-sols, et qu'ils détruiront la ville au moment opportun si Hitler le veut… Que l'Allemagne, tentant sa dernière chance, va employer les gaz, que tous ses soldats reçoivent actuellement une piqûre pour être immunisés, et que la guerre va devenir de plus en plus atroce ! La France sera ratiboisée de Caen jusqu'à Strasbourg…

Avenue Kléber, l'hôtel Majestic, siège du commandement militaire allemand en France, a été transformé en blockhaus, et dans les jardins du Luxembourg, sur la rive gauche, a débuté la construction d'un immense bunker, à l'est du palais où siège l'état-major de la Luftwaffe. Tout le quartier de la place Beauvau et du faubourg Saint-Honoré est barré par des chevaux de frise hérissés de fil de fer barbelé. Au bord des grandes artères autour de l'Étoile s'alignent des convois militaires à l'arrêt camouflés par des feuillages, y compris sur les cuisines roulantes. Destination la Normandie. Rien à voir avec les fringants défilés SS de naguère, acclamés par les foules de collabos faisant le salut hitlérien !

Les citadins assis sur des chaises dans les jardins des Champs-Élysées lisent le journal ou tricotent en observant ces colonnes avec ironie. On baguenaude d'un air innocent le long des camions de l'« invincible » armée motorisée… sans y regarder de trop près cependant, car les soldats ou les feldgendarmes sont susceptibles et gardent un doigt nerveux sur la détente de leurs armes automatiques.

Les terrasses de la place Victor-Hugo sont bourrées d'officiers et de gradés *feldgrau* qui se rafraîchissent en buvant des bocks. Les vitrines presque vides des boutiques de chapeaux, de sacs ou de souliers – celles qui ne sont pas fermées – ne présentent que des objets factices. Les rares automobiles sont allemandes et roulent à l'essence. Pratiquement tout le monde circule à bicyclette. Avenue Foch en direction du bois de Boulogne, une élégante se déplace en calèche, conduite par un cocher coiffé d'un haut-de-forme. Sur un banc de l'avenue de Malakoff, un sergent mélancolique est assis, son fusil Mauser contre les jambes, entre deux bonnes d'enfants. Il émiette un bout de pain aux pigeons et aux moineaux. Les employées font comme s'il n'existait pas.

Tandis que l'IPA et ses adjoints progressent vers la Porte Maillot, les autres membres de sa brigade, se réjouit Sadorski, sont employés de manière utile. Quéau enquête sur l'étudiante Monique Mézard, la baladeuse du fiston aux jardins du Trocadéro ; Piazza, poursuivant ses recherches à propos des Zembrowski, questionne les concepiges de la rue de l'Abbé-Groult, et madame s'affaire aux petits soins pour sa vendeuse chef, en congé du rayon parfums de la Samaritaine ; Kaiser s'enquiert dans les bistrots d'éventuels témoins de la fusillade de la place du Louvre ; enfin Cuvelier – c'est peut-être la cause de son retard, quoique ce baltringue aurait pu téléphoner – se renseigne auprès de ses potes gestapistes français, sur la fausse plaque minéralogique de l'auto des soi-disant inspecteurs boches qui ont embarqué le type blessé.

— Si on allait au cirque, patron ? propose Boutreux pour blaguer. Voir les tigres et les lions…

— Sans oublier les écuyères ! ricane Balcon.

Vilfeu signale :

— J'y étais samedi avec ma poule, y a une contorsionniste des plus gracieuses, Mlle Beby qu'elle s'appelle…

Place de la Porte-Maillot ils contemplent, à côté des clochetons pointus et des montagnes russes de Luna Park, la vaste tente du Nouveau Cirque de Paris, que dirige Mme Émilienne Amar. Les cyclistes entendent barrir les éléphants, et rugir les fauves. Un bonimenteur s'adresse à la foule, il annonce la séance de 15 heures. « Entrez, entrez… demi-place pour les enfants… » Sadorski tout en pédalant s'informe auprès de Vilfeu.

— Y a des clowns ? Moi ils me font pas rire, mais mon Yvette elle adore ça !

— Oui, chef, les deux clowns Despard et Charley, bien poilants, mais aussi un numéro de jongleur comique présenté par Émile Loyal, et puis les deux nains Eugène et Robert qui font un combat de boxe burlesque…

Une file de spectateurs s'allonge devant l'entrée de Luna Park, dont les portes vont s'ouvrir à 14 h 30. Un feldwebel y escorte un groupe de permissionnaires de la Wehrmacht. Ceux-ci sont extrêmement jeunes, des gamins boutonneux, on dirait que le Führer recrute désormais à la sortie des écoles. On distingue aussi des couples dans la file, parfois une Française et un Fritz ensemble – ce qui bientôt ne se verra plus ! Sadorski a visité le parc avec son épouse en septembre de l'année précédente, deux mois avant son arrestation. Il l'avait épatée par son adresse au tir forain, le couple s'est enlacé dans leur barque sur la rivière mystérieuse, Yvette criant de peur lors de la descente des rapides… Ils se sont fait photographier ensuite dans le faux biplan en toile peinte, et bien secouer dans le manège des autos-tampons. De beaux souvenirs ! Ce serait peut-être une bonne idée d'y retourner pour fêter sa liberté retrouvée. Dimanche prochain, pourquoi pas ? Les affiches vantent le nouveau décor de music-hall : le « théâtre de verdure ». Ça pourrait leur plaire. Et ils raconteront à Julie, le soir, en rentrant quai des Célestins.

Les inspecteurs ont dépassé la tente et le parc d'attractions. À l'angle du boulevard Pershing, non loin des barrières et des sacs de sable du poste de contrôle allemand de l'avenue de Neuilly, le brigadier-chef freine et met pied à terre, imité par son équipe. Pour une petite conférence sur le trottoir, hors de vue de leur objectif, et de ses clients.

— Bon, écoutez, les gars. Ce qui s'annonce pour vous est un filochage des plus difficiles. Je vais entrer dans un bar-restaurant nommé Le Pershing, au n° 1 de ce boulevard. J'y ai mis les pieds pour la première fois hier, afin de tâter le terrain, après avoir pris quelques renseignements. Les tarifs, j'ai pu le constater, sont du genre chéro : entre 30 et 40 francs pour un apéritif, entre 800 et 1 200 francs pour un repas. Le patron est un Corse du nom d'André ou Ange Santolini, dit « Santos » ou « Paul le Marseillais », né en 1885 à Vintimille, membre du PPF, escroc notoire, informateur pour le Milieu et indic de la Gestapo de l'avenue Foch. La caisse est tenue par sa concubine, une Mme Blondeau Henriette, née à Philippeville, Algérie, demeurant avec lui au 58, avenue des Ternes. Elle et Santolini ont acheté le Pershing en novembre 1941, en association avec une certaine Mme de Rovera. L'établissement a ouvert en février 42. Le contrôle économique a ordonné sa fermeture de juin 43 à février de cette année pour infractions au règlement sur le ravitaillement. Le nommé Santolini est noté aux Sommiers comme ayant été condamné à une amende de 1 800 francs, au mois d'avril, pour fabrication et vente de fausse absinthe, fraude au régime fiscal, fraude au régime économique, fraude sur les tabacs, etc. L'employé à qui j'ai parlé, un jeune Corse nommé Paul Damiani, dit « Pierrot » ou « Barthy », qui officie en général derrière le bar, est milicien et le neveu du patron. Un petit brun avec une tête de malfrat. Ce restau, c'est un foutu nid de collabos, de miliciens et de gestapaches.

Ses auditeurs font la grimace. Quelle que soit leur opinion politique, ils savent que les rencontres, pour des policiers français ordinaires, avec ce genre d'individus sont une source potentielle d'ennuis graves. Bagarre, échange de coups de feu, voire séquestration dans des locaux louches où se pratique l'interrogatoire musclé…

— Je vais m'installer au bar américain. Vous autres restez dehors. Il faudra qu'un de l'équipe au moins m'observe en permanence. Quand le gonze que vous avez mission de filocher – j'ai su qu'il déjeunait ici aujourd'hui – se préparera à quitter le restau, seul ou accompagné, je sortirai mon exemplaire du *Matin* de la poche gauche de mon veston et le poserai sur le zinc. Après, c'est à vous de jouer ! Moi en principe je ne bouge pas du bar. Signalement de notre suspect : trente-quatre ans, brun, cheveux gras coiffés en arrière, grandes oreilles, nez long, menton fuyant, cou empâté, épaules tombantes. Petite tête mais corpulent. Des yeux fuyants et une sale bobine de maquereau. Ah, détail notable : la mâchoire supérieure entièrement garnie de ratiches en or. Un pactole sur pattes ! Lorsqu'il lui prend l'envie de sourire, c'est carrément les illuminations de Noël !

Les collègues rigolent.

— Vous marrez pas tant, l'individu est dangereux. Se balade toujours armé, en principe un Parabellum allemand 9 mm. Un tueur sans scrupule qui a déjà dégommé pas mal de gens. Son vrai blaze est Solnen, Maurice, *alias* Mansuy *alias* Jean Cheval ou « Dents de cheval ». À cause de ses jolies chocottes aurifiées.

— S'agit pas de l'arrêter, chef ?

— Surtout pas ! Vous le suivez et ensuite établirez un rapport à mon intention. Affaire strictement confidentielle, n'en parlez à personne à la PP, ni même chez nous dans la section. Je veux savoir qui Solnen fréquente, où il loge actuellement, etc. Peut-être rue Saint-Lazare, à l'hôtel Brittany, ou en face dans la même rue. En général il pilote une traction Citroën noire avec des roues jaunes.

Balcon s'inquiète :

— Mais nous on est à vélo ! Ça sera duraille…

L'IPA hausse les épaules.

— Je vous foutrai pas à l'amende si le gars vous sème. (D'un geste ample, il leur indique les alentours :) Mais gaffez un peu, aujourd'hui Paname c'est une marée de cyclistes ! à cause des lignes de métro fermées, des alertes, et puis du beau temps… Les véhicules à quatre roues sont embarrassés pour rouler vite – à moins de foncer dans le tas, comme n'hésitent pas à le faire les camions chleuhs. Quand le conducteur appuiera sur le champignon, vous aurez qu'à piquer des sprints ! Essayez de pas vous faire trop distancer. Gardez la traction à l'œil et recollez-lui au cul dès que possible !

Boutreux fait la moue.

— On est pas Bartali ou De Simpelaere, patron…

— Ben, imaginez que vous l'êtes ! Toi, déjà, t'es un poids plume, ça devrait t'avantager… Allez, on y va !

Les quatre inspecteurs se remettent en selle, gagnent l'extrémité du boulevard, là où il rejoint la place de la Porte-des-Ternes. Sur le vélum rouge du restaurant est inscrit en lettres dorées : *Le Pershing*. Trois autos attendent garées le long du trottoir : une Peugeot 202 bleu foncé à gazogène, un cabriolet à essence Rosengart LR4 vert pâle avec des garde-boue bleus, et une « 11 légère » noire à roues jaunes.

À partir de cet instant ils feignent de ne pas se connaître. Les filocheurs se postent en des points divers mais à courte distance des vitres de l'établissement. Balcon allume une cigarette, Vilfeu déplie un journal sportif, Boutreux s'adosse à un platane et consulte sa montre-bracelet comme s'il attendait un rendez-vous. Ils ne s'éloignent pas trop de leurs bicyclettes. Sadorski boucle l'antivol de la sienne, garée bien en vue devant le n° 1, puis il pénètre à l'intérieur du Pershing.

Le courant y est coupé de nouveau après le bref intervalle de midi, les appliques éteintes, mais le soleil du dehors suffit à éclairer la salle. Une tablée bruyante attire tout de suite l'attention du policier. Neuf ou dix consommateurs, éméchés, dont une femme, autour de plats de viande en sauce accompagnés de nombreuses bouteilles, pleines ou déjà vides. Mansuy fait partie des convives. Les odeurs de la cuisine du Pershing sont appétissantes et toutes les tables occupées, par une clientèle bourgeoise ou martiale – on compte plusieurs uniformes bleus de la Milice. Certains convives, en civil, parlent allemand entre eux. Sadorski se dirige comme la veille vers un tabouret du bar. Cette fois, il tombe sur une connaissance. L'« inspecteur » Vermont qui l'a conduit de Fontainebleau à Versailles, après que Dents de cheval a rectifié le ministre juif.

L'homme, en civil comme l'autre jour, a le teint empourpré, la mine réjouie. Il semble lever le coude au bar depuis un certain temps. En compagnie d'un jeune franc-garde en uniforme. Dont les épaulettes portent deux galons d'argent.

— Monsieur… quelle surprise ! *Herr*, euh… *Herr* Schenk, c'est bien ça ?

— *Jawohl*, grince Sadorski, reprenant plus vite qu'il ne l'avait prévu son rôle du 7 juillet. Comment allez-fous ? monsieur Fermont ?

— Ça peut aller, rigole le Picard. Dites donc, vous nous avez bien faussé compagnie, il y a dix jours… Au retour du bistrot on ne vous a plus revu !… (Sadorski répond par un grognement.) Remarquez, vous avez bien fait ! Qu'est-ce qu'on s'est payé comme emmerdements, avec la police puis avec nos chefs ! Alors que ni moi ni Templé on pouvait savoir ce qui allait se passer… Vous prenez un verre ? (Il cligne de l'œil.) Y a de l'absinthe, ici. Pas tout à fait le produit authentique mais presque. Tenez, je vous présente… Claude Dagron, chef de trentaine[1], il est caserné au lycée Saint-Louis après avoir été à Auteuil ; mais il nous arrive de Lyon. Là-bas il faisait partie du 2e service sous les ordres du chef Lécussan. Voici M. Schenk, de la Sipo-SD.

— Enchanté…, dit Sadorski.

— Moi aussi, monsieur Schenk.

Ils se serrent la main. La poignée du milicien est nette et virile, tout comme son aspect : cheveux châtains taillés en brosse, visage énergique, à la mâchoire carrée, volontaire. Vingt ans environ, de taille moyenne, fortement musclé sous la chemise bleue un peu juste. Ses mains paraissent très propres et les ongles particulièrement soignés. Mais le trait le plus remarquable, ce sont les yeux : gris, ou plutôt un marron-vert qui donne l'impression du gris. Pas exactement brillants mais aigus. L'inspecteur, mal à l'aise, se sent transpercé de manière inhabituelle par ce regard. Il n'a pas affaire à un individu

1. Les miliciens sont organisés en « mains » (cinq hommes), dizaines, trentaines, centaines et « cohortes » (trois ou même quatre centaines, plus une trentaine de commandement). Chef de trentaine correspond au grade de sous-lieutenant dans l'armée.

quelconque. Le nommé Dagron a déjà tué, c'est évident, mais il y a autre chose. D'instinct, ou d'expérience, il soupçonne que ce jeune costaud en uniforme, à la figure honnête et banale – hormis les yeux –, prend dans l'acte de tuer un plaisir majeur. S'occupe-t-il en préférence des Juifs ? ou des communistes ?

— Fous êtes lyonnais, *Herr* Dagron ?

— Non. Normand d'origine. Mes parents tiennent une crèmerie à Neuilly. « Beurre-œufs-fromages »…

Il a prononcé les trois derniers mots avec une nuance de dédain, ou d'amertume. Sadorski devine que dans un secteur aussi huppé que Neuilly, ce positionnement social lui a occasionné des déboires. Avec ses condisciples au lycée, ou les demoiselles du cru. Fréquenter *le fils de la crémière*…

— Et vous, monsieur Schenk ? Vous n'avez pas vraiment l'accent allemand.

L'interpellé est aussitôt sur ses gardes.

— Fous afez raison, monsieur Dagron. Mes parents et ma femme habitent présentement Karlsruhe (par sécurité il a choisi, en vitesse, une ville qu'il connaît), mais j'ai fécu toute mon enfance en Alsace…

— L'Alsace fait maintenant partie du grand Reich, observe Vermont.

Le barman se rapproche. C'est toujours le petit brun avec sa bobine de voyou.

— Et pour monsieur, qu'est-ce que ce sera ? Un ballon de fine, comme hier ?

Il a un léger accent méridional. Nice ou Marseille, difficile de discerner laquelle des deux.

— *Ja, danke.*

L'inspecteur milicien se penche sur le comptoir.

— Tiens, Pierrot, remets-moi un Martini ! Toi aussi, Claude ?

— Merci, je bois très peu.

— Fous êtes déjà allé en Allemagne, monsieur Dagron ?

Celui-ci acquiesce.

— Début 43, au retour des Chantiers[1], pour lesquels je m'étais porté volontaire, j'ai signé mon engagement à la LVF.

— *Warum ?*

— Après avoir servi le Maréchal, en Isère dans l'air pur de la montagne, retrouvant Paris j'ai méprisé ses habitants. Pâles, mal habillés, l'air veule, ces gens-là *méritaient* la défaite ! Leur attitude vis-à-vis des Allemands – pardonnez-moi, monsieur – était celle de vaincus, pas de collaborateurs. Le couple France-Allemagne avait une chance de rebâtir l'Europe, d'extirper le communisme. Encore eût-il fallu que ce soit un couple d'égaux ! Mais ce n'était que l'association du maître et du serviteur...

— Fous croyez ?

— Le spectacle était démoralisant. Marchant dans la rue, je me mettais en colère tout seul. Nos Parisiennes exhibant leurs coiffures absurdement hautes, leurs grossières semelles de bois, leurs indécentes jupes trop courtes, je les aurais volontiers fouettées... Non parce qu'elles couchaient avec l'ex-ennemi, mais parce qu'elles lui donnaient l'exemple de notre immoralité. Quel manque de fierté !

Sadorski entame son verre de liqueur.

— *Vielleicht*. Peut-être afez-fous raison. Et les hommes ?

— Ah ! Avec leur toupet de cheveux, leurs souliers vernis aux semelles de scaphandrier, leurs pantalons en tuyau de poêle, leur veste sac... Leur adoration pour la musique de négros... Les « zazous »... Ils étaient l'image de ces efféminés qui menèrent Byzance à sa perte ! Hitler, clairvoyant, a reconnu dans Paris une capitale du stupre, le lieu idéal pour le repos du guerrier nordique... C'est pour ça qu'il hésite à la raser. (Dagron soupire.) Non, l'autorité du Maréchal ne venait pas jusqu'ici. Chaque nuit s'ouvrait un nouveau cabaret, une nouvelle boîte de nuit, un nouveau lupanar... On ne songeait qu'à s'amuser, l'argent coulait à flots ; en somme, tout le monde était content ! à part quelques youpins, quelques bolchos, rarement des Français, qu'il a

1. Chantiers de la jeunesse française (CJF) : organisation paramilitaire obligatoire pour les jeunes gens de zone libre et d'Afrique du Nord en âge d'accomplir leur service militaire (lequel avait été supprimé par l'armistice du 22 juin 1940).

fallu passer par les armes… Mes compatriotes se plaignaient de ces attentats terroristes. Parce que cela provoquait des fouilles, des contrôles, des allongements du couvre-feu… des fusillades d'otages… Bref, ça troublait la paix, et leur petite tranquillité d'heureux vaincus !

Le prétendu Leo Schenk sourit. Sur ce point, Dagron n'a pas tort, lui-même a pu le constater en tant qu'inspecteur de police travaillant sur la voie publique. Les vrais sentiments de la population, à la direction générale des Renseignements généraux et des Jeux, on connaît.

— Bien sûr, précise le franc-garde, j'en voulais aux poseurs de bombes, aux dessoudeurs de troufions allemands ou de collaborateurs, de chercher à détruire l'Ordre nouveau… Pourtant, au milieu de la veulerie générale, ces types étaient les seuls à *agir*. Leurs idées étaient fausses, mais ils combattaient dignement pour elles. J'en arrivais à mépriser mes « amis » et à estimer mes ennemis. Vous savez, monsieur, en 1940 j'ai failli partir à Londres rejoindre de Gaulle ! Mais mon père me l'a défendu. Lui était Croix-de-Feu, et moi jadis à l'Action française. Il pensait qu'il valait mieux suivre Pétain. J'ai obéi sans trop de regret.

— Et l'Allemagne ?

— Pardon, j'oubliais. Je pensais, voyez-vous, que par leur sacrifice, des jeunes Français pouvaient racheter la honte de notre défaite en mêlant leur sang à celui de leurs frères d'armes allemands – comme l'a déclaré le capitaine Bassompierre dans un meeting de soutien à la LVF. Le choix de mes concitoyens se réduisait désormais à celui-ci : être pour le Maréchal, ou contre la France. Je suis donc parti un matin à la gare de l'Est. Ma mère pleurait. Mon père, ancien combattant, m'a félicité. « Tu fais ton devoir. Je suis fier de toi, mon fils. » Notre voiture de chemin de fer a roulé pendant deux jours, lentement, à travers les territoires du Reich. Nous portions encore nos habits civils. Une nuit, alors que nous bavardions – je me souviens, c'était une grosse discussion sur les divers moyens de tuer les vieillards et les inutiles, Juifs compris –, le train a freiné brutalement. J'ai entendu des coups sourds à l'avant, et des vrombissements d'avions. Je me suis senti précipité au sol, j'ai vu notre compartiment basculer. Il y a eu un fracas énorme, les bagages ont chuté du filet, la fenêtre a volé en éclats. J'ai perdu connaissance. Quand je me suis réveillé, indemne, l'adjudant se vidait de son sang, nous avions des blessés et des morts. Deux engagés malhonnêtes en ont profité pour faucher ma valise, elle avait disparu, mais je ne pouvais rien prouver. En tant que sous-off le plus gradé j'ai pris le commandement. Je vous la fais courte, on est repartis dans l'autre sens. Gare de Francfort-sur-l'Oder, plus ou moins détruite. Le commissaire de la gare nous haïssait, nous les Français. Mon groupe a poireauté longtemps, puis on nous a envoyés au *Soldatenheim*. Le concierge a rouscaillé parce que je n'avais pas d'ordre d'hébergement, il a téléphoné à notre unité. Un officier de la LVF est venu nous chercher au bout d'une heure. Et là, monsieur, mon cœur s'est serré, voyez-vous. On m'avait affirmé, à Paris, que depuis sa reconnaissance par les vôtres, la Légion portait l'uniforme français. Or cet officier avait un uniforme *allemand* avec, sur la manche, un écusson tricolore. Et à l'épaule, les deux galons d'or d'un lieutenant français. Je l'ai interrogé, dans le camion : « On m'avait dit, à Paris… — Ce qu'on dit à Paris ! Ici, ce sont les Allemands qui décident. » J'ai bégayé que je tenais à l'uniforme français. Il a éclaté de rire. « Un uniforme français ? Vous voyez ça, sur le front russe ? Si nous étions cent mille, pourquoi pas. Mais nous ne sommes que deux mille. C'est déjà bien beau que nous ayons un écusson… Et puis si les Russes nous font prisonniers dans une autre tenue que celle-ci, ils peuvent nous fusiller comme francs-tireurs ! » J'ai gueulé que c'était non seulement de la lâcheté mais une trahison, que pour moi, pour nous, l'uniforme était une condition *sine qua non*. Car les statuts de la LVF prévoyaient qu'il serait celui de l'armée française, avec insigne distinctif pour les grades ! Le lieutenant s'est foutu de moi. « Ha ! ha ! Il vous faut peut-être des gants blancs, aussi… Pour ne pas vous abîmer les mains… »

L'inspecteur comprend parfaitement l'attitude du jeune soldat. Lui-même s'est engagé en 17, à dix-sept ans, a été blessé deux fois. L'uniforme bleu clair du poilu, il ne l'aurait échangé contre aucun autre ! Mais ça, il ne peut aujourd'hui l'exprimer à ces deux miliciens qui le prennent pour un Boche.

— Je fous approufe, monsieur Dagron. À fotre place, j'aurais pensé la même chose. J'ai été soldat, je me suis battu, tout jeune, à Ferdun. Mais de l'autre côté… (Il ajoute, toujours souriant :) L'Alsace était déjà allemande, à l'époque…

Vermont lève son Martini.

— *Prosit!* À la victoire de l'Allemagne !

Le toast est salué par des rires et des exclamations provenant de la grande table. Là-bas Mansuy, qui a reconnu Leo Schenk, lui adresse un signe de tête, en levant une coupe de champagne. Le faux agent du SD lui répond avec son verre de cognac. Une autre figure de connaissance, près de l'homme aux dents en or, est Boero, le chef niçois, la figure de mode. Et, présidant la tablée, Sadorski croit identifier Jean Bassompierre – qu'il a vu samedi à l'aube diriger l'assaut contre les mutins. C'est un grand brun découplé au visage ovale, dans les trente ans, avec des lunettes à monture d'écaille. Costume de bonne coupe, larges épaules, traits distingués, yeux myopes, expression aimable un peu rêveuse par moments. La table voisine est occupée par deux jeunes gens en uniforme bleu, pistolet à la ceinture. L'un d'eux a déposé sa mitraillette Sten contre le mur. Sans doute les gardes du corps de l'inspecteur général.

— Au camp de la LVF, poursuit Dagron, l'expression sombre, sur le grand mât du drapeau flottait votre oriflamme rouge et blanc à croix gammée… À côté, un petit, mais vraiment petit, fanion français. Le lendemain, le fourrier me tend une veste. Une veste *feldgrau*. J'ai secoué la tête : « Je veux un uniforme *français*. » Le gars m'a regardé comme si j'étais fou. Il est parti chercher un adjudant. « Votre nom ? — Dagron. — Votre grade ? — Sergent. — Vous refusez de vous habiller ? — Je refuse de revêtir l'uniforme allemand. À Paris, on m'avait dit… — Paris, je m'en fous ! Ici, on fait la guerre. On vous a fait signer un engagement. Obéissez. *Und schnell!* » Il me parlait déjà en boche ! J'ai répété que j'étais un soldat français, pas allemand. Il m'a emmené devant le commandant du camp. Celui-là était un lieutenant un peu gros, boudiné dans son uniforme, le col ouvert, la physionomie énergique. Il me rappelait Doriot. Plus tard j'ai réalisé que *c'était* Doriot. Quand je pense que naguère j'étais allé l'applaudir salle Wagram à un meeting du PPF, et que, séduit par cette force de la nature, par sa pensée, claire, impitoyablement logique, de pure tradition française, j'avais signé un bulletin d'adhésion ! (Il récite, fermant un instant ses yeux gris :) *Sous le signe de Jeanne d'Arc, qui s'est levée seule et a dit non… Au nom du peuple et de la patrie, je jure fidélité et dévouement au PPF, à son idéal, à son chef… Je jure de consacrer toutes mes forces à la lutte contre le communisme et l'égoïsme social… Je jure de servir jusqu'au sacrifice suprême la cause de la Révolution nationale d'où sortira une France libre et indépendante…* Eh bien, le lieutenant Doriot s'est foutu de moi, m'a traité de pauvre con. Il m'a demandé si je persistais. « Je persiste, mon lieutenant. — Très bien. Rébellion. L'étape suivante c'est le conseil de guerre. »

Accoudé au comptoir, Vermont hoche la tête, les joues rouges, le nez luisant. Il a déjà entendu ce récit, semble-t-il. Ça le fait glousser dans son verre. Dagron ricane.

— Je termine, monsieur Schenk. Après quinze jours à la prison militaire de Francfort, je suis passé devant un tribunal allemand. Je m'attendais au poteau. Mais non : cinq ans de travaux forcés. Dans une mine de sel en Pologne. Avant qu'on m'y envoie, j'ai écrit à Doriot une lettre fulminante. Il ne m'a pas répondu. Toutefois, au bout de quinze jours, me voilà gracié ! Deux mois plus tard je débarquais du train à Paris. Voilà l'histoire de mon expérience allemande, monsieur. Mais, viré de la LVF, je n'ai jamais combattu les Russes… alors que j'avais commencé à apprendre leur langue ! Avouez que c'est ballot, hein ! Un camarade rentré en permission m'a raconté que la Légion ne participe plus aux combats de première ligne, mais est chargée la plupart du temps de piller les isbas afin de trouver le ravitaillement chez les paysans russes. On les pille, et on les fusille dans le cas où ils manifestent leur mécontentement. Et par la suite on viole les jeunes filles et les femmes…

Il secoue les épaules comme à regret, et allume une cigarette.

— Je vous ai déjà vu, monsieur. Vous étiez à la Santé, n'est-ce pas ? Avant-hier ?

L'intéressé réplique, pris de court, réfléchissant à vitesse grand V :

— J'y étais, monsieur Dagron. Avec le SS-*Sturmbannführer*[1] Hagen, de l'état-major du général Oberg.

— C'est ça. Cependant, je crois vous avoir remarqué en compagnie d'un inspecteur français.

— Correct. Je faisais la liaison avec les Renseignements généraux...

— Mais alors, plutôt pour le *Kommandeur* Neifeind ?

Sadorski hésite. Le lieutenant-colonel Neifeind dirige le KdS de la rue des Saussaies depuis l'automne dernier, mais, autant qu'il sache, lui-même ne l'a jamais rencontré. Était-ce l'officier qui, bourré et armé d'une carabine, exigeait de Bassompierre un nombre maximal de fusillés ? « Politiques : *pan ! pan !* »

— J'ai entendu dire, reprend Dagron, que le général Oberg était une grosse baudruche antipathique et inintelligente. Par contre, que son adjoint Hagen était vif, et le colonel Knochen de la Gestapo de l'avenue Foch, un homme calme et réfléchi. Êtes-vous d'accord, monsieur Schenk ?

— Je ne me permettrais pas de porter des jugements sur mes supérieurs, réplique Sadorski avec prudence.

— T'as buté des mutins, Claude ? questionne Vermont.

La diversion tombe à pic, cela donne le temps au faux Allemand de réfléchir d'avance à d'autres questions possibles et inattendues... Dagron souffle la fumée, un éclair est passé dans les yeux gris.

— Un seul. Dans sa cellule. Pour lui apprendre. Pendant des heures, les émeutiers ont été les maîtres de la place, au mépris du pouvoir légal. Il fallait rétablir une situation que les autorités pénitentiaires avaient laissée se détériorer ! Les types ont pensé qu'ils pouvaient faire joujou avec la discipline. Ils se sont trompés. L'État français ne tolère pas les factieux. Ceux qui ont voulu détruire l'Ordre, l'Ordre les détruira ! L'*Obersturmbannführer* Neifeind voulait coller tout le monde au mur. J'étais d'accord. Mais les forces de police allemandes se sont retirées, en accordant à la Milice – nous étions deux centaines

1. Commandant, dans la SS.

– sa complète liberté d'action pour exercer la répression. Parce que du moment qu'il ne s'agissait pas des prisonniers politiques, la SS s'en foutait un peu ! Nos chefs se sont alors fait baiser par les dégonflés, le directeur de la prison, le directeur de la pénitentiaire, le directeur de la police municipale, le préfet de police… Ces messieurs ne voulaient pas avoir *trop* de sang sur les mains ! Le chef Radici, après enquête avec le chef Marionnet, inspecteur général du Maintien de l'ordre, avait désigné une cinquantaine de mutins pour être fusillés. Mais le chef Knipping a préféré faire ça dans les règles, former une cour martiale… Totale perte de temps, si vous voulez mon avis ! Le chef Gallet présidait la cour, avec Knipping et Gaucher comme assesseurs. Le chef de cohorte Domenge m'a fait l'honneur de me désigner pour le piquet de dix francs-gardes présents aux interrogatoires par la cour martiale, dans le bureau du directeur. Nous assistions debout, l'arme au pied. M. Knipping somnolait, mais Gallet a mené son affaire très sérieusement, confrontant les gars, recoupant leurs déclarations. Finalement la liste s'est réduite à 28. Le vingt-neuvième a été gracié, en dépit de son rôle dans la mutinerie, parce que c'était un mouton, il assistait à tous les interrogatoires et a balancé les noms des meneurs…

— Fous y étiez ? interroge Sadorski.

— À l'exécution, vous voulez dire ? Oui.

— Ce sont les miliciens qui s'en sont chargés ?

Dagron secoue la tête.

— J'aurais volontiers ordonné le tir ! Mais, non, la tâche a été confiée à des pelotons de gardes de Paris commandés par un lieutenant. Comme ils ne possédaient pas d'armes d'épaule, nous leur avons confié nos fusils anglais Lee-Enfield de parachutage, il a fallu leur en expliquer le fonctionnement ! On a fusillé en quatre fois, sept poteaux ayant été fichés dans le chemin de ronde, chacun devant une espèce de panneau qui ressemblait à ceux des affiches électorales avant guerre… La mise en place des pelotons a été laborieuse, vu le peu d'empressement manifesté par les gardes, qui faisaient les dégoûtés. Avant l'exécution, le président de la cour martiale a délivré un petit discours aux condamnés réunis, leur disant qu'il prenait l'entière responsabilité, etc.

Les types à fusiller arrivaient par groupes de sept, les premiers étaient attachés aux poteaux de façon que ceux de la série suivante ne pouvaient voir, mais ils étaient à vingt mètres à peine, ne perdant rien de ce qui allait se passer. Nous avons tous des oreilles, hein ! Nous les miliciens étions placés à une trentaine de mètres du lieu d'exécution. Un garde républicain conduisait chaque type pour l'attacher au poteau, les yeux bandés. L'autre reculait un peu à tâtons, comme pour chercher une place… sa place pour crever ! Le premier groupe a chanté la *Marseillaise*. Ils ont tous été courageux sauf un qui vacillait sur ses jambes. Certains ont refusé d'avoir les yeux bandés. Ils criaient : « Vive la France, à bas les traîtres ! », « Les miliciens sont des enculés ! » (Dagron rit.) Bon, je vous la fais courte, mais tout ça a pris un temps fou, à cause de la répugnance des gardes, et aux nombreuses balles perdues. Ils faisaient exprès de tirer à côté ! C'est à peine croyable ! Un peloton a même entièrement manqué un des condamnés, il a fallu tirer une nouvelle salve pour le toucher cette fois ! Les fusillés étaient seulement blessés, ils pendaient encore attachés au poteau, ça hurlait de douleur ; les coups de grâce, dans la tête ou dans l'oreille, étaient donnés ensuite par un adjudant qui paraissait encore plus écœuré que ses hommes… Son lieutenant a dû le rappeler à l'ordre à plusieurs reprises. Ensuite les croque-morts ramassaient les corps et les alignaient les uns à côté des autres, à droite des poteaux d'exécution. Dans le quatrième groupe, le mutin qui était considéré comme le chef, un basané nommé Calandra, a demandé à un capitaine de la Milice la permission de commander le peloton d'exécution. Permission refusée. Il a crié « Vive la France ! » avant de tomber sous les balles. Pour le dernier coup de grâce, le jean-foutre d'adjudant a prétendu ne plus avoir de cartouches ! Quelle connerie ! C'est alors que M. Baillet, le directeur de la pénitentiaire, lui a tendu son arme personnelle.

Vermont écoute en souriant, Sadorski ne trouve pas l'histoire très drôle. Mais, s'il fallait s'apitoyer sur tous les sorts !

— Un nommé Molmy se troufait-il parmi les condamnés ?

— Molmy ? (Le jeune milicien réfléchit.) Je ne crois pas avoir entendu ce nom… Ah si ! Il faisait partie des sept ou huit blessés qu'on a expédiés à l'infirmerie de Fresnes. Pourquoi ?

— Je l'ai arrêté, il se cachait dans une cellule…

Il y a une détonation, et des cris, à la grande table. Un bouchon de champagne a sauté, d'un magnum tenu par Boero. La mousse jaillit à flots, aspergeant les coupes.

— La bonne humeur règne chez fos amis, commente Sadorski.

— Ils ont un fameux événement à fêter, explique Vermont. L'arrestation des assassins de Philippe Henriot !

— Hein ?

Le policier est estomaqué. Ni la radio ni la presse n'ont donné cette information, pourtant sensationnelle. À la maison poulaga c'est le SRMAN, le Service de répression des menées antinationales, qui s'occupe de l'affaire, sous les ordres à Paris du commissaire Fourcade, responsable, depuis une quinzaine de jours, de la délégation régionale des RG-Vichy. Un flic de métier, connu pour son opiniâtreté dans la traque des terroristes.

— C'est encore top secret, fait Vermont, avec un clin d'œil. La police française en a déjà coincé quelques-uns, dans un bar de la rue de Provence. La bande de tueurs est commandée par un certain Morlot. Nous, au 2e service, il fallait qu'on sauve l'honneur de la Milice en coffrant le plus possible des assassins ! Une femme a apporté au chef Bassompierre des renseignements intéressants. Pour toucher la récompense. Tenez, c'est la vioque, là…

La personne en question trinque avec les miliciens de la grande table. La soixantaine environ, une bourgeoise trop maquillée, les paupières battant nerveusement, l'expression plus apeurée que ravie. Vermont ricane :

— Voyez, la rombière, actuellement elle se pisse dessus de trouille. Rapport à un des membres de la bande qui s'est enfui, et qui pourrait bien se venger en lui faisant avaler son extrait de naissance ! Mais, bon, on en a arrêté deux, et Mansuy a flingué le principal, un nommé Démoulin Pierre, un jeune voyou qui serait l'adjoint du gaulliste Morlot.

— Flingué ? s'étonne Sadorski.

Vermont se méprend.

— Ouais, ça veut dire buter, enfin, tuer, en argot…

Dagron s'esclaffe.

— Tu sais, je crois qu'il avait pigé.

— Ça s'est passé où ? demande l'inspecteur.

— Rue de Gramont. On leur a tendu un guet-apens. Ils ont été appâtés par une affaire de louis d'or. Parce que le fric, faut pas s'illusionner, les gusses de la résistance ça les intéresse aussi ! La bande à Morlot, elle fait des coups, et je pense pas que le résultat va toujours dans les caisses gaullistes…

— Cette dénonciatrice s'appelle comment ?

— Mme de Bernardi. Un faux nom, paraît-il. Et elle a été voir le chef Bassompierre en se présentant comme « Mme Dalché ». Ça aussi, c'est faux. Putain de chiqueuse !

— De toute manière on peut pas faire confiance aux greluches, intervient Dagron. Alors c'est pareil pour les vieilles. La femme n'est pas l'égale de l'homme, nous en avons la démonstration chaque jour. Si ta Marguerite de Bernardi avait quarante ans de moins, je lui aurais inculqué quelques notions de morale… à coups de ceinturon !

Vermont rigole et écluse son cocktail. Les fêtards, à la grande table, ont achevé les bouteilles, bu les cafés (des vrais, pas des ersatz) et commencent à se lever, récupèrent chapeaux et pardessus. Le patron Santolini vient leur serrer la main. L'homme semble bien connaître Bassompierre et un autre type – que Sadorski croit d'ailleurs avoir vu à la Santé lui aussi, en uniforme d'officier de la Milice. Les billets de banque, des grosses coupures, s'empilent sur l'addition dans une soucoupe argentée, qu'accompagne la monnaie des pourboires jonchant la nappe à petits carreaux rouges et blancs. Sadorski jette un coup d'œil vers l'extérieur du Pershing. Ses équipiers continuent de traîner dans le coin, avec une discrétion qui laisse à désirer. Le moment est venu de leur faire signe. Il tire l'exemplaire du *Matin* de sa poche, le place en évidence, plié, sur le zinc. En photo de une, un troupeau de bovins arrive à la Porte de Versailles, en route pour les abattoirs :

troisième épisode de la série d'articles *J'ai ramené de la viande pour les Parisiens*, par Pierre Dufor, envoyé spécial.

— Permettez ?

Le jeune franc-garde déplie le journal pour lire les gros titres.

— « La Wehrmacht contre-attaque dans plusieurs secteurs du front soviétique… 83 appareils ennemis ont été abattus en 24 heures… L'ennemi est tenu en échec ! » Allons, monsieur Schenk, le Reich n'a pas dit son dernier mot ! *Heil Hitler !*

— *Heil Hitler*, répète Sadorski. Sur le front Ouest, le *Feldmarschall* von Kluge est optimiste… il infligera aux armées d'infasion des coups qu'elles n'oublieront pas !

Vermont a payé les consommations. Son portefeuille est bourré de billets, il a du mal à le refermer. L'inspecteur milicien serre la main du faux Leo Schenk puis celle de Dagron.

— Je dois retourner rue Alphonse-de-Neuville. Et toi ? à la caserne ?

— J'ai une permission pour la journée. J'en profite pour aller voir ma mère, à la crèmerie.

Tous trois emboîtent le pas au groupe quittant la table, ses nombreuses bouteilles vides, ses cendriers pleins et les reliefs d'un repas copieux dans ce restaurant typique de marché noir. Le maître d'hôtel ramasse la soucoupe avec les coupures et les pièces. Sadorski constate que ses inspecteurs ont enfourché leurs vélos. Vermont se dirige vers une traction garée un peu plus loin. Mansuy a pris le volant de celle aux roues jaunes, Boero s'assied sur le siège du passager. Bassompierre et ses gardes du corps montent dans le cabriolet Rosengart. Mme de Bernardi s'en va à pied, au bras d'un jeune homme à l'air louche qui déjeunait à sa droite. Elle se retourne fréquemment. Son compagnon hèle un vélo-taxi. Il fait chaud, étouffant même, mais une petite brise rend l'atmosphère supportable.

— Vous prenez le métro, monsieur Schenk ? demande le franc-garde.

— Le temps est beau, je crois que je fais marcher un peu.

— Votre bureau est dans le quartier ?

Toujours le regard aigu, soupçonneux, de ses yeux gris.

Sadorski avait prévu la question.

— Afenue Foch. J'en ai pour moins d'un quart d'heure.

L'autre acquiesce. Il semble hésiter.

— J'ai été très heureux de faire votre connaissance, monsieur Schenk. J'aimerais vous revoir, si vous avez le temps. Quel est le numéro de téléphone de votre poste ?

Le policier jure intérieurement.

— Je préfère fous appeler moi-même. À la caserne du lycée Saint-Louis ?

— C'est ça. Vous demanderez Claude Dagron, chef de trentaine. Vous pouvez également me laisser un message chez mes parents. La crèmerie Au bon beurre de Normandie, rue du Marché[1] à Neuilly. Ce n'est pas très loin d'où nous sommes. Le numéro est Maillot 57-95.

— Afec plaisir. Je n'y manquerai pas. *Auf wiedersehen*, cher monsieur.

Le jeune milicien salue, repart d'un pas martial. Il est souple et musclé, doit s'entraîner régulièrement. Sadorski l'observe, songeur, tandis que la silhouette en uniforme bleu et béret noir s'éloigne en direction du barrage allemand de l'avenue de Neuilly.

Une fois Dagron hors de vue, il note dans son calepin : *Marguerite de Bernardi* alias *Mme Dalché. Dénonciatrice de Démoulin – voyou (?) app. à bande Morlot (gaullistes ass. de P. Henriot).* Et : *Dagron, Claude, chef de trentaine, lycée St-Louis. Ex-AF, PPF, LVF, 2e service Lyon. Crèmerie rue du Marché, Neuilly, MAI. 57-95.*

Puis il déverrouille sa bicyclette et se décide à rejoindre la préfecture. En chemin, il s'arrête pour acheter un cornet de frites au stand devant l'entrée de Luna Park. Le goût est ignoble, comme si elles avaient baigné dans l'huile de vidange. Sadorski réintègre nauséeux son bureau de la pièce 516. Il essaie de faire passer l'envie de vomir en allumant une cigarette. Le téléphone sonne.

— Sado ? Stocanne à l'appareil.

1. Aujourd'hui rue Madeleine-Michelis.

— Oui, monsieur le principal ?

L'inspecteur principal Ernest Stocanne a fait la plus grande partie de sa carrière à la 4e section des RG, et n'a été nommé à la 3e qu'au début de l'occupation. Cet ancien militaire préfère se charger des tâches administratives, les collègues ne le voient pas souvent sur la VP. On ne sait pas très bien s'il est gaulliste ou pro-boche, en tout cas il ne pousse pas à faire du chiffre, à coffrer des youpins, n'a jamais engueulé personne à ce sujet. C'est un homme réfléchi, pondéré, peu causant, bref pas exactement ce qu'on appellerait un rigolo ; mais cet après-midi sa voix est particulièrement grave.

— Mauvaise nouvelle, mon vieux. Nous avons perdu un de vos gars… L'inspecteur spécial Cuvelier.

Sadorski en laisse échapper sa gauloise.

— Hein ? Il… il est mort ?

— Quand on m'a appelé il était encore vivant. On l'a hospitalisé à la Maison de santé des gardiens de la paix. Mais il n'avait pas repris conscience. Il a été descendu de trois balles de revolver dimanche soir. En banlieue, à proximité de son domicile.

15

La menace

Sadorski n'a pu en apprendre davantage sur les circonstances que le lendemain, au retour de son déjeuner, seul, au mess de la préfecture. Après être allé le matin en compagnie de Vilfeu et de Quéau se faire féliciter au Maintien de l'ordre, rue de Monceau – où il a eu la surprise de reconnaître en M. Knipping, représentant de Darnand et délégué en zone Nord de la police de Vichy, le bonhomme ridé à tête d'œuf et aux oreilles en éventail, qui supervisait le transfert de Georges Mandel depuis la prison de la Santé. Prononçant son discours d'éloge aux policiers méritants, le ponte milicien n'a fait aucune allusion au rôle très spécial de Sadorski ce jour-là, bien entendu. À présent ce dernier parcourt les copies carbone des rapports en réfléchissant dans son bureau de la caserne, et fumant des cigarettes à la chaîne.

Paris, le 17 juillet 1944

Le Directeur Général de la Police Judiciaire
à Monsieur le Directeur du Cabinet.

Me référant à votre note n° 8166 D, du 27 avril 1943, j'ai l'honneur de vous faire connaître que hier aux environs de 19 heures l'Inspecteur CUVELIER, Joseph, Victor, né le 17 décembre 1907 à Ivry sur Seine, domicilié 138 rue Édouard Vaillant à Colombes, de la 3e Section des

Renseignements Généraux de la Préfecture, a été sérieusement blessé de trois balles dans le torse et l'abdomen, par un inconnu qui a pris la fuite.

Cet agent est au traitement annuel de 22 700 francs depuis le 10 Octobre 1941.

Il a été hospitalisé à la Maison de Santé du Gardien de la Paix.

LE DIRECTEUR GÉNÉRAL
DE LA POLICE JUDICIAIRE,

G. Tanguy

Affaire
c/
X…,
inculpé de tentative d'assassinat.

et le même jour au dit an

Continuant notre information,

Entendons Mme CUVELIER née Lambert Jeanne Ernestine, 42 ans, sans profession, demeurant à Colombes, 138, rue Édouard Vaillant,

qui déclare :

Mon mari était très assidu à son travail, ne s'occupait nullement de politique et n'avait aucune connaissance à ce sujet. Aussi ne puis-je comprendre pourquoi il a été l'objet d'un attentat. Je n'ai rien remarqué d'anormal qui puisse expliquer ce qui lui est arrivé. Je ne crois pas qu'il ait pu s'agir d'une vengeance et tends plutôt à croire qu'il a été la victime d'une méprise. Mon mari ne m'a pas parlé de filature qu'il exerçait dans notre quartier. D'autre part, sa gabardine et son arme de service ont disparu à la suite de l'attentat.

Je porte plainte.

Lecture faite, persiste et signe.

Le Commissaire de Police,

Entendons ensuite M. DEVIN, Charles, 16 ans, demeurant 2, rue de Metz à Colombes,

qui déclare :

Hier soir vers 19 h 55 comme je passais rue de Rueil à hauteur de la rue Félix, j'ai entendu dans la direction de la rue des Gros Grès trois ou quatre coups de feu. En m'avançant dans cette dernière rue j'ai trouvé au milieu d'un groupe de 4 personnes composées [sic] *d'un homme, d'un jeune homme, d'une femme et de son mari, le corps d'un homme étendu sur le trottoir du côté des numéros pairs, sur le côté droit, une jambe légèrement repliée et les mains tendant à se rejoindre vers le milieu du corps. Au bord du trottoir sur la chaussée les roues contre la bordure gisait une bicyclette. Je n'ai remarqué personne de suspect dans les environs. D'ailleurs dans ma direction, du moment où j'ai entendu les coups de feu jusqu'à l'instant où je suis arrivé sur les lieux je n'ai croisé personne.*

Lecture faite, persiste et signe.

Le Commissaire de Police,

Entendons ensuite M. LAMOTTE, Robert, 35 ans, imprimeur, demeurant à Colombes, 40, rue des Gros Grès,

qui déclare :

Il était environ 18 heures et demi, peu après la sirène de fin d'alerte, j'étais chez moi lorsque j'ai entendu trois détonations provenant de la rue, et une auto qui accélérait. Je me suis bien douté que ce devait être des coups de feu, mais je n'ai pas jugé bon de sortir de chez moi. Je ne suis descendu que quelques instants plus tard que [sic] *lorsque les agents sont arrivés demandant s'il y avait du monde dans l'immeuble. C'est alors que j'ai vu sur le trottoir un homme étendu sur le dos. Je n'ai pas remarqué la présence d'une bicyclette. Avant les coups de feu je n'ai entendu aucune discussion dans la rue, d'ailleurs cela n'aurait guère été possible en raison de ce que je me tenais en ce moment dans ma cuisine située sur la cour.*

Lecture faite, persiste et signe.

Le Commissaire de Police,

Le lecteur peste contre l'inconsistance de ces témoignages, et les contradictions entre eux. Cuvelier a été blessé à 18 h 30, ou à 19 h 55 ? L'un des types, Devin – il porte mal son nom – ou Lamotte, devrait penser à régler sa montre ! Aucun des témoins auditionnés n'a assisté à l'agression dont a été victime le collègue. Un seul parle d'une voiture, qu'il a simplement *entendue* accélérer. Personne ne l'a vue, encore moins noté le modèle ou son immatriculation. Quant aux quatre individus signalés dans l'attroupement autour de la victime, leurs témoignages manquent, on dirait qu'ils se sont volatilisés ! En voilà de bons citoyens ! Évidemment, on préfère rentrer chez soi en vitesse plutôt que de risquer des ennuis ! Avec la police, ou avec les terroristes…

L'avant-dernière pelure carbone est un rapport adressé à la direction de la police municipale par le commissaire de Colombes.

Objet : Tentative de meurtre contre Inspecteur dans l'exercice de ses fonctions.

Je transmets ci-dessous la copie d'un rapport de renseignements que m'adresse le Brigadier LEROUZE, Robert, de mon commissariat, concernant un Inspecteur blessé en procédant à une arrestation.

Le Commissaire de Police

Copie de Rapport

Colombes, le 16 Juillet 1944

Je vous rends compte que ce jour à 20 h 40, j'ai conduit à la Maison de Santé au moyen du Car P.S. l'inspecteur spécial de la 3e section des R.G., CUVELIER, Joseph, Victor, né le 17 décembre 1907 à Ivry sur Seine, demeurant 138, rue Édouard Vaillant à Colombes, qui venait d'être blessé par balle en rentrant à son domicile.

À la Maison de Santé, cet inspecteur, qui porte deux blessures au ventre côté droit et une dans la région intercostale droite, et dont l'état apparaît grave, a repris connaissance un moment et m'a déclaré :

« Je filais un individu depuis la gare, quand arrivé rue des Gros Grès je voulus procéder à son arrestation et me mis en devoir de lui passer les menottes, mais à cet instant je ne sais par quel concours de circonstances cet individu sortit un revolver et tira, me blessa et prit la fuite. »

Je mentionne également qu'à la Maison de Santé cet inspecteur me déclara avoir laissé sur les lieux sa gabardine contenant un pistolet 6/35, j'ai aussitôt téléphoné à mon commissariat pour qu'ils envoient un car P.S. mais rien n'a été trouvé.

Une seule douille, apparemment de calibre 7/65, a été retrouvée sur place.

Le blessé a perdu connaissance de nouveau et a été admis en attendant l'arrivée du chirurgien.

Une feuille de papier portant écrit à la main le numéro de téléphone Trinité 80-27 a été retrouvée dans une des poches de son veston. Recherches faites, il n'y a plus d'abonné à ce numéro.

LEROUZE

Sadorski termine par le rapport technique de la PJ.

Paris, le 18 juillet 1944

Le Chef du Service de l'Identité
judiciaire
à
Monsieur le Commissaire de Police
aux Renseignements Généraux

En réponse à votre note du 17 courant, relative à l'examen de 1 douille 7,65 mm découverte sur les lieux de l'attentat, à Colombes le 16 juillet, contre l'Inspecteur Cuvelier, Joseph, de la 3e section des Renseignements Généraux, et de 3 balles du même calibre recueillies par le chirurgien de la Maison de Santé des Gardiens de la Paix ; voici le résultat de nos observations :

1° – Une balle très déformée n'a pu être étudiée.

2° – La douille paraît avoir des caractères identiques à une douille et à l'étui de cartouche entière, découverts sur les lieux de l'attentat commis le 11 Juillet 1944 place du Louvre à proximité de l'église Saint-Germain l'Auxerrois contre inconnu. Les deux balles étudiées paraissent avoir des caractères identiques à la balle de la cartouche non percutée et à l'une des balles découvertes sur les lieux de cet attentat.

3° – Quant au 3e étui de cartouche saisi à la suite de l'attentat du 11 Juillet contre inconnu, étant de calibre 6,35 mm il ne présente aucun point commun avec les balles et la douille examinées dans la présente affaire.

Le Chef du Service de l'Identité
Judiciaire
Prof. SANNIÉ

Le mégot de gauloise se consume sur la pile dans le cendrier. Sadorski médite quelques secondes après avoir reposé la dernière feuille. Puis il se lève avec un juron, ouvre la porte du bureau et passe la tête dans le corridor. Il aperçoit l'inspecteur Kaiser, à qui il ordonne de lui envoyer son collègue Balcon toutes affaires cessantes.

Ce dernier débarque dans le bureau 516 la figure réjouie.

— Félicitations, chef ! Quéau et Vilfeu nous ont raconté. La cérémonie ce matin au Maintien de l'ordre ! Paraît que M. Knipping vous a rendu un éloge bien senti… C'est un grand honneur ! Et ça rejaillit sur la section…

— Arrête avec la pommade, tu veux ? T'es au courant, pour Cuvelier ?

Le visage mafflu de son subordonné s'assombrit.

— Ben ouais. C'est pas la joie, à la salle des inspecteurs. Quand je pense que ça aurait pu arriver à n'importe lequel d'entre nous ! Vous avez des nouvelles ?

— Le principal Martz m'a dit qu'il était toujours dans le coma. Les toubibs lui ont extrait trois pralines du buffet ! Dont une pas loin du cœur.

— Ah, merde.

— Sa femme est là-bas à la Maison de santé. Elle s'est débrouillée avec une voisine pour faire garder les mômes…

— Ouais, Joseph il en a trois. De dix, neuf et quatre ans… Les pauvres gosses !

L'IPA allume une nouvelle cigarette.

— Dis-moi, Balcon, tu le connais bien, toi, le collègue…

— Ben, euh…

— Vous étiez ensemble, au commissariat de Noisy-le-Sec, avant la guerre.

— Euh, c'est exact, chef…

— Et ici, vous avez toujours été les protégés du commissaire Lantelme.

— Enfin, disons que le patron nous avait plutôt à la bonne, ouais, Cuvelier et moi… Grâce à lui qu'on est entrés à la 3e. C'est dur, que M. Lantelme ait été déporté par les Boches !

— Change pas de sujet de conversation. Donc, tu es très copain avec Cuvelier, et depuis longtemps. Vous chapardez, hein, au cours des visites domiciliaires ?

— *Nous ?*

— Fais pas l'innocent. Et vous planquez le résultat de vos vols chez Mme Farvacque, la mère d'un collègue, donc. Cette dame pourrait être inculpée de recel, avec vos conneries.

— Chef…

Sadorski tape du plat de la main sur le bureau.

— Ne m'interromps pas ! Connard ! (Il aspire une bouffée de gauloise, la lui souffle dans la figure.) Maintenant, dis-moi si tu as parlé à Cuvelier récemment… Il t'a causé des affaires sur lesquelles il travaillait ?

— Non, enfin… juste un peu.

— Quand ?

— Samedi soir… Joseph est venu prendre un verre à la maison, avenue Gambetta. Il m'a dit qu'il cherchait une tire… Une Citroën avec des fausses plaques.

— Et il avait trouvé ?

— Pas encore. Mais on lui avait refilé un tuyau.

— Oui ? Lequel ?

L'inspecteur Balcon se gratte le crâne.

— Attendez, je ne sais plus, moi… Ma femme a servi les apéros… On a bu pas mal.

— Putain, merde, fais un effort ! Ton pote est en train de clamecer à l'hosto…

— Euh, à présent je me rappelle… il a mentionné une bande dans le seizième arrondissement. Des gestapaches qui travaillent pour le SD… pour la rue des Saussaies.

— Quelle bande ? Leur adresse ?

L'interrogé se prend la tête dans les mains.

— Bordel, j'ai oublié… J'suis désolé, chef…

— Une bande de chasseurs de cocos ? ou de gaullistes ?

— Euh, de cocos il me semble pas… Ils font plutôt des affaires gaullistes actuellement. Et de marché noir toujours. Ah ! je me souviens… Joseph m'a dit que cette bande à qui il pensait avait démantelé un réseau de résistants polaks…

— Hein ? des Polonais ?

— Oui…

— Pas des Juifs ?

— Non, les Polaks en question, je crois pas… Mais la bande chasse les résistants juifs aussi… sur des informations que leur refile le SD.

Sadorski réfléchit à toute allure.

— Dis-moi, il n'a pas prononcé le nom : « Zembrowski » ? Louise Zembrowski ? Ou peut-être, Jean Zembrowski ? C'est le mari de ladite Louise…

L'autre arrondit les yeux.

— Non, chef… Ça me dit rien…

— Et Armand Biraud ? Le frangin de Mme Zembrowski… Il voyage entre Paris et Nantes…

— Non…

L'IPA consulte ses notes.

— Et une Dumont, Félicie, 128, rue de Grenelle ? … Ou une Mme Raymondot, 8, rue de l'Ouest ? …

— Non plus…

Le subordonné de Sadorski paraît inquiet, ou penaud. Un ange passe dans la pièce 516. On entend cliqueter les machines à écrire des bureaux voisins. Et, à l'autre bout de la section, le commissaire Bizoire pousser – comme à son habitude – une gueulante. Balcon étudie l'extrémité de ses souliers à semelles cloutées. Son chef soupire, pose la cigarette sur un coin du cendrier, rouvre la chemise, cherche parmi les procès-verbaux du commissariat de Colombes.

— Le témoin Lamotte a entendu une bagnole accélérer, après les trois coups de feu. Ça ne ressemble pas à un attentat FTP.

— Pourquoi, patron ?

— Les Rouges, ils liquident plutôt en passant à bicyclette à côté de leur objectif, qu'ils allument fissa avant de décarrer en pédalant le plus vite possible…

Balcon fait la moue.

— Euh, pendant longtemps c'était ainsi, vous avez raison, mais là aux manifs du 14 Juillet on a signalé, en banlieue justement, quelques « groupes de protection » cocos dans des tractions Citroën, équipés de mitraillettes. Ils font des progrès !

Sadorski acquiesce à contrecœur, puis il exhibe sa nouvelle montre helvétique en argent – celle de Mandel – et grogne :

— Déjà 3 heures et demie. Vous branlez quoi avec le rapport de filoche d'hier ?

— Boutreux était en train de le taper, chef. Il avait presque terminé.

— Eh bien qu'est-ce que t'attends, planté comme un baltringue ? File et envoie-le-moi !

Le caïd du Rayon juif fume sa gauloise à la fenêtre ouverte, en contemplant les toits, le marché aux fleurs, le grand bras de Seine et, derrière l'ex-théâtre Sarah-Bernhardt, la haute tour Saint-Jacques où tournoient des pigeons. Le ciel est d'un bleu profond, sans un nuage. L'air semble plus étouffant que la veille. Cette fois, l'été est vraiment là ! Il pense à Jacqueline, enfermée à la Petite Roquette… destin vache, pour une lycéenne des beaux quartiers ! Et à Julie, cloîtrée depuis deux ans dans l'appartement au-dessus du fleuve… Il pense à Bauger, son collègue de la BS 2, et son seul ami à la préfecture, déporté en Allemagne… À ce crétin de Cuvelier sur son lit d'hôpital… À Hortense Gutkind, à Raymonde Bonnet, à Thérèse Gerst, mortes et enterrées… À Mirla Wasserman, partie de Drancy pour ces camps de Pologne dont personne ne revient ou n'écrit pour donner des nouvelles… À Gisèle Rollin, la militante communiste, déportée également, dans la nuit et le brouillard… Bref, comme disait Lafont, le malfrat, le gestapache : *Putain de vie de merde !…* Et, dans tout ça, dans le prodigieux boxon que devient le monde, quel est son avenir à lui, Sadorski ?

Une médaille et de l'avancement, ainsi qu'on le lui a promis ce matin durant la cérémonie de féloches au Maintien de l'ordre ? Ou douze balles dans la peau, le sort des mutins de la Santé ? Cette seconde éventualité lui paraît la plus vraisemblable. Il n'y a que les fusilleurs qui auront changé. Et encore, peut-être même pas : lorsque le vent tourne, ils sont nombreux à retourner leur veste ! Il suffira, pressent-il, de savoir agir au bon moment, avant le voisin, le collègue ! et ensuite le dénoncer ! Comme chez Staline, là-bas, au royaume de la Terreur… Ce sont les ballots qui ont trop tardé qui trinquent !

On frappe à la porte.

Le petit Boutreux, un dossier en main.

Sadorski écrase son mégot sur la pile, retourne s'asseoir derrière le bureau.

— Je t'écoute, Jean.

— Voilà, patron. (Il ouvre la chemise cartonnée et lit à voix haute :) « Les inspecteurs Boutreux, Balcon et Vilfeu, à monsieur l'inspecteur principal adjoint, chef de la Brigade antijuive, 3e section de la Direction générale des Renseignements et des Jeux. Le 18 juillet 1944. Nous avons l'honneur de vous rendre compte que, selon les instructions reçues, nous avons pris en filature le 17 juillet le nommé Solnen Maurice dit Mansuy, dit Cheval, né le 19 mai 1910 à Anjoutey (Territoire de Belfort), actuellement chef de l'équipe spéciale du 2e service de la Milice française à Paris.

« Le 17 juillet 1944, à 15 h 10, Solnen Maurice sort du restaurant Le Pershing, 1 boulevard Pershing, dans le dix-septième arrondissement. Il monte dans une traction avant Citroën "11 légère" noire à roues jaunes immatriculée 7431 RN 3. Un individu sorti en même temps que lui du restaurant, prend place sur le siège passager. Nous l'identifierons plus tard comme étant Boero, Pierre, chef adjoint du service de sécurité de la Milice. Signalement de Boero : 30 ans, 1 m 75, corpulence mince, allure sportive ; visage rectangulaire un peu arrondi, traits réguliers, cheveux châtain foncé coiffés en arrière, veste bleu marine, chemise blanche à col ouvert, pantalon gris.

« Solnen et Boero se rendent à l'hôtel Britanny, réquisitionné par la Milice française, 3 rue Saint-Lazare, dans le neuvième arrondissement, où ils pénètrent à 15 h 25. Au bar de l'hôtel, ils rejoignent deux individus, que nous identifierons comme étant les nommés Lambert, chauffeur inspecteur de la Milice, et un surnommé "Marius", inspecteur du service de sécurité. Signalement de Lambert… »

— Ça va, tu peux sauter, interrompt Sadorski. Le premier je le connais.

— Ah bon, fait Boutreux surpris. Alors, « signalement de "Marius" : 40 ans, 1 m 65, trapu, corpulence forte ; visage rond, nez petit et relevé au bout, menton mal rasé, avec une fossette, yeux bleus, cheveux châtains grisonnants aux tempes, veste gris foncé, pantalon bleu. Porte un revolver dans un étui de poitrine. Allure alcoolique. Les quatre hommes discutent environ une demi-heure. Solnen monte dans une chambre et redescend avec une valise en cuir, qu'il va ranger dans le coffre de la traction Citroën. Il repart seul à 16 h 05, au volant de la voiture.

« La filature est assez malaisée, mais nous réussissons à l'apercevoir place de l'Opéra. Vers 16 h 15 Solnen s'arrête devant l'hôtel des Deux-Mondes, au n° 22 de l'avenue de l'Opéra. Nous le retrouvons au bar de cet hôtel. Il est rejoint peu après par un individu que nous avons identifié comme étant Eggenberger, Louis, de nationalité suisse… »

C'est au tour de l'IPA de marquer de l'étonnement. L'interprète Louis Eggenberger, dit « Berger », ancien agent du contre-espionnage français, était, jusqu'à l'arrestation de Sadorski en novembre dernier, son intermédiaire habituel auprès de la Gestapo – que ce soit, à Berlin, le service IV E 3, qui s'occupe des territoires occupés à l'Ouest, ou, à Paris, le KdS de la rue des Saussaies. Il loge effectivement à l'hôtel des Deux-Mondes, où Sadorski avait coutume de le rencontrer chaque dimanche après-midi pour lui livrer ses comptes rendus de mission, ou en recevoir de nouvelles de la part du RSHA de Berlin.

— « … Eggenberger lui remet une enveloppe. Les deux individus bavardent pendant une vingtaine de minutes. Puis à 16 h 40 Solnen rejoint sa voiture et prend la direction de l'Opéra. Nous le perdons de vue au carrefour Richelieu-Drouot, où il tourne à droite boulevard Montmartre. »

L'air malheureux, l'inspecteur tend le rapport de filature à son brigadier-chef.

— Le gars a profité qu'il y avait pas beaucoup de circulation boulevard des Italiens pour appuyer à fond sur le champignon… On est vraiment désolés, patron.

Pour le principe, Sadorski grommelle :

— Bande de feignants ! T'appelles ça une filature, toi ? Alors que vous étiez *trois* sur le coup !

— Oui, mais à vélo…

— Ta gueule ! Il vous aurait pas repérés, des fois ? Ça expliquerait l'accélération brutale.

— Oh, je ne pense pas, chef… Y avait du monde dans les rues, beaucoup de cyclistes, et on s'est bien chanstiqués avant d'entrer dans les hôtels… À propos, nous avons observé que le bar du Britanny était rempli d'individus suspects.

— Mouais… Toi et Vilfeu vous allez retourner là-bas rue Saint-Lazare – discrètement, hein ! – et essayer d'en apprendre plus sur ces types : Boero, Lambert, et le surnommé Marius. Je vous donne quelques jours. Si vous revoyez Solnen, raccrochez la filature et faites mieux cette fois ! Quant au Suisse, Eggenberger, je m'en occupe. Allez ! Exécution !

Le reste de l'après-midi s'écoule à classer des fiches, à signer des rapports de mise à disposition de Juifs arrêtés sur la voie publique par les inspecteurs de la brigade. La chaleur se fait plus humide et lourde, en dépit des fenêtres ouvertes. Le bruit circule à la PP – c'est son secrétaire Beauvois qui en informe Sadorski – que les Anglo-Américains ont déclenché à l'aube une formidable opération de bombardements aériens au sud de Caen dans la vallée de l'Orne, et qu'une nouvelle offensive menace Saint-Lô. On craint que le front de Normandie cède. L'IPA quitte son service à 18 heures. C'est la sortie des bureaux : la quantité de bicyclettes est tout à fait extraordinaire, créant un embouteillage quai de Montebello et quai Saint-Michel, de l'autre côté du petit bras de Seine, derrière les boîtes vertes des bouquinistes. Les quais en contrebas sont envahis de pêcheurs, et surtout d'adeptes des bains de soleil ! On a déplié sa serviette, on se prélasse, en caleçon ou maillot de bain… Les filles sont aussi nombreuses que les garçons. L'air embaume, l'été a débarqué à Paris où règne une atmosphère de grandes vacances. Appuyé à la pierre tiède du parapet, le policier se rince l'œil quelques minutes, ayant détecté les jolis sujets. Puis il traverse le parvis Notre-Dame, flâne dans le jardin de l'Archevêché en fumant des cigarettes, un lieu qui remue des souvenirs… le novembre fatal de l'an dernier. Il avait rendez-vous avec Jacqueline, elle n'était pas là, il l'a crue perdue à jamais, leur belle histoire coulée – et, une minute plus tard, elle le rattrapait, ses petits talons claquant sur le macadam, quai d'Orléans à l'angle de la rue Le Regrattier. C'est dans cette rue étroite qu'ils se sont alors embrassés pour la première fois. Sadorski se remémore les lèvres tendres et molles de l'adolescente, ce baiser malhabile mais bouleversant. Mais à quoi bon retourner la lame dans la plaie ? Il faut plutôt songer au boulot. Passer un coup de fil discret, en dehors de la préfecture où les lignes sont surveillées. Pour cela, le petit café-bar Chez Lucie, dans cette même rue, est l'endroit idéal. De plus, la brune patronne, avec ses traits fins et sa poitrine aguicheuse ballottant dans son corsage, n'a pas eu l'air indifférente aux propos flatteurs que lui a tenus le policier, lors de sa dernière visite. Comptant joindre l'utile à l'agréable, il pousse la porte aux carreaux colorés et pénètre dans l'intérieur obscur de l'établissement, où seule une chandelle éclaire la caisse, faute d'électricité. Les silhouettes de quelques soûlots sont avachies le long du zinc, le nez dans leur verre de pinard. Première déception, ce n'est pas la plantureuse Lucie qui trône derrière le linoléum du comptoir mais un grand échalas à moustache, son époux peut-être. Sadorski présente son insigne et demande un jeton de téléphone. L'autre encaisse la monnaie et lui tend le jeton avec un grognement – pas aimable, en plus ! Se retenant de répliquer, son client descend au sous-sol, prêt à éjecter avec violence tout quidam qui encombrerait la cabine. Mais celle-ci est libre. L'inspecteur sort son calepin, compose le numéro que lui a donné

Jocelyn Maret, le milicien directeur adjoint de la pénitentiaire. Le grand prétentieux, aux bottes noires et au *« Heil Hitler ! »,* qui l'a convoqué *manu militari* dans sa Citroën garée le long du Boul'Mich… Il faut quand même le tenir au courant des progrès de son enquête. S'il tarde, s'il désobéit à la consigne, ces enragés de la nouvelle administration vichyssoise, de la bande à Darnand, sont bien capables de renvoyer Sadorski au trou.

Wagram 91-46.

Je n'y suis pas toujours, mais vous pouvez dicter vos informations à la personne qui vous répondra, elle a toute ma confiance…

Un déclic, puis la sonnerie résonne quelque part du côté de l'Étoile ou des Ternes, d'après l'indicatif… Dans un appartement, un bureau ? Un endroit classieux – comme l'hôtel particulier où, en plus des éloges de M. le délégué Knipping, on leur a servi du champagne et des biscuits ce matin… Dorures, miroirs et chandeliers. Et lustres au plafond. Mieux encore que l'entrée de l'immeuble des Perret avenue d'Eylau.

Cela sonne… Longtemps…

Il va renoncer, lorsque soudain on décroche. Saisi, il fait : « Allô ? »

Pas de réponse.

— Allô ? répète-t-il. Ici l'inspecteur principal adjoint Léon Sadorski, des Renseignements généraux de la préfecture de police, 3e section. Je désire parler à monsieur Maret…

Pas de réponse. Juste, lui semble-t-il, un faible bruit de respiration. Et le passage rapide d'une automobile, dans le lointain ; suivi d'un léger claquement, plus proche, puis d'un grincement. Une fenêtre qu'on ferme ? Pour mieux entendre ce que Sadorski a à dire ?…

— Allô ? Vous m'écoutez ? Monsieur Maret est là ?

— …

— Monsieur le directeur adjoint Maret m'a confié une enquête…

— …

— Euh, à propos de…

Sadorski hésite, s'interrompt. Oh, et puis merde. Tous des bonshommes arrogants, ces hauts fonctionnaires, comme leurs sous-fifres.

Il faut montrer patte blanche et tout expliquer ! Même quand ils le savent déjà, ces connards.

— … à propos d'un certain Mansuy. *Alias* Solnen, ou Cheval. Suite aux instructions de M. Maret, je l'ai tenu à l'œil. Je…

Il se sent stupide, soudain. Et téméraire. Voilà qu'il vient de balancer son nom, son prénom, son grade, son poste à la PP… Tout, quoi ! Et le fait qu'il surveille le milicien Mansuy. Alors qu'il ne sait pas à qui il s'adresse, en réalité.

L'autre attend toujours, à Wagram 91-46. On perçoit son souffle tranquille, régulier. Cette présence inquiétante. Muette. L'inspecteur pète les plombs, il hurle :

— ALLÔ !

Soudain, il panique. Et raccroche brutalement le combiné du téléphone. Il quitte la cabine en claquant la porte, faisant chuter le Bottin.

Sadorski regagne la rue, tourne à gauche et presse le pas en grommelant, maudissant sa propre bêtise, son inconséquence. Il s'attend presque, désormais, à ce qu'une traction noire ou grise stoppe à côté de lui en faisant hurler ses pneus, que deux costauds en jaillissent pour l'embarquer sur la banquette arrière. Vers une destination inconnue. Et, peut-être, trois dragées tirées à bout portant, comme ce déveinard de Cuvelier.

L'étroire rue Le Regrattier est tranquille. C'est du reste habituellement le cas sur l'île Saint-Louis, plantée de hautes et vieilles maisons toutes bâties dans le même siècle. Silencieuses et penchées, avec leurs fenêtres sombres, leurs volets crasseux à la peinture écaillée, leurs légers balcons italiens dominant la Seine, ornés de chimères grimaçantes et de motifs baroques. Le temps ici paraît immobile. D'invisibles fantômes se croisent. La rumeur de la grande ville ne se fait pas sentir, on peut se réfugier sur l'île à l'abri de ses quais pour rêver. Sadorski s'y baladait souvent, seul ou avec Yvette, surtout avant la guerre. En cette fin de journée le ciel au-dessus des toits est toujours aussi profondément bleu, limpide. On n'entend pas d'avions allemands. Le marcheur allume une cigarette. Protégeant la flamme de la brise avec ses mains, il se retourne.

Une silhouette s'est dissimulée précipitamment dans une encoignure.

Sadorski, ses sens en éveil, reprend sa progression, mais un peu plus lente, vers le quai de Bourbon. Arrivé au dernier immeuble, traversant la chaussée en diagonale, il épie ses arrières du coin de l'œil. Il y a bien quelqu'un qui le file, là-bas. Un jeune homme en imperméable.

À vrai dire il ne semble guère dangereux. Il suit Sadorski avec maladresse, s'est fait repérer facilement. L'inspecteur franchit le bras du fleuve en empruntant le Pont-Marie, rejoint le quai des Célestins et un nouveau flot de vélos. Il traverse en zigzaguant entre les cyclistes. Passant devant les grilles de la boucherie, peu avant la porte cochère du n° 50, il voit surgir une jeune fille à lunettes. Qu'il connaît parfaitement.

— Monsieur Sadorski…

— Tiens ! Marie-Paule… Cela faisait un bail. Tu as maigri, dis donc.

La meilleure amie de Julie et de Jacqueline, leur condisciple du lycée Fénelon, porte aujourd'hui une robe chemisier en crêpe de rayonne beige, ornée d'un écusson sur la poitrine et serrée à la taille par une ceinture de cuir rouge foncé, l'ensemble, auquel s'ajoute un petit sac de cuir en bandoulière, comme le veut la mode, lui donnant vaguement l'aspect d'une cheftaine scoute. Sur une belle fille du type Jacqueline, qui a de magnifiques yeux verts et ressemble à Micheline Presle, ce serait charmant. Mais cette pauvre Marie-Paule Cogez est toujours aussi boutonneuse et laide. Elle a perdu pas mal de poids, en effet, se retrouve aussi mince que Julie – les parents, sévères, austères et protestants, sont par principe hostiles au marché noir ; on ne doit pas bouffer souvent à sa faim, chez les Cogez, rue de Tournon. Et ses cheveux châtain foncé ont poussé, elle se coiffe presque comme la jeune Juive à présent. La lycéenne fixe le policier d'un regard haineux derrière ses verres ronds.

— Je suis venue vous apporter des nouvelles de Jacqueline.

— Ah.

— Les Boches l'ont extraite de la Petite Roquette.

Sadorski hausse les sourcils.

— Je n'étais pas au courant…

— Pour la mettre à Romainville.

— Comment le sais-tu ?

— Son père m'a téléphoné hier soir. Il… il était accablé. L'avocat lui a expliqué que… les Allemands transfèrent à Romainville les résistantes qu'ils vont déporter.

L'inspecteur fait la grimace. Son interlocutrice n'a pas tort : le fort de Romainville, sur la commune des Lilas en banlieue nord-est, ancienne caserne devenue l'annexe du camp de concentration de Compiègne, est administré depuis juin 1943 par les SS. Les prisonniers de Romainville forment un vivier d'otages. Ils sont divisés en cinq catégories : détenus administratifs, détenus de droit commun, femmes (résistantes ou parentes de résistants), détenus politiques au secret et isolés ; et enfin un dernier groupe, ceux que l'on entasse de manière effroyable, rongés par la faim, dans les casemates sous le fort, où règnent une constante humidité et une obscurité presque totale.

— Écoute, Marie-Paule. Je te promets que je ferai tout mon possible pour la tirer de là…

Elle le fixe avec incrédulité.

— Vous ? *Vous*, monsieur Sadorski ? Alors que si Jacqui moisit en prison c'est de votre faute ?

Il sent l'énervement monter peu à peu. Cette mijaurée…

— Ah non, mon petit. C'est plutôt le contraire ! C'est ta copine qui m'a dénoncé à la Gestapo !

— Je ne vous crois pas. D'ailleurs, je suis persuadée que vous n'êtes pas résistant. Mais un imposteur ! un menteur !

— C'est pourtant la vérité.

L'adolescente lui décoche un coup d'œil perçant.

— Si elle vous a accusé, c'est qu'elle avait de bonnes raisons. Je suis informée, figurez-vous ! Elle me l'a écrit. Je ne l'ai pas dit à Julie, mais je sais, moi ! C'est vous, le flic qui a tué Bernard ! C'est vous l'ordure, le meurtrier du frère de cette malheureuse Jacqui ! Vous lui avez tendu un ignoble piège…

Il déglutit. Elle lui hurle au visage :

— Assassin ! Salaud ! Fumier !

Sadorski se rappelle une conversation avec Marie-Paule, tout près d'ici, sur le pont, au printemps de l'année précédente. Il avait évoqué l'attirance mutuelle entre la jeune Juive et le frère aîné de son amie. Elle avait piqué un fard, répondu avec raideur : *Je n'ai rien remarqué de spécial. Nous sommes tous de bons copains…*

Évidemment. Elle aussi s'était entichée de Bernard. Et à présent elle reproche sa mort à celui qui l'a, effectivement, tué, ce petit con. Il hurle à son tour :

— Espèce d'idiote ! Tu ne sais pas de quoi tu parles ! Tu ne connais rien de la vie… Allez, remballe ton pucelage et fous-nous la paix !

Il la voit blêmir. Muette, pour le coup. Ça lui a coupé le sifflet.

Avec le bras, il veut l'écarter, rentrer à son domicile. Retrouver Yvette et Julie. Embrasser ses deux chéries, ses amours. Et ensuite manger un dîner correct grâce aux provisions de bouche des Perret. La journée a été assez pénible comme ça.

Elle fait un pas vers lui, bloquant le passage.

— *Attendez*, monsieur Sadorski. Jetez un coup d'œil autour de vous. Je ne suis pas seule.

Par réflexe, il obéit. Du menton elle a indiqué l'autre côté du quai. Le jeune homme qui le filochait se tient là, la main droite dans sa poche. Il est vraiment très jeune. L'âge de Marie-Paule, à peu près. Une trentaine de mètres plus loin, vers l'amont du fleuve, un autre gamin, coiffé à la zazou, adossé à un tronc d'arbre. Lui porte un veston, sur une chemise à col ouvert. Sa main droite plongée dans sa poche.

Un troisième jeunot apparaît devant la porte du café-bar du Pont-Marie, à l'angle de la rue des Nonnains-d'Hyères. Encore une main dans la poche.

Marie-Paule poursuit :

— Trois revolvers sont braqués sur vous, monsieur Sadorski. Je vous conseille de ne pas bouger.

Il sait qu'à pareille distance, un tir d'arme de poing est très aléatoire. La lycéenne elle-même pourrait être atteinte. Ces mômes ne doivent posséder – si ce n'est pas du bluff – que des petits 6,35, efficaces seulement de près. Et ils ne doivent pas savoir viser correctement. Néanmoins, il ne souhaite pas prendre de risque. Le hasard, la chance du débutant, ça existe aussi…

— Qu'est-ce que tu veux de moi, Marie-Paule ? Attention : je suis fonctionnaire assermenté, je peux te causer de gros emmerdements. Si j'étais toi et tes copains, j'irais faire joujou ailleurs… Allez, cassez-vous, je serai coulant et j'oublierai vos bêtises.

Elle sourit froidement.

— Ce soir, moi et mes camarades nous allons nous « casser », comme vous dites. C'était un coup de semonce. Un avertissement.

— Tu lis trop de romans policiers, mon petit. Je ne sais pas ce que…

— Taisez-vous ! La prochaine fois, nous n'agirons pas en pleine lumière. Quand les balles vous frapperont, il sera trop tard. Sauf si…

La binoclarde a ricané. Sadorski réprime l'envie de lui coller une paire de baffes.

— Oui ? Sauf si ?

— Si vous intervenez *vraiment* en faveur de Jacqueline.

— Je t'ai déjà dit que…

— Tout à l'heure vous n'étiez pas sincère. Au fond, je suis sûre que ça vous arrangerait que… qu'elle disparaisse ! Parce qu'elle en sait trop. Mais *moi aussi*, je sais des choses à votre sujet… et j'en ai parlé à mes amis. (Sa voix tremble, elle bégaie un peu.) Alors je vous préviens, espèce de sale monstre ! Et je ne le dirai pas deux fois. Si… si j'apprends que Jacqueline est partie, que les nazis l'ont fait monter dans un convoi… Notre réseau la vengera. Un jour, une nuit, vous ne saurez pas quand, les coups de feu claqueront dans votre dos et vous tomberez mort, monsieur Sadorski. Vous m'entendez ? *MORT !*

II

LA PEAU NEUVE

[Extrait d'un tract du Front national[1]]

Qui sert les boches trahit la Patrie

UN AVERTISSEMENT AUX POLICIERS

La France pillée, opprimée, démembrée, meurtrie par les barbares nazis offre au monde le grandiose spectacle d'une nation qui ne s'incline pas devant l'envahisseur et qui continue le combat pour sa libération.

[…]

Mais si des millions de Français sont dressés contre les boches, si des Francs-Tireurs héroïques accomplissent leur devoir de patriotes en frappant l'ennemi partout où on peut l'atteindre, si des centaines de fils du Peuple de France, dans les prisons et les camps de concentration où ils ont été jetés, conservent, intacte, leur foi en la délivrance de la Patrie, si des martyrs de la libération nationale, comme Jean d'Estiennes d'Orves, Gabriel Péri, Pierre Sémard, Jean Catelas, etc., vont au poteau d'exécution en criant « Vive la France ! » et en chantant la « Marseillaise », il y a aussi un certain nombre de Français qui se déshonorent et trahissent la Patrie en servant les boches. Parmi ces Français qui n'ont de Français que le nom,

1. Ou « Front national de lutte pour la libération et l'indépendance de la France ». Il s'agit là du mouvement de la résistance intérieure française créé par le PCF en 1941.

une place spéciale doit être réservée aux policiers dont le traître Laval, rappelé au pouvoir par Pétain, a fait de vulgaires serviteurs de la Gestapo.

Policiers au service de l'ennemi

Les boches font la chasse aux patriotes, qu'ils soient catholiques, protestants ou athées, communistes ou gaullistes. Ils les emprisonnent par milliers et en fusillent tous les jours. Mais ces boches maudits ne pourraient dépister ni arrêter les patriotes s'ils n'avaient le concours de policiers français sans honneur et sans conscience qui, en servant l'ennemi, trahissent la Patrie.

[…]

Des listes de ces policiers qui se conduisent en agents de l'ennemi, sont établies, TENUES À JOUR. Ces criminels de droit commun doivent savoir qu'au jour de la délivrance de la Patrie, ils paieront cher les crimes commis pour le compte des boches.

16

La nuit des généraux

EDMOND LOISEAU SOURIT en levant son verre de Cointreau.

— À la bonne vôtre, mon cher Sadorski ! *Cheers !* Encore un que les Fridolins ne boiront pas, comme dit ma concierge.

— Une patriote elle aussi, ironise l'inspecteur.

— De fraîche date ! De fraîche date ! En juillet 1942, le jour de la grande rafle, cette brave dame, aidée de son mari, a verrouillé la porte cochère pour empêcher la seule famille juive de l'immeuble – qui venait d'être épargnée par deux de vos collègues miséricordieux – de sortir et de se sauver ! Formidable, hein ! (Il rectifie :) Je veux dire, voilà une action véritablement abjecte !

Sadorski avale une petite gorgée de fine. Avant de renchérir :

— On ne peut se fier aux bignoles. Je les connais, moi et mes adjoints on passe notre vie à les interroger ! Une race de punaises méchantes et rancunières, d'hypocrites, de profiteuses du marché noir ! Souvent, du reste, mariées à un gardien de la paix, qui doit feindre d'ignorer les petits trafics de madame, dont il bénéficie lui aussi… Mais, depuis le Premier Empire, les pipelettes sont les yeux et les oreilles de la police parisienne et nous ne saurions nous passer d'elles ! Merci à Napoléon Bonaparte, et à Fouché.

Son compagnon grince de rire, étouffe une quinte de toux.

— Eh oui. Triste monde ! Alors, Sadorski, vous m'avez promis des tuyaux sensass sur l'exécution de Philippe Henriot ! Je vous écoute…

— Ça sera donnant-donnant, hein ! Et, nous sommes bien d'accord que vous ne mentionnerez pas mon nom. Un de mes inspecteurs a déjà été flingué l'autre jour, il est à l'hosto et n'a pas repris connaissance… Moi je tiens à la vie, vous comprenez.

Loiseau a ouvert son bloc-notes et dégainé son stylo.

— Nous y tenons tous. En cette période particulièrement délicate. Mais les journalistes sont friands d'informations de première main. D'ailleurs, je ne les publierai pas forcément. Mais plus on en sait, mieux ça vaut. Cela s'appelle prendre une assurance sur l'avenir.

Toujours un peu enroué, le reporter s'exprime à mi-voix. Les deux hommes sont installés dans un coin tranquille, derrière la fenêtre, du café-restaurant Au cadet de Gascogne, l'un des fameux établissements de la place du Tertre qu'affectionnent, sous l'occupation, les touristes en tenue vert-de-gris. Aujourd'hui ces derniers ont choisi la terrasse, sous l'ombre du vélum au bord de la place ensoleillée, et Sadorski les entend, à travers la vitre, converser bruyamment en buvant des bocks de bière belge. L'un des soldats, un jeune sous-officier du 6e régiment de chasseurs parachutistes, a la tête bandée et le bras en écharpe. Il raconte à ses camarades comment il a été blessé devant Sainte-Mère-Église, au mois de juin, quelques heures à peine après le débarquement ennemi à l'est du Cotentin. La serveuse s'attarde auprès de leur table, sourit aux troufions, tout en couvant des yeux le convalescent – une conduite en nette raréfaction chez les Parisiennes depuis les récents revers de la Wehrmacht. Le reporter, lui, par prudence, a renoncé à son troquet favori de la rue d'Enghien, à deux pas des locaux du très collaborationniste *Petit Parisien* (surnommé « Le Petit Berlinois ») dont Edmond Loiseau est une des plumes les plus connues – bien que depuis quelques mois il ne signe plus ses articles. Il a trop peur de récolter une balle dans le dos et, s'il est contraint de s'y rendre, il rejoint l'immeuble du journal, réquisitionné par les Allemands, en rasant les murs.

— Comme vous le savez, récapitule l'inspecteur, Philippe Henriot s'est fait buter à l'aube, en pyjama, dans son appartement du ministère de l'Information, où il couchait lors de ses voyages à Paris, par un commando gaulliste se faisant passer pour des miliciens d'une « brigade spéciale » envoyée pour le protéger. Ils étaient munis de fausses cartes de la Milice révolutionnaire française, revêtues de leur photographie. L'assassinat a eu lieu en présence de Mme Henriot. Ces individus, armés de pistolets et de mitraillettes, venaient de couper les lignes téléphoniques et de désarmer les gardiens de la paix chargés de la surveillance de l'immeuble de la rue de Solférino, et de l'ambassade d'Allemagne, à côté, au 78 de la rue de Lille. Et comme ils connaissaient mal les lieux, les terroristes ont dû réveiller le concierge afin qu'il les guide.

— Attention, signale Loiseau. Dans quinze jours on ne dira plus « terroristes » mais « patriotes ».

— Si vous y tenez. Pour moi ce sont plutôt des bandits. Ou un drôle de panier de crabes. Le chef du commando, un nommé Gonard, Charles, alias « Morlot », né en 1921, servait dans les groupes francs de la région du Rhône depuis 1943. Il a débarqué à Paris au début de cette année, avec un complice, pour prendre la direction des groupes francs de la région parisienne, toujours au service de Londres et d'Alger, naturellement ! La bande à Morlot aurait à son actif le meurtre de l'indic infiltré Robert Carré, dit Robert Blanc, *alias* « Cosinus » dans la résistance, assaisonné par rafales de mitraillette avec sa maîtresse Odette Mouchebœuf le 19 avril, tirées de deux tractions qui sont passées à leur hauteur sur l'avenue du Maine, devant le n° 63…

— Attendez, ils ont tué la maîtresse aussi ?

— Fracture ouverte de la cuisse gauche seulement. L'agent double de la Gestapo est mort à l'hôpital Broussais où ils avaient été transportés. Mais des passants innocents ont été touchés, dont une mère et sa fillette de six ans, sérieusement blessées aux jambes. Je continue : le 7 juin, lancer de grenades à l'hôtel Fontania, à côté du cabaret L'Ange rouge, rue Fontaine, où l'on voit souvent des officiers chleuhs. Deux blessés graves et d'importants dégâts matériels, causés par l'explosion d'une seule des trois grenades, les autres étant défectueuses. Le 12 juin, à Villejuif, attaque à main armée d'une voiture cellulaire qui transportait des détenus de Fresnes, par une vingtaine d'individus montés dans quatre tractions et armés de mitraillettes, évasion de deux prisonniers politiques, les nommés Lévy Jean-Pierre et Simonin Maurice…

Sadorski tourne une page de son calepin, tandis que Loiseau griffonne rapidement.

— … J'en viens à l'arrestation du 15 juillet. D'après ce que nous savons maintenant à la PP, au cours de cette matinée des miliciens agissant sur les ordres du capitaine Bassompierre, inspecteur général de la Milice en zone Nord, ont attiré chez un nommé Joré Louis, directeur des éditions Miméphone, au 30 de la rue de Gramont, quatre soi-disant résistants de la bande à Morlot, sous prétexte d'aller faucher ensemble à l'éditeur un stock de pièces d'or qu'il était supposé détenir, en lui faisant le coup du vol aux faux policiers… D'après M. Bassompierre, ces types comptaient parmi les auteurs principaux de l'assassinat d'Henriot ! À 10 h 10, lorsque les inspecteurs miliciens du 2e service ont voulu procéder à l'arrestation des membres du « groupe Morlot », les suspects ont tenté de s'échapper, soit à pied soit dans leur voiture immatriculée 6439 RN qu'ils venaient de garer rue de Gramont, et qui contenait des grenades et des mitraillettes. Les miliciens ont alors ouvert le feu sur les fuyards et l'un d'eux a été tué. Un certain Pierre Démoulin. Deux autres ont été arrêtés et conduits au siège de la Milice. Le dernier s'est réfugié dans les locaux du Crédit lyonnais, au 5, boulevard des Italiens. L'immeuble a été bloqué par les miliciens et par des effectifs de police des deuxième et troisième arrondissements, tandis que les miliciens se livraient à des investigations à l'intérieur. Cette opération n'a donné aucun résultat, l'individu recherché ayant réussi à s'enfuir. Deux passantes, Mlles Remise Solange, vingt-quatre ans, dactylo, et Malhouran Monique, seize ans, sans profession, ont été blessées assez grièvement au cours de la fusillade. Tout ça s'est produit – sans qu'il y ait le moindre rapport, du reste – le matin de la mutinerie de la Santé, donc quand la Franc-Garde se trouvait fortement occupée ailleurs.

Il s'interrompt pour allumer une gauloise, et pour ricaner.

— Maintenant, mon cher Loiseau, la question est : *comment M. Bassompierre a-t-il pu retrouver les assassins de Philippe Henriot ?* Cela, avant même les polices française et boche ! J'ai mis mes meilleurs limiers sur le coup, et notre enquête a donné des résultats. Voilà : un certain Marcadet, Ernest, commissionnaire en fruits et légumes aux Halles, petit escroc réfractaire au STO et déjà condamné en 1942 à six mois de prison et 1 200 francs d'amende pour trafic de bons matière, logeait le nommé Démoulin – celui qui a été abattu rue de Gramont – dans une chambre qu'il louait aux Halles. Démoulin, également réfractaire, et trafiquant de cartes de pain en plus de vendre des fruits et légumes, était entré dans les groupes francs de la résistance en même temps que Marcadet, lequel aurait quitté ensuite le mouvement, effrayé à l'idée de commettre des exécutions. Bref, ce con de Démoulin, qui avait vite fait de prendre du galon chez vos « patriotes », s'est vanté d'avoir participé au meurtre d'Henriot, auprès d'un nommé Roger qui lui rendait visite aux Halles pour leurs affaires de trafic de cartes de ravitaillement, et Roger l'a répété à Marcadet ! Les deux compères ont eu l'idée de vendre cette information aux chefs de la Milice. Mais pour cela, il fallait avoir les bons contacts. Marcadet a mis au parfum l'une de ses « bienfaitrices », une vieille aventurière se faisant appeler Marguerite de Bernardi, *alias* Mme Dalché, bien introduite dans les milieux collabos. C'est elle qui est allée en parler à Bassompierre, à l'hôtel Commodore où il loge, en se recommandant d'une amie commune… Marcadet n'hésitait pas à trahir son pote Démoulin car celui-ci lui devait de l'argent et rechignait à rembourser…

Le journaliste émet un petit sifflement admiratif.

— Un vrai roman policier. Formidable ! Je ne connaissais que la première partie de l'histoire, relatée dans *Combats*, le canard de la Milice, dans son édition du 29 juillet. Attendez, je note…

— Allez-y.

— Mais qu'en était-il du stock d'or ? Je suis un peu perdu, je l'avoue…

— Cette affaire avait été apportée à Marcadet par Mme de Bernardi, dont l'éditeur Joré était le locataire, et qui savait que celui-ci planquait un paquet de louis. Marcadet avait déjà proposé le coup à Démoulin quelques mois plus tôt, il s'est contenté de revenir à la charge, cela restait donc très crédible pour le faire tomber, lui et ses complices, dans ce guet-apens…

— Et les deux hommes arrêtés par la Milice, rue de Gramont ?

— Désiront, Jean-Jacques, *alias* André, Jean, et Dédé Heyraud, *alias* Heute, ou Jacky… Eux aussi faisaient partie du corps franc Morlot, et sont actuellement détenus chez les miliciens. Je n'en sais pas plus.

Loiseau vide son verre et finit de prendre des notes.

Son informateur glisse un coup d'œil vers le quotidien plié sur la table.

— C'est la dernière édition ?

— Celle d'hier. Mais ne vous gênez pas.

Le titre principal de la une : *TANDIS QUE LES BRITANNIQUES PIÉTINENT DANS LA RÉGION DE CAEN LES AMÉRICAINS POURSUIVENT LEURS INFILTRATIONS EN BRETAGNE. De violents combats ont lieu dans la région de Mayenne et de Laval.*

— Ils ne sont pas encore à Paris ! se félicite Sadorski.

— Vous plaisantez ? Il faut apprendre à traduire, mon cher. Ces lignes signifient en réalité : « Tandis que la 7e armée allemande recule devant Caen sans se débander encore complètement, la 6e division blindée américaine fonce vers Brest ! » Quant à Mayenne et Laval, depuis que fin juillet le général Patton a percé l'aile gauche du front allemand à Avranches et par là rentre sur notre territoire comme dans du beurre, ces villes ne peuvent tarder à tomber. La prochaine étape sera Le Mans. L'ennemi – enfin, pardon, d'ici quinze jours on dira « nos amis »… – arrive par le sud-ouest au lieu de l'ouest, tout simplement. Nous sommes le 8 août. Vous voulez parier ? Deux bouteilles de Cointreau ! que, le 25, les chars alliés défilent sur les Champs-Élysées…

Le policier joue avec son verre de cognac. Il grogne.

— Je tiens le pari. Moi je dis : pas avant le 15 septembre ! Si vous perdez, vous me devrez une grande bouteille de fine Napoléon !

— Très bien, les jeux sont faits. Et en attendant, monsieur Henri, remettez-nous ça ! Vous aussi, Sadorski ? Un cognac ?

— D'accord, c'est la préfecture qui paye. Note de frais. (Il souffle la fumée de gauloise vers le plafond.) À votre tour, Loiseau. Je désire savoir ce qui a eu lieu chez les Allemands de Paris dans la nuit du 20 le mois dernier.

Il souligne sa demande en pointant l'index sur la principale photo en une du journal, avec son commentaire : *Le Führer a rendu visite aux officiers blessés lors de l'attentat du 20 juillet. Le voici au chevet du Generalmajor Schorff.* Sur l'image, Hitler, voûté et décrépit, l'allure d'un aimable vieil oncle légèrement gâteux, se penche, avec le sourire, vers un type tout enveloppé de bandages, y compris le visage et la tête, en apparence très gravement brûlé. Son lit d'hôpital est entouré d'officiers nazis, pistolet à la ceinture et mains derrière le dos, l'attitude morose. Il est vrai que leur grand chef a failli y passer ! La bombe a éclaté à quelques mètres à peine, placée dans une serviette abandonnée entre les bottes des généraux d'état-major par le colonel comte von Stauffenberg – exécuté depuis –, mais l'épaisseur du montant de la lourde table de conférence en chêne de six mètres de long a protégé le dictateur. Hélas pour eux, les conjurés de Berlin, avertis au téléphone, sans preuve, par Stauffenberg qu'Hitler était mort dans son QG de Prusse-Orientale, ont déclenché l'opération dans la capitale allemande, ainsi qu'à Paris où une fraction du haut commandement de la Wehrmacht faisait partie du complot… « *Une écrasante majorité,* déclare le Führer dans le journal, *parmi laquelle des milliers de braves officiers allemands, n'a jamais eu aucun rapport avec cette clique criminelle et se détourne d'elle-même avec indignation et dégoût. Je considère comme un effet de la Providence et avec un soulagement personnel le fait que cette résistance intérieure, insaisissable jusqu'ici, ait été enfin découverte et que ces criminels aient pu être écartés…* »

Loiseau sourit.

— Que souhaitez-vous apprendre exactement ?

— Pourquoi les militaires boches ont arrêté les pontes de la Gestapo parisienne et pourquoi le lendemain tout était normal comme avant. Au point que presque personne ici ne s'en est rendu compte !

— Ah ! c'est une histoire incroyable, et assez cocasse. Sauf pour les généraux qui ont été obligés de se suicider, et ceux qui sont ou seront condamnés à mort, bien entendu. Ma très chère amie Hilde von Seckendorff, qui a quitté en janvier son appartement de la rue de la Pompe pour s'installer au 41 de l'avenue Foch, m'a tout raconté en détail. Enfin, ce qu'elle savait, mais c'est déjà beaucoup. Les chefs de la conjuration, à Paris, étaient le général Karl Heinrich von Stülpnagel, gouverneur militaire et successeur à ce poste de son lointain cousin Otto, de la même noble famille mais celui-là moins sympathique ; le général Kossmann, ancien chef d'état-major auprès de Stülpnagel ; le célèbre feld-maréchal Erwin Rommel, commandant du groupe d'armées B sur le front Ouest, très populaire en Allemagne – mais qui se montrait réticent quant à l'élimination physique d'Hitler : il préférait le voir arrêté, jugé et condamné à la peine capitale ; le général Speidel, ex-chef d'état-major de Rommel ; le général von Boineburg-Lengsfeld, commandant du Grand Paris ; le général von Falkenhausen, commandant de la Wehrmacht pour la Belgique et le Nord ; le lieutenant-colonel César von Hofacker, membre de l'état-major du gouverneur militaire ; le général Oberhäuser, chef de l'information ; et d'autres de moindre importance dont je vous épargnerai les noms et les grades. Étaient plus ou moins au courant le général Blumentritt, chef d'état-major du haut commandement des armées de l'Ouest à Saint-Germain-en-Laye ; et le général von Linstow, nouveau chef d'état-major de Stülpnagel. Sans compter les sympathisants, ces officiers supérieurs qui avaient eu vent de quelque chose et espéraient la fin du nazisme. Mais le véritable chef de la conspiration à Paris était César von Hofacker, qui assurait la liaison avec ses amis de Berlin. Tous ces nobles *gentlemen* (Loiseau glousse) haïssent les nazis et la police de sécurité SS, mais ils ne sont pas de vertueux redresseurs de torts pour autant ! La guerre menée par Hitler a longtemps été la leur : l'enjeu en était la suprématie de l'Allemagne en Europe, et, depuis juin 1941, la lutte contre le bolchevisme. Et ces aristocrates prussiens de la vieille école détestent les Juifs autant que le Führer les déteste ; tout ce qui chagrine ses généraux, c'est son incompétence militaire, révélée enfin par ses ordres aberrants et catastrophiques depuis Stalingrad, et la perspective de voir leur patrie livrée très prochainement, par sa faute, aux sauvages cosaques bolcheviques qui violeront leurs femmes, leurs sœurs, leurs filles, peut-être même leurs grands-mères, et saccageront leurs vastes domaines ! Ils sont prêts à tout pour éviter cela !

— À tout ? C'est-à-dire ?

— *À négocier discrètement avec les Alliés*. Dans le dos du Führer. Leur proposition, si le coup d'État réussissait à Berlin, était un cessez-le-feu intégral sur le front Ouest, une évacuation par les forces allemandes de toutes les zones occupées à la suite de l'attaque du printemps 1940, et une Alsace indépendante… En échange, ils demandaient l'arrêt des bombardements massifs sur les villes du Reich – ou ce qu'il en reste – et la permission de continuer leur guerre contre les Russes ! Une paix séparée à l'Ouest est ce que redoute le plus Staline, évidemment.

— La Wehrmacht a fait cette proposition aux Anglo-Américains ?

Le reporter acquiesce, avec un large sourire.

— Mais oui. Ce n'était pas aussi idiot que ça en a l'air. Les Anglais, toujours anticommunistes à l'extrême, comme leur Premier ministre, ont été tentés. Laisser se poursuivre la guerre à l'Est et, grâce à une armée allemande renforcée, et soutenue par eux en secret, se débarrasser des Rouges une bonne fois pour toutes ! Formidable ! Et puis, l'interruption des combats sur le front de Normandie épargnerait beaucoup de vies humaines. Mais Roosevelt s'y est opposé catégoriquement. Churchill s'est vite rallié à son point de vue. Ces deux-là veulent une capitulation inconditionnelle de la part des Boches. Les mettre complètement à genoux, et pour longtemps !

M. Borde, le patron, apporte les nouveaux verres de triple sec et de fine. Après qu'il a regagné son comptoir, Loiseau fait remarquer :

— De toute manière, plus le temps passait et moins l'offre des généraux félons avait de valeur. Et depuis la percée d'Avranches, elle n'en a plus du tout ! La guerre ici est clairement perdue pour eux, ils n'ont plus d'aviation, presque plus d'essence, et se battent, sur le plan matériel, à un contre vingt ! À Berlin, le coup a lamentablement foiré, les types étaient trop cons, trop optimistes, ils faisaient tout par téléphone, ont tardé à déclencher l'opération dans la capitale et dès qu'il a été clair que le Führer était sain et sauf, ça a viré au massacre : suicides volontaires ou forcés, exécutions immédiates dans la cour de leur quartier général de la Bendlerstrasse, au ministère de la Guerre, à la lueur des phares de voiture, sur ordre du général Fromm, et arrestations par la SS. En revanche, chez nous, leur affaire a été *à deux doigts* de réussir !

— Hein ? Vraiment ?

— Si Rommel n'avait pas été absent pour cause de blessure grave reçue sur le front normand, et si le feld-maréchal von Runstedt, en disgrâce, n'avait pas été remplacé au commandement de l'Ouest par cette girouette de Kluge, qui s'est dégonflé…

— Mais que s'est-il passé exactement dans la nuit du 20 au 21 ?

— Le général von Stülpnagel, sans être absolument sûr qu'Hitler avait péri dans l'attentat – les renseignements téléphoniques reçus de Berlin restaient confus – a lancé l'opération en fin de journée, au moment de quitter son bureau de l'hôtel Majestic pour se rendre au QG de Kluge à La Roche-Guyon, où il était convoqué d'urgence par le feld-maréchal après l'annonce de l'attentat. C'était un coup de poker, très courageux de la part de Stülpnagel : il a donné, avant de monter en voiture, l'ordre d'arrêter *tous les SD et tous les responsables SS à Paris*. Cet ordre était à exécuter immédiatement, mais son camarade le général von Boineburg-Lengsfeld a préféré attendre la tombée de la nuit. Il répugnait à offrir aux Parisiens le spectacle honteux ou ridicule d'Allemands arrêtant d'autres Allemands ! Formidable, non ? C'est pour ça qu'on n'en a presque rien su ! Y compris vous, les fins limiers des Renseignements généraux…

Vexé, Sadorski corrige :

— Pas du tout. J'ai lu des rapports. Je veux juste connaître *votre* version. Vous qui avez des accointances avec Mme Hilde von Seckendorff et autres « comtesses » de la Gestapo… Des confidences sur l'oreiller, m'aviez-vous dit. Car la collaboration horizontale ne fonctionne pas que dans un seul sens…

Loiseau pique un fard.

— Oui, bon, je vous serais reconnaissant d'oublier ça une fois que nos nouveaux amis seront ici. S'il vous plaît, mon cher !

— Je ne me permettrais pas de semer le doute sur le patriotisme d'un résistant comme vous. Mais, continuez…

— L'autre bonne raison d'agir de nuit était qu'il valait mieux procéder à l'arrestation des SS et des SD lorsqu'ils seraient rassemblés dans leurs casernes. On pouvait alors les ramasser d'un seul coup ! Le 2e bataillon du 1er régiment de la Garde, commandé par le capitaine Geske, est donc entré en action au crépuscule. On leur avait raconté que la faction d'Himmler avait fomenté un coup d'État à Berlin contre le Führer et qu'il s'agissait de s'y opposer ! Un bobard formidable… mais de toute façon les gardes ont obéi bien volontiers parce qu'ils ne peuvent pas saquer les SS ! « C'est pas trop tôt, on va lui casser les reins, à cette peste noire ! » ont-ils dit au général von Boineburg venu surveiller le coup de main sur la caserne du boulevard Lannes… Voyez-vous, l'armée allemande ne condamne pas la Gestapo en tant qu'institution – une police politique est nécessaire dans tous les régimes –, mais les méthodes qu'elle pratique. Il en est d'ailleurs de même pour certains policiers militaires qui ont été versés de force en 42 dans la Sipo-SD et ont dû adopter des grades paramilitaires SS.

— Souvent inférieurs à leurs grades d'avant, confirme Sadorski. J'ai connu rue des Saussaies le sous-lieutenant Maag, un bon flic d'ailleurs, qui était précédemment capitaine dans la *Geheime Feldpolizei* de Paris, où il s'occupait des attentats. Un vétéran de la police criminelle berlinoise…

Loiseau approuve machinalement, et continue :

— Revolver au poing, les troupes de choc de la Wehrmacht ont fait irruption dans tous les locaux occupés par les SS. Dehors, des camions attendaient pour conduire les prisonniers à Fresnes, dont une partie avait été évacuée au préalable, et dans un vieux fort du côté de Saint-Denis, ma chère Hilde n'a su me dire lequel précisément. Vers minuit, près de 1 200 SS stationnés à Paris étaient sous les verrous ! Un conseil de guerre devait se réunir avant l'aube pour désigner les plus coupables… et les fusiller séance tenante !

— J'ai du mal à y croire…

— Le général de brigade Brehmer s'est chargé personnellement de l'arrestation du général Oberg, le grand manitou de la police nazie en France. Le lieutenant-colonel von Kraewel, de la Garde, a arrêté les officiers supérieurs de l'avenue Foch. Il ne manquait plus que le colonel Knochen, le chef des SD. On l'a retrouvé en train de dîner chez son ami Zeitschell, de l'ambassade du Reich – d'autres sources me disent que c'était plutôt dans une boîte de nuit –, il a été joint par téléphone et prié de regagner son poste. Ignorant que le général était déjà coffré, il a préféré aller directement chez Oberg, où on l'a poliment délesté de son revolver ! Tout ce beau monde a été parqué à l'hôtel Continental, rue de Castiglione. Là où on avait jugé les terro… je veux dire les patriotes FTP de l'Affiche rouge ! C'est à se tordre ! Non ?

À la terrasse, les soldats ont réglé leurs consommations, ils se préparent à lever le camp. La serveuse s'enhardit et embrasse le blessé sur la bouche, au milieu des quolibets et des rires. Puis le groupe en uniforme et bonnet de police s'agglutine au présentoir de cartes postales de la boutique d'à côté, une curieuse épicerie-brocante à l'enseigne « Au singe qui lit ».

Le reporter les observe et se moque :

— Ce seront leurs dernières cartes envoyées du gai Paris !

— *Pariss schön*…

— *Jawohl !* Formidable !

Il en est à son troisième verre de Cointreau.

— … Bref, tout contact était coupé entre la Gestapo parisienne et ses chefs en Allemagne, et les conspirateurs attendaient en se rongeant les ongles dans une suite de l'hôtel Raphaël, près du Majestic, des nouvelles de Berlin ou de Stülpnagel à La Roche-Guyon… qui n'appelait pas. Puis ça a été Berlin : de là-bas le colonel von Stauffenberg a eu Linstow au téléphone pour lui dire que tout était perdu, que les tueurs SS étaient déjà à sa porte… Pendant ce temps, au QG de La Roche-Guyon, le feld-maréchal von Kluge, qui se préparait à demander aux Alliés l'armistice sur le front de l'Ouest et annoncer la cessation des lancers de fusées sur Londres, faisait maintenant dans son froc et se désolidarisait des conjurés. Il a ordonné à Blumentritt de mettre le général von Stülpnagel aux arrêts dès le retour de celui-ci à Paris. De son côté, la Kriegsmarine, que les conjurés avaient totalement oublié de mettre dans le coup, est intervenue : l'amiral Krancke a alerté ses troupes et, depuis son QG de la Muette, lancé un ultimatum à l'état-major. Les SS ont été libérés, l'ambassadeur Abetz a joué un rôle de médiateur entre Wehrmacht et Gestapo afin que celle-ci accepte de passer l'éponge. On était entre Allemands, *nicht wahr?* Il y avait eu une erreur, on avait cru à un complot fomenté par la SS... Et pour le public on expliquera qu'il s'agissait d'un « exercice », dans le but de prouver que « la troupe est capable d'une action rapide en cas de troubles » ! Quant au secret gardé au préalable, « c'était pour donner plus d'authenticité à la fausse alerte » ! Ha, ha ! formidable ! Tout cela s'est terminé par un déjeuner cordial à la villa Coty, dans l'appartement du général von Boineburg. Le général Oberg, pas rancunier, lui a offert une coûteuse boîte de cigares d'importation... Mais Hitler ne l'entendait pas de cette oreille. Il voulait tous ces criminels pendus à des crocs de boucherie, et étranglés le plus lentement possible ! Ce qui a été fait, d'ailleurs, pour ceux de là-bas, et le Führer a ordonné de filmer la scène afin de se la faire projeter ensuite en privé. En France, ça a commencé par Stülpnagel, démis de ses fonctions et rappelé d'urgence à Berlin. Il a choisi le suicide, a fait stopper sa voiture sur la route de Sedan et est parti se balader, dans cette région de la Meuse où il avait combattu pendant la Grande Guerre... *Pan*, une balle dans la tête, son aide de camp l'a retrouvé flottant dans un ruisseau... Même pas mort ! Au début, on a pensé à une attaque par des maquisards... Le général a été opéré d'urgence à l'hôpital de Verdun, le projectile tiré dans la tempe était ressorti par l'œil, il n'avait réussi qu'à se rendre aveugle !

— Vous allez encore dire « Formidable ! »...

— Mais non, pour qui me prenez-vous ? Ce pauvre Stülpnagel ! On devra le guider par la main jusqu'à la potence...

Sadorski pousse un soupir et se lève pour aller payer les consommations.

— Je dois retourner à la préfecture, le boulot m'attend...

— Allez-y, j'ai encore un papier à écrire… J'évite mon bureau, ces jours-ci. Tenez-moi au parfum des développements de l'affaire Henriot !

La place du Tertre est inondée de soleil, les touristes vert-de-gris flânent à ses terrasses, guettés par les récupérateurs de mégots. Les filles se promènent en robes légères, les peintres du dimanche reproduisent le dôme du Sacré-Cœur sur leur toile ou crayonnent des caricatures. Des gamins en culottes courtes se poursuivent avec des cris perçants. Sadorski n'a jamais été sensible aux charmes de Montmartre et de ses moulins ; pour lui tout ça n'est qu'un attrape-nigaud, un village de pacotille ! Il déverrouille l'antivol de sa bicyclette, et, tenant le guidon d'une main, entreprend de descendre les ruelles de la Butte à pied, sans se presser. Il réfléchit aux enquêtes en cours, qui n'avancent guère : Mme Piazza n'a rien découvert de suspect dans l'appartement de Louise Zembrowski, rue de l'Abbé-Groult ; Kaiser en traînant dans les bistrots rue de Rivoli n'a pas rencontré de témoin de l'agression de la place du Louvre ; seul Quéau a dégoté quelques renseignements intéressants sur l'étudiante Monique Mézard, chargée de balader le marmot dans les jardins du Trocadéro… une embochie, paraît-il, et qui se vante d'avoir un petit ami chez les Chleuhs ! Quant aux fausses plaques minéralogiques de la Citroën, dont s'occupait Cuvelier, là aussi on est, obligatoirement, au point mort…

Afin de profiter de la vue, l'inspecteur emprunte la rue Norvins et se dirige vers le parvis de la basilique. Un capitaine de la Wehrmacht progresse dans cette direction, les fers de ses bottes résonnant sur les pavés ; il semble avoir eu la même idée et fait halte devant l'imposant panorama. La légère boiterie de l'Allemand évoque au policier un vieux souvenir. Oui, Sadorski a déjà vu ce type, il y a des années… Dans le hall de l'immeuble de la comtesse Ostnitska, avenue de Malakoff, au printemps 42. Là où s'opérait un fructueux trafic de drogue organisé par le SD du boulevard Flandrin et le capitaine Nosek… Ou alors, n'était-ce pas plutôt dans l'immeuble des Perret qu'il a croisé cet homme ? En tout cas c'est bien lui, entre quarante et cinquante ans, de taille moyenne, brun, svelte et distingué… portant l'uniforme avec beaucoup d'élégance. Le physionomiste en chef du Rayon juif peut oublier un nom, une adresse, jamais un visage.

Il s'approche du militaire qui admire rêveusement la ville.

— Je vous demande pardon, mon capitaine, auriez-vous du feu ?

L'autre répond avec un temps de retard, dérangé dans sa contemplation.

— Mais volontiers, monsieur.

Il parle le français presque sans accent.

— Merci, fait l'inspecteur. Vous regardiez Paris ? C'est beau, hein ?

L'Allemand hoche la tête.

— En effet. Je suis venu ici lui dire adieu. Dans un lieu de calme et de beauté. L'esprit s'apaise merveilleusement à la vue d'un pareil décor. On oublie un instant les forces démoniaques lâchées sur ce monde…

— Vous partez pour la Normandie ?

— Non. Je rentre dans mon pays. D'ici quelques jours, je pense.

Sadorski souffle la fumée, laisse errer lui aussi son regard sur le vaste océan de toits semé de clochers, de coupoles, de tours, qui va se perdre dans une brume scintillante sous le grand ciel bleu. Ce paysage magnifique sera-t-il bientôt, comme Caen, rasé par les bombes balancées par les Alliés ? ou changé en une mer de flammes, ce qui fut le cas après la Commune ? ou, comme dans un récit d'anticipation, figé en un décor fantôme et gris, ses habitants asphyxiés jusqu'au dernier par les gaz ?

Le capitaine de la Wehrmacht regarde le civil avec curiosité, et un fin sourire plutôt amical.

— Vous êtes parisien, monsieur ? questionne-t-il.

— Oui et non. Je suis né en Afrique du Nord.

— L'Algérie ?

— Non, à Sfax.

— Ah, la Tunisie. Mais il fait chaud comme là-bas, aujourd'hui en France. Voyez ces antiques pierres sous le soleil brûlant… elles paraissent attendre les nouvelles caresses des hommes qui s'apprêtent à les conquérir !

Le cycliste hausse un sourcil. Voilà un Boche poète. Ou, en tout cas, un intellectuel. Sadorski s'intéresse également aux événements historiques. Il fait remarquer :

— J'ai lu beaucoup de livres sur Napoléon. À l'époque, on a eu les cosaques sur les Champs-Élysées…

— Et après nous ce seront les Américains. Je suis persuadé qu'ils seront très populaires à leur tour !

L'homme a un léger rire. Sadorski hasarde, sur un ton obséquieux :

— Vous avez dû connaître pas mal de Françaises, mon capitaine…

Le sourire de l'officier se teinte de tristesse.

— Quelques-unes, monsieur. Et j'avais de bons amis en poste dans cette ville. Pendant la Grande Guerre, ils tombaient au front. À la fin de celle-ci, ils sont insultés, humiliés par un procureur infâme et attendent en prison d'être livrés au bourreau. On leur refuse la mort du soldat. Aujourd'hui même sont prononcés les jugements, et ont lieu les pendaisons à la maison d'arrêt de Berlin. (Il sort un paquet de sa vareuse, allume une Chesterfield de parachutage.) Mais vous ne pouvez sans doute pas comprendre.

— Je pense que si. J'ai été détenu dans votre capitale. Et j'ai fait la guerre !… En 1917 et 1918.

— Alors nous nous sommes peut-être trouvés face à face. Bien que, ces années-là, je me sois battu plutôt contre les Anglais. (Il regarde de nouveau le panorama, en savourant sa cigarette.) Quoi qu'il en soit, monsieur, toute grande cassure de l'histoire s'accompagne, inévitablement, de beaucoup de séparations entre les personnes… Il me reste donc des adieux à faire. Mais les villes, voyez-vous, elles aussi, sont femmes… Elles ne se montrent tendres qu'avec le vainqueur.

17
Honneur de la police

— PUTAIN DE MOIS D'AOÛT, gémit Magne, repoussant son chapeau en arrière et s'essuyant le front avec un mouchoir.

— Tu l'as dit, René, grogne Sadorski. Et ça n'est pas près de s'améliorer !

Ce jeudi 10 – qui est le jour de la fête du brigadier-chef – les inspecteurs en civil remontent péniblement à pied les grands boulevards, en direction de la place de la République. À midi, il y a eu une nouvelle alerte. Les moteurs des superforteresses alliées résonnaient dans un ciel d'un bleu de saphir où les fuselages étincelaient tels de petits poissons d'argent ; la DCA a riposté avec mollesse, c'est à peine si on a entendu une quinzaine d'éclatements d'obus. Sur les boulevards, cinémas et théâtres sont fermés, et les boutiques vides. Devant les salons de coiffure, où les séchoirs ne peuvent fonctionner sans électricité, les chaises sont tirées dehors et les clientes, revêtues de peignoirs, exposent leur chevelure au soleil. Quelques patrons inventifs ont fait installer des dynamos et louent les services de pédaleurs afin de produire des watts ; la France est la patrie de la débrouille ! Le long des trottoirs, des deux côtés et sur plusieurs kilomètres, des convois de la Wehrmacht stationnent, couverts de branches pour le camouflage, tandis que d'autres, dans un vacarme de moteurs et de ferraille, et la fumée nauséabonde des gaz, cherchent leur lieu de regroupement. Sadorski note que ces camions sont des Berliet, des Chevrolet, des Unic, c'est-à-dire du matériel de réquisition, repeint aux couleurs allemandes… Autant dire que tout va mal pour eux. Les conducteurs ont les traits tirés, paraissent épuisés par les étapes parcourues dans le danger des survols par les chasseurs bombardiers ennemis, les « Jabos[1] » comme ils les surnomment, qui leur foncent dessus à l'improviste et font des ravages. Des chauffeurs dorment sur leur siège, avachis contre le volant. Ceux qui n'ont pas les yeux fermés paraissent tout surpris d'arriver, après les chocs de la bataille, dans cette grande ville paisible mais grouillante de trafic, dont ils ignorent la topographie autant que les usages de circulation. Attendant les ordres de départ à la tombée du jour, les hommes traînent auprès de leurs véhicules, procèdent à des travaux d'entretien, cirent leurs bottes, ou se rasent devant un miroir de poche suspendu à un élément de carrosserie. Certains n'ont même pas de bottes mais des petits leggings de toile, sur des brodequins français récupérés. Des soldats cassent la croûte dans des gamelles, et les Parisiens s'étonnent de la frugalité de leurs repas. Problèmes d'intendance, dirait-on. On a connu les Boches mieux traités et mieux nourris ! Et ceux-là sont moins blonds que jadis : on remarque des faces asiates, ou basanées, et des cheveux crépus. L'Allemagne embauche des volontaires chez les prisonniers du front de l'Est, il y a donc des Mongols, des Géorgiens, des Turkmènes… on les dit plus féroces et cruels que le Teuton de base. Des passants, en douce, ramassent le petit bois tombé d'un camouflage desséché, pour préparer à la maison la cuisine familiale, faute de combustible ordinaire ou de courant – il n'est rebranché que la nuit, de plus en plus tard, et seulement dans certains secteurs de l'ex-capitale. Quant au gaz, sa flamme est si faible que cela ne vaut même plus la peine d'en parler ! Et les rares bouteilles de butane sont réservées aux hôpitaux et aux cliniques, où les médecins ne peuvent plus pratiquer de radiographies, où la stérilisation des instruments est devenue quasi impossible.

Les panneaux indicateurs en allemand ont tendance à disparaître ou à se transformer : on lit désormais les directions de l'est, *Metz* ou

1. Dérivé de l'allemand *Jagdbomber*, « bombardier de chasse ».

Cologne. Les camions d'essence roulant en sens inverse croisent sur les artères parisiennes les interminables files d'ambulances militaires qui évacuent des blessés des fronts normand ou breton. Il y a des déménagements à tous les coins de rue : les services allemands vident leurs bureaux, remplissent des cartons et des caisses. On entend les marteaux enfoncer les clous, et les fonctionnaires ou soldats énervés aboyer des ordres. Des camions noirs, verts ou camouflés embarquent des tonnes de paperasse et de matériel. Dans les cours, on brûle des dossiers. Les citadins observent cela avec calme, tout au plus règne-t-il une vague excitation. Aux portes des commerces, les femmes amaigries dans les toujours aussi longues files d'attente ont à présent le sourire aux lèvres. Fendant la foule en direction de République, l'IPA et son adjoint surprennent des bribes de commentaires, de rumeurs ou de bobards : « Les Alliés sont au Mans… », « … à Nogent-le-Rotrou… », « … déjà à Chartres… », « Vous verrez, samedi il n'y aura plus un seul Fritz à Paris !… » En tant que policiers des Renseignements généraux ils savent que le soir, dès qu'un peu d'électricité remet les postes de TSF en route, personne ne se gêne plus pour écouter la BBC. Ce dimanche, pour la première fois, la radio a prononcé le nom de Paris comme objectif. Le port de Brest vient de tomber aux mains des Américains, la Bretagne sera la première province française entièrement libérée. Par moments, depuis hier, un faible bruit de canon semble venir de l'ouest ou du nord-ouest de la ville, du côté de Rouen. Et, par les fenêtres grandes ouvertes, on entend fréquemment un piano jouer une *Marseillaise*, voire *L'Internationale*. Il ne viendrait plus à l'idée aux gardiens de la paix de monter dans l'appartement fautif pour rétablir l'ordre.

— Je voudrais pas casser ma pipe en ce moment, déclare Magne. Le pauvre Cuvelier a intérêt à sortir du coma et ne pas clamecer !

— Que veux-tu dire ? demande Sadorski en fronçant les sourcils. C'est normal, on ne souhaite pas qu'il meure, le collègue, ni personne…

— Samedi, patron, j'étais à l'enterrement de la cousine de ma femme. Une Espingouine, comme elle. La malheureuse a été tuée par une bombe en allant chercher du ravito en Seine-et-Marne. *Primo*, ça a été le bordel pour convaincre la mairie du bled de trouver un menuisier pour confectionner le cercueil, plutôt que de l'enterrer au bord de la route, comme ça recommence à se faire. Ensuite, affréter un camion pour la ramener aux Lilas. Le plus terrifiant c'est quand, à l'issue de la cérémonie, les croque-morts ont soulevé la bière. Y avait pas de poignées ! Tout le monde s'attendait à voir le corps éjecté et rouler sur le plancher ! Ma bourgeoise a failli s'évanouir. Après, petite balade en fourgon à gazogène, par un temps superbe, jusqu'au cimetière. Là, nouvelle angoisse, au-dessus du trou : les cordages sont rares, comme vous savez. Ce qu'ils utilisaient avait pas l'air solide. Tout ça sous un ciel d'orage, manquait plus que ça pète, avec le tonnerre et les éclairs ! Bref, c'est pour ça que je dis que j'aimerais pas canner maintenant.

— Mouais. T'as pas écouté Radio-Paris, lundi soir ? Y avait un « soldat allemand », comme ils l'ont présenté, docteur en quelque chose, qui a expliqué qu'il fallait se méfier des apparences, ne pas croire à tous ces communiqués de victoire alliés… La vérité, selon lui, est que cette guerre est « ondulatoire ».

— Ondulatoire, chef ?

— Il a dit que nous étions à la fin de la deuxième ondulation, et au début de la troisième. La première ondulation, de 1939 à 1941, s'est terminée par une victoire boche. La deuxième, 1941-1944, a vu une remontée en puissance des Angliches et des Russkoffs. La troisième ondulation, la dernière, se terminera dans six mois par le succès définitif des forces du IIIe Reich ! Ce serait ça la réalité que cachent les apparences. Les nouvelles armes allemandes, encore secrètes, seront le moyen de cette victoire…

— Mazette ! Le Führer aurait trouvé mieux que les V1 ?

— Les avions-robots, c'est l'avenir, forcément ! S'agit juste de les fabriquer à temps, et en quantité suffisante, histoire de renverser la vapeur ! (Il fait la moue.) Pour l'instant, je dois l'avouer, y a rien de très probant…

Ils ont dépassé la terrasse du *Soldatenheim* du boulevard Bonne-Nouvelle, ses buis plantés dans des bacs, et ses barrières de protection. Soudain, Sadorski s'arrête, le regard fixe.

— Stop, René ! Gaffe le youpin, là-bas…

— Où ?

— Le type avec des lunettes et un galurin marron. Devant l'entrée de la piscine Neptuna.

— Ah oui. Mais comment vous pouvez être si sûr que c'en est un ?

Le brigadier regarde son collègue avec sévérité.

— Récite-moi les règles du professeur Montandon.

Magne s'exécute, des perles de sueur roulant sur sa large figure à l'air obtus.

— « Le nez est, euh, convexe. La lèvre inférieure est forte et souvent pro… pro… »

— Proéminente.

— Ah oui c'est ça. Merci, chef. « Les yeux, humides, sont à fleur de tête… La chevelure est frisée… L'oreille est grande et décollée… La mimique faciale est très vive… » Là, on voit pas, puisqu'il est tout seul. Pareil pour le geste qui, lorsqu'ils bougent, manquerait de maîtrise, et le tonus musculaire déficient… « L'allure est négligée… La démarche, en battoirs, est la ré… la résultante de cette allure, et de pieds très souvent plats. » Ouais, je crois bien qu'il a les pieds plats. Et pour les cheveux frisés, et les grandes oreilles, ça c'est sûr !

— Et des yeux globuleux de youdi. Tu vois, y a pas de doute ! Une piscine pourtant fréquentée par les bidasses fritz… Le gars s'imaginait que ça nous empêcherait de le repérer ! Que c'est pas ici qu'on s'amuserait à chercher des fils d'Abraham…

— Alors on y va, patron ? Le commissaire Bizoire a encore gueulé hier qu'on faisait pas un bon chiffre de crânes… Ça nous permettrait de remonter un peu la moyenne !

— Affirmatif. Mais laisse-moi opérer seul. Reste à une trentaine de mètres. Tu me couvres, et moi j'emmène d'abord le zouave pour vérification physique dans un café.

Sadorski se dirige vers l'homme aux cheveux frisés et au chapeau marron. Il exhibe sa carte barrée du ruban tricolore.

— Police. Monsieur, montrez-moi vos papiers d'identité.

L'autre a pâli. Il sort son portefeuille d'un geste nerveux, en dégage une carte qu'il tend à l'inspecteur. Lequel a chaussé ses lunettes et, le dos tourné à son équipier, murmure en lisant :

— Lagneau, Arsène… Né le 30 janvier 1909… à Saint-Nicolas-la-Chapelle, dans l'Aube… Domicile : 57, rue des Petites-Écuries, Paris dixième… C'est cela, hein ?

Le prétendu Lagneau hoche la tête. Il vacille sur ses jambes. Terrorisé.

— Profession : représentant. En quoi, monsieur Lagneau ? En parapluies, en aspirateurs ?

— En… en produits pharmaceutiques.

Sadorski s'amuse :

— Comme c'est bizarre, monsieur Lagneau… Vous avez oublié de faire figurer la mention « Juif »… le joli petit coup de tampon. À l'encre rouge.

— Je… je ne suis pas juif, monsieur.

— Ah bon. C'est ce qu'on va établir, mon gaillard. Tu vas me suivre dans cet établissement. Je trouve ta carte trop propre, trop neuve. Du boulot de professionnel mais pas tout à fait assez !

Il a conservé le document, et le glisse dans une poche de sa gabardine. Un peu plus loin sur le large trottoir, Magne surveille la scène. Ayant saisi l'interpellé par le haut du bras, Sadorski le mène brutalement au café L'Imprévu, à l'angle de la rue d'Hauteville, tout à côté de la piscine Neptuna. Il pousse la porte et crie au garçon :

— Police nationale, Renseignements généraux de la préfecture ! Personne ne bouge. Où sont vos cabinets ?

L'employé bégaie :

— Près du téléphone… au fond de la salle…

L'appareil, en bois clair verni, est accroché sous l'écriteau bleu et blanc *Téléphone public*. Posée sur une étagère, une bougie allumée remplace l'ampoule électrique. D'épaisses gouttes de cire ont maculé le Bottin. Sur le mur jaunâtre on peut lire des graffitis de toutes sortes. Certains se répondent, une discussion s'est engagée. *Bravo, les Soviets ! L'URSS vaincra !* En dessous, la riposte au crayon rouge :

Imbécile, d'ici peu tu vas être obligé de te battre contre eux. Un troisième individu a commenté doctement : *Ce n'est pas sûr !*

— Qu'en penses-tu, Lagneau ? demande l'inspecteur.

— …

— Moi je conclus que c'est un bistrot de normaliens, de sorbonneux. Ce mur manque de chagattes et de quéquettes. Et de numéros de téléphone de pédés. Non ?

— Euh…

— Alors tu vas nous montrer la tienne.

— Je vous demande pardon ?

— T'as très bien compris. Je veux voir si le rabbin a pratiqué une petite opération chirurgicale sur tézigue quand t'étais petit. Allez, on ouvre sa braguette ! Ou tu préfères que je m'en charge ? Que je procède moi-même à l'extraction ?

— Je… Oui, non, attendez.

Le suspect a obéi et, tremblant, exhibe son pénis. Bien que celui-ci soit rabougri de peur, la circoncision est manifeste. Sadorski a braqué sa torche électrique, pour un supplément de lumière. Il rigole.

— Je trouvais aussi que tu avais un petit accent polonais. Ou roumain, ou tchèque. N'est-ce pas, monsieur « Lagneau » ? On ne s'appellerait pas plutôt Frydman, Grünberg, ou Mandelbaum ?

L'homme se mord les lèvres. Sa figure ruisselle de sueur, ses yeux saillants ont pris une expression affolée. Il paraît au bord des larmes.

— Eh oui, fait son capteur en ricanant. Faux et usage de faux, plus double infraction aux ordonnances allemandes. T'as gagné le gros lot, un aller simple pour Drancy. Je te consigne au commissariat et on te mettra dans la navette du soir, direction le camp. Il y a encore des trains qui partent, tu sais ! Vers « Pitchipoï »…

— Je… je vous en supplie, monsieur. Mon père, ma mère, ma grand-mère et ma sœur sont déjà partis…

— Mais très bien ! Ils seront heureux de te voir.

— Vous ne savez pas… Moi, je sais. Ma famille, ils sont tous morts maintenant.

— Peut-être.

— J'ai une fiancée…

— Tu l'attendais ? Vous aviez rendez-vous pour nager à la piscine ?

Le Juif ne répond pas.

Sadorski fait semblant d'hésiter.

— Bon… Tu me fais de la peine, quand même. C'est vrai que pour vous, israélites, tout ça c'est très dur.

Il reprend la carte d'identité, l'examine encore un peu, pour la forme.

— Je ne te demanderai pas où tu l'as eue, ni combien tu l'as payée. Ni quels sont tes véritables nom et prénom. Je m'en fous. Tiens !

Il lui retourne le document. Le faux Lagneau le récupère, incrédule. Le policier ajoute :

— En revanche, je vais te donner les miens. Sadorski, Léon. Inspecteur principal adjoint à la 3e section des RG. Préfecture de police de Paris. Tu t'en souviendras ? Répète.

L'homme obéit. Trébuchant un peu sur les mots.

— Parfait, se réjouit Sadorski. Je vais t'expliquer. La situation va changer chez nous. Et certains de mes collègues, davantage que moi, ont des choses à se reprocher. On va leur chercher des poux dans la tête. Menacer de les révoquer de la police, les priver de leurs droits à la retraite. Pour les plus compromis ce sera les travaux forcés ou le peloton d'exécution. Dans l'espoir d'éviter ça, ils essaieront de se défausser sur moi. Qui suis un brave bougre, au fond. J'obéissais aux ordres. J'ai une famille, moi aussi. Et secrètement j'ai déjà protégé des Juifs et des Juives ! Depuis le début de l'occupation, même avant les rafles ! D'ailleurs je suis d'origine polonaise, et ma grand-mère maternelle était un peu juive sur les bords, elle se prénommait Sarah. Que ma pauvre maman tombe foudroyée sur place si je ne dis pas la vérité ! (Les parents de Sadorski sont déjà morts.) Alors j'aurai besoin de témoignages, après la guerre… De témoignages de personnes que j'ai épargnées.

— Je… je comprends.

— N'est-ce pas ? Tu veux bien ? Si tu me promets, je te fous la paix.

— Oui, monsieur. Je n'oublierai pas. Je vous le jure.

— Le jour où mon avocat viendra te voir ? Tu lui signeras une déclaration ? Avec les détails de ce qui s'est passé cet après-midi ?

— Oui…

Sadorski se gratte le crâne.

— Je veux en être certain. Tu vas me jurer sur la tête de ta sœur. Elle est peut-être encore de ce monde. Si elle était en âge de travailler. À ce qu'on m'a dit, ceux qui sont en bonne santé, et ni trop jeunes ni trop vieux, ils les laissent vivre…

Le Juif commence à pleurer.

— Oui… Je le jure sur la tête de ma petite Chana.

— Sur la tête de ta fiancée aussi ! Elle, on est certains qu'elle est vivante.

— Oui… je… je le jure sur sa tête.

— Ça ne suffit pas. Tu vas prononcer clairement, à voix haute : « Je jure, sur la tête de ma fiancée, et sur ce que j'ai de plus sacré, que je vous aiderai, monsieur Sadorski… et que je témoignerai devant la Justice que vous m'avez laissé partir. »

Il s'exécute, en baissant les yeux. Les larmes coulent. Ses mains ont la tremblote. Il a eu beaucoup de mal à articuler, mais il arrive au bout.

— C'est bien. À présent, il faut que j'aie un moyen de reprendre contact avec toi. Fais pas cette bobine, ce n'est pas un piège ! Je ne te demande ni ton nom ni ta putain d'adresse. Juste un contact, que je refilerai à mon avocat le moment venu. Un ami non juif, peut-être ? qui te ferait passer le message…

L'épargné réfléchit, tout en reniflant, et refoulant des sanglots. Sa concentration fait presque mal à voir. Et les gouttes de transpiration, mêlées aux larmes, à la morve, continuent de rouler sur la figure maigre au teint mat, dans le réduit suffocant et les odeurs qui montent des W-C.

— Euh, vous connaissez la brasserie Au clair de lune, place d'Italie ?

— Je n'y ai jamais foutu les pieds, c'est pas mon quartier.

— Au bar il y a des prostituées et des jeunes voyous. Si vous montez au premier, on trouve un restaurant dans une petite salle.

On y mange au marché noir, mais à des prix raisonnables, ce n'est pas une de ces boîtes tenues par les gangsters. C'est plutôt à la bonne franquette, comme vous dites... Un des garçons est un ami. Votre avocat n'aura qu'à demander Prosper. Et lui dire qu'il a un message pour « Jacob ».

— C'est toi ?

— Non, c'est le surnom d'un cousin. Mais il me le transmettra sans faute...

Sadorski sort son calepin et note les noms et l'adresse.

— Et si ton cousin se fait choper entre-temps ? Lui aussi avec des faux fafs ?

Le Juif a un faible sourire.

— Non non, il est bien caché, il ne sort jamais...

— Ça va. Je vais t'accompagner dehors. Que mon collègue il te saute pas dessus pour t'alpaguer ! Allez, passe devant...

Sur le trottoir, Magne ouvre de grands yeux en voyant son brigadier serrer la main de l'homme aux lunettes et au chapeau marron, puis ce dernier s'éloigner à pas vifs dans la rue d'Hauteville. Le gros inspecteur questionne :

— C'en était pas un, alors, tout compte fait, chef ?

— Mais si ! Je me goure jamais, qu'est-ce que tu crois ! Son zob était tout ce qu'y a de plus kasher. Seulement, le gars avait un passeport américain. Les youps yankees, tu sais bien qu'on a pas le droit d'y toucher...

— Merde, pas de veine.

Son brigadier acquiesce, secouant les épaules, et regarde autour de lui. Le long du boulevard les bergères sont belles et fraîches, dans leurs fines robes imprimées ; le *clac-clac* des talons de bois fait une musique guillerette sous le ciel estival. Et la vie aussi est belle. Pour ceux qui savent prendre des assurances sur l'avenir. Il vivra, lui, Sadorski, et Julie également. Les lendemains, ainsi que le répètent ces cons de cocos, vont chanter. Il y aura du bonheur pour presque tout le monde... Les Boches vont partir, on aura vécu des choses incroyables grâce à eux, en mauvais comme en bon. Une époque s'achève, il faut savoir tourner la page. Et maintenant nous, les Français, on va continuer à vivre. C'est quelque chose que nous savons très bien faire en général.

— On se boit des bières en terrasse ?

Magne approuve, c'est une bonne idée, par cette chaleur. Les deux fonctionnaires s'installent, le garçon, d'un air circonspect, vient prendre la commande. Ce sera deux formidables. Il est encore tôt, on a le temps de les écluser, et peut-être de renouveler les consommations ! Même en service. Le commissaire ne viendra pas vérifier… L'île de la Cité est loin du dixième arrondissement ! Avant que les bières ne débarquent, l'inspecteur spécial se racle la gorge, et hasarde :

— Euh, patron, y a un truc dont je voudrais vous parler…

L'IPA sort une cigarette et l'allume.

— Je t'écoute, René.

— Voilà. Je lis un peu les journaux, et à la caserne y a des bruits qui courent, enfin, bref, j'ai l'impression que ce coup-ci c'est bien râpé pour les Chleuhs.

— Ouais.

— Alors, bon, nous à la section on n'est pas les Brigades spéciales, on n'a pas trop tapé les résistants, mais on a quand même coffré beaucoup de Juifs…

— C'était la consigne. On est le Rayon juif… On a agi sur ordre. Encore aujourd'hui.

— Certes, mais dans ces Juifs y en a eu de fusillés, et si les Allemands partent ça veut dire que les bolcheviks auront le pouvoir à leur place.

— Ou les Américains. Ou les gaullistes. Je peux pas te prédire l'avenir avec certitude, René ! La PP ne m'a pas encore fourni en boules de cristal…

— Non, évidemment, mais tout ça c'est un peu kif-kif.

— Je pige pas.

— Il y a beaucoup de youpins chez Roosevelt, chez de Gaulle, et puis également chez les Rouges.

Sadorski étudie la question.

— Pas faux. Tu n'es pas si con que je le pensais.

— Merci, chef. Alors ce que je me suis dit, c'est que de toute manière, avec les becs-crochus, pas seulement les communistes, on peut s'attendre à de gros emmerdements. Ceux qui restent, et ceux qui seront ici bientôt, tous ensemble ils voudront se venger. De la police. Et de nous en particulier…

— C'est possible.

Les formidables arrivent, bien glacés ; des petites gouttes plaisantes à voir scintillent sur le verre. Sadorski soulève sa bière, trempe ses lèvres dans la couronne de mousse blanche.

— Aaahh ! À ta santé, René.

— À la vôtre, chef ! Et à madame. Tout le monde va bien chez vous ?

— Ça va. J'ai trouvé une combine de ravitaillement. Des rupins du seizième qui nous ont à la bonne. C'est juste qu'on mange froid parce qu'y a plus de gaz. Mais, continue…

— Oui, alors voilà. Ne le répétez pas, mais Piazza et moi on a songé à adhérer à la résistance.

Sadorski considère son subordonné avec stupéfaction.

— Ils voudraient de toi ? Alors que pas plus loin que le 14 juillet, je t'ai vu faire des cartons sur des femmes qui agitaient des drapeaux bleu-blanc-rouge ?…

Le gros flic sourit.

— Normalement, non, je serais pas accepté, et Piazza non plus… Pas dans les mouvements « officiels ». Pas chez les authentiques, le Front national – ça c'est les cocos – ou Police et Patrie. Mais (il cligne de l'œil) on a entendu causer d'un *troisième* organisme résistant dans la préfecture.

— Qui s'appelle ?

— « Honneur de la police ».

— Connais pas.

— À l'origine, d'après ce qu'on m'a dit, y avait un petit groupe qui s'appelait l'Armée des Volontaires. La plupart des collègues auraient été arrêtés et déportés, au printemps 42. Certains anciens du groupe ont créé « Honneur de la police » au début de cette année, en 44, et surtout en juillet ça a commencé à agir. C'est eux qui par exemple, le mois dernier, ont arraché pendant la nuit tous les poteaux indicateurs boches du sixième arrondissement ! Et dans d'autres secteurs de Paris ou de la banlieue. Les troupes allemandes ont été immobilisées pendant deux heures…

— C'est pas énorme, comme action. Ni trop dangereux. Si tu compares avec ce que tentaient les FTP jusqu'en novembre dernier, avant qu'on les fasse tomber… Les types ils attaquaient les camions de la Wehrmacht en jetant des grenades…

Magne prend une expression vexée.

— Bon, les collègues ils préfèrent crever les pneus des véhicules en stationnement, ou mettre du sable dans les réservoirs. C'est plus discret mais je vous affirme que c'est assez efficace…

Sadorski grogne, sceptique. Son voisin poursuit :

— D'après Piazza, le mouvement « Honneur de la police » sera bientôt le plus puissant et le plus nombreux à la PP. Parce que… (Magne baisse la voix, après un regard nerveux sur la terrasse) il serait financé par « Monsieur Joseph »…

— Hein ? Joinovici ?

— Pas si fort, patron ! Mais, oui, c'est bien lui qu'on trouve derrière le mouvement. Riche et rusé comme il est, le youdi roumain peut se permettre de jouer sur les deux, ou même les trois, tableaux… Les Allemands lui foutent la paix, ils l'ont rangé dans la catégorie des « Juifs utiles ». D'un côté il est pote avec la Carlingue et autres gestapaches aux ordres des SS, de l'autre il fournit aux résistants des armes et des munitions issues de parachutages alliés saisis par la bande à Lafont… que « Joino », qui est milliardaire, lui paye rubis sur l'ongle. L'argent n'a pas d'odeur, c'est ce que tout le monde dit, hein.

— Putain, merde. (Sadorski écrase sa gauloise dans le cendrier.) J'étais pas au courant. Et… tu parles de *trois* tableaux ?

Le gros policier sourit finement.

— Ça, c'est qu'un bruit de chiottes, chef. Mais… à Police et patrie, et au Front national, ils avaient trouvé ça un peu louche, ce mouvement qui grandissait comme ça à toute allure, et aussi bien doté. Alors les collègues les ont rassurés en expliquant que leur fournisseur, et commanditaire, est « un Soviétique admirateur de Staline, qui hait les Boches et veut prouver son attachement à la France, son pays d'accueil, en accomplissant un devoir patriotique… » Bref, à mon avis les bolcheviks sont parfaitement informés des activités de ce groupe, ils le voient d'un assez bon œil. Et Monsieur Joseph, il a beau avoir bâti une fortune mirobolante avec les chiffons et le marché noir, et fricoter avec la Sipo-SD, eh ben… un collègue de la 5e section m'a affirmé qu'il était depuis longtemps agent de Moscou ! (Magne vide sa bière, rote, repose le bock vide sur la table.) Donc, bref, Piazza et moi on sera bientôt membres de « Honneur de la police ». C'est pas qu'on aime les cocos, loin de là. Mais Jacques il me dit qu'il faut qu'on s'dépêche. Qu'en pensez-vous, patron ? Si j'étais à votre place… je m'inscrirais moi aussi. Je peux vous mettre en rapport avec le collègue qui recrute… discrètement, bien sûr ! Et, au fait… on a le temps pour une nouvelle tournée ? Moi, pfff, par cette chaleur, la marche ça me scie les panards…

18

Les frangins ritals

De retour à la caserne, les deux hommes croisent l'inspecteur Quéau qui s'adresse à Sadorski :

— Y a un inspecteur de la brigade des garnis pour vous, patron. Je me suis permis de le faire attendre dans votre bureau…

L'occupant habituel des lieux répond par un grognement.

— Ben c'est ça, te gêne pas !

— C'est un inspecteur principal, je pouvais pas le laisser poireauter sur un banc dans le corridor…

— Ça va, ça va. Il est là depuis longtemps ?

— Dix minutes à peine.

Intrigué, Sadorski rejoint la pièce 516. À la brigade mondaine les types du service des garnis contrôlent les registres de police des petits hôtels, des appartements meublés, généralement en relation avec une interdiction de séjour ou une affaire de mœurs…

Le visiteur se lève de la chaise en le voyant entrer. Un homme massif qu'il se rappelle avoir croisé dans la cour de la préfecture ou dans les bistrots de la Cité.

— IPA Sadorski ? Inspecteur principal Ruyssen.

Les deux collègues se serrent la main.

— Désolé de vous déranger, Sadorski. Prenez votre place. L'inspecteur spécial Cuvelier fait, ou plutôt faisait, partie de votre équipe ? À ce qu'on m'a dit…

Sadorski s'assied, cherche machinalement son étui à cigarettes.

— Oui, monsieur le principal. Une sale histoire…

— J'espère qu'il s'en tirera.

— Son état est stationnaire, d'après les toubibs. Mais il reste incapable de parler et de décrire son ou ses agresseurs. Trois balles, merde. Le salopard qui a fait ça…

— Si j'ai bien compris, vous aviez envoyé Cuvelier sur une enquête ? Une affaire de plaque de voiture…

Le chef du Rayon juif écoute avec une soudaine attention.

— C'est exact, monsieur le principal.

— J'aurais peut-être un tuyau pour vous. (Ruyssen sort un calepin et parcourt ses notes.) Le 10 juillet de cette année, il y a tout juste un mois, donc, avec mon collègue l'inspecteur principal Ruffet, on opérait une descente dans l'hôtel situé au 88, rue Blanche, où nous avons interpellé deux couples : un nommé Guicciardini Adrien, en compagnie d'une Girette Marcelle, née le 29 décembre 1919 à Montivilliers, Seine-Inférieure ; et un nommé Guicciardini Francis, frère du précédent, lui en compagnie d'une Pilon Marthe, Jeanne, femme Naudet, née le 1er avril 1922 à Paris, quatorzième. Nous avons voulu embarquer les deux gonzesses qui étaient connues comme putes dans le quartier. Afin de leur faire passer la visite médicale…

Sadorski acquiesce, allumant la gauloise qu'il vient de tirer de l'étui.

— … Mais voilà que leurs amants, les frères Guicciardini, deux jeunes gars avec l'accent tout ce qu'il y a de plus marseillais, nous exhibent chacun une carte de la Gestapo. Et ils nous interdisent d'emmener les nénettes ! Lesquelles se prétendaient « artistes chorégraphiques »… (Ruyssen glousse.) Devant cet incident, moi et mon collègue on a décidé de demander l'intervention de la police allemande. Les feldgendarmes sont arrivés et, passant outre aux protestations des soi-disant gestapistes, qui avaient des tronches de petits voyous soit dit en passant, ils nous ont permis d'arrêter les filles, que nous avons conduites au service. Or, dans le courant de la même journée, trois policiers appartenant au SD allemand de l'avenue Foch sont venus nous réclamer une des deux femmes !

— Laquelle ?

Ruyssen vérifie dans son carnet.

— Girette Marcelle, la maîtresse du prénommé Adrien. J'ai relaxé l'autre radeuse peu après de toute façon.

— Je peux noter, monsieur le principal ?

— Faites. L'un des policiers nous a recommandé, à l'avenir, et dans notre intérêt a-t-il ajouté, de n'effectuer aucun contrôle à l'égard de personnes munies d'*Ausweis* semblables à ceux présentés par ces deux membres de la Gestapo. À vrai dire, ce genre de problème se produit parfois à la PJ et des individus arrêtés sont remis en liberté, à la suite d'ordres supérieurs inspirés par des démarches de la rue Lauriston, ou d'autres bandes gestapaches influentes... Les malfrats sont devenus intouchables. (Il soupire.) Ces faits sont consignés dans un rapport en date du 11 juillet où nous relatons l'incident, à notre chef de service M. le commissaire Gally, de la brigade mondaine.

— Je vois. Mais quel est le lien avec l'inspecteur Cuvelier ?

— Ruffet avait noté les numéros d'immatriculation des véhicules, munis d'autorisations de circuler, dans lesquels sont repartis les frères Guicciardini : 3149 PG 2 et 3016 RN. Votre inspecteur, qui est passé chez nous éplucher les affaires récentes, a lu la copie du rapport. Le second de ces numéros correspondait à celui qu'il cherchait. Une bagnole d'où auraient été tirés des coups de feu ayant blessé une femme et un inconnu, place du Louvre. Les capteurs de ce dernier se réclamant pareillement de la police allemande...

Sadorski jure. Connard de Cuvelier ! Pourquoi ne lui a-t-il rien dit ? Il a préféré mener l'enquête tout seul, avec pour résultat que lui aussi a récolté des pruneaux... L'inspecteur Ruyssen continue :

— Cuvelier et un de mes hommes, l'inspecteur principal adjoint Geneste, sont retournés à l'hôtel de la rue Blanche, pour interroger la patronne et le personnel. Si ces clients étaient des clients réguliers, s'ils avaient des renseignements à leur sujet, etc.

— Vous n'avez pas les adresses des frères Guicciardini ?

— Ils avaient refusé de présenter leurs cartes d'identité nationales. Les noms et prénoms marqués sur les fiches de garni, sans que figure de lieu de domicile habituel ou de numéro de carte d'identité, correspondaient aux noms et prénoms sur les cartes de la Gestapo. Nous n'avons noté que les domiciles de leurs compagnes, relevés sur les CNI de ces dernières. Je peux vous les donner, mais ce sont des filles soumises, je ne suis pas convaincu qu'elles en savent beaucoup plus sur vos gars…

— La nommée Girette, ils tenaient suffisamment à elle pour la faire chercher par des flics du SD…

— Vous avez raison. Je vous retrouverai le renseignement. En attendant, pour ce qui est de l'enquête à l'hôtel rue Blanche : les Guicciardini y passaient la nuit avec des femmes de temps à autre, exhibant ces documents de la Gestapo pour s'affranchir des formalités, et sont inscrits sous leurs noms et rien d'autre sur le livre de police de l'hôtel. Un employé a affirmé avoir vu plusieurs fois l'un des deux frères au bar La Calanque, situé au 52, un peu plus bas dans la rue, ainsi qu'au bar Chez Dante, rue de Douai. Celui-ci est tenu par un truand de la bande des Corses. L'IPA Geneste n'a pas poussé l'enquête davantage, mais je crois que l'inspecteur Cuvelier y est allé. (Ruyssen soupire, et hausse les épaules.) Il a peut-être eu tort. Enfin voilà, c'est tout ce que je sais. Tant mieux si ça vous aide à coffrer les fumiers qui l'ont descendu…

L'inspecteur des garnis se lève.

— Attendez, dit Sadorski. Cela s'est passé quel jour ?

— Que lui et Geneste sont retournés à l'hôtel ? Samedi matin 15 juillet, si je ne me trompe pas…

— Cuvelier a dit deux mots de son enquête le soir même en prenant l'apéro chez un collègue, qui me l'a répété, et puis s'est fait assaisonner en rentrant à son domicile de Colombes le 16. Soit le lendemain. Vous pouvez me donner des signalements pour les deux Ritals ?

Ruyssen réfléchit.

— Ça s'est passé il y a un mois, je ne me rappelle plus trop leurs bobines et le garni était mal éclairé. Le prénommé Adrien, si, peut-être :

vingt ans environ, plutôt beau gosse, des traits latins, le nez droit et un peu fort. Cheveux châtains gominés. L'air pas commode, en dépit de son jeune âge…

Quelqu'un frappe à la porte, celle-ci s'ouvre brutalement. L'inspecteur spécial Kaiser. Il paraît très excité puis confus.

— Oh, pardon ! Je croyais que vous étiez seul…

— Je m'en vais, je m'en vais, déclare Ruyssen. Je vous téléphonerai, inspecteur. Les adresses des mousmés… Bon après-midi, messieurs.

Kaiser tient une canne noire à pommeau doré. L'objet rappelle quelque chose à Sadorski.

— Je l'ai déjà vue, cette canne… C'est toi qui te baladais avec ?

— Non, chef, je viens de la trouver. Je reviens du quartier du Louvre. Le petit café-bar qui fait le coin de la rue de Rivoli et de la rue Jean-Tison, vous voyez ?

— Vaguement…

— Le garçon m'avait parlé d'un client qui aurait assisté à tout, le matin de la fusillade, devant Saint-Germain-l'Auxerrois… sauf que le client en question, il avait disparu deux ou trois jours après les faits, et je n'arrivais pas à remettre la main dessus. Ce témoin aurait été le meilleur pour nous, étant donné que c'est à peu près le seul qu'on m'ait signalé…

— Tu as son identité ? son adresse ?

— L'identité seulement : Fourmaintraux, Napoléon. (Les deux collègues rigolent à l'énoncé du prénom.) Sculpteur de son état. Cinquante-cinq ans. Il travaille pour les cimetières, les monuments, les églises. D'après le garçon, mais qui avait des doutes, une des statues de Notre-Dame aurait été restaurée par lui, et récemment il travaillait sur celles de Saint-Germain-l'Auxerrois… en raison de quoi il passait beaucoup de temps dans ce bistrot à proximité de l'église. Le peu d'argent qu'il possède part en alcool. Pour vivre, le gars fait les poubelles, mange les détritus. Et il couche dans les refuges. J'en ai donc visité quelques-uns, mais pas moyen de le retrouver !

L'IPA écoute en grommelant tout en gardant un œil sur la canne. Son équipier triomphe :

— Et aujourd'hui midi, lorsque je retourne au café, le garçon me désigne le fameux client. En train de siroter au comptoir. Un individu décharné, le teint verdâtre, les yeux profondément enfoncés dans les orbites – le gauche est en verre –, avec des sourcils en broussaille et d'épaisses moustaches noires. Fourmaintraux sortait de Fresnes, ayant purgé trois semaines pour mendicité. Selon lui, c'est une erreur judiciaire, il ne mendiait pas, mais se contentait d'accepter, en protestant bien sûr, le billet de 100 francs qu'une brave dame apitoyée insistait pour lui donner ! Il l'avait pris uniquement pour lui faire plaisir, et l'aider à mériter le paradis par une bonne action... Enfin bref, le sculpteur n'a pas refusé non plus lorsque je lui ai payé un verre, et même deux. Il m'a raconté sa vie : prisonnier en Allemagne, évadé et repris trois fois, a fini par échouer dans une mine de sel en Silésie... où, pour sortir de ce bagne, il s'est infecté le pied avec un vieux clou, a échappé de justesse à l'amputation...

— Oui, bon, dépêche un peu, s'impatiente Sadorski.

— Bien, chef. Le mardi 11 juillet, Fourmaintraux levait déjà le coude au bar, peu après 9 heures du matin, et il remarque, dehors, un jeune type avec une belle canne ancienne (Kaiser indique l'objet) qui se balade, en boitant, le long des arcades de la rue de Rivoli...

— Merde !

Kaiser arrondit les yeux. Son chef ordonne :

— Signalement du type à la canne !

— Euh... blond, la trentaine... nu-tête, portait un pardessus foncé...

— Il est venu ici. Dans ce bureau, assis sur cette chaise, où tu poses présentement tes fesses. Avec cette même canne à pommeau doré ! Je savais bien que je l'avais déjà vue...

Attrapant le combiné du téléphone, il engueule la standardiste, par principe, tout en tournant fébrilement les pages de son carnet.

— Mademoiselle ? Oui, ici Sado, le Légionnaire ! Vous allez mettre de côté votre putain de revue *Vedettes*, ne croyez pas ce qui est écrit dedans, la vie c'est pas comme ça, vraiment pas, surtout la vôtre !

et m'obtenir les... les établissements Jamblin, à Nantes... Je vous épelle : J-A-M-B-L-I-N. Et fissa. Ça veut dire : *tout de suite !*

— Oui... euh, les communications sont de plus en plus difficiles avec la province, monsieur l'inspecteur... surtout avec l'Ouest...

— Je m'en fous ! Passez-les-moi dès que vous pourrez ! Dites que c'est la préfecture de police de Paris ! Je veux parler au directeur !

Il raccroche. Kaiser a suivi la scène, sidéré.

— Ton blondinet à la canne, reprend Sadorski, il s'appelle Armand Biraud. *C'est le frère de Louise Zembrowski*, la vendeuse de la Samar' qui a ramassé une balle dans le mollet et que Piazza et sa femme sont chargés de surveiller... Tout colle ! Il logeait chez sa frangine lors de ses passages à Paris. Allez, accouche de la suite. Le témoignage du mendigot aux bacchantes et à l'œil de verre...

— Ah, d'accord, je comprends. (Kaiser lit dans son calepin :) Le blond à la canne regarde souvent sa montre, il paraît attendre quelqu'un qui a du retard. Finalement une femme brune, entre trente et quarante ans, « assez bien roulée » *dixit* Fourmaintraux, se dirige vers lui, sortant du métro Louvre... Elle et le blond échangent quelques mots, retournent vers la station et descendent les marches qui mènent au lavatory. Ils réapparaissent quelques minutes après, s'écartent l'un de l'autre comme s'ils ne se connaissaient pas. Soudain le jeune homme se met à courir. Au même moment claquent des coups de feu. Le type continue, en boitant, et il a lâché sa canne. Devant Saint-Germain-l'Auxerrois, il est touché et tombe à côté du trottoir. Trois hommes, revolver à la main, courent vers lui, le fouillent. Une Citroën noire vient se garer à côté. Fourmaintraux n'a pas retenu son numéro...

— Aucune importance, on l'a. 3016 RN.

— Oui, bien sûr. Ensuite, il y a un attroupement, des badauds et quelques gardiens de la paix. Les agresseurs les repoussent...

— Leurs signalements ?

— Il n'a pas bien vu... ou ne se souvient pas. L'un serait grand, un autre très corpulent, et tous portaient des manteaux sombres, et des chapeaux. Marron, bleu foncé... Ensuite, ils ont soulevé le blessé pour le placer sur la banquette arrière. La bagnole a redémarré, et filé vers les quais, où elle a tourné à droite pour longer les Tuileries. Un gardien de la paix, de son côté, s'occupait de la femme brune, qui semblait légèrement blessée à la jambe…

— Ton témoin s'est-il approché suffisamment pour saisir les paroles de Biraud ?

— Non… Juste un des individus armés qui criait : « Police allemande ! » en exhibant une carte jaune.

— Avec l'accent marseillais ?

— Non, chef. Le sculpteur a mentionné un accent allemand, ou russe.

Il y a un moment de silence. Sadorski est plongé dans ses réflexions. Kaiser toussote.

— Personne n'a prêté attention à la canne. Sauf Fourmaintraux. Il est allé la ramasser. On l'a arrêté quelques jours plus tard pour mendicité, et à Fresnes on lui a confisqué l'objet au greffe. Quand il a été libéré, on la lui a rendue.

— Pas pour longtemps, ironise Sadorski.

— Euh… oui. C'est une pièce à conviction. Mais le vieux me faisait de la peine… J'ai été en acheter une de même longueur, et suis retourné au bistrot pour la lui offrir. Hum. Ça lui était utile, vous comprenez. Lui aussi il boite, depuis qu'il est rentré de Silésie…

— T'es trop con, Sylvain. Ton bon cœur te perdra.

— C'est ce que dit ma femme.

Le téléphone sonne sur le bureau. Sadorski décroche.

— Monsieur l'inspecteur ? Je vous passe la maison Jamblin…

— Pas trop tôt. Allô ?

— Allô ? La préfecture ?

La communication est mauvaise, la voix lointaine.

— Monsieur le directeur ? s'enquiert Sadorski.

— Non… Je suis sa secrétaire…

— Pardon. On entend très mal.

— Allô ? Allô ?

— Ici l'inspecteur principal Sadorski, des Renseignements généraux. Je désire parler à monsieur Biraud. Armand Biraud.

— Ah… C'est que M. Biraud est absent…

— Il sera de retour demain ? C'est urgent, madame.

— Euh… Nous ne savons pas, monsieur l'inspecteur.

— Comment ça, vous ne savez pas ?

— Allô ? M. Biraud est actuellement en déplacement… Il n'est pas en ville… Allô ?… Nous ne…

— Mais quand rentrera-t-il ?

— Il comptait revenir le 12 juillet. M. le directeur a téléphoné à sa sœur, à Paris… Lorsqu'il a réussi finalement à la joindre, elle a dit que M. Biraud était malade… Allô ?

Un mugissement enfle en bruit de fond. À Nantes. Un bruit de sirène.

— Allô ? Vous m'entendez ?

— Allô ? Excusez-moi, monsieur. Encore l'alerte… Nous devons descendre dans l'abri…

— Allô ? Allô ?

La femme a raccroché.

En fumant sa cigarette Sadorski considère longuement Kaiser.

Il ne l'aime pas particulièrement – au fond, il n'aime personne, hormis Yvette et Julie –, mais force est de constater que ce jeune inspecteur est un bon flic. Opiniâtre, chercheur d'affaires, honnête ou à peu près. Les quelques bourdes qu'il a pu commettre dans le passé, au cours des filochages, sont à porter sur le compte du manque d'expérience.

— On progresse. Tu as bien turbiné, gamin.

Le visage du complimenté rosit de plaisir. Une remarque élogieuse du caïd Sado, la terreur de la 3e section, voilà qui est rarissime. Quasiment du jamais vu, ou plutôt du jamais entendu !

On frappe à nouveau. Le petit secrétaire Beauvois apporte un dossier.

— Le rapport de Boutreux et Vilfeu, patron. À propos, bonne fête !

— Pose ça sur le bureau. Et tire-toi ! Tu vois pas qu'on est occupés, avec Kaiser ?

— Pardon, chef. On nous signale que les cheminots se sont mis en grève. Plus aucun train ne circule à partir de ce soir 18 h 30. Et le métro s'arrêtera samedi à 13 h 30, il restera fermé jusqu'à lundi même heure…

Il ressort sur la pointe des pieds, tandis que l'IPA balance une bordée de jurons, vitupérant ces feignants de cheminots et de machinistes de la Compagnie du métropolitain. Tous des cocos et des syndiqués ! Merde alors !

— Bon, Kaiser, fais voir cette canne.

L'objet est vraiment beau, et semble dater du XIXe siècle. Sadorski note que le bois est ébréché par endroits, et le pommeau porte des traces d'usure. Surtout sur l'anneau du bas, sous les torsades dorées. Tenant la canne de la main gauche, il essaie de faire tourner le pommeau en forçant avec la main droite. Après quelques efforts, le pommeau en forme de bec commence à tourner.

Kaiser pousse une exclamation de surprise.

C'est au tour de son chef de triompher.

— Tu vois ? Une canne truquée, avec un pas de vis, il y a un logement dans le pommeau. Ha !

Sadorski fourre son gros index à l'intérieur, le doigt rentre tout juste. Que va-t-il trouver ? Il s'attend à un bout de fin papier roulé, avec un message, ou une liste. Peut-être codé. Ou, mieux encore : un microfilm, recelant des photographies de la base de sous-marins de Saint-Nazaire ! Le jeune Biraud habitait à Nantes, c'est pas pour des prunes. On espionne les fortifications de l'Ouest. Le mur de l'Atlantique…

— Merde.

Le logement est vide.

Kaiser remarque :

— Si le gars y avait caché quelque chose ce matin-là, et qu'y a plus rien, il l'aura donné à sa sœur. C'est pour ça qu'ils se sont isolés dans le lavatory.

— T'as raison, concède son brigadier. Et donc, Louise Zembrowski avait le document sur elle quand on l'a transportée à l'Hôtel-Dieu…

Il cherche dans son agenda les notes prises pendant l'audition de la blessée, sur son lit d'hôpital. Tout en marmonnant :

— Biraud habitait chez sa sœur... Ils se voyaient donc matin et soir. Si leur rendez-vous rue de Rivoli avait pour but de passer le contenu de la canne de l'un à l'autre, c'est que c'était urgent ! Sinon il aurait pu le lui donner le soir à la maison. La femme Zembrowski devait donc ensuite le porter à quelqu'un... On peut conclure qu'elle est agent de liaison dans la résistance. Et se trouvant immobilisée à l'hosto, elle a dû demander aux infirmières, ou à une fille de salle, de prévenir ce quelqu'un. Afin qu'il vienne récupérer le document sous prétexte d'une visite à la blessée. Tu me suis ?

— C'est clair, chef.

— Voilà, je l'avais noté ! La personne à avertir en cas d'accident : une cousine, Dumont Félicie, 128, rue de Grenelle...

— Vous avez déjà demandé à Piazza d'enquêter sur elle. Je crois qu'il a rien trouvé.

— Un ballot pareil, ça m'étonne pas. Tu vas y retourner. Et puis, comme c'est peut-être à un individu différent que Mme Zembrowski voulait le remettre, tu vas interroger le personnel de l'Hôtel-Dieu. Salle Notre-Dame. La suspecte y occupait le lit n° 20. Si quelqu'un se souvient qu'elle lui avait demandé de prendre contact avec une autre personne... (Sadorski pense à quelque chose, cherche dans ses dernières notes.) Ah, tiens, va voir au service des cartes grises si tu trouves un nom et une adresse de propriétaire pour une auto immatriculée 3149 PG 2 – ça pourrait n'être pas une fausse plaque, ce coup-ci. Son conducteur est le frangin d'un type qui a été vu au volant de la 3016 RN qu'on cherchait... Les frères Guicciardini, une paire de voyous munis de cartes de la Gestapo. J'essaie de les loger. Cuvelier suivait cette piste.

— Compris, chef.

— Alors, si t'as compris, qu'est-ce que t'attends ? Exécution !

Le jeune inspecteur parti, Sadorski allume une nouvelle cigarette. En songeant à la vendeuse en chef du rayon parfums à la Samaritaine. Une sacrée chiqueuse. Par exemple, elle a prétendu que son frère était encore à Paris, très occupé par son travail… Or, selon la secrétaire de chez Jamblin, leur employé Biraud comptait revenir le 12 juillet. Et, de toute façon, Louise Zembrowski lorsqu'il l'a interrogée savait parfaitement que son frangin, touché par les tirs de leurs agresseurs, se trouvait désormais aux mains d'un service de la Gestapo, française ou allemande, et, s'il n'était pas clamecé, passait des mauvais moments ! Comme lui-même, Sadorski, lorsque le *Doktor* Jodkum lui limait les dents ou serrait les écrous du casque à réduire les crânes, faisant sortir le sang par les yeux, le nez, les oreilles…

Il retourne aux rapports sur la fusillade de la place du Louvre. Les paroles du blessé, recueillies par le brigadier Monjanel.

« Maman, Raymondot ou Rémondeau, 8 rue de l'Ouest (je ne suis pas affirmatif sur les paroles, ces dernières n'ayant pas été prononcées de façon intelligible). »

Piazza et Kaiser y sont allés, ainsi qu'au n° 18, au 28, et ainsi de suite par acquit de conscience, mais le nom de Raymondot ou Rémondeau est inconnu à ces adresses. Qu'a voulu dire Biraud ? Et pourquoi le dire en présence des gestapistes qui venaient de le sauter ? Ça ne rime à rien. À moins que, sous le choc… Le gars, gravement atteint, délirait… ne contrôlait plus ce qui pouvait lui échapper… le nom, l'adresse, ça devait être important. Mais il n'y a pas de nom similaire au 8, rue de l'Ouest. Il s'est trompé, ou il a menti, ou le flic de quartier a mal entendu. D'ailleurs, Monjanel a pris la précaution de signaler dans son rapport qu'il ne pouvait être affirmatif… On tourne en rond, donc. Fausse piste.

Le dossier déposé par Beauvois traîne sur le bureau. Sadorski souffle la fumée de gauloise, ouvre la chemise cartonnée, chausse ses lunettes. Qu'est-ce que c'est, encore ? Pénible de lire par cette chaleur… Il préférerait barboter dans l'eau fraîche de la piscine Neptuna.

Paris, le 10 Août 1944

RAPPORT

Les Inspecteurs Boutreux et Vilfeu, à monsieur l'Inspecteur Principal Adjoint, chef de la Brigade Antijuive, 3e section de la Direction Générale des Renseignements et des Jeux. Nous avons l'honneur de vous rendre compte que, selon les instructions reçues, nous présentant afin de ne pas éveiller la méfiance comme des agents du Contrôle Économique, nous avons interpellé et conduit à la Préfecture le sieur LAIR Clébert, âgé de 51 ans, cuisinier, demeurant 14 Rue Saulpic à Vincennes, qui nous a fait connaître ce qui suit :

« Je travaillais au restaurant "Le Pershing", 1 Boulevard Pershing (17e), du mois de Février 1942 à Juillet 1944 où j'ai été renvoyé. Je remplissais les fonctions de chef cuisinier. À l'époque où j'ai commencé à y travailler, la clientèle se composait surtout de gens honorables du quartier, commerçants et ouvriers. Vers le début de 1943, quelques Allemands ont commencé à fréquenter l'établissement. Le Contrôle Économique a ordonné la fermeture du restaurant du mois de Juin 1943 au mois de Février 1944 pour infractions aux règlements sur le ravitaillement. Monsieur SANTOLINI surnommé "SANTOS" qui dirige le restaurant a été gravement malade à cette époque et a dû subir plusieurs opérations au niveau intestinal.

« Après la réouverture qui a été faite au mois de Février 1944, la clientèle a beaucoup changé, ce n'est pas une clientèle ordinaire. Elle se compose en majeure partie, aussi bien au restaurant qu'au bar, de gens armés de revolvers et même de mitraillettes et qui se déplacent en voiture automobile. Il y a des Allemands en civil, des agents de la Gestapo et des miliciens. La plupart d'entre eux déposent leurs armes à côté de la table où ils prennent leurs repas. On m'a raconté que ce sont des membres de la Gestapo. Il faut dire qu'on mange très bien au "Pershing", et souvent les clients venaient à la cuisine me complimenter. Je peux citer comme clients de passage SABIANI, député de Marseille et ami de Monsieur SANTOLINI; GALLET, directeur de cabinet ou secrétaire de DARNAND; et un Monsieur BERTHOLD capitaine allemand grand ami de SANTOLINI et qui travaillerait dans les services allemands de l'hôtel Lutetia. Il arrive assez souvent à Monsieur SANTOLINI

de prendre ses repas avec ces gens-là. J'ai vu aussi deux ou trois fois Jacques DORIOT.

« Le nommé MANSUY dont vous me parlez vient souvent au "Pershing", que ce soit au bar ou dans la salle du restaurant. Son surnom est "DENTS DE CHEVAL" ou parfois simplement "CHEVAL". Il est généralement armé d'un gros revolver de calibre 9 m/m, je l'ai vu le poser sur la table quand il prenait ses repas. Le surnommé "MARIUS" dont vous me parlez, et dont j'ignore le vrai nom, est un ami de MANSUY, tous les deux font partie du service milicien du 13 Rue Alphonse de Neuville. "MARIUS" est un alcoolique qui provoque souvent des bagarres.

« Je ne sais pas si MANSUY est un agent de la Gestapo. C'est possible car je l'ai vu manger au moins deux fois en compagnie d'un Allemand en civil, dont j'ignore le nom, mince avec une petite moustache et une allure militaire. (Sadorski se fait la réflexion que ce signalement pourrait correspondre à celui de l'interprète suisse Louis Eggenberger, son propre contact au SD. Le type aux dents en or l'avait effectivement rencontré au bar de l'hôtel des Deux-Mondes, avenue de l'Opéra, le jour du filochage par ses inspecteurs à vélo…)

« Un jour, j'ai surpris une conversation entre GALLET et SANTOLINI au cours de laquelle ce dernier déclarait à son interlocuteur : "Si un jour tu as besoin d'un homme pour un coup de main, on verra." En 1943, Monsieur SANTOLINI s'est rendu à plusieurs reprises à Marseille où il allait disait-il rendre visite à son ami SABIANI. Je sais qu'il est descendu là-bas pour des transactions commerciales au profit des armées allemandes, avec un nommé PALMIERI qu'il aurait rencontré à Paris en 1942, et un certain OTTAVI dit "NORBERT".

« Monsieur SANTOLINI doit faire partie du PPF. Dans le courant de l'année 1943, je l'ai vu un jour en conversation avec des officiers Allemands et il leur a montré sa carte de membre de ce parti. On m'a même dit qu'il en faisait déjà partie avant la guerre. Monsieur SANTOLINI est armé, je l'ai vu avec un revolver de calibre 7 m/m 65. Je n'en ai pas été autrement surpris car il fréquente de plus en plus les agents de la Gestapo avec lesquels on voit qu'il s'entend très bien.

« Je n'ai pas la preuve que Monsieur SANTOLINI fait partie de la Gestapo, mais c'est de notoriété publique et d'ailleurs son attitude ne laisse pas de doute à ce sujet. Il est armé, roule en voiture automobile conduite par un chauffeur et nourrit des sentiments favorables à la collaboration franco-allemande. Son chauffeur, VALENTINO, est également armé. J'ai vu plusieurs fois Monsieur SANTOLINI partir dans sa voiture avec des agents de la Gestapo. J'ignore où il les conduisait.

« VALENTINO m'a raconté un jour que Monsieur SANTOLINI, vers 1925, était arrivé à connaître une situation assez importante comme directeur de cabarets et de boîtes de nuit à Montmartre, dirigeant cinq ou six établissements, puis qu'il serait retourné sur la Côte d'Azur, à Nice ou à Cannes, où il travaillait vers 1930 comme rabatteur pour des établissements de jeux. De retour à Paris il a fait de mauvaises affaires en 1939 et 1940 avec le cabaret St-Tropez, 67 Rue Pierre Charron, et a connu de gros revers de fortune, vivant pratiquement au jour le jour. Mais il aurait acheté le "Pershing" grâce à une société créée avec sa concubine Madame Henriette BLONDEAU, et le frère de celle-ci. Cette Madame BLONDEAU remplit les fonctions de caissière du restaurant. Elle et Monsieur SANTOLINI – qui en fait ne serait pas le vrai propriétaire du "Pershing" – habitent Avenue des Ternes. Le chauffeur m'a dit aussi que Monsieur SANTOLINI avait une maîtresse, nommée Madame JANNING, qui habiterait à Neuilly sur Seine et s'occuperait de produits de beauté et de produits pharmaceutiques. Monsieur SANTOLINI, outre ses activités de gérance du restaurant "Le Pershing", serait accrédité pour suivre les saisies économiques de la Milice.

« Au début du mois de Juillet 1944, il y a eu un banquet d'une quarantaine de personnes, composé de collaborateurs du journal "France-Europe" dont le directeur, Monsieur MALANDRI, est un client régulier du restaurant. Ce journal qui est dirigé aussi par Monsieur RINALDI a un petit bar Rue La Boétie où ils tiennent des réunions. Le banquet au "Pershing" devait être présidé par Philippe HENRIOT mais il a été tué quelques jours avant.

« Les employés que je peux vous citer sont ROUMANET Albert, garçon de restaurant, demeurant 107 Rue Lemercier; LAVIALE Eugène, garçon de restaurant, demeurant 56 Boulevard de Belleville; BOCALY Maurice, aide cuisinier, demeurant 22 Rue du Faubourg St-Martin;

LOVERA César, maître d'hôtel, demeurant 11 bis *Rue Pierre Demours; BERTONI Emmanuel, maître d'hôtel, demeurant 27 Rue Pierre Demours; BRANCA André, caviste, demeurant 74 Rue Mademoiselle; DAMIANI, Paul dit "PIERROT" ou "BARTHY", barman, demeurant dans un hôtel dont j'ignore le nom car il en change souvent, où il habite avec son frère cadet DAMIANI Joseph qui est venu le rejoindre de Marseille. Leur père était propriétaire avant la guerre de deux grands hôtels à Paris qu'il a ensuite perdus au jeu, et ils sont les neveux de Monsieur SANTOLINI. Paul DAMIANI, qui est un individu malhonnête ayant des fréquentations douteuses, circule généralement en vélomoteur. Je sais qu'au mois de Juillet il a participé à des arrestations pour le compte de la Milice, et interrogé des gens arrêtés détenus au centre milicien de la Rue Alphonse de Neuville. Beaucoup des personnes que je viens de citer sont des obligés de Monsieur SANTOLINI et ne vous diront pas de mal de lui, soit parce que ce sont eux aussi des Corses soit parce qu'ils ont peur.*

« Je ne suis pas au courant d'infractions au règlement sur le ravitaillement commises au "Pershing" depuis sa réouverture, ou de bénéfices illicites. Mais je ne saurais en être tenu responsable, car toutes les décisions étaient prises par Monsieur SANTOLINI. C'est d'ailleurs parce que je me suis insurgé contre ces infractions que j'ai été renvoyé. »

Nous ajoutons au présent rapport que le sieur LAIR a été assez réticent au début à nous répondre; mais que lorsque nous lui avons fait remarquer que, étant donné les prochains changements politiques que l'on est amené à prévoir suite à l'évolution de la situation aux armées, il est probable que la direction du restaurant « Le Pershing » ne soit plus en mesure d'exercer des représailles à son encontre et ne se trouve peut-être même plus à Paris, son attitude a évolué et il s'est montré plus enclin à nous fournir des informations. Enfin, il n'est pas certain que la cause de son renvoi de l'établissement soit celle qu'il a mentionnée.

Le témoin est inconnu de nos services.

Il n'est pas noté aux Sommiers judiciaires.

Avec un petit rire, Sadorski écrase sa cigarette dans le cendrier. Il se laisse aller en arrière sur la chaise et s'éponge le front avec son mouchoir. La température semble avoir encore grimpé de quelques degrés. Au bout de la section et du corridor, on entend le commissaire Bizoire pousser une gueulante énorme. La chaleur, ainsi que l'« évolution de la situation aux armées », comme l'écrivent Boutreux et Vilfeu – dans un style ironique que le brigadier-chef ne leur connaissait pas –, portent sur les nerfs de tout le monde dans les bureaux. Surtout ceux des hommes qui ont cru, ou croient encore, à la « collaboration franco-allemande »... On en compte beaucoup à la caserne de la Cité, en particulier dans les hautes sphères.

L'inspecteur principal adjoint retire ses lunettes ; desserrant sa cravate, il se lève et va contempler, en bras de chemise, le paysage étincelant de lumière en fumant à la fenêtre. On n'est plus à Paris, on se croirait sur la Côte d'Azur ! ou à Tunis !... Sur les planches de la piscine Deligny comme le long des berges, il en est certain, une foule en maillot est occupée à cuire sous les feux du soleil de cette splendide fin de journée. Le métro ne fonctionne plus, les trains de banlieue sont à l'arrêt, il ne reste que la bicyclette ou la marche à pied pour se rendre au boulot. La population s'est mise en vacances. Que faire d'autre ? Il ne peut leur donner tort.

Sadorski tend l'oreille. En bruit de fond au décor estival, une rumeur sourde mais constante arrive de l'ouest. On perçoit, plus distinctement que ce matin, le grondement du canon.

19

La demoiselle du Trocadéro

Les camions feuillus de l'armée allemande continuent de tourner autour de la place, c'est un ballet incessant sous le grand ciel bleu. Les détachements à pied, et les hommes assis sous les bâches, ont reçu la consigne de chanter très fort ; comme pour rappeler aux Parisiens qu'ils sont toujours là. Ils braillent : « *Mein Regiment, mein Heimatland*[1]… » Les clients assis aux terrasses des grands cafés les observent avec moquerie sans parler trop haut. Certains véhicules sont en piteux état, il manque une aile, un capot, les toiles sont arrachées. On voit aussi passer lentement, revêtus de leur peinture de camouflage, des chars « Tigre », ces engins énormes dotés de canons de 88. Ils progressent dans les rugissements de moteur, la poussière, et le cliquetis des chenilles. Plus que jamais, la grande ville de zone occupée semble être devenue l'arrière-front. La guerre y a pour spectateurs une foule de citadins placides et désœuvrés. Les dernières boutiques restées ouvertes ont accroché à la devanture une affiche *Fermeture pour congés payés*. Et la plupart des restaurateurs ont décidé de tirer les rideaux.

Ce samedi d'août Sadorski a emprunté le vélo de sa femme pour venir dans les beaux quartiers. Celui qu'il utilise habituellement est resté au garage de la préfecture. En chemin, les sirènes d'alerte ont

1. « Mon régiment, ma patrie… »

mugi dans l'indifférence la plus totale. Des fumées éclataient là-haut, parmi les formations scintillantes et régulières, et en divers points de l'ex-capitale les canons 20 mm de la DCA allemande crépitaient, impuissants, vaincus. Personne n'a rejoint les abris, sauf les enfants des écoles, chantant *La Marseillaise* et *Tipperary* sous la conduite de leurs maîtres. Les files d'attente s'allongent démesurément devant les boulangeries, c'est de pire en pire. Le ravitaillement n'arrive plus à Paris qui meurt de faim. Et ce ciel toujours aussi profond, dans une canicule de plein été. Des journées véritablement exceptionnelles, le beau temps qui n'en finit pas… Adossé à la façade d'un immeuble cossu de l'avenue d'Eylau, l'inspecteur consulte la montre qu'il a volée à Georges Mandel. 14 h 55. Dans quelques minutes, à en croire les comptes rendus de filature de Quéau, il verra, pour la deuxième fois, son fils. Enfin, ce qu'on pourra en apercevoir dans la poussette… Et il saura quelle tête a l'étudiante chargée de lui faire prendre l'air aux jardins.

À 14 h 58, la porte cochère du n° 28 s'entrebâille. Un homme sort. Un individu maigre à mine chafouine. Il est en civil, mais Sadorski devine qu'il s'agit du gardien de la paix Devulder, l'époux de la concierge. Se rappelant ses projets de vengeance à son encontre, et les calomnies ou exagérations qu'il a balancées à ses collègues du commissariat du seizième, le matin des fusillades dans les cellules de la Santé, l'IPA étouffe un ricanement. Le présumé Devulder tourne à droite et s'éloigne en direction du rond-point de Longchamp. Très bien, bon débarras. Tu ne perds rien pour attendre, à la « libération » ! Les résistants du coin auront tôt fait de te placer, avec bobonne, dans les geôles réservées aux pires collabos et profiteurs du marché noir…

La porte s'ouvre à nouveau. 15 h 01 : la demoiselle Mézard est ponctuelle, ou quasiment. Une luxueuse poussette bleu marine et argent franchit le seuil. Manœuvrée par une jeune blonde plutôt élancée, la taille serrée dans une robe bleu foncé montée avec un empiècement formant épaulette, sous le large col blanc carré en dentelle. La jupe, à plis ronds, volette agréablement sur de jolis mollets. Les courtes manches bouffantes laissent voir des bras minces d'un teint laiteux. L'étudiante est nu-tête, sa chevelure coiffée très haut au-dessus du front, à la mode de ces années d'occupation où les Parisiennes n'ont jamais été aussi belles, ni aussi aguicheuses. Le visage, ovale avec des traits harmonieux, est plaisant. La bouche, aux lèvres sensuelles, porte une légère touche de rouge. De l'autre côté de l'étroite avenue, le policier en gabardine de coupe allemande considère la future victime de ses manigances avec intérêt. Il laisse s'écouler quelques instants, puis, reprenant le guidon de sa bicyclette, emboîte le pas à la promeneuse avec son landau. La place, et l'esplanade du Palais de Chaillot, ne sont pas loin.

Mlle Mézard tourne à gauche, défile devant les terrasses sans s'arrêter, traverse le débouché de l'avenue Kléber, puis celui de la nouvelle avenue Philippe-Henriot. Dédaignant l'esplanade, ses marches pénibles à faire grimper, puis redescendre, à une voiture d'enfant, elle longe l'aile dite « de Paris », la haute façade incurvée du musée de l'Homme, et se dirige, dans l'ombre des arbres, vers l'avenue Albert-de-Mun. C'est un moyen en effet de rejoindre les jardins par l'extérieur. Sadorski, une trentaine de mètres derrière elle, a allumé une gauloise et déambule d'un pas de promenade, évitant de se fatiguer en ce jour brûlant. Il ne souhaite pas non plus incommoder une personne du beau sexe et d'aspect distingué, lorsqu'il lui adressera la parole, par ses effluves de transpiration.

Les allées sont en pente, dans ce sens ce n'est pas trop fatigant. Et la vue – le fessier rebondi de la jeune femme, les jambes gracieuses – n'est point déplaisante. L'inspecteur se sent émoustillé. Ému, aussi, lorsqu'il entrevoit la figure rougeaude de son petit, et qu'il perçoit ses cris ou ses vagissements. Bernard est né le 12 novembre, on est le 12 août. Un compte rond ! Il a exactement neuf mois ! Bientôt il sera capable de marcher… Si les Sadorski le récupèrent, on pourra l'encourager à prononcer « papa » en regardant le brigadier-chef. Yvette ne saurait y trouver à redire puisque c'est bien le cas pour l'état civil, et que celui qu'elle croit le vrai géniteur est mort sous les balles de la police. Quant à Julie elle sera toujours consciente, secrètement, que cette désignation est en même temps la vérité. Mais jusqu'où peut durer leur étrange vie de famille ? ce ménage clandestin à trois, fondé sur le mensonge, et qui a fini par jeter un être nouveau dans le vaste monde… Un gamin innocent possédant deux mères : la vraie et la fausse – et dont l'une est juive. Quel va être leur avenir à tous, au bout de ces quatre années vert-de-gris ? Comme il le grommelait l'autre jour à son adjoint Magne, l'administration a négligé de le doter d'une boule de cristal.

L'étudiante et son landau obliquent à droite vers une allée sous les frondaisons, traversent un pont miniature bordé de garde-corps en ciment imitant les formes et l'écorce de branches d'arbres. On entend murmurer l'eau des cascades des grottes artificielles. Il y a beaucoup de monde dans les jardins. Et comme une vague attente dans l'air. Les gens se parlent en chuchotant. Les mines sont anxieuses, surtout chez les bourgeois bien nourris. En bas des fontaines, dont les tuyaux verdâtres évoquent des batteries de canons braqués vers la tour Eiffel, stationne une procession d'ambulances de la Wehrmacht, avenue de Tokio[1] près du pont d'Iéna, où un panneau indicateur pointe vers l'ouest : *ZUR NORMANDIE FRONT*. Tandis que dans les hauteurs à l'autre bout du parc, côté palais, les immenses banderoles à francisque ou à croix gammée qui pendaient sous la terrasse de l'esplanade lors des cérémonies ou des événements musicaux, devant les salles de réception du théâtre, ont été retirées. Un groupe d'adolescentes des Phalanges universitaires JPF[2], chemisier bleu, cravate noire et jupe plissée, l'expression bête et le physique ingrat, guidées par une sorte de cheftaine à lunettes qui glapit des ordres, remontent en rangs par trois l'allée principale le long des fontaines. L'alimentation de celles-ci est coupée ; sinon une foule de baigneurs envahirait les bassins, aujourd'hui vides et secs. La température devient torride, Sadorski a soif. Il voit Mlle Mézard faire halte devant un banc face au musée, extraire un biberon de l'amas de serviettes et de langes dans la poussette, se pencher afin

1. Ancien nom (et graphie d'origine), jusqu'en février 1945, de l'actuelle avenue de New York.

2. Jeunesses populaires françaises : mouvement créé en mai 1942 à l'instigation du PPF de Jacques Doriot, et rassemblant diverses organisations de jeunesse autour de l'idéal de la Révolution nationale. Les Phalanges universitaires, masculine et féminine, regroupaient lycéens et étudiants.

d'administrer un peu de liquide au rejeton. Lequel s'étrangle, bave, crache, proteste par des pleurs. Cette fille ne paraît pas très dégourdie avec les moutards.

Elle finit par essuyer le biberon et le ranger, s'assied sur le banc. Monique Mézard sort cette fois un livre et se met à bouquiner. Parfait. Son suiveur balance le mégot de gauloise et se dirige vers la lectrice et son landau.

— Vous permettez ?

Sans attendre de réponse, qui d'ailleurs ne vient pas, il appuie son vélo contre le banc, se pose lourdement sur le bois à la peinture verte écaillée et pousse un soupir. La jeune femme – il se doute qu'elle aurait préféré être seule – poursuit sa lecture, avec un redoublement d'attention, probablement feint. Petite mijaurée, pense-t-il. Mais tu ne perds rien pour attendre. Après un coup d'œil ému à son bambin, qui, enfin calmé, gazouille en bavotant, Sadorski démarre en douceur, avant l'escalade :

— Ça a l'air intéressant. Vous lisez quoi, mademoiselle ?

Pas de réaction. Si, quand même, sur un ton condescendant, et glacial.

— *Notre avant-guerre*. Par Robert Brasillach.

Il note tout de suite son accent bordelais. Plus net encore que ce qu'il avait imaginé en parcourant le rapport de l'inspecteur spécial Quéau – lequel a été en communication avec les gendarmes et les Renseignements généraux de Gironde.

— J'ai lu de ses articles dans *Je suis partout*. Mais pas ses romans.

— Ce n'est pas un roman, corrige-t-elle. Mais des souvenirs.

— Ah.

Il y a un petit silence. Le chef de brigade réfléchit.

— C'est déjà mieux, fait-il. Le souvenir, le journal intime, les Mémoires, ça vous rapproche de la réalité… Pour moi les romanciers ne racontent que des conneries. Des salades, quoi.

Elle ne bronche pas mais il la devine un peu choquée.

— Mon métier, par exemple, mademoiselle, les auteurs qui écrivent dessus on voit tout de suite qu'ils n'y connaissent rien. Ils font plein d'erreurs. Sur les procédures, la technique, les termes légaux… Les calibres et les modèles des armes à feu… Les compétences de tel ou tel service judiciaire… Regardez Simenon, avec son Maigret ! C'est divertissant mais sans plus.

— Je ne lis pas de romans policiers.

Il réprime un sourire.

— Moi non plus. Pratiquement jamais. Vous avez raison. Je préfère les ouvrages historiques. Je n'ai pas été plus loin que l'instruction primaire, je suis autodidacte, voyez-vous. Napoléon, la Grande Armée… Ça c'est un sujet digne d'intérêt.

Ses jolies lèvres ont formé une petite moue.

— Peut-être…

— Pas peut-être. Si, c'est passionnant, je vous le garantis… (Il laisse circuler un ange, avant d'embrayer :) Ma femme – elle s'appelle Yvette – adore les romans et n'en a rien à fiche de Napoléon. Son écrivain favori c'est Pierre Benoit. Il est célèbre. Vous avez déjà lu ?

Elle soupire. Agacée.

— Quelques-uns. *La Châtelaine du Liban*… *Les Environs d'Aden*… *L'Atlantide*…

— Pas moi. Ma femme, si, le troisième, là… On en a même fait un film. Tout ça fleure bon l'Afrique du Nord. Ou la Méditerranée. Je suis né là-bas, vous savez.

Silence.

— J'ai vu le jour à Sfax, en Tunisie. C'est pour ça que la chaleur, comme aujourd'hui, ça me dérange pas trop. J'ai l'habitude. Et vous ?

— Moi ?

— Je vois bien que vous transpirez.

Son regard est passé de glacial à mal à l'aise. Mademoiselle avec l'accent de Bordeaux ne va pas tarder à quitter son siège et remettre en route la poussette, afin d'échapper à l'importun. Pas question ! il faut ferrer le poisson avant ! Sadorski lève l'index, en esquissant un sourire.

— Yvette – c'est ma femme – m'a dit un truc amusant à propos de Pierre Benoit.

La lectrice a haussé vaguement un sourcil.

— … Que les prénoms de toutes ses héroïnes commençaient par A. Y aurait une Antinéa, une Axelle, une Alberte… et ainsi de suite. Une sacrée collection ! Et ce Pierre Benoit, tenez-vous bien, il vous torche un roman par an ! (L'air matois, il ajoute :) Votre prénom à vous, mademoiselle, ne débuterait-il pas précisément par cette voyelle « A » ?

Elle tombe pile dans le piège.

— Vous avez perdu, monsieur.

— Je le sais bien, sourit-il. *Puisqu'il commence par M*. N'est-ce pas… Monique ?

L'interpellée n'a pas sursauté, mais presque. Disons tressailli.

— Comment connaissez-vous mon prénom ?

— Pas que votre prénom, glousse-t-il. Dans mon service, mademoiselle Monique Mézard, nous connaissons tout et savons tout. On n'est pas aussi bons que la Gestapo mais pas loin. Mes hommes et moi. J'en sais long à votre sujet…

— Vous êtes vraiment de la police ?

Il s'esclaffe.

— Mais non, qu'est-ce qui vous fait croire ça ? Bon, assez ri, je me présente : inspecteur principal adjoint Léon Sadorski, 3e section de la direction générale des Renseignements généraux et des Jeux, préfecture de police de Paris. (Il dégaine brièvement sa carte.) Ça vous rassure ? Voyez, je ne suis pas le vieux salingue qui poursuit de ses assiduités les bonnes d'enfant dans les parcs publics…

Elle a tiqué aux mots « bonnes d'enfant ».

— Mais oui, mademoiselle, pardonnez-moi. Vous êtes *étudiante*. Pas domestique. Juste provinciale.

Il ne peut s'empêcher de l'asticoter. On a les petits plaisirs qu'on peut. L'inspecteur attrape son calepin dans la poche de l'imperméable, tourne les pages en fredonnant : « Au loin déjà la mer s'est retirée… / Mais dans tes yeux entrouverts / Deux petites vagues sont restées… »

— Voilà. Mézard, Monique… Née le 26 août – oh, mais votre anniversaire tombe bientôt ! – 1923, à Castelnau-de-Médoc (Gironde), d'Abel et de Léonie Berton… Étudiante depuis un an à l'école HEC à Paris… A fréquenté, à l'école de commerce de Bordeaux, cours de l'Yser, un nommé Jean Brétignière, membre des Amis de la LVF… Vous vous êtes inscrite à cette même organisation en décembre de l'année dernière, sous le numéro 1043. Vous auriez donné votre adhésion à ce mouvement à la suite d'une conférence faite à Blaye par le capitaine Colomines. Vous êtes également inscrite aux Jeunesses nationales populaires, sous le numéro 4001, section de Blaye, promotion Marcel Déat. On a vu Mlle Mézard assister à des séances cinématographiques organisées à Blaye dans la salle le Monteil, en faveur de la collaboration franco-allemande ou contre le bolchevisme. Elle a été en relations avec la fille Castaing, dont le père est délégué régional de la LVF dans cette ville. Il est de notoriété publique à Blaye et dans ses environs que durant les vacances d'été, de Pâques et de Noël, la nommée Mézard Monique fréquentait les Allemands… Sans toutefois pouvoir apporter de précisions, des témoins affirment que cette jeune fille a eu des relations sexuelles avec certains occupants. L'un des témoins dit l'avoir vue se rendre dans les casemates que les troupes avaient installées dans la commune de Saint-Androny… On prétend aussi vous avoir remarquée au café Le Régent, place Gambetta à Bordeaux, en compagnie d'officiers allemands et de policiers en civil de la Gestapo. Votre père, Mézard Abel, est un collaborateur notoire, inscrit lui-même aux Amis de la LVF… Il fait quoi, le papa, du reste ? Cette information ne figure pas dans le dossier.

La figure de la jeune femme est devenue livide. Sadorski craint un instant qu'elle ne tourne de l'œil et s'affaisse sur le banc.

— Il… il… est agriculteur. Plus exactement, producteur de vin…

— Bien entendu. C'est la région, hein. Ce monsieur ne récolte pas des betteraves…

L'étudiante s'est reprise, et le fusille du regard. Elle a de très jolis yeux noisette – plus beaux encore lorsqu'ils sont en colère.

— Votre rapport est un tissu de vilenies !

— Vous n'êtes pas aux JNP ? ou aux Amis de la LVF ?

— Si, et j'en suis fière, figurez-vous. Mais ce qui concerne les Allemands… Ces ragots sont ignobles. Les gens sont malveillants, à un point dont on n'a pas idée !

Il ricane.

— Dans ma profession nous sommes payés pour le savoir. Surtout de nos jours… Le paquet de lettres anonymes qu'on a reçues, en quatre ans !

— Ah, voyez que vous êtes d'accord !… Contrairement à ce que l'on vous a dit, je n'ai jamais eu de, euh, de relations de ce genre avec les Allemands. Il doit s'agir de quand je suis allée à Royan au mois de mai de cette année. J'ai dansé avec des officiers allemands, c'est vrai. Fatiguée, je suis allée me reposer dans la chambre de mon cavalier. Il est venu me rejoindre. Nous avons flirté, certes, mais je ne me suis pas donnée à lui ! Je… (elle rougit) je peux vous certifier, monsieur, que vous parlez à une vraie jeune fille ! Une jeune fille *française* et fière de l'être ! Et je ne connais personne à la Gestapo !

Inquiet, le bébé s'est remis à chouiner. Sa promeneuse s'interrompt pour lui murmurer des mots ridicules, et remue la voiture, sur un rythme régulier.

— Là, là… mon petit Nanard… Hein, mon p'tit chouchou…

— Vous aimez les enfants ? Mademoiselle la « vraie jeune fille » ?

Elle hausse les épaules.

— D'ordinaire, oui. Mais celui-ci est insupportable ! Râleur, méchant…

Son père se renfrogne.

— C'est peut-être simplement qu'il a du caractère. De la force, de l'énergie. Il faut qu'il se dépense…

— Oui, ben merci bien ! Si M. et Mme Perret n'étaient pas aussi gentils… Et puis, les pauvres, déjà qu'ils ont perdu leur fils, maintenant leur fille est en prison… Moi je pense que sa maman lui manque, au petit. Elle saurait le calmer mieux que moi, ou que sa grand-mère. C'est un bébé qui n'a pas une vie normale…

— Je suis au courant de tout ça. Je connais vos patrons. Je me suis rendu chez eux. Bel appartement, ainsi que les affiches de cinéma, les peintures, et tout… Même si pour moi l'art moderne c'est ce qu'on a inventé de mieux comme attrape-crétin !

Il sort une nouvelle carte. L'une des deux dont l'a gratifié le « colonel » André Baillet, milicien et directeur de l'administration pénitentiaire. Un jour de juillet dernier, dans le bureau de M. Farge, en même temps qu'il rendait à Sadorski sa liberté.

— Vous voyez ceci ? Nous pourrions peut-être nous entendre, mademoiselle Mézard.

Elle écarquille les yeux en découvrant, à côté du portrait Photomaton du policier :

BRIGADE SPÉCIALE
MILICES RÉVOLUTIONNAIRES FRANÇAISES
Nom : Sadorski.
Prénoms : Léon René Octave
Né le : 10 août 1900
Adresse : 50 quai des Célestins, Paris 4e
Et au verso :
BRIGADE SPÉCIALE ANTITERRORISTE
Die Deutschen Behörden werden gebeten…

— Vous causez l'allemand, mademoiselle ?

— Je peux le lire.

— Ah oui. Vos petits amis du côté de Blaye vous ont donné des leçons particulières…

Elle secoue une fois de plus les épaules. Puis :

— Vous appartenez à la Ligue française, monsieur Sadorski ?

— Qu'est-ce qui vous fait penser ça ?

— Les Milices françaises, c'est le mouvement de M. Pierre Costantini.

— Vous l'admirez ?

— J'approuve ses opinions. C'est simple, il faut ouvrir les yeux : tout a changé autour de nous… Le passé s'est écroulé dans la fange franc-maçonnarde et juive. Moi aussi, j'éprouve du dégoût pour cette époque honteuse. Il nous faut désormais bâtir une Europe où la France aura la place qu'elle méritera, par son courage dans le malheur, son effort, sa dignité… En un mot, il faut être français et, pour le rester, devenir européen !

Sadorski acquiesce. Il n'est pas à 100 pour 100 de l'avis de sa voisine – puisqu'il hait les « Européens » boches et ne les a supportés pendant quatre ans que comme un mal nécessaire, respectant les consignes du Maréchal à qui il a prêté serment – mais jusqu'ici, l'entrevue se déroule selon ses vœux. Mieux, même. À présent sortir le grand jeu ! Le manipulateur se lance dans l'une de ses plus brillantes improvisations :

— Vous causez en ce moment à un membre de la résistance, mademoiselle Mézard.

Cette fois elle a franchement sursauté. Il sourit.

— Rassurez-vous. Mes idées sont les mêmes que les vôtres. Comme le dit Costantini, capitalisme et marxisme sont les fruits d'un seul arbre : le judaïsme, dont les alliés sont le franc-maçon et l'Anglais. Et n'oublions pas que le nom complet de la Ligue française est : « Ligue française d'épuration, d'entraide sociale et de collaboration européenne ». Notre cri de ralliement : « France debout ! » Et, aux Milices : « Toujours prêts ! » (Il se rembrunit.) Mais nous vivons une période confuse et tragique, chère mademoiselle. L'ennemi, utilisant les services de véritables gangsters, comme ceux qui ont assassiné lâchement le grand Philippe Henriot, s'est infiltré partout, les attentats contre les vrais patriotes se multiplient… Tandis que les armées à la solde du capitalisme youtre de Wall Street connaissent des succès militaires qui les rapprochent de Paris ! Chez nous dans les Milices révolutionnaires françaises, le chef Philbert m'a confié une mission dangereuse. Infiltrer *moi-même* la résistance au sein de notre police nationale. C'est pourquoi j'ai adhéré en secret au mouvement clandestin « Honneur de la police »…

Il ajoute, fier de cette petite touche qu'il juge simplement géniale :

— Si vous parlez de moi à Mme Perret, elle confirmera le fait. Que, depuis ma position au sein de la résistance, je lui ai promis aide et protection !

L'étudiante hoche la tête, un peu perdue.

— Mais… protection contre qui ?

Du menton, Sadorski indique les femmes assises ou se promenant autour d'eux dans les allées du parc, vêtues de toilettes fines signées Paquin, Piguet ou Balenciaga.

— Regardez vos grandes bourgeoises de Passy et de la colline de Chaillot ! Durant ces quatre ans elles ont profité au maximum de la présence de nos invités à croix gammée… Leurs époux, leurs pères, leurs frères ont continué de s'enrichir, ont même multiplié les bénéfices, grâce au marché noir, aux bureaux d'achat allemands… La patrie était à vendre ! On a bâti des fortunes colossales ! La moindre commande rapportait des millions ! des milliards ! Aujourd'hui, je trouve à ces dames un peu triste mine, pour un bel après-midi d'été. Non ? Si vous les voyez transpirer ce n'est pas uniquement à cause de la canicule ! C'est qu'elles crèvent de frousse !

— Vraiment ?

— Elles ont peur que tout cela s'arrête. Et, pire, que le populo vienne leur réclamer des comptes. Vous avez feuilleté des livres d'histoire ? Ah non, vous c'est les écoles de commerce… Moi, je connais. Ce qui s'est passé chez nous avant le Premier Empire. Avant qu'un petit général corse vienne remettre le pays dans le bon chemin, rétablir l'ordre public… Lisez Funck-Brentano, lisez Lenotre, mademoiselle ! Paris et la France ont connu pire que la Commune de 1871 ! On a connu la Terreur ! Un membre du Comité révolutionnaire, à Poitiers je crois, aimait dire qu'il ne suffisait pas de répandre le sang par *pintes*, il fallait en remplir des *tonneaux*… Les gens étaient comme devenus fous. La corbeille où roulaient les têtes, sous la guillotine, s'appelait le *panier national*. L'instrument était surnommé, lui, le *rasoir national*. On dansait et chantait autour. On y envoyait ses enfants jouir du spectacle… Les femmes tricotaient en attendant de voir arriver les charrettes des condamnés du jour. Les tribunaux spéciaux ne vont pas chômer, à mon avis, après le départ des Boches… Ce qui va se passer, d'ici quelques semaines, et sur tout le territoire, sera de l'épouvante pure, mademoiselle !… Les digues, après quatre années occupées, l'ordre devenant de plus en plus difficile à maintenir, vont lâcher d'une seule fois ! On commence à le sentir, ça monte, ça va déborder… Vous allez voir la meute hurlante surgir des égouts… faire subir aux malheureux qu'ils accuseront les traitements les plus abominables…

Car l'invention des hommes, en matière de méchanceté, n'a pas de limite !

Le prétendu milicien s'est un peu laissé emporter par sa fougue, et son intérêt pour la question. Mais le résultat est là : Mlle Mézard frissonne.

On entend des ordres, criés d'un ton sec. Et qui se rapprochent. Sadorski tourne la tête dans cette direction.

De gros godillots martèlent le sol poussiéreux des jardins. Un peloton de jeunes soldats en pantalon bleu foncé, chemise kaki et cravate noire remonte l'allée au petit trot, sous la façade du musée ethnologique. Le pistolet dans l'étui de ceinture, la mitraillette à l'épaule. Et coiffés de grands bérets noirs inclinés sur la gauche, où étincelle l'insigne *gamma* de la Milice française. La vraie. Pas celle de cet agité de Costantini ; celle de Joseph Darnand.

— Arme sur l'épaule… droite ! En avant, marche ! Section… halte ! Demi-tour… droite ! À droite, alignement ! Repos ! Prenez vos distances !…

Celui qui les commande a deux galons d'argent sur ses épaulettes. Il a observé au passage le couple sur le banc, et le landau. Son regard s'attarde sur la silhouette agréable de la blonde en robe bleu marine. Puis s'arrête sur Sadorski.

Tous deux se reconnaissent en même temps. L'officier est le franc-garde rencontré à la mi-juillet au Pershing : le nommé Dagron. Le fils de la crémière de la rue du Marché à Neuilly…

— Regroupement, colonne par deux ! Arme sur l'épaule… droite ! En avant… marche ! Mais qui m'a foutu cette bande de connards ?…

Le chef de trentaine continue de trotter auprès de ses hommes. De les houspiller à coups d'ordres brefs. Mais il s'est retourné à deux ou trois reprises, avant de disparaître avec sa troupe du côté des grands escaliers qui s'élèvent vers l'esplanade, sous l'immense Apollon de bronze muni de sa lyre. L'inspecteur jure en sourdine. Puis il constate qu'il l'a échappé belle… Si le sous-officier de la Milice avait engagé la conversation, un choix urgent devenait nécessaire : soit continuer de jouer le vrai rôle d'un fonctionnaire français des RG de la préfecture (et surtout pas résistant !), soit reprendre celui de *Herr* Schenk, avec son risible accent teuton – une option compliquée à justifier devant Mlle Mézard et qui ruinerait ses plans. Mieux vaut abréger, au cas où le gars reviendrait se balader dans le coin, seul ou escorté de ses types armés. Sadorski sourit :

— De beaux jeunes gens, n'est-ce pas ?

— Oui. L'officier était pas mal. Je crois l'avoir déjà vu : en face de chez moi, il y a eu une opération de la Milice, armés de mitraillettes ils sont entrés dans le petit bar-tabac à côté de l'hôtel Bristol, et ont emmené tout le monde, menotté ou les mains en l'air, dans des camions… Les miliciens en civil et en uniforme ont cassé toutes les vitres de l'établissement pour perquisitionner, c'était impressionnant. Avec eux on se sent en sécurité…

— Sauf qu'ils vont s'en aller. Se replier vers l'est, à Nancy ou Metz. Paris sera abandonné sans défense. Voilà ce que je souhaitais vous expliquer. J'ai promis mon secours à Mme Perret et aux siens. (Il a préparé un petit bristol.) Voici mon nom et mon numéro de téléphone, au domicile et au travail. Si vous éprouvez quelque alarme, appelez-moi. Moi et mes adjoints nous interviendrons pour garder l'appartement, évacuer les membres de la famille. Il y a un enfant (il indique la poussette) à protéger des combats, ou de la furie des individus. Si j'entends que l'immeuble est menacé, je prendrai contact avec M. et Mme Perret. Ou avec vous si je n'y parviens pas. Auriez-vous un numéro de téléphone, mademoiselle Mézard ?

— Pas dans ma chambre, qui est sous les toits. Mais mes propriétaires sont des gens charmants. Une dame distinguée, mariée à un Anglais plus âgé qu'elle. Enfin, ils sont séparés mais pas divorcés. Je vous donne le numéro, c'est quelques étages en dessous et on enverra leur bonne ou la fille, Micheline, m'avertir. Si je ne suis pas là elle laissera un billet sous la porte.

— Très bien.

Elle écrit sur une page vierge de son agenda 1944. Le policier lit par-dessus son épaule. Son parfum est frais et délicat. Mme Zembrowski ou Odile Piazza sauraient l'identifier. Lui non, mais il aime bien l'odeur.

Il ressent une vague excitation, assis sur ce banc en compagnie charmante. La jeune femme a noté :

Monique Mézard

chez Mme Dodds

75, rue du Faubourg-Saint-Honoré, Paris 8e arrdt.

Tél. Anjou 89-99

Elle déchire la feuille et la tend au policier. Celui-ci consulte sa montre.

— C'est pas tout, mais je dois retourner au turbin. Eh oui, même un samedi les gardiens de l'ordre travaillent ! (Il glisse un coup d'œil attendri vers son fils.) Le gamin s'est endormi… Veillez à ce qu'il reste à l'ombre, surtout !

— Je ne suis pas idiote, rit-elle. Et puis j'ai un peu d'expérience, j'ai un neveu à peine plus grand, à Blaye…

— Alors ça va. Bonne fin d'après-midi, mademoiselle. Et mes salutations respectueuses à M. et Mme Perret !

Sans se retourner, il se dirige, tenant sa bicyclette par le guidon, vers l'avenue Albert-de-Mun. Peu avant de prendre à droite et descendre vers les quais, Sadorski devine une présence derrière lui. L'instant d'après, un homme de taille moyenne progresse à ses côtés. À pas souples de ses brodequins noirs militaires.

— Bonjour, monsieur Schenk.

L'inspecteur regarde le milicien avec défiance. Sans cesser d'avancer.

— Tiens, bonjour monsieur… Dagron, c'est ça ? Je ne fous ai pas entendu fenir…

— Mais vous m'avez reconnu, tout à l'heure.

— *Natürlich !* Et qu'afez-fous fait de fos hommes ?

— Je les ai envoyés à l'aquarium. Voir les petits poissons. Un peu de détente après l'exercice.

— Je l'ai fisité une fois. J'aime les aquariums.

— Il y en a un, à Karlsruhe ?

Sadorski n'en a aucune idée. Mais pourquoi ce jeune Français en saurait-il plus que lui à ce sujet ?

— Oui, éfidemment.

— Ah ? Je croyais que non. Et la ville a été sacrément bombardée, ces temps derniers. Votre maison a été épargnée, j'espère ?

— Mais oui, grâce à Dieu. Merci de fous en inquiéter, *Herr* Dagron.

— Vous habitez dans quel quartier à Karlsruhe ?

Le faux Allemand ne répond pas tout de suite. Il essaie de rassembler ses souvenirs de cette putain de ville où on l'a interrogé en octobre 1942. On lui a fait visiter la « Adolf Hitler Haus », siège du Parti nazi, sur la Ritterstrasse… il y avait là un service externe de la police secrète… Et, ensuite, deux bâtiments distincts… la villa Reiss où s'est déroulé l'interrogatoire… dans la quelque chose *strasse*… Mais comment s'appelait l'avenue de la nouvelle direction de la Gestapo ? Au n° 26 de la…

— Euh, mon appartement est situé dans la Reichsstrasse[1].

— C'est dans le centre, non ?

— *Ja*. Tout près de la gare… et des nouveaux locaux de la *Geheime Staatspolizei*.

— On m'a dit que le centre et la gare de Karlsruhe ne sont plus qu'un tas de ruines…

Nouveau bref silence.

— J'ai eu de la chance et ma famille aussi, *Herr* Dagron. Mon immeuble tient toujours, au milieu des décombres ! Comme l'Allemagne de notre Führer !… Maintenant, si fous foulez m'excuser. Mes collègues et moi afons beaucoup de trafail. Nous allons éfacuer Paris, hélas…

— C'est sans doute pour ça que vous ne m'avez pas appelé. À la caserne. Ou chez mes parents.

— *Ach*, oui. Je suis désolé…

— Si vous trouvez le temps, j'aimerais vous inviter à dîner. Je fréquente un bon petit restaurant, rue de l'Ouest. Tout près de la boutique Au bon beurre de Normandie… Nous parlerons de l'Europe. Si nous sommes vainqueurs dans cette guerre, et on a encore nos

1. Aujourd'hui la Ebertstrasse.

chances, nous liquiderons toute la saloperie actuelle, pour faire une autre France nationale-socialiste, propre et saine…

Sadorski fronce les sourcils.

— Fous disiez, à l'instant, cette adresse à Neuilly ? Je ne savais pas… euh, je ne *safais* pas qu'il y a une rue de l'Ouest à Neuilly-sur-Seine…

— Une toute petite rue[1], peu de gens la connaissent. Entre la rue de Sablonville et la rue de Chartres.

— Mais elle a quand même huit numéros ?

— Oui, mais guère plus à mon avis. Le restau est à l'entrée de la rue de l'Ouest. Cela intéresse les services de sécurité allemands ?

— Une enquête en cours. *Aber*… c'est tout ce qu'il y a de plus secret. *Auf wiedersehen*, monsieur Dagron.

— D'accord pour le dîner ? Avant votre départ ? Je vous expliquerai la Milice… C'est la seule force propre qui nous reste, à nous Français. Vous, les Allemands, avez réussi tout ce que nous avons manqué, et possédez toutes les qualités que nous n'avons pas : cette fidélité à la patrie, cet esprit de sacrifice, cette méthode, cet amour du travail pour le bien commun… Si nos hommes étaient comme vous, notre France serait forte et respectée !

— Je fous téléphonerai sans faute.

— À propos, qui était la personne avec vous sur le banc, dans le jardin ?

— Ah, Monique… Elle est employée chez des amis. *Frau und Herr* Perret, de la firme Continental…

— Mais elle est française ?

— Oui. De la région de Bordeaux.

— Vous devriez lui dire… sa robe est trop courte.

— Pardon ?

Un éclair passe dans les yeux inquisiteurs du chef de trentaine. Il fait un geste de sa main fine et blanche, aux ongles coupés avec soin – un détail qui frappe de nouveau le policier marchant à côté de lui.

1. De nos jours rue du Commandant-Pilot.

— La robe de cette jeune Française est indécente. Une jolie fille, mais il faudrait lui apprendre à vivre.

Sadorski, dérouté, choisit de rire, comme à une bonne plaisanterie. Dagron ne rit pas.

— Où habitent-ils, vos amis ?

L'interrogé hésite. Son instinct lui souffle de retenir cette information.

— Pas loin… Derrière la place du Trocadéro. *Auf wiedersehen !*

Sans un mot de plus il enfourche le vélo d'Yvette, et laisse l'engin dévaler librement la pente, vers les quais.

Peu après il se rend compte – mais trop tard, l'obélisque de la Concorde est déjà en vue – qu'en échappant à cet emmerdeur il n'a pas pris du tout la bonne direction pour rejoindre l'avenue Foch, et l'immeuble requis par la Gestapo où *Herr* Schenk est censé travailler.

À la caserne, les locaux de la 3e section sont vides. Comme si tous ses effectifs avaient filé en vacances en même temps – commissaire, inspecteurs principaux et spéciaux, plantons, femmes de ménage et jusqu'à la sténo-dactylo Mme Poirier ! On est un samedi d'août, mais quand même… Sadorski pousse la porte de la salle des inspecteurs.

Un seul se trouve à son poste. Le jeune Kaiser.

— J'allais pas tarder à rentrer, patron. Pour les vérifications que vous m'avez demandées, c'est négatif. À l'Hôtel-Dieu la piste était trop froide : personne ne se souvient si Mme Zembrowski, lit n° 20, vers la mi-juillet, a demandé qu'on prenne contact pour elle avec qui que ce soit… Et la cousine, Mme Dumont, que j'ai revue, m'a vraiment l'air d'une personne tout à fait ordinaire…

— Mmm. Les gens ordinaires, c'est d'eux qu'il faut se méfier le plus.

— Peut-être, chef. Tout à l'heure le principal Ruyssen, des garnis, a téléphoné. Pour vous donner comme prévu, a-t-il dit, l'adresse de deux putes.

— Ah oui. Fais voir !

L'IPA déchiffre, sur la feuille où son subordonné a noté hâtivement :

Girette, Marcelle, 46 rue Fontaine, 9ᵉ.

Pilon, Marthe, femme Naudet, 11 rue Pixérécourt, 20ᵉ. (Le mari est prisonnier en Allemagne.)

— Parfait.

— C'est pour aller tirer un coup, patron ?

Il balance une tape au jeune collègue.

— Je suis marié, connard. À une des plus belles nénettes de Paris. T'as déjà reluqué sa photo dans mon bureau, non ? Une sacrée pin-up ! Alors qu'est-ce que j'irais foutre à me vider les couilles avec des catiches ?

— C'est vrai, chef. Madame Yvette est réellement charmante. Et aimable avec vos collègues, lorsque nous avons le plaisir de la voir… (Il toussote.) Autre chose, j'ai découvert le propriétaire du véhicule que vous cherchiez, au service des cartes grises. Voilà : « Automobile n° 3149 PG 2. Immatriculée dans le Nord au nom de Guicciardini, Francis, adresse habituelle : 39, rue de La Rochefoucauld, Paris 9ᵉ. Carte d'identité présentée : n° 2-551-368. » J'ai vérifié le 39 de la rue de La Rochefoucauld. C'est un garni. Je n'ai pas demandé à la réception si un de leurs clients se nommait Guicciardini, afin de ne pas donner l'éveil. Mais j'irai voir si vous voulez…

Sadorski se frotte les mains.

— On s'en occupera dès lundi. Cette fois c'était pas une fausse plaque, tout colle ! Girette Marcelle est la maîtresse de Guicciardini Adrien, lequel est le frère de Guicciardini Francis qui baise avec Pilon Marthe… Tout ça reste en famille.

Il allume une cigarette. Et réfléchit.

Les deux autos ont été aperçues ensemble rue Blanche devant l'hôtel du 88 où s'est produit l'incident avec la brigade mondaine. Si Francis possède la traction 3149 PG 2, cela signifie qu'Adrien conduisait la fausse 3016 RN. Et donc que, selon toute probabilité, il tenait le volant place du Louvre, le 11 juillet, pendant que ses complices faisaient feu sur les résistants Armand Biraud et Louise Zembrowski. Et la bande, ensuite, a dû essayer de faire cracher au blessé ce qu'il savait. En usant de tous les moyens, y compris les pires.

— Tu aurais un indicateur des communes de banlieue ?

— J'en ai vu un dans le tiroir du bureau de Cuvelier...

— Ben comme il est à l'hosto on va se servir sans sa permission. Tu vois, on a fait une boulette en concluant qu'une adresse rue de l'Ouest c'était forcément à Paris ! (Tout en parlant il fouille un tiroir après l'autre, ramène un petit guide Hannequin relié noir, s'installe sans se gêner sur le siège de son adjoint, toujours inconscient à la Maison de santé du boulevard Saint-Marcel, puis soupire :) On démarre par Alfortville et on finit par Vitry-sur-Seine... putain, 147 communes. Au boulot !

Après vingt-cinq minutes passées à tourner les pages et s'user les rétines sur les caractères minuscules, et deux gauloises supplémentaires qui contribuent à la puanteur de la pièce, Sadorski a dégoté des rues de l'Ouest à : Antony, Argenteuil, Asnières, Boulogne-Billancourt, Carrières-sur-Seine, Clamart, Colombes, Houilles, Nanterre, Neuilly-sur-Seine, et Rueil. Par précaution, au cas où le brigadier Monjanel aurait mal entendu « rue », il note que les villes de Neuilly-Plaisance, Rosny-sous-Bois, Saint-Maur-des-Fossés possèdent des avenues de l'Ouest ; que Gagny et Le Raincy ont un boulevard ; que Courbevoie et Nogent-sur-Marne sont gratifiées d'une impasse ; et enfin qu'il y a une place de l'Ouest à Versailles. Heureusement qu'on ne cherche pas une « rue du Onze-Novembre » ! L'enquêteur a remarqué, en feuilletant, qu'il en existe dans les banlieues parisiennes encore plus que de rues de l'Ouest, du Sud, de l'Est ou du Nord... Quel bordel. Même si l'on met la brigade au grand complet sur l'affaire, ces vérifications aux quatre coins des départements de la Seine, de la Seine-et-Marne et de la Seine-et-Oise vont prendre une bonne semaine...

Une feuille quadrillée est pliée entre les dernières pages du guide de banlieue. Sadorski l'ouvre, reconnaît l'écriture de l'inspecteur spécial Cuvelier.

PAS. 48-83 demander M. Pierre

TRI. 69-87 et TRI. 80-27 : Jérôme

TRI. 36-38 A. G.

TRI. 69-27 : Fernand

et Nord 40-20 : hôtel Paris-Nord-Est, rue Fbg St. Denis

M. Daventure 21 rue du Colonel-Moll (chauff. 180 rue de la P.)

Lucurron M. et Mme, 3 villa Barbette, C.

Cri-Cri, Raoul-le-tatoué

Laverrière, 7 rue Maspéro (16e)

Stanziano, Veronese

1 grand 1 petit

v. Corses : bar « Chez Fernand » 60 rue Notre-Dame-de-Lorette. Propr : Carriga

— Ça te dit quelque chose, Sylvain ? Passy 48-83 ? Un « monsieur Pierre » ? Cuvelier t'en a parlé ? Un Jérôme, ou un Fernand ? Et un nommé Daventure, chauffagiste ou chauffeur ? Un couple appelé Lucurron, villa Barbette ? Ou « Cri-Cri » ? « Raoul-le-tatoué » ? Laverrière ? Stanziano, Veronese ? Et un Corse du nom de Carriga, proprio du bar Chez Fernand ?

Kaiser s'est levé, il resserre son nœud de cravate, enfile son veston. Attrape son chapeau sur une patère.

— Non, désolé. Rien du tout… À lundi, chef !

Sur le seuil, il s'immobilise.

— J'oubliais… Quéau vous cherchait, il a tapé un rapport à votre intention. Mais comme il devait retourner rue du Faubourg-Saint-Honoré avant de rentrer chez lui, il m'a dit qu'il le laisserait sur votre bureau…

Sadorski se dirige en grommelant vers la pièce 516.

Le document dactylographié est là, posé bien en évidence en face de la chaise.

Paris, le 12 Août 1944

RAPPORT

L'Inspecteur Quéau, à monsieur l'Inspecteur Principal Adjoint, chef de la Brigade Antijuive, 3ᵉ section de la Direction Générale des Renseignements et des Jeux. Nous avons l'honneur de vous rendre compte que, selon les instructions reçues, nous avons poursuivi la surveillance de la demoiselle MÉZARD Monique, étudiante et employée de maison, demeurant 75 Rue du Faubourg Saint-Honoré (8ᵉ), et en son absence inspecté sa boîte à lettres. Dans celle-ci nous avons découvert aujourd'hui un courrier intéressant, que nous avons emporté pour le décacheter, après nous être assurés de la discrétion de la concierge.

La lettre, expédiée de Gironde et portant le cachet de la poste centrale de Bordeaux en date du 7 août 1944, est rédigée en français (nous avons reproduit les fautes d'orthographe et les soulignés, ainsi que les erreurs de ponctuation) avec quelques mots d'allemand, par un militaire (probablement officier ou sous-officier puisqu'il semble disposer d'une auto) des Forces d'occupation stationné dans la vicinité de Blaye.

Nous en recopions le contenu :

« St-Androny, den 6. 8. 1944

« Meine liebe, kleine Monique !

« Ma cherie petite Monique

« Je me suis de ton amour et de tes deux photo. Je suis très content je te remercie de tout mon cœur. Sais très malheur qui tu ne peut pas (barré) pouvait pas venire cette semaine à Royan.

« Madame G. m'a raconter quelle n'a pas pu cette semaine precedente vous apporter la lettre. Je ne suis pas faches que je ne t'ai pas encore repondue cette semaine. Je n'ai pas de temps a moi pour t'ecrire. J'aurais etait très content de venire a votre invitation à Blaye je serais venue te voire mais je ne pouvais pas et je n'avais pas de laisser passée pour ma voiture mais j'espère maintenant te revoire la semaine prochaine dans Royan si tu trouve un train. Madame G. t'invitera de bon cœur. Nous aurons beaucoup de chose a nous

dire Je voudrais etre toujours bon camarade ensemble. Les deux nous croyons a la bonne fin des plus grands combats contre bolschevisme et Plutocratie. Notre grand Fuhrer et le plus grand heros de la victoire Il crait la nouvelle Europe.

« C'est la premiere fois depuis que je suis en France que j'ai appris à connaitre une jeune fille et qui et pour le type idéal allemand très gentille. Et j'espere que vous garderez toujours un bon souvenire. Toi ma petite Cherie quand la guerre sera finie et quand je retournerais dans mon cher Pays et que je raconterai tous cela chez moi tous se que j'ai vue et tous que j'ai endurer et j'espererais avoire toujours encore de tes nouvelles de tout mon cœur je te souhaite etre un bon camarade qui te servira a toi seul et qui te sera toujours un appui tu le merite bien et tu devra etre heureuse même sans moi.

« Comme j'ai déjà une famille sais pour sa que je t'aime d'avantage et ne pleure pas pour cella. Que (barré) si nous avons (mot barré) l'occasion de nous revoire nous parlerons gentillement ensemble. Ma Chere et bonne fille

« Hier je me suis blessé a la jambe droite je suis monter sur la toiture et la toiture sais effondrée j'espere que samedi sa ira mieux. Raconte l'histoire a tes parents et a Madame Dodds et fait moi encore une fois le plaisir de venire me voire a Royan.

« Je te prit de ne pas etre triste et j'espere bien te revoire et entre se temps nous nous ecrirons de jolie lettre n'est ce pas. La prochaine fois j'écris ma lettre pour vous dans la langue allemande parce qu'il est plus facile pour moi. Certainement vous pouvez traduire mes sentences et pensées. Quand il est trop difficile pour vous, je vais essayer à traduire ma lettre le dimanche prochain.

« Ma petite chérie ! je voudrais donner mille de baisers aux votre mains, a ta face et ta bouche douce

« Thomas. »

L'enveloppe portait au verso la mention « T. Fleischmann », sans que figure l'adresse ou le grade de l'expéditeur.

Nous projetons, sauf contrordre de votre part, de reprendre contact avec la gendarmerie de Blaye à fin de plus amples précisions concernant un officier ou sous-officier du nom de Thomas FLEISCHMANN qui serait caserné à Saint-Androny.

Nous recachetons l'enveloppe et allons la déposer de nouveau dans la boîte à lettres de la demoiselle MÉZARD.

Un sourire ironique flottant sur ses lèvres, Sadorski range le rapport dans un tiroir de son bureau.

Il s'interroge : Mlle Mézard disait-elle vrai, cet après-midi dans les jardins, se désignant à son interlocuteur comme une « vraie jeune fille » ? A-t-elle, appartenant à la majorité sage des Françaises, su garder précieusement son berlingot pour sa nuit de noces ? en est-elle restée au simple flirt, même poussé, avec son Boche à l'orthographe incertaine ? Le policier commence à douter. Il hausse les épaules. Après tout il n'en a rien à battre. Son but, en manipulant l'accompagnatrice du fiston, n'est pas à caractère sexuel. Pour une fois.

Quant à l'affaire du Louvre, elle saura bien attendre quarante-huit heures… Il bâille, soupire, tire machinalement une clope de l'étui en argent que lui ont offert Yvette et la petite Juive. L'heure est venue de réintégrer ses pénates, le confort du foyer avec ses deux femmes. Le week-end ce n'est pas fait pour les chiens ! Sadorski s'occupera des frères ritals lundi.

20

La supplication

Mme Lantin passe la serpillière sur le carrelage devant la loge. Le policier, de bonne humeur, va la féliciter, traversant l'entrée en tenant le guidon du vélo avec sa main droite.

— Attention aux traces de pneus ! glapit-elle.

— Oui, oh pardon ! C'est sec dehors, ça risque rien. Il faut reconnaître que grâce à vous, l'immeuble est toujours bien propre…

— Je fais mon travail. Mais voyez-vous monsieur Sadorski, ce qui est encore plus du propre c'est ce que fichent les Anglais ! Après avoir affamé la population par le blocus, maintenant ils arrêtent pas de bombarder et causer des victimes et ils disent à la radio être nos amis et nous défendre… (Elle s'énerve à mesure.) Ben merde alors ! Eux et les Américains ont une façon qu'elle est pas ordinaire, de nous montrer leur amitié ! En aplatissant Caen et Nantes et Rouen ! Et Saint-Lô et Isigny et Lisieux ! Et Montmartre en avril dernier !… Churchill nous a mis dans la danse en 39, avec Mandel et tous les traîtres et compagnie, et maintenant qu'ils voient que les Français ne peuvent pas se faire tuer pour eux, ils viennent eux-mêmes nous tuer ! C'est ce qu'ils nomment dans leur langue la fraternité des hommes, ah ben elle est belle ! Ils sont égoïstes comme des Juifs !

— C'est exact, madame Lantin.

— Comme dit Mme Marc, on reconnaît bien cette perfide Albion qui s'est toujours servie du sang français pour remplir les coffres-forts de la « City »… Nous, Français, nous avons un passé héroïque et, pour avoir droit à la place qui nous revient dans la nouvelle Europe, au lieu de nous recroqueviller comme des taupes ou des autruches nous devrions aider le peuple allemand par tous nos moyens, à écraser cette Russie bolchevique qui ne songe qu'à semer la haine, la misère et la mort partout…

— C'est cela même.

— Moi, voyez-vous, monsieur Sadorski, je haïssais les Allemands parce que c'est l'ennemi traditionnel et que je ne les connaissais pas. Maintenant que je les connais, je dis que ce sont des hommes dignes de notre amitié et en qui on peut avoir confiance ! Après la victoire, ils nous donneront ce qu'ils nous ont promis…

— Vous êtes sûre qu'ils vont gagner, madame Lantin ?

— Et comment, que je suis sûre ! Avec les V1, les V2, les V3… Et à Radio-Paris ils ont parlé de nouveaux obus congelants ! Que les soldats ennemis, y meurent de froid ! Ça s'ra bien fait pour eux ! Mme Marc, elle m'a expliqué que les Allemands préparent une bouteille qui éclatera en l'air et tuera tout le monde à cent mètres à la ronde ! Elle l'a entendu chez sa pédicure. Oui, la science a pas dit son dernier mot ! Moi ce qui me dégoûte ce sont les réfractaires, ces petits salopards et autres scélérats de cette espèce pourrie qui veulent pas aller travailler dans les usines en Allemagne ! Pour augmenter la production. Ces fainéants jeunes ou vieux qui arrivent pas à comprendre que nous avons été vaincus, oui, merde, parce que des traîtres, des vendus, des Judas ont volontairement jeté bas notre belle France… Le Georges Mandel, il a pas volé ce qui lui est tombé sur le bec le mois dernier ! Un chien enragé veut vous mordre, alors vous abattez le chien ! Pas vrai ? Vous perdez pas du temps à décortiquer le microbe de la rage… Il aurait fallu faire pareil avec Blum et Reynaud ! Il faut se débarrasser sans hésiter des imbéciles portés au pouvoir par d'autres plus imbéciles qu'eux ! « Justice sera faite ! » a promis le Maréchal. Eh ben il serait temps ! L'heure de l'équivoque est dépassée ! On ne veut plus s'entendre injurier par des politiciens tarés, des gosiers sans scrupules… des requins de finance et d'industrie qui insultent à la misère des travailleurs ! Feu mon mari, voyez-vous, il était employé à la poste de la rue des Francs-Bourgeois quand ce vilain Juif était ministre ! Mon Claudius – c'est mon époux – il avait sa carte du syndicat national des agents des PTT. Eh ben je pourrais vous montrer la brochure, qui date de l'année du Front populaire… Y disaient avec juste raison que les profiteurs et les journaux subventionnés criaient : « Hosanna ! Gloire à M. Mandel ! », mais que les postiers connaissaient surtout ses talents de corrupteur et de destructeur… qu'ils en avaient marre d'être dirigés par le Jéroboam !

— Certes. Bon, je vais aller dîner, madame Lantin…

— Oh mais faut pas que je vous retarde, monsieur l'inspecteur ! Vous désirez un coup de main ?

Il remercie, et grimpe, seul, les trois étages en coltinant la bicyclette de sa femme. C'est qu'en 1944, plus encore que les trois années précédentes, un vélo ça se chouchoute et vaut une petite fortune. Autant qu'une automobile ! Ces dernières ne servant à rien, puisqu'on n'a ni carburant ni autorisation de circuler – à moins d'être dans les petits papiers des Fritz ou de M. le préfet de police.

Il tourne la clé dans la serrure. Contrairement à jadis, ce n'est pas un agréable fumet de cuisine qui l'accueille dans le vestibule du douillet petit appartement. Yvette a mis néanmoins son tablier, sur une robe d'été en toile de rayonne bleu ciel soulignée de bandes blanches, qui met en valeur le décolleté, les hanches et les jambes.

— Nous allons souper froid, mon biquet. Salade de haricots et petits pois en conserve, œufs durs avec des tranches de jambon… Y a définitivement plus de gaz ! Même en s'acharnant avec le tire-flamme…

Il a à peine eu le temps de ranger le vélo. Elle embrasse son homme sur la bouche, poussant la langue à fond et la faisant tourner plusieurs fois. Quand Sadorski parvient, à regret, à se dégager, il hèle Julie :

— J'ai vu ton petit, tu sais ! Dans les jardins du Trocadéro…

La jeune mère sort de la salle de bains, en peignoir, pâle et les yeux brillants.

— C'est vrai ? Oh, comment allait-il ?

— Mais très bien ! Il a une de ces voix, quand il chiale !

— Il pleurait ?

— Juste un peu. Comme d'habitude, les bébés, n'est-ce pas. Après son biberon, il gazouillait, ça faisait plaisir à regarder !

Yvette intervient :

— Il était avec Mme Perret ?

— Non. La personne qui le balade au parc l'après-midi...

— Elle était gentille ? s'inquiète Julie. Elle s'occupe bien de Bernard ?

— Mais oui.

— Elle sait y faire avec les petits ?

— Oui, elle m'a raconté que son neveu avait à peu près le même âge...

— C'est quel genre, cette nurse ? se renseigne Mme Sadorski. Jolie ?

— Pas du tout. Un laideron. Une vieille fille...

Il a répondu par réflexe mais il n'aurait pas dû : les soupçons d'Yvette sont éveillés.

— L'autre jour tu nous as dit que Mme Perret employait une étudiante...

— Oui, enfin, disons que la pauvre est bien partie pour devenir vieille fille...

Elle rit :

— Bon, on passe à table dans cinq minutes. Ça te laisse juste le temps de rappeler chez l'inspecteur Piazza ! Il a téléphoné tout à l'heure. Paraît que c'est urgent... Julie, tu donnes un coup de main ? Le numéro est sur un bout de papier à côté de l'appareil...

En grommelant, Sadorski se dirige vers le guéridon. On peut pas être tranquille un samedi soir chez soi ? Faut qu'un baltringue d'Italien vienne faire chier avec des histoires de service...

Lecourbe 02-37. Il compose le numéro. C'est Piazza qui répond, dès la deuxième sonnerie.

— Ah, patron ! Je m'apprêtais justement à...

— Qu'est-ce qui se passe encore ? On allait bouffer… Ça peut pas attendre le début de semaine ?

— Je m'excuse, chef. Mais nous avons un problème avec Mme Zembrowski.

— Quel genre de problème ?

— Vaut mieux que je commence par le commencement. Ce matin, à la Samar', Odile a remarqué que son chef de rayon était nerveuse. Pas comme d'habitude, quoi. Depuis un mois qu'elles se fréquentent, et que selon vos instructions ma femme est bonne copine avec elle…

— Abrège, tu veux ?

— Oui, eh bien, à la pause déjeuner Mme Zembrowski est sortie du magasin, Odile a cru bon de la suivre, et au lieu d'aller vers les petits bistrots où les filles vont casser la croûte d'habitude, derrière la rue du Pont-Neuf, la première vendeuse est partie à pas pressés vers la rue Saint-Denis, et elle a marché jusqu'au square des Innocents. Là, Mme Zembrowski s'est mise à poireauter tout en regardant sa montre… Et puis Odile a remarqué une traction Citroën noire qui roulait au ralenti et s'approchait de la fontaine. Une femme était assise à l'arrière sur la banquette. La bagnole a stoppé devant Mme Zembrowski, deux types en manteau et chapeau sont sortis, armés de revolvers, et ils ont embarqué la malheureuse…

Sadorski jure.

— … Leur bagnole a accéléré et tourné sur le boulevard Sébastopol… Odile pouvait rien faire, évidemment. Même si elle avait poussé des cris…

— Ta femme a noté le numéro de plaque ?

— Oui. Enfin, elle est certaine que d'une partie. Ça se terminait par 28 RN 3. Ça, Odile en mettrait sa main à couper ! Mais pour ce qui est des deux premiers chiffres, ça serait 36 ou 30 ou 90… à moins que ce soit 96…

L'IPA balance une nouvelle bordée de jurons.

— Elle a alerté des gardiens de la paix ? Déclaré l'enlèvement au commissariat du premier arrondissement ?

— Non, elle a pas eu le bon réflexe. Faut dire qu'Odile a eu très peur, et puis samedi c'est le jour où y a le plus de clientèle... Tout l'après-midi elle a été très occupée...

— Mme Zembrowski n'est pas revenue ?

— Ben, non.

— Ses chefs ne se sont pas souciés de sa disparition ?

— Si. Mais Odile a préféré rien dire, elle avait peur pour sa place, vous comprenez... Ils sont sévères, à la Samaritaine, avec les employés ! Surtout avec les femmes... Et puis elle a pensé qu'il fallait d'abord me causer à moi, vu que je suis flic. Et comme on enquêtait ensemble sur Mme Zembrowski... Bref, qu'il valait mieux que nous vous appelions ensuite, et que vous sauriez quoi faire. J'ai téléphoné illico à votre poste à la PP, mais vous aviez déjà quitté le bureau...

Sadorski braille dans le combiné :

— Putain, non, mais quel connard ! Quel baltringue ! À l'heure qu'il est, ta vendeuse, soit elle est à la Gestapo où ils sont en train de la plonger dans la baignoire d'eau glacée, soit elle se trouve rue Lauriston ou je ne sais où, chez des gestapaches d'une bande encore pire que le SD de la rue des Saussaies...

À l'autre bout de la ligne, Piazza garde un silence piteux. Depuis la cuisine, Yvette et Julie, effrayées, écoutent le maître de maison tancer son équipier.

— C'est trop tard, espèce de ballot ! Je vois pas ce qu'on peut faire pour l'instant. Lundi on essaiera de vérifier aux cartes grises. Appelle tout de même le commissariat du premier, signale-leur les faits et demande qu'ils envoient deux agents dans le coin recueillir des témoignages éventuels. Et puis tiens, vas-y toi-même aussi ! Demain matin. Ça te fera les pieds !...

— Euh, mais Odile et moi on avait prévu de passer dimanche au bois de Vincennes...

Sadorski pète les plombs, hurle, menace Piazza de le faire saquer de la section par le commissaire Bizoire pour refus d'obéir aux ordres. Et il raccroche, manquant briser l'appareil et le faire chuter sur le parquet.

Son épouse s'enquiert avec précaution :

— Tu préfères peut-être qu'on attende un peu avant de manger ? Tu veux aller te rafraîchir ? De toutes les façons, c'est froid…

— Non, non. J'ai faim, alors allons-y !

On sonne à la porte. Tous les trois tressaillent.

L'inspecteur fait signe à leur protégée d'aller se cacher sous le sofa, comme d'habitude en cas de péril. La sonnette retentit de nouveau. Ayant attendu une trentaine de secondes, il traverse l'entrée obscure sur la pointe des pieds, jette un coup d'œil par le judas.

Dans la lumière diffuse de la cage d'escalier, on distingue un bourgeois nu-tête, le crâne dégarni. Et qui disparaît presque derrière un gros paquet et un porte-documents. Le personnage n'est pas un inconnu pour Sadorski, ni pour sa famille.

Jean-Frédéric Perret, le père de Jacqueline. Le policier surpris ouvre au visiteur. Yvette approche à son tour, s'essuyant les mains sur son tablier.

— Monsieur et madame Sadorski… je suis confus… Débarquer sans prévenir… Et à l'heure du dîner, encore !

La porte refermée, M. Perret dépose son paquet sur le tapis du vestibule.

— Excusez-moi… C'est un peu lourd.

— Mais venez vous asseoir au salon, fait Yvette.

Sadorski va se pencher sous le canapé, et murmure :

— Tu peux sortir. Fausse alerte. Ce n'est que ton beau-père de Passy.

— Vous boirez bien quelque chose, monsieur Perret ?

— Merci, chère madame. Mais vous alliez manger, peut-être…

— Ça peut attendre, grommelle l'inspecteur. On a déjà été dérangés une fois, alors…

Sa femme lui lance un regard aigu.

— Ben quoi ? c'est vrai, non ?

M. Perret toussote.

— Je ne resterai pas longtemps…

Yvette s'accroupit devant le buffet, elle sort les bouteilles d'apéritif.

— Julie, ramène des verres propres, s'il te plaît…

— Merci, vraiment, chère madame. Eh bien Julie, tu ne m'embrasses pas ?

La mère du petit Bernard s'exécute, un peu timidement. Puis elle file à la cuisine. À cause de la canicule, les fenêtres de l'appartement demeurent grandes ouvertes. Le ciel est d'un grand bleu sans le moindre nuage. On perçoit la rumeur sourde du canon, portée par une légère brise d'ouest. M. Perret s'assied sur le fauteuil que lui indique son hôte. Il garde la serviette en cuir sur ses genoux.

— J'avais à vous parler, monsieur Sadorski… et, comme c'était assez urgent, je me suis dit qu'au lieu d'attendre votre arrivée dominicale, bien que vous soyez toujours le bienvenu chez nous, je pouvais vous apporter le ravitaillement dès ce soir avec ma voiture. Surtout qu'il n'y a plus de métro durant trois jours… J'ai aussi votre petite enveloppe.

Yvette n'est pas au courant des 10 000 francs hebdomadaires ni du traité de location du bébé. Julie encore moins, naturellement. Sadorski réprime une grimace. Bon, il expliquera plus tard… M. Perret poursuit :

— Je… j'ai de mauvaises nouvelles de Jacqueline.

Son amie manque en renverser le plateau avec les verres. Elle étouffe un petit cri.

— … J'ai discuté avec nos avocats hier matin. L'information circule, dans les milieux autorisés, que les SS, avant que les combats n'atteignent Paris, ont décidé d'emmener avec eux un maximum de détenus politiques… de Fresnes, Romainville, la Santé et autres lieux… pour les transférer dans des camps de concentration en Allemagne. Ils cherchent actuellement avec la SNCF à rassembler la quantité nécessaire de wagons… Et ceux qu'ils ne déporteront pas, on craint qu'ils ne les massacrent purement et simplement. Comme l'infortunée Suzanne Spaak, la belle-sœur de mon scénariste Charles

Spaak, elle sauvait des enfants juifs et les Allemands l'auraient abattue hier à la prison de Fresnes[1]…

En servant les apéritifs, Yvette écoute, les yeux agrandis par l'angoisse. Julie est livide. Sadorski a tiré une gauloise de l'étui mais hésite avant de faire claquer son briquet.

— On parle, continue M. Perret, de 3 000 prisonniers. Un convoi énorme, c'est du jamais vu dans les déportations depuis la France… Il y aurait beaucoup d'hommes mais aussi des femmes. Rien à voir dans le choix avec la race, hum, ou la nationalité… Ce sont des résistants. Ou des personnes arrêtées parce que soupçonnées de résistance… Ce qui est le cas de notre petite Jacqui. Apparemment son nom figure sur les listes. Le train en question, le dernier probablement avant la libération de la capitale, doit partir le 15 août. Donc, d'ici soixante-douze heures… Voilà pourquoi je suis venu vous rendre visite sans attendre.

Ni lui ni la jeune Juive ne touchent à leur verre ; seul l'inspecteur et sa moitié trempent leurs lèvres. Dehors, la luminosité baisse, peu à peu l'ombre envahit les recoins de l'étroite salle de séjour. L'électricité ne sera pas rétablie avant 10 h 30, et jusqu'à 5 heures du matin. Sadorski constate que les journées raccourcissent. En dépit de la chaleur ce sera bientôt la fin de l'été. Il s'éclaircit la voix, puis :

— Si vous croyez que j'ai la moindre influence, vous vous trompez. Je ne suis qu'un petit fonctionnaire, inspecteur principal adjoint des Renseignements généraux de la préfecture… Alors que vous, chez les Boches, avec la Continental, vous devez avoir toutes les relations qu'il faut ! D'ailleurs vous mentionniez, à juste titre, les SS. Notre police française, et mes chefs particulièrement, leur a toujours léché les bottes… alors, tant que la Gestapo est chez nous, ce n'est pas près de changer ! Ensuite bien sûr, ce sera différent… Mais vous, vous avez

1. Les résistants Suzanne Spaak et Fernand Pauriol *alias* « Duval », de l'Orchestre rouge, ont été assassinés le 12 août 1944 dans leurs cellules de Fresnes par le *Kriminalrat* et SS-*Hauptsturmführer* Heinz Pannwitz (1911-1975), chef du *Sonderkommando Rotekapelle* de la rue des Saussaies, et enterrés anonymement au cimetière de Bagneux sous les indications « une Belge » et « un Français » (v. Leopold Trepper, *Le Grand Jeu*).

l'oreille des Allemands, au plus haut niveau, profitez-en si vous voulez sauver Jacqueline ! Et votre grand patron, môssieur Alfred Greven, qu'est-ce qu'il fout ? Lui qui est à tu et à toi avec Goebbels...

M. Perret soupire.

— La Continental a évacué la plus grande partie de ses bureaux vers Nancy. Nous ne tournons plus ; *Les Caves du Majestic* d'après Simenon aura été notre dernière production... Raimu prétend être malade, une maladie diplomatique je soupçonne, par conséquent Maurice Tourneur ne peut démarrer le tournage de *L'Affaire des poisons*[1] adapté de la pièce de Victorien Sardou... Sans compter les alertes aériennes et les coupures d'électricité... Nos nouveaux studios au Mesnil-le-Roi sont très mal placés, à l'ouest de Paris, ils ne nous servent à rien sauf à stocker de la pellicule... M. Greven fait des allers-retours en automobile entre Paris et Nancy pour aller voir là-bas sa secrétaire en chef Gertrud Aschbrenner, il est constamment occupé. Le *Doktor* Winkler le harcèle afin qu'il produise désormais des films uniquement en langue allemande. Et que nous ne mettions en chantier que des sujets légers, des opérettes... Alors que la Wehrmacht recule sur tous les fronts ! C'est absurde. D'autre part les relations de mon directeur général avec la SS sont exécrables. Et vous faites erreur en pensant qu'il s'entend bien avec Goebbels. Bien qu'il soit allemand et nazi, M. Greven a toujours affirmé que les Russes gagneraient la guerre, en privé il traite Hitler de con... Je ne vois pas ce que M. Greven ou M. Bauermeister, qui est mon supérieur direct en tant que directeur commercial et directeur de production, pourraient faire pour nous... En revanche, espérant quelque secours de la police française, j'ai rendu visite, dans son bureau de la brigade criminelle, au commissaire Massu avec qui j'ai conservé d'excellents rapports depuis le tournage des *Maigret*. Hélas, il est fréquemment sollicité et m'a avoué son impuissance dans ce genre d'affaires. Vous devez comprendre qu'avec vos contacts privilégiés chez les policiers allemands,

1. Il sera finalement réalisé en 1955 par Henri Decoin. *Les Caves du Majestic*, de Richard Pottier, ne sortira en salles que le 31 octobre 1945.

c'est vous qui représentez notre seul espoir, mon cher monsieur Sadorski !

Ce dernier est conscient des regards portés sur lui avec intensité par son épouse et par Julie. Il allume nerveusement sa cigarette.

— Pourquoi la Gestapo écouterait-elle ma demande en votre faveur ? La dernière fois que je les ai vus, ils me limaient les dents afin de me faire avouer des choses que j'étais bien incapable de dire... Tout cela, d'ailleurs, suite à une dénonciation par votre fille...

— Léon !

Yvette le fixe avec une expression choquée.

— Monsieur Sadorski, fait le producteur doucement, je vous prie d'accepter mes plus humbles excuses à propos de toute cette histoire... Jacqui semble vous en vouloir pour je ne sais pas quoi, mais, contrairement à elle, ma femme et moi sommes persuadés que vous êtes un véritable résistant ! Votre héroïsme face aux tortures que vous avez subies, votre refus de céder, n'en sont que plus admirables... En même temps, j'ai pris quelques renseignements à votre sujet. Depuis votre arrestation et votre transfert en 1942 en Allemagne, les services de sûreté SS de Berlin ont maintenu le contact avec vous. Il semble que, par un jeu subtil, vous ayez su à la fois endormir leurs soupçons et poursuivre en secret votre activité patriotique, malgré les dangers...

La tension dans la pièce est devenue presque palpable. L'inspecteur tapote le bout de sa cigarette contre le rebord du cendrier. Yvette et Julie se concentrent pour deviner à quoi peut faire allusion M. Perret. Et Sadorski lui-même s'interroge, sur ce que l'individu sait ou ne sait pas. Se moque-t-il de lui ? L'a-t-on informé de ses missions « spéciales » accomplies au service de la Gestapo de l'Alexanderplatz ? Les antifascistes allemands arrêtés à Paris ou en province, les enfants, juifs ou non-juifs, arrachés à leur nourrice pour aller peupler eux aussi les camps de concentration... alimenter ces chambres à gaz dont il a entendu parler... ces fours où l'on réduit les cadavres en cendres... Jacqueline a-t-elle révélé à son père, au parloir de la Petite Roquette ou de Romainville, ce qu'elle avait appris de la bouche des nazis et des inspecteurs français détachés au KdS de la rue des Saussaies durant les interrogatoires ?

— Un de mes amis, cher monsieur Sadorski, a vécu ces derniers jours un drame épouvantable. Son fils, le petit Jean-Pierre Mulotte, était en philo au lycée Janson-de-Sailly. Un garçon exceptionnel, très doué pour la peinture et la musique, promis à un brillant avenir… Généreux, il inclinait, ce qui est hélas courant à son âge, vers le communisme. Animé par la fougue de sa jeunesse, Jean-Pierre s'est lancé dans la dissidence avec une petite bande de copains d'école. Ils ont reçu récemment de leurs dirigeants des consignes du genre : « À chacun son Boche ! » Je crains qu'ils n'en aient effectivement descendu plusieurs… Ils sont munis d'armes de fortune, des revolvers de petit calibre, mais cela suffit pour commettre des actes isolés, par surprise, sur un militaire de rencontre… Cela s'est passé rue du Château, à Neuilly, le 27 juillet dernier. Ce jeune garçon et un camarade attendaient le premier Allemand en uniforme qui se présenterait… En voici un, et l'ami de Jean-Pierre ouvre le feu. Le soldat tombe mort, mais d'autres surgissent. Le tireur, expérimenté, parvient à s'enfuir. Un camion de la Wehrmacht prend alors Jean-Pierre en chasse. Le pauvre est arrêté, on trouve sur lui un revolver chargé…

Julie pousse un gémissement. Sadorski comprend qu'elle songe à Bernard.

— … Le téléphone a sonné le soir chez nos amis Mulotte rue du Ranelagh. Un coup de fil anonyme. Un témoin, qui leur indiquait l'endroit où se trouvait la bicyclette abandonnée de Mme Mulotte, que leur fils avait empruntée. Peu après, la police venait perquisitionner chez eux. Puis, rien. Pas de nouvelles. Imaginez le supplice, pour les parents ! Et, le dimanche suivant, le téléphone sonne. Un appel officiel cette fois, émanant du commissariat de Neuilly. *Votre fils a été assassiné par les Allemands*. Ceux-ci avaient déposé le corps pas loin de là, boulevard Bineau. Sur le trottoir devant le n° 136. Avec un écriteau en français approximatif : « C'est ici où j'ai tué un soldat allemand, pour cela je suis fusillé. » Ils lui avaient enlevé tous ses papiers pour qu'il ne puisse être reconnu. Mais le commissaire a fait le lien avec l'attentat récent et pris la décision d'avertir la famille. M. Mulotte a vu le corps de son fils, à l'hôpital de Neuilly. Comme moi on m'avait permis l'an dernier… de voir le corps du mien. Le petit Jean-Pierre avait reçu deux balles dans la tête, deux dans la poitrine, une dans le dos. Son visage était serein, m'a dit son père… Le visage de mon Bernard n'était pas… serein. (M. Perret s'interrompt un instant, doit prendre sur lui pour continuer.) Je suis catholique, monsieur Sadorski. Vous aussi, je crois. On m'a appris à tendre l'autre joue. À pardonner. Voyez-vous, si les circonstances… me mettaient face à face avec le policier qui a tué mon fils, je crois que… je pourrais pardonner. Ce fonctionnaire dont j'ignore le nom obéissait à des consignes, à des ordres… Il a cru tirer sur un terroriste… C'est une tragédie mais en même temps un malentendu. Une méprise. La fatalité… C'est comme ces gens qui reçoivent une bombe anglaise ou américaine sur la tête, qui y perdent la vie, ou un membre, ou qui voient retirer des décombres de leur foyer les petits corps inertes de leurs enfants… Que peut-on y faire ? Le hasard, le destin… Je suis capable de l'accepter. D'accepter la mort de Bernard. (Il lève les yeux vers Julie.) Celle qu'il aimait, celle dont il voulait faire son épouse – j'en suis convaincu, et j'eusse approuvé ce choix –, est ici chez vous, qui lui offrez asile, elle a porté l'enfant de notre fils et a donné à ma femme et à moi notre premier petit-fils ; Julie, tu es désormais notre fille, notre seconde fille. *Mais ma première je ne veux pas la perdre !* Je suis prêt à tout pour sauver Jacqui. Je donnerais mes yeux, vous m'entendez, *je donnerais mes deux yeux* en échange de son retour à la maison saine et sauve !

M. Perret n'en peut plus, il sort un mouchoir, se mouche. Les deux femmes le regardent, au bord des larmes. Tandis que Sadorski, le policier qui par pure jalousie, à l'insu de tous, a tué Bernard Perret en avril 1943 après l'avoir attiré dans une souricière des Brigades spéciales, lui collant deux pruneaux de 7,65 dans la tempe à bout touchant – ça a foutu du sang et de la cervelle partout sur le ciment du garage –, est très mal à l'aise.

— … Bernard et Jacqui m'accusaient d'être un collabo, à cause de mon travail à la Tobis puis chez Continental Films. Ils me reprochaient de rester toujours neutre en politique, de ne jamais m'engager… Ils auraient voulu un père soldat, un père résistant… comme vous, monsieur Sadorski !… Je n'ai même pas fait la guerre, réformé pour faiblesse cardiaque… Voyez-vous, je me méfie des grandes idées, des idéologies. Elles ne sont souvent que le malin joueur de flûte qui nous mène par troupeaux entiers jusqu'au gouffre. Regardez les Allemands, un peuple que j'apprécie beaucoup, constatez où ils en sont à présent, avec leurs villes détruites, leurs jeunes générations sacrifiées sur le front de l'Est depuis des années… Je n'aimerais pas non plus vivre en Russie. Quant à la Continental, j'y suis entré en accord et sur l'injonction de M. de Carmoy, commissaire du gouvernement français pour le cinéma. Mon but était de permettre le redémarrage de notre industrie cinématographique nationale, afin que les producteurs français puissent obtenir des autorisations de tourner des films… ce qui n'aurait pu se faire sans l'impulsion que nous avons donnée au départ… Mon fils et ma fille refusaient de comprendre cette stratégie. Peu importe. Mais, si vous permettez, selon moi le courage ce n'est pas uniquement risquer sa vie au combat ; le courage c'est de reconnaître et accomplir en priorité la mission que Notre-Seigneur nous a confiée… En tant que chef de famillle, ma mission est avant tout de protéger celle-ci. J'ai échoué avec Bernard… mais il reste des êtres autour de moi à sauvegarder ! (M. Perret se tait, prend soudain conscience du verre d'armagnac posé devant lui ; les paupières gonflées et le nez rouge, il rempoche son mouchoir, se penche vers la petite table à cocktails et s'enfile une rasade.) Pour revenir au drame du boulevard Bineau, ce malheureux M. Mulotte s'est résigné à l'autopsie, afin que le crime soit bien établi ! Mais à quoi bon ? on ne punira jamais les criminels. Quant aux Allemands, ils étaient furieux : le cadavre, selon eux, n'avait pas été exposé assez longtemps ! Pour l'exemple !

— Les salauds ! s'écrie Yvette.

Son mari la dévisage, surpris. Elle qui aimait bien les Fritz, en général… Le producteur n'a pas noté l'interruption, il poursuit sur sa lancée :

— Ces jeunes lycéens, à vrai dire, m'inquiètent beaucoup. La petite Marie-Paule Cogez, vous la connaissez sûrement, elle venait chez vous je crois afin de voir Julie… eh bien elle a un cousin à Janson-de-Sailly, qui l'aurait entraînée dans leur groupe… Sous des dehors sages et intelligents c'est une fille un peu exaltée, qui aimait beaucoup Bernard. Ils sont venus chez moi en délégation, avenue d'Eylau, en l'absence de ma femme. Comme ils possèdent des pistolets – ces idiots me les ont montrés –, la bande projetait d'attaquer le fourgon cellulaire et de faire évader Jacqueline !

Sadorski se rappelle. Les trois jeunes crétins dont un zazou, qui le suivaient autour de l'île Saint-Louis… Encore des rejetons de nantis du seizième ! Manquait plus que ça, merde alors !… Il réagit :

— J'espère que vous le leur avez défendu ! C'est une belle connerie. Ils risqueraient de la faire buter en même temps qu'eux ! Les SS de garde à Fresnes ou à Romainville sont armés jusqu'aux dents… Et les Boches deviennent très nerveux en ce moment, ils ont la détente facile, l'affaire que vous racontez le prouve.

— Évidemment ! J'ai sévèrement admonesté les gamins… Même si leur démarche partait d'un bon sentiment. Enfin, souhaitons qu'ils m'aient entendu et renoncent à ce projet de folie ! De toute manière j'imagine qu'il serait très difficile de le mettre à exécution… même pour des commandos plus aguerris et mieux organisés. (M. Perret sort une clé minuscule, l'introduit dans les serrures de la serviette.) Non, je fais davantage confiance à la cupidité des êtres humains qu'au langage des armes… Je suis passé hier à la Société générale, heureusement, car ce samedi matin les banques étaient prises d'assaut, à cause de la rumeur de suspension de la circulation d'argent dans les territoires occupés par les Alliés… On ne trouve plus que des grosses coupures. Bref, j'ai vidé une partie de mon coffre. Vous avez ici…

Il extrait une épaisse enveloppe de papier kraft.

— … deux millions de francs.

Les habitants du quai des Célestins ouvrent de grands yeux en considérant l'enveloppe. De toute leur vie ils n'ont jamais vu autant d'argent. M. Perret, dégageant l'extrémité du paquet de billets de la Banque de France, sourit brièvement.

— Cette somme, cher monsieur Sadorski, je vous la confie afin qu'elle parvienne à la bonne personne chez les officiers SS. Un Allemand de grade élevé, si possible. J'ai entendu dire que cela se fait, qu'ils acceptent de se faire corrompre… En contrepartie, Jacqueline serait soit relâchée, soit maintenue en détention mais au moins à l'abri de ces derniers départs en train ou d'éventuels massacres de représailles. Nous n'aurions plus qu'à attendre l'ouverture des prisons et des camps par nos libérateurs… d'ici une semaine ou deux. Ce ne sera plus très long : les forces américaines se battent autour d'Argentan, à moins de 200 kilomètres de Paris. Il est temps que les malheurs finissent ! N'est-ce pas ?

Sadorski écrase machinalement son mégot de gauloise dans le cendrier. Les rouages de son cerveau tournent à toute allure. Des gouttes de sueur perlent sur son front.

— C'est que…

— Monsieur Sadorski… Je suis venu ici. Ma fille n'a que dix-neuf ans. Elle vient de fêter son anniversaire, le 23 juillet, dans une cellule de forteresse. À présent, elle risque la mort… *Je vous supplie…*

Julie et Yvette sont suspendues aux lèvres du sollicité. Le père de Jacqueline également. Sadorski passe les doigts à travers ses cheveux blancs, qui ont bien poussé depuis la coupe « à l'allemande » subie à la Santé. Il réfléchit tout haut :

— Voyons voir… Avenue Foch, c'est simple : je ne connais personne, sauf de nom, alors inutile d'y songer. Quant à la rue des Saussaies, le *Kommandeur* Neifeind est une brute sanguinaire, tout comme le capitaine Bolle, qui lui a été muté en zone Sud. Et puis il y a le sous-lieutenant Maag, spécialiste de l'antiterrorisme… Un bon enquêteur, ancien de la criminelle de Berlin. Nous nous estimons mutuellement mais je doute qu'il soit corruptible. En outre, cet officier ne sert dans la SS que contraint et forcé, je ne pense pas qu'il ait suffisamment d'autorité auprès des nazis. À part Maag, chez ceux que je connais il y aurait le capitaine Nosek, à la Gestapo du boulevard

Flandrin. Un type d'influence. Mais sa section s'occupe plutôt d'espionnage dans les milieux culturels et intellectuels…

— Alors, ça devrait aller ! J'ai entendu parler de lui, du reste, par le Dr Dietrich…

— Nous sommes samedi, les bureaux sont fermés à cette heure. Le problème c'est qu'on dit qu'il s'entend très mal avec le colonel Knochen avenue Foch. Et je n'ai pas rencontré Nosek depuis le printemps 1942… En avril de l'an dernier j'ai croisé un de ses adjoints, aux courses de Longchamp… Comment s'appelait-il ?… l'adjudant Kurt von Burtenbach… quelque chose comme ça.

— Tu m'avais raconté que ce Nosek t'avait plutôt à la bonne…, intervient Yvette.

— Exact, mais par contre je crains qu'ils soient en plein déménagement ! Comme la majorité des services boches ces jours-ci… (Il feint de se concentrer, puis claque des doigts.) Je suis con ! On va essayer de joindre Louis Eggenberger ! à l'hôtel des Deux-Mondes, avenue de l'Opéra.

L'idée de Sadorski est qu'auprès de l'interprète suisse il pourrait faire d'une pierre deux coups : l'épater en lui refilant ce pactole énorme, sur lequel Eggenberger prélèvera naturellement une part conséquente, en plus de la sienne, et en retour obtenir des tuyaux au sujet de Mansuy *alias* Cheval, qui, à en croire le rapport de filature de ses inspecteurs en juillet, le rencontrait au bar de l'hôtel, et peut-être aussi au Pershing. Cela permettrait éventuellement d'établir un lien entre l'exécution de Mandel et les services de sécurité SS. Une brillante avancée dans l'enquête confiée par le directeur adjoint Jocelyn Maret, milicien et fusilleur… lequel ne s'est toujours pas manifesté.

— Qui est Eggenberger ? s'inquiète M. Perret.

— Un ancien agent du 2e Bureau, passé en 1940 du côté de la Gestapo. Je l'ai rencontré à Berlin, et ici il dirige la liaison entre les différents organes nazis et la police judiciaire chez nous à la préfecture (Sadorski exagère, mais c'est pour la bonne cause). Il a des relations partout à la *Sicherheitspolizei und Sicherheitsdienst* de Paris, à tous les échelons ! Louis, c'est le gars idéal pour favoriser votre affaire... Je vais lui téléphoner tout de suite !

Il attrape l'appareil, le rapproche de la fenêtre afin de composer le numéro, qu'il connaît par cœur. La réception des Deux-Mondes décroche au bout de la troisième sonnerie. Avec des vociférations germaniques en bruit de fond.

— Allô ? Vous m'entendez ? Je voudrais parler à M. Eggenberger... Chambre 15...

— Ah. Je regrette, monsieur. Sa clé est au tableau, il doit être sorti...

— Vous savez à quelle heure il rentre ?

— Non, je regrette, monsieur. Mais habituellement assez tard...

Sadorski raccroche sans remercier. Et bougonne :

— Je rappellerai l'hôtel dans la soirée. Avec un peu de bol, je pourrai voir le Suisse demain. Un dimanche, il doit avoir du temps de libre...

— Je ne sais que dire, mon cher monsieur... Vous êtes l'homme de la situation, c'est formidable !

— Si vous restiez souper ? propose Yvette. Ça nous ferait plaisir et à Julie aussi. Y a que du froid, faute de gaz, mais c'est de bon cœur... à la bonne franquette, hein ! Léon prendra une bouteille à la cave... et puis on ouvrira votre colis. On partagera. Et en mangeant nous causerons cinéma, ça vous changera un peu les idées !

— Oh, que vous êtes gentille, chère madame... Mais... non, et puis avec le couvre-feu ramené à 23 h 15 à partir de ce soir... Il faut que j'y aille. L'électricité sera restaurée lorsque j'arriverai avenue d'Eylau. Et, vous savez, maintenant Laure et moi nous écoutons la BBC ! Je ne veux pas rater les dernières nouvelles du front de Normandie...

La jeune Juive avait disparu, elle revient. Avec à la main une enveloppe. Pour la déposer, d'un geste furtif, sur celle en papier beige contenant les deux millions.

— Tenez.

— Mais c'est quoi ? s'enquiert l'inspecteur.

— Je veux aider à libérer Jacqueline. C'est ma participation. J'avais des économies...

— Julie ! s'écrie Yvette.

— Allons, ce n'est pas nécessaire, ma petite…, proteste Sadorski.

— Cela me touche énormément, Julie, renchérit M. Perret, mais enfin voyons…

— Si, écoutez-moi ! Léon, votre M. Eggenberger, il ne va pas s'entremettre gratuitement auprès des chefs de la Gestapo ? Non ? D'après ce que vous disiez, ça n'a pas l'air d'un philanthrope… On peut penser qu'il réclamera sa part ?

— Euh… Ouais, y a des chances, en effet. Mais…

— Dans ce cas, vous aviez prévu de prélever une petite partie des deux millions de M. Perret à titre de commission pour votre intermédiaire…

— Ben, oui. S'il le demande. (En réalité, Sadorski est convaincu que le Suisse ne marchera pas à moins de 500 000, soit un quart de la somme globale ; et lui-même compte s'attribuer une part identique. Reste un million de francs pour le ponte chleuh, ce qui est encore très acceptable…)

— Alors, Léon, la somme que votre Eggenberger irait offrir au colonel ou commandant SS ne serait plus un compte rond ! Ça risque de ne plus suffire… ou bien cet officier trouverait ça mesquin, ou louche…

— Oh, tu crois ?

— Je ne pouvais pas sortir davantage au débotté, se désole le producteur. Il aurait fallu céder des titres, mettre en vente les Picasso, ou des bijoux de ma femme… Tout cela prend du temps !

Julie soulève son enveloppe.

— Il y a presque 7000 francs à l'intérieur. J'ai honte de vous l'avoir caché, Léon, Yvette, alors que vous avez été si généreux avec moi !… Mais maman, avant d'être arrêtée, m'avait confié cet argent en disant que ça pouvait me sauver la vie un jour… Elle savait qu'il y aurait de nouvelles rafles, plus terribles encore, que même les enfants étaient menacés… Alors chaque fois qu'un de ses élèves la payait pour son cours de musique, maman mettait la moitié de côté à mon intention… Elle m'avait dit où elle cachait l'argent et, quand vous m'avez prévenue, la veille du Jeudi noir, je l'ai emporté avec moi au moment de monter me réfugier chez vous…

Il y a quelqu'un qui se mouche. Yvette, les yeux très rouges.

— … Donc voilà ce que vous allez faire, Léon, quand vous verrez M. Eggenberger. Vous lui donnerez tout de suite *mon* enveloppe. 6843 francs. En disant que ce sera sa part à lui dans la négociation. Oh, je ne suis pas stupide, je sais qu'il exigera peut-être davantage ! C'est même assez probable… Mais au moins, on aura essayé. De ne pas toucher aux deux millions réunis par M. Perret !

Ce dernier balbutie :

— Mais, non, je ne veux pas que… C'est très beau en même temps, je te remercie, ma petite fille… Mais cet argent tu en auras beaucoup plus besoin que…

— Non, monsieur Perret ! Que peut-il m'arriver maintenant ? Les Américains sont là ou presque. Vous l'avez dit vous-même. Plus que quelques jours à attendre… et je serai libre ! Jacqui, elle, court des dangers mille fois plus graves que moi ! Elle qui est venue ici tant de fois avec les leçons, les devoirs… qui m'a permis de faire deux années scolaires sans rien perdre ! Elle, la sœur de mon Bernard chéri… Oh, les économies de maman je les donne de grand cœur, s'il y avait plus je donnerais plus ! Je suis sûre que maman, si elle était là, m'approuverait. Sachant qu'en plus vous allez m'accueillir dans votre famille, monsieur Perret… sans rien connaître de moi… (Elle renifle, les yeux embués ; sa voix se brise.) C'est… c'est pour elle… pour Jacqui… *pour ma douce petite belle-sœur…*

21

La bonne oreille du brigadier Monjanel

AVENUE DE L'OPÉRA, le réceptionniste de l'hôtel des Deux-Mondes a reçu des instructions de M. Eggenberger de ne pas le réveiller avant 11 heures du matin. Sadorski, ainsi que ses femmes, doit donc ronger son frein tout ce début de dimanche, dans l'appartement suffocant de chaleur, où les fenêtres – comme la veille, et l'avant-veille et ainsi de suite – restent ouvertes sur l'immense ciel bleu au-dessus des toits de l'île Saint-Louis, et, plus loin vers la droite, de la cathédrale. On perçoit, à l'ouest, de sourdes explosions mêlées au distant bourdonnement des avions. De temps en temps, une escadrille de la Luftwaffe vient survoler la ville en rase-mottes.

Sadorski rappelle l'hôtel à 11 h 02.

— Ah, oui monsieur... pour M. Eggenberger. Je vais essayer sa chambre...

Cela sonne longtemps, avant que quelqu'un réponde. La voix du Suisse est rauque et ensommeillée.

— Merde, quelle heure est-il ?... Tiens, « monsieur Sado »... Je vous croyais à Fresnes !

— J'ai été relaxé. Non-lieu. Peut-on se voir aujourd'hui ? Une affaire urgente.

— Tout est urgent, ces jours-ci... ou au contraire plus rien du tout. C'est la fin. On fait les valises. Vous avez eu de la chance de me trouver, je dois rendre ma chambre avant midi...

— Vous quittez Paris ?

— Absolument pas. C'est au contraire une époque très intéressante pour réaliser des opérations. On arrête de revendre du mobilier juif, de trafiquer des cartes de ravitaillement ou protéger les réfractaires au STO, et on passe à autre chose ! Un nombre incalculable de personnes qui ont vécu ces quatre années dans le grand luxe se retrouvent maintenant aux abois. J'offre de les aider – moyennant finances, comme vous dites ici. (Eggenberger bâille, avant de poursuivre :) Mais le SD ne veut plus me payer mon hôtel. Parce que eux, ils partent ! Je m'installe pour quelques jours chez mon amie Marthe Richard, 14 avenue du Général-Clavery. L'aider à monter une petite combine. Ça vous dit, une carte officielle de membre du Mouvement national de la résistance ? Ce sont eux qui les impriment, Marthe jouant l'intermédiaire entre les collaborateurs repentis et le MNR ; l'argent va aux caisses du mouvement, moins son pourcentage cela va de soi, sur lequel elle me reversera ma part. Nous les vendons cher, ça va s'écouler comme des petits pains, mais je vous ferai un prix d'ami pour la carte… Les policiers dans votre genre, Sado, auront besoin bientôt de solides certificats !

— J'ai une affaire pour vous aussi. Un producteur de Continental Films dont la fille est arrêtée par les Allemands. On l'accuse, à tort, d'être résistante. Elle se trouve à Romainville, il est prêt à payer beaucoup d'argent pour lui éviter de monter dans le prochain convoi…

— Oui mais combien ?

— Je vous l'ai dit : *beaucoup*. De quoi intéresser un officier SS parmi vos connaissances…

— Je dois vous avertir que ma commission de base c'est 25 pour 100.

— Vous les aurez.

Sadorski veut éviter d'entrer dans les détails : Yvette et Julie écoutent, tremblantes, à la porte du salon. Eggenberger semble réfléchir.

— Je vous proposerais bien de passer ici, mais il me faut m'occuper du transport de mes malles. Dans l'après-midi j'ai rendez-vous au Café de la Pépinière, place Saint-Augustin… Vous voyez, à côté du

Cercle militaire… Disons 17 heures ? Je vous présenterai à mon associé Paul Neyme. On pourrait envisager de vous inclure dans notre petite équipe… Un flic expérimenté ne serait pas de trop. Pour persuader les mécontents… Ah, et il faudrait que vous rencontriez Toussaint Sinibaldi. Un ami de Marthe, qui a fait fortune dans le commerce des liqueurs avec les Allemands. Elle l'a connu au Fouquet's en 1943. Lui aussi est en train de passer à la résistance…

— Très bien. 17 heures, Café de la Pépinière.

L'autre se ravise.

— Ah non, merde, ça ne m'arrange pas. Plutôt 18 h 30. Mais pas à Saint-Augustin… Je dois aller ensuite dans le dix-septième… Oui, voilà, 18 h 30 au bar-restaurant Le Pershing. C'est au 1, boulevard Pershing…

Le policier fait la grimace. L'idée d'apporter deux millions en billets de banque (et les 6 843 francs de la Juive) dans l'établissement que gère le gestapiste Santolini ne lui sourit pas particulièrement… Mais bon, tant pis. À quoi bon s'inquiéter ? Lui-même est armé, possède une carte du SD en plus de sa carte de réquisition, et en fin d'après-midi les lieux seront fréquentés par des clients de toutes sortes. Il y aura des témoins…

— D'accord. Je connais le Pershing.

— Alors je vous y attends, Sado.

Le Suisse a raccroché. Son interlocuteur reste un moment près de la fenêtre. Puis il soulève de nouveau le combiné. Et compose à tout hasard, plutôt que d'attendre lundi, le premier numéro sur la feuille dans le guide de la banlieue parisienne emprunté à Cuvelier. Passy 48-83.

Demander M. Pierre…

Cela dure longtemps cette fois encore. Les sonneries se succèdent, interminablement, dans ce qui doit être un de ces vastes appartements des quartiers de la Muette ou du Trocadéro… Vide, dirait-on. Il fait de plus en plus chaud malgré la fenêtre ouverte, Sadorski s'essuie le front avec son mouchoir.

Enfin quelqu'un décroche.

Une voix féminine.

— Oui ?

— Allô ? Je voudrais parler à M. Pierre.

— Qu'est-ce que vous lui voulez, à M. Pierre ?

La voix est un peu vulgaire, déplaisante. Sadorski répond :

— C'est personnel.

Quelqu'un joue du piano à proximité. Un morceau classique du répertoire. Schumann, Beethoven ? L'inspecteur n'y connaît rien en musique. À part les marches militaires...

— Bon, attendez. Vous avez de la veine qu'il soit debout, d'habitude il dort le matin...

Il entend brailler : « Reddy ! C'est pour toi... »

Le piano joue toujours. On perçoit aussi un brouhaha de conversations. L'appartement est peut-être vaste, mais rempli.

Des pas résonnent sur un parquet ; puis, dans l'écouteur, une voix d'homme :

— Allô ?

— Vous êtes monsieur Pierre ?

— Oui. Que voulez-vous ?

Cette voix nouvelle est grave, posée, avec des intonations germaniques. Surpris, Sadorski cherche un angle astucieux pour engager le dialogue. Obtenir le maximum de renseignements en quelques secondes, avant que la communication soit coupée. Il pense que ce sera difficile. Qu'il a affaire à forte partie, avec ce M. Pierre... ou « Reddy ». Un caïd du Milieu ? Le patron d'une officine de marché noir ? Un agent secret de l'Abwehr ?

— J'aimerais vous questionner au sujet de l'inspecteur Cuvelier.

Bref silence là-bas au bout du fil. Avant que la voix reprenne :

— Je vous entends mal, parlez plus fort. Il y a une petite fête chez moi. Je ne connais pas d'inspecteur Cuvelier.

— Ah bon. J'ai fait un faux numéro, alors. Quoique...

— Qui vous a donné ce numéro ? Qui êtes-vous ?

— Si le nom de Cuvelier ne vous dit rien, vous connaissez peut-être une Mme Zembrowski ?... Louise Zembrowski... vendeuse à la Samaritaine... Elle a disparu.

— Disparu.

Le personnage a répété froidement. Avec une touche infime d'ironie.

— C'est cela, poursuit l'enquêteur. Elle se promenait hier square des Innocents… On l'a obligée à monter dans une auto… une Citroën de couleur noire.

Silence de nouveau. En fond, le pianiste attaque une nouvelle mélodie. Sur un rythme heurté, pas mélodique du tout, en fait. Avec en plus des dissonances, des hésitations, des fausses notes… Et on distingue quelque chose d'autre… Dans le lointain…

Des cris de douleur.

La transpiration perle au front de Sadorski. Son poing serre le combiné. Il écoute les cris… Des cris d'homme. Des cris de femme. Et des bruits sourds… qui paraissent produits par des coups.

Le nommé Pierre ne dit toujours rien. Comme laissant exprès son correspondant réaliser…

Au bout d'une trentaine de secondes, il raccroche doucement le téléphone.

L'horloge du vestibule indique 16 h 15 lorsque l'inspecteur sort le vélo d'Yvette sur le palier du troisième étage, pour le descendre dans le hall et pédaler jusqu'à son rendez-vous du Pershing. Il a choisi de partir très en avance. Craignant quelque obstacle rencontré en route, ou une crevaison. Il n'y a ni bus ni métro, les vélos-taxis et les fiacres sont sûrement pris d'assaut, la seule possibilité serait alors de continuer à pied. Ses femmes ne l'ont pas accompagné jusqu'au seuil de l'appartement, par précaution, mais le cœur y est. Et le cartable en cuir contenant la rançon de Jacqueline est attaché au porte-bagages.

Entre les paliers du premier et de l'entresol où vivaient jadis Julie et sa mère, il fait halte pour la manœuvre de transbordement. Ouvrant son cartable puis l'enveloppe de M. Perret, il opère le partage en trois : laissant dans l'enveloppe kraft la moitié de la somme totale, Sadorski sépare le reste en deux piles de cent billets de 5 000 francs, l'une pour lui, l'autre pour Eggenberger, et les glisse dans les enveloppes prévues à cet effet, qu'il enfonce pour finir dans les poches intérieures de poitrine de son imperméable ; dans celle de droite se trouve déjà la mince enveloppe de Julie, billets et pièces de monnaie. Ces petites économies de la gamine, il ne compte pas y toucher, ce serait – il possède quand même un peu de morale – parfaitement dégueulasse ! Au retour, il n'aura qu'à raconter que le Suisse pour une raison ou une autre n'en a pas voulu… Elle sera désappointée, mais mieux vaut que cet argent elle le garde. Nul ne sait à l'avance de quoi demain sera fait !

Dehors, les quais, et la grande ville, baignent dans un silence caniculaire. Pas de circulation. Un dimanche mort, désert, qui rappelle l'évacuation de Paris en juin 40… Une silhouette en culottes courtes passe en courant et jette à Sadorski :

— Faites gaffe, les Boches réquisitionnent les vélos, place de la Bastille !

Le cycliste freine, interloqué. Le gosse a tourné le coin de la rue Geoffroy-l'Asnier pour s'engouffrer dans une cour d'immeuble. Impossible d'obtenir davantage d'informations. Mais Bastille c'est de l'autre côté, Sadorski se dirige vers l'ouest. Et puis il est muni de sa carte du SD : tout soldat allemand est censé lui prêter main-forte, pas lui faucher sa bécane ! Non mais quand même !

Plus il avance vers les quartiers centraux et plus l'atmosphère est étrange. L'ex-capitale paraît vide. Juste quelques individus qui traînent le long des trottoirs brûlants, et quelques bicyclettes. On n'entend rugir que les moteurs de camions de la Wehrmacht, plus nombreux que jamais, qui foncent en tous sens. Il y a intérêt à se garer lorsqu'ils surgissent, et à ouvrir l'œil aux intersections ! À gauche, sur la surface de la Seine le vent lève des vaguelettes, tandis qu'un train de péniches, alourdies de matériel destiné au front de l'ouest, descend le courant en direction du Grand Palais, dont on aperçoit les toits bombés, étincelants. Des bateaux à voile font une régate devant le ponton des bains Deligny. Une longue queue stationne à l'entrée de la piscine. Sur la pierre des berges, les bains de soleil sont pratiqués en masse : corps bronzés, serviettes multicolores, shorts, maillots, pantalons blancs. C'est vraiment une magnifique journée. Et que cette ville est belle !

En haut des murailles du jardin des Tuileries, les moineaux gazouillent dans les arbres, s'envolent soudain par bandes bruyantes comme si le monde leur appartenait, que tout n'était qu'une plaisanterie et que seule comptait la joie de ce temps splendide, la pureté de l'air… Un couple d'amoureux, appuyés à la balustrade, contemple le fleuve et les nageurs. Des enfants jouent derrière eux, on entend leurs cris. Sadorski voit un gigantesque char Tigre arriver du pont de la Concorde pour gagner la place ; ses chenilles d'acier, grinçantes et cliquetantes, semblent mordre dans le bitume ramolli par la chaleur. À la peinture de camouflage s'ajoutent des entrelacs de branches aux feuilles desséchées. L'énorme canon de 88 qui pointe de la tourelle donne l'impression de menacer tour à tour les monumentales statues de Marseille, de Lyon, de Strasbourg, de Lille… La machine de guerre a contourné le terre-plein central de l'obélisque, se dirige lentement vers la rue Royale. Sur sa droite, des chevaux de frise couverts d'une broussaille de fils barbelés sont installés d'un bout à l'autre du mur des Tuileries, et doublés par une seconde rangée derrière la balustrade. Aux fenêtres du quartier général de la Kriegsmarine, où flottent toujours sur les toits les drapeaux rouges à croix gammée, des vélums tendus pour protéger salons et bureaux renvoient l'éclat du soleil. Plus loin sur la Seine, entre le pont des Invalides et celui de l'Alma, un club de navigation à voile a réuni des embarcations autour du *house-boat* flottant. Les petits voiliers luttent contre le courant, entourés de canoës. Des soldats allemands viennent au bord du quai baigner leurs chiens policiers, qui plongent dans le fleuve pour repêcher les morceaux de bois que leurs gardiens y lancent. Les animaux se battent, grondant furieusement, font reculer les baigneurs venus voir de trop près. Il souffle par moments d'agréables petits coups de brise qui font sécher la sueur sur le front de Sadorski. Sous le vacarme des camions transports de troupes lancés à toute allure, on distingue, venant de la direction de Versailles, le roulement lointain du canon.

Dans les jardins des Champs-Élysées les citadins installés sur les chaises de fer, muets, tricotent ou lisent le journal. Tous tournés vers l'avenue, ils observent, comme au spectacle, le défilé devenu habituel des véhicules verts bringuebalants coiffés de feuillages. Ces badauds bien assis sont les témoins silencieux, impassibles, d'une déroute annoncée. Le cycliste en gabardine qui passe devant eux, sur son vélo de femme, remonte la longue perspective vers l'Étoile, soufflant et suant ; il se dit que le parcours sera plus aisé ce soir dans l'autre sens. Et son cartable plus léger, d'un million et demi de francs. Le chef de la Brigade antijuive aura le plaisir enfin d'avoir accompli une bonne action. Pauvre Jacqueline ! lui non plus ne souhaite pas sa déportation ou sa mort. Ses huit mois de captivité, dans des conditions dures, lui auront servi de leçon. L'école de la vie, pour une mijaurée née avec une cuiller en argent dans la bouche… Sadorski, magnanime par ce radieux après-midi d'août, ne lui garde presque plus rancune de l'avoir dénoncé. Et puis, il la désire encore, se masturbe chaque jour en pensant à elle. Il espère sincèrement qu'Eggenberger fera bon usage du paquet de billets de banque, qu'il saura dégoter le bon *Hauptsturmführer* pour empocher le pot-de-vin. Et tenir sa promesse et libérer la fille…

L'immense étendard nazi se gonfle au vent dans l'ombre de l'Arc de triomphe. Une cérémonie se déroule autour de la flamme du Soldat inconnu. Musique martiale, tambours, clairons. Combattants alignés en rangs rigides, bérets, médailles, fanions et drapeaux tricolores… Ils sont la seule trace de vie dans la grande place écrasée de soleil, sous le ciel d'azur, avec Sadorski. Le pédaleur solitaire contourne le monument, sur l'asphalte vibrant de lumière. Devant lui s'ouvre l'avenue de la Grande-Armée. On distingue à son extrémité, dans une brume de chaleur, les tours et les montagnes russes de Luna Park. C'est merveilleux : à partir de maintenant il peut filer depuis l'Étoile en roue libre.

Une nuée de bicyclettes traverse le carrefour, suivie par des vélos-taxis et des fiacres. Tout ce monde joyeux s'engage sur le boulevard de l'Amiral-Bruix pour longer le Bois. L'inspecteur se souvient que les courses ont lieu aujourd'hui à Auteuil. Beaucoup de ces vélos sont montés à deux, la femme en amazone sur le cadre. De jolies jambes qui vont brunir sur les pelouses grillées par la sécheresse du bois de Boulogne. Le mystère, conclut Sadorski, est résolu. Voilà pourquoi Paris était presque vide : sa population s'en est allée parier aux courses ou folâtrer dans l'herbe ! Ces Français insouciants ne changeront jamais… ils mériteraient une nouvelle guerre.

À l'arrivée Porte Maillot, il freine, pose un pied sur le macadam surchauffé, consulte la montre de l'ancien ministre. Il a quitté le quai des Célestins trop tôt. Même pas 17 heures ! Le restaurant est à moins de cinq minutes. Aucune envie d'y rester longtemps, cerné par des voyous corses, des agents boches et des miliciens, à attendre Eggenberger. Avec deux millions de francs sur lui ! Si Sadorski doit se rendre aux W-C, il lui faudra emporter la serviette porte-documents. Ce qui alimentera les soupçons. Le barman, le petit Damiani, *alias* « Pierrot » ou « Barthy », avait décidément une sale gueule. Sans oublier Mansuy, l'assassin de Georges Mandel. Et tous dans ce repaire de collabos, que ce soient les clients ou les employés, portent un revolver, autorisé ou non. Quand ce n'est pas une mitraillette. Le rendez-vous initial au Café de la Pépinière, dans le quartier bourgeois et policé de Saint-Augustin, était nettement préférable au Pershing.

Il pourrait se balader à Luna Park. Mais l'endroit est envahi, il le sait, de pickpockets, de voleurs, en plus des ramasseurs de mégots. Un vaurien pourrait arracher son cartable et calter ventre à terre, le distançant facilement, lui et ses jambes courtes… Sadorski regarde alentour. Au débouché de l'avenue de Neuilly le cordon habituel des feldgendarmes ou de l'*Ordnungspolizei* filtre les passages. Guérites, chevaux de frise, murets de sacs de sable. Des sentinelles casquées arrêtent et fouillent les rares voitures. Au-delà, à deux cents mètres à peine, c'est la place du Marché et, perpendiculairement sur sa droite, la rue du même nom. La crèmerie des parents de Claude Dagron se situe dans ce secteur. Un dimanche, il n'est pas sûr qu'elle soit ouverte. Raison de plus pour y faire un tour, en l'absence du franc-garde et de sa famille… Le seul risque est de se voir forcé d'acheter des œufs et du fromage de Normandie. Il n'y en avait pas dans le colis de ravito de M. Perret. Cela ferait plaisir à Julie et à Yvette – et, en période de marché noir, reviendrait probablement fort cher. Mais qu'importe : Sadorski a ce qu'il faut dans ses poches ! Et dans sa tête quelques arguments persuasifs pour faire baisser les prix.

Il roule doucement vers le barrage, s'arrête au « *Halt !* » hurlé par un Boche braquant vers lui son pistolet-mitrailleur MP 40. Le policier en civil choisit d'exhiber sa carte de la brigade spéciale antiterroriste. *Les autorités allemandes sont priées d'accorder assistance au détenteur de cet* Ausweis *dans l'intérêt de la sauvegarde de la collaboration franco-allemande...* La sentinelle en vert-de-gris déchiffre le texte dans sa langue avec une expression bornée, dévisage ensuite Sadorski, se renfrogne de nouveau en plissant les paupières sur la carte. Le cycliste attend patiemment. On lui rend son sauf-conduit en claquant des talons. « *Fous poufez passer, monsieur !* » Soulagé, Sadorski ne se fait pas prier. Il n'aurait pas aimé devoir expliquer le million de francs caché sur son porte-bagages. Même si, à l'époque actuelle, les sommes pharamineuses circulent beaucoup. Il franchit, avec un salut militaire, l'espace entre les murets de sacs de sable. Venant de Neuilly, en face, approche un convoi d'ambulances de la Wehrmacht. Précédées de side-cars jaunis de poussière et de boue séchée, elles n'ont plus rien à voir avec l'alignement impeccable aperçu la veille avenue de Tokio, entre les fontaines du Trocadéro et la tour Eiffel. Les grosses boîtes vertes à croix rouge qui entrent dans Paris ce 13 août ont connu l'épreuve du feu. Il y a des impacts de balles sur les calandres ou les garde-boue, des pièces de carrosserie sont absentes. Les chauffeurs ont les traits creusés, le regard fixe, hébété. Qu'ont-ils rencontré de si terrible, dans le bocage normand d'où ils viennent ? Hier soir à la TSF, le speaker de Londres – que les femmes de Sadorski écoutent malgré l'interdiction, alors forcément lui aussi – parlait de la « poche de Falaise ». Sur ordre d'Hitler une contre-offensive audacieuse mais folle, destinée à colmater la brèche d'Avranches où se sont engouffrés les blindés du général Patton, a lancé contre Mortain un gigantesque rassemblement de chars : la 116e Panzer, la 2e Panzer, la 1re SS Panzer, la 2e SS Panzer – la fameuse division « Das Reich » –, la 9e Panzer. Le nouveau corps, baptisé 5e armée blindée, a été mis à la disposition de la 7e armée commandée depuis peu par le général SS Hausser. Cette percée vers l'ouest a formé un saillant que les Alliés, profitant de l'énorme bévue de l'état-major berlinois, s'efforcent maintenant d'encercler et de couper de ses bases. Le goulot se resserre inexorablement entre Falaise et Argentan, capturant dans une large nasse une armée entière, qu'il suffira ensuite d'écraser, hommes, chevaux, matériel – en même temps que les villes, villages et leurs habitants bien français –, sous un tapis d'obus et de bombes. Ce que Sadorski et quelques spectateurs stupéfaits regardent défiler sur l'avenue n'est que le commencement de cette débâcle.

La longue et poussiéreuse colonne se modifie peu à peu : aux ambulances militaires allemandes succèdent des ambulances privées, et des autobus parisiens, avec d'énormes croix rouges peintes sur leurs flancs – on les a réquisitionnés pour le transport des blessés légers, ils sont conduits par des chauffeurs sanitaires allemands ; puis des camions et des voitures de tourisme, tout cela progressant roue dans roue, à faible allure, parmi les vapeurs de gaz sous le soleil de plomb. Des autos n'ont plus de vitres, certaines même plus de portières. Les passagers assis, entassés et affalés les uns contre les autres, sont couverts de bandages sanglants. Le sang macule aussi les tabliers des infirmières qu'on aperçoit, harassées, figures blafardes marquées de suie, derrière les ridelles des camions ou les fenêtres des ambulances. Parfois du sang coule de sous les châssis. Des soldats, tenues *feldgrau* déchirées, en haillons, ont des blessures atroces, souvent la main manque, ou la jambe, et, le moignon emmailloté de linges rougis, ils hurlent de souffrance. Des faces cireuses ou livides présagent de l'agonie prochaine. La plupart paraissent jeunes, très jeunes : visages d'enfants en larmes, à peine issus de la *Hitlerjugend* pour connaître l'horreur et la mort. Ces gamins sont la nouvelle chair à canon du Führer.

Sadorski se détourne de la procession motorisée, il a mieux à faire que jouer les badauds – en dépit du plaisir, pour un Français, de contempler ce retournement de l'exode que lui et ses compatriotes ont vécu quatre années plus tôt. Il remonte sur sa bicyclette, gagne la place du Marché où des employés à casquette noire rangent les étals, balaient légumes et fruits pourris, passent le macadam au jet d'eau. Il prend la rue à droite. Une cinquantaine de mètres plus loin, côté numéros impairs, le magasin n'est pas difficile à identifier. Le long de son vélum replié est inscrit : *CRÈMERIE - AU BON BEURRE DE NORMANDIE - BIÈRE GALLIA*. Et sur les vitrines, en lettres peintes en arc de cercle : *CRÈMERIE - VOLAILLES - ŒUFS - GIBIERS, PUIS LAITERIE MODÈLE DE CRÈVECŒUR-EN-AUGE - CUISINE - GLACES - SUR COMMANDE*. Le rideau de fer est partiellement baissé, la porte, entre les vitrines, fermée. Sadorski pose son vélo contre la devanture du magasin, détache le cartable du porte-bagages et frappe au carreau de la porte. Il lui a semblé distinguer une lueur de bougie dans l'arrière-boutique.

Un gars en blouse grise finit par arriver, il entrebâille le battant :

— Oui ? Nous sommes fermés les dimanches après 13 h 30. Et je vous ai jamais vu dans le quartier, vous êtes pas inscrit chez nous pour les matières grasses !

L'inspecteur dégaine la carte des milices de Pierre Costantini.

— Brigade spéciale. Je vous conseille de me laisser entrer. Si vous ne souhaitez pas d'ennuis graves.

Le résultat ne se fait pas attendre. La porte pivote en grand, le crémier recule. Il a l'accent légèrement traînant de sa province de l'Ouest.

— Faites attention à pas vous cogner la tête au rideau… Bonjour, monsieur. Pardon, y a pas beaucoup d'éclairage…

— Suffisamment, monsieur Dagron, suffisamment. Vous êtes bien monsieur Dagron ?

— Euh… Oui…

— Votre fils est dans la milice ?

La moustache épaisse du commerçant se met à trembler.

— Bon sang… Claude a fait une bêtise ? Je lui dis toujours…

Une porte grince, le type jette un coup d'œil en arrière. Une femme à l'expression inquiète émerge de l'arrière-boutique. Brune, boulotte, en blouse et tablier blancs. Des traits flous, banals, un double menton. L'air d'une personne douce, un peu effacée. Elle a gémi : « Oh, mon Dieu ! » Sadorski lui balance son sourire mi-figue mi-raisin.

— Non, chère madame, je ne viens pas seulement au sujet de votre fils. C'est à propos de l'avenir de votre commerce. L'avenir *immédiat*, s'entend ! (Il brandit de nouveau sa carte de la MRF puis la rempoche.) Les diverses milices du maintien de l'ordre se préparent à évacuer momentanément Paris vers Nancy, avant notre retour en force… qui ne saurait tarder, c'est l'affaire de quelques semaines. Nous avons besoin de vivres. Par réquisition, cela va sans dire. Les services du ravitaillement nous autorisent à confisquer les denrées dans les cas flagrants de marché noir. Les ordres aujourd'hui sont d'enquêter afin de nous servir en priorité chez les fournisseurs suspects de gaullisme, ou de menées antinationales… Je suis chargé d'établir ces listes.

Le couple Dagron le fixe, épouvanté. Sadorski les laisse s'imprégner de la signification et des conséquences possibles de son petit discours. Magasin saccagé, vitrines brisées, stocks pillés… Le père du franc-garde est le premier à se ressaisir. Il bombe le torse :

— Ce n'est pas chez nous que vous trouverez des salopards ! Ici, on est précisément pour le maintien de l'ordre. (Le crémier se met au garde-à-vous, claque des talons.) Sergent-chef Dagron Maxime, né le 11 novembre 1892 à Beuvron-en-Auge, département du Calvados ; ancien du 135e RI, blessé à Verdun, blessé sur la Somme, croix de guerre 14-18 avec trois citations à l'ordre du régiment, je vous répète de mémoire la dernière : « Le 3 septembre 1918, a conservé la position conquise, malgré une violente contre-attaque ennemie, faisant preuve en cette circonstance d'un grand sang-froid, et d'un esprit de décision remarquable ! » ; ancien membre des Croix-de-Feu – j'ai servi sous le colonel de La Rocque –, membre du PSF, membre de la Légion des combattants, membre du SOL[1], Ami de la LVF, fidèle entre les fidèles du Maréchal, monsieur ! Contre l'ancien régime, pour l'ordre nouveau ! Parce que ce n'est pas la France qui a été battue, ce n'est pas le peuple français, mais la bande de salauds, des Juifs et des capitalistes, qui nous dirigeait ! Vive Pétain ! Et vive Darnand !

En face de lui, le faux milicien feint d'être impressionné.

— Ah. Mais votre fils ? Il n'aurait pas été renvoyé de la LVF ? Pour insubordination. On me dit qu'il a manqué de respect à Doriot…

1. PSF : Parti social français, mouvement de droite nationaliste à tendance sociale, fondé en 1936 après la dissolution des Croix-de-Feu du colonel François de La Rocque ; SOL : Service d'ordre légionnaire, organisme de choc rassemblant les éléments les plus déterminés de la Légion française des combattants, créé en 1941 par Joseph Darnand et ancêtre de la Milice française.

— Pas du tout ! Claude voulait combattre *sous l'uniforme français* ! Il était prêt à mourir pour la France, pour la protéger du bolchevisme, mais pas sous une tenue étrangère ! J'aurais agi pareil à sa place, monsieur. Alors, il est revenu pour s'engager dans la Franc-Garde permanente. C'est au baroud qu'il a gagné ses galons, contre ces fumiers de maquisards, et il ne demande qu'à y retourner ! Il combattra jusqu'à la mort s'il le faut ! Car la France vaut bien qu'on donne sa vie pour elle... L'idée de Claude, avec ses copains, c'est de descendre de Gaulle ! Si celui-ci a le culot d'entrer dans Paris !

— Maxime ! s'écrie la crémière, toute pâle.

— Ben je peux le dire, non ? Vu que monsieur est des MRF ! Et notre Claude il a fait du beau boulot, à Lyon ! Pas seulement dans la Franc-Garde. « Terreur contre terreur ! » Il était de tous les coups durs contre les salopards ! contre les assassins aux gages de la judéo-maçonnerie... Claude était membre de « l'équipe des youtrons »... Vous savez ce que c'est ? (Il adresse un clin d'œil appuyé à Sadorski.)

— Maxime ! répète sa femme.

Le commerçant ricane, et poursuit :

— L'idée, c'est de faire casquer les youpins ! Il était temps, non, après tout le mal qu'ils nous ont causé ! Alors leur pognon finance pour moitié la lutte antiterroriste, et l'autre moitié va dans les caisses du PPF à Paris ! Vous pigez la combine ? Et une fois que le cochon youtre est saigné, direction Drancy ! Ticket de train pour les camps de travail en Pologne, leur pays de cochons qu'ils n'auraient jamais dû quitter pour venir nous emmerder !

— J'avais un mauvais renseignement, dans ce cas. Un commerçant de votre rue prétend que vous êtes gaulliste. Que vous cachez des pilotes alliés, ou des réfractaires, ou même des Juifs...

Maxime Dagron rougit de fureur.

— Des pilotes alliés ? Ici ? Avec ce qu'ils ont fait à notre pays, on leur tordrait plutôt le cou, si y en a un qui nous tombe entre les pattes ! Demandez à ma femme, qui est native de Falaise ! Y a plus un mur debout, là-bas ! Que des ruines ! Et des milliers de cadavres de malheureux en dessous ! *Qui* vous a dit ça à not' sujet ? Qui ?

— Vous comprendrez que je ne peux vous le révéler. Je ne désire pas être la source d'un règlement de comptes entre boutiquiers… On lit assez de faits divers dans les journaux, n'est-ce pas ! inutile d'en rajouter. (Il balaie du regard les rayons, les casiers à bouteilles et les présentoirs. Ses yeux s'accoutument à la pénombre. Les lieux fleurent bon le fromage bien fait, et il flotte également des effluves de charcuterie.) En revanche, on prétend que si votre beurre normand ou des Charentes se tartine si bien, monsieur Dagron, c'est qu'il est allongé de margarine ; qu'à huit décilitres de lait vous ajoutez en douce deux décilitres d'eau ; et que, ni vu ni connu, en dépit du patriotisme que vous venez d'afficher, vous fournissez le *Soldatenheim* de l'Étoile en beurre, œufs et fromage, contre diverses facilités comme des *Ausweis*, des pneus, et des boîtes de conserve que vous revendez fort cher à votre clientèle française qui meurt de faim…

L'accusé manque s'étouffer d'indignation.

— C'est faux ! Faux ! Ce que vous dites là c'est exactement ce que pratique le confrère de la rue des Poissonniers ! Et il a eu le toupet d'appeler son magasin « Au bon beurre » ! Mais tout court. Parce que le *vrai* beurre de Normandie, c'est ici que vous le trouverez, monsieur ! Et pas coupé de suif ou de margarine ! Vous avez affaire à des commerçants *honnêtes*, chez nous ! honnêtes et patriotes ! Pas vrai, ma poussinette ?

Cette dernière opine vigoureusement de ses deux mentons. Sadorski réprime un sourire. Il sort son calepin et inscrit un nom et une adresse de Neuilly.

— On trouve toujours des moyens de s'arranger, monsieur Dagron, entre bons patriotes et soutiens du Maréchal. Si par exemple j'envoyais mes camarades avec leur camion réquisitionner les vivres à la boutique Au bon beurre, rue des Poissonniers à Neuilly-sur-Seine, plutôt que chez vous. (Il inspecte les présentoirs.) Mais, avant de partir et de réfléchir ensuite à tout ça, je pourrais peut-être acheter un peu de fromage pour mon épouse… si ce n'est pas trop cher…

Le visage rubicond du crémier s'épanouit.

— Mais bien entendu que la maison vous fera un prix ! Malgré les difficultés actuelles d'approvisionnement… Je vous mets un beau petit livarot ? Ou du pont-l'évêque ? Et, tenez, un joli neufchâtel fait à cœur… Poupoule, ramène donc un quart de beurre extra-fin de la réserve ! Celui-là, c'est cadeau ! Et prends deux dizaines d'œufs pendant que t'y es ! Et un bout de saucisson ! Sans ça, si vous aimez les découvertes, je peux vous recommander le Petit Moyonnais, ça c'est un chèvre, et puis la Bouille, qui fond comme du beurre en bouche vous m'en direz des nouvelles, ou bien le trèfle du Perche, du chèvre également avec des arômes de noisette… Et je rajoute un pavé de Moyaux, c'est de mon pays… lui aussi je vous l'offre. C'est le bon moment pour le déguster. Madame sera contente quand le monsieur il rentrera ce soir !

Sadorski se demande si la dernière remarque incluait un sous-entendu grivois. Ou bien c'est lui-même qui a l'esprit mal tourné, songeant à Yvette… Sans mot dire, il laisse le vétéran du 135e régiment d'infanterie peser et emballer toutes les denrées.

— Je vous donne un sac ? Ou vot'cartable, ça ira ?

— Si ça ne risque pas de couler…

— Je vous mets le double de papier autour. Voilà ! À condition de pas trop tarder en chemin y a pas de danger… Mais attention avec les œufs !

— Ça fait combien au total ?

— Attendez voir… (Il lèche le bout de son crayon, avant d'aligner les derniers chiffres sur un bout de papier quadrillé.) Et je retiens un… On arrive à 275 francs et 23 centimes… Allez, j'arrondis à 250 !

— Non, 200.

Il y a un petit silence, puis Dagron hausse les épaules.

— Parce que c'est vous, hein !

L'inspecteur sort son portefeuille. La seule coupure un peu importante est un billet de cinq cents, rendu par le loufiat de Versailles, le soir du meurtre, sur celui volé à Georges Mandel. Le crémier l'étudie avec suspicion dans la lumière du jour derrière la vitrine, avant de le tendre à sa femme.

— Donne-lui la monnaie.

— J'y pense, fait Sadorski. La rue de l'Ouest, c'est loin ?

— Mais non, à deux pas. (Le commerçant se penche sous son rideau à demi baissé.) Vous traversez le carrefour en diagonale et prenez la rue de Chartres, devant vous. Et là, tout de suite la première à droite !

La rue est très proche en effet. Même pas besoin d'attacher la serviette ; malgré son poids nouveau de fromages, beurre, œufs et saucisson, le cycliste la tient de la main gauche en pédalant. Il passe devant le massif immeuble de la gendarmerie, 2e brigade de Neuilly, avec ses initiales *RF* sculptées dans la pierre au-dessus du portail, et, sur le trottoir opposé, repère le numéro 8. Un immeuble entièrement en brique beige clair, d'aspect propre et relativement récent, à la façade haute et étroite – pas plus de trois fenêtres par niveau – avec de minces balcons à balustrade en fer sous les portes-fenêtres du deuxième étage. Sadorski pousse un battant de la porte d'entrée, en verre doublé de fer forgé d'un noir luisant, gare le vélo dans le hall et examine les boîtes à lettres. Muni de sa torche électrique, il cherche le nom « Raymondot » ou « Rémondeau »... Après avoir scruté en vain les étiquettes d'une demi-douzaine de boîtes, l'enquêteur s'immobilise.

A. REYMONDET, architecte. 4e étage gauche.

Une coïncidence ? Elle serait assez extraordinaire. Non, le brigadier Monjanel, ce 11 juillet devant l'église Saint-Germain-l'Auxerrois et le blessé – Armand Biraud – allongé entre ses agresseurs de la « police allemande », avait entendu juste... ou presque.

Sadorski récupère sa serviette en cuir sur le vélo, la pose à ses pieds et frappe à la loge de la concierge. Il entend aboyer derrière la vitre, qu'éclaire de l'intérieur une bougie produisant un effet d'aquarium. Puis une voix :

— Raoul ! Raoul ! Au pied... Sage. Sinon tu vas voir !

La porte s'ouvre. Dans la lumière déficiente on devine un fouillis de bibelots, de napperons qui décorent les guéridons et les tables, de fleurs artificielles poussiéreuses, de tableautins accrochés de guingois à des murs jaunâtres, au-dessus du large lit recouvert par une courtepointe rouge foncé. Une dame blafarde aux cheveux roux grisonnants et grosses lunettes de corne noire se penche à l'extérieur. Un basset artésien, court sur pattes mais volumineux pour sa race, se frotte en gémissant et remuant la queue contre les jupes longues de sa maîtresse, ses charentaises et ses chevilles enroulées de bandes orthopédiques douteuses. L'odeur de chou bouilli est désagréable et même répulsive. Le visiteur fait un pas en arrière.

— Oui, c'est pour quoi ? braille la femme. Raoul, au pied !

— Police, direction des Renseignements généraux et des Jeux, déclare Sadorski, exhibant la carte barrée de son bandeau tricolore. Enquête spéciale ! Et retenez votre clébard.

La concierge le dévisage d'un air sournois.

— Oh non, non, Raoul y ferait pas de mal à une mouche… Au pied, Raoul ! Qu'y a-t-il pour votre service, monsieur ?

Elle ne l'a pas appelé, du ton mielleux habituel : « monsieur le commissaire ». C'est bien la première fois en vingt ans ! Les bignoles ne sont plus ce qu'elles étaient, conclut-il. Le respect comme la terreur de l'autorité se perdent.

— M. Reymondet, l'architecte, là, au quatrième… il est chez lui ?

Cette fois, le policier a provoqué un choc. Les yeux pâles derrière les bésicles s'écarquillent. La femme a sursauté comme si elle avait pris une décharge de courant. Elle déglutit et bafouille, en un effort pour se reprendre :

— M. Reymondet ? Oh… non. Non, lui et sa fiancée ils sont partis…

— Partis quand ?

— Mais… à l'été 40, monsieur. Y a personne là-haut…

— Et ils sont allés où ?

— En… en zone libre, d'abord. À Lyon… Et ensuite ils ont trouvé de la place sur un bateau depuis Marseille, qui faisait la traversée jusqu'aux Antilles françaises… Ils sont passés par Porto-Rico et habitent en Amérique, maintenant. À Nouillorque.

— Comment le savez-vous ?

— Y a sa sœur, à M. Reymondet, qui vient tous les deux mois environ… Elle… elle m'a raconté.

Sadorski ouvre son calepin.

— Comment s'appelle-t-elle ? La sœur… Et son adresse et son numéro de téléphone.

— Attendez…

La pipelette s'en va chercher un petit registre relié de moleskine chocolat.

— Son nom c'est Mme Beer. Solange Beer. 56, rue La Fayette… Opéra 32-62. Je… je crois qu'elle est dentiste. C'est elle qui paie le terme, depuis quatre ans… À ce que le proprio y m'a dit…

— Il est de combien, le loyer ?

— Euh… Le quatrième étage sur rue, si je me trompe point, c'est 1 700 francs par an…

— Et comment s'appelle-t-il, votre « proprio » ? Nom, adresse, téléphone.

— C'est M. Ballester. 26, rue Jouffroy… Wagram 44-27…

La femme aux lunettes et aux cheveux roux paraît sur le point de défaillir. Malade de frousse, on dirait. Le basset couine, secoue ses grandes oreilles tombantes, lève des yeux inquiets vers l'intrus. Sadorski lui décoche un regard hostile. Quelque chose ne tourne pas rond… Il ne comprend pas, dans cette histoire, ce qui peut troubler son interlocutrice à ce point. L'architecte et sa copine ont fichu le camp durant l'exode et ne sont pas revenus. Il y en a plein, des comme ça… Des vivants, des morts. Des qui ne reviendront peut-être jamais, qui sait ? ou qui attendent la fin de la guerre pour revenir. Peu importe. Rien de tangible ici. La piste pourtant prometteuse du 8, rue de l'Ouest lui paraît de plus en plus froide à présent. Il remise son carnet dans sa poche. On peut toujours essayer d'aller questionner cette Mme Beer, avec son nom youpin. Il enverra Quéau ou Kaiser en début de semaine. Pendant que lui-même – grâce aux adresses des garnis et des poules – se mettra à la recherche des frères Guicciardini.

— Et un nommé Armand Biraud ? Il ne vient pas dans l'immeuble ? Un blond, jeune, avec une canne… Il boite…

Nouveau tressaillement chez la binoclarde.

— N-non… Je l'ai pas vu. Je le connais pas…

— Jamais entendu ce nom ?

— N-non… Ça me dit rien…

Cette fois il est persuadé qu'elle ment.

— Et Louise Zembrowski ? Vous la connaissez, hein. Une femme brune, le visage rond, entre trente et quarante ans…

— Comment que vous dites ? Non, non… Connais pas non plus. Tais-toi, Raoul. Je suis désolée, monsieur.

Il soupire.

— Bon, je vais visiter la boîte à lettres. Enquête spéciale. J'ai l'autorisation de la préfecture de police !

Retournant de ce côté, d'un coup de lame de canif dans la serrure il arrache presque le battant de tôle. Des papiers s'éparpillent sur le carrelage. La concierge a poussé un petit cri. Sadorski se penche pour ramasser le contenu de la boîte.

Une majorité de prospectus.

COMMENT AVOIR **le dernier mot !** *Dans une conversation, une discussion ou une négociation, pour avoir le dernier mot, vous devez savoir* **choisir, ordonner** *et* **énoncer** *vos* **arguments**; *vous devez conserver la* **maîtrise** *de vous-même et faire preuve de* **supériorité**. *Ces qualités s'acquièrent aisément à l'Institut Pelman grâce à son entraînement par correspondance et l'on arrive* **rapidement à s'imposer**; *cet exercice de vos facultés aura lieu au cours de vos fonctions ou à vos moments perdus. Demandez à l'Institut PELMAN, 176, boulevard Haussmann, sa documentation NE 2.*

Sécurité d'abord ! *UN* **BON DU TRÉSOR** *même entièrement détruit n'est pas anéanti. Rappelez-vous votre numéro, vous sauverez votre capital. ON SOUSCRIT PARTOUT.*

PLUS DE CHAUVES. *Traitement scientifique contre la calvitie et la chute de cheveux. Écrire LABORATOIRE CAPILLOGÈNE, 53 Boulevard Haussmann, Paris. (Joindre cinq francs de timbres.)*

DUBLY *DÉTECTIVE. LOYAUTÉ TOUS SERVICES PARIS - PROVINCE - ÉTRANGER*

ENQUÊTES - FILATURES - **ENQUÊTES AVANT MARIAGE. Missions Confidentielles - Recherche de disparus - Surveillance dans Plages et Villes d'Eaux.** NOMBREUSES RÉFÉRENCES - *Personnel Correct des deux Sexes* - **PRIX MODÉRÉS**

121, Rue Saint-Lazare, PARIS (8e) **EN FACE LA GARE SAINT-LAZARE.** *Tél. : Europe 52-39*

Il se marre ; cela lui rappelle des souvenirs. L'agence Dardanne, rue de la Lune, où Sadorski a été employé presque cinq ans, avec son collègue Bauger avant la guerre… Le dernier feuillet, lui, a un caractère politique.

À tous les Français

Les patriotes qui, depuis Juillet 1940, s'organisent dans la Résistance française et se placent sous le vocable « **Libération** *», n'ont pas fait un choix d'opportunité basé sur la victoire escomptée des Britanniques. Si, en septembre 1940, la Grande-Bretagne avait succombé, si le national-socialisme victorieux avait établi sa domination absolue sur l'Europe et peut-être sur le monde,* **Libération** *dans ce malheur, n'aurait trouvé que plus de courage pour lutter contre l'oppression.*

Nous proclamons qu'à aucun moment l'intérêt « réaliste » de la France n'a pu être d'accepter la défaite pour acheter la clémence du vainqueur, ni de collaborer à l'asservissement pour en adoucir les rigueurs.

Nous proclamons qu'il n'y a pas de France, sans liberté, que, sans la démocratie, il n'y a pas de Français et qu' **il vaut mieux mourir libre que de vivre nazi.**

Notre combat signifie la libération de chaque Français et de la Nation asservie, la libération de chaque homme et de l'Humanité exploitée. Il n'aurait plus de but, il n'aurait pas de sens si la défaite de l'ennemi extérieur devait être achetée au prix de la soumission prolongée à la réaction et au fascisme importé.

Le lecteur fronce les sourcils sur ce passage. L'« ennemi extérieur », c'était les Boches et ces faux culs de Ritals on est bien d'accord, mais le « fascisme importé », la « réaction » auxquels on se soumettrait après la victoire ? Cela semble vouloir désigner les Amerloques. Ou Churchill et les capitalistes de la City. Les résistants de « Libération » ne souhaitent pas qu'ils s'incrustent chez nous ensuite. Sadorski ricane. Pas assez français et pas assez rouges. Merci de nous avoir libérés – à coups de bombes sur le crâne, soit dit en passant –, maintenant salut et vous repartez *at home* fissa. Ben ça promet, c'est beau l'amitié ! Ce doit être un tract coco. Ou de résistants bien ancrés à gauche, en tout cas.

… Nous luttons et ***NOUS COMBATTRONS LES ARMES À LA MAIN :***

pour la ***LIBÉRATION*** *de l'ennemi extérieur et intérieur ;*

pour la ***LIBÉRATION*** *de la guerre et des impérialismes nationaux ;*

pour la ***LIBÉRATION*** *de l'argent et des impérialismes économiques ;*

pour la ***LIBÉRATION*** *des dictatures sous leurs formes : étatique, sociale ou confessionnelle.*

Au lendemain de la Victoire, nous resterons groupés autour du Général de **Gaulle** *et de son Gouvernement provisoire, jusqu'au moment où le Peuple Français aura choisi son destin. Combattants de la première heure, nous revendiquerons l'honneur d'être la conscience d'une France renaissante à sa mission mondiale. Jamais, – nous en faisons le serment – nous ne laisserons s'effacer, tout le long du difficile chemin de la Victoire à la Paix, l'image sacrée de* **notre République réellement libérée.**

Nous saurons anéantir dans le **sang**, *la conjuration fasciste internationale.*

Nous saurons…

Écœuré, Sadorski se refuse à lire plus loin. Il brandit la feuille dépliée sous le nez de la pipelette.

— Il en recevait souvent, ce genre de littérature, votre architecte ? Il est abonné ?

— Mais… pas du tout ! On a tous eu ça avant-hier. Dans les boîtes… Ça arrive de plus en plus souvent, hein !

— Vous avez remarqué le distributeur ? Son signalement ?

Elle secoue la tête.

— J'étais pas là… Je faisais des ménages dans l'immeuble. Au pied, Raoul ! Tu renifles pas le cartable du monsieur. Attends voir ! tu vas prendre une de ces dégelées…

Sadorski éloigne la serviette du museau du chien, réprimant l'envie de lui balancer un coup de pointe de chaussure dans les côtes. Puis :

— Il faisait pas de la résistance, ce M. Reymondet ? Ou son amie ? Ils appartenaient à ce mouvement, « Libération » ? Peut-être à un autre ? Des communistes ? Des gaullistes ?

— Qu'est-ce que vous voulez qu'je vous dise ? J'en sais rien, moi… Tout ce que j'sais c'est qu'ils sont partis. Ceux qui aimaient vraiment pas Hitler et les Boches, ben ils ont foutu le camp, enfin, ceux qui pouvaient ! Le reste, quarante millions de Français, on était pour Pétain, à l'automne 1940. Maréchal, nous voilà ! Parce qu'il a sauvé la France à nouveau, en arrêtant la fusion, euh, l'effusion de sang ! Les seuls qu'étaient pas d'accord, les premiers gaullistes c'étaient les étudiants et les mômes dans les lycées… et encore, pas tous. Mais c'est toujours pareil, hein, c'est pour faire chier les parents. Moi j'ai pas changé. Je dis : Vive Pétain ! Je suis allée l'applaudir quand il est venu à Paris au mois d'avril. Et on était nombreux… Comme y a eu une fameuse quantité de gens qui ont été s'incliner devant le catafalque de Philippe Henriot…

— Oui, oui. Et la sœur, la dentiste, celle qui débarque de temps à autre… Elle ramasse le courrier ? Elle serait pas résistante, cette Mme Beer ?

— Pff. Je pense pas. Pas trop le genre. Et je me souviens que son mari, le Juif, qui est venu une fois avec elle, début 41 je crois, y disait que les Anglais avaient bien tort de s'obstiner, qu'y z'allaient pas tarder à jeter l'éponge, eux aussi… Mais ça lui a pas porté bonheur… vu qu'il a été arrêté l'année suivante. Quand on a raflé les youpins…

— Il a été déporté ?

— Non, pas exactement. Vu qu'il était marié à une Aryenne. Elle m'a dit que les Allemands l'employaient aux travaux sur le mur de l'Atlantique…

Le visiteur ramasse sa serviette.

— Bon. Je vais faire un tour là-haut. Filez-moi les clés.

La femme a un hoquet de frayeur. Elle secoue la tête frénétiquement.

— Non… Non… C'est Mme Beer qui les garde.

— On vous a pas laissé de doubles ? Et si y a une fuite d'eau ou de gaz ?

— Je… je ferais venir le serrurier…

— Le serrurier c'est moi, rigole Sadorski. Ne craignez rien, vous êtes couverte. Enquête spéciale de la brigade antiterroriste. Et surveillez mon vélo !

La figure de la concierge se décompose.

— Non, monsieur, non… J'vous en supplie ! Si j'étais vous je ficherais le camp. Le plus vite possible…

Au pied de l'escalier, il hésite. Les bignoles ne sont pas courageuses en général, mais celle-ci a *vraiment* peur. Qu'est-ce qu'ils peuvent avoir à se reprocher, dans cette bicoque ?… Un stock de victuailles du marché noir, planqué dans le local déserté par son locataire ? des alcools de contrebande ? des fourrures de luxe ? Ou bien, une imprimerie clandestine, des tracts, des journaux ? un dépôt d'armes de la résistance, avec caisses de grenades et de mitraillettes ?

Sadorski hausse les épaules. Le meilleur moyen de tirer ça au clair c'est de rendre une petite visite à M. Reymondet, architecte.

22

Les promeneurs du dimanche

Il a fallu monter à pied, évidemment. Le minuscule ascenseur est hors service par manque d'électricité. Sur le palier du quatrième, le policier essoufflé consulte sa montre. 17 h 35. Il dispose de, mettons, trois quarts d'heure pour la visite domiciliaire – plus qu'il n'en faut s'il s'agit juste d'une reconnaissance, avant un retour en force éventuel accompagné de ses équipiers. Ensuite, Sadorski devra remonter à vélo et foncer au Pershing. Le restaurant est à cinq minutes de la rue de l'Ouest, au grand maximum. Ainsi il débarquera pile à l'heure chez les truands corses pour son rendez-vous avec Louis Eggenberger.

À gauche, une porte à deux battants en acajou verni de teinte foncée. L'impression donnée est sobre et nette, en accord avec le style de l'immeuble. Sous le bouton de sonnerie en laiton, un petit bristol : *André Reymondet, arch. D.P.L.G. – Alma Edgecombe, illustratrice*. Le détective colle son oreille contre le panneau de bois. Il attend deux ou trois minutes, par sécurité. Aucun bruit là-dedans. Ça n'a pas l'air d'une souricière, ni d'un appartement bourré de terroristes en pleine activité. Dégainant sa lampe de poche, il examine les serrures. Et étouffe un juron.

Si celles du haut et du bas sont des sûretés classiques, à simple pêne dormant, la serrure du milieu est à verrou à pompe, de type « Progrès » :

un barillet, tournant à l'intérieur du canon, comporte des glissières dans lesquelles coulissent de fortes paillettes qui commandent la levée des gorges. De forme cylindrique, les clés destinées à ce système sont taillées en bout, et leur coupe a autant de secteurs qu'il existe de paillettes. Ces secteurs obtenus par fraisage se présentent sur différents plans ce qui permet, en variant leur position et leur profondeur, de réaliser un nombre pratiquement illimité de combinaisons. Bref, en l'absence de la bonne clé, une serrure de ce modèle va donner à son attaquant du fil à retordre.

Il sort le trousseau de crochets passe-partout que lui a offert jadis M. Kopelman, l'artisan interpellé au métro Saint-Paul avec une carte d'identité périmée ; contre une attestation de vol, permettant d'obtenir un trousseau de rechange, et des nouveaux papiers dégotés par son capteur, le Juif lui a cédé son jeu d'origine et même proposé des cours particuliers de cambriolage. Résultat : les pênes du haut et du bas coulissent presque immédiatement, à l'introduction du passe n° 7, et ne posent plus de problème. Pour ce qui est de la serrure « Progrès », elle résiste douze bonnes minutes. Le front de Sadorski ruisselle de transpiration. De plus, les effluves de fromage à point qui se dégagent de la serviette, remplie à la fois de billets et de denrées grasses, lui donnent la nausée. Finalement, un déclic se produit, le battant s'ouvre doucement, sans autre son que celui du barillet achevant le tour complet. Une odeur de renfermé et de naphtaline s'échappe de l'appartement. Il constate que la porte est blindée, sur sa face interne, par une épaisseur non négligeable de métal.

Les lieux sont obscurs et, une fois le battant repoussé derrière lui, il progresse avec le secours de sa torche électrique. Des rayons de soleil filtrent à travers les persiennes. Après le vestibule, Sadorski traverse la salle de séjour, heurtant du genou un tabouret et jurant ; il va ouvrir la fenêtre du milieu dont il écarte les volets. Un flot de lumière inonde la pièce, tandis que se fait entendre de nouveau le grondement lointain du canon. Des mouches mortes gisent sur le parquet sous la fenêtre. Le sol est recouvert en longueur par un imposant tapis marocain aux motifs géométriques noirs et blancs, et, çà et là, par de petits tapis de prière arabes, comme il en voyait naguère à Sfax. Au mur, une série d'illustrations de mode encadrées de baguette noire : des jolies filles, aux jambes longues et aux attaches fines, en tailleur ou robe chemisier très cintrés ; la signature de l'artiste figure en bas à droite : *Alma Edgecombe*. Il se demande s'il n'a pas déjà vu de ses croquis dans un *Marie-Claire* que feuilletait Yvette…

Les fauteuils, chaises et tabourets qui meublent le salon sont des modèles élégants de style moderne. Les bibelots paraissent moins nombreux que dans la loge de la concierge. Des statuettes semblent originaires du Mexique ou d'Amérique latine, mais Sadorski n'y connaît pas grand-chose… Il se dirige vers la bibliothèque, qui occupe un mur entier. Le pinceau de la lampe balaie les dos des livres. Beaucoup de belles reliures cuir et or. Les œuvres complètes de Victor Hugo, dix-neuf tomes, dans une édition ancienne pour bibliophiles. Une histoire illustrée de la Grande Guerre. Et d'autres épais bouquins, souvent en plusieurs volumes, et conformes à la profession du résident : *Histoire de l'architecture classique en France* ; *Architecture in Britain 1530-1830* ; *Une vie de cité : Paris de sa naissance à nos jours* ; *A. G. Perret et l'architecture du béton armé* (le policier se demande s'il s'agit d'un membre de la famille des Perret du Trocadéro…) ; *Mallet-Stevens, Illustré de 32 reproductions en héliogravure* ; *The Temple of the Warriors in Chichen Itza, Yucatan* ; *Cours d'instruction civile : chauffage et ventilation* ; *Dictionnaire de la propriété bâtie* ; *L'Art de bâtir* ; *L'Art des jardins* ; *Les Architectes célèbres*… Etc., etc. Aucun intérêt pour l'enquête en cours. On note un ouvrage militaire : *Manuel du gradé d'artillerie légère*. Mais ici non plus, pas de rapport. À part de suggérer que le nommé Reymondet était sous-officier artilleur en 39-40 avant d'être démobilisé… Il passe aux étagères garnies de romans, d'essais, de recueils poétiques, et enregistre les noms des auteurs : Gautier Théophile, Carco Francis, Barrès Maurice, Gide André, Valéry Paul, Flaubert Gustave, Plisnier Charles… *A priori*, aucun communiste là-dedans. Quoique : le nommé Plisnier, lui avait raconté une étudiante juive internée aux Tourelles avec la mère de Julie, aurait gagné le prix Goncourt en 1937 avec un bouquin au titre suspect : *Faux passeports*…

Sadorski hausse les épaules. Littérature et réalité, ça fait deux ! Il est persuadé que ce romancier n'a jamais franchi une frontière muni de fafs qui ne seraient pas en règle…

Un rayon est consacré à des livres en langue anglaise, des récits criminels si l'on en croit les couvertures, noires ou noir et rouge. Écrivains tous inconnus de lui, naturellement : Sayers Dorothy L., Carr John Dickson, O'Flaherty Liam, Ambler Eric, Bentley Edmund C., Chesterton G. K., Barr Robert, Greene Graham… Tout ça doit faire partie des lectures de la dessinatrice, la nommée Edgecombe. Il feuillette et secoue quelques ouvrages, par principe, français ou étrangers, mais on n'y a caché ni bout de papier ni billet. À cause de la fenêtre ouverte sur la rue bouillante, la température à l'intérieur de la pièce tend à augmenter ; il se débarrasse de sa gabardine en la jetant sur un fauteuil carré en cuir fauve et tubulures chromées, d'aspect peu confortable, et poursuit ses investigations.

Un bureau aux lignes simples et harmonieuses occupe une part significative de l'espace. Sous la lampe à dessin : règles, équerres, compas, gommes, tournevis, punaises… Plans, croquis, rouleaux de calque… Dans son fourreau une dague d'Afrique du Nord qui devait servir de coupe-papier… Des rubans élastiques, durcis et cassants… Une vieille paire de lunettes à monture d'écaille… Des galets, des coquillages… Une loupe… Des enveloppes, un bloc de papier à lettres ligné, un carnet de timbres des Postes françaises, antérieurs à ceux où figure le Maréchal… Quelques pièces de 1 et 2 francs… Et des pinceaux, plumes, crayons et fusains plantés dans de vieux pots de confiture ou de petits vases Art nouveau aux fleurs stylisées. Le vaste plateau est jonché de paperasse, le tout saupoudré d'une poussière vieille de plusieurs mois. Des photos encadrées se dressent à l'extrémité du meuble, sous l'abat-jour de la lampe à dessin.

Sadorski soulève un cadre de bois noir, abritant, sous verre, deux images juxtaposées : à gauche, le portrait d'une jeune femme brune, jolie, au visage ovale avec de grands yeux très expressifs, bleus sans doute, et qui laissent une forte impression ; et, en pied, un très jeune homme brun en culottes de golf, veste déboutonnée, col ouvert, il déambule, mains dans les poches, paupières mi-closes, l'air insouciant, chaussé d'espadrilles sur la promenade de quelque station balnéaire – peut-être Les Sables-d'Olonne, où le visiteur s'est rendu en 1935 avec sa femme et qu'il croit identifier. Une autre image, non encadrée, de teinte sépia, format carte postale et recourbée par la chaleur, est posée négligemment contre un dictionnaire. Elle représente un couple, inscrit dans un ovale décoratif bordé de blanc : la même femme, reconnaissable à ses yeux immenses, coiffée ici d'une toque sombre et vêtue d'un manteau d'hiver ; et à ses côtés, un individu qui pourrait être celui de la promenade avec dix ans de plus, épaule une carabine en fermant l'œil gauche pour viser. Cliché classique de fête foraine. Sadorski retourne la photo, à la recherche d'une inscription. Mais, rien. Uniquement imprimé : *CARTE POSTALE*, et, en dessous, le partage en deux sections : *Correspondance* et *Adresse*.

Il cherche à présent parmi les papiers disséminés sur le bureau. À moitié recouvertes par des calques, des factures et des carnets d'esquisses, il déniche deux lettres sans leur enveloppe. Ces missives, d'écritures très différentes, sont datées. L'IPA chausse ses lunettes, allume une gauloise, souffle la fumée et commence par la première dans l'ordre chronologique. Écriture féminine, ample et nerveuse, à l'encre bleue.

Marseille, 23 janvier 1941

Chère Solange

Une bonne lettre de vous. Elle me donne la nostalgie d'une grande amitié commencée entre la sympathique table de votre salle à manger de Thouaré et la tente rouge. Mais elle a été vite interrompue par les circonstances et maintenant notre départ va en effet prolonger la séparation ! Vous pourriez bien m'en vouloir de prendre ainsi votre frère – mais c'est un captif bien volontaire qui est si heureux de voler à nouveau vers la réussite qui l'attend sûrement.

Vous savez bien que nous sommes de grands voyageurs qui aimons partir mais qui aimons aussi le retour vers tout ce que nous laissons derrière.

Je serais très triste si je pensais que nous partions définitivement – nous avons tous les deux trop d'attaches chers [sic] *en Europe pour cela. À notre retour rue de l'Ouest nous rattraperons beaucoup de temps perdu sur* [sic] *des étrangers et ne penserons qu'à bien nous aimer tous les trois – cinq avec les « gosses ».*

Maman demande de vos nouvelles dans sa dernière lettre de Londres et me dit qu'elle se souviendra toujours de votre sourire si sympathique et de votre air comprenant [sic]. *Ils se sont fait bien du mauvais sang, eux aussi, pendant ces dix semaines qu'ils étaient sans nouvelles de moi. Enfin tout va bien, ils ont le moral au plus haut, et sont heureux de notre bonheur.*

Lorsque nous avons quitté Lyon, la neige tombait sur la Provence, que notre train traversait. Il est même resté bloqué une demi-journée par des congères aux environs d'Avignon ! À Marseille, les agences de voyages n'offraient plus à leurs clients un large choix de croisières alléchantes. De rares navires sont malgré tout en partance. On nous a parlé d'un cargo qui devait rapatrier dans quelques jours les soldats démobilisés habitant aux Caraïbes, et André a obtenu nos billets.

Le départ est donc arrivé plus vite que nous n'espérions et nous embarquons demain sur le Winnipeg *sans être tout à fait prêts.*

Je suis entourée de valises pour lesquelles il faudra que je vous quitte. Embrassez bien Michel, qui sera peut-être content que les « leçons d'anglais » s'éloignent un peu plus ! Et Coco qui ne se souvient peut-être plus de Ahmah !

Mes amitiés à Gaston, est-ce qu'il fait toujours de la bicyclette ?

Best love and kisses, que tout aille bien pour vous,

your new sister

Alma

Le second message, à l'encre bleue comme le précédent, est composé de lignes petites et serrées, aux lettres penchant vers la droite.

Casablanca. 4 février 41.

Ma chère Solange, Mon cher Gaston.

Notre séjour dans cette ville est terminé, la cheminée du bateau fume déjà. Cette halte était nécessaire avant un grand saut d'une quinzaine de jours. Le Winnipeg *– avec drapeaux français peints de chaque côté de la coque, éclairés la nuit par des projecteurs, pour nous garder des attaques aériennes ou des sous-marins – a déjà traversé la Méditerranée, et va désormais s'avancer sur l'Atlantique.*

Ce mot est fait pour vous dire tout notre bonheur et un grand au revoir. Nous savons tellement que nous nous retrouverons dans un temps raisonnable que je puis vous dire cet au revoir gaiement.

Je ferai du bon travail pendant cet espace qui ne couvrira pas deux ans je suis sûr.

Comme j'ai un grand merci à exprimer à quelqu'un qui s'est montré très serviable et utile je tiendrais à ce que Solange fasse parvenir à sa femme l'aquarelle du Mexique qui est encadrée de parchemin ; celle-ci se trouvant enveloppée de carton marron-rouge, appuyée contre la porte du salon, près de l'entrée. Elle représente un temple maya vu à contre-jour.

Solange peut mettre un mot exprimant la gratitude de son frère. L'adresse de cette dame : Madame DUMONT

128 rue de GRENELLE. Tél. Ségur 02-21

Mes enfants, nous sommes assis sur nos chaises de pont devant un panorama ensoleillé. Je finis cette lettre et la donnerai au capitaine du remorqueur. Bientôt nous aurons trop chaud. Plaignez-vous…

Tout ira bien.

Baisers à Michel et Claude.

Tendres Amitiés à vous deux

Dédé

Consultant son calepin, Sadorski opère immédiatement une double vérification : *primo*, Armand Biraud et sa demi-sœur Louise sont bien natifs de Thouaré, Loire-Inférieure, ville citée par la fiancée de l'architecte dans sa lettre – à propos de sa première rencontre avec la prénommée Solange, celle mariée au Juif. Et *deuzio*, la personne à prévenir en cas d'accident, la parente de Louise Zembrowski, est cette même Félicie Dumont demeurant au 128, rue de Grenelle, Paris septième !

« La cousine, Mme Dumont, que j'ai revue, m'a vraiment l'air d'une personne tout à fait ordinaire… » Ce baltringue de Kaiser ! Il s'est fait avoir. Bon, M. et Mme Dumont recevront la semaine prochaine une convocation à la PP, pièce 516, afin de s'expliquer sur les services *serviables et utiles* rendus à ce Reymondet André qui a franchi la ligne de démarcation avec une ressortissante anglaise puis foutu le camp à l'étranger dans des conditions suspectes.

Autre détail digne d'attention : ces lettres, comment sont-elles parvenues à leur destinataire, en zone occupée ? De l'été 1940 à mars 1943 seules les cartes interzones, préimprimées avec des mots à barrer et des lignes en pointillé à remplir, étaient autorisées. Un ami compréhensif, disposant d'un *Ausweis* pour voyager d'une zone à l'autre, et prêt à porter les messages pour les mettre à la poste de l'autre côté ? ou qui les dissimulait dans un colis de ravitaillement, lesquels, eux, étaient permis ?

Il plie la lettre n° 2 et l'empoche. Pièce à conviction importante. L'idée étant, en réalité, après avoir bien filé les chocottes au couple Dumont, de les relaxer.

— Voyez-vous, monsieur-dame, chez nous y a pas que des poulets vendus à l'occupant… (Sourire débonnaire, et clin d'œil.) Y en a même qui sympathisent avec la dissidence… Alors, ce que vous traficotiez avec Mme Zembrowski ou avec M. Reymondet, je veux pas le savoir ! Vous êtes libres ! Et (nouveau clin d'œil) rappelez-vous bien mon nom… inspecteur principal adjoint Sadorski, Léon… du réseau « Honneur de la police »…

M. et Mme Dumont s'ajouteront de cette manière au circoncis du café L'Imprévu, rue d'Hauteville… avec ses faux papiers et son cousin Jacob. Le brigadier-chef des RG démarre une collection. De témoignages susceptibles de le sauver du poteau, le cas échéant…

Pas de cendrier sur le bureau de l'architecte. Un mauvais point pour lui. Sadorski tapote sa gauloise et répand la cendre sur le tapis à motifs géométriques. Mme Beer passera l'aspirateur à sa prochaine visite… Déjà, c'était gentil de la part de l'inspecteur Sado d'aérer un peu. Il se marre, et continue son exploration du meuble. Il ramène une petite photo de femme vue de dos, les doigts sur un clavier de piano, avec des épaules gracieuses ; une carte postale *Venezia*, *Palazzo Ducale*, vierge au verso ; et une autre de Morzine, *Altitude 1 200 m, Son téléphérique, Ses sports d'hiver*, adressée à « Monsieur le Baron de la Reymondière, 8, rue de l'Ouest, Neuilly-sur-Seine ». Le cachet postal, difficilement lisible, indique une date du mois de décembre 1938. Le message au dos est du genre comique :

C'est baisant le ski et la boue.

J'ai les deux genoux tordus, les chevilles foulées, le cul en sang.

Bien des choses à la marquise.

Foutrement à toi,

Signé : *J. P. V.*

La compagne de l'expéditeur a ajouté, de façon plus banale, mais non sans ironie semble-t-il :

À très bientôt mon cher André.

Vive le ski et la montagne, amitiés à tous les deux.

Fabe.

Fabe pour « Fabienne », sans doute… Sadorski repose la carte, supputant que le gars aux initiales J. P. V. est un ex-camarade d'école d'architecture. Les étudiants des Beaux-Arts sont célèbres pour leurs facéties. Il plaint un peu la pauvre Fabienne d'avoir à supporter cet olibrius.

Puis il regarde sa montre.

18 h 12.

Tout va bien mais il ne faudrait pas trop lambiner.

Il ramasse un carnet d'adresses, farci de noms et de numéros de téléphone griffonnés au crayon. À étudier plus tard, dans son bureau, à tête reposée. Sadorski retire ses lunettes, jette le mégot et l'écrase sous son talon.

Un vélo descend la rue, faisant tinter sa sonnette. Le policier se lève en bâillant, enfile son imperméable, part à la recherche des waters. Sa vessie est pleine, c'est désagréable quand on pédale – il préfère pisser maintenant que plus tard au Pershing. La salle de bains se trouve après le séjour-bureau. Il ouvre la fenêtre et pousse les volets, au-dessus d'une cour étroite et profonde, faisant s'envoler des pigeons. Un grand collage sous verre orne le mur carrelé à gauche de la baignoire. Des femmes nues, et des jambes gainées de bas, découpées dans les magazines pornographiques. Agrémentées de petits textes imprimés, collés n'importe comment – du point de vue de Sadorski.

Patricia montrait, sans honte, un corps
de faim sur un voilier perdu
un fanion rouge
Le cheminement extraordinaire ***D'UNE CLARTÉ SANS ÉQUIVOQUE***
et une belle amie
POUR LA PÊCHE ET LA CHASSE

L'œuvre est signée : « Georges Hugnet, 1936 ». Déboutonnant sa braguette, l'inspecteur se demande si les mots « un fanion rouge » ont une signification politique. Non, il ne pense pas que Reymondet et sa « marquise » anglaise soient des bolchos ! Simplement des intellectuels. Amateurs d'art, de surréalisme, dévoreurs de poésie ou de récits à énigmes… Collectionneurs de statuettes mexicaines, de galets et de coquillages… Il déteste cette race. Si tous étaient comme eux, le monde irait à vau-l'eau ! Ils valent à peine mieux que les marxistes ou les youtres. Ce sont des *démocrates*. Par leur faute, à ces millions de naïfs incorrigibles, la France en détresse était tombée au fond d'un puits. L'incurie de ses gouvernants, la désorganisation de ses administrations, l'action démoralisatrice des communistes, ainsi que le jeu cruel de ses alliés, l'avaient conduite à la plus lourde des défaites… Le Maréchal avec son expérience, sa sagesse et sa bonté, s'est penché au-dessus d'elle pour la tirer de là. Nous n'avions qu'une issue, c'était d'accepter cette collaboration avec l'ennemi : car elle nous offrait la faculté de négocier, au lieu de subir ! Et négocier, n'était-ce pas la possibilité de mettre fin à la captivité de nos deux millions de prisonniers ? La Patrie réclamait ses fils… Debout au-dessus du W-C, livré à ses réflexions, Sadorski attend, pénis en main. Et jure. Une nouvelle fois, le liquide chemine avec difficulté le long de l'urètre – la miction est pénible, angoissante. Pris de vertiges, il doit s'appuyer aux carreaux de faïence ; comme il l'avait fait contre l'écorce du sapin, le jour où Mansuy, dans la forêt, a dessoudé Mandel… Cela dure longtemps. Soudain il a peur. Ce n'est pas normal, il est malade, une consultation médicale s'avère nécessaire. Urgente, peut-être. La transpiration coule sur sa figure.

Il retourne au salon sans tirer la chasse, après n'avoir obtenu qu'un résultat incomplet. Tant pis, il trouvera bien une vespasienne sur son chemin. Devant Luna Park, ou plus loin, place de la Porte des Ternes… Jetant un dernier regard à la grande pièce, sa bibliothèque, son beau tapis du Maroc, la tête lourde et vaguement nauséeux il s'interroge : ses soupçons étaient ridicules, cet appartement n'a rien à voir avec le terrorisme ou la lutte armée… L'accumulation de poussière, entre autres, le prouve. Il se révèle un lieu mort, inhabité. Une résidence de fantômes. Un endroit où des gens ont vécu heureux, où l'on a ri, aimé, mais qui n'est plus. Un kaléidoscope de souvenirs fanés par le temps.

Et pourtant, Armand Biraud, blessé, allongé au pied des types qui venaient de le flinguer, a fait l'effort de prononcer, on en est certain maintenant, le brigadier Monjanel s'en est souvenu et l'a noté dans son rapport : « Maman, Reymondet, 8, rue de l'Ouest… » Pourquoi ?

La réponse est simple : parce que c'est une boîte à lettres de la résistance.

Pas à ce quatrième étage mais dans le hall. La *vraie* boîte à lettres, avec marqué : *A. REYMONDET, architecte.*

Quelqu'un d'autre que celui-ci et que Mme Solange Beer – qui, ayant épousé un israélite, recevait parfois des lettres rue de l'Ouest plutôt que chez elle afin d'éviter tout problème – en possède la clé.

Et l'on vient, certains jours, déposer ou prendre le courrier des résistants grâce à cette clé.

Mais pourquoi, avant même de souffrir la torture aux mains de la Gestapo, leur livrer l'adresse ? Qu'a voulu faire ce matin de juillet le petit boiteux qui venait de Nantes ? Quelle était son intention, sa tactique, à cet instant précis ?

Sadorski se concentre. Il a le sentiment de brûler. Cette question qu'il pose est la bonne – celle qui fait surgir la bonne réponse.

Parce que la boîte est morte. Elle a fonctionné pendant quatre ans, de février 1941 – date de la demande par Reymondet depuis Casablanca à sa sœur : l'envoi à Mme Dumont du tableau montrant un temple maya à contre-jour, et d'une clé probablement collée derrière le cadre – jusqu'au 11 juillet 1944… Mais désormais elle est morte.

La révéler aux policiers allemands n'avait plus de conséquence néfaste. Au contraire ! C'était une fausse piste à leur lancer en pâture. Du lest. Les faire courir un peu, ces fumiers, et retarder le moment de la *vraie* douleur. Celui où, peut-être, on parlera. Car nul ne peut dire au préalable quelle intensité de souffrance son esprit et son corps pourront soutenir sans plier.

Biraud savait que Louise avait échappé aux gestapaches, lesquels ne s'étaient intéressés qu'à lui. Ils n'ont pas remarqué la vendeuse de la Samaritaine. Leur prisonnier l'a vue s'en aller soutenue par un gardien de la paix. Il savait donc que grâce à elle tout ce que lui-même pouvait connaître – les adresses, les planques, les heures et lieux de rendez-vous – serait rapidement modifié par les camarades, de crainte qu'il ne parle. Louise Zembrowski ferait passer l'information ainsi que les nouvelles consignes. Sans doute par l'intermédiaire de Mme Dumont, venue la voir à l'hôpital. La boîte postale de l'architecte de Neuilly ne servira plus aux résistants. Les Boches peuvent chercher les boîtes des 8, rue de l'Ouest, à Paris et d'un bout à l'autre de la région parisienne, ils en seront pour leurs frais…

Le policier se fige.

Lui sait que la boîte est morte *mais la Gestapo ne le sait pas*. Elle n'a aucun moyen de s'en assurer. Elle ne peut qu'attendre en s'armant de patience, tel le tigre à l'affût… Depuis le 11 juillet ils ont eu le temps de vérifier *toutes* les adresses, de pénétrer dans tous les halls des n° 8… Et, comme lui-même ce dimanche après-midi, de découvrir à Neuilly-sur-Seine une boîte – la seule – dont le nom correspondait.

L'immeuble est donc sous surveillance aujourd'hui encore.

En arrivant, il n'a rien aperçu de suspect. Pas de type à manteau long et feutre mou attendant dans une encoignure en lisant le journal. Pas de véhicule garé le long du trottoir. Mais peut-être la gardienne a-t-elle reçu des ordres… Et il y a le téléphone dans sa loge, puisqu'elle parlait de la possibilité d'appeler un serrurier.

Le cœur cognant à coups sourds, il se remémore la voix de la femme aux cheveux gris-roux et aux lunettes cerclées de corne, sous les jappements du chien Raoul :

— *Non, monsieur, non… J'vous en supplie ! Si j'étais vous je ficherais le camp. Le plus vite possible…*

Le plus vite possible. Il jure. Merde, merde. Pas étonnant, que la bignole avait peur ! Mais pas de lui !… Peur *pour* lui. Et pour elle-même. Peur des *autres*… Plutôt que de faire son malin il aurait dû l'écouter !

Filer d'ici. Ramasser la serviette et s'arracher. Où l'a-t-il mise ? Il ne la voit pas dans le salon. Il jure de nouveau. Pendant qu'il crochetait la porte d'entrée, il n'y pensait plus ! Elle est restée dehors sur le palier. Avec un million de francs à l'intérieur ! Abandonnée là pendant une trentaine de minutes ou plus ! À la merci du passage de n'importe quel locataire… ou d'un livreur, ou d'un ouvrier… Sadorski se précipite à travers le vestibule plongé dans la pénombre.

Il bute sur un obstacle, entend quelque chose craquer, perd l'équilibre et, emporté par son élan, part droit devant lui. Son front heurte avec violence une surface dure – la porte blindée de l'entrée, probablement.

Et tout devient noir.

La conscience lui revient, accompagnée de la douleur. Une migraine épouvantable. Il est allongé sur le tapis de l'entrée. Quelle heure peut-il être ? Son rendez-vous avec Eggenberger… La main droite de Sadorski palpe la poche latérale de sa gabardine, en extrait la lampe électrique. Il la dirige vers sa montre, au poignet gauche… celle que l'administration lui a renvoyée peu après son élargissement de la Santé… Les aiguilles annoncent 18 h 51. Cela signifie une demi-heure de retard au Pershing… Le Suisse l'attendra-t-il ? C'est encore dans le domaine du possible. Mais la serviette ? D'abord s'assurer que…

Sadorski se redresse péniblement sur l'avant-bras. Le pinceau lumineux balaie le vestibule autour de lui.

La serviette de cuir est là, basculée sur le côté. C'est sur elle qu'il a trébuché dans l'obscurité. Il l'avait déposée machinalement à l'intérieur de l'appartement en entrant, avant de claquer la porte. De forts relents de fromage ont envahi l'espace exigu du vestibule ; inquiet, il se souvient d'avoir entendu un craquement pendant sa chute. Il ouvre le cartable pour braquer sa torche à l'intérieur.

Les deux boîtes de dix œufs chacune sont écrasées. Parmi un magma de petits emballages, écrabouillés en même temps. Livarot, pont-l'évêque, neufchâtel, Bouille, trèfle du Perche, pavé de Moyaux, Petit Moyonnais, beurre extra-fin de Normandie, blancs et jaunes coulant des coquilles brisées, saucisson et papiers gras composent un infâme mélange dont les éléments les plus liquides ont eu largement le temps de tremper l'enveloppe renfermant la moitié du pécule de M. Perret.

Précautionneusement, Sadorski dégage celle-ci de la bouillie de la serviette et retourne à la salle de bains. Le miroir du lavabo lui renvoie l'image d'un individu hagard, hirsute, une énorme barre rouge au milieu du front. Il ne saigne pas, c'est déjà ça. Attrapant une éponge au bord de la cuvette, il tente d'atténuer le désastre. Le papier kraft est taché mais pas entièrement ruiné. Les billets, auxquels il jette un coup d'œil, paraissent encore utilisables. Le visiteur s'empare du rouleau de papier hygiénique et, le dévidant à mesure, essuyant et tamponnant l'enveloppe, absorbe ce qu'il peut de l'humidité.

L'urgence de quitter les lieux n'a pas diminué, au contraire. Sadorski regagne le vestibule, ramasse son chapeau qui avait roulé sous un bahut, et décide d'abandonner sa serviette qui prendrait trop de temps à nettoyer.

Avec l'enveloppe à la main, il dévale les marches quatre à quatre, laissant l'appartement ouvert. Il ne croise personne dans la cage d'escalier. Sa bicyclette est toujours appuyée au mur, en face de la loge fermée de la concierge, rideau tiré, bougie éteinte. Le basset Raoul, de l'autre côté de la vitre, se remet à aboyer. Dressé sur ses pattes de derrière, il griffe le carreau. On entend la femme glapir : « Au pied !... Au pied !... Ah, mais tu vas voir ! Tu vas tâter du martinet, petit salopiaud... », pendant que le fugitif se dépêche de boucler les sangles du porte-bagages autour de l'enveloppe pliée. Qu'elle ne tombe pas du cadre, au moins ! La journée a été suffisamment féconde en catastrophes sans qu'on en rajoute !

Dehors il fait encore très chaud, bien que l'ombre des maisons assombrisse la ruelle, contrastant avec la lumière vive sur le haut des façades à l'est. Sadorski enfourche le vélo de son épouse. Il se sent déjà un peu mieux, ayant échappé à la menace de la Gestapo. Plus que quatre ou cinq minutes à rouler dans Neuilly par un temps ensoleillé. Le Suisse sera certainement encore au restaurant, ou au bar. C'est son intérêt de toucher sa commission dans l'affaire Perret. Ses 25 pour 100... Le cycliste hésite : prendre à gauche ou à droite ? La rue de Sablonville est tout près – autant aller de ce côté, puis virer à gauche de nouveau et foncer vers la pointe du boulevard Pershing. La solution la plus courte et la plus rapide.

Il s'est mis à pédaler, quand il entend rugir un moteur dans son dos, venant du croisement de la rue de Chartres. Une voiture puissante. Deux gros coups de klaxon. Il serre à droite afin de la laisser passer. Une Citroën noire le double, freine, le coince contre le trottoir. Trois silhouettes à l'intérieur. Pas le temps de lire la plaque ni de faire demi-tour. Des portières s'ouvrent, à l'avant, à l'arrière. Deux types jaillissent, longs manteaux de cuir noir, feutres mous, revolver au poing. Ils crient : « C'est lui ! C'est lui ! » L'un d'eux est énorme, une armoire à glace. Il s'élance sur Sadorski, l'arme braquée. L'autre homme, mince, assez grand, lunettes, pointe un 7,65 vers sa tempe à bout portant, tout en l'agrippant de la main gauche et le forçant à quitter son engin, lequel chute avec un bruit de ferraille.

— Par là ! Par là ! Contre la bagnole ! À genoux ! À genoux ! Pas un geste ou je tire !

— Il est armé ? Fouille-le ! Fouille-le !

Tous deux s'expriment avec des intonations étrangères, slaves peut-être. Ou du Moyen-Orient.

L'enveloppe a valsé dans le caniveau. Le géant la ramasse. Agenouillé sur la chaussée, à côté des portières ouvertes, Sadorski est poussé brutalement contre le bord de la banquette, le nez dans le tissu gris aux odeurs de tabac, d'essence, d'huile. Son chapeau est tombé. Il sent le canon froid du pistolet pressé sur sa nuque. Des doigts durs, nerveux, palpent ses poches, trouvent le Browning, s'en saisissent avant de poursuivre leur exploration de tout son corps, y compris les chevilles, rabattant les chaussettes sur le cuir des godillots. Fouille professionnelle, violente, rapide. Les poches du veston et de la gabardine ont été vidées l'une après l'autre, leur contenu jeté à l'avant sur le siège du passager. Le moteur de l'auto tourne au ralenti. L'interpellé perçoit les halètements du type à lunettes, respire des relents de sueur et d'eau de Cologne. Le chauffeur est descendu à son tour, côté rue. On l'entend crier, en français dénué d'accent : « Police allemande ! Circulez ! Y a rien à voir… Opération antiterroriste !… Il a tué des Allemands !… »

Tué des Allemands ? C'est quoi cette histoire ? Sadorski espère qu'ils inventent. Sinon, il peut se retrouver flingué dans la cour de la rue des Saussaies puis balancé comme un chien sur le bitume, une pancarte autour du cou…

Pas le temps de méditer davantage ; on lui réunit les poignets sur les reins, le métal mord dans la peau, avec un cliquetis. Menottes. Nouvelles vociférations des agresseurs :

— Allez, grimpe ! Au fond ! Pousse-toi au fond ! Vite !

— La lourde ! Ferme la lourde !

— Grouillez !… Merde…

— Marcel ! Tu embarques le vélo et tu le ramènes ! « King-Kong » va conduire…

Le gorille ainsi surnommé s'installe pesamment derrière le volant, où il occupe toute la place. Il doit peser dans les 120 kilos. Claquements de tôles. Coup d'accélérateur, la « 11 légère » bondit en avant, pour effectuer un virage extrêmement serré dans la rue de Sablonville.

— Pourquoi tu vas par là ?

— On évitera le barrage boche avenue de Neuilly... Oublie pas que j'étais chauffeur de taxi, avant... J'ai toujours ramené mes clients par le chemin le plus rapide !

Encore éberlué, sous le choc, Sadorski met une minute ou deux à reprendre ses esprits. L'automobile fonce tout droit, on s'engage dans Paris par les Ternes. Le décor défile à toute allure. Le chauffeur freine, en faisant hurler les pneus, il braque à nouveau, au coin du boulevard Pershing. À droite les fenêtres et le vélum du restaurant de Santolini. Impossible de distinguer si Eggenberger est assis à l'intérieur, attendant toujours son rendez-vous qui ne vient pas... La Citroën file à présent vers la Porte Maillot. Les montagnes russes de Luna Park. Les sacs de sable du barrage au loin. On traverse la place en klaxonnant pour s'engouffrer dans l'avenue de Malakoff. Assis sur la banquette, à côté du policier menotté, le type mince, qui paraît âgé d'une trentaine d'années, garde son pistolet braqué sur Sadorski. Un Walther PPK. Son détenteur a des doigts très effilés, des cheveux blonds ou châtain clair, des lunettes à monture d'écaille. Et l'accent décidément slave. Alors que son apparence pourrait être celle d'un Anglais. Il indique à l'homme derrière le volant :

— Va te garer sur la contre-allée, à l'angle de la rue Leroux.

— Pourquoi ?

— Je veux voir ce qu'il avait dans les poches. Y a déjà une belle montre, là, avec une chaînette... Ça c'est pour moi.

Sadorski juge le moment propice pour réagir.

— Vous faites erreur, les amis... Police française, 3e section des Renseignements généraux... Et je travaille moi aussi avec les Allemands !

King-Kong glousse, avant de stopper son véhicule dans l'ombre des marronniers, le long des jardins de l'avenue Foch. Un secteur qui grouille de Chleuhs, en civil comme en uniforme. Le géant coupe le contact et se détend sur son siège, avec un soupir d'aise. Il a des cheveux très noirs sculptés à la brillantine, un visage plein et épais au teint mat, un nez charnu et court, des sourcils touffus au-dessus d'une paire d'yeux bruns, liquides, à l'expression songeuse et vindicative à la fois. Son cou est large, entre des épaules gigantesques. Il pourrait être arménien ou turc. Et son accent est plus moyen-oriental que russe. Il continue de glousser, répondant à l'inspecteur.

— T'es pas le premier à nous dire ça.

— Mais regardez mes fafs. J'ai une carte du SD…

L'homme ouvre le portefeuille confisqué.

— Qu'est-ce qui sent le fromage, ici ? Ah, c'est la grande enveloppe…

— Je crois que j'étais sur le même coup que vous, insiste Sadorski. Une affaire gaulliste. Un résistant nommé Armand Biraud. C'est lui qui venait à la baraque de la rue de l'Ouest, prendre ou livrer le courrier du réseau…

Le type au Walther 7,65 ricane.

— Et c'est nous qui l'avons sauté le mois dernier. Biraud *alias* « Biarritz »… Au métro Louvre. Hein, monsieur Zulgadar ?

Son comparse hoche sa grosse tête, aux oreilles bizarrement menues et comme collées au crâne.

— C'est moi. Je lui ai tiré dessus, *pan, pan*. Le petit courait et il s'est cassé la gueule devant l'église. Tu aurais dû voir ça, Manuel. Le salopard a pris deux balles.

— Vous l'avez conduit rue des Saussaies ?

— Tu es bien curieux… monsieur… (Il examine les cartes.) Sadorski… ou Schenk ?

— Léon Sadorski. Inspecteur principal adjoint à la 3e section des…

— Tu l'as déjà dit. Tu nous prends pour des cons ?

Le prénommé Manuel lui allonge une gifle.

— Tous des fouineurs, glousse Zulgadar. Les poulets français… Comme l'autre, là… Qui posait des questions chez Dante.

Une deuxième claque. Les joues de Sadorski cuisent, dans l'habitacle surchauffé de la voiture. Il suppose que le gorille parlait de Cuvelier. Ce n'était pas un très bon sujet de conversation, finalement, la police nationale…

— Je vais te renseigner, susurre son voisin, dont les yeux ont un éclat étrange derrière les verres de lunettes. Ce qui est arrivé à ton fumier de Biraud… Le toubib a été appelé en consultation. Il a réussi à extraire une des balles. La deuxième il y arrivait pas. Faut préciser qu'il est pas chirurgien. Ça a foutu du raisiné partout, une vraie boucherie. Le Dr Rousseau a dit qu'on pouvait laisser la balle, c'était pas trop sérieux comme blessure. Il lui a fait une piqûre d'huile camphrée pour le remettre d'aplomb. Pour soutenir le cœur, il a dit… Parce que nous, on avait pas fini avec le petit salopard. Hein, monsieur King-Kong ? Lui, tu vois, c'est notre baigneur. Tu comprendras ce que ça veut dire.

— Je vais te soigner, signale Zulgadar. Facile. T'es pas très lourd à mon avis.

— Le petit blond je m'en suis occupé personnellement, explique Manuel. Coups de pied, de poing, de nerf de bœuf pour débuter. Coups de cravache. Puis le bain, avec King-Kong…

— On m'appelle aussi « Jules César ». Parce que ça rime avec mon nom de famille. Ou « le gros Jules »… on se demande pourquoi, hein !

Il n'en finit pas de glousser. Le type à lunettes poursuit :

— Après, King-Kong a pendu Biraud par les mains au-dessus de la baignoire, de façon que ses pieds soient immergés. Et ensuite M. le directeur a voulu le questionner lui-même. Les questions pendant l'interrogatoire avaient pas eu beaucoup de réponses. De réponses utiles. La rue de l'Ouest, par exemple, c'est la première fois qu'on y arrête quelqu'un ! Alors le directeur a cogné très sévèrement. Et très longtemps. À un moment, pour rire, il a placé une bougie allumée sur la tête du petit « Biarritz » et a tenté de l'éteindre à coups de revolver… Faut dire que le directeur était schlass. Comme la plupart du temps, le soir. Au deuxième interrogatoire on apprenait toujours rien, et le petit il pouvait plus parler, crachait du sang, tombait, comment vous dites ? dans le cirage… Son dos était noir des coups qu'il avait reçus. Et son visage gonflé, informe, presque entièrement de la couleur bleu-violet des petites prunes, tu vois ? Bref, il n'avait plus vraiment apparence humaine… Même sa propre sœur l'aurait pas reconnu ! D'autres types arrêtés tombaient eux aussi en syncope. On a eu beaucoup de clients cette semaine-là…

— On les a tous livrés rue des Saussaies, intervient le « baigneur ». Puis à Fresnes. Mais là-bas la police allemande a pas voulu accepter le gars dans cet état. Le Corse a répondu : « Eh bien, j'en fais mon affaire ! Retour rue de la Pompe ! » Alors on a emmené ton copain en balade…

— On est sortis de Paris par la Porte Maillot. Un peu après Bougival, dans un bois à proximité d'un terrain militaire… on a arrêté la voiture, on l'a sorti et on l'a porté plus loin. Biraud gémissait : « Hortense, Hortense… » Sa petite poule, peut-être. Il pouvait lui dire adieu… On l'a couché sur le sol, et j'ai tiré à la mitraillette dans la gorge à bout portant jusqu'à épuisement du chargeur… Et alors qu'il était déjà tout ce qu'il y a de plus *kaput*, évidemment, King-Kong lui a filé le coup de grâce en lui tirant une balle dans l'oreille… Ils le trouveront pas avant des années. De la terre, des ossements, dans la forêt… Par hasard. Les promeneurs du dimanche… (Manuel ricane.) Bon, tu trimbalais quoi, espèce de connard de flic ? C'était dans la boîte ? Putain, qu'est-ce que ça pue !

— Je… je transportais du fromage, essaie piteusement Sadorski.

Cela ne dissuade pas le Slave d'ouvrir l'enveloppe.

— Merde. Putain ! T'as vu ça, monsieur Zulgadar ?

Il compte les liasses. Les billets sont à l'effigie d'une femme au profil grec, le front ceint de laurier, tenant dans sa paume une victoire dotée d'une paire d'ailes. Beaucoup de lauriers, donc, mais surtout des chiffres 5 000.

— Tu les as pris dans la boîte à lettres ? Ça vient du réseau polonais ?

— Non. La… la boîte était vide sauf des prospectus. Vous pouvez vérifier auprès de la bignole… elle m'a vu l'ouvrir. Ce pèze m'appartient.

Manuel s'esclaffe.

— On est bien payés, dis-moi, aux Renseignements généraux ! Ça fait cher du renseignement ! Ce serait pas plutôt une combine de marché noir ?

— Y a combien ? s'informe King-Kong.

— Une brique.

Le colosse arrondit les lèvres en cul-de-poule, sans émettre de sifflement. Ses épais sourcils noirs se soulèvent un peu, et les yeux liquides pétillent d'une brève gaieté.

— Et dans les enveloppes blanches ?

— Attends. Je regarde… La moitié, on dirait. Mais y en a deux… Alors ouais, ça fait encore une brique. (Il lui tend une des enveloppes.) Pour toi. (Il glisse la seconde dans une poche intérieure de sa veste, sous le manteau de cuir noir.) Et pour moi. La grande sera pour le Corse. Il aime le fromage. Tout ce qui pue et qui est bon…

Avec un petit rire, il se tourne vers Sadorski.

— Maintenant écoute-moi bien, espèce d'enculé. Si M. le directeur te demande combien t'avais sur toi, tu réponds : une brique. Un million de francs. Pas plus. Les deux autres paquets de cinq cent mille, ils existent pas. Jamais vus. Et nous non plus on les a pas vus. (Il prend son automatique par le canon, pour balancer brusquement un coup de crosse dans la pommette gauche de Sadorski. La peau éclate, ou se déchire, et se met tout de suite à saigner. Les yeux du Slave brillent d'un éclair cruel.) Tu comprends ? *Y avait une brique en tout.*

— Ou… oui…

Zulgadar, penché par-dessus le siège, ajoute :

— Si tu parles, si t'oublies ce qu'on vient de te dire, alors Manu et moi on revient te voir dans ta chambre. On te découpe le zob et les roustons, on les hache tout petit petit et on te les fait bouffer avec du poivre, façon steak tartare.

— Et après que c'est passé, moi je t'arrache la langue à la tenaille, et King-Kong il te tranche la gorge d'une oreille à l'autre, avec son grand couteau du Caucase. On expliquera à Monsieur Pierre que tu avais tenté de faire la belle. Tu seras pas le premier. Pigé ?

— P-pigé.

Ses poignets menottés dans le dos, le captif est dans l'incapacité de tirer son mouchoir pour le plaquer contre sa joue. Il se demande si l'os est fracturé. Les gouttes rouges coulent sur le tissu clair de l'imperméable. La douleur à la pommette a tendance à croître, sa figure est en train d'enfler. Le géant attrape une dernière enveloppe, la plus fine.

— Tiens, y avait ça aussi…

Manuel la décachette avec les doigts. Il grimace.

— Non, ça fait que six ou sept mille balles. Qu'est-ce que tu veux, on peut pas toucher le Loto à tous les coups…

Une pierre acérée descend sur le cœur de Sadorski. Les pauvres économies de Julie et de Mme Odwak… L'argent des cours de piano.

— Y a même de la monnaie… Ce fric-là ce sera pour Marcel, décide l'homme aux lunettes. Son pourliche, pour avoir ramené le biclou à la maison !

23
La rue de la Pompe

La traction a redémarré. On roule dans les beaux quartiers du seizième. Pas loin de chez Jacqueline Perret dont la rançon vient de s'évanouir dans la nature. Ou plutôt dans les poches de deux truands. Le moral de Sadorski est au plus bas. Il reconnaît, au passage, l'étroite rue de Sfax – sa ville natale – puis la rue de la Pompe, dans laquelle on vire avec un nouveau hurlement de pneus. Un peu plus loin, deux tractions noires garées à la file le long du trottoir de droite encadrent une grosse Hotchkiss grise décapotée. Les frondaisons de l'avenue Foch, vertes et lumineuses, sont visibles à l'extrémité de la rue. Le quartier semble tranquille. King-Kong ralentit, pour faire halte derrière la Citroën de queue, pare-chocs contre pare-chocs. Au pied d'un grand immeuble bourgeois en pierre de taille, qui fait l'angle avec la calme petite rue de Lasteyrie.

— Terminus, tout le monde descend, déclare Manuel.

Le chauffeur met pied à terre, vient ouvrir la portière gauche pour arracher le prisonnier à sa banquette. Puis il le traîne, nu-tête et la joue pissant toujours le sang, vers l'entrée de l'immeuble, bordée de pilastres néoclassiques et pourvue d'une belle porte à deux battants en verre et fer forgé. Le numéro est le 180, rue de la Pompe. Le hall d'entrée respire le confort et le luxe typiques de l'arrondissement. On passe devant la loge, fermée, pour gagner une porte du rez-de-chaussée située à gauche, face à l'escalier, après la cage d'ascenseur. Le Slave cogne au battant. « C'est nous, Pascal ! » annonce-t-il d'un ton désinvolte. Un type maigre en bras de chemise, armé d'une mitraillette MAS 38, accueille les arrivants avec le sourire. Cheveux relevés très haut à la mode zazou, l'air un peu stupide, et l'accent toulonnais :

— Je préparais les pastis… Marcel vient de se pointer, purée il a gagné un vélo !

— Oui, et voilà le champion du Tour de France, rigole Zulgadar, poussant violemment Sadorski à l'intérieur du vestibule. Monsieur s'est tapé un gadin, alors monsieur saigne. C'est un connard de poulet.

— À ce qu'il dit ! précise Manuel. On va lui délier la langue…

— La glace elle est pas encore livrée, signale le porteur de mitraillette.

— Marcel est avec toi ?

— Non, il a été boire une bière au Chantaco, vous l'avez pas croisé dans la rue ? Pour se rafraîchir, après sa course… Il a pas pu attendre le pastaga !

— Et la Polaque ?

— Au salon. M. le directeur en a pas besoin tout de suite.

— Le Corse est ici ?

— Il surveillait l'installation à Victor-Hugo, alors il est fatigué, on peut pas le déranger. Mme Denise va descendre.

Zulgadar glousse, tenant toujours l'inspecteur par le bras.

— T'as du bol, tu passes pas à la casserole immédiatement…

— Juste quelques exercices, suggère l'homme aux lunettes. Allez, ouste !

On descend d'un petit niveau ; Sadorski trébuche, le géant et Manuel le retiennent, l'aident à monter une nouvelle volée de marches au fond du vestibule. Ils l'introduisent dans une vaste salle de séjour, munie d'un bar, plongée dans la pénombre avec ses persiennes à demi fermées, ses tentures violettes et ses rideaux de voile tirés. On devine un déménagement récent ou en cours : des tapis sont roulés contre les plinthes, des lampes et chandeliers posés dans les coins, à côté de cartons de livres et d'assiettes. Les lames du plancher nu grincent sous les souliers. Ne restent qu'un piano à queue laqué noir, deux grandes colonnes en stuc, un miroir dans son cadre doré au-dessus du manteau de cheminée, une paire de chaises style Restauration et un sofa Empire. Les murs sont vierges de tableaux mais on discerne des traces de leur emplacement. Une femme brune gît sur le sofa, vêtue d'une combinaison blanche tachée, les pieds nus, les jambes partiellement repliées. La dernière fois que Sadorski a rencontré la vendeuse chef du rayon parfumerie de la Samaritaine, c'était en juillet – sur son lit de l'Hôtel-Dieu, salle Notre-Dame. Après qu'elle avait reçu une balle de 7,65 dans le mollet, tirée par Zulgadar, ou l'un de ses acolytes de la bande de « Monsieur Pierre »… Ce jour-là Louise Zembrowski était en meilleur état que maintenant.

Il l'entend gémir. La plante du pied droit, qu'éclaire le jour filtrant à travers le voile des rideaux, est couverte de plaques noirâtres, comme des brûlures. Le bras droit de la femme est disposé d'une manière peu naturelle et porte de longues marques sombres. La narine droite, très enflée, semble bouchée par des croûtes de sang séché. Les yeux clos, la tête oscille spasmodiquement. De sa chevelure en complet désordre, des touffes de cheveux paraissent avoir été arrachées, laissant du scalp sanguinolent à leur place.

Les hommes de la Citroën se débarrassent de leurs longs manteaux.

— À genoux ! ordonne le Slave.

N'ayant pas obéi assez vite, Sadorski reçoit son poing dans l'oreille gauche. Le nommé Pascal arrive en boitant, et se joint aux autres pour lui décocher des coups à répétition, sur le visage, dans le dos, à la poitrine, au ventre… Sous un coup plus violent à la nuque, le policier s'effondre. Il a chuté de côté, ne pouvant se rattraper à cause de ses poignets menottés. Manuel met un pied sur sa tête, puis le saisit par les cheveux, l'oblige à se redresser, lui crache à la figure. Les coups repartent – de chaussure, de poing, de nerf de bœuf –, accompagnés d'un feu roulant de questions.

— Qu'est-ce que tu venais chercher rue de l'Ouest ? Hein ?

— La femme, là… Tu la connais ?

— Tu fais partie du réseau Monica ?

— Monica ? Je ne connais pas de Monica…

Il reçoit une paire de gifles. Gémit, au bord des larmes :

— Je vous jure… Je suis flic, pas résistant. C'est une erreur… Si j'avais quelque chose à vous dire, je parlerais… mais je ne sais rien ! Je ne connais pas Monica ! Je vous jure… Je travaille pour le SD…

Manuel ricane.

— Ça va mal finir pour toi, alors. Tu ignores où tu es tombé. *On est des gars du maquis*. Si t'es un Boche on va te fusiller.

— On t'a bien eu ! se moque Pascal. Nous, les Allemands on fait des cartons sur eux, à la cave… J'aimerais pas être à la place de tézigue ! Une fois que t'auras mangé le morceau, tout à l'heure dans la baignoire avec le gros Jules, y aura plus qu'à te faire avaler ton bulletin de naissance…

— Et après, on t'embarque roulé dans un tapis, ni vu ni connu… Les gens de l'immeuble, ils ont l'habitude des coups de feu. Et des cris. Personne ne moufte. Ils ont trop peur des emmerdements, quand on fera la chasse aux collabos…

Sadorski n'y comprend rien. Il a mal partout, son cerveau vibre des chocs reçus, ne parvient plus à fonctionner de manière correcte… S'est-il fait embarquer par un de ces corps-francs gaullistes dont lui parlait Vermont au bar du Pershing ? Ceux qui ont tué Philippe Henriot ? Des types louches, à en croire le milicien, des petits trafiquants qui n'hésitent pas à abattre leur cible à la mitraillette en pleine rue, ou à commettre des vols aux faux policiers chez les détenteurs de louis d'or… *La bande à Morlot, elle fait des coups, et je pense pas que le résultat va toujours dans les caisses gaullistes…* Il bredouille :

— Je ne suis pas boche ! Je… je suis français ! Patriote !

Vaudrait-il mieux ajouter qu'il est membre du mouvement « Honneur de la police » ? Même si c'est faux ?

Il n'en a pas le temps ; la porte d'entrée a claqué, un homme pénètre dans la pièce, venant du vestibule. Les trois gestapaches retiennent leurs coups, considèrent le nouveau venu avec un certain respect. Sadorski se demande s'il s'agit du « directeur »… *alias* le Corse, *alias* Reddy, *alias* Monsieur Pierre… l'individu à qui Sadorski a parlé au téléphone, ce matin même. En tout cas il est plus âgé que les autres. Dans les quarante-cinq ans, assez petit, brun, le faciès rond avec un nez busqué, une mâchoire plate, fuyante, l'œil droit fixe et légèrement écarquillé, ce qui accentue son air d'oiseau de mauvais augure. Tiré à quatre épingles : costume sombre, cravate rayée, pochette en soie. Et souliers vernis de très belle qualité. Il s'informe :

— D'où vous le ramenez, ce gonze ?

Accent du sud-est très prononcé. De Nice, ou d'Italie…

— On l'a chopé rue de l'Ouest, répond Manuel. La boîte à lettres où venait jamais personne. La concierge a téléphoné.

— C'est bien. J'enverrai Francis lui verser sa prime. Hé, Pascal, alors où ça en est, les pastis ? M. le directeur a soif.

— Tout de suite, monsieur Guicciardini.

Prêtant l'oreille, Sadorski déduit qu'il a affaire au père des deux Ritals, Francis et Adrien. Décidément, on travaille en famille ! Et beaucoup de Méridionaux dans la bande… Zulgadar et Manuel, avec leur folklore du Caucase, détonnent un peu.

Le bonhomme à l'œil d'oiseau vient le considérer de plus près.

— Résistant ?

D'instinct, Sadorski choisit de nier. Il ne croit pas à l'histoire de maquis, ça doit être du bluff. Ces chiqueurs voulaient l'amener à se dénoncer lui-même…

— Police nationale… Mais je travaille avec la rue des Saussaies… Je vous jure. Demandez à l'*Untersturmführer* Maag !

— Connais pas.

Manuel lui balance un coup vicieux sur la pommette, qui se remet à saigner.

— Attends, ordonne Guicciardini père. On verra tout à l'heure avec le patron. Pour l'instant, descendez-le à la cave. Chambre n° 2. Mettez-y aussi la femme.

— Dans l'autre chambre ?

— Non, la même. Pas d'importance s'ils causent entre eux. Mais retirez-lui son bracelet-montre. Pascal, tu me suis là-haut avec les pastis.

Trois verres. Bien tassé pour le Corse, comme d'habitude. Et veille à ce qu'il y ait du champagne au frais ! Huit bouteilles au moins !

— Oui, monsieur Guicciardini. Ça marche !

Pascal file, toujours en boitant, s'affairer derrière le bar. Zulgadar se dirige vers le sofa. Il soulève, sans ménagement, Louise Zembrowski. Elle geint, ouvre les yeux, l'air encore dans les vapes. Son bras droit pend de façon bizarre, comme si l'épaule était déboîtée… ou que la vendeuse avait été victime d'une attaque cérébrale. Elle paraît incapable de remuer les doigts de cette main.

Manuel braque son 7,65 sur Sadorski.

— Allez ! Tu suis Jules César. Je t'accompagne, pas de conneries…

— Euh… Y a des toilettes, avant ? J'ai envie de pisser…

Le Slave ricane, le géant glousse :

— Les mecs y disent tous ça, t'es pas le premier. Chez nous pisser c'est interdit ! Demain, si t'es sage… Pascal te montrera les gogues. Si t'arrives plus à uriner il te tiendra la biroute. À mon avis ça va couler rouge.

— Tu seras pas le premier, répète Manuel. Ouste ! Et attention au crâne, le plafond est bas…

On emprunte un couloir qui longe deux chambres à coucher, vidées presque intégralement de leurs meubles, puis un escalier intérieur exigu menant au sous-sol. Il faut avancer dans la pénombre, l'électricité ne revenant pas avant 22 h 30. Ici, pas de bougies ni de chandeliers. Zulgadar pousse une porte. La lumière tombant d'un soupirail fermé éclaire faiblement une pièce nue, avec un simple sommier que recouvre un matelas. Ni drap ni couverture. King-Kong jette la femme sur le lit. Manuel ordonne au policier de s'asseoir à même le parquet et lui prend sa montre. Les deux types sortent en verrouillant la porte de l'extérieur. Sadorski les écoute s'éloigner et remonter les marches. Il voudrait fumer, mais les salauds lui ont piqué son étui à gauloises ! Avec tout le reste… Quelle situation catastrophique. S'ils ne vérifient pas auprès du KdS de la rue des Saussaies, si aucun type de la Gestapo ne se porte garant pour lui… Quant à Eggenberger, comment le joindre ? Il a quitté définitivement l'hôtel des Deux-Mondes, et l'inspecteur ignore le numéro de téléphone de sa copine Marthe Richard, l'aviatrice… L'envie d'uriner se fait de plus en plus forte. Il choisit de ne pas y penser. Et, péniblement, les mains menottées, il se relève en s'appuyant au mur, s'approche du matelas.

— Madame Zembrowski…

Il lui semble qu'elle a ouvert les yeux.

— C'est moi, Léon Sadorski, le flic qui est venu vous voir à l'hôpital… Vous vous souvenez ?

— Ah… Oui…

— Vous pouvez parler ?

— J'ai… mal…

— Il faut essayer de me parler… C'est important. Je suis de la police. De la résistance, à la préfecture de Paris. Racontez-moi ce qui s'est passé… Qui sont ces gens ?

— Je ne sais pas… La Gestapo…

— Qui est leur chef ?

— Je… ne sais pas…

— Mais vous l'avez vu ?

— Oui…

— C'est un Corse ?

— Non… allemand… je pense… ou autrichien… Je l'ai vu surtout la nuit… Une fois en bras de chemise avec les mains tachées de sang… Il était ivre, et il prend des drogues… Mais… il n'est pas complètement normal… je veux dire… Cet homme a un caractère démoniaque… satanique… Vous… vous comprendrez quand… vous le rencontrerez…

— Il est nazi ?

— Oh, bien sûr. Mais c'est pire que ça…

— Ils vous ont torturée ?

— Oui… mais je n'ai… rien dit…

Sadorski frissonne. Il la croit. Ces gonzesses, toujours courageuses… ou stupides. Tortionnaires démoniaques ou pas, lui se serait allongé illico ! À condition de disposer de renseignements valables… ce qui n'a jamais été le cas jusqu'à présent.

— Savez-vous pourquoi ils vous ont arrêtée ?

— Oui… quelqu'un a parlé…

— Qui ?

— Une femme… mais… je ne lui en veux pas… Si vous saviez… ce qu'ils font ici…

Il frissonne de nouveau.

— Racontez-moi.

— Je… je ne peux pas… j'ai trop mal…

— Reprenez votre souffle. Respirez lentement… Attendez que ça aille mieux. Je suis là, je vous écoute…

— Oui…

La position debout est trop fatigante. Sadorski s'accroupit, se laisse tomber sur les fesses, et pivote afin d'appuyer son dos contre le sommier. Il crève de chaud, dans sa gabardine, impossible de la retirer avec les menottes !… Il entend la respiration, irrégulière, de Louise Zembrowski. Quelques minutes s'écoulent. À travers le soupirail lui parviennent de petits cris joyeux. Des enfants. On dirait qu'ils jouent à la marelle. Le roulement lointain du canon est à peine perceptible. De temps en temps, une voiture passe rue de la Pompe. Mais ce côté-ci de l'appartement semble donner sur la petite rue de Lasteyrie. Il doit y avoir une grille, pleine ou à claire-voie, qui protège le renfoncement du sous-sol ; les soupiraux ne sont peut-être pas visibles du dehors. Le long de la rue de la Pompe, à ce qu'il a pu distinguer en arrivant, aucune ouverture n'était percée sous les fenêtres du rez-de-chaussée, la façade descendait toute lisse jusqu'à l'angle du trottoir.

— Vous êtes réveillée ?

— Oui…

— Racontez quand vous pourrez…

— Oui… Je… J'avais rendez-vous… samedi… hier ?

— Oui, samedi c'était hier.

— Rendez-vous… au square des Innocents… La femme… était en retard…

— Oui…

— Beaucoup de… camarades… ont été arrêtés… en juillet… J'avais peur… j'allais repartir… Une automobile s'est immobilisée devant moi… La femme était assise à l'intérieur… Ils l'avaient amenée… pour qu'elle me désigne… Ceux qui m'ont arrêtée étaient trois… Des policiers en civil de la Gestapo. Ils m'ont fait monter… J'ai tout de suite constaté que cette femme… Suzanne… avait été torturée. Elle… elle était très déprimée. Lorsqu'elle est descendue de voiture… elle marchait difficilement… L'un des hommes a voulu… lui faire hâter le pas, elle a répliqué : « J'ai tellement mal… que je ne puis aller plus vite… » On m'a conduite 11 rue des Saussaies… dans un bureau… du quatrième étage…

— Je connais… Mais moi, c'est au cinquième qu'ils m'ont torturé.

Il ne ment pas. Pour une fois qu'il énonce la vérité, afin de gagner la confiance de quelqu'un ! Sadorski sourit amèrement. Ne pas penser à la suite. Et surtout, ne pas penser à sa vessie pleine ! Continuer de se renseigner… En bon poulet professionnel. En flic de métier et de vocation. Ces informations pourront servir s'il sort vivant d'ici – mais rien n'est moins sûr. La probabilité est plus grande de pourrir abandonné sous la terre et les broussailles, dans une forêt de la banlieue parisienne, comme le pauvre Armand Biraud.

La sœur de ce dernier reprend :

— J'ai… subi immédiatement un interrogatoire… Des questions m'ont été posées sur mon activité… J'ai refusé de répondre… On m'a giflée. Sur moi… au cours de la fouille… ils ont découvert un morceau de papier… sur lequel j'avais inscrit deux numéros de téléphone… L'un des Boches a déposé le morceau de papier sur la table… Quelques… minutes plus tard, trompant la vigilance de mes gardiens… j'ai réussi à m'emparer du papier… et à l'avaler. Lorsque… lorsqu'ils s'en sont rendu compte… j'ai été giflée copieusement…

— Vous êtes courageuse, madame Zembrowski.

— Non… C'était normal… je ne voulais pas… compromettre des personnes avec qui j'étais en relation… Après, vers 15 heures… j'ai été conduite dans un local du cinquième étage… aménagé en salle de bains. Quatre… ou cinq policiers… m'y ont accompagnée, dont le grand blond qui m'avait interrogée... et un militaire... et un interprète. J'ai reçu l'ordre de me déshabiller... puis de me coucher dans la baignoire, ce à quoi j'ai obéi... On m'a fait asseoir... et on a ouvert le robinet... Au fur et à mesure que l'eau montait, on m'aspergeait le haut du corps... Puis on m'a demandé... ce que j'étais censée apporter à Suzanne au rendez-vous... Comme je refusais de répondre, l'un des policiers... m'a saisie par les cheveux... et m'a plongé la tête dans l'eau... pendant que son complice me tenait les jambes afin que je ne puisse me dégager... À huit reprises successives... j'ai été ainsi immergée... Je n'ai pas... parlé... J'avais tout le temps des syncopes... à cause du froid...

— Attendez, madame... Cela se passait rue des Saussaies. J'ai eu droit au même traitement l'année dernière... Mais ce qui m'intéresse, c'est ce qui se pratique ici... chez ce type qu'on surnomme le Corse. Et qui sont ces gestapistes dans cet appartement de la rue de la Pompe...

— Oui... Vers 17 h 15, après un nouvel interrogatoire dans un bureau... où je n'ai pas été frappée... un homme parlant français... que j'ai su par la suite s'appeler Berger (elle a prononcé à l'allemande « Bergueur » et non « Bergé »), est entré dans le bureau... Il a reçu un ordre des Allemands et m'a mis une paire de menottes... Il m'a fait descendre dans la cour... et monter dans une auto... dans laquelle se trouvaient quatre individus... Il s'est assis à côté du chauffeur... et j'ai remarqué à ce moment qu'il était armé d'une mitraillette... La voiture a démarré et m'a conduite ici... On m'a fait entrer... dans un appartement du premier étage... pour me faire descendre presque tout de suite à celui du rez-de-chaussée... La pièce où j'ai été introduite était sombre... Berger a aussitôt crié : « À genoux ! »... Au même moment, j'ai été violemment poussée en avant... et tirée par les cheveux... Je suis tombée à genoux... Les hommes m'ont aussitôt relevée en me tirant par les cheveux... puis ils m'ont obligée à m'agenouiller de nouveau... et à me relever ensuite, en employant toujours le même moyen... Ce manège a duré un quart d'heure environ, et en même temps... on me distribuait des coups de pied aux différentes parties du corps… en évitant toutefois de me frapper au visage… Toutes les personnes présentes, trois ou quatre… y compris Berger… m'ont frappée…

« Fatigué, sans doute… Berger a dit… à ses complices : "Je vous donne cette femme pour une heure ! "… puis il est sorti… Je suis restée seule avec deux individus… qui m'ont conduite dans une pièce voisine… plus éclairée que la précédente… J'avais les mains menottées derrière le dos.

« On m'a obligée à monter sur un escabeau… puis l'un des hommes a fixé une corde à mes poignets… et m'a suspendue à un crochet… fixé au plafond. Dans cette position… où je suis restée environ deux heures… j'ai eu à subir les tortures de ces bourreaux…

— Vous connaissez leurs noms ?

— L'un s'appelle Manuel… vous l'avez vu. L'autre, Raoul.

Sadorski se rappelle ce prénom. Dans la liste de Cuvelier.

Cri-Cri, Raoul-le-tatoué. Laverrière, 7 rue Maspéro (16e). Stanziano, Veronese…

— Il n'aurait pas des tatouages ? le nommé Raoul ?

— Si… Aux bras et à la poitrine. Un serpent tatoué sur le bras… et des flèches… et des étoiles et un cœur. J'ai entendu un autre homme dire… qu'il était maquereau à Montmartre…

— Son signalement ?

— Environ quarante ans… assez grand, 1,80 mètre… et de corpulence puissante… De larges épaules… Il a le teint légèrement pigmenté… et m'a dit être martiniquais d'origine… Ses cheveux bruns sont coiffés en brosse, il a un visage carré et épais… Mais c'est Manuel qui s'est montré le plus cruel des deux… Dès que j'ai été pendue il s'est accroché à mes jambes… imprimant à mon corps de violentes secousses… pour augmenter mes souffrances. Il me flagellait… les cuisses et les fesses… à l'aide de lanières de cuir… Il me frappait aussi… à grands coups de pied… dans le bas-ventre… À plusieurs reprises, il m'a pressé le bout des seins avec ses doigts… Il m'a introduit le canon de son revolver dans la bouche, menaçant de tirer… Avec le manche du martinet dont il se servait pour me flageller il me donnait de petits coups secs… sur l'extrémité des coudes et les muscles des bras… augmentant considérablement les douleurs que je ressentais dans cette position.

« Comme je refusais toujours… de répondre à ses questions… Manuel m'a enlevé mes chaussures… et m'a brûlé la plante des pieds et le dessous des orteils à l'aide d'une torche allumée…

Sadorski écoute, la nuque reposant contre le matelas. Fasciné – les sévices subis par cette assez jolie femme l'excitent – et écœuré à la fois. Et terrifié. À l'idée que dans un avenir très proche, ledit Manuel s'occupera de son propre cas. En compagnie, probablement, de King-Kong, lequel lui paraît plus redoutable encore que le blond à lunettes.

— … Rendu furieux du fait que… malgré mes souffrances… je ne criais pas, Manuel s'est acharné… sur les endroits les plus sensibles de mon corps… Il m'a détachée… et suspendue aux deux colonnes… que vous avez dû voir, là-haut dans le salon… J'étais dans une position horizontale, un pied et un poignet fixés à l'aide de cordes à chaque colonne… (Elle s'interrompt, respire plusieurs fois avant de poursuivre.) Dans cette position… il m'a introduit une cigarette allumée dans la narine droite… où il l'a fait entièrement disparaître… La… la souffrance que j'ai ressentie est indescriptible. Et comme… je ne répondais toujours pas à ses questions… il m'a introduit dans le vagin un morceau de bois… qu'il a tourné de façon à ce que j'en ressente le plus de souffrance possible… puis il l'a retiré et me l'a introduit dans la bouche… en me disant : « Lèche ! Chienne ! »…

L'inspecteur en a vu et entendu d'autres, mais cette fois il est bouche bée d'horreur.

— … Manuel s'est ensuite absenté environ dix minutes… Raoul est resté seul avec moi… Il ne m'a pas frappée… durant ce temps… Il ne le faisait que sur les ordres de Manuel… et m'a dit éprouver de la répugnance à frapper une femme… Par contre, l'autre manifestait une joie sadique à m'infliger des tortures…

« Lorsqu'il est revenu… il était accompagné d'une jeune femme… j'ai su par la suite qu'elle se prénomme Denise… c'est la maîtresse de

Berger. Elle a essayé de me convaincre d'avouer… me promettant que je ne serais plus martyrisée si j'avouais…

« À 20 h 20, mes bourreaux m'ont dépendue… en coupant les cordes qui m'attachaient aux colonnes… et m'ont laissée choir de tout mon poids sur le parquet… Ils m'ont obligée ensuite… à me relever… en me frappant à coups de pied… Ils m'ont remis mes chaussures et… m'ont transportée, pour ainsi dire… car je ne pouvais plus marcher… dans l'appartement du premier étage… L'un d'eux a dit à son compagnon : "Dépêchons-nous, il ne faut pas que la concierge nous voie !"…

Sadorski observe :

— Ils sont passés par l'escalier principal ? Cela signifie que les appartements du rez-de-chaussée et du premier ne communiquent pas…

— Non… en effet…

— Et que les habitants de cet immeuble peuvent assister à toutes ces allées et venues de gars avec des mitraillettes et transportant des prisonniers dans un sale état…

— Oui… mais je n'ai encore croisé personne dans l'escalier… ni vu de concierge…

— Je vous ai interrompue, pardon. Continuez, madame Zembrowski…

— J'ai été conduite dans la chambre à coucher de Berger… qui était au lit… et prenait son repas du soir, que Denise lui servait… elle l'appelle « Reddy » et parfois aussi « Laury »… Manuel et Raoul sont restés là… Un autre individu s'est joint à eux, un Russe ou un Géorgien… grand et bel homme… qui s'exprimait parfaitement en russe et aussi en français…

— Vous voulez parler de l'armoire à glace ?… Zulgadar ?

— Non, non… le Russe dont il s'agit a des yeux globuleux et une paire de moustaches noires… on dirait plutôt un officier émigré… genre cosaque… assez corpulent, bien vêtu… les autres l'appelaient « colonel »… et le taquinaient parce qu'il ferait la cour à une nommée Hélène… la sœur de Denise… Il appartiendrait à un service allemand chargé de… la prospection de l'or et des devises étrangères… Enfin,

Berger m'a interrogée depuis son lit… Je refusais d'avouer… malgré la terreur qu'il m'inspirait… Je me répétais les consignes que nous avons reçues… Ne jamais avouer… En avouant, vous ôtez toute chance à votre avocat de vous défendre… Si vous faites inculper d'autres gens, ceux-ci vous chargeront et… vous n'en sortirez pas… Niez tout ce que les policiers prétendent savoir quand vous n'êtes pas certain… qu'ils le savent vraiment… Ils vous diront savoir parce que vos complices ont avoué… Niez, car c'est généralement faux… Vous encourrez toujours des peines moins graves en bénéficiant du doute… Niez, niez !… Et puis… si vous sentez que votre volonté vacille… que la souffrance est trop épouvantable… que vos forces vous abandonnent… faites « pouce » et annoncez que vous allez parler… Vous y gagnerez au moins un répit… Préparez pour cela des aveux qui ne compromettront personne… où il ne sera question que de surnoms déjà grillés… de boîtes à lettres abandonnées… de camarades hors d'atteinte… C'est mon frère qui m'a enseigné cela… pour le jour où je serais prise moi aussi… Je ne sais pas où il est… Mort, peut-être… ou déporté…

— Et votre mari ? Le nommé Jean Zembrowski ?

— Ah. Jean…

— Vous m'avez raconté des craques, hein, l'autre fois à l'hosto ? Qu'il vous avait plaquée ?

— Ça… je… je peux vous le dire à présent. Jean est en France. Depuis le 1er août… Il a débarqué… avec la 2e division blindée… du général Leclerc… Il est chef de char !

Elle a dit cela avec fierté. Et, Sadorski le perçoit, avec amour. Il soupire. Mme Zembrowski continue :

— Jean a tout fait, depuis le début… L'oasis de Koufra… la conquête du Fezzan… la Libye… la Tunisie… le Maroc… l'entraînement en Angleterre… Son char s'appelle maintenant le « Varsovie »… en l'honneur de la résistance héroïque… de la capitale de son pays… Aux dernières nouvelles que j'ai eues… son groupe de la 2e DB a déjà franchi la Sarthe… il se battait aux abords du Mans… Chaque mètre que parcourt son tank devient une nouvelle portion de France libérée !…

Jean approche… je le sens… Vous savez, nous ne nous sommes pas vus depuis quatre ans ! Et puis… il y a aussi André… mon ami d'enfance… il est architecte, il est parti à New York avec sa fiancée anglaise… J'ai appris qu'il s'était engagé dans l'armée américaine… la 5e division de la 3e armée du général Patton… Lui aussi est en France maintenant !…

Après un silence, elle ajoute :

— Comment aurais-je pu… après tout cela… moi, parler ? livrer des noms ?… Alors que Jean, Dédé et leurs copains ont offert leur vie à notre patrie ?… Enfin, Berger m'a fait des offres, disant me laisser une heure… pour réfléchir… et qu'il promettait de me remettre en liberté… de me faire soigner… et me payer 100 000 francs à titre de prime… si je lui donnais des chefs de l'organisation à laquelle j'appartiens…

— Oui, quelle organisation ?

Elle ne répond pas. Sadorski tourne la tête. Pour s'assurer qu'elle n'a pas perdu connaissance.

Louise Zembrowski le regarde fixement dans la pénombre.

— Vous… m'avez bien eue. Vous êtes un mouton !… Ils vous ont mis avec moi pour me faire parler…

— Mais pas du tout ! Vous avez vu comme ils m'ont cogné, moi aussi !

La femme a un air de doute.

— Ça ne veut rien dire… Vous pourriez être un résistant qu'ils ont retourné… Je les ai entendus… se vanter à propos de cadres d'organisations de résistance… qui travaillent désormais avec eux… leur livrent leurs camarades… contre de l'argent… Et après, ils les liquident, ces traîtres… qui ont eu la bêtise de croire à leurs promesses… Voilà, vous êtes prévenu ! Mais moi je ne vous raconterai plus rien…

Elle se tait, les yeux vers le plafond.

L'enquêteur se reproche sa balourdise. Il a voulu aller trop vite… À présent c'est foutu : il a perdu la confiance de sa compagne de détention. Quel imbécile ! D'ailleurs, cette journée n'a été qu'une suite d'imbécillités de sa part… Il s'avachit contre le sommier, cherchant une posture moins inconfortable. L'envie d'uriner est revenue, pressante, impérieuse. L'impression que sa vessie va éclater. Pour éviter ça, il va falloir se lever et pisser dans un coin de la chambre… bien que les types le lui aient interdit… mais ses mains sont liées derrière le dos ! Impossible d'ouvrir sa braguette… Et il ne va tout de même pas demander à cette femme de l'aider ! La seule issue est de se soulager sur lui, comme un clochard… Il se laisse aller. Presque mort de honte. Et – comme il est trop nerveux, ou a trop attendu – sans beaucoup d'efficacité : l'urètre est bloqué, coincé. Peu de liquide s'écoule finalement. Le prisonnier s'écarte du lit, priant pour que Mme Zembrowski ne s'aperçoive de rien… ne remarque pas l'odeur… Mais son nez est bouché par les croûtes, après la torture à la cigarette… Sadorski n'avait jamais entendu parler d'une telle abomination ! Ces gens sont des fous. Le récit qu'il vient d'entendre lui rappelle des pièces du théâtre du Grand-Guignol…

— Quelle heure est-il ?… Madame Zembrowski ?

Pas de réponse.

— Vous pourriez au moins me dire l'heure… Ça va ? Vous dormiez ?

— Non. J'ai trop mal… Et ils m'ont pris ma montre…

— Je vous assure que je ne suis pas un mouton…

— Fichez-moi la paix.

Il soupire. Quelle tête de mule… Tant pis. Tout ce qu'on peut, c'est attendre. La lumière du dehors diminue graduellement derrière le soupirail. Les jours raccourcissent… on arrive à la mi-août. Le captif se couche sur le flanc, en chien de fusil. Attendre… sur ce plancher dur, avec les menottes qui lui scient la peau des poignets… Le corps douloureux, partout où on l'a frappé… La pommette brûlante… la plaie va s'infecter, si on ne le soigne pas… Sadorski relève la tête : on entend des pas, là-haut. Une bousculade. Des cris. Puis un vacarme en provenance de l'escalier intérieur. Plusieurs personnes s'approchent, pénètrent dans l'autre chambre. D'où s'élèvent soudain des hurlements. Une voix masculine :

— Je vous en prie… Ne faites pas ça !…

Bruit de coups. Une nouvelle voix, grave, avec des intonations germaniques :

— On a trouvé tout ça chez vous…

Cette voix rappelle quelque chose à Sadorski. Il distingue à présent un robinet qui coule. La pièce à côté est équipée d'un lavabo ?

Encore des bruits de coups. Des cris, des gémissements. Cela dure une quinzaine de minutes. Puis, plus rien. Des gens sortent de la chambre n° 2. Une clé tourne dans la serrure, la porte s'ouvre. Sur Manuel et un second individu. Jeune, l'allure sportive, pas très grand, les cheveux bruns et les yeux bleus.

— Le directeur veut te voir. Oui, toi, la chienne !

C'est le blond à lunettes qui a parlé. Ils s'emparent de Louise Zembrowski, la traînent par les avant-bras. La femme pleure de douleur. Sadorski affalé sur le plancher reste seul. La porte a claqué, la clé tourné de nouveau. Le silence retombe dans le sous-sol qu'envahit l'obscurité. Des pas résonnent, sur le parquet à l'étage au-dessus. Quelqu'un joue, plutôt mal, du piano. S'arrête. À présent on perçoit des rires, un vague brouhaha. Du va-et-vient, des tintements de couverts, comme si les gestapistes cassaient la croûte… Et on chante, on danse. Une petite nouba entre amis. Il n'y a maintenant plus aucune circulation rue de la Pompe. Des moteurs grondent du côté de l'avenue Foch, des camions de la Wehrmacht, tandis que le canon roule toujours très loin à l'ouest. Le temps passe. Dans ce fortuné seizième arrondissement de l'ex-capitale… Les minutes, les heures. Bientôt ce sera le couvre-feu. La fête là-haut semble terminée. Depuis longtemps le prisonnier qui criait de la pièce voisine ne crie plus. Même pas un gémissement. Mme Zembrowski ne revient pas. Il fait presque complètement noir dans la chambre. La tête de l'inspecteur repose sur le sol, en un angle pénible, douloureux à force. Ses vertèbres lui font mal, ses bras, ses articulations s'engourdissent. Il essaie une position différente, n'osant pas monter sur le lit, piquer la place de sa compagne… Les réflexions les plus désespérées le tourmentent. Chez lui, quai des Célestins, on doit être mort d'inquiétude. Et chez les Perret ? Il a trahi leur confiance, laissé échapper stupidement les deux millions… Enfin, ce n'était pas son propre argent… Ces liasses de billets n'ont fait que passer par ses poches… Bonjour, au revoir. Mais en ce qui le concerne cela fait quand même 500 000 francs d'évanouis ! Inutile de songer à les récupérer. Et puis il y a une perte sèche : le vélo d'Yvette. Une petite fortune, de nos jours. Elle sera en pleurs. Ou furieuse contre lui, de se l'être fait voler, et par sa propre faute ! Sadorski enrage, il cogne les lames du plancher, de ses poings menottés. Puis il ferme les yeux et décide de ne plus penser à rien… Faire le vide dans sa tête… « À chaque jour suffit sa peine… », répétait le curé jadis, dans sa paroisse de la cathédrale Saint-Pierre-et-Saint-Paul de Sfax. Le vieil homme ne croyait pas si bien dire… Cette nuit, son paroissien, adulte, murmure, alors qu'à cette évocation les larmes se mettent à couler : *« Salve, Regina, mater misericordiae ; / vita, dulcedo et spes nostra, salve. / Ad te clamamus, exsules filii Evae ; / ad te suspiramus, gementes et flentes / in hac lacrymarum valle… »* Ses lèvres remuent, en un long chuchotement dans la noirceur de sa cellule. Il s'abandonne, et s'en remet à la Sainte Vierge. Le sommeil vient assez vite.

Lumière violente. On a allumé le plafonnier. Sadorski aveuglé cligne les paupières. Des hommes sont debout autour de lui. Le petit brun aux yeux bleus, et le zazou qui fabriquait les pastis. Le brun le menace avec un revolver de gros calibre.

— Allez ! Debout ! On a des questions à te poser…

Celui-ci a l'accent picard, quoique moins prononcé que le milicien Vermont. Beau garçon, bien coiffé, un regard intense et la mâchoire volontaire. Un peu plus de vingt ans. Il s'impatiente, attrape Sadorski par le haut du bras. On le pousse vers l'escalier, qu'il grimpe en trébuchant, le canon de l'arme pointé dans les reins. Les lumières brillent partout au rez-de-chaussée. Il flotte un brouillard de fumée de cigarette. Le grand salon violet garde les traces des festivités quelques heures plus tôt – cendriers remplis, assiettes et verres sales, bouteilles vides ayant roulé dans les coins. L'inspecteur est conduit dans une salle d'eau située à côté du vestibule. Pour y retrouver Manu et Zulgadar.

Le colosse est en caleçon de bain, de même qu'un type grand et brun à la peau un peu pigmentée couverte de tatouages. Serpents, flèches, cœur, étoiles… Ce doit être le tortionnaire dont parlait Mme Zembrowski, et dont le nom figurait sur les notes de Cuvelier. « Raoul-le-tatoué »… Il y a aussi une femme : la petite trentaine, grassouillette, bouffie et trop maquillée, avec une belle chevelure mousseuse, l'air bête autant que sensuel ; et un gars au profil latin, les cheveux châtains frisés à la brillantine, très jeune, musclé, l'expression hargneuse. Le présumé Raoul enlève les menottes de Sadorski.

— À poil, le flic ! ordonne Manuel.

— T'as entendu ? fait le gominé, avec un fort accent de Marseille. Désape-toi !

Il ponctue son ordre d'un coup de poing en pleine mâchoire. La tête du détenu recule ; du sang coule entre ses dents. Un goût ferrugineux dans la gorge, des petites étoiles clignotant à travers son champ de vision, il se dépêche de retirer ses vêtements les uns après les autres. Il n'a pas fini que le Slave lui écrase les orteils à coups de talon. Zulgadar glousse, son ventre énorme et velu ballottant au-dessus du maillot. La femme se réjouit : « Ça va être une belle séance de nudisme ! » Elle a une voix vulgaire, antipathique. L'eau coule du robinet dans la baignoire à demi pleine. Pascal revient avec des pains de glace, les balance à l'intérieur, soulevant une gerbe d'éclaboussures. Les autres se sont garés à temps, le prisonnier nu est trempé d'eau froide et sale. Épouvanté, il discerne, dans les remous de la baignoire, des étrons qui surnagent. Le Marseillais ricane.

— Le mec avant toi, il a pas pu se contrôler !

— On a pensé que ça serait agréable à monsieur que son bain il soit parfumé…, rigole le beau brun.

La femme hennit de rire.

— Je dirai tout ce que vous voudrez ! glapit Sadorski.

— Le bain d'abord, décrète King-Kong. Allez, installe-toi.

Il revêt un long tablier de cuir, le noue derrière sa taille monstrueuse. Le tablier porte des taches de sang.

— On obéit au baigneur, grince Manuel. Règle numéro un. Et on parle une fois dans le bain. Ça, c'est la règle numéro deux… Et si on ne parle pas ça se termine très mal. Je préfère.

Il s'esclaffe. Les yeux pâles et cruels brillent intensément, derrière les verres cerclés d'écaille.

— C'est simple, déclare le grand brun tatoué. Si tu ne causes pas, moi je t'étrangle…

Le « baigneur », en gloussant, passe devant Raoul et saisit Sadorski par le bras. Il le force à enjamber le rebord de faïence glissante.

— Voilà ! Hop…

L'eau est encore plus froide qu'il n'imaginait. Les blocs de glace frottent ses jambes, ses fesses… Il essaie d'éviter les étrons. Les larges pognes de Zulgadar se posent sur ses épaules. Appuyant doucement au début. Et de plus en plus fort. L'eau arrive au menton de Sadorski. L'eau qui pue la merde…

Une main, sur sa tête. Poussée violente. Il est plongé sous le liquide glacial. Lèvres serrées – ne pas laisser entrer d'excréments ! –, yeux fermés, il suffoque. Les autres continuent d'appuyer, sur plusieurs points du corps. Il se débat, tente de ruer, quelqu'un lui attrape les jambes, les maintient fermement, on le plaque contre le fond de la baignoire. Les secondes s'écoulent… l'apnée de plus en plus dure à tenir… Son cœur va exploser… Sa poitrine se creuse… Il souffle, crache des bulles, l'eau pénètre par ses narines…

Ho-op ! On le tire brutalement vers le haut, dans une gerbe d'éclaboussures, et, sous la lumière étincelante du plafonnier, les rires autour de lui qui fusent, à lui faire éclater les tympans… Il grelotte, tousse, s'étrangle. La femme hennit. Le Méditerranéen rigole, le tatoué crie quelque chose. Manuel se penche vers Sadorski et le gifle, aller et retour.

La poigne du géant l'attrape par les cheveux, lui bascule la tête en arrière. Sa nuque cogne contre le rebord.

— Allez, glousse-t-il. C'était encore rien. Concentre-toi sur les questions de monsieur Manu.

Le blond aux lunettes tient un carnet d'adresses.

— On a trouvé ça quand on t'a arrêté. Tu vas nous dire qui sont toutes ces personnes… Mme Denise copiera tes déclarations en sténo.

Incrédule, Sadorski écarquille les yeux en identifiant le petit carnet.

— Ce… ce n'est pas à moi !

— Il était dans une de tes poches.

— Oui, mais… je l'ai ramassé au 8, rue de l'Ouest, à Neuilly… sur le bureau du locataire… l'architecte… Ça appartient à cet André Reymondet… que je ne connais pas… jamais vu… il s'est barré à New York avec sa fiancée… Vérifiez auprès de la concierge !

— Le 8, rue de l'Ouest est une adresse des terros. Du groupe POWN-Monica. La résistance polonaise. Dont tu fais partie… D'ailleurs tu as un nom polonais. Comme la pute Zembrowski.

— Mais non ! Enfin, oui, mais je ne suis pas résistant ! Je suis flic !

— Et alors ? Il y a de plus en plus de gaullistes dans la police. Depuis un mois ou deux… depuis la saloperie de débarquement. Bande de fumiers ! de lâches ! Les flics français, vous nous avez bien aidés, nous la Gestapo, dès le début, et aujourd'hui voilà qu'on retourne sa putain de veste…

— Je n'ai rien retourné du tout ! J'ai toujours été fidèle au Maréchal ! (Sadorski s'interrompt pour éternuer.) Je vous le jure !

Manuel feuillette le carnet.

— Alors. Qui est M. Grandjean ?

— Jamais entendu ce nom. Je n'en sais rien…

— Et M. Maître ? *Trocadéro 51-57*…

— Je ne le connais pas…

— Et ce numéro, tout seul ? *Danton 45-09* ?

— Non plus ! Puisque je vous dis que…

— *Odéon 12-58* ? *61, boulevard Saint-Michel* ? Qui habite là ? Y a pas de nom…

— Comment voulez-vous que je le sache ?

— Au Dupont-Latin, 9 heures… Tu avais rendez-vous avec un certain Goudraud. C'est qui ?… Un de tes chefs ?

— Je n'ai rien à voir avec les résistants, polonais ou autres ! Je vous jure…

— Là, je lis : *Bach, Mozart, Beethoven, Wagner*. Ce sont des surnoms, de toute évidence. Qui désignent-ils ?

— Mais peut-être personne ! Le gars aime la musique, tout bêtement !

L'interrogateur secoue la tête avec un petit sourire.

— Bien entendu. C'est pour ça qu'on utilise des surnoms, dans la résistance. Et des codes. Tu te fous de notre gueule, hein.

— Mais…

— Et là, c'est quoi ? *Minuti – ingénieur. Mathieu – French Club. Dr Lambert*. « French Club » ? À Londres, hein, n'est-ce pas ? Tu vois bien que t'es en cheville avec les gaullistes… Fumier !

— Non ! Mais non !

— Tiens, cette adresse n'est pas loin d'où nous sommes : *Herlich, 15, rue Spontini, rez-de-chaussée à droite*. Et cette autre non plus : *32, avenue Kléber. Ruff*, ou *Rueff*… T'as une très mauvaise écriture, tu serais pas médecin, des fois ? (Les autres se marrent.) *Passy 77-07*. De toute façon, on va envoyer des équipes chez ces gens et les ramener ici. Ou plutôt à Victor-Hugo, vu qu'on déménage. Ça va nous faire du monde à interroger !

Zulgadar frotte ses grosses mains aux doigts boudinés. Le dos de celles-ci est parcouru de poils noirs – tout comme l'énorme bide, les pectoraux gras, le dessus des larges épaules. Les poils sont mouillés et la peau cuivrée constellée de gouttes. Il glousse :

— Alors, tu réponds aux questions de mon ami ?

Celui-ci tourne les pages et récapitule.

— Grandjean ? Maître ? Goudraud ? « Bach » ? « Mozart » ? « Beethoven » ? « Wagner » ? Minuti ? Mathieu ? Le Dr Lambert ? Merde, y en a au moins un que tu dois connaître ?… Espèce d'enculé !

Par-derrière, le Marseillais se penche pour donner un coup de poing sur le crâne de Sadorski.

Manuel l'écarte d'une bourrade.

— Reste calme, Adrien. Il va nous dire des choses…

L'inspecteur acquiesce. En grelottant. Tout le bas de son corps est paralysé par le froid. Il se remémore les conseils de Louise Zembrowski.

Dire « pouce » quand ça devient trop dur à supporter. Lâcher du lest… Gagner un peu de temps…

— Euh… Oui, Grandjean… c'est… c'est… un des chefs du réseau Monica… Vous aviez raison…

— Son adresse ?

— C'était au 64, boulevard Saint-Jacques, invente-t-il. Mais je crois qu'il a changé…

— On va t'aider à être plus précis. (Le blond fait un signe au « baigneur ».)

Pas eu le réflexe d'aspirer de l'air. Sadorski est plongé de nouveau dans l'eau glaciale. On le laisse plus longtemps cette fois. Il se débat, en vain. Le cœur cogne à coups violents. Les poumons sont vides. Le froid l'engourdit. Les battements deviennent irréguliers, le muscle cardiaque va s'arrêter… Il s'arrête. Le sang ne parvient plus au cerveau… La bouche ouverte, le baigné sent un flot répugnant inonder sa gorge. Tout est fini, il va crever ici ! Aux mains de ces fous sadiques… Qu'il livre des renseignements ou pas, ça leur est égal, en réalité ! Ce qui les amuse c'est de faire souffrir au maximum leurs victimes… Il étouffe. S'asphyxie. Bloqué au fond de cette cuvette, dans les déjections, la glace. À travers l'eau il voit flou. Ses idées ralentissent… s'enfuient… Il est en train de clamecer…

Ho-op ! On le tire vers le haut. Lumière, cris, piaillements. Et volée de claques.

— Allez ! Réveille-toi !

— T'as fait une syncope.

— Petite nature…

— Il est « *kaput* glouglou »… (La femme hurle de rire.)

— Réveille-toi, branleur ! On a pas fini !

Sadorski est étendu sur le dos. Les talons, les fesses, les omoplates, le crâne, en contact avec le carrelage froid et trempé… Ils sont tous au-dessus de lui à le contempler en riant. Il grelotte. Il tousse. Crache de l'eau immonde. Ses dents claquent sans interruption. Hypothermie. Il n'arrive plus à penser. Juste le froid… Et la douleur. On le bourre de coups de pointe de chaussure, dans les hanches, les côtes, les chevilles…

les testicules rétrécis par l'eau glacée. Il se redresse, souffle coupé, vomit un peu de bile et de merde.

Et hurle, à chaque coup…

Ceux-ci s'interrompent. Les rires aussi. Mais la raison n'en est pas ses beuglements… Sadorski distingue une présence. Et il entend une voix. Grave, avec l'accent germanique.

— Alors ? Où en êtes-vous ? Denise ?

Après un instant de flottement, la désignée articule, avec son intonation vulgaire :

— Y cause pas, Laury. Presque rien.

Manuel fait remarquer :

— Il a tout de même avoué le nom d'un de ses chefs. Un certain Grandjean. Du réseau Monica. Ça, il confirme…

L'homme venu aux nouvelles porte une luxueuse robe de chambre couleur grenat, en soie brochée. Sa main gauche serre le pommeau d'une canne. Ses pieds chaussent des escarpins noirs vernis de qualité supérieure. L'atmosphère dans la pièce s'est modifiée. Il y a comme un courant d'air glaçant qui a fait baisser la température de quelques degrés. La lumière électrique clignote, se rétablit, tandis que les ampoules grésillent. Les gestapaches attendent dans un silence empreint de respect. Ils ont peur, on le sent. Et Sadorski au sol a peur tout comme eux. Par instinct. N'ayant jamais éprouvé une telle sensation de toute sa vie… ni perçu de semblables effluves psychiques, ou métaphysiques. Ce personnage à la voix coupante et grave, quel que soit son nom véritable ou ses surnoms – Berger, le Corse, M. le directeur, Reddy, Laury, Monsieur Pierre… –, lui semble l'incarnation du Mal.

Debout à contre-jour, sous le halo du plafonnier, dans sa longue robe couleur de sang il paraît l'émissaire non pas de Berlin, ou du haut commandement de la police de sécurité, mais de la *ville ténébreuse*… toute brûlante de soufre et de bitume, où n'existe que l'effrayante vue des diables et de l'enfer. Où ne se font entendre que pleurs, lamentations, désespoir… et où trône celui qui cherche à perdre l'âme des hommes.

Le destructeur d'âmes.

24

La condamnation

LES LÈVRES DE SADORSKI REMUENT FAIBLEMENT. En un appel au secours. À sa Sainte Mère…

Eia ergo, advocata nostra,

illos tuos misericordes oculos

ad nos converte…

Puis il essaie une oraison nouvelle. Au très miséricordieux Seigneur Jésus-Christ…

Délivrez-moi, Seigneur, de l'homme malin, sauvez-moi de l'homme injuste ; délivrez-moi, Seigneur, de ceux qui commettent l'iniquité, et sauvez-moi des hommes de sang…

L'extrémité en caoutchouc de la canne s'est posée sur son sternum. Elle appuie. De plus en plus fort.

— Votre identité… Leo Schenk ?… ou Léon Sadorski ?

— Sa… Sadorski…

— Pourquoi cette carte au nom de Schenk ?

— Elle… m'a été remise par le C-colonel… euh, p-par André Baillet… Le di-directeur de l'administration pénitentiaire… C'est un milicien… Av-vant, M. Baillet était mon patron aux… Renseignements généraux de-de la préfecture…

Il y a un moment de silence.

— Et ce dimanche vous transportiez… une somme importante, monsieur Sadorski. Un million de francs…

— Ou… oui.

— Pas plus ?

Le prisonnier grelottant hésite pendant quelques secondes. L'embout de la canne augmente sa pression. Zulgadar et Manuel écoutent avec plus d'appréhension que leurs comparses. Eux aussi jouent leur peau. Il se remémore la voix suave, entrecoupée par les gloussements, de l'ex-chauffeur de taxi…

Si tu parles, si t'oublies ce qu'on vient de te dire, alors Manu et moi on revient te voir dans ta chambre…

Ce sont les hommes d'iniquité. Les hommes de sang. S'il les dénonce, seront-ils exécutés séance tenante sur l'ordre du maître ? C'est assez probable… mais pas certain. Et la geôle de Sadorski se trouve tout près, au sous-sol. Les assassins, s'ils sont libres, n'auront que les marches de l'escalier intérieur à descendre.

— P-pas plus que ce million. À p-part la monnaie dans mon portefeuille… Je… je ne sais plus exactement combien…

— Les billets n'étaient pas à vous.

— Euh… non…

— À qui, dans ce cas ?

— À M. Jean-Frédéric Perret… Directeur de p-production chez Continental Films… Il me les avait confiés… pour négocier la d-délivrance de sa fille… qui est à Romainville… M. Perret avait appris qu'elle doit être d-déportée par le prochain convoi… le 15 août.

— Répétez… J'entends mal.

— Sa fille est à Romainville… Elle doit être déportée… par le… convoi du 15 août.

— C'est après-demain.

— Oui…

— Et même demain, puisque minuit est passé de trente minutes. Vous comptiez remettre cet argent à qui ?

— Je… j'imaginais que… mon intermédiaire saurait trouver un officier supérieur SS…

— Comment s'appelle votre intermédiaire ?

— Louis Eg-eggenberger. Un… un interprète pour le SD de la rue des Saussaies…

— Je vois qui c'est. Il vous aurait pris au moins 25 pour 100.

— Je… je suppose, oui… (Sadorski éternue.)

— Ce M. Perret a de l'argent…

— B-bien sûr. Il m'a parlé des bijoux de sa femme… et j'ai vu des tableaux de Picasso chez lui. Je n'y connais rien, mais…

— Son adresse.

— Euh… 28, avenue d'Eylau…

— Denise. Tu notes cette adresse. M. et Mme Jean-Frédéric Perret. Pas loin d'ici. Je verrai, ça peut être intéressant. Si on a le temps.

La pression de la canne disparaît.

— Relevez-le ! Et séchez-le !

— Mais on ne l'a baigné que deux fois, chef… On lui a pas encore brûlé les bras avec les torches de papier…

— J'ai dit. *Relevez-le et séchez-le !*

Le géant et le tatoué obtempèrent en vitesse. On jette une couverture sur les épaules de Sadorski. Lequel continue de claquer des dents et de souffrir. Sa peau est meurtrie de partout, bleuie, saigne en plusieurs points. On le frictionne, ce qui ravive les douleurs. Dans la lumière froide, clignant ses paupières mouillées il enregistre – autant que faire se peut, soumis à de telles conditions – le signalement de l'homme à la robe de chambre en soie rouge grenat.

Entre trente-cinq et quarante ans… ou davantage… Environ 1,70 mètre… Corpulence assez forte, carré d'épaules… Visage plein, allongé, front large et dégarni… cheveux châtains déjà grisonnants, ramenés en arrière… teint jaune bilieux… yeux gris-bleu très pâles et cernés… nez long un peu retroussé du bout… espace important entre le nez et la bouche… grosses lèvres, cachant les dents… Il se tient légèrement voûté, appuyé sur sa canne. Son haleine sent l'alcool… un mélange de bière et de rhum. Et de pastis.

— Vous m'écoutez, monsieur Sadorski ?

— Euh… oui…

— Mes adjoints du service AG 46 vous ont arrêté au 8, rue de l'Ouest, à Neuilly. C'est une adresse du réseau polonais POWN-Monica. Que fabriquiez-vous là-bas ? Vous êtes membre de ce réseau ?

— A-absolument pas ! Je… l'adresse figurait sur les rapports de policiers français… ayant assisté à la capture d'un résistant, place du Louvre… le nommé Biraud Armand… comme mon enquête m'a permis de le découvrir… Avant qu'il soit embarqué, des gardiens de la paix l'ont entendu…

— Parlez plus fort.

— Des gardiens de la paix l'ont entendu dire : « Maman, Reymondet, 8 rue de l'Ouest »…

— « Maman » ?

— Ça, je n'ai pas compris pourquoi… parce qu'il avait mal ?

— Quelqu'un ici l'a entendu ? Vous étiez à cette arrestation ?

Zulgadar se racle la gorge.

— Moi et Gustave, patron. Avec le Dr Kley. Et c'est Adrien qui conduisait la Citroën. Nous avons fait feu. J'ai touché le type. Mais, euh, je me souviens pas que le petit « Biarritz » ait dit quelque chose avant qu'on reparte…

— Et toi ? Gustave ?

Le brun aux yeux bleus répond.

— Il a causé de la rue de l'Ouest, exact, chef. Mais plutôt à l'intérieur de la bagnole…

— Vous l'aviez cogné ?

— Oui. Cette adresse il l'a donnée tout de suite. C'est après qu'on a eu plus de peine…

Sadorski lève un doigt.

— Je… Si vous permettez… J'en suis arrivé à la conclusion que Biraud a livré l'adresse exprès… Parce qu'elle n'était plus bonne… D'ailleurs je n'ai rien découvert d'intéressant là-bas…

L'homme réfléchit. Ses lèvres pâles et charnues ébauchent un sourire.

— Comment dit-on, en italien ? *Se non è vero, è ben trovato*. C'était bien trouvé, monsieur Sadorski. Mais ce n'est pas vrai.

Il lui envoie, par surprise, un direct du poing dans le visage. En plein sur la blessure à la joue. Elle recommence à saigner.

Le policier gémit. Son interlocuteur gronde :

— On ne roule pas le Corse. Vous l'apprendrez vite.

Les autres ricanent servilement.

— *Qui* vous a envoyé au 8, rue de l'Ouest ? reprend Berger. Qui, du réseau POWN-Monica ? Qui ?

— Je… je ne connais personne dans ce réseau… je n'ai rien à voir avec la résistance ! Je vous le jure… je suis du même bord que vous !

— Faux. Vous aviez commencé à parler, dans la baignoire. Hein, Manuel ? comment s'appelle le gonze qu'il a lâché ?

— Grandjean.

— Vous avez avoué appartenir au réseau, monsieur Sadorski ! À l'instant même, avant que j'entre.

— Je…

— Vous connaissiez Louise Zembrowski ? Hein ? Et Suzanne Goldstein, née Guillet ?

— La… la deuxième, non, ça ne me dit rien. Quant à Mme Zembrowski, je l'ai simplement interrogée… dans le cadre de mon boulot… parce qu'elle avait été blessée lors de l'affaire du Louvre…

Cette fois il récolte une gifle.

— Vous êtes marié, Sadorski ?

— Oui… je…

La main droite repart. Nouvelle gifle.

— Comment s'appelle ta putain de femme ?

— Yv… Yvette.

— Tu es moche, elle doit être moche aussi. « Qui se ressemble s'assemble… » Hein ? C'est une truie. Répète : *Ma femme est une truie.*

Il y a des rires.

— Ma… euh… ma femme… est une truie.

— Une truie hystérique. Répète. Plus fort.

— Une… une truie hystérique.

— *Ma femme* est une truie hystérique.

— Ma femme… est une truie hystérique…

— Mais tu tiens à elle ?

— Ou… oui…

— Elle baise bien ?

Encore des rires, des ricanements, autour d'eux… Les voix des démons inférieurs. Des âmes perdues.

— Ou… oui. (Il a un piètre sourire.) Elle baise bien…

— Ton adresse, dans tes papiers… 50, quai des Célestins ? C'est cela ?

— Oui…

— Si tu ne parles pas, *je brûle ta gonzesse*. On prend ma tire et je fonce là-bas, arrêter ta femme avec Manu et King-Kong. On perquisitionne et on fout tout en l'air chez toi. On la ramène ici. Avant de la tuer, je leur offrirai la sale truie hystérique Yvette Sadorski pour une heure. Soixante minutes… Où ils lui feront tout ce qu'ils voudront. Manuel et Jules César sont dotés d'imagination. Et de longues, grosses bites. En plus ils sont équipés de nerfs de bœuf, de cravaches, de couteaux, de fouets spéciaux avec des boules en métal… (Il plisse les paupières, secoue légèrement la tête, menton en avant, et lèche ses lèvres épaisses ; d'une manière suggestive, obscène.) Mes hommes, tu vois, ils ont du zobi, de l'asperge, du dard, du gourdin… ils sont de la pointe, de l'usine à salpingite[1], ils sont de la tringle… Comme moi – hein, Denise ? et ta sœur aussi elle est d'accord ? Non ? (Il rit, révélant un instant ses dents, étroites et jaunes.) Tu te demandes, Sadorski, où j'ai appris votre argot ? À la Légion étrangère. J'y suis entré en 1934 sur ordre de l'Abwehr. J'ai porté le képi blanc, à Oujda, à Sidi Bel Abbès… L'Algérie, puis le Maroc. On faisait le salut nazi. *Heil Hitler !*… Ce soir, tu es à la Gestapo, rue de la Pompe. Chez moi on jacte ou on crève. Alors, pauvre petit bonhomme, tu vas te mettre à table ? Qui sont tes chefs, dans la résistance polonaise ?

1. Inflammation des trompes de l'utérus.

— Je… je… je ne sais pas. Je ne les connais pas…

Berger siffle :

— Ma patience a des limites. Tu as *cinq* minutes, Sadorski, pour me livrer des noms ! des noms de résistants polaks ou français ! J'en exige au moins dix. Avec dix adresses. Sinon, c'est la mort. Pour toi, et après je m'occupe de brûler ta pute de souris. Je vais lui tirer une balle de 9 mm dans la peau, une fois que mes hommes auront fini de travailler sur elle… Je lui tire dans la bouche ou dans la chagatte… J'ai pas encore décidé. Hein ? Saloperie de petit poulet français !

Il hurle, en postillonnant :

— SALOPERIE ! *SCHWEINEHUND!* ESPÈCE DE SALE PETITE MERDE !

Le prisonnier se met à pleurer.

Le peu qui subsistait chez Léon Sadorski de volonté, ou de sens moral, est en train de se dissoudre dans la terreur et dans le dégoût de soi. Les démons, les âmes perdues qui peuplent la salle d'eau gloussent et ricanent… Tandis qu'il voit, sous ses pieds saignants, un gouffre s'ouvrir. Un gouffre de charbon et de braises…

D'où s'élèvent les plaintes et les supplications déchirantes des damnés.

Son tour est venu, de céder son âme à Satan.

Entre les sanglots il bredouille :

— Si… si vous m'apportez mon calepin… dans mon veston… et… et mes lunettes…

Berger fait un signe à Manuel. Puis à Denise.

On tend à l'interrogé les objets demandés. Il tourne fébrilement les pages.

— Voilà… M. et Mme Dumont… Félicie Dumont. Au 128, rue de Grenelle, dans le septième… C'est la cousine de Louise Zembrowski… En 1941… avant de se réfugier aux États-Unis, l'architecte André Reymondet lui a fait parvenir la clé de sa boîte à lettres du 8, rue de l'Ouest… afin qu'elle serve de boîte pour leur réseau… Et, quand le frère de Mme Zembrowski, Armand Biraud *alias* « Biarritz », a été arrêté par votre service… et que Louise a reçu une balle perdue dans le mollet... on l'a transportée à l'Hôtel-Dieu... avec les plans qu'il venait de lui remettre... (Là, Sadorski invente car c'est invérifiable – mais très mauvais, hélas, pour la vendeuse de la Samaritaine ; tant pis, on ne fait pas d'omelette sans casser des œufs :) Un microfilm de la base de sous-marins de Saint-Nazaire, et des défenses côtières depuis Saint-Nazaire jusqu'à La Baule... et puis des indications, pour les prochains bombardements alliés autour de Nantes... les nouvelles positions de vos batteries de défense antiaérienne...

La maîtresse de Berger, assise sur le rebord de la baignoire, sténographie à vive allure sur un bloc de papier. Tous écoutent avec attention.

— ... Mme Dumont, appelée à l'hôpital au chevet de sa cousine... a pris livraison du microfilm et des documents... Elle et son mari sont des membres importants du réseau Monica...

— Continue. Parle plus fort, j'entends rien. Qui d'autre dans le réseau ?

— Euh... La sœur de l'architecte. Mme Solange Beer. Profession : dentiste. Elle allait régulièrement à Neuilly relever la boîte à lettres et faire le ménage dans l'appartement... Et... elle est mariée à un Juif ! Son prénom est Gaston... Il est employé par l'organisation Todt pour les travaux du mur de l'Atlantique... Ce serait une bonne idée de le déporter...

— On s'en occupera, si ce n'est pas déjà fait. Leur adresse ?

— Attendez, je l'ai notée... 56, rue La Fayette. Opéra 32-62.

— Qui d'autre ?

— Le... le propriétaire de l'appartement... il est dans le coup, lui aussi, bien entendu ! M. Ballester, 26, rue Jouffroy... Wagram 44-27...

— Qui d'autre ?

— Euh... Ah, j'oubliais... un artisan juif. M. Kopelman. Isaac Kopelman. Un spécialiste des serrures et des cambriolages... L'adresse, c'est tout près de chez moi... 6, rue Pavée. Il n'a pas le téléphone.

— Qui d'autre ?

— Je ne vois pas... Ah, mais oui ! Des membres de l'organisation se retrouvent place d'Italie, au premier étage d'un restaurant de marché noir… la brasserie Au clair de lune. Un des garçons fait partie du réseau… Son prénom est Prosper… Je ne connais pas son nom de famille… Et il est en cheville avec un nommé Jacob… Un Juif avec des faux papiers, qui se planque… et le cousin de ce dernier a aussi des faux papiers, au nom de Lagneau, Arsène…

— Leur adresse ?

— Je l'ignore… je suis désolé…

— Bon. Qui d'autre ?

— Je… je ne vois plus… je vous ai dit tout ce que je savais… Je le jure !

— J'exige dix noms. On en est à six ou sept… Pour moi ça ne suffit pas.

Désespéré, Sadorski se racle la cervelle. Qui d'autre… qui d'autre… qui peut-il encore livrer ?… à cette gueule vorace, qui attend sa ration de chair humaine…

Il faudrait trouver… parmi ses propres ennemis. Faire d'une pierre deux coups.

Bien sûr ! Pourquoi n'y a-t-il pas songé plus tôt !

— Le… le réseau Monica possède une antenne chez les lycéens parisiens… Notamment à Fénelon et Janson-de-Sailly… Je connais le nom d'une lycéenne qui fait partie des chefs ! Marie-Paule Cogez. Elle habite chez ses parents, 4, rue de Tournon, dans le sixième. Et son cousin, au lycée Janson, est de la bande qui a assassiné un soldat allemand, rue du Château, à Neuilly… le 27 juillet dernier. Vous avez pris un des terros sur le fait et l'avez fusillé. Son corps a été déposé boulevard Bineau, pour l'exemple… Ses complices, j'en ai vu trois, je saurais les reconnaître… Ils sont armés de pistolets 6,35. L'un d'eux a le genre zazou…

— Pas mal. Je m'intéresse à l'éducation des jeunes. On en a fait beaucoup au début du mois. Et une quantité de jolis petits lots. Tu as tout noté, Denise ?

— Oui, je termine, Reddy.

— Enlevez-lui cette couverture !

— Euh… je peux me rhabiller ?

Berger lui décoche une nouvelle gifle. Et éclate de rire. Ses yeux pâles brillent d'un regard de fou. Ce n'est pas que le pastis, le rhum ou la bière… Il semble un consommateur de drogues fortes.

— Non, tu restes à poil. Denise aime reluquer les gonzes nus. Même si t'es pas un Apollon ! (Rires.) Tu vas crever nu. Oui, parce que je viens de te condamner à mort. Tu n'es pas le premier que je condamne… J'ai de bonnes raisons. Saloperie de flic. Tu as balancé, alors ça me suffit, tu sers plus à rien. D'ailleurs, on se casse. Avant midi. Ton cadavre va pourrir là où on l'aura laissé… Ici on jacte *et* on crève. Si je le décide. Allez, marche devant nous !

Il dégaine un 6,35 allemand, le Walther modèle 9. L'arme, chromée, est ridiculement petite, Sadorski en a rarement vu de pareille… Ce pistolet passait inaperçu dans la poche de la robe de chambre. Mais, tirée de près, une balle de 6,35 mm est aussi létale qu'une autre. Dans une boîte crânienne, elle fait des ravages. D'après ses souvenirs, il doit y avoir six cartouches à l'intérieur de la crosse. Le pouce de « Monsieur Pierre » abaisse le levier de sûreté.

— On descend au sous-sol. Tu connais le chemin.

Manuel lui remet les menottes. Zulgadar se débarrasse du tablier pour enfiler un peignoir blanc de tissu-éponge, Raoul reste en maillot, exhibant sa musculature épaisse, sa peau bronzée et ses tatouages. Sadorski remarque que tous ces hommes ont aux pieds des chaussures de luxe, qui ont dû coûter bonbon. Puis il éternue, plusieurs fois de suite. Son nez coule sans qu'il soit capable de l'essuyer. Le groupe traverse, prisonnier en tête, grelottant, honteux, le salon aux rideaux violets où il avait croisé Louise Zembrowski. Un autre corps l'a remplacée sur le sofa. Un jeune homme nu, les poignets attachés derrière le dos. Il est évanoui. Sa figure enflée porte des traces de coups. Les plantes des pieds saignent d'entailles multiples, et sont semées de clous noirs de tapissier. Un marteau traîne sur le parquet. Un autre captif, plus jeune encore, nu lui aussi, se tient agenouillé, immobile devant la cheminée. Les bras à l'horizontale, chaque paume supportant une pile de livres – ce doit être une forme de brimade, ou de supplice. Ses bras tremblent. Trois types fument dans la pièce, armés de mitraillettes ils surveillent vaguement les détenus. Derrière le bar, Pascal prépare des cocktails en sifflotant. Un personnage nettement plus âgé, grand, chauve et corpulent, vêtu d'un complet noir vieillot qui lui donne des allures de pasteur ou de bibliothécaire, s'est installé devant le piano, où il fait courir ses doigts un peu trop gros pour les touches. Il s'exclame, au passage du patron et de ses acolytes :

— Mais vous avez de très bons disques dans l'appartement, monsieur le directeur ! J'ai déniché le *Concertino pour piano et orchestre* de Jean Françaix, par la Philharmonie de Berlin !... Le prélude pour *La Tempête* de Honegger !... par le Grand Orchestre symphonique... Et le *Concerto en ré mineur* de Wilhelm Friedemann Bach... interprété par Alexandre Brailowsky au piano !... Saviez-vous que cette œuvre était parfois attribuée à Vivaldi par erreur ?... Angèle sera ravie, me permettez-vous d'appeler mon épouse pour lui annoncer cette trouvaille ?

Le bonhomme a l'accent belge ou luxembourgeois. Il poursuit, courtisan, l'expression inquiète :

— J'ai interrogé les petits jeunes gens... Ils n'ont pas dit grand-chose. Mais ils vont parler ! Je vous le garantis !... (Il joue quelques mesures rapides.) Aimez-vous Scriabine ? Merveilleux, non ?... Vous ne croyez pas ?

Assis à l'autre bout du salon, l'individu à l'œil fixe d'oiseau de malheur, Guicciardini père, s'énerve au téléphone : il évoque, avec de grands gestes, et son accent chantant d'Italien de Marseille, une affaire de dix mille pull-overs et de deux tonnes et demie de chocolat. Les marchandises, confisquées à des vendeurs du marché noir trompés par Berger, ont été revendues avec des marges encore plus ahurissantes, à destination de l'Allemagne. Il est question de sommes astronomiques, de dizaines et de dizaines de millions... Guicciardini embraye sur un transport de perceuses électriques de Lyon aux docks de Saint-Ouen, puis sur une affaire de roulements à billes... Dans le dos de Sadorski, le Corse grogne d'avancer, n'accorde aucune attention aux occupants de la pièce. Lui et sa petite troupe gagnent l'escalier conduisant au sous-sol. Là aussi on a allumé toutes les lumières. Sans aller jusqu'aux chambres au fond du couloir, il fait halte devant une porte que le détective n'avait pas remarquée. Raoul-le-tatoué se glisse à côté d'eux pour pousser le battant, qui s'ouvre sur un cabinet aux murs sombres, plongé dans l'obscurité.

— Entre, ordonne Berger.

Sadorski obéit en tremblant. La situation lui paraît totalement irréelle.

— Dos au mur !

Il ne comprend pas. On va l'abattre ? ici ? maintenant ?

L'homme en robe rouge est tout près, pistolet au poing. On respire à la fois l'odeur de naphtaline du cagibi et les relents d'alcool. Le souffle haletant de l'Allemand dégage en outre un parfum fétide. Il se tient à moins de trois mètres de distance de Sadorski. Sa bouche épaisse articule :

— Jamais plus tu ne reverras ta femme. La truie. Tu veux fumer ? L'ultime cigarette ?

— Je… je veux bien.

Ce n'est pas possible. Ils vont l'assassiner. Il vit en ce moment ses toutes dernières minutes. Ses dernières secondes… Les larmes dégoulinent sur ses joues. Tout va s'arrêter. Il va crever ici. Dans cet appartement infect, ce coin de corridor, ce placard douteux. Il ne reverra pas Yvette. Ni Julie. Ni son fils… Il sanglote :

— P-pitié…

— Le Reich ignore la pitié. C'est pour les faibles. Nous sommes forts. Gustave ! File-lui une clope.

Le brun aux yeux bleus sort un paquet de sa poche, en tire une cigarette. Ce sont des Lucky Strike. Sadorski l'attrape maladroitement, l'introduit entre ses lèvres. Gustave fait jouer son briquet, le fumeur aspire. Une longue bouffée.

Les yeux pâles de Berger brillent d'un éclat malsain. Ce regard de drogué. L'IPA en a déjà vu, dans les boîtes de Clichy ou de Pigalle. Le type marche à la cocaïne. Cela explique cet air toujours un peu survolté, sûr de soi ; cette propension à vivre de nuit plutôt que de jour, en dépit de son aspect maladif, de la légère boiterie qui l'oblige à s'appuyer sur une canne. Il paraît en mauvaise santé.

Le chef donne la canne à Denise. D'un geste rapide il fait coulisser, *clic-clac*, la glissière du petit 6,35 chromé. La première cartouche est montée à l'intérieur de la chambre. Dans l'alignement du canon. Il lève son bras droit. Sadorski écarquille les yeux.

— A-attendez !

À l'étage au-dessus, le pianiste attaque un nouvel air. Sur un rythme syncopé. L'œuvre d'un compositeur moderne, russe peut-être… Le policier hait ce genre de cacophonie. Il préférerait mourir sur quelque chose de beau. *Le Chant du départ*. Ou *Le Régiment de Sambre-et-Meuse*… Sauf qu'il ne veut pas mourir ! Pour aller – il en est certain désormais – griller en enfer… Car ni Dieu ni sa Sainte Vierge de l'église de Sfax ne voudront plus jamais de lui.

Le petit trou noir au bout du canon lui fait face. Le public demeure coi. Si ce n'est un léger rire étouffé.

— Je… il reste de la cigarette…

— Ta dernière bouffée.

Il n'a pas fini d'aspirer que le coup claque. Sadorski tressaute, comme frappé d'une décharge électrique, aveuglé par la courte flamme jaillie du canon. Qui éclairait en même temps le faciès cireux aux grosses lèvres. Berger sourit. Sa cible a lâché, de saisissement, son mégot.

Raoul braille :

— Vous l'avez loupé, patron !

— Tu crois ?

— Faut tirer plus bas !

— Ah oui…

Le chef est manifestement ivre. Ou bien il se moque de son souffre-douleur. Il se moque de tous et de tout… L'ex-légionnaire pointe cette fois son arme en visant le torse. Sadorski se sent sur le point de défaillir. Il est en présence d'un drogué ivrogne, qui n'en a rien à foutre de le tuer ou non… mais qui tient probablement à vider son chargeur des cinq balles restantes. Histoire de rigoler. Un cadavre de plus ou de moins…

Deuxième détonation.

La balle ricoche entre les parois ; le projectile mord Sadorski à la cheville. Il saute à cloche-pied, sous l'effet de la douleur. Du sang chaud coule entre les orteils. Les démons dans le sous-sol s'esclaffent. Ils sont au spectacle. Tandis que là-haut, le type aux habits démodés se déchaîne sur son clavier. Les notes filent en cascade, multipliant les dissonances. On vocifère autour du piano dans le salon des tortures, avec l'accent du Midi. Une voix jeune pousse un hurlement de terreur. Des objets tombent, un verre se brise et une bouteille roule sur le sol. Puis retentit une rafale brève de mitraillette. Les douilles éjectées se répandent sur les lames du parquet, la musique s'est interrompue. Il y a des piétinements, des rires. Quelqu'un supplie : « Arrêtez !… mais arrêtez… On n'a rien fait… »

Devant le cabinet obscur, « Monsieur Pierre » glousse. Il fronce les sourcils en examinant, ou feignant d'examiner, son mince pistolet de veston.

— Ah, je ne suis pas en forme, ce soir. Le fusillé est toujours debout…

Les autres gloussent en écho. Sadorski vacille, chancelle, frappé de vertige. Mais impossible de se rattraper aux parois, avec ses mains attachées… Sa cheville blessée le brûle. Il a du mal à poser le pied droit sur le plancher. Il grelotte de froid et d'épouvante. Le maboul en robe de chambre de soie rouge a levé une nouvelle fois, lentement, le Walther. Il ferme l'œil gauche pour viser. La flamme jaillit.

Trou noir.

Il est vivant.

Puisqu'il entend du bruit…

Un bruit de moteur.

Des vibrations mécaniques agitent son corps allongé dans l'obscurité. Sans compter les à-coups, les chocs, parfois une dérive à gauche ou à droite, provoquée par la force centrifuge. Lors des virages.

Sadorski en conclut qu'il est transporté dans un véhicule, auto ou camion… D'après la puissance du moteur, plutôt un camion. Où sévit une chaleur infernale.

Est-ce la fièvre ? Il se sent bouillir. Ses tempes broyées dans un étau, ses épaules, ses cuisses, ses genoux comprimés par un tissu rugueux, sa peau qu'égratigne l'acier des menottes… Mais la température est telle qu'il craint de tomber dans les pommes à nouveau. Et il a du mal à respirer. Il suffoque. Tout tourne. Envie de vomir. À présent il est en position debout. Autour, des gémissements. Une foule de gens pressés contre lui comme des sardines en boîte… On entend des chansons… *La Marseillaise*… suivie par *Ce n'est qu'un au revoir la France*… Et, une voix toute proche, nouvelle. Une voix féminine : « Silence !… la ferme, taisez-vous, les filles !… j'aperçois des promeneurs, sur la butte… » Puis elle crie, lentement, et très fort : « Allô, là-bas, écoutez-moi !… ÉCOUTEZ-MOI !… » Des femmes, autour de Sadorski, s'agitent, échangent des propos excités ou alarmés : « Ils se sont arrêtés… ils ont entendu… — Laisse-moi regarder ! — Tu n'y arriveras pas ! La meurtrière est trop haute… — Chut ! Je vois une dame qui agite un mouchoir blanc ! elle a entendu… — Dieu soit loué ! — Dieu ? Il existe pas, ma pauvre ! Si je le rencontre, je lui dirai que c'est un enculé ! (Rires.) Permettre toutes ces horreurs… qu'on tue des enfants… des bébés… — Comment peux-tu dire ça ? Le jour de la fête de notre Sainte Vierge ! — Oh, pousse-toi, Jacqui ! » *Jacqui ?* Il ne comprend pas… Pourtant, c'est à lui que sa voisine s'est adressée. Il n'est plus Léon Sadorski… *mais Jacqueline Perret*. Dans ce cachot obscur, cette bousculade, il est une femme. Une jeune fille. Quelle sensation étrange… il a des cheveux très longs, et des seins. Avec vingt-cinq ans de moins, un corps vif et souple, malgré la fatigue et l'amaigrissement… Il porte une culotte en soie, un soutien-gorge. Une combinaison, une robe, déchirée et sale… Mais toujours les poignets liés. L'autre femme, celle du début, s'égosille, perchée à l'ouverture de la casemate :

— *TOUS LES PRISONNIERS ET LES PRISONNIÈRES DE ROMAINVILLE PARTENT !*… Prévenez le maquis, arrêtez le train !… vous entendez ?… ARRÊTEZ LE TRAIN !

Il y a un lourd silence. Le silence de l'attente… Les internées remuent dans la pénombre, le réduit sans air, aux odeurs sordides. Sadorski partage cette attente, et leur espoir, leur angoisse… Les autocars vont finir par arriver, disent-elles. Oui, mais la résistance est prévenue… Les maquis… Tu as vu ? les SS s'énervent… On entend, au loin, le bruit du canon. Et quel beau soleil, dehors ! Sadorski tremble. Il est Jacqueline Perret et il tremble. Alors que tout près, une petite voix, très jeune, très pure, avec un accent étranger, s'élève. Elle entonne l'*Ave Maria*.

Ave Maria… Gratia plena… Maria, gratia plena… Maria, gratia plena… Ave, ave dominus… Dominus tecum… Benedicta tu in mulieribus… Et benedictus… Et benedictus fructus ventris… Ventris tui, Iesus… Ave Maria…

Dans le noir, il, ou elle, chante aussi… Les larmes roulent sur ses joues… *Ave Maria… Mater Dei… Ora pro nobis peccatoribus… Ora pro nobis… Ora, ora pro nobis peccatoribus…* Priez pour nous, pauvres pécheurs… Maintenant, et à l'heure de notre mort… Maintenant et à l'heure de notre mort…

Le rêve se dissipe. Lui échappe. La petite chanteuse s'est tue. Les femmes s'éloignent. Sadorski a l'impression qu'on les fait grimper dans des bus, dont les moteurs ronronnent. Des hommes parlent en allemand. Et d'autres en russe, semble-t-il. Cliquetis d'armes, bruit de bottes, ordres brutaux : « *Los ! Los !* Allez ! *Schnell ! Schneller !* Plus fite !… » Encore le moteur du camion. Gémissement de freins. Quelqu'un braille :

— Ho ! Ho ! Reculez… Voilà… Stop !

Le véhicule s'immobilise. Contact coupé. Claquements de portières. Des pas, autour du camion…

On déverrouille une porte, des battants s'ouvrent bruyamment. Un faible rai de lumière parvient à la prison de Sadorski. Mais pas le moindre courant d'air. Il étouffe toujours. Une femme s'écrie :

— Tout ça ?

La voix rugueuse, masculine, qui lui répond, a l'accent du Massif central.

— Vérifiez, mademoiselle Huvet. Moi, je trimbale ce qu'on me demande, hein ! La maison Bahu des Halles, pouvez nous faire confiance… V'là la liste qu'on m'a donnée, rue de la Pompe… Un studio complet avec armoire… Un bureau complet avec fauteuils… Deux fauteuils club en tissu… Deux petites tables… Un piano à queue… Pfff, il était lourd, çui-là !… Six cartons de vaisselle et d'argenterie… Trois cartons de bouquins… Un grand miroir… vous le voyez, sur le côté… Deux chaises Restauration… Un canapé… Quatre tapis orientaux… Deux sommiers avec leurs deux matelas… Y en a un qui est sale, y a du sang dessus, mais ça y était déjà, c'est pas de not'faute, notez-le s'il vous plaît !… Du linge neuf en quantité… c'est dans les cartons et les balluchons, à droite… draps, serviettes, linge de femme… Trois vases chinois… Deux pendules de bronze… J'vous en prie, allez-y… Vérifiez que y a pas de casse…

— Bon, bon… À vrai dire, monsieur, je ne suis pas trop au courant… Faudrait que vous discutiez avec mon ami…

La voix de Mlle Huvet est jeune et agréable. Sadorski n'y comprend rien. Mais il se sent toujours extrêmement mal. Sa cheville l'élance, son visage martyrisé semble changé en ballon de football. Une de ses côtes pourrait être cassée, tellement son thorax le fait souffrir, à chaque inspiration… Et il claque des dents à cause de la fièvre. La jeune personne reprend :

— On m'a juste dit de bien surveiller les tapis. Vous devrez les descendre au sous-sol…

— Au sous-sol ? C'est qu'y pèsent leur poids. C'était pas prévu… Et puis, sans lumière, c'est un coup à se péter la gueule dans l'escalier ! Moi, j'suis pas d'accord…

— Écoutez, voyez avec M. Guicciardini… ou avec Mme Muzzin… Ou avec M. Berger quand il sera là…

Le policier trempé de sueur se rappelle une phrase de Manuel, quelques heures plus tôt… *Et après, on t'embarque roulé dans un tapis, ni vu ni connu… Les gens de l'immeuble, ils ont l'habitude des coups de feu. Et des cris. Personne ne moufte. Ils ont trop peur des emmerdements…* Les gestapaches l'ont ligoté dans un tapis ! Lui, et peut-être d'autres…

L'Auvergnat vient de lire dans sa liste : « *Quatre* tapis orientaux... » Et tous, à l'en croire, pesaient lourd. Les victimes actuelles de Berger gisent-elles comme l'inspecteur sur le plancher du camion ? Les deux garçons nus, et Louise Zembrowski ?... Il ne l'a pas revue depuis que Manuel et Gustave ont fait irruption dans la chambre... Et son exécution à lui ? Elle est reportée ?... Ou n'était-ce qu'un simulacre ?... Une bonne blague sous l'empire de la cocaïne ? Ce qui n'empêchera pas Monsieur Pierre de recommencer si cela lui chante...

Il éprouve une nouvelle poussée d'angoisse. En même temps que continue de monter la fièvre, et qu'il baigne dans sa transpiration. Fièvre carabinée, plus de 40 degrés sans doute. Il aura attrapé ça dans la maudite baignoire avec les pains de glace. Pneumonie, peut-être. Du mal à respirer, la gorge et les bronches encombrées. Une douleur atroce dans la poitrine. Quel jour est-on ? Lundi ? Déjà ? Le 14 août... Berger disait que le déménagement aurait lieu en fin de matinée... Et, aux dernières informations, on va porter maintenant ces fichus tapis au sous-sol, dans la nouvelle résidence de la bande. Où se trouve-t-il ? Lors de l'arrivée rue de la Pompe, le Méridional préposé aux pastis, Pascal, a déclaré au sujet de son patron : *Il surveillait l'installation à Victor-Hugo, alors il est fatigué, on peut pas le déranger...* Donc probablement avenue Victor-Hugo. C'est tout près de l'adresse précédente, dans le même arrondissement. Ce seizième que semblent affectionner tous les gestapistes, qu'ils soient français ou allemands... Où l'on peut frapper, torturer et se balader armés de revolvers ou de pistolets-mitrailleurs comme des gangsters de Chicago, sans que les voisins s'en offusquent... Pardi ! quand ce n'est pas la trouille qui les paralyse, c'est tout bonnement qu'ils sont d'accord ! On ne souhaite pas d'emmerdes, la Gestapo c'est un peu brutal mais au moins, ils nous protègent du bolchevisme ! Ils nous protègent, *nous les gens bien*...

25
L'épouvante

DANS LA FOURNAISE, l'inspecteur se bat avec les démons. Ou, plus exactement, les démons battent l'inspecteur.

Il apprend à les connaître :

L'esprit de la Lune du lundi qui vient le tourmenter dans sa cave est gros, grand, flegmatique, sa couleur est celle d'une nuée obscure et ténébreuse. Il a le visage enflé, les yeux rouges et pleins d'eau, la tête chauve, des dents de sanglier, son mouvement est semblable à celui d'une tempête violente, le signal de sa présence est une forte pluie. Le nom de cet ange est Bilet, ministre de l'Ange de l'air régnant le lundi, Archan, roi. Le nom de son incarnation présente est Georges Favriot, il est apparu sur Terre le 4 février 1921 à Paris, huitième arrondissement. Il a la nationalité française et exerce la profession de boucher. Tout en frappant Sadorski, il s'exprime avec une correction étonnante. Favriot, surnommé « le grand Georges », est noté comme suit aux Sommiers judiciaires : deux ans d'emprisonnement, cinq ans d'interdiction de séjour par arrêt de la Cour de Paris en date du 4 août 1939 pour vol et port d'arme ; trois mois d'emprisonnement par arrêt de la Cour de Paris en date du 17 mai 1943, pour usage de faux certificat. Il est connu aux Archives de la police judiciaire pour avoir fait l'objet à la date du 27 février 1943 d'une procédure du commissaire principal Veber pour usage de faux papiers.

L'esprit de Mars du mardi qui vient tourmenter Sadorski a le corps long, d'une couleur noirâtre, son aspect est hideux, il a des cornes sur la tête, à peu près égales à celles que porte le cerf, ses ongles sont en forme de griffes, sa peau est couverte de tatouages représentant des serpents et des étoiles, il annonce son approche par un bruit semblable à celui que fait le feu lorsqu'il brûle, son signal est accompagné d'éclairs. Le nom de cet ange est Ismoli, ministre de l'Ange de l'air régnant le mardi, Samax, roi. Le nom de son incarnation présente est Fouchet, Raoul, René, Jules, surnommé « Raoul-le-tatoué », il est apparu sur Terre le 11 octobre 1912 à Clamecy, département de la Nièvre. Il se prétend antillais, a la nationalité française et sa profession n'est pas clairement établie. Fouchet est noté comme suit aux Sommiers judiciaires : six condamnations, dont la dernière à quatre ans d'emprisonnement par le tribunal militaire de Lyon le 17 juillet 1934 pour outrage et voies de fait envers un supérieur. Il a comparu devant le tribunal correctionnel de Bourges le 8 janvier 1943 pour trafic de titres de ravitaillement mais a été relaxé. Malgré son aspect effrayant il murmure à Sadorski : « Je te tape le moins possible, petit poulet. Parce que moi, je suis un impulsif et quand je frappe, je tue. »

L'esprit de Mercure du mercredi est de taille moyenne, il est froid et humide, son corps est assez beau, il s'exprime de manière affable et a une apparence humaine. Il est d'une couleur transparente, son mouvement est une nuée d'argent, son signal est d'inspirer la terreur. Le nom de cet ange est Sallalès, ministre de l'Ange de l'air régnant le mercredi, Modiat, roi. Le nom de son incarnation présente est Poupet, Ferdinand, Benjamin, il est apparu sur Terre le 5 mars 1908 à Clichy, département de la Seine. Il a la nationalité française et exerce la profession de mécanicien, tout en se livrant au marché noir. Le surnom de Poupet est « Paget ». Il est noté comme suit aux Sommiers judiciaires : cinq ans d'emprisonnement par défaut, au tribunal correctionnel de Bourges le 8 janvier 1943 pour trafic de titres de ravitaillement ; mandat d'arrêt délivré contre lui par le juge d'instruction de Bourges le 14 août 1942 l'inculpant du même délit. Recherché par la Gestapo de cette ville pour avoir pratiqué le passage clandestin de l'ex-ligne de démarcation, il est venu se réfugier à Paris en 1942.

L'esprit de Jupiter du jeudi a un corps couvert de sang, il a l'air bilieux et mélancolique, son naturel est très doux, son aspect agréable, son mouvement est une inflammation suivie d'un tonnerre, son signal est des hommes qui paraissent dévorés par des lions. Le nom de cet ange est Maguth, ministre de l'Ange de l'air régnant le jeudi, Guth, roi. Le nom de son incarnation présente est Zimener, Jean-Baptiste, il est apparu sur Terre le 25 août 1894 à Mondorf, Luxembourg. Il a la nationalité luxembourgeoise et exerce la profession – sous le nom de « Zimmer, Camille » – de précepteur et de professeur de piano. Depuis le 14 juillet 1939 il réside chez un industriel du Vésinet, M. Gouillard, en échange de leçons données aux enfants de celui-ci. Mais depuis quelques mois il néglige cet emploi et travaille à temps presque complet pour la Gestapo, traduisant les interrogatoires des détenus en allemand. Le surnom de Zimener ou Zimmer est « le Prof ». Il est inconnu des services de police et ne figure pas aux Sommiers judiciaires.

L'esprit de Vénus du vendredi est beau, de taille médiocre, son aspect est gracieux, affable, sa couleur un blanc légèrement verdâtre, son arrivée est annoncée par une étoile brillante, son signal est quelques jeunes filles qui jouent entre elles, et qui engagent ceux qui sont dans le cercle à prendre part à leurs jeux. Le nom de cet ange est Flaef, ministre de l'Ange de l'air régnant le vendredi, Sarabotès, roi. Le nom de son incarnation présente est Gorisse, Georges, Jean, il est apparu sur Terre le 29 mars 1917 à Boncourt, département de l'Aisne. Il est de nationalité française et exerce la profession de cuisinier, mais a vécu surtout du trafic de stupéfiants, de la contrebande de denrées contingentées, des femmes qu'il débauchait et poussait ensuite à la prostitution pour se procurer des subsides. Homosexuel, il a été entretenu par un tailleur nommé Mestre, résidant au 19, boulevard Haussmann, neuvième arrondissement. Gorisse, surnommé « le petit Jo », est noté comme suit aux Sommiers judiciaires : huit jours d'emprisonnement avec sursis, par défaut, par la Cour de Paris le 3 novembre 1937, pour trafic de stupéfiants.

L'esprit de Saturne du samedi est long et maigre, il a l'air furieux ou en colère, ses yeux brillent d'un éclat intense derrière ses lunettes ; il porte quatre visages, dont un est devant la tête, l'autre derrière, le troisième au genou droit, le quatrième au genou gauche, chaque visage a un long bec, leur couleur est noire et brillante comme les jais ; son mouvement est l'agitation des vents qui semble être accompagnée d'un tremblement de terre ; son signal est de rendre la terre plus blanche que la neige. Le nom de cet ange est Abumalith, ministre de l'Ange de l'air régnant le samedi, Maymon, roi. Le nom de son incarnation présente est Stcherbina, Emmanuel, dit « Manuel » ou « Manu » ; il est apparu sur Terre le 1er octobre 1916 à Tiflis, Caucase. Il parle plusieurs langues. Sur une fiche de garni remplie par lui-même au Reina Hôtel, 14, rue d'Armaillé, dix-septième arrondissement, le 7 avril 1944, où il a logé du 7 au 21 avril et occupait la chambre n° 4 en compagnie d'une maîtresse, Moisan, Léonie, femme Hannicotte, il a prétendu être de nationalité française, ayant présenté la carte d'identité n° CS 3-651-727. Stcherbina, qui est inconnu aux archives des différents services de la préfecture de Paris, notamment de celui des étrangers et de la carte d'identité française, n'est pas noté aux Sommiers judiciaires. Il aurait tenu un bar à Bordeaux où il se livrait au trafic de stupéfiants.

L'esprit du Soleil du dimanche a un corps gros et grand, couleur de sang, ses cheveux sont dorés, il annonce son arrivée par des gloussements et une inflammation du ciel, son signal est de faire transpirer abondamment celui qu'il tourmente. Le nom de cet ange est Cynabal, ministre de l'Ange de l'air régnant le dimanche, Varcan, roi. Le nom de son incarnation présente est Zulgadar, Rachid ou René, ses surnoms les plus récents étant « King-Kong », « Jules César », et « le gros Jules » ; il est apparu sur Terre le 12 mars 1909 à Tiflis, Caucase. Il serait de nationalité iranienne et a exercé la profession de chauffeur de taxi. Arrivé en France venant d'Allemagne, il lui a été délivré un passeport persan, n° 1128, en date du 30 août 1923, au vu d'un passeport n° 2854 qui lui aurait été délivré le 13 septembre 1921 par le consulat iranien à Londres. Son dossier d'étranger mentionne qu'il a postulé à un emploi d'interprète dans une organisation allemande de pétroles à Paris, et percevait une indemnité mensuelle forfaitaire de 100 reichsmarks. Il occupe l'ancien appartement meublé de Berger au 14, rue du Colonel-Moll, dix-septième arrondissement. Zulgadar est inconnu aux Archives de la police judiciaire et n'est pas noté aux Sommiers judiciaires.

Ces démons de la rue de la Pompe ne sont pas seuls ; dans les fourgons des hitlériens, les diables sont entrés à Paris. Rue Lauriston, rue des Saussaies, avenue Foch, avenue Henri-Martin, boulevard Flandrin, boulevard Raspail, rue de Rivoli, rue de Maubeuge, rue de Courcelles, rue Mallet-Stevens, place des États-Unis, rue de Londres, square des Aliscamps, rue de Varennes, rue Maurice-Barrès à Neuilly, et même à la caserne de la préfecture de police, en plein cœur de la vieille Cité, sous les becs et les gueules des gargouilles de la cathédrale… les diables immergent leurs victimes dans des baignoires remplies d'eau glacée, frappent les poitrines à en décoller les poumons, broient les testicules entre les plateaux des tables, fendent les verges sous les coups de baguette de cornouiller, cognent sur les reins des heures durant jusqu'à faire jaillir la pisse rouge, brûlent les seins à la cigarette, écrasent les visages devenus informes et méconnaissables, noirs ou couleur de prune bleue, arrachent les ongles, liment les dents, aplatissent les mains sous les presses, brisent les chevilles à coups de talon, forcent à marcher sur des clous de tapissier, lacèrent les plantes de pied avant de les saupoudrer de sel, pratiquent l'énucléation à la cuiller, insèrent des fils électriques dans les vagins, carbonisent les peaux au chalumeau. En cette période extraordinaire les esprits de l'au-delà sont déchaînés. Ils piaillent, ricanent, blasphèment et font bruit, foudre, tonnerre, éclairs, fracas, ruptures, fractures, tapage et pillage… Partout, dans les officines nazies de l'ex-capitale, dans leurs bureaux, salles de bains, corridors, caves, garages ou cabinets noirs, comme dans les Gestapos de province et certains sièges de la Milice française, du PPF ou des Renseignements généraux, à Vichy, Lyon,

Grenoble, Saint-Étienne, Roanne, Troyes, Clermont-Ferrand, Marseille, Bourges, Orléans, Rennes, Bordeaux, Toulouse, Perpignan… et dans les futaies et clairières de Sologne où l'on fusille les lycéens parisiens, les puits de Guerry où l'on jette les Juifs, l'église et les granges d'Oradour où femmes, hommes, enfants, bébés sont brûlés vifs, aux balcons de Tulle où l'on pend les habitants… Partout dans ce beau pays de France, en Bretagne, en Gironde, dans le Lot-et-Garonne, le Lot, les Basses-Pyrénées, la Haute-Garonne, l'Aude, l'Ariège, l'Hérault, dans le Massif central, le Loiret, l'Eure-et-Loir, l'Yonne, le Vercors, le Vaucluse, les Bouches-du-Rhône, les Basses-Alpes… Bael, Agarès, Marbas, Pruslas, Aamon, Barbatos, Buer, Gusoyn, Botis, Bathim, Hursan, Éligor, Loray, Valefar, Farai, Ayperos, Naberus, Glosialabolas, les dix-huit esprits subordonnés aux six esprits Premier ministre, grand général, général, lieutenant-général, brigadier et maréchal de camp de Lucifer, et les millions d'esprits des milices infernales qui sont les ouvriers ou les esclaves des précédemment nommés, en ces tout derniers mois de l'occupation allemande placés sous le signe de la grande terreur pour les bons comme pour les méchants, sont à la fête. Les temps sont venus de s'en payer une bonne tranche, avant de déguerpir ou de faire peau neuve ! Avenue Victor-Hugo les sept démons ministres des Anges de l'air et rois viennent battre Sadorski un à un ou en groupe, aux heures du jour comme aux heures de la nuit. Parfois le policier conclut qu'il est véritablement mort dans le cagibi au sous-sol de la rue de la Pompe, d'une balle tirée par le Corse. Qu'il est passé de l'autre côté, que sa condition présente est celle d'un damné souffrant les mille tourments de l'Enfer… On l'a précipité dans l'étang de feu et de soufre qui est la seconde mort. Il est au milieu des ténèbres. Entouré de diables, environné par les anges de celui dont le but est de détruire son âme : le fondateur de la grande et abominable église, le maître du péché, l'ange déchu, l'ennemi de toute justice, qui lutte perpétuellement contre Dieu, invite à faire continuellement ce qui est mal… Désormais les tourmenteurs quotidiens de Sadorski seront Bilet, Ismoli, Sallalès, Maguth, Flaef, Abumalith, Cynabal et des milliers d'autres, armés de fouets, de cravaches, de nerfs de bœuf, de gourdins, de coutelas, de piques, de matraques, de marteaux, de clous, de fers à souder… Ils ne lui laisseront pas une minute de répit. Sa condamnation est sans appel. L'horrible flamme qui dévore la chair du mari d'Yvette montera d'éternité en éternité pour ne jamais connaître de fin.

Il a essayé de compter les jours, les nuits. Sans grande certitude, se basant sur les sons venus du dehors, et la lumière descendant du soupirail, lequel est doublement protégé par des barreaux noirs et par un grillage. On lui a retiré les menottes. Nu sous une couverture pouilleuse, il demeure allongé sur son matelas taché de sang – celui dont parlait l'Auvergnat du camion de meubles. Un seau hygiénique est posé à côté du lit, ainsi qu'une gamelle et une carafe d'eau, et le prisonnier se traîne jusqu'au seau pour ne pas souiller sa misérable couche, déjà puante. Une nuit, dans le noir il a renversé le seau, plus tard Cynabal lui a infligé une bonne dégelée pour le punir de sa maladresse. Le peu de nourriture servi dans la gamelle est succulent quoique froid, mais l'estomac de Sadorski n'arrive pas à le garder, il se penche et dégobille dans le seau rempli d'excréments. Quand il parvient à dormir, c'est pour plonger dans une spirale de rêves et de cauchemars, peuplés tantôt de spectres hideux tantôt de visages chers. De vivants comme de morts. Les femmes mortes ou disparues, en particulier, l'accablent de cris affreux. De reproches. Le cœur battant à tout rompre, le pouls s'emballant, la respiration accélérée lui sciant côtes et poumons, la toux lui labourant les bronches, le policier pleure ; il supplie ces infortunées de lui pardonner ses crimes… meurtres, arrestations arbitraires, viols, mensonges, chantages, tromperies et abus en tous genres… Il parle, avec des soupirs et des sanglots, aux ombres de Thérèse Gerst, de Yolande Metzger, de Mme Odwak, de Raymonde Bonnet, de Chana Rosenwajn, de Gisèle Rollin, de Germaine Sorel, de Mirla Wasserman, d'Arlette Leaumier, d'Hortense Gutkind… Il parle à Jacqueline Perret… Et à Julie, sa chérie Julie, la petite mère de son enfant.

Parmi toutes ces femmes, un jour qu'il se sent un peu mieux, un visage nouveau vient le visiter. Une face calme aux traits réguliers, encadrée par un voile blanc. Une apparition… Pas une Sainte Vierge mais presque. Ce doit être un leurre. Un piège des démons. Comment une figure aussi douce serait-elle autorisée par le Malin à franchir le seuil des enfers ?

— Vous avez une vilaine fièvre.

Sa voix, aussi, est douce. Un peu âgée mais douce. Aimable.

Une main fraîche lui saisit le poignet. Des doigts frais. Posés sur la veine.

— 135 par minute. Ouh là.

Il essaie de s'exprimer. À travers les quintes de toux…

— Ne vous agitez pas, monsieur. Normalement on devrait vous hospitaliser, mais c'est interdit pour l'instant. Je vais regarder cette blessure à la cheville…

Elle touche sa jambe.

— Mmm… c'est plutôt une égratignure. Mais infectée. Je vais vous mettre de l'alcool et panser ça.

Brûlure violente.

— Ne bougez pas. Laissez-moi vous nettoyer la figure, aussi. Jolie collection d'hématomes… Attention, la joue, ça va chatouiller un peu…

Il gémit. Puis tousse.

— Je… je crois que j'ai une côte cassée. Et… une pneumonie…

La femme en blouse blanche a un petit rire.

— Hum, à mon avis plutôt une bonne bronchite. Malheureusement ce n'est pas ici qu'on va pouvoir vous faire des radios… Je vous applique une compresse froide sur le front, et puis je dois y aller. On m'autorisera peut-être à revenir vous voir. J'ai une voiture et un permis de circuler, grâce à M. Berger. Je lui conseillerai de vous envoyer le Dr Rousseau, il habite rue du Colonel-Moll, c'est un médecin très compétent. Il est membre du PPF. Mais le téléphone n'est pas encore installé dans la maison. Celle-ci, je veux dire, pas chez le docteur.

— Qui… qui êtes-vous ? Et où sommes-nous ?

— Dans un hôtel particulier, au 42, avenue Victor-Hugo… à l'angle de la villa d'Eylau. Il appartient à une comtesse qui n'est jamais là, paraît-il. La comtesse de la Roque-la-Tour… elle vit dans son château d'Indre-et-Loire. Les Autorités occupantes ont réquisitionné l'immeuble de la villa d'Eylau pour M. Berger et ses collaborateurs… Mais je ne pense pas qu'ils vont rester très longtemps. Ça va très mal sur le front de l'Ouest. Et il paraît que les Alliés ont aussi débarqué sur la Côte d'Azur aujourd'hui !… Je suis Mlle Achard, infirmière, vous pouvez m'appeler Marie-Thérèse si vous voulez. J'habite avenue des Ternes, je donne des soins à M. Berger qui a une maladie du foie. Je viens régulièrement lui poser ses ventouses…

— Les… diables ? Les diables s'en vont ?

Elle fronce les sourcils.

— Allons, ne dites pas de choses pareilles… M. Berger et la plupart des Allemands sont très bien élevés, très polis. M. Berger dirige à la fois un bureau politique et des affaires commerciales. Il ne faut pas les traiter de diables. Vous trouvez qu'ils ne vous ont pas assez infligé de corrections comme ça ?

— Et les autres ?… Y a-t-il d'autres personnes arrêtées comme moi ?… et logées ici ?

— Non, vous êtes seul.

— Vous n'auriez pas vu une Mme Zembrowski ? Louise Zembrowski… Une dame brune, dans les trente-cinq ans… On l'a torturée, elle ne peut plus bouger un de ses bras…

— Je n'ai vu personne.

La femme se lève.

— A-attendez, fait son patient. Quel… quel jour sommes-nous ?

— Mardi. Le 15 août.

— Le matin ?

— Non, l'après-midi. (Elle regarde sa petite montre-bracelet, à la lumière tombant du soupirail.) Oh là là ! 18 h 40, je dois filer…

Désespéré, Sadorski retombe sur son matelas.

— Le train est parti, alors. C'est foutu…

Il est pris d'une nouvelle quinte.

— Quel train ? demande Mlle Achard.

— Le… le train des déportés vers l'est… de Romainville… Jacqueline… les résistantes… l'*Ave Maria*…

Elle hausse les épaules.

— Je ne sais pas de quoi vous parlez. Reposez-vous… et attendez qu'on revienne vous voir. Essayez de dormir, c'est ce qu'il y a de mieux. Laissons la température redescendre toute seule. Si ça pouvait le faire aussi dehors ! Le temps est toujours aussi chaud et lourd, et c'était ainsi dès le matin !… Je vais dire à M. Berger que votre état ne semble pas trop grave, et signaler à M. Forni ou à M. Daventure, le chauffeur, de vider votre seau d'aisances. On n'est plus très loin du débordement…

La femme est partie, verrouillant la porte de l'extérieur. Il n'est pas entièrement sûr que cette infirmière appartenait au monde réel. Ou qu'elle disait vrai. C'était une diablesse envoyée par la Gestapo. Il retourne à ses fièvres. À ses visions d'épouvante. Mais les ministres démons ne reviennent plus. Seul le lac fumant de lave et de sang est toujours là, ainsi que les braises, les odeurs putrides, les vertiges, les souffrances aiguës, la sueur jaillissant des pores, la toux déchirante et les épées plongées dans sa poitrine… Sadorski finit par perdre conscience. Lorsqu'il ouvre les yeux, la pièce est envahie par les ombres. Il fait très froid, le captif grelotte, claque des dents comme si encore une fois on l'enfonçait parmi les glaces et les merdes de la baignoire. Puis, avec de nouveaux cauchemars, les grandes chaleurs reviennent. Il fait incroyablement lourd, on a de la peine à respirer. Des avions survolent le bâtiment au ras des toits, le canon gronde au loin, et de plus en plus fort, faisant trembler la vitre du soupirail, ruisseler des trombes d'eau contre le carreau… Est-ce le canon ou l'orage ? Ce mois d'août insensé, cette lourdeur de plomb, ces pierres qui vibrent. Ce terroir en flammes… Comme en 70, comme en 17, comme en 40… la Mort progresse et s'approche de Paris, ricanant aux quatre vents, à enjambées immenses armée de sa faux… Sous ses pas, les colonnes hagardes de morts en sursis ou de donneurs de mort. Elles errent de colline en colline, cernées, prises au piège des abattoirs de

Falaise sous le ciel bleu sillonné de fumées et le tonnerre hurlant des escadrilles. Interminable route de campagne dans l'été torride, creusée de cratères, semée de centaines de petits fruits acides des pommiers déracinés par l'artillerie. Énormes chars camouflés de feuilles couvrant la *Kreuz* noire à bandes blanches, longues files bâchées de camions transports de troupes, d'artillerie hippomobile tractée, d'ambulances vertes à croix rouge, de semi-chenillés, de tracteurs, d'autos volées dans les fermes, de charrettes, de voitures radio, de roulantes, de berlines décapotées remplies d'officiers braillant des ordres, s'engueulant, jumelles ou cartes d'état-major à la main… tout cela s'embouteille dans un tintamarre infernal, entre les murs écroulés des maisons qui brûlent, les églises au clocher effondré, les vieux bourgs normands aux ruelles étroites dévastés, les villages réduits à des tas de poutres noircies, de pierres, de gravats, d'où monte l'odeur douceâtre des cadavres pourrissant dessous depuis des jours. Les conducteurs boches déchiquetés sur leur volant, le sang qui macule les pare-brise. Des explosions partout. Les chars Tigre à croix noires sautent en l'air et se retournent. D'autres brûlent avec des flammes jaunes et rouges. Des tripes et bras et jambes sanguinolents happés entre chenilles et train de roulement, les os craquent, une fumée noire se tord en jaillissant des trous d'entrée, les équipages enfermés dans leur cercueil de fer crient et meurent. De gigantesques roues de feu et de métal traversent les nuées au milieu des éclairs, larguent leurs grappes de bombes, des milliers et des milliers, pluie de tempête sifflante et rugissante. La terre broyée se transforme en charnier pour engloutir les divisions blindées de la SS. Des survivants hébétés, des enfants aux cheveux blonds, aux yeux fous, marchent, titubant sur les cadavres d'hommes, de vaches et de chevaux mélangés. Un magma de morts, qui se putréfient jusqu'à l'horizon du bocage. Les Américains déblaient les cadavres au bulldozer, refoulent les monceaux de corps pour libérer la route aux convois. C'est bien pire que la Champagne ou que Verdun. La mort est partout. Sadorski patauge à travers les chairs, l'acier brûlé, tordu, il supplie, les tympans percés, un Dieu absent, il pleure, il tousse, il suffoque. Sous les fumées qui s'élèvent en tournoyant vers le ciel d'été. Moissons de mort… mécanisées, industrielles. Le triomphe de la Mort.

Il fait jour. On entend des voitures, avenue Victor-Hugo, ou plus près, dans la courte villa d'Eylau, au-dessus du soupirail. Des portières claquent. Sadorski remue sur son lit. Il se sent nettement mieux que la veille. Se soulevant, il constate que personne n'est venu vider le seau. Il jure. Sa tête tourne un peu, mais il parvient à s'asseoir au bord du matelas. Le prisonnier urine, assis, visant la surface malodorante, essayant de ne pas provoquer d'éclaboussures. Puis il tousse. Une toux grasse, pénible. Mais il a l'impression que la fièvre a baissé. Il remarque un bandage autour de sa cheville droite. L'infirmière était réelle, alors. Mlle Achard, Marie-Thérèse. Un prénom bien chrétien. Va-t-on la lui envoyer de nouveau ? Il appréciait sa voix calme. Son ton bien élevé. Il se demande si cette femme fait partie de la bande. Probablement pas. Juste une collabo du quartier qui profite des largesses du chef nazi. Autorisation de circuler avec sa voiture, par exemple. Pour une Française ce n'est pas si courant. Il y a peu de chances qu'elle aille signaler au commissariat la présence dans cet hôtel particulier de détenus torturés, et de types louches armés de pistolets-mitrailleurs. Ou bien elle ne le fera qu'après leur départ.

Des pas, à l'extérieur. Une clé tourne dans la serrure. La porte s'ouvre. Sur une silhouette mince, grande, élancée. Une jeune femme aux cheveux bruns. En blouse bleu clair à minces rayures verticales, un peu juste pour son gabarit, et serrée à la taille par un petit tablier blanc de domestique. Ses jambes sont d'une finesse exceptionnelle. La nouvelle venue apporte un paquet de vêtements, et une paire de chaussures. Celles du policier.

— Bonjour, monsieur…

Il croit reconnaître la voix fraîche et agréable du dialogue avec le déménageur. Et cette fille est aussi jolie que sa voix.

— Comment allez-vous ce matin ? Sapristi, ça ne sent pas la rose, dans votre palace ! J'apporte vos habits… Ils ont été nettoyés… sauf la gabardine : à cause des taches de sang, moi et Denise on a été obligées de la jeter à la poubelle. Je suis navrée. Mais le temps est très chaud, de toute façon…

— Euh… « Denise » ? La maîtresse de… de M. Berger ?

Elle rit.

— Non, non, il y a deux Denise. Je parlais de la « grosse Denise », la femme de Raoul. Celui qui est couvert de tatouages… Sa Denise fait la cuisine pour tout le monde. Nous prenons nos repas en commun. Les petits plats qu'on vous a servis, c'est elle… Je l'aide, entre autres, à la cuisine et c'est ainsi que je me suis coupée (elle montre le pansement à son index gauche). Moi, c'est Danielle. Mais on me surnomme plutôt « Dany ». Enchantée…

La grande brune lui tend la main. Confus, cachant sa nudité sous la couverture, Sadorski serre cette main. La poignée est cordiale, accompagnée par un sourire franc, un brin naïf mais qui inspire confiance. Ladite Dany parle un français assez distingué, comme une demoiselle de bonne famille… Dans un style très différent du reste de la bande. Elle précise :

— En fait ce n'est pas mon vrai nom. Je m'appelle Lucienne Huvet. Mais Lucienne, je déteste, c'est nul. « Dany » ça fait plus affranchie. Non ? Enfin, moi ça me plaît mieux. (Elle dépose les affaires sur le matelas, et les souliers sur le sol.) On m'a dit que vous êtes inspecteur de police, c'est vrai ? Allez-y, habillez-vous, je ne regarde pas… Mais n'essayez pas de vous enfuir, ils sont deux au bout du couloir, avec des mitraillettes.

Sadorski obéit, enfile, encore stupéfait, ses vêtements, qu'il retrouve avec plaisir. Tout est propre et a même été repassé. Les clés sont dans une poche latérale du veston, et ses lunettes dans une poche intérieure de poitrine. Mais on ne va pas jusqu'à lui rendre son pistolet, sa montre-bracelet ou son portefeuille… ni son étui à cigarettes. Il se renseigne :

— Excusez-moi, mademoiselle Lucienne, ou Dany, mais que faites-vous en compagnie de ces individus ?… Je vous imagine mal…

Lui tournant le dos, debout face au soupirail, les bras croisés, elle explique avec un certain embarras :

— Je suis, comment vous raconter, monsieur ? la victime d'une histoire d'amour… Un tailleur, boulevard Haussmann, M. Mestre, que j'avais rencontré par l'intermédiaire d'amis communs, m'a présenté un jeune homme qui s'appelle Georges Gorisse, il l'avait connu en Allemagne où ils étaient tous deux prisonniers… Rapatriés sanitaires, ils ont vécu ensemble dans un hôtel, rue de Navarin. Et, euh, des relations se sont établies entre ce jeune homme et moi… J'éprouvais pour lui une vive affection et je suis devenue sa maîtresse. Nous avons cohabité dans divers hôtels de Montmartre. Je cherchais du travail. Georges, je l'ai su plus tard, recevait de l'argent de Mestre, mais ça ne lui suffisait pas – à Jo, pas au tailleur – et mon ami me demanda de devenir la maîtresse de gens riches, pour me procurer des ressources…

— Que vous deviez lui rétrocéder, naturellement, ricane Sadorski en enfilant son pantalon.

— Oui monsieur, je suis tout à fait consciente, en effet, que Georges me poussait à la prostitution… Mais j'ai refusé ! Je suis une fille honnête… Il m'a giflée, on s'est fâchés, et mes parents voulaient que je rompe avec lui… Georges m'a suppliée à genoux de ne pas le quitter, de lui pardonner… Mais je l'aime, vous comprenez, alors je ne l'ai pas quitté. Quand un jour je l'ai vu une première fois avec un revolver, j'ai été surprise ; il m'a dit qu'il faisait la chasse aux trafiquants du marché noir… J'ai pensé qu'il était peut-être entré dans la police. Je n'ai pas insisté, parce que mon Jo, il a horreur qu'on lui pose des questions… Je peux me retourner ? Vous avez fini ?

— Oui, vous pouvez.

Elle examine son visage en plissant les paupières.

— Oh là là. Vous n'avez pas été épargné, hein. Mais ça va désenfler. Vous avez vu Mlle Achard ?

— Brièvement.

— Elle est très compétente. Très serviable. Son seul petit défaut est d'être terriblement bavarde. Oh, mais vous l'avez complètement loupé, ce nœud de cravate ! Vous permettez ?

De ses longs doigts agiles, en dépit du pansement à l'index, elle lui refait prestement son nœud. Et rit :

— J'aime m'occuper des hommes. Ils sont si maladroits, c'est touchant… Mon Jo, par exemple, vous le voyez rouler des mécaniques mais en vérité c'est un gamin !

— Au fait… Vous ne sauriez pas où ils ont mis ma bicyclette ? Plus exactement, celle de ma femme… Un certain Marcel l'a ramenée rue de la Pompe…

— Ah, vous parlez de M. Daventure, le chauffeur principal de M. Berger… Le vélo, Marcel l'a embarqué pour chez lui, rue du Colonel-Moll… Cadeau pour la bourgeoise, il a expliqué. Comme c'était un modèle pour dames… Bref, vous pouvez faire une croix dessus ! Vous aurez déjà de la veine s'ils vous laissent partir… Mais ça arrive, des fois. Par contre, mon Jo m'a raconté que deux personnes au moins étaient mortes à cause des mauvais traitements. Et deux hommes du service, dont un résistant qui a trahi et participait aux arrestations de ses camarades, ont été exécutés parce que, d'après Jo, c'étaient « des enculés »… Ne faites pas cette tête ! Faut voir les choses du bon côté, c'est ce que je dis… Bon, si vous êtes prêt on y va.

— Oui mais où ?

— Au premier étage. M. Berger souhaite vous parler.

Il frémit. À la perspective d'une nouvelle entrevue avec le Corse.

— « Souhaite » ?

— Euh, enfin, il a ordonné, plutôt. Je vous préviens, il est très agité ce matin. D'humeur très, je dirais, tendue. Le pauvre, déjà qu'il boite à la suite de sa chute de vélo, il y a quelques jours… Je ne sais pas ce qu'ils ont, Jo refuse de m'informer, mais y a de la bagarre dans l'air… Une histoire de résistance… Tout le monde a sorti les revolvers et les mitraillettes. Gustave est déjà parti, il est chargé d'une « mission spéciale » devant Luna Park… Vous le connaissez ? Gustave ?

— Oui, oui…

— Vous trouvez pas qu'il est beau ? Il a un petit air de Louis Jourdan. Si je n'étais pas déjà amoureuse de mon chéri…

Mlle Huvet guide Sadorski le long du corridor. Il marche difficilement, sa carcasse l'élance de partout. Il se sent plus sale encore qu'à Fresnes ou à la Santé. Et les poils de barbe ont poussé, ses joues auraient besoin d'un bon coup de rasoir… Les lieux également sont crasseux et sentent l'humidité. Il semble y avoir des infiltrations. Peut-être la pluie, qu'il entendait cette nuit dans ses rêves…

— On a eu de l'orage ?

— Vous plaisantez ? Le plus formidable que j'ai jamais vu éclater à Paris ou en banlieue – je dis ça parce que je suis de « Boico »… enfin, de Bois-Colombes… C'était pareil que dans les films américains ! Un déluge d'eau et d'éclairs ! À leur lumière on y voyait comme en plein jour… Jo et moi on est rentrés juste à temps… Ma robe était bien saucée tout de même !

À l'extrémité du couloir, deux types montent la garde, mitraillettes légères Sten à la bretelle. Ils fument du tabac américain de luxe. L'un d'eux est petit, trapu, le front bombé et dégarni, avec un visage poupin et des cheveux blonds et gras, tirés et massés sur la nuque ; l'autre, un brun maigre, aux cheveux gominés plaqués vers l'arrière du crâne, porte une longue blouse blanche de chauffeur de maître. Mlle Huvet, toujours gaie et un peu mondaine, fait les présentations. Le blond s'appelle Jacques Reymond et serait le secrétaire de Monsieur Pierre. Le brun, un autre de ses chauffeurs ; il se prénomme Edmond mais son surnom est « Cri-Cri ». Sadorski se souvient de l'avoir lu sur la liste de l'inspecteur spécial Cuvelier. Les deux individus le considèrent avec des expressions relativement aimables compte tenu des circonstances. Ils l'escortent au rez-de-chaussée, parcouru par des gars nerveux armés de PM et de revolvers, pendant que Dany regagne les cuisines avec un petit signe d'encouragement à l'adresse du convoqué. Dans l'escalier, le blond aux cheveux gras confie à Sadorski à mi-voix :

— Le big boss est vraiment de mauvais poil aujourd'hui. Ça barde. Je vous conseille de dire « oui » à tout ce qu'il dira. Si vous désirez faire de vieux os…

On le pousse dans une vaste chambre à coucher, aux murs tapissés de toile de Jouy bleu pâle, sous un plafond à moulures blanches et un lustre éteint dont les pendeloques scintillent. Les fenêtres sont ouvertes et donnent sur la villa d'Eylau calme et ensoleillée. Il règne le plus grand désordre, des vêtements traînent par terre, le large lit défait est jonché de pièces de lingerie féminine et de négligés vaporeux. Les odeurs de parfum font presque suffoquer Sadorski. La maîtresse du chef gestapiste va et vient dans une robe du soir blanche de haute couture, qui serait seyante sur n'importe qui d'autre que cette personne potelée et vulgaire. Denise questionne :

— Alors tu en dis quoi ? Et vous, monsieur, qu'en pensez-vous ? Hein, Reddy ? C'est du Balenciaga, tu sais.

— Ta gueule. Ferme-la cinq minutes, tu peux ?

— Oh là là…

Le Corse se déplace sans canne mais toujours légèrement voûté, il a troqué la robe de chambre grenat pour un complet bleu foncé de bonne coupe, et un étui de poitrine en cuir que l'on aperçoit sous le veston ouvert. La crosse d'une arme à feu dépasse de l'étui. Sur le plateau de la coiffeuse, d'où ont été écartés les poudriers, tubes de crème, flacons, bigoudis, limes à ongles, bâtons de rouge et autres menus accessoires de beauté, sont disposés sur une chemise cartonnée quatre pistolets semi-automatiques et une dizaine de chargeurs. L'inspecteur identifie un Walther modèle 8, calibre 6,35 mm, un Mauser HSc 7,65 mm, un gros Walther P-38 9 mm, celui-ci une véritable arme de guerre ; et il croit reconnaître son propre Herstal 7,65, confisqué dimanche – cela paraît une éternité – lors de son arrestation rue de l'Ouest.

— Bien, à nous, Sadorski, gronde l'ancien légionnaire de Sidi Bel Abbès. Je me suis renseigné à ton sujet. On te connaît, rue des Saussaies. Mais au troisième étage. J'ai parlé à un *Untersturmführer* Maag. Un ex-flic de la criminelle de Berlin. Il m'a dit, tu sais quoi ? Que tu es un imbécile.

— Je…

— Un imbécile rusé mais malgré tout un imbécile. D'ailleurs, ce que tu as fabriqué ces derniers jours le prouve. J'ai jamais vu un connard pareil. Tu as du bol qu'on t'ait pas vraiment fusillé, tu le méritais. (Il se marre.) Ma parole, tu as un fion, un oignon, du proze, tu connais une embellie pas croyable… Normalement Manu et le gros Jules auraient dû balancer tes miches en forêt où tu croquerais les pissenlits par la racine. Pourtant t'es là, vivant, tout frais ou à peu près. Et maintenant, moi, Friedrich Berger, je t'ai préparé un contrat.

Sadorski l'a écouté se gargariser, avec son léger accent allemand, de termes argotiques en vogue chez les truands de Pigalle ou de la Côte d'Azur. Il répète, incrédule :

— Un… un contrat ?

— Je manque d'hommes. Plusieurs déjà ne se présentent plus à l'appel, Pascal a disparu, qui c'est qui va nous faire les pastagas maintenant ? Merde alors ! Ces gonzes ont les flubes, les foies, les grelots et j'ai pas le temps d'aller les chercher pour les ramener ici par la peau du cul, ou au bout du flingue. Tant mieux pour cette bande de fumiers. Alors tu vas boucher un trou. T'es flic, tu sais tirer ? tu vises juste ?

— Euh… oui. Je me défends…

— Hein ? J'entends pas. Parle plus fort !

— Je me défends. Oui, je tire assez bien…

— On monte une opération contre les terroristes. Avec les services de l'avenue Foch et du KdS, et puis d'autres. Pas le temps pour les détails, Cri-Cri t'expliquera… On les a piégés, ces andouilles, ils vont se jeter dans la gueule du loup. Mais toi, faut d'abord que tu signes. J'ai des mecs de la résistance qui travaillent pour nous, tu seras pas le premier agent double dans le service AG 46… On sait comment les retourner, ici, les terros. Après, ils viennent me manger dans la main !

Berger dégage deux feuillets dactylographiés de sous son arsenal, pour les tendre à Sadorski. Qui bégaie :

— Je… j'ai besoin de mes lunettes.

— On te les a rendues. Lis, et signe ! Voilà un stylo…

Le détenu a pris les feuilles d'une main mal assurée. Une page est tapée en allemand, la seconde en français. Il lit : *La personne signataire du présent document s'engage à suivre les ordres donnés par ses chefs, quels qu'ils soient ; à ne jamais divulguer les noms de ses chefs, ni le genre du travail effectué par le service AG 46 auquel il appartient. Il est interdit au signataire de pratiquer le « marché noir ». Celui qui ne respecterait pas ses engagements sera condamné à mort et immédiatement exécuté par moi-même.* Signé : BERGER.

— J'ai déjà signé de mon côté, comme tu vois. Tous mes subordonnés signent cet engagement. Vas-y ! Nom, prénom, et fonctions au sein de l'administration française…

L'intéressé hésite. Jamais l'expression « un pacte avec le diable » ne lui a paru plus adéquate. Et outre le problème moral que cela lui pose – il est chrétien et catholique –, laisser en août 1944 une pareille trace de ses activités peut valoir une condamnation à mort presque aussi rapide. Mais de l'autre bord. Berger reprend :

— Je dirige un groupe politique chargé de la répression du terrorisme. La police française fait pareil depuis juillet 1940, à nos côtés. Nous sommes pour l'Allemagne, pour la victoire d'Adolf Hitler et du Reich sur ses ennemis ! Votre Premier ministre Laval a dit la même chose. Tes collègues qui se foutent en grève cette semaine sont des lâches qu'on devrait fusiller. Des déserteurs. Des filous, des sales cochons ! L'autorité de l'État se décompose, il souffle en France un vent de folie… qui, selon les derniers rapports du SD, rend possible le phénomène d'*extériorisation d'hystérie collective* – comme au temps de la Saint-Barthélemy ou de la grande Révolution ! Mais peut-être que tu les approuves ? T'es un tire-au-flanc comme eux ? Un couard ? Une tapette ? Ou pire… un sympathisant, un complice des gaullistes et des cocos ?

— Pas du tout ! Je…

Monsieur Pierre sort d'un geste vif son revolver de l'étui de poitrine. Un Mauser M1914. Calibre 7,65. Il applique le canon de l'arme sur la tempe de Sadorski. En grondant :

— Tu signes, ou tu sors de cette chambre les pieds devant. Tu connais trop de choses. Et j'ai besoin de toi.

Le parfum d'eau de toilette, lourd et écœurant, mêlé à des odeurs fétides de médicaments, de sueur et de mauvaise digestion, sans compter les relents de pastis, menacent de faire vomir l'inspecteur à nouveau. L'index de Berger caresse la détente du pistolet. Une balle prête à partir. Resté sur le seuil avec son acolyte le chauffeur Cri-Cri, le blond aux cheveux gras, Jacques, adresse des grimaces éloquentes à Sadorski. Celui-ci saisit le message, mais il n'est pas fou, il allait obéir de toute façon… L'Allemand cette fois ne blague pas, son invité en est convaincu.

— Oui, d'accord, monsieur Berger. Je… je signe.

Il place les feuilles sur un coin du meuble, et appose sa signature, un peu tremblée, sur chacune. *Léon Sadorski, inspecteur principal adjoint*. À l'instant où il achève le dernier paraphe, un vacarme de tonnerre fait trembler les vitres. Comme une explosion gigantesque au-dessus de l'ex-capitale. Un dépôt de munitions qui a sauté ? un bombardement ? On n'a pas entendu d'alerte, ni d'avions. La femme en robe blanche a poussé un petit cri.

— Oh, j'ai eu peur ! C'est l'orage, encore ?

Berger va regarder à la fenêtre.

— *Ein Wetterleuchten*. Simple éclair de chaleur. Le temps se couvre…

Il a rengainé son arme, récupère le stylo et les documents, se penche pour glisser la paire de feuillets dans la chemise. L'inspecteur observe, derrière les oreilles du gestapiste, deux cicatrices impressionnantes et étranges. On pourrait en déduire que ses oreilles actuelles, d'un jaune cireux, ont été greffées. Dans le but de remplacer la paire d'origine : longues, velues et pointues – telles que Sadorski a pu en voir sur les représentations picturales des principaux esprits infernaux[1].

Monsieur Pierre attrape le pistolet belge sur la coiffeuse, le rend à son propriétaire légitime en le tenant par le canon.

— Le chargeur est plein. Si tu as besoin de cartouches supplémentaires, tu demandes à Cri-Cri. Il t'accompagnera pendant les opérations de la journée. À la moindre connerie de ta part, mon chauffeur est autorisé à te trouer la peau. Tous mes hommes ont reçu cette instruction te concernant. Si tu essaies de t'enfuir, par exemple, tu récoltes fissa une rafale de mitraillette. On n'a pas encore confiance, à toi de faire tes

1. Friedrich Berger avait subi une trépanation à la suite d'une mastoïdite ayant entraîné une surdité bilatérale partielle, pour laquelle il aurait été réformé de la Légion étrangère, et il en gardait de telles marques derrière les oreilles.

preuves… Ah, et tiens, je te rends ta tocante, ton étui à pipes, ton calepin, tes babioles de perdreau et ton lazingue. On n'a pas touché à la petite monnaie. Tes cartes de flic, des Milices révolutionnaires et du SD sont à l'intérieur. J'ai pas encore décidé si je t'emmène ou non à Nancy avec le service. Mais un conseil : si tu restes à Paname, brûle cette carte du SD. Les salopards te chopent avec et t'es mort ! Au fait, les renseignements que tu nous as fournis ont été transmis à la Gestapo. Les arrestations sont en cours…

Il a repris sa canne et se dirige en boitant vers le palier. Sur un signe de sa part, les types restés à l'extérieur encadrent le nouvel engagé et descendent avec lui dans le hall. Les battants de la porte principale de l'hôtel sont ouverts en grand, deux tractions Citroën noires garées le long du trottoir. Un groupe d'hommes s'engouffre dans l'automobile de tête. Sadorski reconnaît parmi eux Guicciardini père et son fils Adrien. Un troisième individu, qui a un air de famille avec les deux autres, doit être le prénommé Francis. Le ciel s'est considérablement obscurci, le tonnerre gronde tandis qu'une pluie torrentielle s'abat sur le quartier. Elle trempe les vestons des passants, les chemisiers et jupes légères des employées de bureau ; tout ce monde se précipite sous l'abri des portes cochères ou des bannes de petits magasins chics bordant l'avenue. Un éclair zigzague à travers les nuages couleur de plomb, illumine brièvement les façades et les toits. Suivi d'un nouveau craquement de tonnerre, plus violent que les précédents. Raoul-le-tatoué et le « grand Georges » – le corpulent ex-boucher Favriot, que dans ses cauchemars absurdes dus à la fièvre le prisonnier terrorisé identifiait à un démon nommé Bilet – franchissent la largeur du trottoir en courant pour rejoindre les autres dans la première voiture. Ils claquent en hâte les portières sur eux.

L'avenue Victor-Hugo s'est vidée en un clin d'œil, à l'exception de la masse sombre des Citroën immobiles dont les carrosseries luisent et fument sous les trombes d'eau. Une panique soudaine, irraisonnée, étreint Sadorski. Une large main se pose sur son épaule, accompagnée de gloussements. À la même seconde un nouvel éclair cisaillant le ciel rend la chaussée plus blanche que la neige ; une bourrasque violente fait voler papiers et feuilles à travers l'avenue, bruisser sauvagement les branches des marronniers, battre les volets aux fenêtres des maisons cossues du seizième. L'IPA se sent couvert de sueur, comme si sa fièvre remontait d'un coup – tandis qu'à côté de lui, King-Kong, qui transporte un énorme sac en toile de jute, glousse de nouveau et que Manuel grogne :

— Qu'est-ce que vous attendez ? Merde, 10 h 10, on est à la bourre ! Les deux autres tractions sont déjà parties pour la Porte Maillot…

Le verre de ses lunettes d'écaille est constellé de petites gouttes, ses cheveux plaqués sur le front par la pluie. Il porte une gabardine beige. Sadorski se rappelle le nom de Manuel dans ses hallucinations. *Abumalith*. Ainsi que celui du « baigneur », le gigantesque chauffeur de taxi iranien… *Cynabal*. Et Raoul, le grand musclé antillais ? *Ismoli*. Et le type au visage allongé, blême et dur, debout à gauche avec un chapeau marron ? *Sallalès*. L'inspecteur secoue les épaules. Trêve de conneries ! Ce contrat signé dans la chambre du premier étage, quelques lignes frappées à la va-vite par la grassouillette Denise, maîtresse et assistante du patron, est un simple engagement dans l'un des nombreux services de police allemande sévissant dans l'ex-capitale. Il n'a pas vendu son âme à Satan… Mettre ses nom, prénom et qualité en bas du document n'était que le moyen de sauver sa peau, dans une situation scabreuse. Il n'avait pas le choix. N'importe qui à sa place aurait fait pareil ! Quant à ces individus, ils ne vont pas tarder à disparaître. Évacuer la ville comme tous les autres. Filer à Nancy, ou plus loin encore vers l'est. Direction Berlin. Bon débarras ! Ce sont des assassins, mais surtout des perdants, voués aux poubelles de l'histoire… Il suffira à Sadorski de ne pas les accompagner dans leur débine.

D'une bourrade, Manuel le projette en avant. Le groupe massé à l'entrée de l'hôtel s'élance sous le déluge pour s'installer au plus vite dans la seconde voiture. Cri-Cri, dans sa tenue de chauffeur de maître, s'est mis au volant, le gars au chapeau et le Slave à lunettes se partagent le siège du passager, où vu leur minceur ils peuvent se serrer sans trop de mal. Alors que sur la banquette Sadorski, toussant et reniflant, se retrouve coincé entre Jacques, petit mais trapu, et le colossal Zulgadar. Celui-ci a pris le temps d'enfourner son grand sac dans le coffre à bagages, faisant s'entrechoquer des objets métalliques. Le conducteur tourne la clé de contact, les essuie-glaces balaient la flotte devant lui, sans accroître la visibilité de manière satisfaisante. L'auto démarre dans le sillage de la première traction en klaxonnant, ses roues soulèvent des gerbes d'eau sur la chaussée inondée. Les deux Citroën font demi-tour et prennent la direction de l'Arc de triomphe.

— Y a plus d'eau dans le dix-septième, signale Manuel.

— Tu rigoles ? réplique Jacques. Ou t'as pas les yeux en face des trous ?

— Si, si, j'ai vu ça ce matin. Avant l'orage. L'eau est coupée dans cet arrondissement et dans d'autres, paraît-il. Les ménagères remplissaient leurs seaux à une prise, avenue des Ternes…

— Et y aura plus de gaz demain, renchérit King-Kong. Combustible épuisé et canalisations HS. C'est la merde. Comment on va bouffer ?

— Je crois qu'on se tire. En province, vous verrez, ce sera mieux…

— J'ai pas trop envie…, gémit le secrétaire.

— Si le chef dit qu'on part, on part ! Les déserteurs et les mecs qui désobéissent, le Corse il aime pas trop…

Les tractions décrivent une large courbe autour de l'Étoile, complètement déserte, dont les pavés brillent sous la pluie, et s'engagent en zigzaguant dans l'avenue de la Grande-Armée vers la Porte Maillot. Bien avant d'arriver à Luna Park, elles tournent à droite, rue des Acacias. Puis empruntent la rue d'Armaillé. On fait halte à la hauteur de l'étroit et tortueux passage Doisy. L'averse semble diminuer. Les deux autos s'engagent dans la ruelle, prennent un tournant à angle droit, progressent lentement jusqu'au fond d'un cul-de-sac, après être passées devant l'hôtel de Chevreuse au n° 9, et s'arrêtent devant une entrée de garage au bas de l'immeuble du 11 *bis* qui clôt le passage. À l'exception des conducteurs, tous les hommes mettent pied à terre. Manuel se dirige vers l'hôtel de Chevreuse, les autres descendent la faible pente goudronnée qui mène au garage. À l'intérieur du bâtiment ils découvrent une sorte de parking privé aux murs ripolinés d'un blanc sale, abritant des enfilades de box, la plupart occupés, certains par des modèles de grand luxe. Une rampe s'élève vers les étages. Les tractions traversent le rez-de-chaussée à petite allure puis grimpent la rampe pour se garer hors de vue. Deux portières claquent là-haut, les chauffeurs reviennent. Faute de courant électrique l'éclairage est assuré par les hautes baies en briques de verre. Le soleil, dehors, fait mine de reprendre du service. Et la chaleur redevient suffocante. Cri-Cri surveille Sadorski de près. Sans animosité mais il le tient à l'œil. On entend brailler des ordres : deux individus arrivant à pied du passage Doisy rejoignent le groupe d'un pas énergique, malgré la boiterie de l'un d'eux – Berger. Ils sont munis de mitraillettes allemandes MP 40. Blond et corpulent, trente-cinq ans environ, le compagnon du Corse est vêtu d'un long imperméable de cuir noir et coiffé d'un feutre mou. Allure typique de gestapiste. Cri-Cri chuchote à l'oreille de son voisin :

— C'est le *Doktor* Kley… J'ai appris qu'il est *Hauptscharführer*[1] à la rue des Saussaies…

Sadorski se rappelle avoir entendu lors de son interrogatoire dans la salle de bains que ce Kley faisait partie, en juillet, de l'équipe qui a blessé et embarqué le résistant Biraud place du Louvre. En tout cas il a une sale gueule. À la fois de brute et d'intellectuel, un curieux mélange. Le représentant du KdS s'adresse aux gestapaches, attroupés autour de lui dans un silence respectueux.

— Deux ou trois camions font bientôt entrer ici. Fotre mission consiste à ne pas les laisser sortir. Fous aurez des armes automatiques. Sur mon ordre, oufrez le feu contre ces féhicules ! D'après notre agent infiltré, les résistants ont la consigne de fenir sans armes ; mais on ne peut pas être sûrs. Le trafail aujourd'hui est de capturer un maximum de *Terroristen*. Et tuer ceux qui foudraient se saufer ou se défendre. Compris ?

---

1. Adjudant-chef, dans la SS. Le terme *Doktor*, couramment employé dans les administrations allemandes, est purement honorifique ; en l'occurrence, Walter Kley était professeur de philosophie à l'université de Berlin.

Il y a un murmure d'assentiment. Kley fait signe à Zulgadar, qui ouvre son sac de toile et commence la distribution. Une dizaine de pistolets-mitrailleurs de différents modèles, allemands, français ou anglais. Et des chargeurs supplémentaires. Manuel est revenu de l'hôtel de Chevreuse et ramasse une mitraillette Sten avec son chargeur.

Berger ordonne aux membres de la bande de gagner leurs positions au fond des box ou sur les hauteurs de la rampe. On entend un coup de sifflet. Un cycliste approche : Gustave, le jeune brun aux yeux bleus. Le bellâtre qui selon Mlle Huvet ressemblerait à l'acteur Louis Jourdan. L'homme est nu-tête et vêtu d'un imperméable ciré noir. Il échange des mots rapides à mi-voix avec Kley. Placé à une quinzaine de mètres, Sadorski parvient à lire sur ses lèvres : « Groupe de Chelles… 10 heures et quart comme prévu… l'ambulance… et le plus petit des camions… les deux autres restent Porte Maillot… trop hauts pour passer l'entrée… et aussi… une camionnette Citroën à nous… » Puis le cycliste repart, pédalant de toutes ses forces, tandis que débarque cette fois un groupe d'une vingtaine d'Allemands en civil et de SS casqués, armés jusqu'aux dents. Des instructions hurlées par les civils et par Berger, le policier français déduit que les SS vont se poster sur le toit – probablement dans l'idée d'arroser à la mitraillette les fuyards éventuels. Cri-Cri le tire par la manche, l'entraîne derrière le parapet dans le virage de la rampe. Sadorski peine à suivre, son corps martyrisé le fait encore souffrir. Ils se postent quelques mètres plus haut que Manuel et King-Kong, embusqués avec leurs PM prêts à tirer. Les Guicciardini et d'autres se dissimulent au fond des box, à l'abri des carrosseries, dont les chromes scintillent dans la pénombre. On ne voit plus ni Berger ni le *Doktor* Kley. Le rez-de-chaussée du garage paraît soudain vide. Le temps passe. Sadorski transpire. Au bout d'une demi-heure environ, on perçoit des bruits de moteurs.

Une ambulance de la municipalité de Gournay-sur-Marne surgit la première, roulant au ralenti. Gustave est assis dans la cabine à côté du conducteur : un type trapu dans les trente ans, habillé d'une canadienne et aux cheveux blonds taillés en brosse. Ensuite vient une camionnette bâchée Renault. Une seconde camionnette, arborant les chevrons

Citroën sur sa calandre, ferme le convoi. La porte métallique du garage s'abaisse doucement derrière elle en grinçant. Les véhicules, tous des engins à essence, se sont immobilisés peu avant la montée de la rampe. La portière droite de l'ambulance s'ouvre.

Gustave descend d'un air faussement naturel, fait quelques pas, les mains dans les poches de son ciré noir. Il adresse un signe rassurant au gars à la canadienne. Puis il se baisse pour courir vers le box le plus proche, et s'accroupir derrière une voiture.

À cet instant retentit l'ordre : « *FEUER !* »

L'enfer se déchaîne dans le garage du passage Doisy.

26

Les pleurs du bois de Boulogne

Répercuté par les murs et par le plafond du parking, le fracas des pistolets-mitrailleurs est assourdissant. Les traits de feu partent de l'obscurité en direction des nouveaux venus, les projectiles transpercent les tôles ou ricochent, on entend des cris.

Sadorski a dégainé son 7,65 et, dressé derrière le parapet, ouvre le feu à son tour, visant la bâche du camion Renault. L'occasion faisant le larron, il espère tuer. Se venger. De tous ces emmerdements, de ces horreurs, des tours pendables que le destin s'acharne à lui jouer depuis le dimanche fatal à Neuilly. Et son caractère aujourd'hui subit une modification. Jusqu'ici il n'était qu'un salaud somme toute ordinaire. Lequel du reste ne se considérait pas comme un salaud mais comme un bon flic, avec une éthique bien à lui, disons un peu spéciale mais dont l'objectif premier était de faire régner l'ordre public, et la justice – ce qui inclut châtier, par initiative personnelle s'il le faut, les assassins et autres ordures. Il est un flic de métier et de vocation. Un serviteur efficace de l'État français. À présent, il ne sait plus. Le caïd du Rayon juif est tenté de se surpasser dans la saloperie. De faire désormais *consciemment* le mal. Plus seulement ses manigances embrouillées et perverses, ou les petits exercices cruels auxquels il se livrait de temps en temps histoire de rire. Mais la cruauté réelle. Le mal authentique.

Le mal pour le mal. Il y trouve un supplément d'énergie, cela aide sa carcasse douloureuse à tout surmonter.

— *Halt !*

C'est Kley, ou Berger, qui a hurlé. Les rafales s'interrompent. Le feu n'a duré qu'une trentaine de secondes. Sadorski a tiré cinq ou six coups, il n'a pas fait attention. Les relents d'essence, de caoutchouc et d'huile de moteur sont recouverts par une puissante odeur de poudre. Les véhicules arrêtés au centre de l'espace fument dans la lumière tombant des baies du garage, les canons des armes automatiques fument eux aussi. Les bâches des camions sont percées de trous.

— Sortez ! *Raus !* crient Berger et Kley, qui ont jailli en pointant leurs MP 40.

— Ne tirez pas ! Ne tirez pas ! Nous ne sommes pas armés !

Un concert de voix affolées s'élève de derrière les bâches, et de l'ambulance. Des types apparaissent, les mains en l'air. En vêtements civils. Ils sont jeunes, très jeunes, presque tous. Seuls deux ou trois semblent avoir plus de quarante ans. Les expressions sont hagardes, encore sous le choc. Il y a un blessé, que ses camarades soutiennent. Les membres du service AG 46 se précipitent autour d'eux en vociférant.

— Levez les mains ! Pas de bêtises ou vous êtes morts !

— *Raus ! Raus ! Schneller ! Los, los*, fenez par ici...

— Bougez pas ou on vous abat comme des chiens, sales terros ! Salopards !

Gustave, Manuel et Zulgadar distribuent coups de poing et de crosse. Les Guicciardini, haineux et violents, les imitent.

— Alignez-vous face aux box ! hurle Berger. Plus vite que ça ! Allez, *schnell, schnell !* Fouillez-les !

Les prisonniers sont une petite vingtaine. Ils ont dû se jeter à plat ventre dès le début des tirs, ce qui explique que la plupart n'ont pas été touchés par les balles. L'inspecteur note la présence d'un personnage brun, dans les cinquante ans, qui dégage une autorité incontestable. Sa figure est digne, très pâle. Des bruits de bottes résonnent sur la rampe, de plus en plus nombreux, et des cliquetis de métal. Ce sont les SS de retour du toit du garage. Leur gradé ordonne de contrôler l'intérieur des véhicules, pour le cas où il y aurait des blessés ou des armes. Après un rapide examen, les militaires ressortent bredouilles. Sadorski s'interroge : que faisaient ces résistants si mal équipés ? S'agit-il bien de résistants, d'ailleurs ? On dirait des lycéens et des étudiants… et des petits employés… Mais quoi qu'il en soit, les voir pris et récolter une bonne trempe bien justifiée lui plaît beaucoup. Il espère que les Fritz vont les fusiller séance tenante. Ça ferait un joli tas de macchabées…

Il tousse et voit soudain Berger approcher, en traînant la patte. Le regard intense de ses yeux bleu-gris. Un sourire inquiétant flotte sur les grosses lèvres.

— Vous avez tiré ?

— Euh, oui…

— Faites voir votre revolver.

Sadorski s'exécute. Le Corse examine l'arme encore chaude, extrait le chargeur pour compter les cartouches restantes. Il le remet en place avec un claquement. Puis il pivote et vise la jambe d'un des jeunes qui attendait, les mains en l'air. Le coup part, le garçon bascule et s'effondre. La balle a tranché un jarret, du sang dégouline sur le sol en ciment du parking. Le blessé se tord de douleur. Berger ricane, avant de revenir au policier pétrifié.

— Vous connaissez la roulette russe ?

— …

— Ici, c'est un peu différent, votre Browning n'est pas une arme à barillet. Savez-vous combien de cartouches il reste dans la crosse ?

— Je… je n'ai pas compté.

— Hein ? Parlez plus fort.

— Je n'ai pas compté.

— Moi, si. Mais j'ai déjà oublié. Une, deux ? ou pas du tout ? Nous le saurons très vite.

Raoul et Zulgadar écoutent, et rigolent. Encore une bonne blague du patron. Une blague qui peut causer un mort de plus… ce qui les réjouirait probablement. Sadorski transpire à grosses gouttes. Il devine ce qui va suivre. Mais pas la manière dont la plaisanterie va se terminer. Pour lui.

— Posez le canon sur votre tempe. Voilà, comme ça.

Sa main, crispée sur la poignée du pistolet, tremble. La paume est moite, des gouttes de sueur coulent sur le métal. Les témoins les plus proches observent la scène avec intérêt. Plus loin, SS et civils continuent de passer les résistants à tabac, après une fouille brutale.

— Vous avez signé, lui rappelle Berger. *La personne signataire du présent document s'engage à suivre les ordres donnés par ses chefs*. Et celui qui n'obéit pas est exécuté immédiatement par moi-même. Ce pétard (il extrait le Mauser M1914 de son étui de poitrine) est entièrement chargé, car ce matin je n'ai encore tiré qu'à la mitraillette. Je vous conseille de presser la détente du vôtre dès que je l'ordonnerai ; il ne contient peut-être plus de cartouches, il vous reste donc une légère chance… Si c'est moi qui tire avec mon flingue vous n'en aurez aucune.

Ses hommes se sont esclaffés. Il sourit, mais s'impatiente.

— Beaucoup de travail nous attend toute la journée dans le secteur. Allez ! Je compte, et à « trois » tu appuies sur la détente. Pigé ?

Les genoux de Sadorski menacent de se dérober, il vacille. Comme si à lui aussi on avait sectionné le jarret. Son tourmenteur articule lentement, afin de faire durer le plaisir :

— *Un*… oui c'est ça, bien droit contre la tempe… centrer le tir… le bout du canon doit toucher l'os à travers la peau… le petit creux, là… (Il glousse.) *Deux*…

Le temps semble s'être arrêté – dans ce décor crasseux et malodorant, parmi les cris, les coups, les exclamations de souffrance, de frayeur, les ordres gutturaux, et les ricanements des tortionnaires debout en cercle autour du petit spectacle impromptu de suicide slave.

— *Trois !*

L'index n'a pas bronché. Berger hurle :

— *TROIS ! FEUER !*

Sadorski appuie.

Clic.

Éclat de rire général. Monsieur Pierre commente, jubilant, toujours sous l'empire de la drogue, ou de l'alcool :

— Moi j'avais compté les balles et pas oublié ! *Unschwer !* Facile ! y en avait qu'une, je viens de la tirer dans le genou du gosse. Ah, le bon vanne ! La bonne paire… Quelle tronche de nave tu fais ! Non, mais quelle truffe ! quel branque ! T'as eu le tracsir, hein !

Il n'en finit plus d'étaler son argot de Pigalle, que déforment étrangement les intonations allemandes. Entre-temps les SS, toujours braillant des ordres, ont rangé les captifs en file indienne. Ils les dirigent vers une porte intérieure du garage. Elle donne sur un corridor et des escaliers étroits qui communiquent avec l'immeuble mitoyen, l'hôtel de Chevreuse. Celui-ci est requis depuis le début de l'occupation par l'administration militaire allemande afin de loger des membres de l'organisation Todt. Le *Hauptscharführer* Kley informe Berger qu'on va y effectuer les premiers interrogatoires avant livraison à la rue des Saussaies.

Le Corse se tourne vers sa bande, ordonne de faire manœuvrer les camions. Cri-Cri conduira le Renault, accompagné par Sadorski, et ramènera le véhicule avenue Victor-Hugo pour le garer devant le n° 42 jusqu'à nouvel ordre. Les moteurs se rallument, les gaz empuantissent l'ensemble du garage. On repart en marche arrière. L'IPA est monté dans la cabine à côté du chauffeur. Un soleil éblouissant règne dehors, les nuages se sont fait la malle eux aussi. La camionnette quitte l'étroit passage et rejoint l'Arc de triomphe par l'avenue Carnot. Des citadins s'attroupent autour d'une voiture à plateau que tire un vieux cheval fatigué, chargée d'assurer des liaisons interurbaines qui remplacent le métro définitivement suspendu. Cela coûte 10 francs pour traverser la capitale. La parade boche quotidienne de midi, officier casqué chevauchant en tête, devant la musique militaire avec fifrelins, cymbales et tambours, vient de quitter l'Étoile et s'éloigne sur les Champs-Élysées au pas de l'oie vers Concorde. Dans les rues et avenues, pas le moindre gardien de la paix. C'est inhabituel.

— Je vois aucun flic…, s'étonne Sadorski.

— Normal. Les Allemands les ont désarmés, alors pour protester ils se sont mis en grève.

— Quoi ?

— Ben oui. Au fait, vous êtes un poulet, me dit-on ? De la brigade criminelle ?

— Non, les Renseignements généraux.

L'autre sourit. Il a l'air de préférer ça. Le policier, après une nouvelle crise de toux, continue de s'informer :

— Et ces mecs que vous avez serrés avec l'aide des SS, d'où venaient-ils ? Vous appelez ça des « terroristes » ? J'ai rarement vu des ballots pareils ! Même pas d'armes ! Ils se sont fait cueillir comme des fleurs !

Cri-Cri secoue les épaules. Son front ruisselle de transpiration.

— J'ai entendu dire qu'on les a vendus.

— Hein ?

— Vous savez, ça se produit souvent. Le réseau polak, par exemple, il a été trahi par Mado[1], la copine de Poupet, que vous avez vu avec nous dans la bagnole tout à l'heure. Résistante mais agent double. Les petits jeunes, ils seraient de Chelles, et de Draveil. Y a un peu de tout : des FFI-FTP, des membres des corps francs du réseau Vengeance, et des gars des JCC, les Jeunes Chrétiens combattants… Ils cherchaient à se procurer des armes pour l'insurrection. Alors un gars de notre camp, qui cause bien l'anglais, s'est fait passer pour un envoyé de l'Intelligence Service… prêt à leur dégoter un gros stock parachuté par les Alliés… *Yes*, cadeau de *mister* Churchill ! (Le chauffeur se marre en passant les vitesses.) Rendez-vous avec bibi à la Porte Maillot, devant Luna Park, amenez si possible vos propres camions pour le transport, et puis inutile de venir armés : à quoi bon, puisque vous serez fournis… Dans le garage, vous trouverez aussi un stock d'armes de l'organisation Todt, vous aurez qu'à vous servir… Ha, ha ! Restait plus qu'à leur expédier Gustave, afin de les guider tout droit aux locaux allemands autour de l'avenue Foch… Bienfenue, les naïfs !

1. Madeleine Marchand.

Jawohl, achtung, Gestapo! Maufaise surprise !... Dernier arrêt, tout le monde descend !... Deux autres groupes sont prévus, la journée n'est pas finie. Et un dernier demain. Vous et moi on rentre à Victor-Hugo et on attend les consignes du chef.

Le temps est redevenu lourd, accablant. Sur l'avenue, c'est un feldgendarme, avec sa plaque pectorale étincelante suspendue par une chaînette, qui règle désormais le trafic, agitant ses petits disques, l'un blanc et l'autre rouge. Même dans les beaux quartiers on remarque des files qui s'allongent devant les commerces, et surtout un mouvement intense de camions de la Wehrmacht, de plus en plus décorés de branchages. Ces poids lourds transportent des meubles dont on a du mal à saisir l'utilité lors d'une évacuation : sur les plates-formes s'entassent des dizaines de bidets, ainsi que des tables de nuit. Les Boches ramènent tout ça chez eux à Berlin ? pour faire plaisir à bobonne ? Sadorski et Cri-Cri se posent la question en rigolant. Des véhicules de fortune sont mis à contribution : voitures à chevaux, à poneys, charrettes et brouettes, où s'entassent des couvertures sanglées de courroies, des fauteuils de style, des postes de TSF, des boîtes de conserve, des machines à écrire, des malles, des valises. Devant les hôtels réquisitionnés on déménage à la hâte, des troufions en bras de chemise harcelés par leurs officiers ploient sous le poids de la literie, des matelas et des chaises. Une vraie scène de pillage... Et ce qu'on ne peut pas emporter, on le vend : des soldats juchés sur leur camion proposent des costumes civils à une foule de badauds narquois. Privés de métro, les Parisiens se déplacent à pied et submergent les trottoirs. De nombreux cyclistes se font confisquer, à la pointe du fusil, leur vélo par des militaires nerveux et hostiles. La ville résonne des ronflements des moteurs, et de commentaires impatients, d'ordres, d'exclamations, de cris de détresse. Tout le monde, piétons ou motorisés, français ou occupants, se dépêche en courant dans tous les sens. Il règne une atmosphère invraisemblable, un bouillonnement à la limite de la panique. Le ciel se couvre de nouveau et le tonnerre gronde, Cri-Cri stoppe sa camionnette à l'angle de la villa d'Eylau devant l'hôtel particulier du n° 42. En l'absence de la presque totalité de l'équipe, il paraît désert. Mlle Huvet, dans sa tenue d'employée de maison, passe l'aspirateur à travers les pièces du rez-de-chaussée, mettant à profit un bref retour du courant. Elle adresse un sourire à Sadorski.

— Vous devez avoir faim ? C'est poulet froid pour déjeuner. Dès que les autres seront rentrés, on se met à table !

Il l'interroge à voix basse :

— Dites, je peux téléphoner ? Je voudrais rassurer chez moi…

La jeune femme a une mimique de regret.

— La ligne n'est pas encore installée. De toute manière, ça m'étonnerait que M. Berger vous donne la permission.

— Tant pis. Je me débrouillerai. Et, oui, merci, je déjeunerais volontiers…

L'épouse de Raoul, la « grosse Denise », œuvre aux cuisines, sous les instructions d'une trentenaire au teint fané, au regard anxieux et à la voix grave. La jeune Dany apprend à l'inspecteur qu'il s'agit d'Hélène, la sœur aînée de Mlle Delfau, la maîtresse du patron. Elle aussi couche avec M. Berger, mais moins régulièrement, et en aurait marre. L'Allemand a dû plusieurs fois aller la chercher, dans l'appartement que louent les deux sœurs à Clichy, pour la ramener de force. Quant à la maîtresse principale, elle ne voit aucun inconvénient à ce ménage à trois. Mlle Huvet rit : « C'est beau, non, l'esprit de famille ? » Tout en l'écoutant d'une oreille distraite, Sadorski s'aperçoit qu'il a en effet très faim et qu'il est extraordinairement fatigué. Ses jambes se dérobant sous lui, il s'avachit dans un fauteuil. Et perd conscience quelques minutes, bercé par le va-et-vient bruyant de l'aspirateur.

Vers 13 h 30, trois tractions noires se garent sur l'avenue, derrière la camionnette. En sortent Berger, Manuel, Gustave, King-Kong, Raoul, Jacques, le grand Georges, le type maigre au chapeau marron, et Guicciardini père suivi de ses fils. Sadorski reconnaît également, surgis de la troisième auto, le chauffeur Marcel qui a embarqué le vélo d'Yvette, et le petit jeune qui le tabassait quelquefois dans le sous-sol et qui doit être Georges Gorisse, dit Jo, l'amant et souteneur frustré de Mlle Huvet. Comme annoncé la bande s'installe pour le repas de midi, autour de la grande table de la salle à manger à laquelle on a ajouté des rallonges. Outre les susnommés, il y a un truand nommé Théo, chargé de garder la maison, une Allemande nommée Andrée qui serait la femme de Zulgadar, et les sœurs Denise et Hélène, qu'on appelle respectueusement Mme Muzzin. Soit dix-huit personnes en tout si l'on ajoute Cri-Cri. La cuisinière et Dany assurent le service. Sur un signe du patron, le chauffeur trouve une place libre pour Sadorski, entre lui-même et King-Kong, lequel se lance dans un riche répertoire de blagues et d'anecdotes du temps où il conduisait un taxi Renault Vivaquatre pour la compagnie G7 ; ses récits, entrecoupés de gloussements qui font tressauter sa grosse bedaine, sont à vrai dire très drôles, mais gâchés par sa manie de répéter, en écho, la phrase de fin – soulevant de nouveaux rires, mais clairsemés et moins spontanés que la première fois. Aucune allusion n'est faite, de tout le déjeuner, aux événements du matin dans le garage Doisy. Le chef gestapiste mastique en silence, renfrogné, la figure jaunâtre, il laisse une partie des aliments dans son assiette. Le policier en revanche dévore sa propre part de légumes et de poulet froid en sauce et se sent revenir à la vie. La grosse Mme Raoul est un cordon-bleu, capable de prodiges malgré la raréfaction de l'électricité et du gaz. Et la douzaine de bouteilles de rouge, des formidables bourgognes de Gevrey-Chambertin et Morey-Saint-Denis : Clos de Bèze grand cru 1933, Clos de la Roche 1929, Bonnes-Mares 1928, Les Lambrays 1919… Réquisition allemande ou marché noir, il ne sait pas, mais ces vins lui font tourner la tête… Les convives ont entamé les fromages lorsqu'on sonne à la porte d'entrée. Théo et Raoul vont voir, munis de leurs armes automatiques. Un Allemand en civil est introduit, un certain Kuhn envoyé par la Gestapo de l'avenue Foch. Il réclame Gustave Boulfroi. Et repart avec lui, pour un rendez-vous avec « les autres » dans un café de la place Victor-Hugo. L'objectif serait de « réceptionner le groupe de Draveil ». Berger s'essuie la bouche, vide son verre de bourgogne, décrète :

— On y va ! 31 *bis* avenue Foch !

Il ajoute en passant derrière Sadorski :

— Toi aussi, le flic !

Ce dernier monte dans une des Citroën, conduite une fois de plus par Cri-Cri. Il n'a pas osé demander un nouveau chargeur, et se sent tout nu avec en poche son pistolet vide. Monsieur Pierre s'est installé dans la première traction, sur le siège du passager. Il emporte une mitraillette, comme le reste de la bande à l'exception des chauffeurs, de Guicciardini père et de l'inspecteur des RG. Les trois autos démarrent en file indienne, tournent à droite dans la rue Leroux et gagnent l'avenue Foch, à proximité. Sadorski connaît plus ou moins les lieux, les ayant visités en 1941 pour une réunion avec le lieutenant SS Limpert, du service de la Gestapo des Affaires juives que commandait le capitaine Dannecker. Mais depuis, les hôtels particuliers des 31 et 31 *bis*, qui appartenaient avant leur réquisition à la famille Rothschild, hébergent d'autres services occupants. La plaque gravée à l'entrée porte l'inscription : *SIPO-SD – ABTEILUNG I – VERWALTUNG*[1]. Les véhicules des gestapaches se garent dans une cour intérieure, que bordent d'anciennes écuries. D'autres voitures s'y trouvent déjà, en plein déménagement comme pour toutes les administrations allemandes de l'ex-capitale : chargées de valises et prêtes à partir. Un policier du SD en civil, d'âge mûr et les cheveux grisonnants, avec un maintien distingué, apostrophe un couple de Français – apparemment les concierges :

— Rentrez dans votre loge ! Vite, vite ! Il va y avoir une fusillade !

Berger est sorti de sa Citroën, il a envoyé les Guicciardini et le petit Jo se placer en embuscade derrière le mur de la cour, et ordonne, boitant le long des deux autres tractions, leurs glaces baissées en raison de la chaleur : « Restez dans les tires ! Je vais rue Leroux avec le *Obersturmführer* Schnell et Louis du "Prélude" ! » Sadorski le regarde avancer appuyé sur sa canne, tenant le PM dans l'autre main, en direction d'un groupe de soldats casqués de la Kriegsmarine, identifiables à leurs attributs jaune d'or sur la vareuse vert-de-gris, et dotés de mousquetons. Au même moment, une femme blonde, au type germanique, petite, mince, très maquillée, surgit en courant de l'hôtel et s'adresse

1. Police de sûreté-service de sécurité – Section I – Administration.

dans la cour à des types en civil, bruns et basanés, aux allures de gestapistes, armés de mitraillettes :

— Faites attention ! Sur le camion il y a un de mes hommes ! Il s'appelle Gustave ! Ils arrivent bientôt, j'en suis sûre !

La cour possède une seconde entrée, donnant sur la rue Leroux, flanquée d'un pavillon avec un arbre à côté du portail. Les hommes armés se sont massés là et regardent à gauche. On a entendu ronfler un moteur.

— Tiens, c'est le camion, le voilà ! mais il a ralenti, les mecs hésitent…

— On les aurait prévenus ?

— Y trouvent peut-être qu'y a trop de monde… y se méfient !

— Merde ! Ils font marche arrière !

Sadorski voit quatre gestapistes se détacher du groupe, regagner précipitamment la cour pavée et sauter dans une traction. Celle-ci démarre sur les chapeaux de roues, franchit le seuil et vire à gauche. Coup de frein brutal, puis le véhicule revient en marche arrière. Les gars en sortent et avertissent les autres :

— Préparez-vous ! Le camion descend !

Une vive fusillade éclate brusquement de l'autre côté du mur. Pire que dans le garage Doisy. Ça tire dans tous les sens. Depuis les immeubles aussi, dirait-on. L'inspecteur abandonne son siège et, agitant le Browning parfaitement inutile, fonce vers le portail ouvert. Il ignore pourquoi il agit ainsi. L'appât du sang, la curiosité, l'excitation morbide du badaud ? la haine des terroristes ? le désir d'en découdre ? de taper, frapper, piétiner ? de péter des gueules à son tour ?

Il se cogne presque dans Monsieur Pierre, qui, avec une expression de dément, mitraille de sa seule main droite un gros camion bâché, immobilisé un peu plus haut au niveau de l'intersection avec la rue Léonard-de-Vinci. Le Corse arrose frénétiquement, sans viser, les douilles giclent en cascade, les flammes clignotent au bout du canon. Des deux côtés, les hommes postés sur les trottoirs font feu, au risque de s'atteindre mutuellement par des tirs croisés. Les tôles se percent de trous, les phares éclatent, des jets de fumée blanche fusent du capot.

On tire aussi depuis les fenêtres des hôtels particuliers de la rue Leroux, réquisitionnés, comme la plupart des immeubles du secteur, par les services allemands : au n° 15, la Kriegsmarine, au n° 10, la Luftwaffe. Et au 10 de la rue Léonard-de-Vinci, la LVF. Tout le monde crie, surexcité, on s'entre-mitraille. Des coups partent en même temps de derrière les bâches : les occupants du véhicule se défendent. Un corps gît sur la chaussée, à quatre mètres environ de la cabine, vêtu d'un ciré noir. Blessé à la tête et au poignet. Sadorski reconnaît Gustave. Sa blessure au crâne paraît sérieuse. Il râle, les yeux ouverts, incapable de se relever.

Le lieutenant Schnell passe en trébuchant, une main plaquée contre son dos de façon bizarre. Il rejoint la cour de l'hôtel. Du sang coule sur sa veste. Un autre blessé descend de la cabine du chauffeur, des hommes l'aident à marcher et le conduisent vers le n° 10 de la rue Léonard-de-Vinci. On dirait que, comme Gustave, il guidait le véhicule vers le piège tendu aux résistants. Berger enclenche un nouveau chargeur sous sa mitraillette. Il hurle : « Faut tous les tuer ! Salopards ! *Schweinehunde !* » Guicciardini père est apparu à l'angle du mur. Il braille, hors de lui, tel un fauve, ou un corbeau effarouché, l'œil noir et rond, la bouche de travers, les doigts crochus… « On fusille les nôtres ! Vengeance ! *Vendetta !* Tuez-les ! » Les gestapistes ont extrait plusieurs passagers du camion, ils les bourrent de coups – de poing, de crosse de pistolet ou de PM. Sadorski a l'impression que les agresseurs sont des Yougoslaves. L'un d'eux interpelle son comparse : « Draga ! Draga[1] ! » Il y a aussi des Espagnols. Tandis que parmi les résistants, deux prisonniers sont vêtus de la tenue noire de gendarme et portent le képi. L'un des gendarmes est blessé au genou, il chancelle, s'appuie sur l'épaule d'un camarade. Les arrêtés sont au nombre de cinq. Un groupe de soldats allemands les pousse *manu militari* vers la cour du 6, rue Léonard-de-Vinci. Un feldwebel de la NSKK est particulièrement déchaîné, il les frappe violemment à coups de crosse, en hurlant.

1. Surnom de Miodrag Yevremovitch, né le 23 mars 1911 à Valdejo (Yougoslavie), chef de la Gestapo du 2, square des Aliscamps (16e).

King-Kong surgit, ivre de rage, il a appris que Gustave était touché. Le géant iranien ne brandit plus sa mitraillette mais un long coutelas, à lame recourbée. Il s'élance vers le camion, le contourne pour grimper par l'arrière. Nouveaux hurlements. Dehors sur la chaussée, Sadorski contemple, abasourdi, le lourd véhicule, immatriculé 194 NH 5, qui d'après l'inscription peinte sur les ridelles appartiendrait au service des Eaux et Forêts de la faisanderie de Sénart. Tout autour, les fantassins de la marine de guerre allemande pointent leurs fusils. Sous la bâche, les cris d'horreur et d'épouvante continuent quelques minutes puis s'éteignent. Zulgadar réapparaît, couteau à la main. Sa lame est rougie jusqu'à la garde, les poings et les avant-bras de l'ex-chauffeur de taxi ruissellent de sang.

L'inspecteur, hébété, le cœur au bord des lèvres, longe le mur pour retrouver la cour et les autos du service AG 46. Le service auquel il appartient, où il a signé un engagement. Sous la contrainte mais tout de même. Lui, un fonctionnaire de l'État français. Un patriote, un ancien combattant de la Grande Guerre… de la guerre du Droit. Que fait-il avec ces individus, cette lie de la société ? Pires que les « casseurs », voleurs, trafiquants, proxénètes, dont il partageait la cellule quelques mois plus tôt… Il aperçoit Gustave toujours couché sur le sol, remuant faiblement ; une longue rigole rouge vif circule entre les pavés. Des exclamations retentissent dans la cour de l'hôtel de l'avenue Foch : « P'tit Louis a été tué ! — Hein ? Louis du Prélude ? — Ouais il a chopé une bastos… — Ah merde alors ! — Et un résistant a flingué Gustave… — Ah, les salauds ! » On ramène les cinq prisonniers dans la cour pour les confier aux gestapistes. Le gendarme blessé s'est appuyé au tronc de l'arbre à droite en entrant. Un type ouvre le feu sur lui, envoie une longue rafale, le militaire français roule à terre, le sang gicle sur son uniforme. On pousse son collègue sur la volée de marches devant la porte du pavillon des écuries, à coups de poing et de crosse, sous les cris de haine, les insultes. Raoul-le-tatoué le tient au bout de son arme, il presse la détente, l'abat d'une grêle de projectiles. Il continue comme un fou jusqu'à vider son chargeur entier sur le cadavre fumant et tressautant. Les trois hommes encore vivants sont traînés devant les grandes portes des écuries : avec revolvers et mitraillettes, un peloton d'exécution improvisé se rassemble pour les hacher sous les balles, projetant les corps désarticulés contre les battants de bois, dans le sang et la poussière.

Berger fait sortir une des autos afin de transporter Gustave à l'hôpital. Le petit Georges conduit, avec Marcel assis à côté. Les gestapaches installent avec précaution le blessé sur la banquette arrière. Il a le visage gris des mourants. Le Corse monte à son tour, criant des ordres à ses hommes : « Grouillez ! Grouillez ! À Lariboisière ! *Scheisse*[1] *!* (Puis, penché à la fenêtre :) Les autres vous rentrez à Victor-Hugo, et vous m'attendez là-bas ! » Tandis que la Citroën repart, on aide l'*Obersturmführer* Schnell à retirer son veston. Une balle a pénétré dans le dos. L'officier de la Sipo-SD est livide. Près de lui, Gertrud, la mince Allemande blonde et maquillée qui se préoccupait de Gustave, pleure. De colère plutôt que de vrai chagrin, observe Sadorski. À l'autre extrémité de la cour, Allemands et Yougoslaves fouillent les morts, récoltent les papiers d'identité pour les remettre à un gradé de la Gestapo. On brûle les képis des gendarmes. L'inspecteur réintègre la Citroën conduite par Cri-Cri. Au moment où l'automobile quitte les lieux par la rue Leroux, il voit les soldats de la Kriegsmarine porter les corps déchiquetés et les jeter à l'arrière du camion des Eaux et Forêts. Dans la cabine, aux vitres étoilées par les balles, un militaire fait de vains efforts pour remettre le moteur en route. Le *Doktor* Kley et un autre officier du SD, tous deux furieux, hurlent aux soldats de pousser le camion vers la contre-allée de l'avenue Foch. Le tonnerre roule derrière les nuages, une nouvelle averse dégringole sur le seizième arrondissement. Moins de cinq minutes après leur départ les tractions font halte devant l'hôtel du 42, avenue Victor-Hugo. Les femmes attendaient dans le hall, inquiètes. Mlle Huvet se rapproche de Sadorski :

— Y a eu une fusillade, ça semblait tout près… On a eu très peur. Mario et un autre sont revenus avant vous, Mario pleurait, il a dit que Gustave a été tué. C'est vrai ? Et Jo ? Il va bien, il n'est pas blessé ?

1. « Merde ! »

Le policier hausse les épaules.

— Rien du tout. Qui est Mario ?

— Mario Stanziano, un Italien, il fait partie de la bande.

— Et « Louis du Prélude », qui c'est ?

— Ah, Jo m'en a parlé, c'est Luigi, le patron d'un bar qui s'appelle Le Prélude, à Pigalle… Je crois qu'il travaille maintenant dans l'équipe des Yougoslaves…

— Vous pouvez conjuguer à l'imparfait, car lui il est canné. Quant à Gustave je ne donne pas cher de sa peau. Les blessés qui n'en ont plus pour longtemps, ça se voit tout de suite. Votre ami Georges et Berger l'ont conduit à Lariboisière. Du gaspillage d'essence si vous voulez mon opinion… Dites, mademoiselle, vous voulez bien me montrer une salle de bains où je puisse me raser ? et me rafraîchir un peu ?

Elle paraît au bord des larmes mais ébauche un sourire.

— C'est vrai que vous ressemblez à un épouvantail ! Suivez-moi…

Pendant que Sadorski, en maillot de corps, passe un rasoir mécanique dans la mousse de savon sur ses joues et sa mâchoire enflées et contusionnées, Mlle Huvet s'est adossée, les bras croisés, à l'embrasure de la porte. Cette salle de bains du deuxième étage est celle dont se servent Raoul et la grosse Denise, qui sont logés sur place. La jeune femme, tout en observant avec intérêt les mouvements de la lame sur la peau, se livre à une de ses activités favorites, raconter sa vie.

— Ici, M. Berger m'a embauchée parce qu'il manquait de personnel, mais c'est temporaire ! Il m'a promis 5 000 francs pour ces huit jours de travail, ménage et déménagement compris. Aux pommes, non ? Je ne gagnais pas ça au magasin… J'ai fait des études au Conservatoire, vous savez, monsieur. Je me destinais à la carrière musicale, d'ailleurs j'ai joué dans des concerts pour Radio-Paris, mais j'ai dû interrompre mes études à cause de la dureté des temps. Et je suis donc entrée comme vendeuse à la boutique Chez Marie-Louise, au 52, avenue des Champs-Élysées… Vous connaissez ?

— Non. C'est pas mon quartier.

— Ah. Ou votre dame, peut-être. C'est un magasin très bien achalandé. Mais, en décembre de l'année dernière, comme je me trouvai requise pour le travail obligatoire en Allemagne, mon patron ne voulut pas me garder à son service… il craignait d'être inquiété par la police, vous comprenez.

— Je vois.

— Alors, pour ne pas travailler chez les Boches, je suis allée me réfugier pendant quelque temps chez une amie… Et à mon retour à Paris, enfin, peu de temps après, le 17 mai – voyez, j'ai retenu la date ! – le tailleur du boulevard Haussmann, le pédéraste, me présentait à mon Jo…

Sadorski tousse, puis ironise.

— C'était votre jour de chance.

— Eh oui ! dit-elle, radieuse. Vous, vous me comprenez, c'est pas comme mes parents. Jo et moi, il arrive qu'on se dispute, il me donne une paire de baffes de temps à autre mais en vérité y a pas plus chou. Je proteste des fois s'il exagère, toujours est-il que je suis séduite pour la vie ! C'est mon homme, quoi. Mais monsieur, je ne souhaite pas vous ennuyer avec mes histoires… Tout à l'heure, on pourrait faire une partie de cartes avant que j'aille aider pour le dîner… Vous savez jouer au rami ?

— Euh, plutôt la belote. Non ?

— La belote c'est trop compliqué pour moi. Le rami c'est tout simple, on apprend en trois minutes, je vous expliquerai…

Des pas résonnent sur la moquette du corridor.

Georges Gorisse. L'expression mécontente, soupçonneuse.

— Qu'est-ce que tu fous, Dany ?

Elle se retourne, se jette à son cou. Façon de parler car Mlle Huvet fait presque une tête de plus que son séducteur. Le policier la regarde se pencher pour rouler une pelle au jeune marlou. Il la repousse sans ménagement. Sa taille modeste et son faciès boutonneux et rond donnent au petit Jo de fausses allures de Tintin reporter, avec au lieu de la houppe des cheveux blonds plaqués sur le crâne à grand renfort de gomina.

— Pour baiser, d'accord, on file rue Victor-Massé, j'ai besoin de me changer les idées. Mais que je ne te surprenne plus à fricoter avec ce condé. Sinon tu te ramasses une trempe. C'est pas ce pansement au doigt que t'auras, c'est sur toute la figure !

— On bavardait juste, mon chéri. Et Gustave ?

— Gustave il est mort. Avant même que la bagnole se pointe à l'hosto. Là-bas c'était farci de blessés jusque dans les couloirs et la buanderie[1] ! Le patron l'a balancé aux toubibs chleuhs, pour le cas peu probable où ils réussiraient à le ranimer, et on a rappliqué dare-dare. Le gros Jules a la rage, il veut saigner tout le monde. Gustave et cézigue ils avaient un lien de famille, à ce qu'y paraît.

Il lui met la main sur les fesses, puis descend entre les jambes, l'empoignant d'un geste sec de propriétaire.

— Allez, on se casse !

— Tu me donnes pas le temps de me changer ?

— Non, t'y vas comme ça. J'aime tringler les bonniches. À tout à l'heure, monsieur le poulet !

Gorisse la saisit par le bras et la bouscule le long du couloir. Sadorski achève de se raser, puis se passe de l'eau froide sur la figure et sous les aisselles. Il se sèche délicatement, de peur de réveiller les douleurs. La glace au-dessus du lavabo lui renvoie l'image d'un tabassé de date récente : yeux pochés, pommette gauche très enflée d'un rouge violacé, peau marbrée de couleurs diverses allant du jaune au bleu, et striée d'estafilades et de croûtes. Sadorski soupire : Yvette ne le reconnaîtra pas, quand il rentrera ! Cela, *si* son époux en réchappe… Il passe un peigne dans ses cheveux en méditant l'adage : « Qui vivra verra », se détourne du miroir pour inspecter la pièce. Un paquet de Chesterfield, et une pochette d'allumettes faisant la réclame du Paradise, 32, rue Fontaine, traînent sur le plateau d'une petite commode ; il se sert, allume une cigarette, la première depuis longtemps, et inhale le tabac avec volupté.

Avant de sortir rejoindre les autres au rez-de-chaussée de l'hôtel, il prélève deux tiges supplémentaires dans le paquet de Raoul-le-tatoué

1. L'hôpital Lariboisière était réquisitionné par l'armée allemande.

pour les glisser au fond d'une poche de veston. Puis il descend les escaliers, en sifflotant et en toussant.

Les gestapaches réintègrent peu à peu le repaire du 42, avenue Victor-Hugo. Le chef est monté au premier étage se reposer en compagnie de Denise. Pendant que les principaux membres de la bande fument et jouent aux cartes dans le salon. Ils sont rejoints par l'Allemande Gertrud, arrivée avec sa propre auto qu'elle a garée devant l'immeuble. La voiture est bourrée de valises et de cartons jusque sur le toit. Mlle Huvet et Gorisse reviennent vers 18 h 30, un peu ébouriffés à la suite de leur partie de jambes en l'air, et de l'aller-retour express au garni. Le grand Georges et Marcel Daventure débarquent quelques minutes après eux. Le secrétaire Jacques propose au petit Jo de repartir ensemble pour une virée à Montmartre. Il transpire, semble effrayé et pressé de quitter les lieux. Les compères sont à peine montés dans une des tractions Citroën, fonçant sur l'avenue, que le chef entre dans le séjour ; il ordonne en apercevant Dany :

— Toi, tu files à la cuisine aider la grosse et Mme Muzzin à préparer le dîner. Je ne te paie pas pour rien foutre. On va être très nombreux à table ce soir. Et la nuit risque d'être longue. (Il se tourne vers les hommes :) Jules César, Manuel, Raoul ! Avec moi dans une des tires ! Et deux mitraillettes et des chargeurs en rab ! Le gros Jules conduira. Cri-Cri et Sadorski, reprenez le camion du passage Doisy et suivez-nous ! Direction la rue des Saussaies !

Tous se dépêchent d'obéir. Après un bref branle-bas de combat dans le hall du rez-de-chaussée, les appelés, dans un cliquetis d'armes et de munitions de réserve, rejoignent au pas de course les véhicules garés au bord du trottoir.

Une fois sur le siège de la cabine, l'IPA questionne le chauffeur :

— Vous savez ce qu'on doit faire ?

Le visage de l'autre ruisselle de transpiration.

— Aucune idée. Mais je n'aime pas ça.

— Vous êtes armé ?

— Oui, j'ai un pistolet. Et un permis de port d'arme, grâce au patron.

— Vous auriez un chargeur pour mon Herstal 7,65 ? M. Berger m'a dit que si nécessaire je devais vous demander…

— Il ne m'en a jamais parlé. D'ailleurs le mien c'est du 6,35. J'ai simplement ordre de vous tirer dessus au cas où vous chercheriez à mettre les bouts. Ce que je ne vous conseille pas. Ça me chagrinerait parce que je n'ai pas d'hostilité personnelle à votre égard. Sans compter que buter un flic ça ne peut rapporter que des emmerdes…

Sadorski réfléchit en silence, avant de poursuivre :

— Qu'est-ce que vous exerciez comme métier avant de travailler pour ce type ? Chauffeur de maître ?

— Non, non. Je suis monteur radioélectricien. Mes parents tenaient un commerce de radio, boulevard Jean-Jaurès, à Clichy… Jusqu'en juin 1943 je touchais un salaire de 575 francs par semaine à la firme La Radio invisible, avenue des Ternes à Paris. Ensuite je suis passé à mon compte comme réparateur de postes de TSF… Et un client m'a offert de vendre un stock d'ampoules de stupéfiants… J'ai eu la mauvaise idée de me confier à un ancien camarade, ex-boucher, condamné pour vol, en 1939 je crois, Georges Favriot – le « grand Georges » –, qui m'a conduit à un piège de la Gestapo… La morphine, la cocaïne et la novocaïne étaient vendues par Galtier le gérant du mess de la préfecture de police, rue Bertin-Poirée…

— Hein ? La PP vend de la drogue ?

— La préfecture je n'en sais rien, mais ce Galtier oui… Il y en avait sept ou huit caisses… Berger est arrivé pour le prétendu achat, avec une serviette remplie de billets de mille francs – j'ai appris ensuite qu'ils étaient faux –, et en compagnie d'un Boche du nom de Max Schramm… Le Corse a tiré un revolver de sa serviette et crié : « Police allemande ! » Ce Schramm était un officier de la Sipo-SD. Moi et mes complices on est partis rue des Saussaies avec les menottes. Au bout du compte les vendeurs, une baronne de Saint-Aulair et son amant, et Galtier ont été relâchés, mais moi, Monsieur Pierre après m'avoir giflé m'a donné le choix entre la déportation en Allemagne et travailler pour lui… C'est d'ailleurs sa méthode habituelle de recrutement. (Il hausse les épaules.) Bref, j'ai accepté. C'était de la recherche de marchandises de marché noir, et puis conduire la voiture de temps en temps à la place de Marcel. Je devais toucher 2 000 francs hebdomadaires, plus les pourcentages sur les ventes…

Sadorski tousse, puis ricane :

— Mieux qu'à la Radio invisible, alors.

— Oh, oui ! Surtout les pourcentages…

Le convoi arrive à la rue des Saussaies. Il règne une grande activité devant l'immeuble moderne du ministère de l'Intérieur où, avant la défaite, siégeait l'ex-Sûreté nationale. Des sentinelles armées de pistolets-mitrailleurs MP 40, grenades à manche passées dans la ceinture et dans le revers des bottes, tiennent impérativement les badauds à distance. On les sent prêtes à tirer. Sur le trottoir, des fonctionnaires allemands et des soldats brûlent des piles de dossiers. Berger, qui parlemente depuis la fenêtre de sa Citroën, paraît connu des officiers de garde ; on écarte la barrière blanche pour laisser approcher l'auto et le camion, puis ils sont autorisés à pénétrer dans la cour. Sadorski distingue, sous les arcades en face de l'entrée, un groupe d'une trentaine d'hommes, jeunes pour la plupart, les mains sur la tête, en tenues civiles dépenaillées, que surveillent des SS et deux inspecteurs français munis de matraques. Monsieur Pierre descend de voiture et, braquant son pistolet-mitrailleur, hurle aux prisonniers de grimper à l'arrière de la camionnette Renault. Les hommes, bras levés, s'exécutent. Sadorski identifie parmi eux plusieurs des résistants capturés dans le parking du passage Doisy. Le visage de l'un n'est pas vraiment reconnaissable, tellement il a été cogné : sa figure couleur de prune bleue mêlée de sang a quasiment doublé de volume. C'est le quinquagénaire digne et calme que l'inspecteur se souvient d'avoir remarqué dans le garage[1]. Manuel, pistolet à la main, et Raoul armé d'un PM, montent à leur suite, pour les faire reculer et se tasser dans l'ombre sous la bâche. Berger a regagné sa traction que pilote Zulgadar. Deux policiers du SD, l'un en civil, l'autre en uniforme, s'installent derrière eux sur la

1. Ce prisonnier, qui fut le plus torturé et ne parla pas, était le lieutenant FFI Charles Birette, cheminot du mouvement Résistance-Fer et chef des corps francs Turma-Vengeance pour le secteur Villemomble-Le Raincy, né en Alsace le 11 avril 1895.

banquette. Au passage devant la cabine du camion, le Corse, penché à la fenêtre de l'auto, crie au chauffeur de les suivre jusqu'au bois de Boulogne.

On descend l'avenue de Marigny jusqu'aux Champs-Élysées. Et ensuite l'avenue Pierre-Ier-de-Serbie, vers Iéna et Trocadéro. À droite de la place, c'est l'avenue d'Eylau et l'appartement des Perret... L'inspecteur s'interroge : Jacqueline est-elle finalement partie sur le convoi pour les camps de concentration en Bochie ? Son nom figurait-il réellement sur les listes ? Il se rappelle son rêve étrange. L'*Ave Maria* dans les casemates sous le fort de Romainville... Les femmes qui essayaient d'appeler au secours... de supplier des promeneurs d'avertir les maquis au sujet du départ du train... La résistance est-elle parvenue à faire sauter la voie ferrée et libérer les prisonniers ?... À gauche, Cri-Cri ronchonne :

— Ce connard roule trop vite, j'ai du mal à suivre... Avec plus de trente-cinq gusses sur la plate-forme !... Le moteur est à la peine, il aime pas ça, et les chambres à air non plus, je pense... Putain, quel merdier ! D'ici qu'on éclate un pneu ou qu'on tombe en panne...

Les détenus sont serrés comme des sardines. La petite fenêtre au dos de l'habitacle laisse entrevoir des nuques, des épaules, des bras, collés contre la glace. On les entend bavarder entre eux. Des voix inquiètes, en majorité. Les optimistes doivent être rares. Il n'y a pas, en effet, de quoi être conforté. Et le soleil couchant indique aux prisonniers capables d'observer les ombres dehors, par les interstices entre les bâches, ou par l'arrière resté ouvert, la direction prise par le camion. *Celle de l'ouest*. Ce n'est donc pas la prison de Fresnes, au sud, ou Compiègne au nord-est, ou Romainville à l'est... Et il n'existe aucun lieu allemand de détention dans la région parisienne à l'ouest de Paris.

Les marronniers de l'avenue Henri-Martin. La grande place de la Porte-de-la-Muette[1]. La lisière du bois. Le cortège y pénètre par

1. Aujourd'hui place de Colombie.

l'avenue de Saint-Cloud, on approche du lac Inférieur. Les petites barques ont regagné leur abri, près de la buvette. Tout est fermé. Mais les concerts d'oiseaux, en cette fin du jour, chaude et étouffante, sont ouverts au public : ça pépie à tout-va dans les branches. Des cyclistes effectuent une dernière balade avant le couvre-feu, des pique-niqueurs du soir ramassent leurs couche-partout et leurs fauteuils pliants, des sportifs courent en soufflant à petits coups, des amoureux s'enlacent dans l'herbe des clairières ou assis sur les chaises en ferraille le long du rivage. La traction noire conduite par l'Iranien emprunte le carrefour entre les deux lacs, pour s'engager dans l'avenue de l'Hippodrome, qui entame une large courbe, sous les feuillages traversés par les derniers rayons éblouissants du soleil.

La Citroën ralentit. Cri-cri fait de même, avec un juron.

Berger est sorti de la berline immobilisée contre le bas-côté. Il marche, appuyé sur sa canne, vers le camion Renault. Et tape sur la tôle de la portière.

— Poussez-vous, Sadorski !

En grognant, l'ancien légionnaire vient partager le siège. Les odeurs de maladie et de pastis l'accompagnent. Il pose sa mitraillette Sten sur ses genoux.

— Faut que je montre à cette andouille le chemin à prendre. Redémarre !

— Et Jules César ? Il sait où c'est, lui ? s'enquiert le conducteur.

— Ferme-la. Roule vers la Grande Cascade.

Sadorski n'y comprend rien. Ou plutôt, il craint de comprendre. Que les autres nigauds derrière y passent, bon, tant mieux au fond, la perspective de leur supplice le réjouit. Surtout depuis ses récentes transformations psychologiques. Voir s'accomplir le mal pour le plaisir du mal. Que disait l'amie d'Yvette, déjà ? la veuve d'Oradour, ou plutôt de Limoges… *La langue française n'a pas de mots assez forts pour qualifier de tels actes… ça n'a de nom dans aucune langue… excepté en allemand ! Ils ont créé le terme* Schadenfreude… *Cela peut se traduire par « joie de faire du mal »*. Oui : *Schadenfreude !* C'est excellent. Tout à l'heure il avait presque des remords, maintenant il se sent bien méchant de nouveau. Sa conscience se balade sur des montagnes russes comme à Luna Park. Mais ce qui l'inquiète, par contre, c'est que Berger n'ait pas délivré de consigne à son voisin de le fournir en cartouches pour le Browning. On préfère le laisser désarmé. Pareil que les malheureux trimballés sous la bâche… Ce serait encore une bonne plaisanterie du Corse ! Fusiller ce pauvre bougre de poulet de la PP alors qu'il ne s'y attendait plus…

La traction a viré à droite. Une allée rectiligne, celle de la Reine-Marguerite. Puis Sadorski voit Zulgadar ralentir, hésiter.

Berger s'énerve :

— Mais oui, c'est là ! *Ach !* quel abruti !… *Dummkopf !*

Il se penche devant le policier pour donner de vigoureux coups de klaxon.

King-Kong réagit, il freine pour emprunter une allée à gauche. Le camion fait de même, avec du retard sur la Citroën. L'inspecteur distingue un écriteau : *Route-de-la-Vierge-aux-Berceaux*.

Un court instant, il pense à Julie.

Elle était vierge quand il l'a baisée. Et, des mois durant, la petite Juive s'est tenue chez lui, quai des Célestins, auprès d'un berceau… avec son fils couché dedans. *Leur* fils.

Brusquement il a envie de chialer.

Sur le siège du passager l'Allemand rouspète, s'impatiente.

— Attention ! *Achtung*, maintenant tu vas tourner à droite… Chemin-des-Réservoirs…

Cri-Cri, déstabilisé, malmène la boîte de vitesses. Le véhicule tangue, les roues sautent sur les ornières du chemin étroit, le trajet est pénible et cahotant. Et la suspension de la foutue camionnette est à revoir.

— C'est bon ! On y est ! *Halt !*

Le chauffeur obéit, tire le frein à main, coupe le contact. Berger pousse la portière et, avec un gémissement, s'aidant de sa canne, met pied sur la terre boueuse, détrempée par les orages de ces dernières heures. Sadorski descend lourdement à la suite du Corse. Il voit la Citroën garée un peu plus loin sur le sentier, ses occupants sortent, l'arme au poing. Il fait encore jour mais on n'aperçoit plus le soleil.

L'officier boche en uniforme s'éloigne dans les sous-bois, il appelle un groupe de soldats en tenue *feldgrau*. Ils ont une discussion, inaudible depuis l'endroit où sont stationnés les véhicules. Au bout de quelques minutes, l'officier revient.

Raoul et Manuel ont bondi de la plate-forme, rabattu la ridelle. Ils reculent en braquant leurs armes. Berger, qui tient sa mitraillette, crie à l'un des prisonniers :

— Toi ! Là ! Tu descends !…

C'est un très jeune homme. Il hésite, puis obtempère.

— Voilà ! Oui, par là… Va de ce côté… *Schnell, schnell !* On se dépêche un peu…

L'index presse la détente. Une rafale part, le garçon s'écroule. Des cris d'horreur et de colère jaillissent du camion.

Sadorski, le front moite, observe, fasciné. D'autres résistants sont forcés de descendre, devant Berger et Raoul qui, pistolets-mitrailleurs pointés, les hachent sous les balles de 9 mm Parabellum. Il y a de la poussière et bientôt une odeur de sang. Une odeur de boucherie. Et de poudre brûlée. Manuel, avec son pistolet, se promène entre les corps geignants qui remuent encore, il tire des balles dans les crânes, soulevant de petits jets vermillon. Sous les grands arbres, des soldats allemands approchent, au nombre de cinq, piétinant les hautes herbes et échangeant des commentaires dans leur langue. Ils sont équipés de grenades à manche ; l'un d'eux tient horizontalement au bout de sa bretelle une arme noire, à crosse courte en bois verni et grand chargeur recourbé, que le policier français n'a jamais eu l'occasion de voir en action : un fusil automatique Haenel MP 43.

À présent les gestapaches font feu de près, sans attendre, au fur et à mesure que les condamnés descendent du plateau. L'Allemand prend position, jambes légèrement écartées et fléchies, abaisse le levier de sécurité à gauche de la poignée, pose l'index droit sur la queue de détente et, ayant assuré le maintien du canon avec sa main gauche, balance de brèves rafales du *Sturmgewehr*, le fusil d'assaut. L'arme crépite, ultrarapide, foudroyante. Les étuis vides cuivrés giclent en cliquetant vers la droite comme aspirés par une tornade. L'effet des longues balles pointues 7,92 × 57 mm est dévastateur.

Les hommes basculent, criblés avant même de toucher l'herbe, chutent les uns sur les autres. Leurs mots, leurs appels sont recouverts par les *tac-tac-tac-tac-tac* des mitraillettes et le crépitement sifflant du MP 43. Sadorski sent ses tympans vibrer au rythme des rafales. Il fait quelques pas en arrière et contemple le spectacle, les yeux exorbités : un massacre, une industrie de mort. Trente cadavres en une minute. Déjà fini ou presque ! C'est extraordinaire. Et le démon en chef, le Corse, Monsieur Pierre, exulte, le regard fou, la bave aux lèvres… Il enclenche un nouveau chargeur dans sa Sten. Presse la détente. Hache les derniers corps pendant qu'ils s'effondrent. Fumée, cris, morceaux de chair qui volent, de tissu, et touffes de cheveux poissées de rouge… Crépitements du MP 43. *Tac-tac-tac-tac-tac* puissants des Sten. Ricanements déments de Manuel qui danse en distribuant les coups de grâce, gloussements du géant Zulgadar qui pointe son revolver et tire dans les ventres. Exclamations du chauffeur, qui agite son petit 6,35 mais ne lâche que quelques coups au jugé. Ordres gutturaux hurlés par l'officier et les militaires casqués d'acier gris-bleu. Supplications des ultimes passagers arrachés au camion, qui s'accrochent aux ridelles en pleurant et sanglotent qu'ils ne veulent pas mourir.

Les tirs ont cessé.

— J'en vois encore qui refusent de descendre ! braille Raoul, debout derrière la bâche relevée et haussant le canon de sa mitraillette. Je peux pas tirer à l'intérieur, ça risque de percer le réservoir d'essence !

— Je m'en occupe, décrète King-Kong.

Il contourne le camion et monte dans l'habitacle. On l'entend briser la vitre de communication à coups de crosse. Il y a une série de coups de feu. Un homme saute de la plate-forme, en levant les mains. C'est le blond à la canadienne, qui conduisait l'ambulance de Gournay-sur-Marne, dans le passage Doisy. Assez grand, trapu, les cheveux en brosse. Le teint blafard et la sueur dégoulinant sur sa figure.

— Je veux parler à votre chef ! Écoutez-moi… Ne me tuez pas, je peux vous livrer trois cents résistants ! Oui, *trois cents*… demain… Je vous jure ! Et des armes !

Le Corse prend le temps de réfléchir.

— Finissez les autres, ordonne-t-il.

De nouveaux coups claquent sous la bâche. Puis Manuel et Raoul grimpent sur le plateau, roulent trois corps qu'ils poussent vers l'extérieur et font tomber sur leurs compagnons. Monsieur Pierre désigne un tronc d'arbre au survivant, en lui disant d'attendre à cet endroit, distant d'une vingtaine de mètres du lieu de la tuerie. Le soldat équipé du fusil d'assaut est chargé de le surveiller. Berger ordonne au chauffeur :

— Fais demi-tour avec le camion ! Place-le en direction de Paris. Vous nous attendrez ici, avec le flic des RG. *Schnell !* Le reste, reculez ! *Achtung !*

Des soldats allemands brandissent leurs grenades à manche. Pendant que le véhicule Renault entame sa manœuvre, ils lancent les grenades vers les corps amoncelés. Il y a trois énormes explosions.

Sadorski est ressorti de la cabine et avance vers les piles de résistants morts ou mourants. Le tonnerre de la triple déflagration résonne encore sous son crâne. La puanteur d'excréments se mêle aux relents de boucherie. On voit des abdomens ouverts répandant leurs tripes, des épaules emportées, des têtes à moitié écrasées d'où s'échappent le sang et la cervelle. Sur les peaux livides, les orifices d'entrée des projectiles s'entourent d'un halo violet. Les mains et les fronts sont maculés de boue sanglante.

Venant de l'enchevêtrement des allongés, il perçoit encore des souffles, de faibles râles. L'écho des explosions de grenades s'éteint doucement. Le ciel est moins lumineux. Les soldats rient en marchant pour rejoindre leurs camarades. Les gazouillis des oiseaux reprennent, là-haut, à l'abri des feuillages des grands arbres du bois de Boulogne dans la chaleur du soir.

27

La débandade

Le convoi a regagné l'hôtel particulier de l'avenue Victor-Hugo à la nuit tombée. Ils ont croisé en route des éléments SS motorisés qui mettaient en place des barrages à l'intérieur du Bois, interdisant l'accès au secteur de la cascade. Cri-Cri reçoit l'ordre de s'occuper des voitures et des bagages. Le grand départ vers l'est semble pour bientôt. Une opération prévue demain 17 août contre les terroristes, similaire à celles d'aujourd'hui, est annulée. Sadorski a faim et soif. Avant de quitter le terrain d'exécution, Berger, King-Kong, Manuel, Raoul, les deux officiers allemands et le prisonnier rescapé sont allés boire, et peut-être se restaurer, au cantonnement des soldats. Laissant le chauffeur et le policier les attendre, abandonnés comme des minables, dans l'habitacle de la camionnette. Avec les odeurs fétides de sang et autres qui s'infiltraient par la fenêtre cassée, ouverte sur la plate-forme désormais vide. Les deux agents du service AG 46 ont fumé des cigarettes et moins parlé qu'à l'aller. Sadorski, jetant un coup d'œil au charnier plongé dans les ombres, a remarqué qu'un des jeunes, seulement blessé, rampait – avec une lenteur insupportable, exaspérante –, essayant de s'éloigner des corps inertes de ses compagnons. Mais il n'a pas eu à signaler le fait au conducteur afin que celui-ci descende donner au gamin le coup de grâce. Lorsqu'il a regardé de nouveau, quelques minutes plus tard, le résistant ne bougeait plus et cette immobilité paraissait définitive.

L'affluence est à son comble dans le salon de l'hôtel, éclairé à la bougie en attendant le retour de l'électricité. Dans la bonne vingtaine de personnes présentes l'inspecteur découvre de nouvelles bobines de collabos. Un couple lui est indiqué par Mlle Huvet comme étant le Dr Rousseau et madame. Celle-ci semble une hitlérienne à tous crins, ne cesse de parler de la mission glorieuse de suivre leur grand chef M. le directeur Berger jusqu'à Berlin, s'il le faut. Elle se plaint d'avoir dû se réfugier ici parce qu'à leur domicile de la rue du Colonel-Moll, ils recevaient des petits cercueils et des menaces de mort envoyés par la résistance, et conclut ses diatribes pleines de fiel par des *« Heil Hitler ! »* énergiques. Son époux est le bon toubib du PPF qui administre des remontants d'huile camphrée aux torturés fragiles du cœur ; afin qu'ils vivent plus longtemps, et ne manquent pas de livrer à la Gestapo ce qu'ils ont à dire. Le médecin papote avec le pianiste de l'autre jour, le professeur Zimmer. Plus loin, Mme Zulgadar s'est assise dans un fauteuil avec un minuscule bébé sur les genoux, il semble âgé d'un mois à peine. Leurs voisins lui font force compliments ainsi qu'à l'heureux et gigantesque père, qui, debout à côté d'elle, resplendit de fierté. On a débouché du champagne, les plateaux de coupes ou de flûtes circulent à travers la pièce, portés par la jeune amie de Gorisse et par la cuisinière boulotte. Sadorski attrape une coupe au passage. L'alcool pétillant et glacé, tombant avec brutalité sur son estomac vide, lui fait une nouvelle fois tourner la tête. Il s'aperçoit que l'homme à la canadienne est là également. Le survivant du bois de Boulogne attend près du professeur et du Dr Rousseau. Sa figure carrée et un peu empâtée est très pâle, il paraît avoir horriblement chaud. Mais il ne retire pas pour autant son lourd vêtement doublé de mouton. Le policier se déplace pour saisir des bribes de paroles. Le médecin a trouvé un grand livre d'art dans la bibliothèque et le feuillette sous la lumière d'un candélabre. Zimmer regarde par-dessus son épaule.

— Albrecht Dürer… Un de mes peintres favoris, mon cher Rousseau. *La Mélancolie… Le Chevalier, la Mort et le Diable… Le Martyre des dix mille… Le Baiser de Judas…* Et sur cette page, *L'Arrestation du Christ…* Notez comme l'expression de déconvenue, de désillusion, sur le visage du fils de Dieu, est bien rendue !

— C'est vrai, ricane le praticien. Et les trognes des gars qui l'entraînent sont admirablement dessinées… Mais cette gravure, là ? Quel titre curieux !

— *La paresse est l'oreiller du diable…* ou *Le Songe du docteur*, v. 1498-1499. Hum ! C'est un proverbe hollandais. Et si je ne me trompe, les Italiens ont un dicton équivalent. Il faudrait demander à Guicciardini.

— Le personnage qui somnole devant ce gros poêle germanique, la tête appuyée contre un oreiller, semble être un bourgeois ou un universitaire…

— Le feu du poêle préfigure celui de l'Enfer, auquel il est destiné. Notre paresseux rêve à la belle Vénus nue – ou presque nue, puisque ce linge astucieusement placé dissimule l'endroit le plus intéressant… Hi, hi ! On a envie de lui chatouiller les tétons…

— Et Satan se tient derrière, avec un soufflet braqué vers l'oreille du dormeur… dans le but d'aviver ses désirs charnels !

— Splendide !

À côté des deux hommes, le type aux cheveux en brosse transpire et s'inquiète :

— Votre patron va bientôt rentrer ?

— Mais je n'en sais rien, bougonne Rousseau, haussant les épaules et refermant le livre.

— Pensez-vous que je pourrais téléphoner ?

— Sûrement pas, la ligne n'est pas encore installée dans l'hôtel.

— Vous comprenez, j'ai une grosse affaire à proposer à M. Berger… C'est du sérieux… Une affaire d'armes… Des stocks de parachutage… Et des membres de la résistance à faire arrêter… Oh, oui, plus de trente…

Nouvelle version, remarque Sadorski : une heure auparavant, dans le Bois, c'était trois cents. Un chiffre peu vraisemblable, dicté par le manque de réflexion ou la panique. Quand on souhaite vivre à tout prix… Le corpulent pianiste, qui tient négligemment une mitraillette Sten canon vers le bas, adresse à son voisin un sourire empreint de douceur.

— Ne vous agitez pas comme ça… Vous n'êtes pas le seul, nous avons tous chaud… Quel orage, ce midi ! Il y a eu des petits drames… Gare d'Orsay, par exemple… Vous en avez entendu parler, mon cher Rousseau ?

— Oui, oui. Avec ces milliers de banlieusards qui, malgré la rareté des trains, et les horaires fantaisistes, s'obstinent à venir travailler à Paris… L'averse inattendue les empêchait de sortir, cela a provoqué un engorgement, et cette bousculade.

— Des femmes se sont évanouies, ajoute Zimmer avec gourmandise. Il y en a eu de blessées…

— Légèrement, corrige l'autre. Juste légèrement… Quelques entorses…

— Pardonnez-moi, vous n'auriez pas une cigarette ? mendie Sadorski en s'immisçant dans le groupe.

— Volontiers.

Le médecin lui tend son paquet de Marlboro, avec un regard professionnel à sa face contusionnée. Laquelle ne détonne pas exagérément, dans cette assemblée où prédominent les gangsters. Le répétiteur luxembourgeois fait claquer un briquet en or sous la cigarette de Sadorski.

— J'en veux bien une moi aussi, signale l'homme à la canadienne. Nous sommes confrères, figurez-vous. J'exerce en tant que généraliste. À Chelles…

— Ah bon ? fait Rousseau, indifférent, tout en lui permettant de se servir dans le paquet.

— Et mon père est le directeur de la Fondation Rothschild, rue Manin… Mais savez-vous où est M. Berger ?

— Je l'ignore totalement, monsieur. Il finira bien par arriver. Je vous conseille de vous asseoir en attendant son retour… Cela ne sert à rien de se triturer les nerfs comme ça… Asseyez-vous. Vous me donnez le tournis.

— Il a raison, vous ressemblez à un chrétien qui se prépare à être dévoré par les lions, glousse Zimmer, avec un petit air démoniaque. Nous ne sommes plus sous l'Empire romain, savez-vous. Qui était une belle époque, soit dit en passant. J'en garde beaucoup de nostalgie. Prenez un siège, voyons ! La soirée va être longue…

Le tonnerre gronde à nouveau, sans que cela déclenche cette fois d'averse orageuse. Il fait une chaleur accablante dans le salon bondé. Dany et la grosse Denise ont fini de servir et sont reparties du côté de la cuisine. La Denise maîtresse du patron converse au milieu d'un autre groupe, riant avec des hennissements. Sadorski surveille l'individu nerveux, qui a fini par accepter le grand fauteuil à oreillettes qu'on lui désignait. Le professeur lui sert un verre de cognac. Puis s'assied dans un autre fauteuil, pas très loin, posant le PM sur le tapis. L'inspecteur espère qu'il n'a pas oublié de mettre la sûreté. Le bonhomme n'a pas exactement l'air d'un spécialiste des armes à feu. Et les Sten ont une fâcheuse tendance à partir toutes seules.

Il y a des cris en provenance d'une autre pièce. Des cris féminins. Peu de gens s'en sont rendu compte. Tout le monde est déjà un peu ivre, on cause très fort. Guicciardini père, excité, s'exprime plus bruyamment que les autres, avec ses intonations de Marseille et son saupoudrage de mots italiens. D'une voix aigre et perçante, Mme Rousseau répète à l'intention de l'Allemande Gertrud : « Mais oui ! Toujours ! Un seul Reich, un seul Führer ! Nous vaincrons ! Ça ne fait pas de doute ! » Sadorski voit Mlle Huvet surgir dans la pièce en toute hâte, se faufiler entre les buveurs qui ne lui prêtent aucune attention. Sa main gauche enveloppée dans un mouchoir. Qui s'imbibe rapidement de rouge.

— Docteur ! Docteur !

La jeune employée montre sa blessure à Rousseau. L'index pisse le sang en abondance, c'est assez impressionnant.

— En prenant des assiettes pour mettre la table, j'ai arraché le pansement que j'avais au doigt. Où je m'étais coupée… Oh là là… Vous pourriez me le refaire, docteur ?

— Mais oui. Pas comme ça, il faut d'abord laver la plaie… Ne bougez pas, je monte au premier chercher de l'éther.

Elle attend, tenant sa main dans le mouchoir rouge. Des gouttes ont éclaboussé le parquet. Le rescapé du bois de Boulogne se lève et s'approche.

— Je suis docteur. Permettez-vous, madame, que j'examine votre blessure ?

Mlle Huvet lui fait voir son doigt. L'homme toussote, la prend doucement par le haut du bras pour l'attirer vers une porte du salon. Sadorski les observe, intrigué.

— Il y a trop d'ombre ici, madame… Dans l'entrée nous devrions trouver plus d'éclairage…

Le policier les suit. Le soi-disant médecin parle tout bas à sa patiente, semble très agité. On peut vaguement entendre, et lire sur ses lèvres :

— Je suis le Dr Blanchet, de Chelles… S'il m'arrivait quelque chose, vous vous en rappellerez…

Mlle Huvet le dévisage, surprise autant que déconcertée. L'autre change brusquement de ton, déclare d'une voix forte, peu naturelle :

— Votre blessure n'est pas grave. On va soigner cela.

Rousseau descend l'escalier, apportant un flacon d'éther, du coton hydrophile et un rouleau de bande Velpeau ; il toise son confrère de banlieue d'un air mécontent.

— Je peux le faire, s'offre ce dernier.

— Mais non, fichez-nous la paix, monsieur. Donnez-moi votre index, Danielle.

Il retire le mouchoir, nettoie la plaie, et bande le doigt et la main avec des gestes experts. « Bon, comme ça, ça tiendra, mon petit. Soyez prudente, évitez de trop employer votre main gauche. Et désinfectez régulièrement… » Le Dr Blanchet, à regret, s'écarte pour réintégrer la grande pièce et son brouhaha. Sadorski le suit des yeux. Le professeur Zimmer s'est levé, reprenant sa mitraillette. Lui aussi surveille l'homme en canadienne. Il a dû recevoir des instructions à son sujet. Tout autour, les conversations vont bon train. On fume, on boit, on se demande, en manifestant une certaine impatience, quand est-ce qu'on pourra enfin manger… Le policier pense la même chose, son estomac gargouille. Le champagne c'est bien beau mais ça ne nourrit pas. Il reprend néanmoins une coupe. La porte communiquant avec le hall d'entrée s'ouvre de nouveau. Pour livrer passage à Berger. Il s'avance, blême de rage, s'appuyant sur sa canne. Et gronde :

— Où est-il ? Où est-il ?

Le Corse boitille vers le professeur Zimmer.

— Prêtez-moi votre revolver.

Effrayé, l'autre sort un automatique de sa poche de veston et le lui tend. Les bavardages se sont interrompus, on entendrait voler une mouche. Monsieur Pierre se tourne vers le Dr Blanchet. Lequel a encore pâli. Pétrifié dans son fauteuil, il fixe avec une expression d'angoisse le nouveau venu.

Celui-ci jette sa canne au sol et crache :

— Tu es un traître, et un chef de la résistance. Tu voulais me conduire ce soir dans une embuscade, sous le prétexte d'aller chercher des armes… Mais on ne roule pas Berger !

Il fait glisser la culasse du pistolet, *clic-clac* ; et pointe le canon vers l'interpellé, blanc comme un linge. Au même instant, la porte cochère s'ouvre, il y a des pas dans l'entrée. On pousse la porte du salon. C'est le petit Jo. Il écarquille les yeux et ouvre la bouche en apercevant son patron une arme dans la main.

— Euh, pardon… j'étais à Pigalle, avec Jacques, et… il a gardé la bagnole, alors j'ai dû…

L'automatique ouvre le feu, à bout portant. Dans la figure du Dr Blanchet.

Sadorski compte quatre coups. Se succédant à intervalles très rapprochés. Le visage de l'homme se couvre de sang. Il s'affaisse dans le fauteuil, le sang coule sur sa chemise, sur la canadienne, puis forme une flaque sur le plancher. L'odeur de cordite se mêle à celle du tabac. Quelqu'un a laissé échapper sa coupe de champagne. Le nourrisson se met à brailler. Mlle Huvet surgit depuis la porte de la salle à manger.

Apercevant le corps et tout le sang répandu, elle hurle. Le chef gestapiste se tourne dans sa direction. Il hurle à son tour :

— *Raus !* Virez-la ! Jo !

Le petit blond l'aide à expulser sa copine dans la pièce à côté. Le battant se referme sur elle en claquant. Berger revient vers le professeur et lui rend son arme. Le corps du Dr Blanchet glisse avec lenteur dans le fauteuil, son visage troué continuant d'arroser le devant de ses vêtements. Cela lui fait comme un grand plastron rouge. Le Luxembourgeois bégaie :

— Elle… elle a tout vu, monsieur le directeur. On doit la refroidir, elle aussi.

— Non.

Manuel intervient :

— Patron, faut la tuer. C'est clair…

— J'ai dit : non !

L'assistance a reculé vers les murs ou contre les rideaux. Le salon du rez-de-chaussée est une pièce d'angle, avec deux fenêtres sur la villa et deux sur l'avenue. Sadorski se poste près de la porte donnant sur le hall. Personne ne fait attention à lui. Tout le monde veut savoir si Dany sera exécutée ou pas ; les avis divergent, ça discute ferme quoique en chuchotant. Il ne retrouvera jamais de semblable aubaine. Se mouvant avec lenteur, en crabe et sur la pointe des pieds, il franchit le seuil de la pièce. Son cœur cogne à coups sourds. Si on lui demande où il va, le nouvel agent prétendra chercher les toilettes. L'entrée, éclairée par des chandeliers, est vide.

Il rabat doucement la porte du salon après son passage. Sans refermer complètement mais presque. Il descend une volée de marches. Trois enjambées vives et silencieuses, jusqu'à la porte principale. On distingue la voix de Berger au-dessus des autres :

— Théo ! Jo ! Vous sortez ce gonze et le déposez dans le hall ! Jo, tu nettoieras par terre ! Demande une serpillière à Denise ! Le corps, on retournera le balancer sur le tas au Bois !

Plus une seconde à perdre. Sadorski tire sur le bouton de la serrure de sûreté. Le petit pêne en biseau coulisse sans problème, et il n'y a pas de résistance du pêne dormant. La porte n'était pas verrouillée. Avec toutes ces allées et venues, ces préparatifs de voyage, rien de surprenant au fond… Le fugitif se retrouve, la seconde d'après, à l'air libre. Sur le trottoir obscur de l'avenue Victor-Hugo, côté nord et numéros pairs. Personne pour s'opposer à son évasion. Il referme doucement derrière lui.

Sur sa droite les dernières fenêtres du séjour, jusqu'à l'angle de la villa d'Eylau, sont obturées, black-out oblige. Mieux vaut tout de même éviter de passer par là devant toute la bande… Il tourne à gauche, relevant le col de son veston, et, tête baissée, prend la direction de l'Étoile. Comme un citadin ordinaire. Sans courir. Mais sans lambiner pour autant. La silhouette du marcheur en veston se fond dans l'obscurité des longs intervalles entre les réverbères, qu'entourent les discrets halos bleutés de la défense passive. L'oreille aux aguets, il n'entend aucun bruit de pas hormis les siens, aucun cri, aucun appel résonnant dans son dos. Et pas de coup de feu non plus. Sa fuite est passée inaperçue.

Les rues ne sont pas vides : beaucoup de Parisiens se promènent dans la pénombre, goûtant la tiédeur nocturne en attendant le rétablissement chez eux de la lumière. Mais, fait inhabituel, toute la ville semble bruire d'une gigantesque circulation. Roulement continu de chars, halètement des gazogènes, ronflement des Diesel. Pétarades de motos. Comme si des divisions entières traversaient l'ex-capitale d'ouest en est. Sadorski comprend. Cette fois ça y est ! Les Fritz refluent, c'est la grande déroute, pas loin du sauve-qui-peut. On se déplace de nuit par peur d'être bombardés. Sans doute le front de l'Ouest a-t-il cédé complètement, tout le monde se barre, afin de n'être pas capturé par les Américains ! La 7e armée boche ou ce qu'il en reste, échappée de l'hécatombe dans la poche de Falaise, franchit les derniers ponts intacts sur la Seine et se joint à l'évacuation de Paris ! L'inspecteur arpente le trottoir de l'avenue Victor-Hugo, saisi d'une étrange excitation. L'Histoire est en marche, elle aussi. Il s'attend à des journées prodigieuses. Mais, d'abord, téléphoner chez lui. Rassurer sa femme. Et la petite Juive. Laquelle vit ses dernières heures de prisonnière quai des Célestins. Comme le cœur de Julie doit battre d'émotion, en ces moments tragiques mais remplis d'espoir !

Le plus simple est de téléphoner d'un commissariat. Il fera enregistrer dans la foulée une plainte pour enlèvement, vol, séquestration, coups et blessures, etc., ce qui le mettra en règle vis-à-vis de sa hiérarchie. Et, avec un peu de chance, peut-être pourra-t-il profiter des mouvements du car de police secours afin de se rapprocher de chez lui. Car à pied, du seizième jusqu'aux quais du Marais, cela fait une sacrée trotte ! Et on ne voit ni vélo-taxi ni fiacre, qu'il pourrait réquisitionner. Le poste le plus proche est celui de la Porte Dauphine, rue Mesnil, où il connaît, pour l'avoir eu au téléphone l'année précédente, un inspecteur Pinson – c'était à propos de la première arrestation de Jacqueline Perret[1]. Et aussi quelques gardiens de la paix ayant participé avec Sadorski à la répression de la mutinerie de la Santé. Mais la rue Mesnil est dans la direction opposée, au-delà de la place Victor-Hugo. Pas question de revenir à l'hôtel des gestapaches. Il traverse donc la chaussée et emprunte l'étroite rue du Dôme, où il doit avancer à tâtons dans un noir d'encre, puis tourne à droite pour enfiler la rue Lauriston, où se trouve une autre Gestapo française, la « Carlingue », au n° 93. Celle de Monsieur Henri. *Putain de vie de merde…*, répétait le grand patron, le malfrat qui voulait devenir préfet de police… C'est raté pour lui. Sadorski, prudent, choisit le trottoir opposé mais l'hôtel particulier semble désert. Ces truands-là ont déjà mis les bouts. Il arrive sans encombre rue Mesnil. Stupéfaction : le commissariat est fermé. Sur sa porte, une grande affiche, qu'il lit avec le secours de sa lampe de poche :

VIVE LA GRÈVE GÉNÉRALE DE LA POLICE PARISIENNE !

Le succès est total ; les policiers parisiens, dont le patriotisme n'est plus à mettre en doute, ont suivi dans une proportion de 97 % le mot d'ordre de grève générale lancé par le Comité de la Police parisienne. Bravo policiers.

Nous avons répondu courageusement à la provocation des boches qui émettaient la prétention de nous désarmer et de nous interner.

---

1. Voir *La Gestapo Sadorski*.

L'union entre les trois grandes organisations de Résistance de la Police parisienne : « Front national », « Police et Patrie », « Honneur de la police » est totale.

Méfiez-vous des manœuvres de la Gestapo : elle tentera de jeter le trouble dans les esprits.

Des faux tracts vous invitant à la reprise du service peuvent circuler. Ne suivez pas leurs mots d'ordre. Le seul mot d'ordre est formel : il faut continuer la grève jusqu'à la libération complète de notre capitale…

Il parcourt rapidement le reste, qui consiste en un appel patriotique à « engager le combat », et s'arrête sur la conclusion, ahurissante :

Vive la Police parisienne !

Vive le Gouvernement de la République, présidé par le général de Gaulle !

Vivent nos Alliés !

Vive la France !

Signé : *Le Comité de Libération de la Police parisienne.*

Alors que pendant quatre ans, la quasi-totalité de cette police parisienne, dont il fait partie, *traquait* les gaullistes ! et les communistes ! que l'on n'appelait d'ailleurs pas des patriotes mais des « terroristes ». Et elle les livrait, hommes ou femmes, aux Allemands pour que ceux-ci les déportent ou les fusillent ! Pas seulement les terros, d'ailleurs, mais aussi les Juifs, depuis les grands-mères impotentes jusqu'aux nouveau-nés, direction la Bochie ou la Pologne en wagons à bestiaux, ça on n'en cause pas dans l'affiche ! Son boulot à lui, Sadorski, chef du Rayon juif… Personne dans l'administration française ne le lui a jamais reproché. C'était la consigne – et un bon fonctionnaire ne connaît rien d'autre que la consigne. *La consigne égale le devoir*. Il y va de la carrière, de l'avancement et de la retraite. De l'éducation des gosses, des vacances d'été en Bretagne, de la bonne entente au sein du ménage, du coquet pavillon avec jardin potager au bord de la Marne où l'inspecteur et Yvette comptent finir leurs jours, avec au programme petits plats et pêche à la ligne… Merde. Il jure, et balance un coup de pied dans le bas de la porte afin de soulager ses nerfs. Aucun secours donc à attendre de la part des collègues, bien au chaud chez eux. Sadorski devra, s'il veut téléphoner, le faire d'une cabine publique. Place du Trocadéro il en a repéré une l'autre jour en suivant Mlle Mézard et son landau. Les mains dans les poches, il rebrousse chemin en grommelant, et, par l'avenue de Malakoff, gagne la grande place. À deux pas de chez les Perret…

Des camions de la Wehrmacht et des ambulances, arrivant de l'avenue Henri-Martin, contournent le terre-plein central. On aperçoit au sud-ouest dans la direction de Meudon une immense lueur de flammes, sous une fumée épaisse et noire qui, se découpant sur le bleu foncé du ciel, donne l'impression d'avancer vers Paris. En même temps que retentissent de très lointaines déflagrations. Des bandes d'oiseaux effrayés tourbillonnent. Il semble que les Allemands fassent sauter les stocks de munitions de la base aérienne de Villacoublay. La cabine du Trocadéro est bien là, un quidam l'occupe, jacassant dans l'appareil. Sadorski ouvre brutalement la porte, met sous le nez du bavard sa carte tricolore et son Browning (vide), afin d'accélérer les choses. « Police, foutez-moi le camp ! » L'autre décarre sans demander son reste. L'IPA raccroche, cherche une pièce dans son portefeuille, l'introduit dans la fente de la machine, compose son numéro. Archives 29-09.

Cela sonne. Pas très longtemps.

— A-allô ?

Il a du mal à identifier la voix de son épouse. Rauque, étouffée, triste, incertaine. Sans doute à force d'avoir pleuré. De se morfondre au sujet de sa disparition. La pauvre chérie !

— Poupoule. C'est moi !… Ton Léon.

Une seconde de stupeur.

— Lé… Léon ?

— Oui, pas le pape. Je suis libre, ma biquette d'amour ! Je débarque dès que possible… Et s'il y a à bouffer dans le garde-manger, sache que je suis intéressé ! Tu peux mettre le couvert…

Un silence. La plaisanterie semble avoir fait long feu.

— Mais… où… où étais-tu ?

— La Gestapo m'a arrêté. Je t'expliquerai. Je serai là d'ici une heure, ou un peu plus…

— Tu… mais… non. Tu ne dois pas venir !

— *Pas venir ?* Comment ça, pas venir ?

— Et l'argent ? Les deux millions de M. Perret ?

Merde. Les ennuis qui rappliquent, et plus tôt que prévu. Ce n'était pas de sa faute, pourtant !

— Je… on me les a fauchés. Toujours la Gestapo. Je t'expliquerai, mon petit lapin. J'ai tellement hâte de t'embrasser… de vous embrasser toutes les deux, mes chéries. J'arrive…

— Attends.

— Comment ça, « attends » ?

— Léon, il faut d'abord que tu répondes à une question. Une question grave… une question (sa voix se casse)… très importante. Pour moi. Pour Julie. Pour nous… Est-ce que… *est-ce toi qui as tué Bernard Perret ?*

Le poing de Sadorski se crispe sur le combiné du téléphone. Le policier a un vertige. Ce n'est pas possible. Il rêve, c'est un cauchemar… Il va se réveiller.

— Qu'est-ce que tu racontes, ma biquette ?

— Je… je crois que tu as entendu. Est-ce que tu as tué Bernard ? Est-ce que tu as tué le fiancé de Julie ? Le… le père de son enfant ?

Il réfléchit à toute allure. Et ne trouve aucune solution. Mais d'abord, s'informer de l'étendue des dégâts.

— Enfin, euh, que… qui t'a parlé d'une chose pareille ?

Elle gémit.

— Tu n'as pas dit non. C'est vrai, alors ! Oh, Léon… Oh…

Il a l'impression qu'elle pleure.

— Yvette ? Yvette ?

— Attends, je ferme la porte. Julie peut entendre…

— Elle a entendu ? Elle sait ? Enfin, elle aussi croit que…

— Oui… Elle aussi… C'est pour ça que tu ne peux pas venir.

Sadorski passe la main gauche dans ses cheveux. Avec l'envie de les arracher. De cogner à main nue contre la vitre de la cabine, la briser, faire jaillir le sang… Envie de hurler.

Mon Dieu. Julie. Et, si *elle* sait, c'est encore pire… parce qu'elle aura deviné *pourquoi* il l'a tué. Par jalousie. Pour la baiser, elle. Avec pour résultat un enfant de lui. L'enfant d'un assassin. Et elle, a fait l'amour, et pas qu'une seule fois, avec celui qui a tué le garçon qu'elle aimait… Bernard. Le fils de Laure et Jean-Frédéric Perret, sa nouvelle famille d'adoption… ces braves gens qui voulaient l'accueillir, qui la considèrent comme leur seconde fille… et à qui, contrainte et forcée par les circonstances, elle mentait, participant à la supercherie, leur faisant croire que le gosse est leur petit-fils…

Les conséquences de cette affaire deviennent incalculables.

Il essaie une tactique :

— Écoute, ma chérie… c'était un accident.

— Un *accident* ?

— Oui. Avec des collègues de la BS, cette nuit-là on planquait dans une souricière, boulevard Victor-Hugo, à Clichy… Un appartement que louaient les terros… On attendait, j'étais très fatigué… Voilà qu'un type se pointe… Je fais les sommations, la silhouette repart en courant, je… mon doigt, par réflexe, a pressé la détente… Et, après, j'ai reconnu Bernard. Il… il était déjà mort.

— M. Perret a dit que son fils a été tué de *deux* balles…

— Ben… comme je te disais, j'étais fatigué… j'ai appuyé deux fois coup sur coup… Putain, merde, c'est des choses qui arrivent ! Qu'est-ce que tu y connais, toi, en armes à feu ? D'ailleurs nos instructeurs nous recommandent de tirer le plus vite possible, il y va de notre vie ! J'ai manqué y passer, au printemps 42… faut que je te le rappelle ? Et pense au malheureux Cuvelier !

Sa voix tremble d'énervement. Il entend Yvette pleurer à chaudes larmes.

— Poupoule… Ressaisis-toi… Écoute…

— Je n'ai pas envie d'écouter… de nouveaux mensonges… des…

— Mais calme-toi ! Ça ne sert à rien de chialer… D'abord, comment as-tu su… euh, qui t'a raconté que…

— M. Perret.

— Hein ? Je… Là, je ne comprends pas. Comment aurait-il…

— C'est… c'est une longue histoire. Ça débute par Marie-Paule… La Gestapo est venue lundi matin à l'aube pour l'arrêter… chez ses parents, rue de Tournon… On ne voit pas bien pourquoi, sans doute quelqu'un l'a dénoncée…

Il jure, en sourdine.

— … La police boche et les miliciens font beaucoup d'arrestations. Hier, par exemple, tout près d'ici, rue Pavée : les Allemands ont embarqué ton ami M. Kopelman, le serrurier… avec sa femme et ses gosses. Et en fouillant l'immeuble ils ont déniché deux familles juives cachées dans la cave… Les pauvres, qui avaient échappé à toutes les rafles ! Les voilà partis direct à Drancy… et il paraît que la SNCF a réussi à réunir des wagons, pour encore des départs de convois vers l'est dans les tout prochains jours, avant que les SS se tirent… Heureusement, la copine de Julie était absente lorsque deux flics ont débarqué rue de Tournon dans une de leurs tractions Citroën. Marie-Paule était partie au ravitaillement, à bicyclette – au fait, et mon vélo ?

— Perdu. Volé. Mais je t'en rachèterai un autre, ma chérie…

Quelques nouveaux pleurs. Il laisse passer, avant de reprendre :

— Alors ? Marie-Paule ?

— Bravant l'interdiction boche de quitter le département de la Seine, elle était allée jusqu'à Lorris-en-Gâtinais, par les petites routes, plus de 150 kilomètres… à cause des dangers de mitraillage ou de bombardement par les Alliés… Enfin, bref, rentrée à Paris elle apprend que la Gestapo la cherchait… Dans ces cas-là ils rappliquent toujours le lendemain matin, après avoir dit… des mensonges, qu'ils ne reviendront pas avant deux ou trois jours… Ça leur permet de piéger les gens naïfs qui du coup restent encore une nuit de plus chez eux ! Marie-Paule le savait, alors elle a cherché tout de suite à dormir ailleurs… chez les Perret. La chambre de Jacqueline était libre, tu comprends…

Il comprend. Et jure de nouveau.

— … Elle a eu raison car la Gestapo s'est repointée le lendemain à 7 heures, pour des prunes, naturellement ! Et ce mardi, M. et Mme Perret ont appris que le train des déportés du 15 août était parti… avec leur fille à bord… Ils étaient effondrés.

— Comment l'ont-ils su ? Et aussi vite ?

— Jacqui a jeté un message du train, quelqu'un l'a ramassé et l'a porté chez les parents à l'adresse indiquée… Ça arrive souvent que les déportés lancent des bouts de papier depuis les wagons… Les cheminots les récupèrent et veillent à ce que les lettres arrivent à destination, même s'il n'y a pas d'argent pour les timbres. Elle disait qu'ils avaient tous très bon moral, qu'ils reviendraient bientôt… (Yvette renifle, a du mal à poursuivre.) Quand… quand les Perret lui ont montré la lettre, Marie-Paule leur a raconté… qu'avec des copains du lycée Janson elle t'avait menacé de représailles… au cas où leur amie serait déportée… C'est vrai ?

— Oui. C'est… c'est vrai. Mais j'ai fait tout mon possible !… Je suis allé porter les deux briques… Ce n'est pas ma faute si…

— M. Perret a répondu à la gamine que, justement… tu avais accepté, sur sa demande expresse, de négocier la libération de Jacqui… et que… – parce qu'il a téléphoné ici je ne sais combien de fois – il avait appris par moi que tu avais disparu. Avec l'argent. Marie-Paule a répliqué que ça ne l'étonnait pas… Que tu étais un salaud, et un assassin. Que… tu avais tué Bernard. Elle… elle l'avait su par Jacqueline…

Yvette se remet à sangloter. Et se rappelle soudain :

— Au fait, c'est quoi cette histoire ? M. Perret prétend que tu leur « loues » le bébé ?

— Euh… Eh bien, je…

Sa voix tremble à présent d'indignation :

— Alors ça aussi c'est vrai ! Mais dis-moi, Léon, *qui* ai-je épousé ? Un maquignon ? Un maître chanteur ? Un monstre ?… Mais rends-toi compte : tu as tué leur fils et à présent *tu leur loues leur petit-fils ?* J'étais tellement honteuse en entendant M. Perret… J'aurais voulu disparaître sous terre…

C'est reparti pour les grandes eaux et les sanglots. Sadorski patiente un peu, tout en réfléchissant, puis :

— Et Julie ? Que… comment prend-elle la chose ?

— À ton avis ? Non, c'est ça le plus affreux. Elle a la fièvre, elle ne mange plus…

— Je vais lui parler. Lui expliquer… Merde, c'était *vraiment* un accident !

— Non, Léon, non ! Tu ne peux pas venir ! La police te recherche !

— *Quoi ?*

— À cause de M. Perret. Il est fou de colère, il a été à la PJ, et a exigé de voir le dossier de son fils. Les agents sont en grève mais il reste des bureaux ouverts. Dont le service des archives. Ton nom apparaissait bien comme celui du policier qui… Alors M. Perret a foncé chez le commissaire Massu, le chef de la brigade criminelle, un ami à lui… Il nous en a parlé, tu te souviens ?

Sadorski se souvient. L'affaire est réellement en train de s'emballer. Du côté du pire.

— … Le commissaire avait déjà des renseignements défavorables sur toi… de son prédécesseur le commissaire Veber… Donc il a mis l'Inspection générale des services sur le coup… Un inspecteur principal et un inspecteur sont venus cet après-midi… Ils ont d'abord jeté un coup d'œil dans tes papiers…

Il hurle :

— Mais c'est incroyable ! Sans mandat pour une visite domiciliaire ?

— Si, ils en avaient un. Signé par le commissaire principal Georges Massu… La petite et moi on a eu très peur mais Julie ne les intéressait absolument pas, j'ai expliqué comme d'habitude que c'était ma nièce et c'est passé comme une lettre à la poste. En revanche, j'ai eu beau protester, ils ont fouillé partout. Ils cherchaient les deux millions. Et là-haut dans le réservoir de la chasse d'eau ils ont trouvé une boîte en fer-blanc, enveloppée de toile caoutchoutée… Le contenu leur a paru intéressant, ils l'ont embarqué. Qu'est-ce que tu cachais dedans, Léon ?

— Je… je… Euh, juste des papiers confidentiels… mes dossiers sur… les communistes juifs du département de la Seine…

L'interrogé dans sa cabine mal aérée est liquéfié de sueur ; *en songeant à ce qu'il y a en réalité au fond de la boîte* – outre le double du rapport sur le transfert de Mandel, ce qui peut être assez calamiteux ça aussi. La culotte de Jacqueline, maculée de sperme séché. D'autres petites culottes, de tailles et de couleurs diverses, volées par-ci par-là au fil des perquisitions. Des clichés pornographiques représentant pour la plupart des femmes nues ou vêtues de lingerie coquine, ligotées et bâillonnées, ou en train d'uriner ou de se masturber… Et le plus grave : une photographie de Jacqueline Perret aux côtés de sa mère. Toutes deux au lit, en chemise de nuit, à l'hôpital américain de Neuilly après leur accident de voiture en juin 40. La photo qu'il a détachée de l'album de la lycéenne à l'occasion de sa visite du printemps dernier. Si Massu montre cette image au paternel…

— Quoi qu'il en soit, ils m'ont dit que M. Perret allait porter plainte… Pour vol et assassinat.

— C'est de la folie !… Je n'ai volé ou assassiné personne !

— Je… j'aimerais te croire, Léon… Cependant les apparences sont contre toi…

— Mais enfin, pour un meurtre il faut un mobile ! Je n'avais aucune raison d'en vouloir à Bernard ! Et le fric, ce sont des truands aux ordres de la Gestapo qui me l'ont fauché ! Je me suis fait tabasser, en plus ! Tu verrais les marques ! Et j'ai sans doute une côte fêlée !

S'il espérait un peu de compassion, il en est pour ses frais :

— Je dois raccrocher. Il faut que j'aille consoler Julie, je l'entends qui pleure…

— Et qu'est-ce que je fais, moi ? Planté comme un con au beau milieu du seizième ! Je vais dormir où ? manger où ? Tout est fermé ! Yvette !

Elle soupire avec lassitude.

— Je ne sais pas…

— Ben moi non plus. Et avec à peine quelques centaines de francs en poche…

— Je croyais qu'on t'avait tout volé.

— Ils m'ont laissé la petite monnaie.

Il sourit amèrement. Ce sont les pièces de la crèmerie Dagron. Pour les bons fromages de Normandie, bien coulants. Monnaie rendue sur la monnaie du billet de Georges Mandel…

— J'oubliais. Il y a eu un coup de téléphone pour toi. Juste avant que tu appelles. Une jeune femme…

— Ah.

— Tu veux que je te donne son nom ? Je l'ai copié sur un coin d'enveloppe…

— Pfff… Oui, vas-y…

Qui, encore ? Quel nouvel emmerdement ? Quelle nouvelle catastrophe ? Quel nouveau coup en vache du destin ? Yvette revient au bout du fil.

— Une certaine Mlle Mézard. Monique Mézard. Avec une jolie voix, et un gros accent du genre bordelais. Elle m'a dit que tu avais son adresse et son numéro. Que c'était relativement urgent. Et que le mieux serait que tu passes chez elle plutôt que de téléphoner… Pourtant, tu n'es pas police secours ! Cette fille exagère, qui est-ce ?

— L'étudiante qui s'occupe du gosse de Julie. Elle l'emmène au parc… tu sais, je t'en ai parlé.

— Dans ce cas elle souhaitait peut-être te confier des tuyaux sur les intentions de M. Perret à ton égard ?…

Il hausse les épaules.

— Peut-être.

— Eh bien, je ne sais pas, moi. File la voir ! Elle consentira peut-être à t'héberger !

Il va ricaner quelque chose comme : « C'est ça ! Très drôle, dans sa petite chambre de bonne sous les toits ? Et puis quoi encore ?… », mais Yvette a déjà raccroché.

Avec, lui a-t-il semblé, un dernier sanglot.

Sadorski s'éloigne de la cabine publique dans un état de dépression rarement atteint, et pourtant il en a vu d'autres. Les nouvelles sont toutes tellement épouvantables qu'on a du mal à discerner laquelle est la pire.

À la lueur de sa lampe, il consulte le bracelet-montre que lui a rendu Berger.

10 h 58.

Puis il feuillette son calepin, pour chercher les coordonnées de Mlle Mézard. La page d'agenda griffonnée est pliée et coincée contre la reliure du carnet. Les gestapaches n'y ont pas touché, c'est déjà ça.

Monique Mézard
chez Mme Dodds
75, rue du Faubourg-Saint-Honoré, Paris 8e arrdt.
Tél. Anjou 89-99

Il hésite à retourner dans la cabine et composer le numéro. Celui de l'appartement de l'Anglaise, ou mariée à un Anglais, cette Mme Dodds qui loue une chambre à l'étudiante. Il n'est pas trop tard pour téléphoner. Mais après tout, l'idée d'Yvette n'était pas stupide. Une fois sa demande « relativement urgente » faite et le problème résolu, la promeneuse du petit Bernard pourrait très bien héberger l'inspecteur, en remerciement et dans l'urgence, jusqu'au lever du jour. En tout bien tout honneur. Il dormira sur le plancher. C'est tout de même mieux que sous les buissons des jardins du Trocadéro, ou que d'errer la nuit entière, sans chapeau ni manteau, seul, louche, suspect, dans une ville sillonnée par des Fritz nerveux, le doigt sur la détente, comme ceux du bois de Boulogne… Les gars ne lui accorderont peut-être pas le temps de chercher et présenter sa carte au nom de Leo Schenk. Ce sera tout de suite : *« Feuer ! »* Rien qu'au souvenir des rafales de fusil d'assaut, il frémit.

Du grand carrefour où il se trouve jusqu'à la tout aussi bourgeoise rue du Faubourg-Saint-Honoré, n° 75, près de l'hôtel Bristol et de la rue des Saussaies, le trajet à pied devrait prendre une trentaine de minutes. Ou un peu plus, car il boite, sa cheville blessée recommençant à l'élancer. Pourvu que l'infection ne se soit pas étendue depuis les soins donnés par Mlle Achard… Il s'inquiète. La gangrène. Un pied devenu tout noir, que les toubibs seront obligés de lui couper.

Et les hôpitaux, si la situation militaire s'aggrave à Paris, seront bientôt débordés… Qui se souciera d'un pauvre poulet français éclopé même pas « patriote » ? Il aurait dû écouter ce ballot de Magne ! Faire comme lui et Piazza, s'encarter fissa chez « Honneur de la police », le réseau monté par cette fripouille de Joinovici, le ferrailleur youtre et millionnaire qui mange à tous les râteliers. Faire peau neuve lui aussi et devenir quand il est encore temps, comme sur la putain d'affiche de leur Comité de merde, un héroïque élément officiel du « combat libérateur » !…

Il progresse, les mains dans les poches, la tête penchée et le front moite de transpiration, se dirige vers l'est. Il voudrait aller vite mais marche au ralenti. Dans son dos les explosions sourdes se succèdent, sous l'horizon de feu du côté de Villacoublay. Des odeurs de fumée et d'essence brûlée flottent dans l'air. Çà et là on entend claquer des coups de fusil ou de pistolet. Parfois une brève rafale d'arme automatique. Et toujours, en bruit de fond, outre les allées et venues des camions de déménagement, de pillage, ce vaste trafic motorisé d'une armée vaincue traversant la ville. Les rues se vident, les gens se terrent dans leurs appartements où la lumière est de retour derrière les rideaux. La forme sombre du marcheur disparaît dans les longs tunnels d'obscurité entre les becs de gaz avec leurs taches bleues. Avenue Philippe-Henriot… Place d'Iéna… Avenue Pierre-Ier-de-Serbie… Rue Pierre-Charron… Avenue des Champs-Élysées… Rue du Colisée… L'ex-capitale est une immense tache noire qui bruit fébrilement dans l'attente. Les sirènes d'alerte mugissent, des vagues de bombardiers alliés survolent la banlieue. Fracas lointains des bombes. Vus par les pilotes de là-haut, les champignons orange éclatent lentement, sont engloutis dans la fumée. Une large ceinture de flammes et de fumées entoure Paris…

Un véhicule de patrouille de la Franc-Garde passe à tombeau ouvert, occupé par des types mitraillette au poing. Ils n'ont même pas aperçu Sadorski. Vers le bout de la rue du Faubourg-Saint-Honoré, au niveau de l'hôtel Bristol occupé par les miliciens, grand remue-ménage et encombrement de camions, jusqu'à la rue des Saussaies semble-t-il. Des sentinelles y ont établi un barrage, interdisant l'approche des locaux de la Gestapo. L'inspecteur reste sur le trottoir de droite, et, le nez en l'air et la torche braquée, finit par repérer le n° 75. Juste en face du Bristol. Par chance, des badauds stationnent devant la grande porte moderne, en verre et ferronnerie, à deux battants dont l'un est entrouvert. Sadorski tente de se faufiler. Les gens commentent une affiche fraîchement apposée dans l'entrée du bâtiment : elle détaille les modalités d'inscription pour « plat chaud » à emporter, ou « repas à domicile avec denrées crues » qui seront préparés dans des cantines de l'arrondissement afin de suppléer à l'absence de gaz. Pour y avoir droit il faut aller se procurer une « carte de détresse ». La soupe populaire, même dans les beaux quartiers ! Décidément on aura tout vu...

— Hé ! Où allez-vous, comme ça ?

La femme qui l'apostrophe a des allures de concierge. Il exhibe sa carte de réquisition.

— Police nationale. Je suis appelé par Mlle Mézard. La locataire de Mme Dodds.

— Ah bon. (Elle observe, intriguée, à la lumière du hall, son visage marqué d'ecchymoses.) Escalier A, cinquième au bout du couloir...

Ici non plus il n'a pas eu droit à un « monsieur le commissaire »... En grommelant, Sadorski se dirige vers l'ascenseur. Grâce au courant revenu – une fois n'est pas coutume – il se fait porter, épargnant sa cheville douloureuse, jusqu'au cinquième étage, le niveau des chambres de bonne. Immeuble classieux de style Empire, hauts plafonds, appliques dorées et tapis rouge dans la cage d'escalier, plancher impeccablement briqué tout le long du corridor même chez les domestiques... Une porte, vers le fond à droite, s'orne en son milieu d'un bout de carton punaisé : *Monique Mézard*. Le visiteur, avant de se faire connaître, tend l'oreille contre le panneau. On perçoit un peu de mouvement là-dedans, une présence. L'oiselle est au nid. Au moins, il ne sera pas venu pour rien !

Il frappe deux coups.

— Mademoiselle Mézard ? Police, inspecteur Sadorski !

Après un moment de silence, de surprise, on se déplace à l'intérieur. Des pas, puis un verrou que l'on tourne.

Le battant s'ouvre.

Sur Claude Dagron, dans sa tenue bleu foncé de chef de trentaine de la Milice française.

Sadorski ouvre la bouche, la referme.

L'autre paraît des plus contrariés – mais pas autant que le policier, naturellement. Contrariété qui n'empêche pas l'ex-légionnaire de la LVF de sourire et d'ironiser :

— Tiens, tiens ! Si ce n'est pas *Herr* Schenk… Je vous en prie, entrez ! Monique sera sans doute ravie de vous voir… Faites comme chez vous !…

28

L'homme mordu

Dagron recule pour le laisser entrer.

Une petite pièce tout en longueur, dont la surface est principalement occupée par un lit à une place que recouvre une courtepointe rose. Avec un crucifix en ivoire et un rameau de buis fané, accrochés au-dessus de la tête de lit en bois d'acajou. Des portraits photo en couleurs du maréchal Pétain et de Marcel Déat décorent le mur opposé à la fenêtre, cachée par un épais rideau de cretonne jaune.

Le teint empourpré, et ses cheveux blonds décoiffés, Mlle Mézard est assise sur le couvre-lit. Pieds nus, jupe bleu marine et chemisier blanc. Ce dernier un peu en désordre – la jeune femme se rajuste vivement, rentre un pan dans la jupe, reboutonne l'échancrure du col.

Sadorski a le sentiment d'interrompre une séance de flirt avancé. Mais l'étudiante bordelaise ne paraît pas lui en tenir rigueur ; elle adresse au contraire au nouveau venu un sourire radieux :

— Monsieur l'inspecteur ! En voilà un débarquement inattendu…

En même temps, une rapide et légère grimace, accompagnée d'un signe de tête négatif, semble vouloir l'avertir de ne surtout pas mentionner son appel téléphonique.

Le milicien a récupéré un ceinturon sur le dossier de l'unique chaise, ainsi que son étui de pistolet. Il ferme la boucle, avec une secousse d'épaules virile. Et sourit froidement.

— J'allais partir. Mais nous pourrions prendre un verre plus tard au Bristol. Si vous m'y rejoignez. Monique aussi. Nous bavarderons, tous les trois. Je vous invite. *Herr Inspektor Sadorski*…

Celui-ci a eu le temps de se ressaisir.

— Je peux vous expliquer ma double identité, monsieur Dagron.

— Mais je m'en fous. Vous me décevez, néanmoins. Je n'ai jamais eu de vos nouvelles. Pour ce dîner, dans mon petit restau rital de la rue de l'Ouest… Je vais finir par soupçonner que vous me boudez…

— J'allais vous appeler mais j'ai eu quelques ennuis. Dans votre secteur, justement.

— C'est vous qui êtes passé à la crèmerie, dimanche ? Mes parents m'en ont parlé. Mais comme il s'agissait d'un client français, je n'ai pas fait le lien. Un gars qui lui ressemblait a été embarqué dans une voiture, là-bas, près de la gendarmerie. Ça a fait un peu de barouf. Quelques ennuis, dites-vous ? Ces petites décorations sur votre figure ? Joli travail.

Il donne l'impression de souhaiter y ajouter deux ou trois contusions de son cru. Les yeux gris brillent d'un éclat mauvais, la mâchoire volontaire se contracte. Sadorski, un sourire sur ses lèvres tuméfiées, improvise :

— Je suis tombé dans un guet-apens de la résistance…

— Et les salopards vous ont laissé partir ?

— Je me suis évadé.

— Bravo. Savez-vous que je compte me faire résistant moi-même ?

— Hein ?

— Je plaisantais. Mais je « déserte » la Milice… eux s'en vont, ils ont quitté la caserne Saint-Louis ce matin, moi je reste à Paris. Le chef Domenge nous a offert le choix : ceux qui veulent partir partent, ceux qui veulent rester restent. La meilleure tactique pour cela est de devenir une sorte de résistant. Il va y en avoir de toutes les catégories, vous voyez. Cela inclut les pleutres qui retournent véritablement leur veste, dans l'espoir d'échapper au poteau… Nous en parlerons autour d'un verre au bar. De *trois* verres. Moi et mes camarades avons des idées. Et des plans. J'ai joué à fond la carte de l'Ordre nouveau qui va maintenant s'effondrer. L'Allemagne a perdu la guerre, inutile de se voiler la face ! Je m'étais engagé non par opportunisme, mais par idéal. À présent accepterai-je de voir ma patrie occupée par les Anglo-Américains, la remise en selle des Juifs et des francs-maçons, le rétablissement des mœurs parlementaires pourries ? le retour de la Gueuse ? Allons donc ! N'est-il pas plus digne de mourir en beauté ? avec une poignée de fidèles ? En entraînant le plus possible de salopards avec nous dans la tombe… J'ai un compte à régler avec de Gaulle. Quand je pense que j'ai failli le suivre à Londres en 40 ! Je peux compter sur vous, cette fois ? Dans une heure, au Bristol ? Vous n'avez pas d'excuse, il n'y a que la rue à traverser… (Il se tourne vers la jeune femme.) Monique ? *Je t'attends*.

Il a prononcé les tout derniers mots sur un ton insinuant, à la limite de la menace. Sadorski s'interroge sur l'état actuel des relations du jeune homme avec Mlle Mézard, et a du mal à comprendre comment Claude Dagron se retrouve ici, dans sa chambre, quatre ou cinq jours à peine après l'avoir aperçue pour la première fois avec sa poussette dans les jardins du Trocadéro. Il ne les a même pas présentés l'un à l'autre ! Juste fourni de vagues indications, qu'il a regrettées aussitôt après…

Le partant coiffe son large béret noir en forme de galette, où brille le *gamma*, l'incline avec soin sur l'oreille, cambre le dos, et claque des talons. Sa main gauche fine et blanche posée sur l'étui du pistolet, il rouvre la porte.

— À tout à l'heure, mes amis.

Il a tiré avec violence le battant derrière lui, faisant trembler les cadres des photos de Pétain et de Déat. Un ange passe dans la pièce jusqu'à ce que le bruit des brodequins militaires, le long du couloir vers le palier du cinquième, se soit éteint entièrement. On n'entend pas redémarrer la machinerie de l'ascenseur – Dagron doit être en train de descendre à pied pour calmer ses nerfs. Sadorski tousse, éternue, puis se racle péniblement la gorge.

— Bon, il a l'air assez fâché. Ce type ne s'attendait pas à me voir… Eh bien, vous m'avez appelé pour quoi ? Hein, mademoiselle ?

Celle-ci a placé la main sur son cœur, à travers le tissu fin du chemisier reboutonné.

— Ouf ! Vous êtes arrivé juste à temps, monsieur Sadorski… Ce Claude… Je ne suis pas spécialement peureuse, mais il me fiche la trouille…

— Pourtant vous l'invitez dans votre chambre.

— Disons plutôt qu'il s'est invité tout seul. Mais je suis à blâmer également… Oh, pardon, mais asseyez-vous, monsieur l'inspecteur !

Elle indique la chaise que viennent d'évacuer l'arme et le ceinturon du chef de trentaine. Sadorski s'installe, desserre son nœud de cravate, tire son mouchoir pour s'essuyer le front. Avec son unique fenêtre fermée, la pièce exiguë sous les toits est une étuve.

— C'est à cause de lui que vous avez téléphoné à ma femme ?

— Oui.

— Racontez-moi…

Mlle Mézard passe la main dans ses cheveux – en un effort pour raccommoder sa belle coiffure, relevée très haut sur la tête et ruisselant en boucles artistiques sur ses épaules.

— Il m'a abordée dans les jardins du Trocadéro. Lundi en début d'après-midi… Avant-hier, donc. Je promenais Bernard, comme tous les jours sauf le dimanche. Claude m'a dit que samedi dernier, entraînant ses francs-gardes et passant dans l'allée sous le musée de l'Homme, il m'avait déjà remarquée. J'avoue que… cela m'a fait plaisir. Je lui ai répondu – oh, quelle idiote ! – que je l'avais remarqué également, et même une fois précédente, lorsque les miliciens ont arrêté des gens dans le café-bar à côté de l'hôtel Bristol… Bref, nous avons bavardé et constaté que nos idées politiques étaient très proches. Nous avons parlé de Maurras, de Brasillach… Lui aussi avait lu *Notre avant-guerre*. De fil en aiguille, il m'a invitée à boire un verre chez Carette, place du Trocadéro. Et après ce verre, en prenant congé il m'a proposé un rendez-vous au même endroit pour le lendemain. Nous nous entendions très bien, j'étais un peu séduite, je l'avoue. Et puis il était très poli, très « gentleman » au début, gardait ses distances…

Sadorski acquiesce, réprimant un ricanement.

— … Ce mardi après-midi j'ai fait une deuxième bêtise, monsieur l'inspecteur : je lui ai suggéré de monter chez M. et Mme Perret, pour que je le leur présente. Ce n'était pas vraiment le bon moment, ils étaient fous d'inquiétude à propos de leur fille – quelques minutes plus tard les pauvres ont reçu un message et appris qu'elle était déportée –, mais ils sont si gentils, ils ont accueilli Claude très cordialement et lui ont servi une tasse de thé… Je n'ai commencé à m'inquiéter qu'après, en le raccompagnant à la station de métro… Il a fait des remarques…

— Quel genre de remarques ?

— Au sujet des peintures de Picasso par exemple. Cela vaut des fortunes, mais serait peint par la queue d'un âne… Et le soi-disant artiste : un escroc, un saltimbanque, un Rouge, un ennemi de Franco… Et que les Perret sont des sales bourgeois, ils lui rappelaient ceux qu'il avait connus à Neuilly quand il était lycéen… qui le recevaient avec amabilité mais le méprisaient au fond parce qu'il était le fils de leur crémière…

— Je vois. Ce que vous dites ne m'étonne pas trop, mademoiselle Mézard…

— Vous pouvez m'appeler Monique, au fait.

— D'accord. Monique.

— En même temps, je jugeais cela plutôt mignon. Le pauvre, victime du snobisme des riches de Neuilly… Quant à la peinture, chacun ses goûts, hein, je n'allais pas me disputer sur cette question, surtout que je ne suis pas une inconditionnelle de Picasso, loin de là ! Et puis, Claude a un côté bravache, agressif. Militaire, quoi. Et ça, je trouve ça bien, c'est viril. Alors quand il m'a invitée au théâtre pour le lendemain, j'ai accepté.

— Je pensais que les théâtres, comme les cinémas, étaient fermés…

— M. Perret venait de nous apprendre, tandis que nous prenions le thé dans son salon, que pour venir en aide aux comédiens réduits au chômage par cette fermeture, un groupement professionnel avait mis sur pied une série de représentations en plein air… dans certains des décors les plus majestueux de Paris. Le parc du Trocadéro, les escaliers de la Sorbonne… et, dans une salle des Champs-Élysées, on projette un spectacle de lanterne magique. Mme Perret m'a accordé un congé pour ce mercredi après-midi et a promené le petit à ma place. Je devais rejoindre Claude devant les jardins du Palais-Royal, où on donnait *Bérénice*…

— Ah oui. Corneille, j'aime beaucoup.

— Euh, c'est de Racine. Vous avez dû confondre avec *Le Cid* ou *Horace*. Mais, moi aussi, j'aime le répertoire classique français, monsieur Sadorski. Nos auteurs sont indubitablement les plus grands – même les Allemands le reconnaissent, ils admirent notre culture, et notre art de vivre… Dans *Bérénice*, il y a ces vers merveilleux, tout au début… (Elle déclame avec sa jolie voix, et son accent :) *Je demeurai longtemps errant dans Césarée, / Lieux charmants où mon cœur vous avait adorée. / Je vous redemandais à vos tristes états ; / Je cherchais en pleurant les traces de vos pas…* Mais ces phrases je les ai à peine entendues cet après-midi. Claude venait de m'accueillir sur un ton glacial, à l'entrée du théâtre : « Monique, je n'aime pas ta jupe. Elle est indécente. Une jeune fille de bonne famille doit garder les genoux serrés et les yeux baissés. »

— Ah.

— J'étais venue en vélo-taxi. Les spectateurs n'étaient du reste pas très nombreux. Claude avait emprunté une traction de la Milice. Il m'a emmenée dîner ensuite à Neuilly dans son quartier, un petit restaurant italien qu'il fréquente. C'est près du magasin de ses parents. Du coup, il a voulu me présenter à M. et Mme Dagron. Et là, c'était un peu bizarre… En leur parlant il sous-entendait que nous étions fiancés lui et moi… Ou, en tout cas, que nos relations étaient déjà allées assez loin. Ça ne me plaisait pas du tout. Je déteste le mensonge, monsieur Sadorski. Ainsi que la vantardise, et les faux-semblants…

— Moi pareil. Vous pouvez m'appeler Léon, d'ailleurs. Si je vous appelle Monique…

— Euh, je n'oserais pas.

— Mais si, osez.

— Bon, on verra. Avec les parents ça ne s'est pas trop mal passé, je me suis bien entendue avec le père sur le plan politique. Il me rappelait un peu mon papa, c'est le même genre, très patriote… Mme Dagron était gentille, quoique effacée. Elle m'a embrassée avant que nous repartions. Claude, qui est fils unique, l'adore, il lui voue un véritable culte, même s'il regrette qu'elle ne s'impose pas davantage. Mais, comme il me l'a expliqué au restaurant, la place d'une femme est à la maison. Il a cité Montherlant, dans *Le Solstice de juin* : « Faites le ménage, la cuisine, des enfants, et l'amour. » Sur ces points je n'étais pas d'accord. Enfin, pas tout de suite, et pas tout à la fois ! (Elle rit.) Mais je ne le lui ai pas fait remarquer car j'avais déjà observé que Claude se fâchait facilement. Cependant, ce n'est pas pour ça que je me suis permis de vous téléphoner, monsieur… euh, Léon, si vous voulez.

Il sourit.

— Voyez, vous y arrivez très bien.

— Oui. À un moment, il s'est levé pour aller aux cabinets. En passant il a fait tomber un carnet de la poche de sa veste, sans s'en apercevoir. Je l'ai ramassé, et… les filles sont curieuses, n'est-ce pas ; j'ai jeté un coup d'œil… et lu quelques lignes… j'avais reconnu son écriture. Elles sont de lui, pas de doute. J'ai lu un peu plus loin avant qu'il revienne. Désormais, ce n'était plus un problème sentimental que j'aurais pu évoquer dans une lettre au courrier des lectrices de *Marie-Claire*… Cela m'a paru nettement plus grave.

— Il y avait quoi ?

— Lisez vous-même. J'ai besoin de l'opinion d'un policier.

Mlle Mézard se lève, va chercher son sac à main qui était suspendu à une patère. Et en extrait un carnet relié de cuir noir. Elle le tend à Sadorski.

L'inspecteur chausse ses lunettes. Il y a des dates, cela ressemble à un journal intime. Le texte est écrit au crayon, les lettres fortement penchées vers la droite. Quelques mots ou groupes de mots, à la suite de ratures ou de coups de gomme, paraissent malaisés à déchiffrer.

L'ÉCOLE DES CADAVRES

Considérations et action

M.N.A.T[1]. et 2e Service

Opérations (43-44)

« Les Juifs ont la trahison dans la peau. » (G. Virebeau)

20 oct. 43

Les frères Borach, magasin de soieries, 9, place des Jacobins. Placés sous adm. provisoire. (A. Borach secrétaire du Consistoire de L.)

Ces youtres s'opposent à la réquisition par les Feldgendarmes. Arrestation, deux équipes, Feldgend. + M.N.A.T., Cornet présent. Écroués Montluc, transf. Drancy le 29 oct.

Le Juif a le génie de l'argent. Et, par l'argent, il corrompt tout ce qu'il peut approcher. Or, dans une France qui ne se défendait plus, parce qu'elle n'avait plus de ressort national, les Juifs avaient réussi à s'introduire dans tous les carrefours importants de la vie du pays ! (Finance, Barreau, Presse, Cinéma, Théâtre, Littérature…)

(v. « Penser français »)

22 oct. 43

Dr Jean Long, 18, cours Henri. Franc-mac', résistant (Mouvmts. « Libération » et « Coq enchaîné »). Je frappe à la porte, « Police allemande ! » (ça marche toujours, grosse frousse chez les visités), on lui dit que c'est pour aller d'urgence voir un malade. On l'embarque en robe de chambre et pantoufles. Le toubib dit à sa femme : « Ne t'en fais pas, mon petit. » (il a pigé évidemment) On le fait descendre à Feyzin, lieu dit « les Quatre Chemins ». Deux balles dans le bras, ça lui pète l'os, et une dans la nuque. On lui attache sur la poitrine sa carte d'identité et une affichette : « Comité régional d'autodéfense antiterroriste. Cet homme paie de sa vie le meurtre d'un national. À bas De Gaulle-Giraud. Vive la France ! »

1. Mouvement national antiterroriste.

Darnand. Le chef.

« Darnand est pour moi le type exemplaire du Français qu'il nous faut, parce qu'il est à la fois un homme de solidité et un homme d'ardeur, inébranlable et irrésistible. Ce qui le définit essentiellement, ce n'est pas seulement sa bravoure, c'est qu'il est un brave qui a compris ! Voilà le grand point, voilà les deux qualités unies, les deux moitiés d'un homme complet, qui constituent aujourd'hui un Français d'élite. [3 lignes barrées] *que Darnand s'y retrouve. Il a ses pensées comme un marin a ses étoiles. » (A. Bonnard, ministre de l'Éducation nationale)*

En comparaison :

« Le fameux idéal juif n'est qu'un épileptique hargneux fantasme d'aliéné des grandeurs[1]*. » (L.-F. Céline)*

4 nov. 43

Grenade lancée v. 1 h. du matin dans les vitres brasserie de l'Étoile, 1, cours Gambetta.

Ça ne suffit pas, malgré les avertissements le franc-mac' Antonin Jutard persiste à tenir des réunions clandestines dans l'arrière-salle de sa brasserie.

Et :

17 nov. 43

Une voiture, 2 h. à l'intérieur, 2 h. vont frapper (jour de fermeture), Jutard avait rdv (avec la Mort mais il ne le savait pas), arrestation (« Police allemande ! »), dir. RN 6, lieu dit « La Tuilerie ». Tout le monde fait feu en même temps, le salopard s'écroule, criblé. Présents : Moritz, J. Durand-Gaillard. Même affichette dactylographiée laissée sur les lieux. Vive la France !

Tract :

LA SÉRIE COMMENCÉE PAR LE DR. LONG CORRESPONDANT DU [illisible] *MERCENAIRE DE LONDRES CONTINUERA.*

NOUS LE RÉPÉTONS ENCORE, TOUS LES CRIMES COMMIS PAR LA RACAILLE SUBVENTIONNÉE PAR LES JUIFS, LES FRANCS-MAÇONS, LES BOURGEOIS GAULLISTES

---

1. *L'École des cadavres*, Denoël, 1938.

TOUS CES CRIMES SERONT VENGÉS L'UN APRÈS L'AUTRE, LES ASSASSINS OU LEURS COMMANDITAIRES SERONT TRAQUÉS DANS LEURS REPAIRES

NOUS FRAPPERONS LES TÊTES, NOUS NE TOUCHERONS PAS LE PROLÉTARIAT TROMPÉ !

LA FRANCE MEURTRIE VEUT VOIR LA FIN DU TERRORISME, POUR LA DÉBARRASSER DE CE CAUCHEMAR NOUS RÉPONDONS PRÉSENT !

« Une passion peut trouver une passion plus forte, qui l'écrase, et qui est la peur[1]. » (H. de Montherlant)

LA PEUR !!!

Et, toujours dans le « Solstice » (quelle œuvre admirable) : « Pas besoin de nouvelles lois. Appliquer celles qui existent. Ou en tripler les peines, si on veut aller vite. »

20 nov. 43

Arrestation 19, place Tolozan : Élie Boccara, juif tunisien, commerce de tapis et produits orientaux, et son beau-fr. Armand Cohen, juif, fourreur, pour activités antinationales. Cohen interrogé (sévèrement) à Gestapo École de santé militaire. Fusillé dans la cour le 24 nov. (Élie Boccara déporté 17 déc. de Drancy)

Car c'est de leur faute ! Les becs-crochus ont VOULU la guerre !

25 nov. 43

Sylvain et Éva Lévy, 60, boulevard des Belges. Contrôle d'identité puis perquisition. (présents : Saunier, Egger, Dupré) Confisq. bijoux trouvés sous lames de parquet. (valeur : entre 12 et 15 millions) La femme essaie appeler police fr., je la cogne, coups de pieds dans la cuisse, etc. J. suivants, couple porte plainte. On les fait arrêter par la Gestapo le 15 déc. Déportés 20 janv.

6 janv. 44

Famille Stein, 82, avenue Berthelot. (présents : Payot, Commeinhes, Mathieu, Steingritt, Maurice) Sur dénonciation. 3 arrest. pour Montluc. Déportés.

---

1. *Le Solstice de juin*, Grasset, 1941.

Même jour :

André Klein, bonnetier, 10, rue Jean de Tournes. Perquisition avec mitraillettes et revolvers, sous la direction de Gueule tordue. Carte grise traction Citroën trouvée dans le coffre, G. T. embarque la bagnole pour lui. Argent, titres, valeurs. Saunier retourne sur place 2 jours après, récupère titres confiés à la domestique. Après vente, sommes payées au PPF moins pourcentage habituel.

Quarante rois en mille ans firent la France. En cent cinquante ans les Juifs l'ont détruite en nous éliminant.

Les titres à sensation dominent dans la presse.

Mainmise sur les ressources nationales.

Abrutissement des masses par la radio.

Protecteurs du crime.

Détrousseurs de l'épargne.

Perversion du goût et de l'esprit français.

Charlatanisme.

Décomposition.

Scandales.

Démence.

(j'ai noté ça à la grande expo antiyoutre)

8 janv. 44

Sur dénonciation, arrest. résistants venus de Limoges, Gustave et Fernande Goetschel, 27, rue Centrale. (présents : Gueule tordue, Jossuin, Athenosi) Fausses cartes d'identité pour cacher qu'ils étaient youpins. Tabassage en règle. Puis Gestapo avenue Berthelot. Baignoire. Transfert Drancy 24 janv.

Paroles de Jacques DORIOT :

« On a souvent cherché des bases pour le rapprochement des classes. Il n'y en a pas d'autre que de faire coïncider le progrès technique et le progrès social. » (capitalisme condamné à disparaître)

« Le Front Populaire bolchevisant a précipité la lente décadence économique et sociale du pays. Tout ceci n'a pas empêché les agents de la

IIIe Internationale de nous jeter dans une guerre folle qui s'est terminée par une débâcle sans précédent dans notre histoire. »

« Le soldat allemand ne déposera pas les armes avant l'écrasement définitif du bolchevisme. (...) Mes camarades de la Légion des Volontaires Français doivent être salués comme les soldats du nouvel ordre européen dont la France ne doit pas être exclue. »

(tiédeur de Vichy – ministres anglophiles – prendre les mesures qui s'imposent)

CONTRE MOSCOU, UNION PARTOUT !

La pensée de Doriot : claire, logique, impitoyable. De pure tradition française !

Lui aussi. Un chef.

Techniques contre les salopards :

Serrer doucement une corde autour du crâne – l'impression ressentie est que la tête va exploser.

Obliger à rester debout, pieds nus, sur la tranche d'une pelle...

11 janv. 44

Caluire, 116, Grande-rue Saint-Clair, arrest. vieux couple youpino métèques hongrois. (Deux voitures. Milice, sous direction chef Lécussan, et pol. allem. avec Moritz. Présents aussi : Macé et Touvier) Prof. honoraire Sorbonne, président de la Ligue des droits de l'homme et du citoyen, Victor Basch, 80 ans. « Je vous suis », il dit, simplement. On n'avait pas d'ordres pour sa femme, elle apporte ses médicaments et ses ordonnances et elle tremblait, pour lui, le vieux lui caresse la main. Sentimentalisme. À gerber. « Je viens aussi », dit-elle. Puis, à moi : « Nous ne nous quittons jamais, monsieur. » Moritz donne son accord, on les embarque, mais le Boche ne veut rien avoir à faire avec ça, il les trouve trop âgés. On roule une demi-heure dans la nuit. Neyron (Ain), lieu dit « Combe de Crépieux », près de RN 84 vers Genève. Petit sentier sablonneux, le Juif Basch et sa vieille se tiennent toujours par la main en avançant. On avait pris les deux morceaux de tuyaux de chauffage central qui sont toujours dans le coffre. Le tuyau s'abat sur la tête de Basch, défonce le crâne. Moi je tape la vieille. Maintenant qu'ils ne bougent plus ou presque, Lécussan ouvre le feu sur le youpin, trois balles;

Gonnet exécute sa femme. On laisse le papier habituel sur les corps. TERREUR CONTRE TERREUR. LE JUIF PAIE TOUJOURS. *Etc.*

Plus tard, discussion avec le chef Lécussan : « Basch, ce Juif hongrois, 33e maçonnique, symbolisait la mafia judéo-maçonnique ayant asservi la France… Il était l'une des puissances occultes qui donnaient des ordres au gouvernement français à l'époque du Front popu. Ce prototype du Juif étranger venu faire de la politique chez nous, pourrissait la jeunesse française. Il ne méritait pas de vivre en paix alors que tant d'innocents sont morts par sa faute ! »

(Brasillach : « Mandel et Reynaud doivent être pendus d'abord… Qu'attend-on ? » Les laisser crever est urgent.)

Franche rigolade : des étudiants en médecine de L. ont offert au chef Lécussan une étoile de David en peau humaine tannée, découpée à la fac sur le cadavre d'un Juif. Le chef sort souvent l'étoile de son portefeuille où il la garde, et s'exclame : « Ça, c'est de la fesse ! »

(Il s'y connaît en youpineries, il a été directeur des Questions juives à Toulouse avant de devenir chef départemental à L.)

15 janv. 44

3, rue Jean-Marie Duclos, arrest. prof. Victor Pierre, franc-mac', fiché par le Service des sociétés secrètes. Voiture, balade, RN 7, Dardilly lieu dit « Le Chêne rond ». Je lui tire 3 balles dans la tê…

La lumière s'éteint brusquement.

Noir total.

— Zut ! fait Mlle Mézard. Il doit être déjà minuit, on coupe l'électricité. Attendez…

Le policier l'entend farfouiller dans un tiroir, sortir des objets. Craquement d'allumette. La jeune femme tient une bougie dans la main gauche, la pique sur un petit chandelier en étain. La flamme vacillante éclaire le joli visage de l'occupante des lieux. Sadorski pose le carnet sur la table.

— Vous avez lu jusqu'où, Monique ? lorsque vous étiez au restaurant…

— Jusqu'à la mort du couple de vieux Juifs. J'en suis encore toute bouleversée… Mais dites-moi, c'est quoi, ce « 2e service » ?

— Le service de sécurité de la Milice française. Pour les coups durs, les missions spéciales, etc.

— Et le MNAT ?

— Je ne connaissais pas. Un service antiterroriste, on dirait, d'après les initiales. Mais ce n'est pas à Paris…

— Claude m'a raconté avoir passé plusieurs mois dans la Franc-Garde à Lyon…

— Oui. Ça colle avec les noms des rues, et des localités voisines où ils ont conduit les crânes – enfin, les individus arrêtés – pour… Dans l'Isère, l'Ain… Mais (il hausse les épaules) c'étaient des résistants ou des Juifs, ou les deux, dans ces histoires… C'est la guerre. La guerre civile. De l'autre côté, celui des terros, ce ne sont pas des tendres non plus !

Elle soupire.

— Je sais. Je suis d'accord politiquement avec les idées exprimées dans le carnet de Claude. Mais… je discerne aussi quelque chose de malsain. De sadique. La façon brutale dont il parle de… Tuer, exercer la violence, on a l'impression qu'il en tire du plaisir. Ses yeux, aussi, parfois me font peur… Ce garçon n'est pas normal.

— Il nous attend en bas, je vous rappelle. Au bar du Bristol.

— Merci bien ! Moi en tout cas, je n'y vais pas !

Sadorski sourit. Une nouvelle idée a germé dans sa tête.

— Vous avez raison. Il semble dangereux. Mais que s'est-il passé avant que j'arrive ? Et ce carnet ? Le gars s'est aperçu de sa disparition ?

Elle se rassied sur le lit.

— Oui, mais plus tard. Ici dans la chambre. Il pense l'avoir laissé au restaurant – ça l'inquiète mais pas outre mesure, les propriétaires sont des amis, et du même bord que lui. Quant à l'avoir perdu ailleurs, au théâtre par exemple, ce serait plus embêtant mais ne lui fait pas courir de risque : ni son nom ni son adresse n'y figurent, m'a-t-il dit.

— Au fond vous lui avez peut-être rendu service, ironise l'inspecteur. Pris par des résistants avec ça dans la poche, c'est la fusillade illico. Ou pire.

— Pire ?

— Les gens ne feront pas de quartier. Il va y avoir des lynchages, j'en suis certain. Et des prisons où les collabos ou prétendus tels seront traités à peu près comme chez la Gestapo. Œil pour œil, dent pour dent… Vous verrez ! Le temps des bacchanales sanglantes va revenir !

Elle frissonne.

— J'ai un peu peur pour Claude, maintenant. Ce n'est qu'un grand gosse, même s'il est cruel. En désertant et se cachant à Paris il court des dangers…

— Dites-moi, vous lui avez parlé de votre « ami » de Royan ? Le gradé allemand avec qui vous avez dansé et, n'est-ce pas, flirté…

— Thomas ? Euh, oui, je lui en ai parlé. Un peu.

— Comment a réagi Dagron ?

— Il m'a lancé un regard bizarre. Mais n'a pas fait de commentaire… J'ai eu tort ?

— Je ne sais pas. Vous comptez rester en relation avec ce milicien ?

— Non. Je vais dire à la concierge de ne pas le laisser monter si elle le voit.

— Bonne idée.

— Tout à l'heure, je n'aurais pas dû… Il m'a raccompagnée en auto après dîner. Claude avait rendez-vous avec des camarades, ensuite, au Bristol. Mais avant, il voulait voir où j'habitais. J'hésitais, mais, bon… j'avais un peu bu, chez l'Italien. Le courant venait de revenir, et pendant que nous attendions l'ascenseur, il a mis, assez maladroitement, la main sur mon épaule, avant de murmurer : « Tu sais, Monique, je crois que je suis sérieusement mordu… » (Elle secoue la tête.) Oh, là là. J'ai failli éclater de rire. C'était le genre de phrase qu'aurait sortie jadis un de mes copains de lycée s'il me faisait la cour… Je me suis demandé un instant quel était l'âge mental de ce militaire qui voulait visiter ma chambre. Et du coup, j'avais de moins en moins envie de l'introduire chez moi. Je ne savais plus comment il réagirait si je le repoussais… Le côté « gentleman » pouvait n'être qu'une façade. Je me suis souvenue de certaines de ses colères, l'éclat glacé de ses yeux qui paraissent gris lorsqu'ils vous fixent…

— Oui, j'ai remarqué.

— Alors, quand nous sommes entrés dans la cabine, j'ai appuyé d'abord sur le bouton du troisième. J'ai expliqué à Claude que je disais toujours bonsoir à Mme Dodds quand je rentrais – c'est faux, mais il ne pouvait pas le savoir. Je l'ai fait patienter et je suis allée chez les Dodds, j'ai demandé si je pouvais utiliser le téléphone, et j'ai appelé chez vous… Votre épouse ignorait quand vous rentreriez, mais elle m'a promis de… Je vois qu'elle vous a fait la commission, j'ai eu de la chance ! Quand vous avez frappé, il était moins une !

Le policier toussote.

— C'est l'impression que j'ai eue. Quoique, au début, j'ai cru que vous étiez partante…

— Pour le flirt, oui, en général, même très poussé, à condition que l'homme me plaise. Mais je veux être sûre auparavant qu'il saura ne pas franchir une certaine limite.

— Ah oui, rigole Sadorski, émoustillé. Vous êtes une « vraie jeune fille »…

— Mais évidemment. Que croyiez-vous ? Il n'est pas question que je perde mon capital avant de me marier. Moi et mes amies d'HEC nous sommes expertes à profiter des surprises-parties… lorsque les lumières s'éteignent, après les swings. Car les tangos et les slows se prêtent bien au flirt pour la satisfaction mutuelle des deux partenaires. Vous savez ce que dit un de mes camarades à ce sujet ? *Rien pour toi, rien pour moi, tout pour le blanchisseur !*

Elle glousse. Dans la pénombre, il est difficile de voir si Mlle Mézard a un peu rougi tout de même. Sidéré, l'IPA éponge de nouveau son front humide de transpiration. Bon sang, les jeunes Françaises de 1944 !

— … Nous appelons, poursuit-elle, cette tactique le *« all but all »*…

— Ollebatolle ? Désolé, je ne cause pas trop l'anglais…

Elle rit.

— Tout sauf l'essentiel, cela veut dire.

— Ah. (Il cherche machinalement une cigarette dans son veston. Et ramène la dernière de celles qu'il a piquées à Raoul-le-tatoué dans la salle de bains du deuxième étage, avenue Victor-Hugo…) Je peux ?

— Allez-y, ça ne me dérange pas.

— Ça ne me dérange pas, *Léon*.

— Si vous voulez… Je vais finir par m'y habituer !

Il allume la cigarette à la flamme tremblotante de la bougie, aspire le tabac léger et sucré. Le tour qu'a pris la conversation a prodigieusement excité Sadorski. Sa main, aussi, tremble légèrement.

— Écoutez, Monique. Plus j'y pense et plus je suis persuadé que vous courez un réel danger. À cause de ce milicien. Vous avez lu son journal : il n'hésite pas à frapper, ou tuer, des femmes.

— Je… oui. Peut-être.

— Dagron n'est pas du genre à se laisser rembarrer comme ça. Il est susceptible. Vous auriez besoin, durant quelques jours, jusqu'à ce que Paris soit libéré, et les gars de la Milice forcés par les circonstances à s'enfuir, ou être arrêtés… vous auriez besoin d'un garde du corps.

— Vous croyez ?

— Affirmatif. Vous désiriez l'opinion d'un policier, voilà, vous l'avez.

Elle hausse les épaules.

— Et où je vais le trouver, moi, ce garde du corps ?

Sadorski sourit largement.

— Ici, fait-il en pointant son pouce contre sa cravate. Bibi. Vingt-quatre ans d'expérience dans la police nationale, brigadier-chef à la direction des Renseignements généraux. Et autorisé à porter une arme.

Il sort le Herstal de la poche du veston. Mlle Mézard n'a pas besoin d'être informée que sa crosse ne contient pas une seule cartouche.

Stupéfaite, elle bredouille :

— Mais… et votre travail ?

— La police parisienne s'est mise en grève. Vous ne saviez pas ?

— Si, mais… que dirait votre femme ?

Le garde du corps volontaire adopte un air de profonde tristesse.

— Yvette est en grève aussi. Elle m'a fichu à la porte. Nous nous sommes disputés, c'est des choses qui arrivent…

— Ah. Dans ce cas… Mais vous dormirez ici, alors ? Cette chambre mansardée est des plus exiguës…

— Pas grave. Je coucherai par terre… J'ai été soldat, vous savez.

Mlle Mézard se tourne vers lui. Dagron n'avait pas tout à fait tort. C'est vrai que cette jupe est un peu courte. Et que sa propriétaire a tendance à ne pas garder les genoux serrés, en dépit de ce qu'ont dû lui inculquer ses parents. Du côté de l'estuaire de la Gironde. Très loin d'ici.

— Pourquoi par terre ? sourit-elle. À condition que vous respectiez certaine limite… l'ultime limite, rappelez-vous ; si vous tentez d'outrepasser, je hurle. (Du plat de la main, elle tapote le matelas :) Mon lit n'est pas très large, Léon, mais on se serrera. Et nous partagerons l'oreiller…

Il n'a jamais autant aimé l'accent de Bordeaux.

29

La paresse est l'oreiller du diable

NATURELLEMENT, NI Sadorski ni sa nouvelle partenaire ne se sont rendus au rendez-vous du Bristol.

Le lendemain, après une nuit inconfortable mais satisfaisante sur le plan sexuel pour tous deux – *all but all!* –, ils ont été réveillés par un tapage extraordinaire en bas de l'immeuble.

Le vacarme est d'abord venu de la rue des Saussaies, où, dès 7 heures, les dizaines de camions civils requis pour le déménagement commencent à se remplir. Des sentinelles allemandes équipées de mitraillettes et de grenades tiennent les curieux à distance, les forcent même à reculer, avec des ordres rauques et menaçants, braquent leurs armes, le doigt sur la détente. Par la fenêtre ouverte l'étudiante bordelaise, en simple combinaison et sans culotte, observe ce remue-ménage tandis que l'inspecteur lui tient la taille, descendant de temps en temps pour l'effleurer, comme par inadvertance, entre les cuisses. Mlle Mézard glousse, l'écarte d'une tape, gronde gentiment : « Mais arrête ! enfin, laisse-moi voir... »

Un second convoi se forme, en face même de la chambre, rue du Faubourg-Saint-Honoré devant le Bristol : cette fois il s'agit de dizaines d'automobiles de tourisme, des tractions avant Citroën pour la plupart, les galeries de leurs toits et les coffres à bagages débordant de malles et de valises ficelées les unes sur les autres. Ce convoi reste isolé des badauds par des miliciens ou gestapistes français en civil, hargneux, armés eux aussi de mitraillettes, et de grenades allemandes à manche passées dans la ceinture du pantalon. Éberlué, Sadorski a reconnu, entrant et sortant des voitures, plusieurs membres de la bande de Friedrich Berger : le Dr Rousseau et sa femme, Zulgadar, Cri-Cri, Manuel, les Guicciardini… Et, au volant de sa propre auto, l'Allemande Gertrud. L'un des véhicules est conduit par le chauffeur Marcel, le patron doit se trouver à l'intérieur. Il croit distinguer, derrière une glace à demi baissée, un poing ganté refermé sur un pommeau de canne. Quittant l'hôtel, des miliciens en uniforme, certains de grade élevé, grimpent dans d'autres tractions, et les deux convois, du Bristol et des camions de la Gestapo, s'ébranlent à quelques minutes d'intervalle.

Après une courte accalmie, les soldats SS sont réapparus devant l'immeuble de la rue des Saussaies pour inviter les habitants du quartier à venir eux-mêmes emporter ce que les camions n'ont pu prendre. Aussitôt, c'est la ruée : la foule stupéfaite de l'aubaine se précipite sous le porche du bâtiment, créant un invraisemblable embouteillage de pillards. Le policier et Mlle Mézard contemplent avec amusement et envie les premiers servis qui ressortent munis de bouteilles de champagne, de vin, d'apéritifs, de boîtes de biscuits, de cartons et de caisses de victuailles. Des gens parcourent la rue chargés d'appareils radio, de machines à écrire, de bas de soie, de linge de maison. Deux types transportent péniblement mais en rigolant une barrique de vin. Les soldats juchés sur les plates-formes des camions encore stationnés déclouent et ouvrent les caisses, en distribuent le contenu aux Français en échange de cigarettes. L'attroupement devient gigantesque, on croirait un 14 juillet dans la rue, les bouchons de champagne sautent, les verres se tendent sous les goulots d'où gicle la mousse, on rit, chante, fraternise presque avec ces pauvres troufions chleuhs promis à des lendemains incertains. Les ménagères réjouies repartent chez elles les bras pleins de nourriture, un appoint inespéré au régime maigre d'un Paris toujours assiégé par les Alliés. L'air torride sous le ciel bleu résonne des exclamations et des chansons tandis que le canon roule à l'ouest et semble s'être rapproché depuis la veille. Accoudé à la fenêtre, Sadorski se marre, il caresse l'intimité de Monique, léchouille sa nuque laiteuse sous la cascade des beaux cheveux blonds. Ce jeudi 17 août, le rupin et d'ordinaire tranquille huitième arrondissement, bien avant la « libération » dont on ignore le jour et l'heure, est déjà une zone de fête.

En milieu de matinée, la jeune femme part travailler chez les Perret. Son garde du corps descend avec elle, se présente, plus officiellement cette fois, à la concierge, et se fait autoriser à entrer dorénavant au n° 75 comme dans un moulin. En revanche, la pipelette reçoit l'instruction expresse d'en interdire l'accès au milicien Claude Dagron, en civil comme en uniforme. Mlle Mézard va chercher sa bicyclette dans le local des vélos, Sadorski l'escorte ensuite à l'extérieur, l'aide à se frayer un passage à travers la foule ivre et surexcitée, jusqu'au carrefour de l'avenue Matignon. Il gagne ensuite, seul, à une allure de promenade, le rond-point des Champs-Élysées. En chemin il croise deux torpédos étincelantes chargées de bagages, conduites par un chauffeur allemand en tenue, avec sur la banquette arrière des généraux à monocle serrant contre eux des blondes très élégantes. Ils ont l'air de partir à Deauville plutôt que de se carapater vers l'est. Au kiosque près de la station de fiacres, l'inspecteur achète *Le Matin.*

Les nouvelles ne paraissent pas catastrophiques.

LES ANGLO-AMÉRICAINS TENTENT DE PERCER EN DIRECTION DE FALAISE, DURS COMBATS ENTRE CHARTRES ET DREUX

C'est encore relativement loin.

LE CENTRE DE GRAVITÉ DES COMBATS SE SITUE ENTRE ALENÇON ET CAEN

Voilà qui est encore plus distant de Paris !

SUCCÈS ALLEMANDS DANS LES CARPATES ET SUR LA VISTULE

Allons, la guerre n'est pas encore perdue pour eux…

IL N'Y AURA PAS DE FAMINE À PARIS… si les bonnes volontés citadines et rurales nouent leur chaîne de solidarité

… et si les Fritz continuent de partager leurs stocks, comme il l'a vu ce matin dans le quartier de l'Élysée !…

LES BAINS EN SEINE ont connu, ces derniers jours, l'affluence habituelle des Parisiens accablés de chaleur. Non seulement les piscines furent prises d'assaut, mais on put voir, sur les berges du fleuve, des centaines de baigneurs nageant, plongeant ou faisant simplement « trempette », comme le montre notre photo prise auprès du pont des Arts…

— Profitez-en ! conseille la kiosquière.

— D'aller nager ? demande Sadorski.

— Non, du canard. C'est le dernier, j'ai entendu que la presse s'arrêtait demain. Eh oui ! Nib, plus de journaux, je vais pas être dans la merde, moi !

— Vous avez encore des piles de magazines, et là je vois *Signal*, *Révolution nationale*, *Au pilori*…

— Pfff ! Plus personne n'en veut ! Ou n'ose les acheter…

— De toute façon, il n'y avait que des bobards, fait remarquer un quidam en chapeau melon. Là, aujourd'hui encore… (Il pointe l'index sur les gros titres.) À peu près rien de vrai, sauf les baignades dans la Seine ! Ça, je l'ai vu. Mais que les PTT, comme la police, sont en grève, *Le Matin* ne l'imprime pas ! Et en ce moment, monsieur, des négociations ont lieu à l'Hôtel de Ville entre M. Herriot, M. Taittinger[1], M. Laval venu de Vichy pour l'occasion, et des chefs militaires et délégués alliés ! Les Américains sont à Houdan, en réalité. Juste au-dessous de Mantes. Ils s'insèrent entre l'armée Kluge et Paris, rejettent les troupes de la Wehrmacht vers la Basse-Seine où tous les ponts sont déjà détruits, et qu'elles n'arriveront pas à franchir pour filer au nord… Pendant que chez nous la situation économique et sociale s'aggrave : la monnaie est introuvable, il ne reste que les grosses coupures, et si les Allemands évacuent la ville, les grèves, le désordre et l'anarchie vont s'installer ! Nous courons un danger sérieux de révolution.

— Et justement y foutent le camp ! abonde la marchande de journaux. Là-haut sur les Champs, l'organisation Todt déménage,

---

1. Pierre Taittinger, ancien leader d'extrême droite, et depuis mai 1943 président du conseil municipal de Paris.

à l'abri des fils de fer barbelé et des chevaux de frise. Tout le monde regarde en se payant leur tronche. Les *Soldatenkaffee* retirent les banderoles, on peut lire le nom des anciens établissements derrière ! Et ils s'en vont en cassant et pillant tout ! Boulevard Maurice-Barrès, à Neuilly, un de mes clients les a vus charger sur des camions jusqu'à des cheminées ! Des *cheminées* ! Mais à quoi ça pourra leur servir ? En pleine bagarre…

— La Gestapo de la rue des Saussaies vient de quitter le ministère, toute une file de camions, concède l'inspecteur.

— Voyez ! si vous voulez mon avis, les Alliés seront dans notre capitale – je cause de Paris, pas de Vichy – dans les prochaines heures !

— N'exagérons rien, tempère le bourgeois. Je dirais à la fin de cette semaine.

Un monsieur chic, qui tient en laisse un superbe lévrier, lance au passage :

— Plus tôt que ça ! Les Anglais sont entrés à Versailles !

— Ben en tout cas qu'ils fassent vite ! J'ai besoin de vendre des canards, moi ! Les nouveaux journaux ! La presse libre !

Sadorski a replié le journal et poursuit sa route en direction des quais. Sous les arbres du cours Albert-Ier stationnent des chars et des camions. Leurs équipages sont sales, débraillés et mal rasés. Un officier en chemise et casquette trottine près du convoi, poussant des jurons et engueulant ses hommes. Lesquels ne lui prêtent aucune attention : couchés dans les allées poussiéreuses ils piquent des roupillons, ou demeurent assis au pied des arbres, le regard perdu, fumant des cigarettes. Les mécanos des chars légers, appuyés contre les blindages, couverts de graisse noire de la tête aux pieds, somnolent. Les Parisiens les observent en silence. D'autres passants contemplent les fumées des incendies dans le lointain, vers le sud-ouest. Sadorski traverse le terre-plein et gagne le quai. En bas, c'est exactement comme sur la photo du *Matin*, la baignade généralisée dans la Seine ! Tout le monde en profite, en l'absence de sergents de ville pour siffler ou verbaliser. Le promeneur a les oreilles vibrantes des cris aigus de filles, des appels, des rires. Les pêcheurs à la ligne sont également de sortie, c'est une forêt de cannes à pêche… Il n'a jamais vu ça ! La Côte d'Azur à Paname ! Quelle vie merveilleuse, sous le grand ciel bleu profond, un tableau idyllique de vacances… Et le policier des RG, avec guère d'argent dans les poches, suspect vis-à-vis de ses supérieurs, en bisbille avec sa chérie légitime… est malgré tout, lui aussi, en vacances ! Un intermède bienvenu au milieu de tout ce foutoir. Le temps est magnifique, Sadorski gréviste involontaire baguenaude le long du fleuve, les emmerdements comme les emmerdeurs il leur dit merde, et, ce soir encore, il sait qu'il aura une ravissante pépée dans son lit pour batifoler.

Les démons cependant n'ont pas véritablement levé le camp. La nuit suivante, cela débute par un rêve, un cortège étrange : à travers une forêt aux feuillages printaniers, lumineux, envahie de ruines perçant sous la végétation, un roi, l'épée à la main, monté sur un cerf, un homme mitré et revêtu de longs habits du Moyen Âge, une jeune fille avec une couronne de laurier ornée de fleurs, un taureau, un cerf encore, un paon, et un jeune homme en habit d'azur, une épée au côté et qui joue un petit air de flûte. Puis la procession s'efface, remplacée par une silhouette corpulente, couverte de sang. Le visage mafflu au teint bilieux est celui du professeur Zimmer. Il sourit avec bienveillance :

— Nombre d'honnêtes chrétiens finiront dévorés par les fauves, mon cher ami. Je vous félicite. Vous avez eu raison de signer. Quoique, M. le directeur ne vous laissait pas vraiment le choix…

— Signer ?… Le choix ?…

La voix de Sadorski est pâteuse, sa gorge encombrée. Il ne sait pas si l'autre a entendu. Le professeur poursuit :

— Connaissez-vous les *Symphonies d'instruments à vent* ? C'est une des plus belles partitions de Stravinsky dans la période des années 1920… Il les a écrites à la mémoire de Claude Debussy… son décès l'avait beaucoup déprimé… Vous m'écoutez ?

Le corps tiède de Monique remue dans son sommeil. Un coude dans les côtes du policier. Celui-ci essaie de changer de position. Zimmer ricane :

— Elle est charmante. Je suis d'accord avec vous. On a envie de lui chatouiller les tétons… Hi, hi… Au fait, j'ai demandé à Guicciardini. Il existe en effet un proverbe italien équivalent à celui de la gravure d'Albrecht Dürer. *Un uomo ozioso è il capezzale del diavolo.* Vous comprenez ?

— Non…

— « Un homme oisif est l'oreiller du diable… »

Sadorski se sent visé mais proteste dans son sommeil.

— Ce n'est pas très clair… pas tout à fait la même chose que…

— Tt-tt. Je sais concilier l'amour des femmes, rendre les individus joyeux, adoucir leurs mœurs grâce à la musique, enseigner aux enfants, guérir les maladies, extraire, puis traduire les confessions en plusieurs langues, emmerder les saints. Vous devriez me remercier car je vous ai à la bonne, mon cher.

— Et elle ?

— Elle, qui ?

Le dormeur veut savoir si Mlle Huvet a finalement été exécutée. Après tout, elle aussi se destinait à une carrière musicale, Zimmer aurait pu en tenir compte…

— La grande mince… la femme de ménage…

— La copine à Jo ?

Une détonation remplit le ciel. Les carreaux de la fenêtre vibrent.

Encore un dépôt de munitions que les Boches viennent de faire sauter avant de partir…

Sadorski n'aura pas de réponse à sa question. Le répétiteur luxembourgeois a disparu.

— Tu as entendu les coups de feu ? demande Mlle Mézard en se réveillant.

— Non… juste une grosse explosion. Mais loin.

— Les coups de feu c'était loin aussi. Dans la nuit, et ce matin, à l'instant, vers 7 heures, des rafales, du côté cette fois de la Muette… (Elle l'embrasse sur la bouche.) Ta figure va mieux. Les bosses ont tendance à diminuer…

Elle bâille et se lève, dans sa combinaison de satin froissée, une bretelle tombant sur le bras, marche vers la fenêtre, annonce :

— Le thermomètre marque 22 degrés !… Encore la canicule.

La promeneuse du petit Bernard part travailler. Toujours propre et fraîche, ayant la permission d'utiliser la salle de bains du troisième étage chez Mme Dodds. Son pensionnaire traîne au lit, puis il va se débarbouiller, en tricot de corps, dans la cuvette de la fontaine située au bout du couloir, devant la porte des W-C. Il mange, assis à la table, un reste de plat cuisiné que Monique lui a laissé, et boit un café ersatz. Ensuite, nouvelle balade dans Paris, vers l'est cette fois.

On entend de sourdes mais violentes explosions sur les pourtours de la ville : encore des réservoirs qui sautent. Une fumée rousse bordée de blanc s'élève derrière le Sacré-Cœur et monte à plus de 1500 mètres. Place Saint-Augustin, un canon antichar est installé derrière des murets de sacs de sable, avec deux petis chars Hotchkiss embusqués dans une rue voisine. Autour de l'Opéra la plupart des magasins, et les librairies et bureaux allemands, sont fermés. Atmosphère léthargique, sous la chaleur. Il n'y a plus ni électricité ni gaz ni transports publics. La circulation automobile est quasi nulle, à l'exception de voitures rapides parcourant les grandes artères, avec, sur les garde-boue, deux Allemands mitraillette pointée, prêts à tirer. Boulevard de la Madeleine, le Grand Café de l'Hôtel de Paris, réservé aux militaires et civils boches, a bouclé la moitié de sa vaste terrasse. Dans la partie restante, des conducteurs de la Wehrmacht, qui ont stoppé leur véhicule devant l'établissement, boivent une bière rapide et repartent. Place de l'Opéra, des centaines de curieux occupent les trottoirs, le nez levé vers la Kommandantur, à l'angle de la rue du Quatre-Septembre. La grande bannière rouge à croix gammée y pend toujours. Le bâtiment est protégé par tout un système de chevaux de frise et gardé par des sentinelles devant leur guérite. Une paire de feldgendarmes, bras alternativement levés ou écartés, ouvrent et ferment les barrages aux voitures. Les citadins en profitent pour franchir l'avenue, bien dans les clous, et l'air nerveux car on ne sait jamais, une rafale est vite partie. Il y a eu cinq ou six tués la veille au soir, boulevard Saint-Michel, dont une femme. Les rassemblements sont déconseillés, les patrouilles tirent sur les groupes… Sadorski, la bouche en O d'ahurissement, voit traverser un individu en pyjama, coiffé d'un chapeau. Le gars est toqué, maboul, mûr pour Sainte-Anne… ou simplement distrait. À son retour, il faudra raconter l'anecdote à Monique !

Vers 14 h 15, enflent les sirènes. Tout le monde semble s'en foutre. Et bien entendu, avec la grève, pas un gardien de la paix pour donner la consigne de se précipiter aux abris. De toute façon, cette alerte n'est pas suivie de bombardement. Ni en ville ni en banlieue. Journée de calme plat, on n'est que vendredi mais cela paraît un dimanche. Les grandes vacances se prolongent. Aux murs, les affiches des Fritz sont lacérées. Une nouvelle affiche, petite, blanche, avec des drapeaux tricolores entrecroisés, les recouvre. Un « Gouvernement provisoire de la République française » annonce que les Alliés sont aux portes de Paris, ordonne de se former par groupes de cinq, exhorte à se préparer pour l'ultime combat contre l'envahisseur. Les affrontements – bien que Sadorski n'ait rien remarqué de tel – auraient déjà commencé en ville. *Attendez les ordres, soit par affiche, soit par radio, pour agir, les combats auront lieu par arrondissement.* Le lecteur hausse les épaules. La seule chose qui lui manque, ce n'est pas les ordres, c'est le tabac ! Mais il a pensé à demander à son amie de lui rapporter en douce des cigarettes de chez les Perret.

Les gens se donnent le mot que le couvre-feu est avancé. Il paraît que des enfants, payés pour cela par la préfecture, courent dans les rues de Paris en criant : « Couvre-feu à 21 heures ! Couvre-feu à 21 heures !… »

Et, à l'heure de ce couvre-feu avancé, Sadorski dans sa chambre de bonne entend claquer des coups de feu, un peu partout, très fort, vers la rue La Boétie et le boulevard Haussmann, tandis que d'immenses lueurs illuminent le ciel.

Le démon de la nuit de vendredi est Georges Gorisse.

Il y a eu d'abord, traversant la forêt lumineuse et les ruines, un roi tenant un sceptre, monté sur un chameau, puis une jeune femme splendidement vêtue, un modèle de Balenciaga ou de Patou, puis une colombe, une chèvre, et en queue de cortège des adolescentes qui jouaient et dansaient en se tenant par la main, couronnées de fleurs. Elles appelaient Sadorski avec de grands signes et l'invitaient à une partie de rami.

Le petit marlou s'est montré aussi affable au début que l'était le professeur Zimmer.

Encouragé, l'inspecteur demande ce qu'il est advenu de son amie Mlle Huvet.

— Elle n'a pas voulu partir avec la bande. Et si tu te mêlais de ce qui te regarde, hé, le perdreau ? Dany c'était *ma* gonzesse…

Le faciès rond criblé par les boutons d'acné s'est convulsé de fureur. Gorisse se met à le frapper. À le secouer et le bourrer de coups de ses petits poings dans les côtes. Une voix féminine crie, avec l'accent méridional :

— Léon ! Léon ! Calme-toi… ce n'est rien… c'est juste un mauvais rêve…

Il refait surface de la baignoire de glace et de merde en hoquetant, couvert de sueur, tenu par les bras doux de Mlle Mézard. De sourdes explosions retentissent dans le lointain. Mais la nuit à Paris est calme. Ce n'était qu'un cauchemar, en effet. On entend des avions aux moteurs presque silencieux survoler la ville, sans alerte, sans tirs de DCA. Le cœur de Sadorski retrouve progressivement son rythme normal. Monsieur Pierre et sa clique sont loin, il ne les reverra plus… L'étudiante et le policier s'enlacent, serrés au plus près l'un de l'autre, nus ou presque, le corps moite, les membres mêlés. Ils ont rejeté le drap, il fait trop chaud, et dorment d'une traite jusqu'à l'aube.

En ville, tous les écriteaux allemands, ces planches de bois peintes en sévères lettres noires sur fond blanc, ont disparu. Comme s'ils n'avaient jamais été là. Le bruit court que des Français patriotes les ont arrachés. Mais il reste les grands étendards nazis couleur de sang. Le temps est lourd et humide. De sombres nuages gris venant du nord défilent au-dessus des immeubles, la pluie est à craindre. Monique est partie ayant roulé et sanglé un petit imperméable sur le porte-bagages de son vélo. Aux environs de 10 h 30, alors que Sadorski se promène, mains dans les poches, sans veston, en bras de chemise, sur les Grands Boulevards privés de panneaux, observant les gigantesques files d'attente devant les boulangeries, il perçoit soudain une vive canonnade, et des crépitements d'armes automatiques. Venant de différents secteurs de Paris.

La rumeur, sur les trottoirs, se répand comme la flamme sur une traînée de poudre :

Le soulèvement a commencé !

On s'attroupe, on parle fébrilement, des cyclistes jeunes et enthousiastes foncent sur la chaussée et crient l'information à la cantonade. La résistance a donné l'ordre d'insurrection générale. Elle serait déjà maîtresse du dix-septième arrondissement ! Les forces d'occupation encore présentes dans la capitale sont prises au piège ! On se bat à la préfecture de police sur l'île de la Cité, place de la Concorde, le long des quais, au Luxembourg, à la République... Patrouilles allemandes et FFI sont au contact, ça tire et mitraille un peu partout ! Sadorski, planté les bras ballants, ne sait quoi en penser, ni que faire... Un sentiment, pourtant, monte chez lui qui tend à l'emporter sur tous les autres : la puissante excitation de vivre des moments historiques ; et de connaître, comme en 1918, la revanche glorieuse sur cette saloperie d'ennemi héréditaire. Lui est français d'Afrique du Nord, ancien combattant de la Somme et de Verdun, et au fond, même s'il a dû leur lécher les pompes, s'il a trimé pour eux, leur a livré, sans états d'âme, des Juifs, des otages, des communistes, le caïd de la 3e section n'a jamais pu les sentir – ces fumiers au teint de bébé, à la nuque rase, au cou large, toujours à brailler des ordres et nous marcher dessus ! Voleurs et pillards, en plus, pas si *korrects* que ça, on a bien vu leur vrai visage ces dernières heures !

Maintenant, c'est leur tour !

Ils vont vivre chez nous, après Stalingrad et la poche de Falaise, des journées de sang et de larmes.

Paris, s'il se couvre de barricades, va devenir pour eux un enfer. Parce que les insurrections populaires, ça nous connaît.

Sur le boulevard Saint-Martin, tout le monde s'apostrophe, comme dans le Midi, mais ici au nord de la Loire c'est le signe de circonstances exceptionnelles. L'inspecteur entend que les Allemands ont tiré sur les passants place de la Concorde, ainsi qu'à Saint-Augustin, et qu'il y a beaucoup de morts. L'Hôtel de Ville, la caserne de la Cité – où flotte le drapeau bleu-blanc-rouge, quelqu'un l'a vu ! – et la gare des Batignolles seraient aux mains des résistants. Les Boches tiennent le central téléphonique de la rue de Grenelle mais ont dû s'y retrancher derrière les barbelés et les sacs de sable. La rumeur circule qu'ils vont faire sauter le Sénat, et que le quartier est en cours d'évacuation. Les Juifs de Drancy auraient été libérés, les SS qui les gardaient ont mis les bouts. Des collaborateurs sont déjà arrêtés. Ce matin un soldat qui avait tiré sur la foule a été fait prisonnier et traîné jusqu'à la préfecture sous les huées, il a échappé de peu au lynchage.

Les mairies de plusieurs arrondissements, dit-on, ont hissé à leur fronton les trois couleurs nationales ! Des secrétaires généraux du nouveau gouvernement provisoire auraient déjà pris leur poste dans certains ministères… les Colonies, le Ravitaillement, l'Information, la Justice… Et, en plus de la PP occupée par les insurgés et où le préfet Bussière se trouve en état d'arrestation, remplacé par un nouveau préfet gaulliste[1], le drapeau est levé sur le Palais de justice, sur l'Hôtel-Dieu, sur Notre-Dame ! Les gens, à cette nouvelle, commencent à entonner *La Marseillaise*. Le cœur de Sadorski cogne un peu plus fort. Il se met à chanter lui aussi. Quelques drapeaux, cousus et préparés depuis longtemps, apparaissent aux fenêtres. Les informations, vraies ou fausses, poursuivent leur chemin à travers le quartier de la République : au cours de la nuit, des commandos armés de la résistance se seraient

1. Charles Luizet.

emparés des commissariats de police, des mairies, des édifices municipaux, de la morgue, des abattoirs, et de la Comédie-Française… Les communistes, majoritaires dans les comités de libération, sont derrière tout ça. On annonce que le mot d'ordre des FFI, à partir de ce 19 août, est : « À chacun son Boche ! » Les cabines téléphoniques sont prises d'assaut, tout le monde veut parler à ses proches, ses amis, ses connaissances, prendre des nouvelles des uns et des autres, apporter des informations. Même s'il le voulait, Sadorski aurait du mal à téléphoner chez lui. Mais il ne le veut pas. Il ne souhaite pas parler à Yvette, pour diverses raisons, et, à cause de l'affaire Bernard, il a peur de parler à Julie.

Un policier en civil, à vélo, parcourt les boulevards en criant : « Couvre-feu à 14 heures ! Couvre-feu à 14 heures ! » On l'écoute avec incrédulité. Sadorski regarde sa montre : il est 14 h 15. Et de toute façon, personne n'obtempère. Le ciel se dégage et devient d'un bleu pur de nouveau. On entend des *pin-pon* de voitures de pompiers, à cause des incendies. Les mitraillades retentissent partout en ville, ponctuées d'explosions et de départs de canon. Paris a décidé de se libérer de l'occupant : le sang coule, et il faudra plus qu'une consigne de couvre-feu pour ramener le peuple à sa servitude… Ce qui se déroule aujourd'hui ressemble de plus en plus à une révolution.

Monique a rapporté du poulet froid de chez les Perret. Et deux paquets de Craven A pour son garde du corps. C'est la mère de Jacqueline qui les lui a données – imaginant un cadeau à l'intention de son boy-friend milicien. L'étudiante, pour la vraisemblance, s'est crue obligée de rectifier : « Non, Claude est parti à Nancy, avec ses camarades du lycée Saint-Louis… » Mme Perret a réagi gentiment : « Oh ma pauvre, il doit vous manquer !… » Et, comme c'est une personne bien élevée, elle n'a pas demandé pour qui alors étaient ces deux paquets de cigarettes anglaises.

Sadorski a beaucoup ri de l'histoire, tout en dévorant sa cuisse de poulet. Et en trinquant avec sa compagne, avant de vider une des excellentes bouteilles de bordeaux offertes par Mme Dodds, décidément fort aimable.

Revenant du Trocadéro, la cycliste a croisé des camions allemands remplis de soldats hérissés de fusils et de mitraillettes. Elle aussi a vu des autos grises portant sur les garde-boue des tireurs couchés, pointant leur arme en direction des passants. De brèves rafales partaient de temps en temps et elle a eu assez peur.

Il y a un énorme orage vers 4 heures du matin, tonnerre, éclairs, pluie diluvienne, précédés par les flammes d'un gros incendie du côté du Bourget, illuminant le ciel : ce sont les moulins de Pantin, avec les derniers stocks de farine de la capitale, qui brûlent.

En dépit de ses appréhensions le policier ne retrouve pas dans son sommeil la grande forêt aux feuilles vert tendre, aux rayons lumineux, avec ses bizarres processions d'hommes et de bêtes au milieu des ruines, qui annonçaient l'apparition des démons. À mesure que les complices de Berger progressent vers l'est, leur influence diminue. Bientôt Sadorski aura oublié toute cette sinistre histoire… Réveillés par la chaleur, aux premières lueurs de l'aube, dans le lit trop étroit et les draps moites, les amants s'embrassent, s'étreignent, se caressent, se lèchent, ils sucent et aspirent à satiété les liqueurs produites par les corps. Entre autres gâteries, le 69 ressort souvent à la loterie de leurs ébats. « Il n'y a pas que la pénétration dans la vie », songe l'inspecteur, philosophe. Ce n'est pas trop difficile pour lui de respecter l'ultime barrière – il l'abandonne sans regret au futur époux de Monique. Et, si l'on y réfléchit, jouir et re-jouir chaque soir et chaque matin d'une vierge est une pratique des plus excitantes. Plus tard, lorsqu'ils se connaîtront mieux, il lui demandera des faveurs plus particulières. Il se considère une fois de plus comme un type non seulement rusé mais chanceux.

Le lendemain, ciel lourd et gris, canicule écrasante. Hormis l'orage, la nuit a été d'un calme plat. À peine quelques coups de feu. On est dimanche. Jour de congé pour Mlle Mézard. En conséquence, son invité propose de se rafraîchir à la plage. La plage de Paris.

— Tu as un maillot de bain ?

Elle rit :

— Bien sûr. Mais toi ?

— Je me baignerai en caleçon. J'ai bien vu, vendredi, quai de la Conférence, en bas du cours Albert-Ier… Les gens, ils barbotaient dans la flotte n'importe comment ! Et puis, sous l'eau, on ne voit plus ce que tu portes…

— De toute façon, tout le monde est devenu fou ! Comme ton bonhomme en pyjama…

Le couple descend à pied, l'ascenseur ne fonctionnant pas. Dehors, les ordures non ramassées – les éboueurs sont en grève eux aussi – empuantissent les trottoirs. Une fois la rue du Faubourg-Saint-Honoré, ses poubelles et sa bignole indiscrète laissés dans leur dos, ils déambulent en amoureux, main dans la main. La jeune femme a pris son panier de plage, où elle a fourré une paire de serviettes de bain, deux livres, un bonnet de natation en caoutchouc blanc, ses lunettes de soleil, une culotte propre, un soutien-gorge, un mouchoir, une savonnette, et un tube de crème solaire pour le cas où la couverture nuageuse se dissiperait. Elle a chaussé des sandales et déjà enfilé son maillot, sous la robe de fin coton imprimé ; il n'y aura qu'à la retirer vite fait dès qu'ils auront atteint le point de baignade.

Les convois de chars et de camions fatigués de la Wehrmacht se sont évanouis, peut-être vers l'est. Des vendeurs ambulants stationnent à leur place, ils ont installé des abris et des étals. Sadorski fait l'acquisition d'un chapeau de paille de style italien et, pour imiter sa compagne, de lunettes noires, à verres petits et ronds qui lui donnent l'aspect d'un aveugle. La guerre semble se poursuivre dans Paris mais, par bonheur, un peu plus loin. Il y a des *tac-tac-tac-tac-tac* avec par-ci par-là des *pan ! pan !* et quelques *boum-boum*. Deux motocyclettes passent en trombe, suivant la Seine d'ouest en est, conduites par de jeunes médecins en short portant des brassards de la Croix-Rouge, avec d'accortes infirmières assises à califourchon derrière eux, coiffées d'un casque Adrian peint en blanc et marqué d'une petite croix rouge. Cependant des badauds affirment qu'une trêve a été conclue entre le haut commandement boche et la résistance : une voiture de police à haut-parleur, avec deux gardiens français et un feldgendarme à son bord, munis de drapeaux blancs, parcourait ce matin les rues de l'arrondissement en annonçant un cessez-le-feu. Les quais en contrebas du cours Albert-Ier, comme ceux de la rive opposée, entre les péniches et les barges amarrées où le linge sèche paisiblement, sont noirs de baigneurs et de pêcheurs : on dirait des fourmis agglutinées. C'est pire qu'avant-hier, car les autorités allemandes ont décrété la fermeture des stades et des piscines. Se faufiler parmi la foule, les paniers, les seaux, les cannes à pêche, entre les corps demi-nus et cuivrés, luisants, étalés sur leurs serviettes, se révèle déjà sportif, mais dénicher une petite place pour deux encore plus. Sadorski grogne, engueule ceux qui gênent, n'allant pas jusqu'à sortir son pétard ou, pire, sa carte d'agent du *Sicherheitsdienst* ; les temps ont changé ! et il n'est pas volontaire pour le lynchage. Tous ces Français autour de lui n'ont rien de belliqueux mais ils sont nombreux. Aucune envie de finir sa carrière en nourrissant les poissons. La vie est trop belle, le gradé de la 3e section des RG – dont les brigades antijuives sont condamnées à être dissoutes ; si on ne le fusille pas on devra lui trouver un autre turbin – aimerait continuer à en profiter !

Ils ont découvert un coin de pierre libre sur le quai un peu avant le pont de l'Alma. Mlle Mézard n'a pas pris de chapeau mais elle abrite sa jolie tête blonde sous un foulard en soie signé Piguet. Prestement elle a retiré la robe. Sadorski n'est pas peu fier : lui le quadragénaire court sur pattes, ventru et moche, il ne le sait que trop bien, s'exhiber en couple avec une pareille beauté ! Pas le même genre qu'Yvette, pourtant une pin-up, mais presque mieux, et plus distingué. Tout chez Monique est aux pommes. Chevelure splendide, fin nez droit, lèvres sensuelles, visage ovale sur un cou gracile ; hauteur moyenne, donc pas trop grande par rapport à lui, allure élancée, seins petits mais présents, hanches modelées et fermes, fessier rebondi, mollets galbés, pieds mignons… Ses courbes démarrent et finissent partout où il faut. Et le maillot rose une pièce à revers blancs, comprimant le buste et la taille, en fait une naïade de premier prix ! Bordel, si les collègues, ces lourdauds de Magne et Piazza, le voyaient ! au lieu de, sans doute, dotés présentement de brassards tricolores « Honneur de la police », suer à faire le coup de feu dans une caserne investie par les panzers…

On entend d'ailleurs de nouveaux *boum-boum* en amont de la Seine, du côté de l'île de la Cité.

Le ciel se dégage mais la blonde en maillot rose ne se baigne pas tout de suite. Elle s'est enduite tranquillement de crème, a retiré les lunettes noires, collé un petit rectangle de bristol plié sur son nez pour lui épargner les coups de soleil, et se met à lire. Un assez gros bouquin. Sadorski crève de chaud, il enlève chaussures et chaussettes, se débarrasse de la cravate, de la chemise puis du pantalon.

— Tiens, tu me gardes ma montre ?

— Mais oui mon chéri.

Il se rengorge, savoure l'épithète. Déjà il n'est plus le « garde du corps », un boulot éphémère en général, mais « mon chéri » !... Leurs voisins mâles, à droite et à gauche et derrière, doivent sacrément bisquer.

Le candidat à la baignade descend sur les pierres glissantes, tapissées d'algues et de mousse sombre et grasse, aux relents nauséabonds, se lance dans un plongeon bruyant, avec gerbe d'eau. Elle est vraiment bonne. Le décor ne vaut pas le bord de mer de sa Tunisie natale, les plages de Sfax, la poudrière, la Punta, la plage Wiriot... le club nautique... et les odeurs de mazout et de poisson... mais c'est plus somptueux, avec les belles sculptures du pont, et, beaucoup plus haut, la perspective de la tour Eiffel. Tout cela dans cette ambiance insolite, cette guerre civile, ou de libération, ces coups de feu lointains, ces rafales... et cernant la ville ces colonnes de fumée noire qui s'élèvent des bases allemandes incendiées dans la débâcle. L'intensité des tirs semble d'ailleurs augmenter, après une matinée plutôt calme. Sans doute les bolchos qui ne sont pas d'accord avec cette trêve. Leur plan serait de flinguer le plus de soldats chleuhs possible, même au prix d'un massacre chez les civils – histoire de clamer ensuite que le prolétariat s'est libéré tout seul ; et s'emparer du pouvoir. Hisser le drapeau rouge aux côtés des couleurs nationales ! Une nouvelle Commune... Peut-être. Si les Alliés tardent trop. Voilà qui ne doit pas plaire aux gaullistes. Quelques minutes, Sadorski fait la planche, perdu dans ses pensées, les bras en croix et les yeux tournés vers le ciel bleu d'été où courent les nuages. Lorsqu'il regagne sa place et sa serviette, la lectrice a changé de livre.

— Tu as terminé l'autre ? Ça s'appelait comment ? *L'Épithalame ?...* ça veut dire quoi ?

— C'est du grec ancien. Cela signifie un poème composé à l'occasion d'un mariage. Mais je n'arrive pas à le finir, je laisse tomber provisoirement. Pourtant, de Chardonne, j'avais bien aimé *Claire*...

— Jamais lu. Et ça, le nouveau ?

— Drieu La Rochelle. *Le Feu follet*. Je commence à peine mais ça me plaît. Le personnage central m'intrigue...

Un rugissement enfle dans le ciel au sud-ouest. Une escadrille approche, volant très bas. On reconnaît des chasseurs. Sûrement pas boches, il n'y en a plus. Fuselages gris clair, étincelants, barrés de bandes bleu marine. Sur leurs flancs, on distingue nettement l'étoile blanche.

Un peu partout des gens se lèvent.

— Les Américains !

— Les Américains !

— Ce sont des Mustang !...

La foule, inquiète, hésite avant de refluer, par prudence, vers les murs du quai, tandis que jaillissent des « Bravo ! » épars. Les moteurs ronflent, déchirent l'air brûlant, leur vacarme recouvre les applaudissements et les cris – « Vivent les Alliés ! », « Vive Roosevelt ! »... On aperçoit la tête des pilotes sous l'arrondi scintillant des cockpits. L'escadrille passe au-dessus des ponts, à une vitesse incroyable, pour prendre le fleuve en enfilade. Le public retient son souffle. La quinzaine d'avions fonce vers l'est, leur vrombissement diminue à mesure. Ils survolent maintenant Notre-Dame. Aucune riposte de DCA : l'arrivée a été si foudroyante, la surprise totale. Les petits chasseurs bourdonnent au loin et disparaissent. On leur fait encore des signes de la main. Les commentaires sont volubiles, ravis. Enfin on les a vus de près ! Leurs mitrailleuses n'ont pas ouvert le feu. Un simple passage rapide en observateurs – ou en touristes ? On croirait presque avoir été victime d'une hallucination. Mais ils sont là. Ils ont survolé Paris.

Mlle Mézard s'étend sur sa serviette, récupère son *Feu follet*, retire le marque-page.

En bougonnant :

— Les salauds !

Au même instant la lumière sur le panier de plage, sur le livre ouvert, les serviettes, et sur la pierre chaude vibrante de soleil, faiblit. Des lourdes nuées sont revenues obscurcir le ciel.

La canonnade, près de la cathédrale, reprend de plus belle.

Le soir, Mme Dodds apprend à Monique que le maréchal Pétain, à Vichy, a été arrêté par les Allemands et embarqué pour une destination inconnue.

Lundi, la nouvelle presse fait son apparition, vendue à la sauvette par des militants à vélo. Ces quotidiens sont imprimés recto verso sur une seule feuille et leur prix est de 2 francs.

Sadorski achète *Libération*[1].

Où, debout dans la rue, sous un ciel bas et nuageux, il lit avec une certaine stupeur :

À la Préfecture de police

Le 15 août, le comité de libération de la Police avait décidé la grève générale. Tout entière, sans défaillance, la Police parisienne avait exécuté l'ordre.

Samedi matin, à l'aube, les trois chefs responsables des trois groupements de la Police : Léon Pierre, chef du « Front National de la Police » ; Joseph Lamboley, chef de « Police et Patrie », et Fournet, chef de « Honneur de la Police », donnaient l'ordre aux agents en grève, rassemblés sur le parvis Notre-Dame et armés de pistolets, de reconquérir la vieille préfecture déserte et close depuis quelques jours, au faîte de laquelle montèrent les trois couleurs.

Bientôt, dans la cour d'honneur, devant quatre mille gardiens qui au garde-à-vous chantaient une « Marseillaise » montant du fond de tous les

1. Journal dirigé par Emmanuel d'Astier de la Vigerie, fondateur du mouvement Libération-Sud, édité de 1941 (clandestinement) à 1964 et représentant une résistance de gauche qui bénéficie du soutien du Parti communiste. Aucun rapport, à part l'homonymie, avec le quotidien actuel, créé en 1973.

cœurs, s'avança Jean-Marie Boucher, secrétaire adjoint de la Préfecture de police, nommé par le général de Gaulle.

— Au nom du général de Gaulle, s'écria-t-il, je prends possession de la Préfecture de police. Les responsables de la criminelle politique de Vichy ont été arrêtés !

Mais, après la surprise qui au premier moment les avait paralysées, les forces allemandes, que cette prise de pouvoir frappait comme une insulte, se regroupaient et passaient à l'attaque.

Les tanks s'avançaient vers l'édifice crachant le feu de leurs canons et de leurs mitrailleuses.

Des fenêtres de toutes les issues des locaux qu'ils occupaient, les gardiens de la paix et leurs chefs ripostaient frénétiquement à coups de pistolets et de mitraillettes.

À tout nouvel assaut répondait la vigueur de la riposte française.

Les forces allemandes étaient considérables. Le combat fut rude. Des morts et des blessés tombaient que la France saluera demain comme les héros de sa renaissance…

Un badaud ricane au passage : « Hé ! si la flicaille s'y met, c'est qu'on n'a plus grand-chose à redouter des Allemands ! On dira plus la PP mais la Grande blanchisserie, ou le Cabaret transformiste !… » Sadorski blêmit sans répondre, lit le journal jusqu'au bout. Puis il va le jeter discrètement dans une poubelle avant de remonter, à pied, au cinquième étage du 75, rue du Faubourg-Saint-Honoré, en face du Bristol. Pas la peine de montrer ce canard à Monique quand elle rentrera du turbin ; ça va l'énerver.

Les habituels soldats vert-de-gris ont totalement disparu des terrasses, des bancs et des jardins, ils doivent s'être repliés dans leurs casernes ou leurs blockhaus. Les quelques voitures civiles qui circulent arborent des drapeaux blancs, sans doute de peur de se faire tirer dessus. Une foule de promeneurs arpente les artères autour de l'Étoile, comme surprise par le calme ambiant. Les figures sont sérieuses mais détendues. C'est un lundi qui a des allures de dimanche. Des coups de feu reprennent brusquement dans le secteur de Saint-Augustin.

Fusillade nourrie, il y a des morts et des blessés paraît-il. Une petite pluie fine se met à tomber.

Tous les commerces alimentaires sont fermés à l'exception des boulangeries. Ce soir-là, le courant n'est rétabli que pendant une vingtaine de minutes.

Mardi, depuis tôt le matin, le canon tonne à l'ouest et au sud-ouest. Il a plu toute la nuit sans interruption. En ville, les mitraillades ont repris. Mlle Mézard est repartie travailler chez les Perret. Son garde du corps, en se baladant dans le quartier, constate que l'eau amoncelée sur la chaussée a boursouflé et fait éclater les pavés de bois. Les rues et avenues en sont soulevées, de trottoir à trottoir dans le sens transversal, notamment au débouché du boulevard Malesherbes sur la Madeleine, ainsi que boulevard des Capucines, rue Royale et le long des Champs-Élysées. On entend rouler des chars allemands place de la Concorde, ils se dirigent vers la Cité ou l'Hôtel de Ville. Quelques épiceries ont ouvert leurs portes. Dans les files d'attente on raconte qu'il y a eu énormément de morts à Neuilly hier, où les Allemands ont attaqué la mairie qui était occupée par les résistants. Sadorski, quoique non inscrit chez les commerçants du coin, parvient à se faire attribuer une ration de sucre en montrant sa carte de policier. La défense héroïque de la préfecture, laquelle tient toujours, a rendu ceux-ci très populaires.

Il paraît que dans le dix-septième, la foule s'est déjà emparée de certains collaborateurs notoires. Les hommes sont arrêtés, les femmes conduites au préalable chez le coiffeur. On les tond entièrement et les chevelures sont exposées aux grilles de la mairie.

Sadorski achète le *Libération* du jour à un camelot à bicyclette.

***UNE TRÊVE FRAGILE** – SOUVENT ROMPUE –*

n'empêche pas la lutte de la capitale pour sa liberté

Encore une journée d'attente ardente, coupée du tacotis rageur des mitraillettes, sous un ciel lourd de nuages, dans une ville où défilent, sans arrêt, les ambulances improvisées chargées de blessés et de cadavres.

Car on s'est battu aujourd'hui encore, comme hier, comme samedi. Avec un acharnement sans défaillance, contre un ennemi que son imminente retraite et les pièges de guerre des rues rendent nerveux, rageur souvent, froidement homicide par saccades.

Chaque nuit, la capitale a sa couronne de feu. Les dépôts brûlent. Les munitions sautent. Des réserves sont perdues irréparablement. Des vivres aussi. Les grands moulins de Corbeil ont brûlé. Les châteaux flambent, dans la région de Versailles.

Et Paris, Paris qui vient d'imposer, par l'héroïque bataille de ses forces d'insurrection nationale, par l'action magnifique des FFI, sa propre libération ; Paris en armes qui a ensanglanté le pavé glorieux de ses rues ; Paris victorieux, libre avant d'être libéré. Paris vit dans la fièvre des dernières heures d'une longue attente…

Mais ses habitants, note l'inspecteur en écoutant les conversations, n'en peuvent plus d'attendre. Ils ne comprennent pas pourquoi les troupes alliées n'entrent toujours pas dans Paris.

La nuit, des fusées ont éclairé le ciel, tandis que le canon roulait sourdement, venant de différentes directions. Il y a plusieurs déflagrations très violentes à l'est de la ville, et d'inquiétants souffles d'obus qui passent au-dessus des toits et font trembler les vitres ainsi que les portes. Tout cela rappelle à Sadorski de mauvais souvenirs de 1917 et 1918 dans les tranchées.

Vers 9 heures du matin, une colonne d'automitrailleuses, de voitures, de camions et de chars allemands, venue de banlieue et débouchant par les quais, prend ses dispositions de combat devant le Grand Palais, occupé, selon la rumeur, par sept cents FFI. La colonne a essuyé des coups de feu depuis une fenêtre du commissariat. Panzers et voitures blindées ferment leurs capots, les fantassins descendent des camions et se répandent parmi les massifs des jardins des Champs-Élysées. Un ordre rauque, des coups de sifflet, et trois chars Panther se dirigent vers le Rond-Point, avec pour objectif la masse imposante du Palais. Des mitraillettes ouvrent le feu sur eux depuis les bosquets et les fenêtres du commissariat de police. Une bataille importante se déroule maintenant, de véritables scènes de guerre. Les *tac-tac-tac* des armes automatiques légères répondent à l'armement très supérieur de la Wehrmacht. La fusillade fait rage, les vitrines de l'avenue Victor-Emmanuel s'écroulent dans un fracas de verre brisé. Le faubourg Saint-Honoré est secoué par les explosions. Les obus tirés par les chars, et l'envoi de petits engins téléguidés Goliath bourrés d'explosifs, ont mis le feu au bâtiment. Une colonne de fumée jaunâtre monte et s'épaissit. Des flammes immenses traversent par endroits la verrière. Le cirque suédois Houcke installé dans le Palais évacue ses animaux, éléphants, lions, tigres, panthères rugissant depuis leurs cages, et sa nombreuse cavalerie ; un cheval est tué par une balle perdue, les badauds se précipitent, canif ou couteau à la main, pour le découper et repartent avec de gros morceaux de barbaque saignante. Lorsque Sadorski, arrivé trop tard, découvre la carcasse de l'animal, elle est aussi propre qu'un squelette du Muséum d'histoire naturelle. Pendant ce temps les pompiers ont mis une vingtaine de lances en batterie et luttent contre les flammes. Les Allemands enragés visent les tuyaux pour les perforer à coups de revolver et de PM. Le mobilier et les réserves de foin et de paille, constituées pour le cirque, alimentent le brasier, rendant la tâche des soldats du feu difficile. L'énorme fumée provoque la rumeur dans les alentours que les Boches commencent à incendier la capitale. On sait déjà que les principaux monuments sont minés, de quoi faire sauter des quartiers entiers. Ce pourrait être une nouvelle Varsovie ! un massacre, un champ de ruines… Des gardes de Paris casqués et des FFI venus du ministère de l'Intérieur tentent d'approcher ; les tireurs allemands les repoussent, font évacuer et sauter le poste de la Croix-Rouge, abattent des inspecteurs du commissariat. On tiraille, à plat ventre, avenue de Marigny. Les balles sifflent autour de Sadorski obligé de s'abriter derrière un arbre. La colonne de chars et d'automitrailleuses bat en retraite. L'incendie est finalement maîtrisé vers 13 h 30. L'intérieur du Grand Palais est entièrement calciné mais la verrière, les toits et les infrastructures en métal ont résisté. Lorsque l'inspecteur rentre chez Mlle Mézard en passant par l'avenue Montaigne, une petite foule dépèce un second cheval, qui tirait une voiture de glace et a été frappé d'une balle dans l'encolure. Ici aussi les citadins affamés travaillent vite : ne restent que la tête de l'animal et un monceau de boyaux sanglants. Les vitrines des magasins de luxe bordant l'avenue sont criblées d'impacts. Il flotte encore une odeur de poudre et de fumée. Un poste de secours, signalé par un drapeau de la Croix-Rouge, est installé rue François-Ier. Des voiturettes criblées elles aussi sont garées devant l'entrée du poste. Des civières ruisselantes de sang traînent sur le trottoir. Un infirmier monte la garde, jambes écartées, brassard portant la croix rouge, mitraillette Sten en bandoulière et une grenade dans chaque botte. Une infirmière en blanc, les traits tirés, figure luisante de sueur, hèle Sadorski :

— Hé ! Venez nous aider ! On a besoin de volontaires…

Il dégaine sa carte tricolore.

— Peux pas ! Mission spéciale ! Agent de liaison de la préfecture !

Et il repart en feignant de se hâter, jusqu'à ce qu'il ait tourné l'angle de la rue.

Mais ce gros baroud dans le huitième a été un événement somme toute isolé. Les convois militaires sont plus rares que la veille. Tous les réduits allemands sont désormais protégés par des chevaux de frise, des sacs de sable, et des rails métalliques cimentés dans la chaussée dont on a retiré les pavés. Le passant inconscient qui s'en approche court le risque d'être immédiatement fusillé.

D'importantes formations d'avions survolent la ville, accompagnées par des tirs très violents de DCA. Les combats reprennent du côté des Batignolles. Tandis qu'on entend toujours tonner le canon au sud-ouest, où les Alliés se rapprochent.

Libération d'aujourd'hui célèbre la fin de la trêve :

L'heure est venue. Pourquoi le taire ? L'ordre était donné, hier après-midi, de disperser par des attaques incessantes, des combats en flèche, les formations groupées de l'ennemi.

Une guerre de partisans. Le tempérament parisien se prête, d'emblée, à ces opérations brusquées, heurtées, rompues, toutes d'une héroïque fantaisie, qui dominent et déconcertent la mathématique routine de la machine de guerre allemande.

Le pavé de Paris se ride sous les coups. Place de l'Opéra, les cubes de bois font un abcès. Ailleurs, rue du 4-Septembre, c'est une poche qui est creusée dans la chaussée. Il y a des plaies, rue de Rivoli, devant les arcades du Carrousel, des plaies pansées avec des barricades, rue de l'Échelle.

Les balles sifflent, sur les quais, comme des abeilles meurtrières.

Paris, le « gay Paris » ô conquérants qui n'avez pas compris, Paris, d'un seul jet, se retrouve : « Paris, qui n'est Paris qu'arrachant ses pavés ».

Des tanks, des chenillettes avancent leurs inspections prudentes d'insectes lourds. Contre ces combattants pataudset cuirassés, le gosse de Paris – vingt ans, une chemisette Lacoste et la gouaille aux lèvres – avance le geste précis de la grenade lancée…

Furieux, Sadorski chiffonne le canard sans finir l'article, le balance dans le caniveau. Il imagine Edmond Loiseau, monsieur « Formidable ! », torchant le même genre de poésie de bazar, se gargarisant d'expressions habiles, brillantes, les pieds croisés sur un bureau et se curant le nez, rue d'Enghien, dans une pièce confortable des étages de l'ex-*Petit Parisien*… Tous les mêmes, ces pisse-copie ! Il grommelle, injurie en son absence le plumitif qui a pondu ce papier. Hé ! va grimper toi-même, si t'en as les couilles, sur le blindage d'un char Tigre, jeter dans l'ouverture, avec « la gouaille aux lèvres », une bouteille d'essence enflammée !… Patriote en chambre, va !

Le soir, un orage extrêmement violent se déclenche au sud-est de Paris.

Sadorski et Mlle Mézard s'endorment enlacés sous le murmure d'une pluie d'été qui dure toute la nuit. Le canon, étrangement, s'est tu. Il fait toujours aussi chaud. À 7 heures du matin on entend des rafales de mitrailleuses venant de la direction de la Muette.

À son étudiante qui descend, environ deux heures plus tard, prendre sa bicyclette pour se rendre avenue d'Eylau, le policier crie, par la porte ouverte sur le corridor :

— Fais attention à toi, mon lapin ! Ne récolte pas une bastos perdue… Et je crois qu'il se remet à pleuvoir !…

Le temps est en effet humide et brumeux. Au milieu de la matinée, des panzers font feu sur les FFI autour de l'Assemblée nationale, sous la pluie. Une épaisse fumée s'élève au-dessus du quartier.

À l'heure du déjeuner, des exclamations joyeuses retentissent dans la cage d'escalier de l'immeuble.

— Ça y est ! Enfin !

— Les Américains sont là ?

— Non ! le gaz est revenu !

Sadorski, se promenant sur les Champs-Élysées en fin d'après-midi, coiffé de son chapeau de paille, note qu'en même temps que les averses ont cessé les gardiens de la paix réapparaissent. Beaucoup ont un brassard tricolore sur leur uniforme, avec une croix de Lorraine. On crie : « Bravo !… Vive la police !… » Il se demande où il pourrait se procurer un de ces brassards. Grosse explosion en provenance du seizième arrondissement : encore un dépôt allemand qui vient de sauter. Des coups de feu claquent autour de l'avenue Kléber et de l'hôtel Majestic. Et l'on entend de sourdes explosions en provenance des tunnels du métro, entre Kléber et Boissière. Les Boches essaient-ils de détruire les aiguillages ?

Dans la soirée, tintamarre de cloches vers l'est. L'IPA croit reconnaître le gros bourdon de Notre-Dame, dont le son lui est familier. De nombreuses fusées rouges et vertes montent dans le ciel. En même temps qu'il perçoit de violentes détonations du côté de la banlieue nord-ouest.

À son retour, tard, après 22 heures car il a marché loin, la concierge du n° 75 est tout sourire.

— Vous savez la nouvelle, monsieur Sadorski ?

— Oui, on vous a remis le gaz.

— Je parlais pas de ça… On dit que les premiers soldats français sont dans Paris ! Y seraient passés par la Porte d'Italie et ont foncé direct jusqu'à l'Hôtel de Ville… avec des tanks ! ça se bat par là, y a les barricades, et les miliciens ripostent… ou des Boches en civil… C'est mon beau-frère, qui habite rue du Bourg-Tibourg, il vient de téléphoner… On entendait claquer les coups de feu !… Et des rafales !…

— Mlle Mézard est rentrée ?

— Je l'ai pas vue…

Des groupes passent dans la rue en criant : « Victoire ! Victoire ! » L'inspecteur monte à pied, vu que l'électricité, elle, n'est pas encore au programme. Ce que disait la pipelette sur l'entrée de forces françaises devait être un bobard. Il ouvre avec le double qu'on lui a donné de la clé de la chambre. Et allume la bougie. C'est la première fois que Monique reste dehors si longtemps. Les Perret l'ont gardée à dîner ? Mais circuler ensuite au-delà de la limite du couvre-feu n'est pas très prudent. Quoique… y a-t-il encore un couvre-feu ?

Sadorski va s'endormir, quand il perçoit chez les voisins le bruit d'une TSF, un peu de musique, puis la voix excitée d'un speaker. L'oreille collée à la cloison, le policier peut entendre :

« … *Deux véhicules blindés de Leclerc sont à l'Hôtel de Ville !… Devançant les troupes… La colonne a pris l'avenue d'Italie, ils ont franchi le pont d'Austerlitz, longé le quai des Célestins… À toute allure, sans s'arrêter, ne rencontrant presque aucun obstacle…*

« *Ici Jean Guignebert au micro… Les voilà, je compte, un, deux, trois tanks… et des jeeps… et six ou sept engins semi-chenillés… Oh ! ces véhicules halftracks portent des noms espagnols… je lis "Madrid"… "Estramadura"… "Brunete"… "Ebro"… "Guadalajara"… Pardon ?… Ah… On m'explique que c'est une compagnie de volontaires espagnols… La "Nueve"…*

« *Les trois tanks ont des noms français !… Je les vois sur leurs flancs… "Montmirail"… "Champaubert"… "Romilly"… du 501ᵉ régiment de chars de combat…*

« *Nous voudrions amener au micro un soldat français…*

« *On essaie d'aller en chercher un…*

« *Ouvrez vos fenêtres !… pavoisez vos maisons…*

« … *que vous communiquiez nos longueurs d'onde, de palier en palier, que vous les téléphoniez, que la joie éclate !… qu'elle hurle par les fenêtres à travers les rues !…*

« *Parisiens… ça y est, vous allez entendre la voix d'un soldat français, le premier simple soldat entré dans Paris !… Venez, parlez dans le micro, soldat, d'où êtes-vous ? — Euh… de Constantinople… — ??? mais, vous êtes français ? — Euh, arménien… Je m'appelle Krikor Pirlian… Je suis l'ordonnance du capitaine Dronne.*

« Les Alliés sont arrivés !… Parisiens, nous sommes délivrés ! Répandez la nouvelle ! Il faut que partout la joie éclate…

« Je viens de recevoir un coup de téléphone du secrétaire général à l'Information… Le secrétaire général me prie de communiquer à tous les curés qui entendent cette émission… qu'on les prie de bien vouloir sonner immédiatement les cloches ! Alors, je répète et j'authentifie : Ici Pierre Schaeffer, chargé de mission à la direction de la Radio de la Nation française, radio qui a pris possession des antennes depuis quatre jours sous l'occupation allemande. Je suis dûment mandaté par le secrétaire général de l'Information du Gouvernement provisoire de la République, pour parler à messieurs les curés qui peuvent m'entendre… et qui peuvent être avertis immédiatement. Je leur dis… de faire sonner immédiatement les cloches à toute volée pour annoncer l'entrée des Alliés à Paris !

« Vous avez entendu ?… Auditeurs, allez prévenir le curé de votre paroisse, pour que sonnent toutes les cloches des églises de Paris…

« Attention !

« Attention !…

« Dans le secteur du quai d'Orsay on mitraille aux fenêtres…

« Soyez prudents. Je répète : soyez prudents…

« Fermez la porte, il y a trop de monde dans le studio, j'étouffe !

« On me dit qu'on danse sur la place de la République !

« Ah ! nous n'en pouvons plus d'émotion !…

« Nous… nous suspendons l'émission pour nous reposer et nous vous passons un disque… »

Musique, de nouveau. Sadorski écarquille les yeux : si la radio marche, c'est que le courant est rétabli ! Pour de bon ? Il va à la fenêtre, se penche, distingue les lueurs d'un immense incendie au-delà de Neuilly. Et constate que de nombreuses fenêtres de l'hôtel Bristol sont éclairées. D'autres immeubles aussi. Le policier entend des « Vive la France ! » suivis de *La Marseillaise*. Reprise un peu partout. C'est comme une grande vague sonore, qui submerge la ville entière…

Merde ! Il cherche le commutateur principal. Toutes les ampoules demeurées branchées dans la petite chambre de l'étudiante s'allument.

Mais pas de Monique.

On chante encore, dans les rues et aux fenêtres, l'hymne national. Quelques minutes après la fin de l'intervention du chargé de mission à la radio, les premières cloches commencent à sonner. Isolées au début... et puis voilà que ça se met à retentir de toutes les directions. Les cloches des églises de Paris, qui étaient restées muettes durant les quatre années d'occupation, sonnent ! Toutes, elles entrent dans la danse... elles se joignent à un vaste, un immense concert carillonnant. C'est quelque chose d'incroyable, de jamais entendu par les Parisiens... L'inspecteur à sa fenêtre donnant sur les toits dans la nuit d'été n'en croit pas ses oreilles. *Toutes* les paroisses, tous les quartiers, tous les arrondissements de la capitale. Dans les clochers, les tours, les beffrois... Se joignant aux bourdons de Notre-Dame qui ont sonné les premiers, les cloches de Saint-Augustin, puis, plus graves, celles du Sacré-Cœur... et celles de Saint-Louis-en-l'Île... et de Saint-Séverin... et de Saint-Étienne-du-Mont... de Saint-Julien-le-Pauvre... de Saint-Médard... de Saint-Marcel, de Saint-Nicolas-du-Chardonnet, de Saint-Germain-des-Prés, de Saint Thomas-d'Aquin, de Saint-Sulpice, des Carmes, de Saint-Jacques-du-Haut-Pas, de Saint-Germain-l'Auxerrois, de Saint-Pierre de Chaillot, de l'église de l'Assomption, de Saint-Roch, de Notre-Dame-des-Victoires, de Saint-Louis-d'Antin, de Saint-Eustache, de Notre-Dame-de-Lorette, de Saint-Vincent-de-Paul, de la Trinité, de Notre-Dame-de-Bonne-Nouvelle, de Saint-Denis-la-Chapelle, de Saint-Pierre de Montmartre, de Saint-Nicolas-des-Champs, de Saint-Leu-Saint-Gilles, de Saint-Merri, de Notre-Dame-des-Blancs-Manteaux, de Saint-Jean-Saint-François, de Saint-Gervais-Saint-Protais, de Saint-Paul, de Sainte-Marguerite, de Saint-Germain de Charonne, de Saint-Jean-Baptiste de Belleville, de l'église du Saint-Esprit...

Chaque cloche a sa personnalité, sa voix. Ce concert de centaines de sons différents est un moment inoubliable, miraculeux. Les gens sont aux balcons tout le long de la rue, leurs silhouettes se découpent sur les rectangles jaunes des appartements ou des chambres. Il y a des hurlements, des cris, des « Vive de Gaulle ! », « Vive Leclerc ! », « Vivent les Alliés !… » Et des *Marseillaise*, à pleins poumons, à n'en plus finir, tandis que les cloches libérées continuent, elles battent à la volée de toutes parts, infatigables, triomphantes…

Sadorski, appuyé sur le rebord de zinc encore tiède, dans les lueurs des flammes qui montent toujours derrière Neuilly, essuie ses yeux mouillés.

Qui pourrait écouter cette marée de cloches sans pleurer ?

C'est la plus belle des plus belles nuits de Paris.

On en causera encore aux siècles prochains.

Nous avons été un peu aidés mais nous avons secoué nos chaînes. L'ennemi fout le camp la queue entre les jambes, il est battu. Les Boches sont battus à plate couture… Cette victoire est la nôtre, à jamais…

Nous sommes chez nous.

Plus tard, tandis que la radio du voisin diffuse une *Marseillaise* chantée par des FFI, un poème de Victor Hugo, des marches militaires, les rafales de mitrailleuse reprennent en ville et il y a une canonnade d'enfer, pendant des heures, du côté de Longchamp, de Saint-Cloud, de Meudon.

Là-bas les batteries de DCA allemandes de 105 avec leurs sections d'accompagnement de 37 vident leurs munitions au hasard sur la capitale, comme pour se venger, cracher leur haine, leur dépit. Et des troupes retraitant de Versailles se font hacher devant le pont de Sèvres, déjà tenu par des éléments d'avant-garde de la 2e DB. Les derniers cinq cents mètres de l'avenue à l'entrée du pont sont couverts de cadavres *feldgrau* et de véhicules en feu.

L'inspecteur a éteint la lumière, se recouche, dort péniblement jusqu'au matin.

À 6 h 15 il n'en peut plus, retourne à la fenêtre. Un silence insolite au-dessus des toits. Et l'aube d'une journée qui s'annonce splendide. Pas un souffle de vent, pas un nuage. Juste une petite brume à l'horizon qui ne va pas tarder à se dissiper. Les orages et la pluie récente ont rafraîchi l'atmosphère : le thermomètre indique seulement 17 degrés.

On entend une lointaine fusillade. Puis des tirs d'artillerie en provenance de Longchamp, mais faibles. Sadorski se fait bouillir un café ersatz sur le petit camping-gaz de son amie, fume sa première Craven du jour, va se laver à la fontaine devant les W-C.

Il descend au troisième étage, sonner chez Mme Dodds. C'est la fille, Micheline – une adolescente replète et aguicheuse – qui ouvre, en pyjama.

— Excuse-moi de déranger si tôt… Mlle Mézard n'a pas téléphoné ?

— Non…

— Ah bon.

— Mais revenez à midi ! Je vais mettre mes plus beaux atours, pour la Libération. Savez-vous que la BBC a annoncé par erreur *avant-hier* que nous étions libérés ? Du coup le monde libre tout entier célébrait ça, sauf nous ! C'était dû à des bobards d'un idiot de journaliste américain qui a voulu faire un scoop et devancer ses concurrents… Cette fois ça y est, c'est pour de bon je crois ! Hier soir maman a rangé du champagne au frais. Notre meilleure bouteille ! On la boira tous ensemble…

Le policier remercie, va récupérer ses affaires au cinquième, le calepin, les clés, le Browning, enfile son veston. Il songe à glisser également le carnet noir du milicien Dagron dans une de ses poches. Pas la peine de laisser ça ici, qui pourrait causer des ennuis graves en cas de perquise. Monique, inscrite aux Jeunesses nationales populaires et aux Amis de la LVF, a peut-être une réputation de collabo ici aussi, pas seulement à Blaye. Et l'on peut s'attendre à des représailles de citoyens courageux de la dernière heure…

À la loge de la concierge, il demande la permission d'user du téléphone.

— C'est pour Paris ?

— Mais oui, madame.

Il vérifie le numéro des Perret dans son agenda. Passy 30-89.

Cela sonne. Longtemps. Dans le vide. Sadorski jure. Ce n'est absolument pas normal… Par acquit de conscience, il recompose le numéro.

Pareil.

Il raccroche.

— Je vous remercie, madame…

De plus en plus inquiet – son fils se trouve là-bas ! –, il pousse la porte de verre et de fer forgé et sort dans la rue.

C'est le moment où, dans la cour de l'Élysée, le drapeau vient d'être hissé, entouré d'une foule joyeuse de garçons et de filles, au son du clairon et des roulements de tambour des gardes municipaux affectés au palais présidentiel.

Il est exactement 7 h 40 du matin, ce vendredi 25 août 1944 à Paris.

30

Le jour de gloire

La rue du Faubourg-Saint-Honoré est pavoisée de drapeaux : français, américains, anglais, canadiens, russes. En se retournant et levant les yeux, Sadorski découvre la jeune Mlle Dodds, qui a revêtu jupe et chemisier, en train de se contorsionner dangereusement à la fenêtre de son salon pour y accrocher un grand étendard britannique. Les passants arborent tous des cocardes. Même les immeubles réquisitionnés par les Allemands ont suspendu des drapeaux bleu-blanc-rouge ou alliés. Des coups de feu claquent sur les toits, sans blesser personne.

Un troupeau féminin en tenue gris souris s'amène piteusement, encadré par des FFI armés de mitraillettes : ce sont des *Blitzmädchen* et autres employées des services allemands, apeurées, tremblantes, en larmes. La foule les conspue, les couvre de crachats. « Hou ! Hou ! », « Salopes ! », « Putes ! », « Fini les beaux jours, hein, fini les bons gueuletons !… » Les FFI, à qui des hommes et des femmes de la Croix-Rouge viennent prêter main-forte, sont obligés de les protéger des coups, d'un lynchage éventuel. Des camions suivent le cortège, avec tous les bagages de ces dames. On porte les valises dans le hall du Bristol, où seront enfermées provisoirement les « souris grises » avant un transfert *manu militari* au siège de l'ex-Rassemblement national populaire. Des gens crient aux infirmières volontaires qui déménagent le contenu des camions – bicyclettes d'enfant, postes radios, malles de luxe –, lequel soulève une indignation générale : « Vous n'êtes pas leurs domestiques ! Vous pourriez faire faire ce travail aux Bochesses ! Et d'ailleurs on devrait donner tout ça aux réfugiés… »

Indifférent à ces engueulades, anxieux, tourmenté par une angoisse sourde, des mauvais pressentiments, l'inspecteur hâte le pas en direction de la rue du Colisée, le chemin le plus direct pour rejoindre le Trocadéro. Un convoi de camions de la Wehrmacht chargés de prisonniers le dépasse, escorté par des tractions Citroën avec sur les portières et sur les capots, à la peinture blanche, des croix de Lorraine et les lettres *FFI*. Des jeunes aux fenêtres de ces autos ont déployé des drapeaux bleu-blanc-rouge qui flottent au vent. Ils filent sur les Champs-Élysées à peu près déserts, jonchés de traces de la bataille de la veille : chars carbonisés fumant encore, voitures renversées, arbres abattus. Mais le centre de l'avenue est déjà planté de piquets de fer munis de l'écriteau :

FIREMEN OF PARIS
Régiment de Sapeurs-Pompiers de Paris
WELCOME TO OUR FRIENDS
FRANCE FOR EVER
VIVE LA FRANCE

Un fort vrombissement traverse le ciel des beaux quartiers de la capitale. Volant très bas, un bombardier à croix noires balance des volées de tracts avant de virer et disparaître du côté de l'est. Les badauds matinaux se penchent pour les ramasser, et les considèrent avec une expression amusée, voire hilare. Sadorski attrape une de ces feuilles, chausse ses lunettes, lit tout en avançant sur l'avenue Pierre-Ier-de-Serbie :

FRANÇAIS !

Paris vit des instants éminemment critiques : que nous tenions la ville ou qu'elle soit occupée un jour par les Américains ou les Anglais ! Instants où la populace tente de s'emparer du pouvoir, instants que chaque citoyen redoute avec une frayeur panique. La racaille spécule sur le temps où les troupes allemandes évacueront Paris et où les troupes alliées ne seront pas encore arrivées. Laps de temps relativement court, mais assez long cependant pour menacer la vie de chaque citoyen.

Paris est encore aux mains des Allemands !

Il est possible que la ville ne soit pas évacuée !

Sous notre protection, elle a connu quatre années de paix relative. Elle demeure pour nous une des villes les plus belles de cette Europe pour laquelle nous combattons, nous la préserverons du chaos qu'elle a engendré elle-même.

On tire des coups de feu dans Paris.

Des éléments criminels s'efforcent de terroriser la ville ! le sang a coulé, le sang français aussi bien que le sang allemand ! Par des mots d'ordre d'apparence nationale ou nettement communistes, on cherche à soulever la rue et à dresser les citoyens les uns contre les autres. Le foyer de discorde est encore minime. Mais il met à l'épreuve jusqu'à la limite du supportable les sentiments d'humanité des troupes allemandes dans Paris.

Il ne serait pas difficile de mettre brutalement fin à tout ça !

Staline, lui, aurait mis le feu aux quatre coins de la ville.

Il nous serait aisé de quitter Paris après avoir fait sauter tous les dépôts, toutes les fabriques, tous les ponts et toutes les gares et verrouiller la Banlieue aussi hermétiquement que si elle était encerclée. Vu le manque de ravitaillement, eau et électricité, cela signifierait en moins de vingt-quatre heures une catastrophe épouvantable !

Ce n'est pas à vos usurpateurs ni à vos comités rouges que vous devez de rester préservés de ce sort…

Le marcheur ricane en achevant sa lecture. Il finit par replier le tract et le fourrer dans sa poche. Ces pauvres Fritz retardent complètement ! Tous les Parisiens qu'il croise ont la cocarde à la boutonnière. Quelques-uns ont pu voir hier les chars du capitaine Dronne sur la rive gauche ou à l'Hôtel de Ville, et, pour preuve, ils exhibent du chocolat et des cigarettes distribués du haut des tourelles par les soldats français. Des groupes se forment, on échange, avec animation, des anecdotes et des nouvelles fraîches. Kiosques et camelots à vélo vendent *Libération*, *L'Humanité*, *Combat*, *Le Franc-Tireur*, *Défense de la France*, *L'Aube*, *Le Populaire*, *Le Parisien libéré*… Des femmes se sont mises à quatre pour lire *France libre* qui annonce sur toute la largeur de sa une : *Les premiers éléments blindés de la division Leclerc sont entrés à Paris, cette nuit, au milieu d'un peuple enthousiaste*. Murs et façades se couvrent d'une affiche bleu-blanc-rouge intitulée « Libération », représentant une Marianne qui émerge du tombeau : bras tendus elle soulève la pierre qui la recouvrait, les yeux grands ouverts dans la lumière du soleil de la liberté qui l'inonde… Les dernières rafales partant des fenêtres ou des toits sont le fait d'irréductibles, miliciens ou autres, qui livrent un combat d'arrière-garde. Les grands hôtels et blockhaus allemands de l'Étoile ou du centre ne tarderont pas à céder sous les assauts des tanks alliés. Les coups de canon que Sadorski entend devant lui, aux portes sud-ouest de la ville, sont tirés par les troupes françaises ou américaines qui pénètrent déjà dans les faubourgs. Les troufions boches doivent être en train de crever ou se rendre en masse, entre Versailles et Paris. Tout cela était assez prévisible depuis quarante-huit heures. La seule chose d'imprévisible, d'incompréhensible, est la disparition de Monique et le fait qu'à 7 heures du matin il n'y ait personne pour lui répondre au téléphone avenue d'Eylau !

Les derniers cent mètres de montée de l'avenue Philippe-Henriot depuis Iéna jusqu'à la place du Trocadéro sont les plus pénibles. Son cœur tape fort, ses jambes courtes mollissent sous lui, la transpiration dégouline sur sa figure. Sa chemise est déjà trempée sous les aisselles et au creux du dos. L'inspecteur se trouve à bout de souffle lorsqu'il pousse enfin, après vingt-cinq minutes de marche inquiète et pressée, la lourde porte cochère du n° 28, dans l'étroite avenue que bordent des immeubles cossus, tranquilles, où les drapeaux tricolores sont rares aux balcons. Il remarque vaguement une flaque d'eau mêlée de ce qui ressemble à du sang sur le trottoir. Et, dans le hall, il tombe sur un attroupement en face de la loge.

Une petite dizaine de personnes, troublées et agitées, la plupart paraissant être des locataires de l'immeuble. La concepige se tient debout au milieu du groupe, le teint encore plus blafard que de coutume. À ses côtés, un gardien de la paix en uniforme, doté du nouveau brassard tricolore à croix de Lorraine et coiffé du képi réglementaire. Sadorski reconnaît l'individu à mine chafouine qu'il avait vu sortir du bâtiment alors qu'il guettait l'apparition de Mlle Mézard et de son landau.

Mme Devulder ouvre la bouche, pour prononcer, avec sa respiration bruyante d'asthmatique :

— Ah… Ah… Monsieur le commissaire… Ah… Vous tombez bien !

Le gardien de la paix, à tout hasard, se met au garde-à-vous. Sadorski dissimule sa propre inquiétude sous un ton cassant.

— Vous êtes l'agent Devulder ? Du commissariat de la rue Mesnil ?

— Affirmatif, monsieur le commissaire…

— IPA seulement, n'exagérons pas, mon gars ! Brigadier-chef Sadorski de la 3e section des Renseignements généraux et des Jeux. (Il ajoute, par sécurité :) Délégué du mouvement « Honneur de la police » à la préfecture. Alors, qu'est-ce qui se passe chez vous ?

La bignole et son mari se mettent à parler en même temps.

— Un à la fois ! les coupe l'inspecteur. Vous, gardien. Au rapport.

— Oui, monsieur le principal. J'ai vu juste la fin, mais… Bref, ça s'est passé hier vers 18 heures, deux tractions FFI et une camionnette bâchée ont stoppé devant l'immeuble. Ils étaient sept ou huit, équipés de mitraillettes et de revolvers. Les FFI ont dit qu'ils avaient des ordres pour arrêter M. et Mme Perret. Comme collaborateurs ayant travaillé à la propagande pour les Allemands… Euh, M. Perret est un des directeurs chez Continental Films…

— Je sais, je sais. Poursuivez.

— Les résistants sont montés là-haut au cinquième, mon épouse a entendu des cris. Ça avait l'air de se dérouler de façon brutale.

— Oh oui ! intervient une dame habillée d'un manteau léger avec un petit col en renard. Oh là là !

— Et le chien ! s'exclame une autre.

— C'est-à-dire que le chien des Perret aboyait très fort, reprend l'homme en uniforme de policier municipal. Alors les FFI ont ouvert une porte-fenêtre et…

— Quelle horreur, dit la concierge. Ils l'ont… ils l'ont jeté du balcon !… Y a encore du sang devant la porte…

Sadorski jure. Il n'aime pas les animaux, mais son inquiétude n'a pas vraiment diminué concernant Monique. Le gardien de la paix précise :

— Cependant y a pas eu d'autre violence, je veux dire envers les gens, monsieur l'inspecteur principal. Pas de coups de feu. Les résistants sont redescendus avec M. et Mme Perret menottés. Ils les ont embarqués dans une des tractions…

— Oui, enfin, pas de violence c'est une manière de parler ! corrige sa femme. Quand je l'ai vu passer, ce pauvre M. Perret il avait les deux yeux pochés… Et Mme Perret, elle faisait une crise de nerfs…

— Euh, oui, peut-être. Ensuite les types qui restaient ont descendu des objets confisqués. Surtout des tableaux. Ils les ont chargés dans la camionnette. Ah, j'oubliais, ils ont forcé aussi le garage, et l'un d'eux est parti au volant de la Mercedes de M. Perret…

— Attendez, gardien. Et les autres personnes qui pouvaient être présentes sur les lieux ? Le… le petit-fils de M. et Mme Perret ? Et les employées de maison ? La bonne ? Et l'étudiante, Mlle Mézard ?

Le gardien et sa pipelette asthmatique se regardent.

— C'est justement ça le problème, monsieur l'inspecteur principal, fait Devulder. Ils nous ont dit en partant que l'appartement était vide. Et laissé la consigne, les ordres plutôt, de ne pas monter voir, puisqu'ils avaient fermé à clé. C'était sous scellés, quoi. Même s'ils ne possédaient pas de scellés : j'ai été pour vérifier, y en a pas eu de posés sur la porte ! Et ils ont confisqué à mon épouse ses doubles des clés… en disant que d'autres camarades du comité de libération repasseraient plus tard, avec un officier, pour une visite plus approfondie.

— Au sujet de la femme de ménage, ajoute Mme Devulder, elle était absente, vu que sa patronne lui a permis de prendre deux jours pour aller aider ses parents, à la petite Mlle Bréhain, en Seine-et-Marne, qui ont eu leur maison de bombardée, les pauvres... Et la cuisinière, eh bien, Mme Laîné elle peut plus venir à cause des combats, elle habite à Billancourt... Son mari travaille chez Renault...

— Bon, d'accord, grommelle Sadorski, mais le bébé, enfin ? Et l'étudiante qui s'occupe de lui ? Ils ne sont pas retournés de promenade, hier ?

— Je les ai pas vus rentrer, monsieur le commissaire, parce que j'étais allée regarder ce qui se passait dans le quartier... Moi je ne suis revenue que vers 5 heures et demie...

— Vous pourriez vérifier dans le box de M. Perret, suggère un des bourgeois de l'immeuble, qui à défaut de cocarde porte une rosette de la Légion d'honneur à la boutonnière. La demoiselle y range sa bicyclette.

La petite troupe se déplace jusque dans la cour. À l'extérieur on entend des coups de canon, assez rapprochés. Mme Devulder fait coulisser sur ses rails le rideau en lattes de bois, dont la serrure a été cassée, révélant l'emplacement vide de toute automobile, avec des taches d'huile de moteur sur le sol en ciment.

Dans la pénombre du box, Sadorski compte cinq vélos, appuyés aux murs. Deux d'homme et trois de femme. La bicyclette, verte, de Monique en fait partie. Il reconnaît la marque, Royal-Fabric, ainsi que le numéro de la plaque d'immatriculation : 749 RF 6. Et la sangle noire sur le porte-bagages, qui lui servait à attacher son petit manteau de pluie. Il jure de nouveau. Et pousse un soupir énervé, pour libérer un peu de son angoisse. Très peu. L'affaire lui paraît de plus en plus alarmante.

— Gardien Devulder, nous n'avons que *deux* possibilités de base. Un : Mlle Mézard et sa poussette ne sont pas revenus de balade parce que soit elle, soit le gosse, ont été blessés par des tirs...

— C'est tout à fait possible, remarque une dame. La semaine dernière il y a eu un enfant écrasé sous un char !...

— On a pu aussi lui voler son landau, signale une autre. Le cas m'a été raconté d'une nurse qui, à la suite d'un instant d'inattention, a retrouvé le bébé posé sur un banc, et la poussette, volatilisée !

Sadorski grogne :

— Oui, bon, et, deuxième possibilité : ils sont bien rentrés hier, avant 17 h 30, à l'insu de Mme Devulder non encore de retour, et dans ce cas on a deux sous-possibilités… soit vos FFI ne les ont pas trouvés lors de leur perquisition – l'appartement est vaste, les mecs ont pu bâcler le boulot –, soit ils ont menti, pour des raisons que j'ignore. Et ce bébé et cette jeune femme sont toujours là-haut. Enfermés.

— Euh, il y a… il y a un moyen de savoir si la demoiselle et le petit sont revenus ou non, signale la concierge. Le landau, on peut pas le faire monter par la cabine d'ascenseur, vu qu'y a pas la place… et puis pas d'électricité durant le jour. Alors, les Perret ils le gardent toujours dans l'espèce de placard sous l'escalier, au rez-de-chaussée…

— Vous pouviez pas le dire plus tôt ? aboie Sadorski.

Tout le monde se rassemble cette fois autour de la porte dudit placard. Mme Devulder ouvre avec sa clé.

Le grand landau de luxe bleu marine et argent est garé à l'intérieur, avec son fourbi de serviettes, de langes et de hochets.

L'IPA sue à grosses gouttes. Il ordonne :

— Nous allons monter et, le cas échéant, pénétrer de force chez M. et Mme Perret. Ne vous inquiétez pas, agent Devulder, je vous couvre. Il faut agir vite ! Pas le temps d'avertir le commissariat… Des vies sont en jeu, merde !

Le petit groupe du 28, avenue d'Eylau réagit avec des exclamations étouffées. Et s'ébranle, avec un temps de retard, à la suite de l'enquêteur, du sergent de ville et de la gardienne qui se hâtent de gravir le grand escalier – l'ascenseur est en panne, le courant coupé de nouveau depuis ce matin.

Sadorski, hors d'haleine, inspecte, avec plus de soin que les fois précédentes, la porte centrale à double battant d'acajou clair et brillant, sur le palier aux murs de pierre de taille et au sol de marbre que recouvre un épais tapis rouge, qu'il se souvient d'avoir vu impeccable mais découvre aujourd'hui souillé de traces de semelles sales, comme pendant un déménagement ou des travaux.

La porte possède trois serrures : celle du milieu, une grosse serrure de sûreté de type « Progrès » ; celles du haut et du bas, des verrous à barillet de type « Vachette ». Toutes trois donc pratiquement incrochetables. Avec le matériel du Juif Kopelman l'opération prendrait une bonne heure et il n'est même pas sûr de réussir. Quant à faire venir un serrurier, ce ne serait pas rapide non plus. Au moment où se produit un pareil boxon dans Paris…

Il appuie sur le bouton de la sonnette.

Des coups longs, insistants.

— Police nationale ! Mademoiselle Mézard ! Vous pouvez sortir, il n'y a plus de danger ! Ouvrez, on n'a pas les clés ! Mademoiselle Mézard !… Monique !…

Pas de réaction.

Il grogne en se tournant vers l'agent Devulder :

— Passez-moi votre pétard. Le mien n'a plus de cartouches… j'ai trop tiré sur les Allemands, à la préfecture…

Livide, le gardien de la paix s'exécute, ouvre son étui de ceinture et lui tend un petit pistolet Manufrance « Le Français » modèle 1914, chambré en 6,35. Une arme que Sadorski n'a pas utilisée depuis une quinzaine d'années.

— Vous avez un chargeur supplémentaire ?

— N-non, monsieur le principal.

— Mais celui-ci est plein ?

— Oui, monsieur le principal.

— Bien. Reculez-vous, tous !

L'assistance obéit promptement et reflue vers le haut de l'escalier.

— Gare, derrière la porte ! Je vais ouvrir le feu !

Sadorski tire deux balles au niveau de la serrure du haut, deux dans celle du bas, et deux pour la serrure centrale. Puis il balance un grand coup de talon dans la porte.

Elle ne cède pas.

On perçoit soudain des vagissements de bébé, loin à l'intérieur. Tandis que l'odeur de poudre envahit le palier du cinquième étage.

— Gardien ! On l'enfonce, à deux ! Vite !

Les deux hommes se jettent, l'épaule en avant, contre le bois épais et blindé.

À la troisième tentative, le battant craque, s'entrouvre. L'inspecteur achève de le repousser à coups de pied. Puis il entre. Son fils continue de brailler, quelque part dans l'appartement. Sans doute la nursery.

Les plantes grasses du vestibule ont été renversées, les affiches de cinéma jetées par terre et piétinées, leur verre brisé. Les portes à claire-voie qui donnent sur le salon sont grandes ouvertes. Il restitue le pistolet fumant à son propriétaire.

— Les femmes restent dehors ! Les autres, suivez-moi ! Madame Devulder, vous pouvez venir !

Puis il appelle :

— Monique ! Monique ! C'est moi, Léon ! La police est là !... Réponds-moi !

Au centre du séjour le piano à queue laqué blanc est éventré, ses cordes arrachées. Les petites photos de famille jadis dressées sur le couvercle, dans leurs cadres en argent, éparpillées à présent sur le tapis, brisées et piétinées elles aussi. Les coussins des sofas ont volé un peu partout à travers la pièce. Sur les murs il ne reste pas une seule œuvre d'art ; et naturellement les Picasso se sont barrés les premiers avec la camionnette des déménageurs. Mais ça, le policier s'en fout.

— Madame Devulder ! Vous vous rappelez où est la nursery ?

Accompagné de la pipelette il se dépêche le long du couloir, dans la direction des pleurs de bébé. Des pleurs de *son* bébé. Du petit Bernard Sadorski.

La chambre blanc et bleu est intacte. Par la fenêtre on aperçoit au loin la tour Eiffel. Où se hisse et se déploie, semble-t-il, un drapeau. Le drapeau français.

Le berceau, lui, n'a pas changé depuis qu'il l'a vu au mois de juillet, coiffé de sa moustiquaire de voile blanc. Un bébé rougeaud s'y agite, crie, braille et pleure. Un petit peu plus grand que la dernière fois. Mais affamé et déshydraté. Lorsque la concierge et le policier écartent les voilages, ils sont accueillis par un puissant parfum de merde.

On toque à la porte, derrière eux.

C'est l'agent Devulder. Le sang a déserté son visage étroit où coule la sueur.

Il bafouille :

— M-monsieur le principal... Vous... vous devriez venir voir...

Sadorski a blêmi à son tour. Il emboîte le pas au gardien, croise, dans le corridor, le bourgeois à la Légion d'honneur qui, les joues gonflées, cherche la salle de bains. Il ne la trouve pas à temps et vomit sur la moquette.

Deux autres résidents mâles de l'immeuble se tiennent devant la porte d'une grande chambre qui se révèle être celle de M. et Mme Perret. L'inspecteur pousse de côté les locataires pour y pénétrer. On lui cède volontiers le passage.

La grande armoire familiale de style Art déco est ouverte, avec ses cintres, vestons, pantalons, cravates répandus sur le tapis persan de luxe. Les murs, peints à l'origine d'un blanc crème uni, sont à présent barbouillés de rouge : des lettres capitales, tracées n'importe comment, mais toutes penchées vers la droite et qui composent les phrases :

VIVE DE GAULLE
VIVE LA RÉSISTANCE
À BAS LES BOCHES
LES COLLABOS PUTAINS QUI COUCHENT AVEC L'ENNEMI DONNENT L'EXEMPLE INDÉCENT DE L'IMMORALITÉ
LA PUNITION EST POUR ELLES
TERREUR CONTRE TERREUR
NOUS PRENONS LES MESURES QUI S'IMPOSENT

Il règne dans la chambre de forts relents de boucherie.

Et, avec la chaleur, de faisandé.

Sur le large lit conjugal, défait et recouvert seulement par le drap de dessous, gorgé de sang, est écartelé un grand X de chair rose zébrée d'estafilades.

Les poignets et les chevilles sont attachés et tirés vers les quatre coins du sommier par des cravates, nouées les unes aux autres pour en faire des cordes.

La bouche de la femme est bâillonnée par un foulard de soie. Les jolis yeux noisette, vitreux, sont encore ouverts. Écarquillés d'horreur ils regardent le plafond.

La zone pubienne porte des marques spécifiques, on s'y est particulièrement acharné à coups de rasoir, ou autre petite lame très coupante, et la peau garde des traces noires de brûlures de cigarette.

L'entrecuisse est comme une bouche rouge, qui hurle.

Mlle Mézard a perdu la vie et son capital de vraie jeune fille à peu près en même temps.

Seul cependant un médecin légiste, le fameux docteur Paul à la préfecture par exemple, saurait dire précisément lequel de ces événements a précédé l'autre.

Le rez-de-chaussée et les violons du commissariat de la Porte Dauphine, rue Mesnil près de la place Victor-Hugo, sont bourrés de collaborateurs – ou prétendus tels – arrêtés dernièrement dans ce quartier du seizième arrondissement.

De nouveaux détenus ne cessent d'y entrer, le visage gris, escortés par des policiers improvisés, FFI ou autres. L'un de ces captifs se plaint, proteste, demande à son garde, d'une jeunesse extrême, s'il possède un mandat pour l'arrêter. Le « fifi » répond, hilare :

— Et qui vous dit que parmi nous, il n'y a pas un agent de police en civil, avec un mandat ?

Sadorski, en dépit de son propre état d'intense dépression, ricane, il a compris : les types n'ont aucun mandat. On peut s'attendre à un nouveau règne de l'arbitraire. Par conséquent, la chose la plus urgente à faire pour lui, une fois les questions relatives au viol et à l'assassinat réglées, est de se procurer un joli brassard bleu-blanc-rouge à croix de Lorraine.

Le poste de police, comme son bureau des secrétaires où on le fait patienter assis sur un banc, a bien changé d'aspect, par rapport à un commissariat normal. C'est devenu un bastion bondé d'hommes en armes, et où s'entassent, à mesure de leur récupération chez l'ennemi ou sur ses cadavres, fusils, pistolets-mitrailleurs et munitions. Quant aux gardiens de la paix, tête nue, mal rasés, cigarette au bec et manches de chemise retroussées, ils vont et viennent chargés de baguettes de pain, de boîtes de conserve, ou de bandes de cartouches. La classique photo en couleurs du maréchal Pétain a disparu. Quelqu'un a eu l'idée bizarre d'accrocher la figure du président Lebrun à sa place. Tout simplement parce qu'ils n'ont pas encore trouvé – réfléchit avec amertume l'inspecteur – de portrait du général de Gaulle…

Dehors, ça tire et canonne de plus en plus fort, faisant trembler les vitres et chuter de menus gravats du plafond. Déjà, à midi pile, il y avait eu des salves d'une violence extraordinaire, se prolongeant une bonne dizaine de minutes, qui semblaient provenir des faubourgs sud-ouest. Artillerie allemande, ou alliée ? Personne dans le commissariat ne pouvait le dire[1]. Une heure et demie plus tard, Sadorski a perçu une vague clameur, se transformant en une marée, encore lointaine mais montante, de cris : « Vive de Gaulle ! », « Vive Leclerc ! » Et un agent à vélo, très excité et essoufflé, a poussé la porte du poste en criant :

— Ils arrivent ! Les chars ! Toute une colonne ! Par l'avenue Mozart, la Muette, la rue de la Pompe… Et ce ne sont pas des Américains ! Ce sont des Français ! Des Français ! Les gens sont dans la rue, vous pouvez pas savoir, pas imaginer, j'ai jamais vu ça, l'enthousiasme est indescriptible !…

On a poussé des hurlements de joie dans la pièce, sauf les « collabos » arrêtés, bien entendu.

On raconte que Sacha Guitry est sous les verrous, comme d'autres acteurs célèbres, dont certaines vedettes qui avaient des amants officiers boches. Et que le comique Aimos est mort héroïquement sur les barricades. Le gardien Devulder resurgit, le teint vermillon, en particulier à l'extrémité du nez, et sentant l'alcool.

1. À 12 heures ce vendredi 25 août, le colonel de Langlade, chef du groupement tactique « L » de la 2e DB, sur proposition du commandant Mirambeau pour annoncer l'entrée de la colonne dans Paris, a fait tirer en douze minutes 1 800 coups de ses batteries de 105, soit 18 canons, stationnés Porte de Saint-Cloud, sur les DCA allemandes de Garches et de Buzenval, afin de, selon l'expression du commandant, « sonner un carillon dont le souvenir demeurera ».

— Suivez-moi, monsieur le principal. L'inspecteur Pinson veut vous revoir.

On ramène Sadorski dans le bureau du commissaire, absent, où le remplace cet inspecteur quadragénaire avec qui il a eu l'occasion de s'entretenir au téléphone, un jour de l'automne 1943, quand Jacqueline s'était fait pincer dans le métro avec un faux *Ausweis*. Le beau tapis vert du bureau a été piétiné par cent gros souliers, pire que chez les Perret, et conserve des miettes graisseuses de sandwiches avalés en vitesse par les combattants flics surmenés.

Pinson a une bonne bouille, un physique plutôt corpulent, une expression ennuyée. Et un brassard tricolore à croix de Lorraine en haut du bras gauche.

— Asseyez-vous, monsieur le brigadier-chef. Franchement, votre Girondine aurait pu choisir un autre moment pour se faire zigouiller ! Merde alors ! J'ai passé des coups de téléphone, mais l'Identité judiciaire ne se déplacera pas, le parquet encore moins. À la brigade criminelle, le commissaire Massu a été arrêté dimanche par la SE, la nouvelle section d'épuration. La majorité des autres commissaires de la préfecture, sauf les résistants, sont arrêtés ou en fuite. J'ai entendu qu'on les enferme au Vél'd'Hiv, dans un premier temps. Et la PJ se trouve encore actuellement au centre des combats… ils ont d'autres chats à fouetter qu'un simple et unique homicide ! Et depuis hier, la plupart des quartiers de la ville sont couverts de barricades. Ça empêche les Allemands de circuler librement avec leurs blindés, mais ça ne nous facilite pas la tâche non plus… Tout ce que je peux, c'est envoyer un inspecteur stagiaire cet après-midi avenue d'Eylau avec un appareil photo, et la consigne de recueillir les témoignages de la bignole et des voisins, pour son rapport. Lequel risque de finir classé sans suite. Vous savez combien on a de tués chez les civils, hommes ou femmes, depuis le début de l'insurrection ? Plus de cinq cents ! Et environ mille blessés par jour. Les pertes allemandes, d'après ce que j'ai appris ce matin, dépasseraient les trois mille, blessés et macchabées confondus. Les hôpitaux et l'Institut médico-légal sont débordés. Je ne trouverai jamais d'ambulance pour faire enlever le corps, elles sont toutes réquisitionnées. Quand notre car de police secours reviendra, je donnerai des ordres pour qu'ils essaient de passer avenue d'Eylau ce soir ou demain matin et la déposer à la morgue. (Il soupire.) Je sais, ça ne va pas sentir bon dans cet appartement. Devulder va téléphoner à sa femme, qu'elle se procure des pains de glace. Si elle arrive à en trouver !

Il prend le temps d'allumer une cigarette.

— Mais ce qui m'emmerde le plus, monsieur le brigadier-chef, ce sont ces graffitis gaullistes sur les murs de la pièce où a eu lieu le crime, et le fait que les suspects soient des FFI. Voyez-vous, il y a déjà eu une sale affaire, dimanche 20 août, au commissariat du sixième arrondissement. Des résistants y ont conduit quatre Asiatiques soupçonnés d'être des membres de la Gestapo. Un aspirant FFI a emmené un de ces Chinois dans la cour de la mairie, et l'a abattu d'une balle en pleine tête[1]. M. Nicolas, le chef de police du commissariat, a désarmé le meurtrier et l'a collé en garde à vue. Le type est parvenu à prévenir ses camarades à l'extérieur, le comité de libération local a ordonné de le relaxer, et le lendemain un envoyé de l'état-major de la résistance est venu arrêter M. Nicolas, qui est aujourd'hui interné au Dépôt. Bref, je n'ai pas envie de connaître le même sort, pour avoir enquêté chez les FFI, et identifié et fait arrêter vos coupables… même s'ils le méritent ! (Il hausse les épaules.) On viendrait les libérer de toute façon.

On toque à la porte.

— Entrez !

C'est le gardien de la paix Devulder, porteur d'un énorme volume d'aspect archaïque. L'agent semble prêt à s'effondrer sous son poids.

— Pardon de vous déranger, monsieur l'inspecteur… messieurs… Euh, j'ai ici quelque chose qui pourrait vous intéresser… le nom d'un des coupables, pour l'affaire dans mon immeuble avenue d'Eylau…

---

1. Il s'agissait d'étudiants vietnamiens. Selon un article du *Figaro* paru quinze jours plus tard, trois d'entre eux auraient été « lynchés et tués par la foule ». Les Indochinois, soupçonnés d'être des Japonais (y compris par Jean-Paul Sartre dans un de ses reportages sur l'insurrection), étaient traqués et souvent n'échappaient au pire qu'en se mettant sous la protection de la police.

Il pose le vieux registre de commissariat sur le bureau encombré de lettres, d'enveloppes et de papiers gras. Pinson l'aide à déblayer.

— Aucune importance, gardien, ce sont des lettres de dénonciation. (S'adressant à Sadorski :) Avant on balançait les Juifs, ou les résistants, depuis quatre ou cinq jours on dénonce les collabos… J'ai pas le temps de tout lire ! Quasiment un flot ! une inondation ! surtout dans cet arrondissement, y a de quoi faire !… Alors en se fiant au contenu de ces lettres on arrête des flopées de gens – bon, il y a des prisons et des camps, juste libérés, pour les loger –, ensuite on diligentera des enquêtes afin de trier le bon grain de l'ivraie, ça prendra des mois, des années… Quoique, y en a qui auront pas volé leurs douze dragées dans la peau ! Alors, que voulez-vous me montrer, gardien Devulder ? Vous avez déjà résolu le crime ? votre vrai nom c'est Sherlock Holmes ?

L'autre tourne fiévreusement les pages. Le canon continue de tonner, dehors. Cette fois ce sont les murs qui tremblent.

— Voilà, c'est ici… Juste au-dessus des notes du 31 / 3 / 44 sur le transport d'ossements et de débris humains dans l'affaire Petiot… et sur cette mise à disposition le même jour pour complicité par aide, assistance dans les menées contre l'unité nationale… Vous avez ce rapport dactylographié, en date du 26 du mois…

Penché avec l'inspecteur Pinson au-dessus du registre, Sadorski a chaussé ses lunettes et lit :

Le 26 Mars 1944 à 18 heures 50

de service de permanence 16e Arrondissement au Ciat de la Porte Dauphine, sommes informés par téléphone qu'un lieutenant de la Milice française se trouvait 6 Avenue de la Porte du Point du Jour sur une affaire qu'il ne pouvait expliquer au téléphone, se proposant de faire une perquisition et une arrestation et qu'il sollicitait des gardiens de la Paix pour l'assister et garder les issues de l'immeuble. Constatons que les gardiens de la Paix que nous avions alertés, conduisent devant nous trois miliciens et une femme que ces derniers viennent d'arrêter, ainsi qu'il est relaté dans le rapport ci-joint du brigadier Letellier du 16e Arrdt.

Entendons Monsieur DAGRON, Claude, chef de trentaine à la Milice Française caserné 59, rue d'Auteuil, qui déclare :

« Sur ordre du Chef Milicien CHATROUSSE, du 59, rue d'Auteuil, j'ai perquisitionné avec trois francs-gardes de la Milice 6 Avenue de la Porte du Point du Jour à Paris (16e), au domicile de Melle ISSERT, Alice, gouvernante que j'ai fait conduire à votre commissariat. L'amant de la Delle ISSERT, le nommé COCARD, Joany, a été arrêté par nous cet après-midi et est détenu à notre caserne d'Auteuil. Il est suspecté de menées anti-nationales, marché noir, détention d'armes. Le nommé COCARD est domicilié chez sa nièce 18 bis Avenue d'Italie et j'ai la conviction de découvrir des listes et autres objets suspects. Je vous demande d'effectuer une perquisition à cette adresse.

Lecture faite persiste et signe

À 20 heures, dans une voiture demandée à la Préfecture de Police, nous nous transportons, accompagné de notre secrétaire, de Mr DAGRON et deux autres miliciens, aux fins de perquisition au 18 bis, Avenue d'Italie. Dans l'obscurité nous trouvons difficilement le N° de l'immeuble et nous sommes obligés d'attendre le retour d'une locataire pour faire fonctionner le mécanisme de la porte d'entrée. Il s'agit d'une impasse comprenant plusieurs corps de bâtiment et dont la concierge occupe un pavillon à gauche dans le milieu de l'impasse au 3e étage. La concierge nous déclare que la dame Cocard ne demeure pas habituellement dans son logement où elle ne vient que de temps en temps. Nous frappons vainement à la porte du dit logement et nous nous retirons.

Le Commissaire de Police

De retour au commissariat de la Porte Dauphine le milicien Dagron nous déclare qu'il veut garder à sa disposition la femme ISSERT qu'il emmène à la caserne 59, rue d'Auteuil. Nous avons relevé l'État-Civil de cette femme comme suit :

Issert, Alice, née le 4-6-1919 à Saint-Laurent-des-COMBES (Gironde)

Le reste de la feuille collée dans le registre est manquant.

— Eh bien, gardien Devulder ? interroge l'inspecteur Pinson, perplexe. Quel rapport ?

— Deux choses, monsieur l'inspecteur. Je me trouvais parmi les agents ayant reçu ces personnes au commissariat ce soir-là. Je me rappelle parfaitement ce lieutenant de la Franc-Garde. Le nommé Dagron, Claude. Or je l'ai revu hier en fin d'après-midi. Habillé en civil, il était avec les FFI qui ont arrêté M. et Mme Perret. C'est même lui qui a confisqué à mon épouse les doubles des clés de l'appartement, et a interdit d'y entrer…

— Vous en êtes certain ?

— Affirmatif, monsieur l'inspecteur. Plus que certain. Ce type, une fois qu'on l'a vu on ne l'oublie pas.

Pinson a pris un crayon et un bloc de papier.

— Son signalement ?

— Euh… Taille moyenne, dans les vingt ans, cheveux châtains en brosse… Yeux clairs, marron-vert ou gris, je ne saurais dire avec précision. Mâchoire volontaire. Musclé, sportif. Petites mains très blanches – euh, ça m'a frappé, et aussi que les ongles étaient particulièrement soignés… Attitude agressive, ton coupant… Enfin, comme beaucoup de gradés de la Milice, hein !

L'inspecteur de commissariat écrit rapidement, puis :

— Et la deuxième chose ?

— Ça, je l'ai su plus tard, en juin, par hasard… en passant dans le quartier du Point du Jour, où j'ai des amis… La gouvernante, là, cette demoiselle Issert… On ne l'a plus revue. Sa voisine, qui est allée se renseigner à la caserne de la Milice, rue d'Auteuil, s'est fait dire que cette personne n'a jamais été détenue là-bas… Son nom ne figurait pas sur leur livre d'écrou.

Sadorski voit le regard de l'inspecteur Pinson s'assombrir. Et il note que la nommée Issert, Alice, exerçait la profession de gouvernante et, native du département de la Gironde, avait très probablement l'accent bordelais.

— Je vous remercie, gardien Devulder. Laissez le registre ici, je le rapporterai. Ah, je voulais vous dire ! J'ai reçu un rapport défavorable vous concernant. Signé par plusieurs de vos collègues dont je ne vous donnerai pas les noms… Ils ont appris d'un informateur anonyme des

Renseignements généraux, le 14 juillet alors qu'ils participaient, à contrecœur et à leur corps défendant, à la répression de la muti… de l'insurrection de la prison de la Santé, que vous et votre femme seriez mêlés à des trafics de nourriture, d'alcool… et à des dénonciations faites aux Boches. Contre récompense. En novembre 43 vous aviez d'ailleurs signalé le cas de la demoiselle Perret, Jacqueline, qui depuis a été déportée. Inutile de nier, ça je m'en souviens, M. le commissaire et moi-même étions informés de ces propos tenus par vous à son sujet.

L'accusé demeure pétrifié au milieu du bureau, que continuent de secouer les explosions et les tirs d'obus. Ils semblent avoir gagné le secteur de la place de l'Étoile.

— Euh… Monsieur l'inspecteur… ce sont des calomnies…

— On verra. Je suis bon bougre, je ne transmets pas ce rapport à la section d'épuration. Pour l'instant… Mais j'attends de vous dorénavant une attitude exemplaire ! Inspirez-vous de la conduite héroïque de M. le brigadier-chef ici présent, lequel porte encore sur sa figure les marques des traitements inhumains de la Gestapo ! Et qui a participé aux magnifiques combats de la préfecture ! L'attitude crâne et résolue, la bravoure, l'entrain et le patriotisme des policiers parisiens a forcé l'admiration de la population, qui nous appelle désormais « les braves agents »… Gloire à nos morts, ils ont écrit la plus belle page de nos annales avec leur sang ! Prenez exemple sur eux. Alors fini les conneries et fini le marché noir. Pigé ? Vous pouvez disposer, gardien.

La porte du bureau se referme doucement. Pinson soupire encore une fois et regarde Sadorski.

Ce dernier hésite à signaler qu'il connaît le milicien Claude Dagron. Ce n'est pas le genre de relation dont on se vante dans la période actuelle, et de toute manière il entend régler ce compte-là lui-même. Si un jour il remet la main sur cet individu, il lui fera avaler sa bite et ses glaouis avant de lui écraser les dents, le nez, et toute la figure à coups de marteau.

Son interlocuteur s'est rassis derrière son bureau et a refermé le registre.

— Qu'un gars de la milice de Darnand soit mêlé à cette affaire ne me surprend pas tant que ça, monsieur le brigadier-chef. J'ai reçu des plaintes. Et un rapport d'enquête. Pas à son sujet personnellement, j'ignorais son nom, mais… Connaissez-vous un restaurant nommé Le Pershing, dans le dix-septième ? Pas très loin d'ici ?

— Oui. Enfin, vaguement… J'ai lu des rapports…

Sadorski demeure sur ses gardes.

— Un nid de gestapistes et de miliciens, poursuit Pinson. Nombre d'entre eux ont pris la fuite vers l'est, ou se cachent, mais certains ont trouvé le moyen de se recycler. Et de nouvelles activités bien juteuses. Le vol des peintures chez ces M. et Mme Perret pourrait en faire partie. (Il est interrompu par une violente canonnade. Des débris de plâtre tombent du plafond, et répandent leur poudre sur le vieux livre du commissariat.) Ouh là, ça barde, dehors. Je disais… deux groupes de FFI d'un genre spécial se sont installés ces jours derniers, l'un au 131, avenue de Wagram, l'autre au 13, rue Alphonse-de-Neuville, anciennement siège du 2e service de la Milice française. Deux groupes commandés respectivement par un nommé Dell'Eva, Charles, qui a pris le grade de lieutenant et se fait appeler « Charly », et par un nommé Sinibaldi, Toussaint, dit « le commandant Toussaint ». Le nommé Dell'Eva est un proche d'un chef inspecteur milicien du nom de Mansuy, lequel a une très mauvaise réputation. Dans ces groupes où se trouvent des résistants sincères mais naïfs, se sont glissés d'anciens miliciens, des déserteurs allemands, et, à en croire mon informateur, quelques-uns des assassins de M. Georges Mandel. Tous ces types, de moralité douteuse, s'occupent actuellement d'arrêter de vrais ou prétendus collaborateurs, et procèdent à des perquisitions plus ou moins régulières, et surtout intéressées.

— Je vois, fait Sadorski.

— Alors de votre côté, si vous avez le temps, monsieur le brigadier-chef, rédigez un petit rapport sur l'assassinat et les vols présumés avenue d'Eylau et envoyez-le-moi. Je le joindrai au dossier. Les coupables paieront peut-être un jour, qui sait ? Lorsque nous aurons retrouvé un peu de calme, et pourrons retravailler normalement…

— Sans faute, inspecteur Pinson. Je vous remercie de votre aide…

— C'est bien naturel. Envers un héros de la préfecture… Il fallait laver l'opprobre, n'est-ce pas. Aujourd'hui c'est le jour de gloire pour nous, policiers et Parisiens. Comme souvent, à la maison poulaga, c'est la base qui a été la plus prompte à réagir. Parce que s'il fallait attendre les chefs… Notre grève, ça s'est produit un peu tard, mais mieux vaut tard que jamais ! J'ai eu un coup de téléphone tout à l'heure d'un habitant de la Porte d'Orléans. Depuis 8 heures ce matin l'armée Leclerc entre dans la ville. Il avait compté déjà plus de cent chars défilant devant son domicile… L'accueil, c'est de la folie ! les femmes sont sorties de chez elles en chemise de nuit et bigoudis, on lance des bouteilles de vin et des pommes et des tomates aux troufions comme s'ils étaient sous-alimentés, on lève les bébés en l'air pour qu'ils voient ça, il y a un tel monde que ça entrave la progression de la colonne… Les nénettes grimpent toutes sur les blindés embrasser les soldats et leur refiler leur numéro de téléphone ! Tout juste si elles se foutent pas à poil direct !

Sadorski hoche la tête.

— Eh bien, pas de doute, les Boches sont foutus. Ah, euh, au fait… Vous n'auriez pas par hasard un brassard tricolore en rab ? J'ai offert le mien à une adolescente à vélo qui souhaitait rentrer chez elle saine et sauve en passant par les barricades…

— Un beau geste, monsieur le brigadier-chef. C'est vrai qu'il y a beaucoup de balles perdues, et des jeunes FFI inconscients ou ivres qui s'amusent à faire des cartons sur les passants démunis de brassard… Comme si de ne pas en porter signifiait qu'on est collabo !… Mais bien entendu. Nous avons de la réserve. (Il ouvre un tiroir.) Tenez ! Et quant à celui-ci… (tapotant le haut de son bras gauche) c'est un modèle spécial, ma femme l'a cousu pour moi ! Quel souvenir !

Les deux collègues échangent une vigoureuse poignée de main, après que Sadorski a empoché son accessoire tout neuf à croix de Lorraine.

— Vive de Gaulle, monsieur le brigadier-chef !

— Vive de Gaulle, inspecteur Pinson !

31

La traction bleue

Enfourchant la bicyclette Royal-Fabric de feu Mlle Mézard, qu'il a réquisitionnée plus tôt dans la journée auprès de la concierge du 28, avenue d'Eylau – il lui a aussi confié provisoirement le bébé – pour se rendre au commissariat du seizième, l'IPA quitte ce bastion de la résistance policière parisienne en passant par la place Victor-Hugo.

Au bord du trottoir il voit un soldat allemand blessé, à terre, et une femme qui lui donne des coups de pied avec ses talons en bois.

Et, dans une rue transversale, deux sentinelles sont allongées, tirées comme des lapins. Des rigoles de sang coulent jusqu'au caniveau. Ils ont leur casque et leur fusil, on n'a pas encore osé les récupérer.

« À chacun son Boche… » La chasse semble ouverte.

Pas le temps d'observer la suite – Sadorski est trop pressé de retourner chez lui. Quai des Célestins. Depuis qu'il sait que le commissaire Massu a été arrêté par la section d'épuration, il juge n'avoir pas trop à s'inquiéter pour les petites histoires avec l'Inspection générale des services. Le préfet de police est arrêté, les directeurs sont arrêtés, les commissaires, divisionnaires et principaux, sont arrêtés… Pendant qu'en ville le bordel généralisé va encore durer quelque temps. Personne ne va s'amuser à le rechercher pour une histoire de deux petits millions évanouis dans des circonstances malaisées à éclaircir.

Et sur lesquels lui-même n'a pas touché un sou ! Du reste le plaignant, M. Perret, est arrêté lui aussi... Tous les emmerdeurs sont arrêtés, c'est merveilleux ! Le chef du défunt Rayon juif de la 3e section rigole tout seul en pédalant.

Il a hâte de retrouver Yvette.

Et il a peur des yeux de Julie quand il rentrera.

La mort de Bernard est quelque chose que la lycéenne ne lui pardonnera jamais... de même que ses mensonges. Et ce rapport sexuel, obtenu en jouant sur la surprise, le sentiment, l'émotion, mais qui ressemble de plus en plus à un viol.

Tant pis. On ne fait pas d'omelette sans casser des œufs. Et quand le vin est tiré il faut le boire. La sagesse populaire renferme davantage de vérité que les plus hauts traités de philosophie ! Quoi qu'il en soit, et sans s'attarder inutilement sur les récriminations de la petite Juive car on n'y peut rien, Sadorski pense disposer de quelques jours pour se retourner. Gamberger sur ce qu'il va faire. Demeurer planqué à Paris ? Chanstiqué et sous une fausse identité ? Ou passer en Suisse ou en Italie ? Ce second pays lui plaît mieux – il baragouine déjà un peu la langue, les Ritals il en a connu plein à Sfax au temps de sa jeunesse.

En tout cas, éviter de se pointer à la préfecture, même avec brassard. Ses anciens collègues se feraient une joie de lui coller un flingue sous le nez et de le coffrer immédiatement. Il ferait un parfait bouc émissaire à la PP. Le responsable de toutes les arrestations, les fusillades d'otages, les déportations !... Il imagine déjà les manchettes rivalisant d'exagération dans les journaux, à l'ouverture du procès. *Si* on lui accorde un procès...

UN POLICIER QUI ARRÊTA 5 000 JUIFS COMPARAÎT DEVANT LA JUSTICE

Un verdict exemplaire doit punir cet individu sinistre qui traqua pendant quatre ans des hommes, des femmes et des enfants sans défense...

Article signé Edmond Loiseau, peut-être ?

Les pétarades de coups de fusil, et les nouveaux tirs d'obus, interrompent ses réflexions. Sadorski ralentit pour aborder prudemment la place de l'Étoile. L'extrémité de l'avenue Victor-Hugo, à l'angle de la rue de Presbourg, est encombrée par les restes d'un poste d'artillerie allemand : chicanes en béton repoussées par les tanks, murets de sacs de sable effondrés, canon antichar détruit.

Il débarque après la bataille mais la scène de guerre est impressionnante. Se tenant un peu à l'écart, une foule de badauds ravis et énervés, prudemment massés sur le côté ouest, contemple l'Arc de triomphe transformé en poste de commandement d'un colonel français[1] de la 2e DB. Un immense drapeau bleu-blanc-rouge vient d'être déployé sous la voûte où flotta quatre années durant l'étendard nazi. Le monument fume encore, un obus de 88 tiré par un panzer depuis la place de la Concorde ayant emporté un morceau du bas-relief de *La Marseillaise* de Rude, dont les débris sont éparpillés sur le terre-plein central.

Les cadavres d'une petite dizaine d'officiers allemands gisent en tas sur le pavé entre l'Arc et le départ de l'avenue de la Grande-Armée. Il y a aussi quelques bouts sanglants de chair et d'uniforme : les restes d'un lieutenant-colonel qui a été déchiqueté par la foule – après avoir, en traître, feignant de se rendre lui et ses camarades, jeté une grenade qui a blessé grièvement un officier français et manqué tuer le chef de la colonne blindée. D'autres morts en tenue vert-de-gris sont allongés çà et là vers l'avenue de Wagram.

Les survivants de l'état-major et de la garnison de l'hôtel Majestic se dirigent, hagards, dépenaillés, les mains levées, vers des halftracks de l'armée Leclerc, escortés par des soldats en calots ou casqués du régiment de marche du Tchad, leurs fusils et FM braqués à l'horizontale. Ces soldats fatigués couverts de poussière ont beaucoup de mal à garder les centaines de prisonniers de la masse déchaînée qui veut les lyncher. Les abords du blockhaus de béton défendant l'hôtel sont encombrés par des chars allemands en flammes, des voitures renversées, et semés de débris. L'atmosphère est saturée d'essence, de poudre, de caoutchouc brûlé. Des tanks Sherman et destroyers surveillent les lieux, d'autres sont postés aux entrées des avenues rayonnant autour de la place. Les combats se déroulent à présent sur l'avenue des Champs-Élysées, que descendent lentement sur ses trottoirs, dans le

---

1. Le colonel, plus tard général de division, Paul Girot de Langlade.

claquement des chenilles et les fumées de gaz d'échappement, les blindés ouvrant le feu contre la place de la Concorde, où l'on voit fumer dans le lointain la carcasse trouée, immobile, du Panther qui avait visé l'Arc de triomphe. Il a été frappé de plein fouet par un obus tiré de l'Étoile ayant parcouru toute la longueur des Champs-Élysées ; puis éperonné par un autre char français, arrivant de la direction opposée, et qui l'a canonné à bout portant.

Sadorski, sur son vélo, hésite, un pied à terre. À voir les panaches de fumée qui s'élèvent des environs de la Chambre des députés et de la gare d'Orsay, et, plus loin, du QG des jardins du Luxembourg, on se bat avec ardeur également sur la rive gauche. Des zones à éviter, bien que ce soit la route la plus directe pour rejoindre le quai des Célestins. Il choisit de poursuivre son chemin sur la rive droite. Et, empruntant l'avenue de Friedland, en un détour prudent, retrouve la longue rue du Faubourg-Saint-Honoré, libérée depuis l'évacuation du quartier général de la Luftwaffe et du KdS de la rue des Saussaies. Il roule, avec un serrement de cœur, devant le n° 75, que décore toujours le grand drapeau britannique de la famille Dodds. Des coups de feu continuent de claquer en haut des toits, tirés par des miliciens. Leur rythme s'accroît brusquement, tout le secteur est arrosé de balles de petit calibre, les gens s'abritent sous les porches, le nez en l'air, tels les réfugiés d'une averse. Sadorski se trouve coincé au bord de la place Beauvau par la grêle de projectiles. Il attend, exaspéré, plaqué contre une façade. Un panier à la main, une jeune fille fait la quête pour payer une couronne de fleurs à un héros blessé qui vient d'expirer au poste de la Croix-Rouge. Tout le monde sauf l'inspecteur met la main au portefeuille – au bout de dix minutes elle a déjà récolté 15 000 francs ! Une demi-heure s'est écoulée quand il voit arriver dans le bon sens une voiture découverte de la Wehrmacht, pilotée par un sous-officier boche ; un FFI se tient debout sur sa droite, brandissant un fanion blanc. Le chauffeur est en cours de reddition, le jeune résistant lui désignant l'endroit où garer son véhicule afin de se constituer prisonnier. La scène provoquera focément de la surprise et une interruption momentanée des tirs. Sadorski en profite, et fonce à travers la place, derrière le véhicule, gagne l'autre côté juste avant la reprise de la fusillade.

La bataille de la place de la Concorde, où convergent deux groupements de tanks français, atteint son intensité maximale. Un épais rideau de fumée s'élève, et Sadorski en passant aperçoit de loin, au bout de la rue Royale, des chars Panther en flammes à la porte des Tuileries. Des mitrailleuses en batterie sur les toits du ministère de la Marine balaient la place et le débouché de la rue de Rivoli, fauchant des jeunes gens et une infirmière qui portaient secours aux FFI blessés. On se canonne et se mitraille aussi dans les jardins, par-delà les balustrades et les barrages de fil de fer barbelé, où Sadorski distingue d'autres chars en feu. Les principaux points d'appui allemands, l'hôtel de Crillon, le ministère de la Marine et l'hôtel Meurice, sont la cible de violentes attaques de la part des tanks et de l'artillerie. Une colonne du Crillon, touchée par un obus, gît, en plusieurs morceaux, sur les débris d'une automobile éventrée sous son poids. Les voitures allemandes garées devant le bâtiment brûlent. Les mitrailleuses des tanks arrosent les fenêtres des hôtels avec leurs balles traceuses. Toute la force militaire des libérateurs se concentre sur ces derniers réduits fortifiés de herses, de casemates, de chevaux de frise, de barbelés. Dans les rues adjacentes, des acclamations fusent pour encourager les combattants en vert et en kaki. Les gens se jettent à plat ventre sous les rafales de mitrailleuse lourde, s'abritent derrière les tanks, s'éparpillent dans toutes les directions. Rue d'Alger, un convoi de camions flambe, ses munitions explosent. Des détachements de blindés français affluent de l'est : une première colonne de cinq tanks, partie du Châtelet, soutenue par des sections de fantassins du régiment du Tchad et par des FFI, a remonté la rue de Rivoli le long des arcades pour attaquer l'hôtel Meurice, enfonçant un barrage allemand devant l'hôtel, dernier bastion du général von Choltitz, le commandant du Grand Paris ; une deuxième arrive en face de Sadorski rue Saint-Honoré, avec l'intention de prendre le bâtiment à revers. En quelques minutes, le carrefour de la rue de Castiglione, où se trouve l'hôtel Continental, ressemble à ce qu'il imagine de Stalingrad, avec ses façades béantes, noircies, ses vitrines défoncées, des véhicules en flammes et des corps en tenue *feldgrau* jonchant la chaussée parmi les décombres. Des grenades sont lancées des fenêtres ; les balles sifflent, la pierre éclate, des bouts de balcon tombent, le cycliste n'a d'autre choix que d'obliquer à gauche en vitesse. Ce qui le mène en quelques coups de pédale jusqu'à l'Opéra, où il assiste au spectacle surréaliste de la reddition de la Kommandantur.

Un drapeau blanc est arboré à son balcon, au-dessus de la vingtaine d'officiers et des deux ou trois cents hommes qui sortent, bras en l'air, toussant à cause de la fumée, sous les huées d'une immense foule de spectateurs, et escortés par des FFI armés et des civils munis de brassards. Le grand drapeau rouge à croix gammée est étalé sur la chaussée. Il y a aussi des flaques rouges de sang au milieu des débris. Un panache de fumée noire s'élève d'un camion incendié devant la boutique de gants Guibert Frères. Marchant en tête équipés de pistolets, de fusils américains Garand et de fusils-mitrailleurs anglais Bren, soldats de Leclerc, insurgés jeunes et bronzés, gardes de Paris casqués et sergents de ville à képi s'avancent sur l'avenue, l'Opéra dans leur dos, sous le ciel d'un bleu transparent. Ils encadrent un gros colonel boche en casquette, suant et effaré, le tenant par les coudes, et le protègent de la foule qui l'insulte, danse autour de lui, le couvre de crachats.

Il est un peu plus de 16 heures quand Sadorski freine avec sa bicyclette devant l'immeuble du quai des Célestins.

Aux fenêtres pendent quelques drapeaux tricolores ; la vitrine de la teinturerie Espaillac 50 est pavoisée elle aussi. Mais il ne distingue rien de particulier aux fenêtres de son propre appartement, ouvertes, le verre de l'un des battants renvoyant des éclats de soleil.

Il pousse la porte cochère, range le vélo dans le hall, face à la loge. Il frappe au carreau. Personne, pas de Mme veuve Lantin. Tant mieux, il n'éprouve aucune envie de la voir, la sale pipelette. Au fait, continue-t-elle à éructer sa haine des Juifs ? Elle doit plutôt se terrer, essayer de faire oublier son fiel, son venin, sa fièvre collaboratrice des quatre dernières années… et ses petits amis troufions ou sous-officiers de la Wehrmacht. Ne possédant pas la clé de l'antivol, l'inspecteur est bien obligé d'abandonner momentanément son deux-roues à la merci des voleurs. Il le montera plus tard. Après avoir embrassé Yvette. Et Julie – si elle veut bien, ce qui n'est pas sûr. Improbable, même. Il gravit les marches de l'escalier, le cœur battant de plus en plus la chamade.

Au troisième, la porte de l'appartement est entrebâillée. On l'attendait ? Sadorski pousse le battant, et prononce, intimidé presque, en tout cas nerveux, et pas fier de lui :

— Yvette ? poupoule ? C'est moi ! Moi, Léon ! Je suis de retour... (Il ajoute, histoire de mettre en valeur les dangers qu'il vient de courir :) Sain et sauf ! Les Boches et les miliciens m'ont tiré dessus mais je suis passé !

Aucune réponse.

— Yvette ? Julie ?

Il entre. L'appartement paraît désert. Et il y règne un certain désordre. Des vêtements féminins traînent sur le sol.

— Yvette ?

Ne trouvant pas d'explication rassurante à ce phénomène inattendu, cette absence, ce vide, s'efforçant de maîtriser la panique qui monte, et l'angoisse, l'envie de vomir, Sadorski après avoir inspecté les pièces l'une après l'autre, en vain, se précipite vers son bureau. Dans le tiroir il cherche fébrilement des chargeurs pour le Browning, récupère les trois qu'il se rappelait avoir laissés, et prend également sa trousse à accessoires pour le chanstiquage : fausses moustaches, colle, etc. Il remplit les poches du veston, enfile le brassard à croix de Lorraine sur son bras gauche, attrape son feutre marron sur le portemanteau, ressort en courant et dévale les marches quatre à quatre. Entre le premier étage et l'entresol, il tombe sur M. Linarès, le célibataire qui habite au deuxième, employé chez un photographe. Il porte justement un appareil photo, de marque Voigtländer, en bandoulière. C'est un de ces modèles qui ressemblent à une boîte noire avec deux lentilles, grosse et petite, superposées. Le boîtier est orné de l'inscription « SUPER B ».

— Monsieur Linarès ! Vous n'avez pas vu ma femme ? La porte est restée ouverte, elle est juste sortie pour une course ? peut-être ? Vous ne savez pas ?

Dans son affolement il s'exprime de façon peu claire. Tandis que le tireur en laboratoire le dévisage, une expression d'épouvante répandue sur ses traits.

— Votre femme ? Euh, votre… Je…

Sadorski, crispant les poings, est suspendu à ses lèvres.

— … Je… Votre femme, eh bien, j'ai entendu dire que…

— Hein ? Mais parlez, bon sang !

— Que… oh, mais je ne sais pas, moi… (Linarès gémit.) Le… le monde est devenu fou ! Je ne veux pas voir ça… Ça me dégoûte… Je suis sorti faire des photos, mais pas ça, pas ça !… je ne peux pas… Je vous souhaite une bonne soirée, monsieur Sadorski ! Si vous pouvez…

Le type l'écarte, poursuit son ascension en courant. Au deuxième étage, une porte claque. Le silence retombe dans la cage d'escalier.

N'y comprenant rien mais de plus en plus effrayé, Sadorski regagne le hall net et calme, au carrelage brillant, récupère le vélo, franchit la porte cochère. Une traction noire défile sur le quai à toute berzingue, drapeaux tricolores au vent. Chargée de FFI brandissant des pistolets et des mitraillettes. L'air estival brûlant est empuanti de fumée. On entend des rafales de mitrailleuse, des coups de feu isolés, des explosions. Plutôt vers le nord du quatrième arrondissement. Du côté du troisième, en fait. Près de République. La guerre pour Paris ne semble pas du tout finie. Tenant la bicyclette par le guidon, il traverse le quai, les rails de tramway que le soleil d'après-midi fait étinceler, monte sur le trottoir, devant les peupliers de l'île Saint-Louis par-delà le bras de Seine. Une barricade de gravats, de sacs de sable, de pavés, d'arbres abattus, de carrioles, de tonneaux, de cages de lit, d'un piano hors d'usage et d'autres objets divers, coiffée de drapeaux tricolores, bloque l'entrée du Pont-Marie. Les berges étant calmes, la plupart des FFI préposés à sa garde sont occupés à lever le coude au comptoir du bistrot d'en face. L'inspecteur se tourne pour contempler son immeuble. Et les fenêtres, là-haut, béantes sur un appartement silencieux et désolé.

Où est Julie ?

Mais bordel, qu'est-ce qui se passe ? s'est passé ?

Où sont-elles donc, ses chéries ? ses amours ?

Mystère.

Le voilà tout seul, et perdu.

Des applaudissements, des rires, des chansons se rapprochent. Tout un charivari, venant, dirait-on, de la rue du Fauconnier. Une troupe joyeuse, des pas, des claquements de talons en bois… Elle débouche à l'angle de l'étroite rue que bordent de vieilles maisons penchées. Les chants ne sont pas des *Marseillaise*. Il n'y a pas de « Vive de Gaulle ! » ou de « Vive Leclerc ! »… Mais des refrains, obscènes, de corps de garde. Sadorski observe l'étrange colonne. Le personnage qui marche en tête, triomphant, hilare, porte devant lui un écriteau avec des mots madroitement formés, à la peinture :

HONTE à ces Femmes AMOUREUSES du MARCK[1]

Un méli-mélo joyeux de gardiens de la paix en uniforme, d'individus en vêtements civils, le béret basque sur la tête et la clope au bec, de gamins en culottes courtes, de FFI ou assimilés, le pistolet à la ceinture, au poing, la carabine en bandoulière, de Françaises de tous âges, adolescentes, ménagères, vieilles commères du quartier, enfin deux ou trois piliers de bistrot, la trogne réjouie, le nez enflammé et le litron émergeant de la poche, encadrent… une quinzaine de femmes et trois hommes ; la plupart ont les mains liées, devant eux ou derrière le dos.

Les trois hommes sont habillés, quoique les vêtements en désordre, sans cravate, la chemise sale ou déchirée, le visage enflé, rouge et marqué de coups. Les femmes, elles, avancent demi-nues, en sous-vêtements disparates – slip et soutien-gorge, jupon, combinaison, chemisette de nuit –, avec pour point commun d'avoir la tête entièrement rasée, sauf…

1. *Sic.*

Incrédule, Sadorski depuis son trottoir du quai des Célestins constate que les ciseaux, le rasoir ou la tondeuse du coiffeur ont laissé sur chacun des crânes de fines brosses d'un ou deux centimètres de cheveux, dessinant des croix nazies. Plus lisibles sur la tête des brunes que sur celle des blondes, naturellement. L'opération a dû se faire à la diable, avec brutalité, car plusieurs crânes saignent. Une seconde croix gammée, plus grande, a été peinte au goudron sur le haut du buste de chacune des prisonnières. L'une d'elles porte un bébé dans ses bras, de l'âge à peu près du petit Bernard. La mère était brune, l'enfant a des mèches de cheveux blonds.

Le défilé a envahi la chaussée et va passer devant le bâtiment du n° 50. On entend des cris : « Putes à boches ! », « Toutes des salopes ! », « On va leur apprendre ! »... L'inspecteur met à profit le fait que personne ne le regarde, pour se détourner et sortir de la poche de poitrine de son veston la petite paire de lunettes de soleil achetée à la plage de Paris avec Monique. Il les chausse d'un geste rapide et discret, puis abaisse le plus possible son chapeau sur sa propre tête. Dans la foule des accompagnateurs ou des curieux il a reconnu des habitants de son immeuble. Les Blin, le couple de confiseurs. Le retraité M. Yvon. La toute jeune Mme Philippon qui travaille comme sténo-dactylo et dont le mari est clerc de notaire. Le nommé Henner, garçon de café. Et deux ou trois autres dont il n'a jamais su les noms. Il repère également Mme Marc qui est la meilleure amie de sa concierge. Tiens, voilà justement Mme Lantin. Dans un accoutrement stupéfiant et tout à fait nouveau : brassard bleu-blanc-rouge, étui de revolver à la ceinture, et coiffée d'un vieux casque à cimier bosselé qui a dû fréquenter les tranchées de la guerre de 14-18.

Sans un coup d'œil au cycliste à lunettes noires debout sur le quai, la bignole élevée au statut de vaillante franc-tireuse longe gaiement le cortège des tondues, houspille et balance des bourrades à une grande femme en combinaison bleu ciel. Elle a de belles fesses et de belles jambes, remarque Sadorski. Le goudron de la croix gammée bave un peu sur le devant de sa combinaison. Mme Lantin se met à gueuler, d'une voix avinée :

— Salooo-peu !… Saloo-peu ! Aah… tu fais moins la fière, hein, la pute, l'embochie !… La saloo-peu de putain à Fridolins !

Elle reprend, après lui avoir balancé une tape sur la nuque :

— C'est qu'il est pas là, hein… ton saligaud de mari, pour te protéger… Ce gros con de cocu… Ce cornard de mes deux qui travaillait lui aussi pour la Gestapo !… (La concierge brandit le poing et, prenant à témoin son public de badauds avides, vocifère, la bouche tordue, où manquent des dents :) Elle me l'a dit elle-même… cette pouffiasse, cette sale radeuse, cette tapineuse de merde !… Non, mais ce culot ! Ouais elle s'en vantait, la dégueulasse salope… Que son homme, il avait été invité par les Chleuhs à Berlin… à leur saloperie de préfecture de police sur l'« Alexander-place »… Où qu'on lui avait confié une *mission très importante*… Ce sont ses mots, à la catin, à la chienne nazie !… Ses mots authentiques ! Prouvé, certifié, je l'ai entendue ! Garanti sur facture ! Et attendez ! Tenez-vous bien, messieurs-dames ! Accrochez-vous ! Écoutez ce qu'elle m'a dégoisé ! Que le grand chef de la police à Hitler, ouais, ce salopard de Himmler, cet assassin, l'avait reçu, son mari, dans son bureau afin de le féliciter… d'avoir arrêté et fait fusiller autant de you… de Juifs, chez nous à Paris… et qu'il lui avait offert des cigares, des biscuits et du champagne !… (Elle hurle de rire.) Ben là où tu vas, ma poulette, du champagne t'en boiras pas… À l'eau et au pain sec !… en attendant de passer en jugement !… Et moi, d'abord, sans attendre l'avis des juges, je te pisse à la raie ! Plutôt deux fois qu'une ! Ouais, c'est tout ce que tu mérites… Saloo-peu !… On devrait, nous les résistants, les libérateurs de la France, après qu'on a chassé les Boches on devrait te forcer à déféquer devant nous, et qu'ensuite, on te barbouille avec ta propre merde… Ha ! on va te corriger, tu vas voir, espèce de sale loque archi-pourrie ! Gredine, dégoûtante, traîtresse, qui a fricoté avec les Fritz… qui s'est bien fait remplir la chagatte ! À ras bord ! Et bourrer le fion ! Si tu crois qu'on t'a pas vue, en 42, embrasser ton bel Allemand blond comme les blés… ton Helmut, ton Siegfried, ton Adolf, là, sur l'île, avant de rentrer chez toi comme une sainte-nitouche… Ouais… Si ça se trouve, t'es une garce d'espionne, ça m'étonnerait pas, et les camarades du comité de libération y vont décider que t'as mérité douze balles dans la peau !… Ouais, *douze*… comme ton cornard de Sadorski, lequel va pas y couper, hein, quand nos braves FFI l'auront arrêté ! Fusillé illico… L'ordure ! Lui il a pas intérêt à nous tomber dans les pattes !…

La tirade est saluée par des commentaires approbateurs, des rires et des applaudissements.

Sur le trottoir, l'inspecteur, statufié, liquéfié, continue d'observer la scène. Des larmes coulent, sous les petites lunettes noires d'aveugle, elles roulent sur ses joues, son menton.

Il n'avait pas reconnu Yvette.

Des gamins ont ramassé des pierres et les jettent à la grande femme en combinaison bleue. L'une d'elles l'atteint à l'épaule. La peau a éclaté au point d'impact, un peu de sang coule.

Un FFI, le fusil Mauser à la bretelle, harangue le groupe :

— Camarades ! Ces personnes vont être conduites au Dépôt de la préfecture pour être interrogées !… Parce que les commissariats sont saturés de prisonniers…

— Y a qu'à les tuer tout de suite ! braille Mme Marc. Justice ! La justice du peuple !

Le résistant n'est pas d'accord.

— Nous avons des consignes, madame, de la part du chef de l'insurrection, le colonel Rol. Les opérations doivent être faites *par la police*, appuyée par les FFI. Les coupables seront punis, vous inquiétez pas ! Maintenant, le Boche exécré a été taillé en pièces, désorienté, battu, mis hors d'état de nuire ! Dans notre quartier les résistants appuyés par le 3e régiment de marche du Tchad ont repris le central téléphonique ! La caserne de la République et l'hôtel Moderne ne vont pas tarder à tomber à leur tour ! (Il y a des bravos dans l'assistance.) Le peuple parisien a été magnifique et son attitude courageuse a une fois de plus émerveillé le monde ! Les FFI ont été splendides, ils se sont conduits comme des vrais Français, accomplissant partout des actes d'héroïsme, faisant des prodiges, terrassant l'adversaire… Paris a brisé ses chaînes ! Les hordes teutonnes sont en déroute ! Le peuple de Paris, dressé contre l'envahisseur, le jettera dehors et notre victoire sera définitive ! Allez, on y va, sans violences inutiles, marchons vers l'héroïque préfecture, pour livrer tous ces traîtres et ces traîtresses pieds et poings liés ! Soyez-en sûrs, les valets hitlériens et les embochies sont sous bonne garde, et connaîtront bientôt le juste châtiment de leurs crimes !

Il a brandi son fusil pour ponctuer la fin de sa péroraison. Sadorski éprouve de la gratitude. Le gars en fait a calmé la foule, les a aiguillés avant que tout ça dégénère complètement. Quand le gosse a jeté la pierre, il était moins une.

Les gardiens de la paix seraient peut-être intervenus. Mais peut-être pas. Ou trop tard…

Dans les cris, les chants et les rires, la centaine de patriotes et leurs captifs s'éloignent le long du quai, en direction des tours de Notre-Dame où flottent les couleurs nationales. L'inspecteur suit des yeux, le plus longtemps possible, la silhouette de son épouse. Son crâne nu, marqué de la croix infamante. Parmi d'autres crânes. Au moins, il sait où elle est dorénavant, à défaut de pouvoir l'y retrouver. Le Dépôt de la préfecture. Là où lui-même conduisait ou venait chercher les Juifs arrêtés destinés à Drancy. Et où a été internée, deux nuits seulement, Jacqueline Perret.

Et maintenant ? Que faire ?

Et où est Julie ?

En face de lui, à côté de l'entrée du n° 50, la teinturerie Espaillac et les drapeaux tricolores pavoisant sa vitrine. On distingue une jeune employée à l'intérieur. Sadorski ne l'a jamais vue auparavant.

S'il ne l'a jamais vue, l'inverse est vrai. L'employée ne le connaît pas, ne risque pas de donner l'alerte.

Poussant son vélo, le policier déguisé traverse le quai des Célestins. Il remonte sur l'autre trottoir, appuie le deux-roues contre la façade, bien en vue de l'intérieur, pose la main sur le bec-de-cane.

Ding-dong.

— Bonjour, mademoiselle…

— Monsieur ?

C'est une rouquine, aux joues fraîches. Semées de petites taches, de rousseur, précisément.

— Je vous demande pardon, mademoiselle, mais je cherche une amie… une jeune fille… Elle, euh, elle habitait au 50 mais semble être sortie… Je m'inquiète un peu, vu la situation, les tirs… Comme vous êtes bien située pour voir les gens qui passent devant l'immeuble…

— À quoi ressemble-t-elle, votre amie, monsieur ?

— Brune, dans les dix-sept ans… Fine… Les cheveux longs, un peu bouclés… Le nez… euh, légèrement busqué… Le type juif, quoi. Israélite…

— Ah, mais oui ! Je l'ai vue il y a un quart d'heure… Non, vingt minutes…

Sadorski retient son souffle.

— Elle a tourné à gauche ? ou à droite ?

— Ni l'un ni l'autre. Elle est montée dans une auto.

— Hein ?

— Une voiture FFI.

— Ah ! Et, euh, ils l'ont arrêtée, elle aussi ?

— Pas du tout. Votre amie portait un brassard bleu-blanc-rouge, avec la croix de Lorraine. Elle est partie avec les résistants.

— Mais… Où ? Ils ont pris quelle direction ?

— Je les ai entendus crier : « À République ! » Et puis : « On les aura ! Mort aux Boches ! » Tout à l'heure Mme Espaillac m'a dit qu'on se battait pour le central téléphonique Archives…

— Ces FFI que vous avez vus étaient armés ?

— Bien sûr. Des mitraillettes, des revolvers…

Il se cramponne au comptoir. Bon Dieu. Julie… au lieu de rester tranquillement à la maison. Où elle ne risquait rien. Désormais. Les Allemands, les traqueurs de Juifs, sont partis…

— Vous pouvez me décrire le véhicule ?

— Oui, tout à fait. Une traction avant Citroën. Sur les portières il y avait marqué, à la peinture blanche : *FFI* et puis aussi *FNE*[1]*-Janson*.

— Janson ?

1. Front national étudiant, créé en juillet 1941 à l'intiative des étudiants communistes et censé rassembler « gaullistes, catholiques, protestants et communistes » pour des actions clandestines de résistance.

— Comme le lycée, monsieur, peut-être ? Ils étaient très jeunes…

— Combien étaient-ils ? Et leur signalement ?

— Je n'ai pas bien regardé, y avait un client dans le magasin… Ils sont repartis très vite. Je dirais trois ou quatre… sans compter votre amie. Ils ne sont pas tous sortis de la voiture. L'un d'eux avait les cheveux coiffés à la zazou.

Il jure.

— Bon, je vois qui c'est, le petit con… Et la bagnole, quelle couleur ? Noire ?

— Non. Bleue.

— Bleu foncé ? Bleu clair ?

— Bleu foncé.

— C'était une 11 CV ou une 15 CV ?

— Onze. Du modèle courant… Enfin, je crois… je ne m'y connais pas beaucoup en automobiles.

— Vous n'avez pas noté le numéro de plaque ?

Elle secoue les épaules en signe d'impuissance.

— Je suis désolée.

— À part les lettres peintes sur la carrosserie, il n'y avait pas de signe particulier ?

— Euh… il m'a semblé que la roue de secours, derrière le coffre, était manquante…

— Bon. On va faire avec ça.

Il sort sans remercier, pas le temps, chaque seconde compte. Il enfourche la bicyclette. Direction la place de la République. Par le chemin le plus rapide. En espérant que le chauffeur de la traction ait emprunté le même. Pas sûr. Ces petits bourges du seizième ne connaissent sûrement pas le quartier populaire du Marais…

Mais Julie, si. Elle leur aura certainement indiqué la route. Il réfléchit une seconde.

Disons rue Saint-Paul. Puis rue de Turenne. Les rues plus étroites que celles-ci peuvent être totalement barrées aux voitures. Chaque rue veut sa barricade ! Quant aux avenues ou boulevards, ils risquent d'être battus par les tirs des canons ou des chars. Sans compter les miliciens embusqués sur les toits…

La rue Saint-Antoine, à gauche, est bloquée sur toute sa largeur. Rue de Turenne, il croise deux camions de déménagement de la maison Bedel. Leurs plates-formes sont remplies de corps. Par les portes arrière ouvertes, le cycliste aperçoit cadavres et blessés pêle-mêle, les pieds dans le vide, un mélange de bottes allemandes et de souliers français. Plus loin, vers le nord de l'arrondissement, à mesure qu'il progresse on entend des déflagrations de plus en plus fortes. Explosions de mines, tirs de canon. Claquements de fusils. Et une épaisse fumée noire monte dans le ciel au-dessus du secteur de la République.

Vers la droite, Sadorski distingue des grincements de chenilles sur le boulevard du Temple. Des FFI armés courent à côté d'un halftrack de l'armée Leclerc arborant le drapeau bleu-blanc-rouge. Leur objectif est l'hôtel Moderne et la caserne Prince-Eugène, sur la face nord de la place de la République, où se sont repliés les Allemands. Protégée par un barrage de chevaux de frise et de sacs de sable, une pièce d'artillerie est en position à l'entrée du boulevard, visant la perspective jusqu'à la station Filles-du-Calvaire, en tir tendu. Toutes les petites rues du quartier sont barricadées, impossible d'aller plus loin que l'intersection de la rue de Bretagne. Ça mitraille de partout, les résistants et des policiers français casqués sont regroupés aux angles des immeubles et dans les ruelles au sud de la République. D'autres semblent arriver du onzième arrondissement. Les pièces allemandes d'artillerie de campagne installées du côté est balaient les avenues. La trajectoire des obus est visible même en plein jour. Les mitrailleuses lourdes et les fusils-mitrailleurs crépitent, les balles sifflent, des vitrines dégringolent. Le terre-plein central est envahi de fumée. Le cycliste distingue là-bas des silhouettes casquées, qui courent, tenant des PM ou des fusils. Des chars remontent la rue du Temple, à gauche. On entend des départs de canon dans cette direction. Puis des bris de verre, et l'écroulement de blocs de pierre d'une façade. Quelqu'un crie : « Attention ! On signale les Chleuhs dans les couloirs et les tunnels du métro ! À Oberkampf ! Ils peuvent ressortir par là ! »

Courbé sur son vélo, Sadorski pédale, ruisselant de sueur, les mollets douloureux, les yeux piquant à cause de la fumée et des vapeurs d'essence. Il regrette d'avoir retiré ses lunettes de soleil, songe à les chausser de nouveau. Il a rebroussé chemin, pris la rue Saint-Claude, où les insurgés l'autorisent – agent de liaison « Honneur de la police » de la préfecture auprès du commandant du comité de libération du onzième ! – à franchir leur barricade. L'inspecteur traverse le boulevard, le dos courbé sous le sifflement des balles. Impossible de remonter vers République, beaucoup trop dangereux. À droite devant lui, il découvre une ruelle dépourvue de barrage – c'est bien la seule ! Le passage Saint-Sébastien. Lequel débouche sur le boulevard Voltaire au carrefour avec le boulevard Richard-Lenoir. Là aussi les balles de mitrailleuse sifflent à ses oreilles. Il emprunte le boulevard Voltaire sur son trottoir de gauche en rasant les murs.

C'est à ce moment qu'il aperçoit la traction bleue.

À l'angle du boulevard Voltaire et de la rue de Malte.

Sur le coffre, la roue de secours manque, ainsi que l'avait dit la fille chez le teinturier.

Des corps sont allongés sur le trottoir, sous des couvertures.

Quatre couvertures, quatre corps.

Sadorski met pied à terre, progresse en courant sous les balles.

Une jeune fille se précipite, débouchant de la rue d'Angoulême[1]. Elle tient un bouquet de fleurs à la main. Vite, elle plie les genoux, dépose son bouquet près de la voiture, près des corps, se redresse et repart tandis que les projectiles miaulent sans la toucher.

Des rigoles de sang coulent de sous les couvertures.

La « 11 légère » s'est encastrée dans le rideau de fer du magasin qui fait l'angle. Ses portières de droite sont ouvertes. Toutes les vitres ont disparu. Leurs minuscules débris de verre forment comme une neige poudreuse autour de la carrosserie affaissée.

Les quatre pneus sont crevés, aplatis, la roue avant droite tordue, son garde-boue plié contre le rideau métallique où est inscrit *Fermé les*

1. Aujourd'hui rue Jean-Pierre-Timbaud.

dimanches et lundis. Les tôles du véhicule sont percées de petits trous noirs.

Le numéro d'immatriculation est 9832 RK 6. Sur les portières de gauche on peut lire : *F.F.I.* et plus loin : *F.N.E. Janson*. Le tout complété par une croix de Lorraine, à la peinture blanche.

Un type en maillot de corps bleu marine sous sa veste, un mouchoir rouge noué sur le devant du cou, fait signe à Sadorski :

— Planque-toi ! Planque-toi ! T'es dingue, là, au milieu du carrefour !... Ça tire de là-haut, aussi, des salopards de miliciens !

Lui-même est accroupi sous une porte cochère. Il tient un petit pistolet argenté, un 6,35 Ruby, dans sa main droite. Sadorski abandonne momentanément sa bicyclette et court le rejoindre. Les balles crépitent sur la pierre, autour d'eux, soulevant de petits nuages.

Il demande au FFI :

— Qu'est-ce qui s'est passé ? La bagnole...

— Putain. Salopards de Boches. Y a une mitrailleuse, là, tu vois ? À l'entrée de la République, derrière les sacs de sable. Faut être louf pour vouloir passer à cet endroit. Après que la traction a perdu le contrôle, les autres se sont pointés, quinze ou vingt SS dont certains casqués, avec tout le fourbi, manteau, étui à masque à gaz, baïonnette, armés jusqu'aux dents...

Le type crache. Il a le teint très hâlé, des cheveux noir corbeau lissés en arrière. D'un geste du menton, il indique la direction de la rue du Temple, où progressent les tanks et les camions semi-chenillés de la 2e DB.

— Ce que t'entends, c'est la *Nueve*.

— Hein ?

— Les Espagnols. Tu te rends compte ? Cinq ans après la *Retirada*. Après la défaite devant cette crapule de Franco aidé par les nazis et les fascistes... et après que le gouvernement français a livré les combattants réfugiés chez nous à Hitler !... Aujourd'hui, les camarades espagnols, ils tiennent leur revanche ! Ils vont te dégommer ces fumiers de SS. Tu veux une clope ?

Sadorski secoue la tête. Pourtant, ce sont des gauloises. Il a l'impression de n'en avoir pas fumé depuis des siècles.

— Mais la bagnole… les jeunes dans la traction ?

L'autre secoue la tête.

— Les SS les ont sortis de là et les ont achevés à coups de pistolet et de PM. Et puis après… putain de putain de saloperie !… Je les ai vus, camarade. Ils ont *écrasé* les visages des gamins à coups de talon. Avant de repartir en rigolant… Ouais, ils se marraient, les types ! J'étais trop loin pour les atteindre avec mon flingue… Mais si on rentre dans la caserne, là, pas de pitié !

Sadorski ne sait pas si l'envie de vomir ou celle de chialer est la plus forte. Cependant, il faut d'abord s'assurer… vérifier…

— Parmi les jeunes… il y avait une fille ?

— Ah. Ouais… Putain, les salopards !

L'IPA n'écoute plus. Il bondit pour traverser la chaussée. Malgré les tirs.

Vérifier, voir de ses propres yeux. Même si…

Il a gagné l'abri de l'immeuble d'angle. De près, on constate que des souliers dépassent légèrement de sous les couvertures.

Trois paires de souliers d'homme. Ou plutôt d'adolescent…

Une paire plus petite.

Julie.

Oh, Julie. Julie…

C'est la dernière couverture à droite, la plus éloignée de la carcasse de la traction bleue, et du bouquet déposé en modeste hommage.

S'agenouillant, les yeux brouillés de larmes, Sadorski déplace lentement la couverture.

Le cadavre est vêtu d'une jolie robe à motif de petites fleurs rouges et bleues sur fond blanc. Les trois couleurs. Pour le jour de gloire.

Les balles 9 mm y ont fait éclater de nouvelles fleurs rouges, plus larges que les petits dessins imprimés. Et qui tendent à s'élargir, à mesure que le sang imbibe le tissu.

La jambe gauche porte des fractures ouvertes, subies dans l'accident. L'os pointe, dressé parmi la viande saignante.

La figure, comme l'a expliqué le gars aux cheveux gominés, est aplatie par les coups de botte. Méconnaissable. Pas vraiment humaine. De la chair rose, plus de nez ou presque, du sang qui a suinté de la peau éclatée, et puis des dents, des lèvres déchiquetées. Un globe oculaire a jailli et pend sur le côté. L'épiderme autour des orbites est piqueté de fragments de verre.

Secoué de sanglots, Sadorski détaille ces fragments, très fins – plus fins que du verre de pare-brise. C'est plutôt du verre de lunettes.

Julie, autant qu'il sache, *n'a jamais eu besoin de lunettes*.

Il examine les cheveux. Assez longs et bouclés, mais pas complètement noirs. Châtain foncé.

La petite robe d'été est munie de poches. La morte est encore tiède, le policier le sent en palpant la robe. Dans la poche de droite, il trouve une carte. Une carte d'identité française, un peu froissée et écornée. Avec des taches de sang.

Ses doigts tremblants dégagent la carte. L'ouvrent.

Elle est au nom de Marie-Paule Cogez, née le 12 septembre 1925 à Paris.

De fortes explosions retentissent sur la place de la République. Par contre, les tirs sur le boulevard Voltaire diminuent. Lorsque Sadorski se relève il s'aperçoit qu'on lui a fauché son vélo.

32

Un crâne à Denfert

Les faces des soldats français et américains montés sur les tanks, les automitrailleuses, les jeeps et les véhicules chenillés sont toutes rouges.

Ce n'est pas du sang, pas des blessures par balle.

C'est du rouge à lèvres.

Depuis hier chaque combattant des forces de libération entré dans la capitale a eu la figure tartinée de rouge à lèvres.

On leur crie – les femmes en particulier leur crient : « Merci ! » Aujourd'hui dans les vapeurs d'essence et le parfum des fleurs l'air brûlant de Paris libéré vibre du simple mot : *Merci !*

« Merci, monsieur ! », « Merci, les héros ! », « Merci, camarades ! », « Merci, mon gars ! », « Merci, les amis ! », *« Thank you, mister G.I. ! »*, « Merci ! », « Merci ! », « Merci ! Oh, merci… » Et puis, naturellement, les « Vive de Gaulle ! », « Vive la France ! », « À bas les Boches ! » « Vive Leclerc ! », « Vive la 2e DB ! », « Vivent les Alliés ! », répétés à l'infini, en cette magnifique journée d'été plus belle encore que les précédentes.

C'est une explosion de reconnaissance et de bonheur telle qu'aucune cité n'en a connu au cours de l'histoire.

Les gens sont heureux comme ils ne l'ont jamais été. Les maisons se sont vidées et tous les Parisiens sont dehors dans les rues et les avenues sous le grand ciel bleu. Ce samedi 26 août 1944. Des millions d'individus s'agglutinent, depuis la place de l'Étoile où a eu lieu une revue des troupes de la 2e DB, jusqu'à la cathédrale Notre-Dame où va être chanté un *Te Deum* solennel. Tout le long du parcours, les fenêtres sont garnies de drapeaux. Drapeaux français, américains, anglais. Quelques drapeaux russes. Bouquets tricolores. Tout est pavoisé. C'est le Paris gai, le Paris joyeux, le Paris de fête, de danse, d'amour… Un Paris de 14 Juillet. En mieux, en plus glorieux, en plus émouvant. Tous les engins motorisés, chars, halftracks, transports militaires, cars de police, voitures de pompiers, tractions FFI, autobus à plate-forme, ambulances, side-cars, sont bondés, surchargés d'hommes et encore plus de femmes, qui ont mis leur plus belle toilette. C'est une orgie de tricolore : cocardes, jupes, cravates, pochettes, bonnets de papier, et les drapeaux déployés, tout est bleu-blanc-rouge. Les autos klaxonnent, les moteurs ronflent, les chenilles des tanks grincent et claquent, les ambulances font mugir leur sirène. Des milliers d'individus sont là avec leur vélo, des fleuves humains parcourent les artères de la capitale. Au-dessus de l'Arc de triomphe de petits fuselages argentés brillent dans le ciel. Une escadrille de douze bimoteurs dessine une immense croix de Lorraine – leur passage soulève un délire d'acclamations. Des appareils de reconnaissance tournent et vrombissent au-dessus des cheminées. Il y a des véhicules civils et militaires partout. L'odeur d'essence est invraisemblable, pour une ville qui en a été à peu près privée pendant quatre ans. Tout le monde crie, applaudit, s'embrasse, chante. Un service d'ordre où se coudoient infirmiers, membres de la défense passive, agents de police et FFI tente de contenir cette marée. Et tout le monde cherche à découvrir le général de Gaulle. On grimpe à dix sur un escabeau, à quarante sur le toit d'une pissotière, on escalade les statues, les arbres et les becs de gaz, des grappes humaines s'accrochent aux balcons, occupent les toits… Sur les Champs-Élysées, puis à la Concorde, et rue de Rivoli, le long des Tuileries vers le Louvre, le général doit être là quelque part, au milieu de ce gigantesque bordel et des tourbillons de poussière, suivi de ses compagnons et de son armée fourbue, hétéroclite, bancale, avançant, grand et solitaire, à pied, ayant refusé une voiture, et il faut bénéficier d'une très bonne place pour le voir. Jamais peut-être un homme – dont on ne sait en réalité pas grand-chose – n'a soulevé une telle passion de la part d'un peuple.

L'inspecteur principal adjoint Léon Sadorski est là lui aussi.

Incognito.

Seul.

Lunettes de soleil, chapeau marron, fine moustache noire collée sur la lèvre supérieure. Veste et pantalon froissés, tachés, bâillant aux coutures. Pistolet semi-automatique Herstal 1910 dans la poche droite du veston. Chargé.

Ce quadragénaire courtaud à cheveux blancs et petites lunettes rondes d'aveugle n'est pas venu pour tuer de Gaulle. D'autres sont là dans cette intention, probablement. Des miliciens, des francs-gardes, missionnés ou non par Darnand. En civil, ils sont restés à Paris. Ils sont devenus francs-tireurs. Depuis plusieurs jours ils terrifient la ville. Les coups claquent et la mort peut venir de n'importe où. Claude Dagron se trouve peut-être dans les environs, là-haut, derrière une cheminée ou un pan de mur. Avec une mitraillette. Les tirs partant des toits n'ont jamais vraiment cessé. Des officiers français ont été tués sur la tourelle de leur char. Les tireurs, quand les FFI les ont dénichés, se sont fait en règle générale déchiqueter par la foule. Pas exclusivement les tireurs : avenue d'Italie, sur simple soupçon un malheureux dentiste a été éjecté de son appartement, lynché puis jeté encore vivant sous un tank Sherman. Vérification faite, c'était un ancien socialiste de la SFIO et on n'a pas trouvé d'arme chez lui[1]. Quelqu'un avait cru voir un coup de feu partir de sa fenêtre. Ces jours-ci il ne fait pas bon non plus être vietnamien – donc gestapiste japonais ! – ou algérien –

1. Ce prothésiste dentaire s'appelait Max Goa, domicilié au 34, avenue d'Italie. L'appartement a été immédiatement mis à sac, tandis qu'on arrêtait son épouse Madeleine, en réalité résistante ; condamnée à mort par un « tribunal populaire » de FTP siégeant à l'Institut George-Eastman de l'avenue de Choisy, elle a été exécutée le 29 août. (v. Alphonse Boudard, *Les Combattants du petit bonheur*, et Jean-Marc Berlière et Franck Liaigre, *Ainsi finissent les salauds. Séquestrations et exécutions clandestines dans Paris libéré.*)

donc, sans logique aucune, tireur des toits ; mais les « bicots » ont l'habitude de servir de boucs émissaires. La police traque ces étrangers au fond de leurs hôtels minables, leurs bistrots, leurs restaurants, on les fouille, les mains en l'air, contre le mur, on examine leurs papiers d'un air soupçonneux. Des exécutions improvisées se déroulent un peu partout depuis la Libération. Sadorski en entend parler, a même assisté à quelques-unes, la veille et ce matin – mais il s'en fout. Depuis hier, depuis que sa vie s'est écroulée, qu'il a perdu Yvette, perdu Julie, il se fout de tout. S'il était plus courageux il se foutrait lui-même à la Seine. Devant chez lui. Quai des Célestins. Là où il a été heureux, plus heureux peut-être que quiconque parmi les gens qu'il a connus.

Mais le bonheur, ça ne dure pas.

Léon, Yvette, Julie, ce qu'ils ont vécu ensemble c'était trop beau.

Ça ne *pouvait pas* durer.

Ces cent huit semaines et demie – il a pris le temps de les compter –, depuis la rafle du 16 juillet 1942 où Julie est venue se réfugier au troisième étage, jusqu'au départ du policier, ce dimanche 13 août 1944, avec les deux millions de M. Jean-Frédéric Perret dans sa serviette, semaines desquelles il faut soustraire huit mois passés en prison, Sadorski se considère déjà verni de les avoir vécues.

Quel homme peut se vanter d'un aussi long laps de bonheur avec ses deux amours réunies pacifiquement sous le même toit ? En tout cas chez nous. Où la bigamie n'est pas exactement encouragée par la loi française.

Hier, dans le troisième arrondissement, une fois que les mitrailleuses et les canons allemands aux abords de la place de la République ont été réduits au silence, l'inspecteur a interrogé des témoins de l'accident et du meurtre des quatre lycéens.

Les témoignages, comme toujours, variaient. Une douzaine de personnes seulement avaient remarqué une seconde fille, indemne, parmi les passagers de la traction bleue. Et, parmi ces témoins affirmatifs, les uns prétendaient qu'elle s'était enfuie, les autres – un peu plus nombreux – disaient l'avoir vue capturée par les SS. Cette version aussi s'est révélée confuse, et divergente : soit les Boches avaient entraîné la fille du côté de la caserne Prince-Eugène, soit ils étaient parvenus, avec elle et quelques Français pris en otage, à s'engouffrer dans la station de métro Oberkampf pour s'éloigner en empruntant les tunnels ; mais un résistant a juré à Sadorski que tous les Fritz ayant tenté de s'échapper par les souterrains du métro ont été mis hors de combat par des groupes lancés à leur recherche…

Lorsque les FFI, les policiers, les gardes de Paris et les soldats de la division Leclerc ont pénétré à l'intérieur de la caserne, après sa reddition en fin de journée, ils ont découvert, sommairement enterrés dans la cour en terre battue, huit cadavres, pas tous identifiés, de gardiens de la paix et de résistants. Huit hommes fusillés par les Allemands. Il n'y avait pas de jeune fille de dix-sept ans parmi eux.

Plus tard dans la même soirée, Sadorski, le brassard tricolore de l'inspecteur Pinson au bras, s'est joint aux milices patriotiques des troisième et onzième arrondissements qui « nettoyaient » le secteur. Il n'a eu l'occasion de tirer que deux ou trois fois. Il n'a pas revu le gars aux cheveux corbeau et au mouchoir rouge ; ni l'adolescente qui avait couru sous les balles avec son bouquet. Mais au cours de la nuit il s'est fait quelques copains. Les marques sur son visage, et leur attribution, du reste authentique, aux gestapistes, lui ont gagné les sympathies de ses nouveaux camarades. Il a picolé, fumé des cigarettes avec eux en plus de faire le coup de feu contre les nazis. Il a entendu leurs histoires et leurs anecdotes. Partagé un peu de fraternité, une fraternité d'armes qui lui a rappelé celle des tranchées. Dormi seulement quelques heures sur un matelas crevé, dans un local improvisé de la résistance, une pièce du premier étage du restaurant dévasté Le Magenta, avec en musique de fond les petits bals qui se formaient dans les quartiers. Et enfin il a bu, au petit matin, un café très noir qui n'était pas de l'ersatz et qui lui était servi par une jolie fille avec le sourire. C'est ainsi que l'inspecteur Sadorski a libéré Paris.

Pour ce qui s'est passé auparavant, quai des Célestins, il ne peut former que des conjectures.

On est venu arrêter Yvette sur dénonciation de la concierge. Julie terrorisée s'est cachée dans l'appartement, peut-être sous le canapé, ainsi qu'elle le faisait chaque fois que l'on sonnait à la porte et que ça pouvait être la Gestapo. Personne hier parmi les intrus ne l'a cherchée puisqu'on ignorait sa présence. Marie-Paule Cogez et ses copains de Janson sont arrivés peu de temps après, à l'heure où Yvette et les autres suspectes de collaboration horizontale recevaient, des ciseaux du coiffeur, la « coupe 44 ». Les lycéens, à l'instigation de Marie-Paule, venaient « libérer » leur camarade des griffes de l'odieux couple Sadorski… Et, dans l'enthousiasme communicatif de la guerre des rues, Julie s'est trouvée enrôlée, embrigadée pour cet assaut funeste et fou de la caserne boche dans l'arrondissement d'à côté. Voilà. Les rouages, les dents de l'engrenage fatal qui a achevé de pulvériser leur bonheur.

Les cris de joie, les vivats, les applaudissements redoublent d'intensité autour de lui, posté au coin de la rue de Rivoli et de la rue d'Alger, côté arcades. Les restes calcinés des camions allemands qui ont sauté la veille avec leurs munitions, pendant la bataille de la Concorde et de l'hôtel Meurice, sont toujours là, dans l'étroite rue, à quelques mètres. Sadorski juge tout ce déferlement de bonheur parfaitement obscène. Si on lui donnait une mitraillette, et qu'il soit certain de l'impunité, il viderait le chargeur frénétiquement sur la foule. On hurle : « Vive de Gaulle ! », « Vivent les FFI ! », « Vive la Résistance ! » On pleure de joie. On chante *La Marseillaise*. Les badauds se photographient sur les épaves de chars démolis. Constatant un nouveau pic de clameurs et d'ovations, il se hausse sur la pointe de ses chaussures, s'appuie à un pilier. Est-ce le général qui passe ? Vu qu'il est très grand, on devrait voir au moins son képi. Malgré sa tristesse et sa haine, Sadorski aimerait le rencontrer, ce « grand Charles »… Une seule fois. En ce jour tout de même exceptionnel. Il essaie de fendre la foule, écarter les gens, retenus par un service d'ordre somme toute débonnaire, policiers et civils mêlés.

— Pardon. Pardon… Poussez-vous un peu, merde !

Manque de bol, ce n'est pas le nouveau chef du gouvernement provisoire, ni même le fameux général Leclerc. Mais, dans les vapeurs d'essence, le vacarme des klaxons, des sirènes, les battements de mains, les chants patriotiques, les cris, un convoi de jeeps où des filles partagent les sièges avec des militaires, puis de side-cars, de berlines décapotables et de tractions Citroën FFI progressant sur la file de gauche du cortège. On y remarque beaucoup de jeunes. Debout à l'arrière d'une jeep, entre ses camarades étudiants avec leur brassard à croix de Lorraine, une belle blonde aux cheveux ondulés, légèrement blessée peut-être au cours des combats, porte son bras gauche en écharpe. C'est une des héroïnes anonymes du jour. Elle est vêtue d'une robe blanche à petites fleurs rouges et bleues. La même petite robe tricolore que Marie-Paule Cogez. Le spectateur sent son cœur se serrer. Pensant à Julie, davantage qu'à la jeune martyre du carrefour du boulevard Voltaire. Et au soulagement monstrueux que Sadorski a ressenti en découvrant son identité. Le malheur des uns fait – presque – le bonheur des autres. Encore un point vérifié de la sagesse, ou de l'observation, populaire. Mais rien de très satisfaisant à le constater… L'ex-chef du Rayon juif a plutôt envie de fondre en larmes.

Il ne sait même pas où il va coucher ce soir.

Le 50, quai des Célestins lui est interdit – sous peine de lynchage immédiat, organisé dans l'ivresse par la toute nouvelle résistante Mme Lantin, et sa complice infernale Mme Marc. Et puis à l'heure qu'il est, l'appartement a dû être pillé de fond en comble par la pipelette ou par les voisins.

Une idée serait d'aller sonner chez Mme Dodds, rue du Faubourg-Saint-Honoré. Lui annoncer la triste, tragique nouvelle au sujet de sa locataire du cinquième. Mentionner, en passant, que comme cette chambre se retrouve libre, et que lui-même, sinistré durant la bataille de Paris – son domicile, touché par un tir de canon boche, a été la proie des flammes ; oui, pourquoi pas ? – est à la recherche d'un nouveau toit, pour un relogement provisoire. La proprio est une brave femme et, dans son chagrin, ne lui demandera sans doute pas de verser une avance. D'ailleurs, Monique avait sans doute payé le terme jusqu'à la fin du mois d'août. Il possède un double de la clé, le quartier est agréable, on peut se baigner pas loin ; et Sadorski entretient de bonnes relations avec la concierge.

Pour se renflouer, il pourrait se joindre à un groupe de FFI, ses potes de la République par exemple, et participer aux arrestations et perquisitions chez les collabos. Dans ces cas-là, il le sait, pas de pitié, de scrupules, tout le monde se sert. C'est bien le diable s'il ne déniche pas quelques liasses de billets dissimulées dans une cuisine, un tiroir de bureau ou une bibliothèque. Les visites domiciliaires, ça le connaît, l'expérience a enseigné au policier où les gens planquent en priorité leur magot. Voilà comment il sera en mesure assez rapidement de régler le loyer de sa chambre de bonne. Ensuite, dégoter des faux papiers chez les truands de Pigalle, rançonner quelques collabos de plus, et direction les Alpes et la frontière italienne !

L'action devrait le tirer de sa dépression. Quant à Yvette, elle sera sans doute libérée au bout de quelques mois. Il n'existe pas de charges trop graves contre elle. Des ragots de concierge. Et d'avoir été l'épouse d'un inspecteur mouillé du mauvais côté. Ce n'est pas un crime ! On ne peut la tenir pour responsable ! Les gens ont juste besoin de se défouler un peu, ou se dédouaner ; ça va fusiller méchamment durant quelques mois, et puis les Français vont se calmer, ce n'est pas trop tôt. Enterrer la hache de guerre. Reprendre la vie commune entre patriotes. Bouffer, boire et baiser tranquilles. Hitler est au bout du rouleau. Notre territoire sera bientôt libéré, retrouvera sa forme hexagonale naturelle en même temps que son drapeau et ses institutions... Mais Sadorski le sent venir, déjà, en écoutant un radio-reporter au ton grandiloquent interviewer, dans le public, de vrais résistants ; apparemment il est résistant lui-même. De Gaulle d'un côté, le Parti de l'autre voudront forger une légende absolument magnifique. Celle de la Nation unie contre l'envahisseur.

Oui, honneur à nos morts ! Honneur à nos fusillés ! Honneur à nos déportés, honneur à nos camarades torturés qui n'ont pas parlé ! Ils sont la gloire de la France – comme Louise Zembrowski et Armand Biraud... (Alors que Sadorski, lui, a parlé...) Et ensuite tout ce qui gêne on le balaiera fissa sous le tapis. Non, les communistes français n'ont jamais tendu la main au troufion allemand de 40, ou si peu. Non, les industriels français ne se sont jamais enrichis en travaillant avec les nazis, ou si peu. Non, les honnêtes citoyens français n'ont jamais voulu se débarrasser de leurs youpins, ou si peu. Non, les Parisiens n'ont jamais applaudi la Waffen-SS sur les Champs-Élysées, et le Maréchal à l'Hôtel de Ville en avril, ou si peu… Bref, les Français n'ont jamais accepté de collaborer – ou si peu.

Ceux qui l'ont fait, c'est l'infime minorité des *mauvais* Français. Les traîtres, les gestapistes, les miliciens, les Brigades spéciales. Et les tripatouilleurs pourris du genre Pierre Laval. Et enfin, tout en bas de l'échelle, l'inspecteur Léon Sadorski. Tous promis au châtiment, au poteau. Ou à l'exil. Tant pis pour eux. Malheur aux vaincus, disait-on à Rome. Quoique, si l'on veut bien y réfléchir : gaullistes, communistes, socialistes, radicaux, fascistes, royalistes… et même, comme lui, fidèles soutiens de Pétain… au fond tout ça n'est que des opinions. Des manières de penser. À des échelons divers et variés de la connerie humaine. Et de l'ambition. Ça fera des jolies couleurs de bulletins de vote. La République, cette sale gueuse, est de retour et avec elle la chienlit des politicards. Sadorski le sait bien – qui s'est battu, place de la Concorde, pour l'assaut de l'Assemblée en février 34. En France on a toujours adoré se chamailler pour des idées. Sur le pavé, à la porte des usines, aux comptoirs des bistrots, chez soi à table ou ailleurs. Après la guerre et la fête nous allons reprendre nos vieilles coutumes. Les partis, anciens ou nouveaux… Organiser des élections. Tiens, ces excités des mouvements unis de la résistance seraient bien capables d'accorder le droit de vote aux femmes ! On en parle. Merde alors, manquerait plus que ça !

Il lui semble entendre, au milieu du tintamarre, des claquements nouveaux. Des *tac-tac-tac*. Ça vient de là-haut, dirait-on. Dans la rue un cycliste, puis deux, s'effondrent. Un motard s'est affaissé sur son guidon. Un officier en képi bascule du siège d'une jeep. Une femme roule sur le sol. Un enfant tombe. Il saigne. Les portières des automobiles s'ouvrent. Des cris fusent de tous les côtés :

— Attention ! Attention !

— Les miliciens !

— Ça tire des toits !

— Baissez-vous ! Baissez-vous ! Mettez-vous à l'abri !

— C'est encore eux ! Ils ont déjà mitraillé avenue Kléber !

— Vous les voyez ? Vous les voyez ?

— Là ! Là !

— Des nuages de fumée !

— Ce n'est pas plutôt là, à droite ? Regardez, la fenêtre qui bouge…

— Mais ripostez, bordel !

— Envoyez les FFI !

— Capitaine ! Capitaine !

Dans la bousculade soudaine, insensée, la panique, les appels, les hurlements, Sadorski reflue avec ses voisins sous les arcades. Où il ne risque rien, à part se faire étouffer ou piétiner. Les rafales claquent à présent tout près : un FFI, appuyé contre l'arrière d'une traction, tire à la mitraillette, le canon levé. Ça commence à tirailler de partout, au milieu des cris, de la poussière. Les gens fuient en abandonnant leur vélo, ils se précipitent, s'accroupissent contre les grilles des Tuileries, se jettent à plat ventre, les uns sur les autres. La foule piaillante se masse contre les façades, les piliers, les grilles, désertant le centre de la chaussée où ne restent, entre les véhicules, que les bicyclettes étalées et des corps inertes, sur les pavés de bois. Des FFI courent, le dos courbé, pistolet ou mitraillette à la main. Les voitures sont immobilisées, de travers, portières ouvertes. Un motard essaie de reculer avec son engin. Un cycliste isolé traverse avec flegme, poussant son vélo. Les gens se faufilent en rasant les murs. Des gamins hurlent, pleurent. À grands signes, des gardiens de la paix invitent les civils à prendre refuge dans les petites rues transversales.

Nouveaux cris, tout près : « Là ! », « Là-haut ! là ! Vous le voyez ? » Des hommes armés passent devant l'inspecteur. On a aperçu une silhouette sur les toits. Les tirs se concentrent dans cette direction, faisant jaillir de petits nuages de poussière aux points d'impact, en haut de l'immeuble pavoisé et sur les cheminées. Un grand cri, poussé par l'assistance. Le type est touché, il bascule. Glissant puis rebondissant contre une gouttière, il est projeté et, au terme d'une longue chute, s'écrase, avec un bruit mou et sourd, sur la chaussée de la rue de Rivoli.

Devant un blindé en marche.

Le pilote, exprès ou non, ne ralentit pas, ne dévie pas de sa route. L'homme disparaît, happé sous la chenille gauche du tank, les témoins entendent les os craquer comme des allumettes. Puis ils voient le sang et la merde ayant giclé des pourtours du corps aplati comme une galette, sous ses habits déchirés, la peau éclatée. La foule rugit de satisfaction. Traître, gestapiste, tireur des toits, milicien, assassin, salopard de gars de Darnand, écrabouillé, ratatiné, bien fait pour lui…

Les chars suivants achèvent le travail, le corps a bientôt perdu toute consistance et la bouillie rouge s'est mélangée à la poussière sur les pavés. Demain on ne le remarquera même plus. Pas la peine de l'embarquer pour la morgue.

— Bravo ! Un saligaud de moins ! Justice est faite !

Justice.

À l'issue de quatre années d'occupation le caïd du Rayon juif a perdu toute confiance en ce mot.

— Oh mon Dieu, quelle horreur ! s'exclame une jeune brune, grande, mince, pressée par la vague humaine contre Sadorski sous les arcades.

— Dany ! Dany ! crie une autre fille, potelée, le nez retroussé et les cheveux châtains. Ne t'éloigne pas, on va se perdre ! Et puis moi je ne veux pas regarder ça !

Sadorski avait bien cru reconnaître la voix de la grande spectatrice aux jambes fines.

— Tiens ! Si ce n'est pas Mlle Huvet !

Elle le dévisage. En fronçant les sourcils.

— Est-ce qu'on s'est déjà vus, monsieur ?

Il retire les lunettes.

— Mes yeux pochés, ça ne vous dit rien ? Et, quand vous êtes entrée m'apporter mes fringues, vous avez remarqué que ça ne sentait pas la rose, dans mon palace…

Mlle Huvet rit.

— Ah, ben ça alors ! Et votre moustache a poussé vite ! Ça vous va pas mal. Lauriane, je te présente un ami… C'est quoi, votre nom, déjà ?

— Sadorski. Léon Sadorski…

— Voilà. Et elle, c'est ma copine Lauriane. Qui habite à Boico également. Enfin, à Bois-Colombes…

Les crépitements des tirs se poursuivent, et les cris, mais un peu plus loin, vers le Louvre. On entend des sirènes d'ambulances. Rue de Rivoli infirmiers et infirmières, casqués de blanc à petite croix rouge, déboulent avec des civières, suivis par des agents de la défense passive et des sergents de ville. On ramasse les blessés et les morts. Des gens essaient de récupérer leur vélo. La prénommée Lauriane serre la main de l'inspecteur. Avec un sourire aimable qui lui creuse deux jolies fossettes.

— Enchantée…

— On est venues trouver des soldats américains, explique Mlle Huvet. Enfin, juste deux, un pour chacune…

— Si je n'en trouve pas, je me contenterai d'un Français de la 2e DB, ou d'un marin, sourit Lauriane en rougissant légèrement. S'il a fait le Tchad et la Tunisie… et qu'il sent bon le sable chaud !

— Oui parce que les GI, ils doivent se parfumer plutôt au chewing-gum ! fait observer l'ex-amie du souteneur Georges Gorisse.

Les deux jeunes femmes éclatent de rire.

— Mais vous, mademoiselle Huvet, enfin, Dany, si vous permettez… Venez de ce côté, on s'entendra mieux… Comment vous en êtes-vous sortie ? J'éprouvais un peu d'inquiétude à votre sujet.

— Oh, fallait pas ! Enfin, j'étais bien bouleversée tout de même, ce soir-là avenue Victor-Hugo !… Je suis retournée dans la salle à manger, je me suis assise… Un quart d'heure plus tard, Jo est venu vers moi et m'a emmenée dans une pièce du premier étage. Je lui ai demandé pourquoi un homme avait été tué. Il m'a expliqué que l'homme en question était un chef de la résistance qui avait été arrêté au cours de l'après-midi… Bon, bref, au repas du soir M. Berger a donné l'ordre à tout le monde de faire les valises. Il a manifesté l'intention que je parte avec eux. J'ai refusé. Et mon Jo il s'est associé à mon refus. Alors M. Berger, après m'avoir payé mes 5 000 francs pour mon travail, m'a prise à part, et il m'a dit textuellement, d'un ton menaçant : « Tôt ou tard, je reviendrai à Paris. Car je vais toujours où j'ai l'intention d'aller. Si j'apprends que tu as dit quelque chose sur ce que tu as vu chez moi, je te tirerai une balle dans la peau. » Et il m'a visée avec son revolver… Plus tard dans la nuit il était tellement énervé qu'il a eu une syncope et le Dr Rousseau a dû lui faire une piqûre. J'avais peur, et je n'ai parlé de tout ça à personne… sauf à Lauriane, bien entendu. C'est ma meilleure copine, on se dit tout. N'est-ce pas, Lauriane ?

— Et votre ami Jo ?

Une ombre passe sur le visage charmant de Mlle Huvet.

— Il est parti avec eux. Dans l'Est. Je ne le reverrai sans doute plus… Je disais : … SANS DOUTE PLUS !

Elle est obligée de parler fort à cause des cris « Vive de Gaulle ! », « Vive Leclerc ! », « Vivent les Alliés ! », qui redoublent.

Quelqu'un tape sur l'épaule de Sadorski.

Deux types se tiennent derrière lui, dans l'ombre des arcades, à contre-jour.

— Pardon, monsieur. Déplacez-vous un peu par ici, s'il vous plaît.

Les gars sont en civil, l'un coiffé d'un chapeau beige à bande noire, l'autre avec une épaisse tignasse de cheveux bruns. Tous les deux l'air d'appartenir à la maison. La sienne. La maison poulaga.

— C'est une simple vérification.

Celui qui est nu-tête se met à palper ses poches. Il trouve le Browning presque tout de suite.

D'un geste expérimenté, il fait sauter le chargeur dans sa main, compte les cartouches. Renifle le canon du pistolet.

— Cette arme a été utilisée y a pas longtemps. On peut savoir pourquoi vous êtes armé, monsieur ?

Sadorski bricole un sourire. Et va sortir le brassard de sa poche. Merde, il aurait dû le garder au bras toute la journée ! L'autre stoppe son geste.

— Ne bougez pas. Laissez vos poches tranquilles.

— Je… c’était pour vous montrer mon brassard. Je suis résistant.

— De quel mouvement ?

Il pourrait dire, au bluff, « Honneur de la police », même sans carte qui prouve son appartenance au réseau. Sauf qu’en tant que policier, il serait ramené à la préfecture. Où on le connaît. Trop bien.

— Aucun mouvement en particulier. Je me suis joint à l’insurrection contre les Boches. Je suis un ancien combattant de la Grande Guerre… Hier, j’ai livré bataille avec les FFI autour de République. J’ai participé à l’assaut contre la caserne… Demandez aux camarades là-bas, ils vous diront…

Les deux flics échangent des regards. Celui avec le chapeau hoche la tête. Avec un sourire de ses lèvres minces.

— Vous comprenez, monsieur, tous les miliciens qu’on arrête ils nous racontent que c’est une erreur, qu’ils sont résistants. Votre histoire n’est pas très claire, vous avez un flingue sur vous et qui a servi récemment, et puis des traces de coups sur votre figure, on doit donc vous emmener pour une vérification plus approfondie. Nous avons des consignes. Mesdemoiselles… désolés, on vous prive de votre ami.

Il repart entre les deux poulets qui le tiennent solidement. Le public commence à s’intéresser :

— C’est un milicien ?

— Hé, ils en ont chopé un !

— Non, non, messieurs-dames. Simple vérification. On l’emmène au poste.

— Ils ont chopé un milicien !

— Un des salopards de Darnand ! Un assassin !

Malgré la chaleur, Sadorski se sent couvert d’une sueur glacée. Ça peut mal tourner – mieux vaut risquer encore un retour à la PP, que de se faire lyncher ou coller au mur devant un peloton de fortune. De toute façon, au poste, ils allaient contrôler ses papiers.

— Écoutez, les gars, arrêtons les frais, je suis de la maison. Inspecteur principal adjoint à la 3e section des Renseignements généraux. Tirez mon portefeuille et sortez vous-même la brème, si vous n’avez pas confiance…

Heureusement il a pris la précaution, ce matin, de balancer les cartes du SD et des Milices révolutionnaires françaises dans une bouche d'égout. Interpellé avec ça sur lui, Léon Sadorski, *alias* Leo Schenk, était mort. Cette journée du 26 août était sa dernière.

Le flic au chapeau ouvre le portefeuille, examine la carte.

— Elle a l'air vraie.

— Bien sûr qu'elle est vraie. On est collègues, alors voilà finissons les conneries. Allons boire un verre. C'est moi qui invite. Vous êtes du premier arrondissement ? Votre taulier s'appelle bien Anthoine ?

— Le commissaire est interrogé en ce moment par la section d'épuration. Ce n'est pas lui que vous verrez.

Le brun fait observer :

— Pourquoi vous avez pas dit tout de suite que vous étiez flic ? C'est bizarre. Un IPA, en plus.

— Vous étiez pas aux Brigades spéciales ? questionne son acolyte. Ça expliquerait tout. Ces mecs-là, on a ordre de les serrer illico. Allez, venez avec nous, au commissariat ils vont avoir des questions à vous poser.

— Je n'ai *jamais* fait partie des BS, proteste Sadorski. Je vous le jure !

En revanche, il peut difficilement arguer du fait que la brigade qu'il dirigeait pour de vrai était une des brigades antijuives…

Les badauds sont demeurés autour d'eux, à l'affût. Ils ont flairé l'odeur du sang. Constatant que le cas du suspect paraît s'aggraver, ils emboîtent le pas au trio de policiers en civil. Une petite troupe goguenarde et enfiévrée se forme pour les escorter jusqu'au commissariat de la rue des Bons-Enfants. Ce n'est pas très loin, juste derrière le Palais-Royal. Sur leur droite, tandis qu'ils avancent, on peut entendre encore des claquements et voir s'élever des panaches de poussière. Le défilé semble se poursuivre mais essuyer constamment des tirs depuis les toits. Le crépitement des armes automatiques, d'en bas comme de là-haut, se mêle aux acclamations de la foule. Une nouvelle mitraillade éclate, lointaine mais violente, du côté de Notre-Dame où est attendu le général de Gaulle. Les tirs ne ralentissent pas, il a l'air de se produire un gros bordel sur le parvis…

Le poste de police du quartier, comme tous les lieux de détention disponibles dans la capitale : le Dépôt, la préfecture, les casernes, les commissariats, les mairies, les gymnases, et quelques locaux nouveaux, sinistres, gérés par les FTP, est bourré d'Allemands prisonniers et surtout de Français suspects. Un camion militaire allemand Opel Blitz, récupéré et peint des lettres *FFI*, drapeau tricolore planté au coin d'une ridelle, est garé devant la porte. Des civils pénètrent dans le poste, débraillés, certains marqués de coups, les mains croisées sur la nuque, poussés par les canons des mitraillettes braquées par des types aux allures d'insurgés. La petite troupe autour de Sadorski braille : « À mort ! À mort, les miliciens ! On vous en amène encore un ! À mort ! »

— Faites pas attention, souffle le flic avec le chapeau beige. Dans le commissariat vous êtes en sécurité. Les agités on les garde à l'extérieur.

Sadorski veut bien le croire, mais il ne se sent pas tellement en sécurité. Surtout que plusieurs personnages patibulaires et lourdement armés sont entrés en même temps qu'eux. Il questionne :

— Le secrétaire de votre commissaire, il s'appelle Tref, je crois ? Je lui ai parlé au téléphone le mois dernier, pour une affaire… Un résistant qui a été embarqué par la Gestapo, devant Saint-Germain-l'Auxerrois, dans une traction… J'ai d'ailleurs identifié par la suite les salauds qui étaient responsables…

— Je ne suis pas au courant. Mais c'est M. Tref qui va vous recevoir.

Un quidam s'adresse à l'agent derrière le comptoir d'accueil : « Mon concierge est collaborateur, venez l'arrêter ! » Le fonctionnaire débordé écoute à peine. Sept jeunes femmes, en combinaison sale et tachée de goudron, patientent sur un banc en attendant leur transfert au Dépôt. Leurs crânes nus sont décorés de la croix nazie ; et une pancarte rouge, portant également le svastika, est accrochée sur le dos et sur la poitrine. Sadorski songe à Yvette. Se trouve-t-elle dans une de ces grandes salles communes du Dépôt, sous la Conciergerie, couchant sur la paille souillée d'excréments, grouillante de punaises ? Quelques-unes des tondues pleurent. L'inspecteur à la tignasse brune interroge la première, en passant :

— Qu'est-ce que t'as à chialer, ma pauvre ? Que te reproche-t-on ?

Elle renifle.

— De m'être amusée avec les Allemands…

— On dit « les Boches ». Souviens-t'en, quand tu iras à l'interrogatoire…

Par les fenêtres ouvertes et grillagées parviennent des hurlements :

— Montrez-les-nous ! Nous voulons les voir ! Les salopes ! À mort, à mort !

Un brigadier corpulent et moustachu rouvre la porte, il crie à la cantonade :

— Elles sont sorties par-derrière ! On les a conduites au Dépôt !

— Ce n'est pas vrai ! elles sont toujours là !

Les voix qui braillent sont des voix de femmes. Enragées.

— Montrez-nous-en une, une seulement, rien qu'une !

Le moustachu ferme et verrouille solidement la porte du poste, tandis qu'on s'égosille dehors. Il s'éponge le front avec son mouchoir.

— Bon, on laisse plus personne rentrer ! De toute façon ici les violons et les couloirs sont pleins ! Les gens finiront bien par se disperser…

Les lieux sentent la sueur, le cuir, la paperasse, et vaguement l'urine. Comme tous les commissariats. Mais la chaleur étouffante n'arrange pas les choses. Les deux inspecteurs conduisent Sadorski au premier étage, où on lui désigne un banc. En face de lui, sur un banc parallèle au sien, est assis un jeune homme aux cheveux châtains, massés et ondulés sur le dessus de la tête, et taillés presque ras autour des oreilles, qui sont collées et pointues. Il porte un pantalon de coupe militaire et une chemise kaki à épaulettes, dont plusieurs boutons sont arrachés. Ses yeux, rapprochés et légèrement tombants, ont une expression inquiète ou déconfite. Son visage étroit, sa mâchoire arrondie et un peu épaisse, sont enflés, de manière irrégulière, par des coups.

— Qui c'est ? demande l'un des accompagnateurs de Sadorski aux deux FFI qui surveillent l'individu en chemise, installés sur le même banc, un homme et une femme.

— Un salaud de milicien, répond la femme. Un vrai de vrai.

— Pas comme les gens raflés au hasard qu'on vous amène…, ajoute son compagnon. Celui-là je lui ferais volontiers son affaire. On l'a chopé sur un toit, avec sa mitraillette.

Sadorski regarde la femme. Sa figure lui dit quelque chose. Quant à sa voix, elle avait un petit accent polonais… Plus il l'observe et plus il lui trouve le type juif.

Elle est vêtue d'un grand short kaki un peu bouffant, et d'une chemise bleue trempée de sueur, les manches retroussées. Brassard tricolore en haut du bras gauche. Pistolet-mitrailleur MAS 38 appuyé sur le mur, à ses côtés. Elle aussi regarde Sadorski.

— Hé !

Il sursaute.

— Je vous connais, vous !

Il arrondit les yeux. Ne dit rien au début, puis :

— Je ne crois pas…

Mais où l'a-t-il vue ? Merde alors. Le chef du Rayon juif est un physionomiste. Il peut oublier un nom, jamais un visage… Où était-ce ?… Cette peau mate, ce nez légèrement busqué, ces yeux noirs, cette bouche sensuelle…

— Putain, fait la femme, à l'adresse de son camarade. C'est le flic qui m'a arrêtée !

— T'es sûre ?

— Mmm… Il avait pas de moustache… Par contre, le reste c'est tout à fait ça ! Les cheveux blancs, le petit nez, le menton fuyant, la gueule d'ordure…

L'inspecteur en chapeau a entendu, il revient. Et se marre :

— Une moustache, ça pousse, hein. Et ce monsieur est bien des RG, ça m'étonnerait pas s'il opérait des arrestations sur la voie publique. C'était quand, madame ?

— Je risque pas d'oublier. Le mardi 12 mai 1942. À la station Denfert-Rochereau. J'étais agent de liaison, je transportais un revolver dans mon sac. Ce type se planquait près d'un barrage de flics en civil dans les corridors de la station… Il a dû me repérer parce que j'ai hésité en les voyant, et lui et ses collègues m'ont couru après…

— Bordel, saloperie ! fait le FFI qui se lève, et traverse le couloir pour attraper Sadorski par le collet.

— Ils m'ont torturée, aux Brigades spéciales, continue la femme. J'étais nue, avec des épingles de sûreté piquées dans les seins. Un flic m'a cogné l'oreille, depuis ce temps j'entends mal de ce côté… Et l'autre enfoiré, là, devant vous, qui se rinçait l'œil !

Elle s'est avancée à son tour, et crache.

Le crachat atterrit sur la joue gauche de Sadorski. À présent il se souvient parfaitement de la Juive. Et même de son nom. Maria Pikkel. Comment pourrait-il oublier, lui aussi, ce petit matin, cette cavalcade dans les corridors de Denfert, et l'arrestation de ce crâne ? C'était le jour où il a laissé embarquer la mère de Julie.

L'inspecteur intervient.

— Pas de violences, madame. (Il fronce les sourcils.) Dis donc, cette moustache elle penche un peu de traviole…

D'un geste sec, il arrache l'accessoire.

— Merde alors !

Il hèle son collègue.

— Justin ! Viens un peu voir par ici…

Puis :

— Tenez-le en respect, pendant que je le fouille.

Les mains du collègue en chapeau palpent le prisonnier. Une vraie fouille, cette fois. Professionnelle et totale.

La pêche est bonne, il ramène un petit carnet. Pas l'agenda de Sadorski. Un carnet noir.

Celui de Claude Dagron.

Les deux inspecteurs de commissariat lisent à haute voix :

— « MNAT et 2e Service… Opérations 43-44… Les Juifs ont la trahison dans la peau… 20 octobre 43… les frères Borach… arrestation, deux équipes, feldgendarmes et MNAT… Écroués Montluc… tranférés à Drancy le 29 octobre… Le Juif a le génie de l'argent… »

— J'y étais, moi, à Drancy ! interrompt Maria Pikkel. J'ai fait deux ans de prison, grâce à ce salopard, dans une prison française, à Rennes, ensuite on m'a livrée aux Boches qui m'ont enfermée à Drancy… Je suis sortie le vendredi 18 août au soir… parmi les premiers… ceux qui avaient des papiers en règle… Avec un certificat de libération par la Croix-Rouge… (Elle commence à pleurer.) Je devais partir par le prochain convoi…

— Tu as entendu, fumier ? gronde le résistant. T'as fait déporter combien de Juifs ? Hein ?

Il secoue Sadorski.

— Ce… ce carnet n'est pas à moi… Vous pouvez vérifier… Ce n'est pas mon écriture…

— On va éclaircir ça, mon gaillard, fait le flic à cheveux bruns. Mais à mon avis, ton compte est bon ! Tu y couperas pas, au poteau ! Non, laissez-le, madame. Vous aussi, camarade, du calme. (Il passe les menottes à Sadorski.) La justice se fera, mais par les comités chargés de ça par le gouvernement. Y a déjà eu suffisamment de personnes abattues ou lynchées. Même si je vous comprends…

— Garde le milicien, Maria, ordonne le FFI. Je reviens !

Cinq minutes plus tard, alors que Sadorski, menotté, a été conduit dans une pièce voisine, sans fenêtre, une sorte de placard, meublé d'un simple bat-flanc et d'un tabouret, la rumeur dans la rue augmente nettement.

« À mort ! À mort ! On va lui faire la peau ! À mort ! Le tortionnaire des Brigades spéciales… »

« Les miliciens ont encore tiré, à Notre-Dame ! Y a des dizaines de morts ! »

« Ils ont voulu tuer de Gaulle ! Ils ont voulu tuer le général ! »

« À mort ! »

« On en tient un, là ! Dans le commissariat ! »

« Livrez-le-nous ! Ou on vient le chercher nous-mêmes ! »

On perçoit des piétinements, dans le couloir. Des voix inquiètes :

— Merde, ils sont déjà au moins cinq cents ! Prévenez M. Tref…

Une bouteille se brise contre une fenêtre.

— À mort ! À mort !

— Salopard !

— À mort !

— Vive de Gaulle ! Vive la France !

— Fusillez-le !

— On vient le chercher !

— Pendez-le au bec de gaz !

— C'est encore trop bon pour lui ! Faut l'égorger !

— La police avec nous ! Ouvrez les portes !

Il y a des coups de boutoir, en bas. Et des craquements. Un bruit de verre cassé.

Sadorski est debout, contre le mur. Baignant dans sa sueur. Tremblant. Il a tellement peur qu'il est prêt à se pisser dessus. Il murmure une prière à la Sainte Vierge.

La porte cède. Le rez-de-chaussée du poste de police est envahi.

— Où il est ? Où il est ?

— Là-haut…

Ça y est. Ils sont là, dehors. L'IPA sait qu'il vit sa dernière journée. Ils vont le mettre en pièces. Il va mourir rue des Bons-Enfants ! Quelle ironie…

On déverrouille sa porte. Ils ont même trouvé la clé !

Il se produit alors un hourvari insensé. On l'attrape, le soulève, le hisse, le porte à bout de bras, sa tête au passage heurte le chambranle, il traverse le commissariat ballotté dans les griffes de la horde, on lui arrache des bouts de vêtements au passage, il a perdu une chaussure, son chapeau, on le balance comme un ballot de linge sale, les coups se mettent à pleuvoir. Ses oreilles, son crâne, sonnent sous les coups. Son nez saigne. Un voile rouge tombe sur son œil droit. Le souffle coupé, il essaie de trouver de l'air. Il reconnaît le goût ferrugineux du sang dans sa bouche. La peau de sa joue brûle. Il lui semble entendre claquer deux coups de feu.

Au moment où il va perdre conscience complètement, une dernière pensée, atroce, débarque dans son esprit.

Le petit…

Il est toujours là-bas, au 28, avenue d'Eylau.

Au rez-de-chaussée. Dans la loge.

Il ne restera personne pour s'occuper de lui. Juste une concierge asthmatique et un gardien de la paix raté, qui n'ont pas d'enfant…

Ils vont se prendre d'amour pour le gosse, l'élèveront… l'adopteront…

Le fils de l'inspecteur principal adjoint Léon Sadorski s'appellera Bernard Devulder.

Glossaire

Abwehr (*Amt Ausland-Abwehr im Oberkommando der Wehrmacht* – Département étranger du haut commandement de l'armée) : Renseignement militaire allemand.

Blitzmädchen : Littéralement, « Jeunes filles-éclair », surnom donné par les Allemands à leurs auxiliaires féminines de la Wehrmacht.

BS : Brigades spéciales de la préfecture de police (Renseignements généraux).

CJF : Chantiers de la jeunesse française.

Continental Films : Société de production cinématographique créée en 1940 avec des fonds allemands, dirigée par Alfred Greven.

2e Bureau : Organisme français du contre-espionnage.

Feldgendarmerie : Gendarmerie de l'armée allemande en campagne.

FFI : Forces françaises de l'intérieur.

FNE : Front national étudiant, créé en juillet 1941 à l'intiative des étudiants commmunistes.

FTPF (Francs-tireurs et partisans français) : Réseau de résistance armée du Parti communiste français clandestin, qui prend la succession de l'Organisation spéciale à partir du printemps 1942.

Gestapo (*Geheime Staatspolizei*) : Police secrète d'État.

GFP (*Geheime Feldpolizei*) : Police secrète militaire, principalement active dans la répression en zone occupée jusqu'en juin 1942 où elle est supplantée par la Sipo-SD.

IGS : Inspection générale des services.

IPA : Inspecteur principal adjoint.

IPT : Inspecteur principal technique.

JC : Jeunesses communistes.

JNP : Jeunesses nationales populaires, milice des jeunes du RNP, le mouvement collaborationniste dirigé par l'ex-socialiste Marcel Déat.

JPF : Jeunesses populaires françaises, mouvement créé à l'instigation du PPF (Parti populaire français).

KdS (*Kommando der Sicherheitspolizei und des SD*) : Commandement de la police de sûreté et du service de sécurité (de la SS).

LVF : Légion des volontaires français contre le bolchevisme, instituée en juillet 1941 après l'invasion de l'URSS par la Wehrmacht.

MNAT (Mouvement national anti-terroriste) : officine créée sur les directives de Jacques Doriot et spécialisée dans les exactions commises à l'encontre des Juifs et des résistants en région lyonnaise, avec pour chef Francis André dit « Gueule tordue ».

MRF : Milice révolutionnaire française.

NSKK (*Nationalsozialistische Kraftfahrkorps*) : Formations motorisées du Parti nazi allemand.

OS (Organisation spéciale) : Premier réseau de résistance armée du Parti communiste français clandestin, à partir du printemps 1941.

PJ : Police judiciaire.

PM : Police municipale.

PP : Préfecture de police.

PPF (Parti populaire français) : Parti fascisant puis collaborationniste créé en 1936 par l'ex-communiste Jacques Doriot.

PSF : Parti social français, représentant une droite nationaliste et sociale, fondé en 1936 après la dissolution des Croix-de-Feu et dirigé par le colonel François de La Rocque.

RG : Renseignements généraux de la préfecture de police.

RNP (Rassemblement national populaire) : Parti collaborationniste créé en 1941 par l'ex-socialiste Marcel Déat.

RSHA (*Reichssicherheitshauptamt*) : Office central de sûreté du Reich (organe suprême de la police et des services de sécurité nazis).

SD (*Sicherheitsdiendst*) : Service de sécurité du Parti nazi et de la SS.

Sipo-SD : *Sicherheitspolizei* (police de sûreté) jumelée avec le *Sicherheitsdienst* (service de sécurité de la SS et du Parti nazi). La *Sicherheitspolizei* (en abrégé : Sipo) englobe la Kripo (*Kriminalpolizei*, équivalent de la police judiciaire) et la Gestapo. L'ensemble de ces services dépend, au sommet, du RSHA.

SOL (Service d'ordre légionnaire) : organisme de choc rassemblant les éléments les plus déterminés de la Légion française des combattants, créé en 1941 par Joseph Darnand et ancêtre de la Milice française.

SRMAN : Service de répression des menées antinationales (police de Vichy).

SSAJ : Service spécial des Affaires juives, dirigé par le commissaire divisionnaire Charles Permilleux à la police judiciaire, de novembre 1942 jusqu'à la Libération.

SSR : Section spéciale des recherches (à partir de 1941, 3e section des Renseignements généraux).

STCRP (ou **TCRP**) : Société des transports en commun de la région parisienne (réseau de surface).

STO : Service du travail obligatoire en Allemagne, décrété en février 1943 et fixé à deux ans.

Sources

Ce roman doit beaucoup à la générosité de l'historien François Le Goarant de Tromelin, spécialiste de la Milice et de l'espionnage allemand, qui a bien voulu mettre à ma disposition le fruit de ses patientes recherches sur la mutinerie de la prison de la Santé, le restaurant collaborationniste Le Pershing et l'affaire du 180, rue de la Pompe. J'ai ainsi pu lire les 770 pages manuscrites de l'extraordinaire *Rapport général d'enquête*, par l'inspecteur principal adjoint Dupont et les inspecteurs Rigourd et Auger, conservé aux Archives de la préfecture de police, où l'on trouve le récit intégral par la résistante Irène Lévulis des tortures qu'elle a subies rue des Saussaies puis aux mains de la bande de Friedrich Berger ; le témoignage de Lucienne Huvet, dite « Dany », à propos de l'assassinat du Dr Blanchet ; et les procès-verbaux d'interrogatoire de Georges Gorisse, dit « le petit Jo », de Jacques Reymond et d'Edmond Roger, dit « Cri-Cri » (le seul compte rendu existant d'un témoin de la fusillade du bois de Boulogne).

Mes deux autres sources principales sont l'enquête fascinante de Jean-Marc Berlière et François Le Goarant de Tromelin sur l'assassinat de Georges Mandel : *Liaisons dangereuses. Miliciens, truands, résistants. Paris, 1944* (Perrin, 2013) ; et la formidable reconstitution de l'affaire Berger, par Marie-Josèphe Bonnet : *Tortionnaires, truands et collabos.*

La bande de la rue de la Pompe, 1944 (Éditions Ouest-France, Rennes, 2013).

Enfin, les activités criminelles du MNAT à Lyon contre les Juifs et les résistants, telles que répertoriées dans les archives, ont été mises en lumière avec la parution récente du passionnant ouvrage *Le Spectre de la terreur. Ces Français auxiliaires de la Gestapo*, par Sylvie Altar et Régis Le Mer, suivi de *Regard sur le Mal*, par Jacques Pellet, aux Éditions Tirésias-Michel Reynaud, 2020.

Le personnage de Léon Sadorski n'est pas sans rapport avec les activités réelles de l'inspecteur principal adjoint Louis Sadosky (1899-1967) de la 3e section de la direction générale des Renseignements généraux et des Jeux, qui dirigeait le « Rayon juif » au sein de ce service. Pour *L'inspecteur Sadorski libère Paris*, j'ai examiné aux Archives de la préfecture de police les dossiers d'épuration des policiers suivants (série KB) : le directeur adjoint des Renseignements généraux puis directeur de l'administration pénitentiaire André Baillet, le commissaire principal Lucien Bizoire, et les inspecteurs Joseph Balcon, René Beaulieu, Jean Bottreau, Sylvain Kaiser, René Magny, Paul Martz, Jacques Plaza, Albert Quéau, Roger Randon, Louis Sadosky, Ernest Stocanne, Victor Tupinier. Je remercie le personnel des APP pour son aimable accueil, sa disponibilité et son efficacité. Je remercie également Pascal Raimbault, aux Archives nationales, grâce à qui j'ai pu consulter le dossier de Louis Sadosky (cour de justice de la Seine, Z6 146, n° 2050). L'historien Laurent Joly a consacré à Sadosky une remarquable étude, sous le titre *Berlin, 1942. Chronique d'une détention par la Gestapo, par Louis Sadosky brigadier-chef aux RG*, présenté par Laurent Joly, CNRS Éditions, 2009 ; Jean-Marc Berlière avait lui aussi mis en évidence le rôle de ce fonctionnaire et de sa section dans *Policiers français sous l'Occupation. D'après les archives de l'épuration*, Perrin, 2001 (avec Laurent Chabrun). Louis Sadosky et la direction des RG de la préfecture de police se retrouvent également dans l'indispensable somme *Polices des temps noirs. France 1939-1945*, par Jean-Marc Berlière, ouvrage préfacé par Patrick Modiano et publié chez Perrin en 2018.

Les notations sur la vie quotidienne dans le Paris des derniers mois de l'Occupation sont documentées par les récits, journaux personnels et recueils photographiques :

Les Années doubles. Journal d'une lycéenne sous l'Occupation, par Micheline Bood, Robert Laffont, 1974.

En guerre et en paix. Journal 1940-1944, par Andrzej Bobkowski, traduit du polonais par Laurence Dyèvre, Les Éditions Noir sur Blanc, Montricher (Suisse), 1991.

L'Envers du décor. 1940-1944, par André Thérive, Éditions de la Clé d'or, 1948.

La Guerre à Paris (8 novembre 1942 - 27 août 1944), par Charles Braibant, Corréa, 1945.

Le Guide du Paris occupé, par Jean-Baptiste Ordas, Mémorabilia éditions, 2020.

Journal des années noires, 1940-1944, par Jean Guéhenno, Gallimard, 1947.

Journal d'Occupation. Paris, 1940-1944. Chronique d'une époque oubliée, par Liliane Schroeder, Éditions François-Xavier de Guibert, 2000.

Journal d'un coiffeur juif à Paris sous l'Occupation, par Albert Grunberg, introduction de Laurent Douzou, textes choisis par Roger Grimberg et annotés par Jean Laloum, Les Éditions de l'Atelier / Éditions ouvrières, 2001.

Journal d'un J3, par Raymond Ruffin, Presses de la Cité, 1979.

Journal (1939-1945), par Maurice Garçon, Les Belles Lettres / Fayard, 2015.

Mon Journal pendant l'Occupation, par Jean Galtier-Boissière, La Jeune Parque, 1944 ; Libretto, 2016.

Paris occupé, Paris libéré, ouvrage réalisé avec le concours du mémorial Leclerc et de la Libération de Paris, préface de Robert Lauga, Arcadia Éditions, 2004.

Paris sans lumière, 1939-1945. Témoignages, par Edmond Dubois, Payot, Lausanne, 1946,

Premier et second Journaux parisiens, 1941-1945, par Ernst Jünger, traduction de l'allemand par Frédéric de Towarnicki et Henri Plard, revue par Julien Hervier, Christian Bourgois éditeur, 2014.

Une saison gâtée. Journal de la guerre et de l'Occupation (1939-1940), par Charles Rist, établi, présenté et annoté par Jean-Noël Jeanneney, Fayard, 1983.

Ville lumière, années noires. Les lieux du Paris de la collaboration, par Cécile Desprairies, préface de Pierre Assouline, Denoël, 2008.

Vu pendant la libération de Paris. Journal d'un témoin, illustré de 21 photographies, par Edmond Dubois, Librairie Payot, Lausanne, 1944.

J'ai également consulté les ouvrages :

Le Cinéma français sous l'Occupation. 1940-1994, par René Chateau, Éditions René Chateau et la Mémoire du cinéma, 1995.

Les Combattants du petit bonheur, par Alphonse Boudard, La Table ronde, 1977.

Continental Films. Cinéma français sous contrôle allemand, par Christine Leteux, préface de Bertrand Tavernier, La Tour verte, 2017.

Dans les prisons de Vichy. La brigade Poinsot, le château des Brosses, la libération de Vichy, par Marc-André Fabre, Albin Michel, 1995 (première édition : *Dans les prisons de la Milice*, M.-A. Fabre, 1944).

D-Day et la bataille de Normandie, par Antony Beevor, traduit de l'anglais par Jean-François Sené, Raymond Clarinard et Isabelle Taudière, Calmann-Lévy, 2009.

La Dernière Année de Vichy. 1943-1944, par André Brissaud, Librairie académique Perrin, 1965.

En suivant Leclerc, par le général Paul de Langlade, Au Fil d'Ariane, 1964.

Été 44. L'insurrection des policiers de Paris, par Christian Chevandier, Vendémiaire, 2014.

... Et Paris ne fut pas détruit, par Pierre Taittinger, Éditions de l'Élan, coll. « Témoignages contemporains », 1948.

La France « virile ». Des femmes tondues à la Libération, par Fabrice Virgili, Payot & Rivages, 2009.

Les généraux contre Hitler. Le 20 juillet à Paris, par Wilhem von Schramm, traduit de l'allemand par Nathalie Gara, Hachette, 1956.

La Grande Histoire des Français sous l'Occupation, tome 8 : *Joies et douleurs du peuple libéré*, par Henri Amouroux, Robert Laffont, 1988.

Histoire de la libération de Paris, par Adrien Dansette, Famot, 1977 et Perrin, 1994, avec une préface de Henri Amouroux.

Histoire de la Milice : 1918-1945, par Jacques Delperrié de Bayac, Fayard, 1969.

Journal à quatre mains, par Benoîte et Flora Groult, Denoël, 1962 ; 2002.

La Libération, par Pierre Miquel, préface de Maurice Schumann, Éditions Complexe, 1994.

La Libération de Paris, par Jacques Barozzi, Ouest-France, Rennes, 1980.

La Libération de Paris vue d'un commissariat de police, par Ferdinand Dupuy, Librairies imprimeries réunies, 1945.

La Libération inconnue. À chacun sa résistance, par Maurice Rajsfus, le cherche midi, 2004.

Lycéen résistant, par Ivan Denys, Signes et Balises, 2013.

1944. L'été chaud des collabos, par Olivier Pigoreau, Histoire et Collections, 2014.

Paris brûle-t-il ? (25 août 1944) Histoire de la libération de Paris, par Dominique Lapierre et Larry Collins, Robert Laffont, coll. « Ce jour-là », 1964.

Partis et mouvements de la collaboration. Paris 1940-1944, par Pierre Philippe Lambert et Gérard Le Marec, Jacques Grancher Éditeur, 1993.

42 rue de la Santé. Une prison politique 1867-1968, par Pierre Montagnon, Pygmalion/Gérard Watelet, 1996.

Qui a tué Georges Mandel ? par François Delpla, L'Archipel, 2008.

Soldat de l'ordre, par Brieux, Éditions Rupture / Le Sphinx, 1979.

Stalingrad en Normandie. La destruction de la VIIe armée allemande dans la poche Argentan-Falaise, 31 juillet - 22 août 1944, par Eddy Florentin, Presses de la Cité, 1974.

Les Tondues. Un carnaval moche, par Alain Brossat, Manya, 1992.

Par ailleurs, les livres, récits, journaux, sites internet et documents suivants ont contribué à l'élaboration de *L'inspecteur Sadorski libère Paris* :

Abris souterrains de Paris. Refuges oubliés de la Seconde Guerre mondiale, par Gilles Thomas, photographies de Diane Dufraisy-Couraud, Parigramme, 2017.

Un Allemand à Paris, 1940-1944, par Gerhard Heller, avec le concours de Jean Grand, Seuil, 1981.

À Paris sous la botte des nazis, par Jean Éparvier, photographies de Roger Berson, Coutant, Robert Doisneau, Pierre Jahan, Jarnoux, Joublin, Papillon, Parry, Pichonnier, Pierre Roughol, Roger Schall, Jean Seeberger, Vals, Viguier, Éditions Raymond Schall, 1944.

L'Argent nazi à la conquête de la presse française, 1940-1944, par Pierre-Marie Dioudonnat, Éditions Jean Picoullec, 1981.

L'Arrière-Mémoire. Conversation avec Serge Toubiana, par Micheline Presle, Flammarion, 1994.

Au bon beurre (roman), par Jean Dutourd, Gallimard, 1952.

Les Aventures d'une Autrichienne pendant l'Occupation, par Liliane Babitcheff, La Pensée universelle, 1982.

Les Clandestins (1940-1944). Souvenirs d'un témoin, par Jean Jérôme, Acropole, 1986.

La Collaboration, 1940-1944, par Michèle Cotta, Armand Colin, coll. « Kiosque. Les faits - la presse - l'opinion », 1964.

Les Comtesses de la Gestapo, par Cyril Eder, Grasset, 2006.

« Conformément à l'ordre de nos chefs... ». Le drame des forces de l'ordre sous l'Occupation, par Henri Longuechaud, préface de Jean d'Escrienne, Plon, 1985.

Conversations secrètes sous l'Occupation, par Antoine Lefébure, Tallandier, 2018.

Croix de fer, par Karl Ludwig Opitz, traduit de l'allemand par André Maugé, Éditions Pierre Horay, 1955.

L'Étrange Monsieur Joseph, par Alphonse Boudard, Flammarion / Robert Laffont, 1998.

L'Épuration sauvage, par Philippe Bourdrel, Perrin, 2002, coll. « Tempus », 2008.

Femmes en prison dans la nuit noire de l'Occupation. Le Dépôt, la Petite Roquette, le camp des Tourelles, par France Hamelin, Éditions Tirésias, 2004.

Les Français sous l'Occupation, 1940-1944, par Pierre Vallaud, choix iconographique effectué en collaboration avec Éric Deroo, Éditions Pygmalion / Gérard Watelet, 2002.

La France à l'heure allemande, 1940-1944, par Philippe Burrin, Seuil, 1995.

La France allemande (1933-1945). Paroles du collaborationnisme français, présenté par Pascal Ory, Gallimard / Julliard, coll. « Archives », 1977.

Georges Mandel, par Paul Coblentz, Éditions du Bélier, 1946.

La Gestapo en France, par Marcel Hasquenoph, Éditions De Vecchi, 1975.

La Grande Misère, par Maisie Renault, présenté et annoté par Chritian Delporte, avec la préface à l'édition originale par Louis François, Flammarion, 2015 (première édition : Chavanne, 1948, avec un avant-propos du colonel Rémy).

Grimoires et rituels magiques, présenté par François Ribadeau Dumas, Belfond, coll. « Initiation et connaissance », 1980.

La Guerre des cancres. Un lycée au cœur de la Résistance et de la collaboration, par Bertrand Matot, préface de Patrick Modiano, Perrin, 2010.

La Guerre d'Olivier, par Olivier Renaudin, Casterman, coll. « Passé composé », 1990.

Histoire de la libération de la France. Juin 1944 - mai 1945, par Robert Aron, Fayard, 1959.

Histoire sombre de la Milice, par Gérard Chauvy, Ixelles Éditions, 2012.

Les Hitlériens à Paris, par Vassili Soukhomline, Les Éditeurs français réunis, 1967.

Joinovici. L'empire souterrain du chiffonnier milliardaire, par Henry Sergg, Le Carrousel-FN, 1986.

Journal d'un préfet pendant l'Occupation, par Pierre Trouillé, Gallimard, coll. « L'Air du temps », 1964.

Langue verte et noirs desseins, par Auguste Le Breton, Presses de la Cité, 1960.

Le Livre du courage et de la peur, juin 1942 - novembre 1943, par [le colonel] Rémy, préface de Joseph Kessel, Aux Trois Couleurs, Paris & Raoul Solar Éditeurs, 1945.

Louis Thomas, ou le voisinage du Capitole et de la roche Tarpéienne, par Andries Van den Abeele, 2002.

Lyon capitale 1940-1944, par Henri Amoretti, préface de Alban Vistel, France-Empire, 1964.

Marthe Richard, l'aventurière des maisons closes, par Natacha Henry, postface de Christophe Betenfeld, La Librairie Vuibert, 2016.

Marthe Richard. De la petite à la grande vertu, par Elizabeth Coquart, Payot & Rivages, 2006.

Mémoires d'un franc-tireur. Itinéraire d'un résistant (1940-1944), par Jean-Pierre Levy, avec la collaboration de Dominique Peillon, Éditions Complexe, 1998.

Mes camarades sont morts, par Pierre Nord, Librairie des Champs-Élysées, 1947.

M. Mandel ministre de la IIIe République et des Postes, Télégraphes et Téléphones, auteur anonyme, Éditions du Syndicat national des agents des PTT, 1936.

1940-1945, années érotiques, par Patrick Buisson, Albin Michel, 2008.

1940-1945. Les Résistants. Récits, témoignages et documents inédits du musée de la Résistance nationale, collectif, Belin, 2015.

1944, par Alain Decaux, avec la collaboration d'Arlette Moreau, Gérard Gagnepain, Claude Quétel et Nathalie Lavieille, Perrin, 1993.

Oradour-sur-Glane, vision d'épouvante, par Guy Pauchou et le Dr Pierre Masfrand, ouvrage officiel du Comité du Souvenir et de l'Association nationale des familles des martyrs d'Oradour-sur-Glane, Charles-Lavauzelle et Cie, 1970.

Paris allemand, par Henri Michel, Albin Michel, 1981.

Paris dans la Collaboration, par Cécile Desprairies, préface de Serge Klarsfeld, Seuil, 2009.

Paris 1940-1944, par Pierre Bourget, Plon, 1979.

Paris résistant, par Henri Michel, Albin Michel, 1982.

Paris sous l'Occupation, par Gilles Perrault, commentaires de Jean-Pierre Azéma, Belfond, 1987.

Penser français. Commentaires sur la déclaration de la Légion (31 août 1941), par Georges Riond et Roger de Saint-Chamas, Éditions de la Légion, 1942.

La Police de Vichy. Les forces de l'ordre françaises au service de la Gestapo. 1940-1944, par Maurice Rajsfus, le cherche midi, 1995.

Policier sous Vichy. Obéir ou résister ? Résister dans les régions préfectorales de Lyon et de Clermont-Ferrand 1940-1944, par Michel Salager, Société lyonnaise d'histoire de la police, 2020.

La Prison sous Vichy, par Pierre Pédron, préface de Denis Peschanski, Les Éditions de l'Atelier / Éditions ouvrières, coll. « Champs pénitentiaires », 1993.

La Résistance. Chronique illustrée 1930-1950, par Alain Guérin, préface de Marie-Madeleine Fourcade, tome troisième, « Du côté des bourreaux », Livre Club Diderot, 1973.

La Semaine héroïque. 19-25 août 1944, préface de Georges Duhamel, photographies de Marcel Arthaud, Robert Doisneau, Pierre Jahan, Suzanne Laroche, Jean Roubier, Pierre Roughol, Serge Sazonoff (dit Serge de Sazo), René Zuber, S.E.P.E., 1944.

Servitude et grandeur policières. Quarante ans à la Sûreté, par Marcel Sicot, secrétaire général de l'Interpol, Les Productions de Paris, 1959.

Signes de la collaboration et de la résistance, catalogue de l'exposition présentée par l'École supérieure des arts décoratifs de Strasbourg (8 février-15 mars 2000), textes de Michel Wlassikoff et Philippe Delangle, préface de Jean-Pierre Azéma, présentation de Jean-Pierre Greff, Éditions Autrement / Direction de la mémoire, du patrimoine et des archives (ministère de la Défense), 2002.

Les Six Glorieuses de Paris, par Pierre Maudru, illustré par Dominic, préface du colonel Rol-Tanguy, Société parisienne d'édition, 1944.

Son âme au diable. Jean-Marie Balestre, 1940-1945, par Olivier Pigoreau, préface de Jean-Marc Berlière, Konfident, 2020.

Souffrance et liberté, une géographie parisienne des années noires (1940-1944), par Jean-Louis Goglin et Pierre Roux, Paris Musées, 2004.

Sous l'œil de l'occupant. La France vue par l'Allemagne 1940-1944, par Cécile Desprairies, Armand Colin, 2010.

Sur les murs de Paris. 1940-1944, par Pierre Bourget et Charles Lacretelle, Hachette, 1959.

Trafics et crimes sous l'Occupation, par Jacques Delarue, Fayard, 1968.

Le Trou (roman), par José Giovanni, Gallimard, 1957.

Un certain monsieur Paul. L'affaire Touvier, par Laurent Greilsamer et Daniel Schneidermann, Fayard, 1989.

Vérités sur la guerre. 1943-45, par Charles Rickard, Éditions Jean-Paul Gisserot, 1990.

La Vie des Français sous l'Occupation, par Henri Amouroux, Fayard / Club des Amis du Livre, 1962.

La Vie parisienne sous l'Occupation, par Hervé Le Boterf, France-Empire, 1997.

La Vie quotidienne des écrivains et des artistes sous l'Occupation, par Gilles Ragache et Jean-Robert Ragache, Hachette, 1988.

Vivre et survivre en France, 1939-1947, par Dominique Veillon, Payot & Rivages, coll. « Histoire Payot », 1995.

L'article « La Milice », par Jean-Pierre Azéma, in *Vingtième siècle, revue d'histoire*, n° 28, octobre-décembre 1990. Dossier : « Vichy, propagande et répression », pp. 83-106.

L'article « 14 Juillet 1944. Bal tragique à la Santé : 34 morts », par Christian Carlier, in *Criminocorpus, Revue d'Histoire de la justice, des crimes et des peines*, 2012.

La brochure *Les Fusillés de la Cascade du bois de Boulogne, 16 août 1994*, par Guy Krivopisco et Axel Porin, Mairie de Paris, 2004.

La brochure *Paris brise ses chaînes ! Épopée des 20 arrondissements et de la banlieue dans les journées du 19 au 25 août 1944*, reportage de Georges Fronval, « d'après les documents officiels », Les Éditions et Revues françaises, 1944.

Les images filmées à Paris par les cameramen de British Pathé entre 1942 et 1944, visibles sur le lien :
https://www.youtube.com/watch ? v=t1LdRmFZdnU

Le journal *Le Matin* du 29 juin, des 10 et 17 juillet et du 17 août 1944.
Le journal *Paris-Soir* du 29 juin et du 13 juillet 1944.
Le journal *Paris-Midi* du 10 juillet 1944.
Le journal *Le Petit Parisien* du 7 août 1944.
Le journal *Libération* des 21, 22, 23 et 27 août 1944.
Le journal *Défense de la France* du 24 août 1944.

Le magazine *Paris-Match*, n° 793, numéro spécial historique « La Libération de Paris » du 20 juin 1964.

La revue *Le Crapouillot*, « Histoire de la guerre 1939-1945 », tome 5, par Jean Galtier-Boissière avec la collaboration de Charles Alexandre, 1949.

La revue *Temps Noirs, La revue des littératures policières*, n° 16, articles « Les premiers Français de la "Série Noire" III » (les pages consacrées à José Giovanni[1]), par Franck Lhomeau, et « Le passé tous risques de José Giovanni », discussion entre Franck Lhomeau et Bertrand Tavernier, et n° 20, article « La "Série Noire" fait son cinéma » (chap. IV, « Un nommé José Giovanni »), par François Lhomeau, Éditions Joseph K., 2013 et 2017.

1. Le frère aîné de l'écrivain et réalisateur José Giovanni (de son vrai nom Joseph Damiani) était employé comme barman au restaurant collaborationniste Le Pershing.

Le site de Gilles Primout sur la Libération de Paris, et notamment les articles :

https://liberation-de-paris.gilles-primout.fr/le-secouriste-des-batignolles (avec le tragique journal du jeune secouriste et musicien Jean-Claude Touche, mort pour la France)

https://liberation-de-paris.gilles-primout.fr/les-combats-de-la-place-de-la-concorde

https://liberation-de-paris.gilles-primout.fr/la-caserne-prince-eugene-une-forteresse

Deux lettres, datées de janvier et février 1941 (et reproduites dans le chapitre 22 avec de légères transformations), de ma mère Alma Remondet-Slocombe et de mon père André Remondet (sous-officier au 6e groupe autonome d'artillerie, bataille de France, 1940, puis officier de renseignement auprès de la 5e division US, campagnes du Luxembourg, d'Allemagne et de Tchécoslovaquie, 1944-1945).

Merci à Andries Van den Abeele, Michel Beer, Jacques Dubey, Marie Dubois, Isabelle Leclerc, Antoine Lefébure, Dominique Mancini, Marie-Odile Mauchamp, Sandrine Perrier-Replein, Olivier Pigoreau, Charlotte de Prémare, Patrick Salotti, Anne Sculfort, Pierre Tasso (*in memoriam*), Gilles Thomas.

Les propos tenus à la fin du chapitre 16 par le capitaine allemand sur la terrasse du Sacré-Cœur sont inspirés par les entrées des 1er, 8 et 13 août 1944 dans le *Second Journal parisien* d'Ernst Jünger, Christian Bourgois éditeur, 2014.

Les citations en exergue sont extraites du *Journal (1939-1945)* de Maurice Garçon, Les Belles Lettres / Fayard, 2015, du *Journal des années noires, 1940-1944*, par Jean Guéhenno, Gallimard, 1947, de *Maudits soupirs pour une autre fois*, par Louis-Ferdinand Céline, édition établie et présentée par Henri Godard, Gallimard, coll. « L'Imaginaire », 2007, et des *Combattants du petit bonheur*, par Alphonse Boudard, La Table ronde, 1977.

Du même auteur

Romans

Phuong-Dinh Express, Les Humanoïdes associés, 1983 ; PUF, 2002
Un été japonais, Gallimard, « Série noire », 2000 ; Folio policier, 2006
Brume de printemps, Gallimard, « Série noire », 2001
Saké des brumes, Baleine / Seuil, 2002
Averse d'automne, Gallimard, « Série noire », 2003
La Japonaise de St. John's Wood, Zulma, 2004
Nao, PUF, 2004
Regrets d'hiver, Fayard, 2006
Envoyez la fracture !, Éditions La Branche, 2007 ; Pocket, 2014
Qui se souvient de Paula ?, Syros, 2008
Mortelle résidence, Le Masque, 2008
Lolita complex, Fayard Noir, 2008
Christelle corrigée, Le Serpent à Plumes / Le Rocher, 2009
L'Infante du rock, Parigramme, 2009
Sexy New York, Fayard Noir, 2010
Monsieur le Commandant, NiL, coll. « Les Affranchis », 2011 ; Pocket, 2013 ; Points, coll. « Signatures », préface de Jérôme Leroy, 2021
Shanghai connexion, Fayard Noir, 2012

Première station avant l'abattoir, Seuil policiers, 2013; Points Seuil, 2014

Avis à mon exécuteur, Robert Laffont, 2014; Pocket, 2016

Un été au Kansai, Arthaud, 2015

Le Secret d'Igor Koliazine, Seuil Policiers, 2015

Des petites filles modèles…, Belfond, coll. « Remake », 2016

L'Affaire Léon Sadorski, Robert Laffont, « La Bête noire », 2016; Points Seuil, 2017

L'Étoile jaune de l'inspecteur Sadorski, Robert Laffont, « La Bête noire », 2017; Points Seuil, 2018

Sadorski et l'ange du péché, Robert Laffont, « La Bête noire », 2018; Points Seuil, 2019

La Débâcle, Robert Laffont, 2019; Points Seuil, 2020

La Gestapo Sadorski, Robert Laffont, « La Bête noire », 2020; Points Seuil, 2021

Récits, nouvelles, essais

L'Art médical, Temps futurs, 1983

L'Empire érotique, La Sirène, 1993

Carnets du Japon, PUF, 2003

Route 40, Belfond, 2016

Hématomes, Belfond, 2017

L'Été 64, Le Petit Écart, 2020

Retrouvez

LA BÊTE NOIRE

sur Facebook, Twitter et Instagram

Ce livre existe grâce au travail de toute une équipe.

Communication : Caroline Babulle, Sandrine Perrier-Replein, Typhaine Maison, Adélaïde Yvert.

Coordination éditoriale et administrative : Céline Poiteaux, Martine Rivierre.

Studio : Pascaline Bressan, Barbara Cassouto-Lhenry, Joël Renaudat.

Fabrication : Muriel Le Ménez, Céline Ducournau, Bernadette Cristini, Phousa Chantharath, Isabelle Goulhot, Émilie Lapan (Canada).

Correction : Emmanuelle Coppeaux, Valérie Gautheron.

Commercial, relation libraires et marketing : Laetitia Beauvillain, Alexandra Profizi, Élise Iwasinta, Morgane Rissel, Aurélie Scart, Clément Vekeman.

Cessions de droits : Isabelle Votier, Benita Edzard, Lucile Besse, Sonia Guerreiro.

Gestion : Sophie Veisseyre, Chloé Hocquet, Isabelle Déxès, Camille Douin.

Services auteurs : Viviane Ouadenni, Jean-François Rechtman, Catherine Reimbold.

Ressources humaines : Mylène Bourreau.

Juridique : Laëtitia Doré, Anaïs Rebouh, Valérie Robe, Jean-Benoît Vassogne, Julia Crosnier.

Diffusion : Aurélia Spalacci (directrice des ventes), Nadine Eugénie, Céline Pitt, Arnaud Weill, Hervé Adamczyk, Annie Bourgade, Éric Charpentier, Gilles Couillard, Sandrine Ducrocq, Élisabeth Ehlinger, Guillaume Loras, Jean-Philippe Pilloux, Philippe Maulnier, Gilles Torché, Élisabeth Gastaldo, Jean-Pierre Stephany (Belgique), Olivier Béguin (Suisse), Jean Bouchard et Marie-Ève Provost (Canada), Emmanuelle Cadot, Virginie Godet et Caroline Pan.

Ainsi qu'à toutes les équipes d'Interforum et d'Editis qui participent à la création, la diffusion et la distribution de ce livre.

Canoros Vehit Canentes

La photocomposition de cet ouvrage
a été réalisée par
GRAPHIC HAINAUT
30, rue Pierre Mathieu
59410 Anzin

MIXTE
Papier
FSC FSC® C003309

L'éditeur de cet ouvrage s'engage dans une démarche
de certification FSC® qui contribue à la préservation
des forêts pour les générations futures.

Pour en savoir plus :
www.editis.com/engagement-rse/

CET OUVRAGE
A ÉTÉ ACHEVÉ D'IMPRIMER
SUR ROTO-PAGE
PAR L'IMPRIMERIE FLOCH
À MAYENNE EN AOÛT 2021

N° d'édition : 62139/01 – N° d'impression : 98790
Imprimé en France